이어령,
우리 시대 비평의 이정표

이어령, 우리 시대 비평의 이정표

초판 1쇄 인쇄 2023년 7월 20일
초판 1쇄 발행 2023년 7월 27일

지은이 홍래성
펴낸이 정해종

펴낸곳 ㈜파람북
출판등록 2018년 4월 30일 제2018-000126호
주소 서울특별시 마포구 토정로 222 한국출판콘텐츠센터 303호
전자우편 info@parambook.co.kr **인스타그램** @param.book
페이스북 www.facebook.com/parambook/ **네이버 포스트** m.post.naver.com/parambook
대표전화 (편집) 02-2038-2633 (마케팅) 070-4353-0561

ISBN 979-11-92964-45-4 93810
책값은 뒤표지에 있습니다.

이어령,
우리 시대
비평의
이정표

홍래성 지음

파람북

추천사

　홍래성 선생의 학위논문 「이어령 문학비평 연구」는 이어령 선생의 비평과 학문을 체계 있게 다룬 최초의 박사학위논문이라는 데 의의가 있다. 초석을 세우는 일은 쉬운 일이 아니기 때문이다. 자료 조사와 분류 작업만 해도 엄청나며, 논리의 가닥을 잡아 체계를 만드는 일도 지난한 작업이다.

　선생은 거기에 논문 이후에 쓴 글도 추가하여, 전체를 문학비평과 문화비평으로 양분하고, 각 분야를 다시 쟁점별로 세분하여, 한 문인의 세계에 처음으로 체계를 세우는 작업을 진행했다. 세상에는 외곬으로 좁은 범위를 심층 탐색하는 우물형의 학자가 있고, 우물을 파면 떠나 또 새 우물을 파는 형의 전진형 학자가 있는데, 이어령 선생은 후자의 유형에 속해서 연구 범위가 넓으니, 처음 가닥을 잡기가 어렵다. 먼저 판 우물과 다음 우물과의 연관관계도 살펴야 하고, 전체를 통합하는 본질적인 측면도 탐색해야 하니까 그런 연구를 시작하는 일은 힘이 많이 드는 작업이다.

　우리는 이어령에게서 무엇을 얻었는가. 왜 그와 같은 유형의 인물이 그 시대에 한국에 필요했던가 하는 시대적 배경에 대한 고찰도 뒤따라야 하니까 이어령 연구는 까다롭고 힘이 드는 작업이다. 거기에 손을 대서 과감하게 초석을 세워 주었으니 앞으로 이어령 연구를 해야 하는 후학들에게 많은 도움을 주리라고 생각한다.

　이 책을 발판으로 하여 이어령의 비평에 대한 탐색이 본격적으로 진행되어, 한국 비평사의 한 부분이 결정적으로 평가를 끝내는 계기가 되어 주었으면 하고 기원한다. 자료 조사의 성실성과 논리 전개의 명석성이 이목을 끄는 논문집이다. 습작기의 다섯 작품을 발굴하여 부록으로 넣어준 것도 돋보인다.

2023년 5월 13일
문학박사 강인숙

책머리에

이 책은 이어령의 문학비평을 다룬 나의 박사학위논문과 이어령의 문화비평을 다룬 나의 학술논문 네 편을 묶은 것이다. 막상 책으로 나오게 되니 민망함과 부끄러움을 금할 길이 없다. 괜한 일을 벌인 것이 아닌가 후회가 들기도 한다.

내가 책을 내고자 한 이유란 여태껏 탐사해온 이어령의 비평을 한번 정리해보고 싶어서였다. 그리하여 새로운 단계로 넘어가기 위해서였다. 그런데 원고를 다시 읽어보니 거칠고 성근 대목이 한둘이 아니었다. 박사학위논문을 쓴 이후 이어령 선생님을 실제로 몇 차례 뵙게 되면서 내가 가지고 있던 관점이 많이 바뀐 탓도 있으나, 애초부터 내가 충분히 사유를 전개하지 못한 탓이 더욱 컸다. 더군다나 원고 중 일부는 이어령 선생님 생전에 작성된 것이어서 지금에서는 문맥이 어색한 부분도 더러 발견되었다. 이에 많은 수정과 보완이 이루어져야 함을 실감했으되, 명백한 오류를 범한 몇 군데만 고치고 어색한 문장과 오탈자를 바로잡는 선에서 일단 타협했다. 현재로서는 아무리 노력을 기울여도 흡족할 만한 수준에 다다르기가 어려운바, 발자취를 그대로 남겨두는 것이 구태여 가필하는 것보다 나에게는 의미가 좀 더 크다고 판단했기 때문이다. 아쉽지마는 다음을 기약하면서……

하나의 결실이 맺어지기까지 많은 분들로부터 은혜를 입었다. 이동하, 한형구, 류순태 선생님을 비롯하여 서울시립대학교 국어국문학과의 여러 선생님들께 깊이 감사드린다. 내려주신 가르침 덕분에 부족한 대로나마 이만한 글 뭉치라도 엮어낼 수 있었다. 함께 공부하는 선후배님들께도, 팔리지 않을 책의 출판을 수락해준 정해종 대표님께도 고마운 마음을 전한다. 추천사를 써주신 강인숙 선생님께도 고개 숙여 존경의 인사를 올린다.

그리고 사랑하는 가족들에게도.

2023년 7월

저자 씀

차 례 ⚫◗⚫

제2부___이어령의 문화비평

전후세대 지식인의 눈에 비친 '현대(세대)-한국(인)-서양'
: 이어령의 ≪경향신문≫ 연재 에세이 〈오늘을 사는 세대〉, 〈흙
속에 저 바람 속에〉, 〈바람이 불어오는 곳〉을 대상으로 428

부록

■ 일러두기

※ 원문은 가독성을 위해 한자는 한글로, 띄어쓰기는 현대식으로 고쳐 표기했다.

— 이때, 의미 전달에 문제가 발생할 수 있는 일부 단어들은 한자 병기를 해두었다.

— 또한, 의미 전달에 문제가 생기는 확실한 오탈자에만 한정하여 교정 표기를 해두었다.

■ 초출일람

1부 이어령의 문학비평

— 「이어령 문학비평 연구」(서울시립대학교 박사학위논문, 2019)

2부 이어령의 문화비평

— 「전후세대 지식인의 눈에 비친 '현대(세대) – 한국(인) – 서양' — 이어령의 『경향신문』 연재 에세이 「오늘을 사는 세대」, 「흙 속에 저 바람 속에」, 「바람이 불어오는 곳」을 대상으로」(『구보학보』 30, 구보학회, 2022)

— 「일본이라는 아포리아와 마주하기 — 『축소지향의 일본인』, 그리고, 그 앞뒤에 놓인 것들」(『인문과학』 121, 연세대학교 인문학연구원, 2021)

— 「디지로그, 생명자본주의, 새로 쓰는 한국문화론의 행방에 대하여」(『이화어문논집』 57, 이화어문학회, 2022)

— 「지성과 영성 그 문지방 사이에서 : 이어령의 기독교적 메시지 좇아 읽기」(『문학과 종교』 28(1), 한국문학과종교학회, 2023)

1부
이어령의 문학비평

I. 서론

1. 연구의 필요성

이어령은 1950년대 초·중반부터 현재에 이르기까지 반세기를 넘는 동안을 쉼 없이 달려온 정열적인 문사(文士)이다. 이어령만큼 많은 글을 쓴 인물도 드물고, 이어령만큼 여러 활동을 펼친 인물도 드물다.[1] 하지만 여태껏 이어령에 관한 연구는 충분히 이루어지지 않았다. 1950년대(또는 1960년대) 문학사를 논하는 자리에서 짧게 거론되는 수준은 벗어났으되, 아직까지는 양적으로도 질적으로도 연구가 부족한 형편인 것이다.

물론 누군가가 "하나의 객관적 인식 대상으로 연구되기 위해서는 최

---

[1] 이어령의 약력을 소개하면 다음과 같다. "문학평론가, 소설가, 에세이스트, 희곡작가, 시인, 대학교수, 언론인이다. 문화부장관을 지냈으니 행정가에, 올림픽 행사를 기획했으니 문화기획자라고도 덧붙여야 할지 모르겠다. 밀리언셀러를 가진 베스트셀러 작가이기도 하다. …(중략)… 1933년 12월 29일에 태어났다. 그러나 호적에는 1934년 1월 15일로 올라 있다. 1956년에 서울대학교를 졸업했고,《문학예술》지를 통해 등단했으며, 〈우상의 파괴〉를 발표했다. 1960년에 서울대학교 대학원에서 석사를, 1987년에 단국대학교에서 박사학위를 받았다. 1966년부터 이화여대와 인연을 맺어 석좌교수, 석학교수를 거쳐 2001년에 스스로 퇴직했다. 1990년에는 초대 문화부장관을 역임했고, 2009년에는 경기도 디지로그 창조학교를 설립, 명예교장을 맡고 있다. …(중략)… 이어령은 소설, 에세이, 희곡, 시 등 거의 모든 장르에 작품을 남겼다. 저서는 거의 100여 권에 이른다." 이어령 · 강창래,『유쾌한 창조』, 알마, 2010, 날개글.

소 30년 이상의 시간적 거리가 필요하다는 통념이 존재"[2]함을 감안한다면, 현재에도 생존해 있을 뿐만 아니라 여전히 왕성한 창작 활동에의 의욕을 내비치고 있는 이어령을 별다른 고민 없이 논의의 대상으로 삼아버리는 것은 섣부른 행위라고 여겨졌을 수 있다. 더하여 이어령이 근 60여 년이 넘는 세월에 걸쳐 여러 분야에서 다종다양한 글을 발표하며 상당히 다채로운 모습을 보여주었다는 점을 고려한다면, 도대체 어떤 식으로 이어령을 다루어야 할지가 막연하여 쉽사리 다가서기가 어려웠을 수 있다.[3] 이로 보면 이어령에 관한 연구가 간헐적, 소극적으로 이루어진 여태까지의 사정을 전혀 납득하지 못 할 바는 아니다.

그러나 '그럼에도 불구하고' 이어령은 지금보다는 훨씬 주목되어야 할 인물이다. 구체적으로 이어령이 생산한 글들 가운데서 1960년대 초·중반부터 시작되어 지금에 이르기까지 지속, 확장되고 있는 문화비평, 문명비평은 일단 차치하더라도 전후의 시기에 펼쳐진 문학비평만큼은 지금보다도 훨씬 주요하게 취급될 필요가 있다.[4] 이는 단순히 전자가

---

2   한형구, 「초기 유종호 비평의 어문민족주의적 정향성에 관하여 ― 한글전용의 어문 사상과 토착어주의의 문예 미학 수립 양상을 중심으로」, 『한국현대문학연구』 27, 한국현대문학회, 2009, 342면.

3   참고로 폴 발레리는 레오나르도 다 빈치라는 거대한 대상을 연구하는 데에 있어서 발생하는 어려움을 다음과 같이 토로한 바 있다. "만약 선택된 정신이 소유하는 모든 능력이 모두 동시에 광범위하게 발달한다고 한다면 혹은 그 활동에서 남겨진 것이 모든 분야에 걸쳐 상당한 것으로 보인다면 그 정신의 모습은 통일체로서 파악하는 것이 더욱 어려워지고 노력해도 파악하기 어려운 것이 될 것이다." 폴 발레리, 김동의 역, 『레오나르도 다 빈치 방법 입문』, 이모션북스, 2016, 10면.

4   본 논문은 '전후의 시기에 펼쳐진 이어령의 문학비평'에 해당하는 범위를 1955년 9월 《문리대학보》 제3권 제2호에 발표된 「이상(李箱)론(1) ―「순수의식」의 뇌성과 그 파벽―」에서부터 1968년의 김수영과의 논쟁(이 논쟁의 마지막 글은 1968년 3월 26일자 《조선일보》에 발표된 「논리의 현장검증 똑똑히 해보자」이다)까지로 설정하고자 한다. 6·25전쟁이 끝난 후를 기점으로 하고, 또, 4·19혁명이 일어나기 전(혹은 1963년경)을 종점으로 하여, 이 사이의 기간을 보통 '전후'라고 간주한다. 그런 까닭에 1968년의 김수영과의 논쟁을 종점으로 삼고자 하는 것은 '전후'를 자의적으로 늘인 게 아니냐는 비판을 받을 수 있다. 그러나 이어령의 경우에는 4·19혁명 이후에도, 그리고

'현재진행형'이고, 후자가 '종결태'에 해당하기 때문이 아니다.[5] 전후의 시기에서 이어령만큼 "중요한 비평적 존재"[6]는 없었던바, 이때 생산된 이어령의 문학비평에 깊은 관심을 쏟는 것은 마땅한 일이라고 판단되기 때문이다(전후의 시기에 활동한 비평가 중에서 이어령과 견주어볼 만한 인물로는 유종호를 들 수 있지만, 그 당시를 기준으로 삼을 때, 대중들에게 미친 영향력이나 문단 내에 끼친 영향력은 이어령이 훨씬 더 컸다고 할 수 있다. 즉, 시의성 혹은 동시대성의 측면에서 이어령이 한층 더 강력한 면모를 내보인 것이다).[7]

그런데 이상하리만치 전후의 시기에 펼쳐진 이어령의 문학비평은 홀대를 받아왔다. 이는 논자들이 전후의 시기에 대해 무관심한 탓으로

1963년 이후에도 (이전과는 달라진 입장을 드러내긴 했으되, 더불어, 지녔던 바의 영향력이 지속적으로 줄어들긴 했으되) 여전히 만만찮은 입지를 보여주었고, 1968년의 김수영과의 논쟁을 마지막으로 전후세대 비평가로서의 생명력을 비로소 상실했다고 판단된다. 이에 본 논문은 부득이 '전후의 시기에 펼쳐진 이어령의 문학비평'에 해당하는 범위를 다소 길게 설정한 것이다.

5 주지하다시피 이어령은 1960년대로 접어들면서부터 문학비평보다는 문화비평, 문명비평에 더 치중하는 면모를 보여주었거니와, 바로 위의 각주에서 언급한 것처럼 문학비평이 지닌 당대적 의의는 1968년의 김수영과의 논쟁에서 거의 끝이 난 것으로 여겨진다(덧붙여 말해두자면 이는 본 논문만의 관점이 아니며 일반적인 관점이다).

6 방민호, 「전후의 이어령 비평과 하이데거적 실존주의」, 『이화어문논집』 44, 이화어문학회, 2018, 122면.

7 전후의 시기에서 이어령이 비평가로서 얼마나 큰 입지를 지녔는가는 다음과 같은 백철의 글만 보아도 금방 알 수 있다. "이 군이 평론가로서 문단에 등장해 온 연한은 그 나이와 함께 아직 연천하다고 봐야겠지만 그 문단 연한과 비하여 평론가로서의 위치는 벌서 결정적인 자리를 찾이하고 있는 줄 알고 있다. 그리고 이 군의 평론은 우리 평론계에서 명백히 새로운 위치의 것이라는 데서 더욱 중요시 될 것이라고 보여진다. …(중략)… 약 1년 동안을 내가 밖에 나가 있다가 돌아와 보니(일 년간의 방미(訪美) 기간을 의미하며, 백철은 주로 예일대학에 머물러 신비평을 배웠다고 함;인용자) 이 군의 비평가적 지위는 벌서 「다크 오스」의 지위가 아니고 군(群)을 빼어난 선진의 지적 용사로 공인되고 있다 또한 비평가로서의 자신도 더욱 확고해서 실험해 오던 비평적인 방법도 더 착실해진 것으로 느껴진다." 백철, 「반항과 공동의 의식 —친애하는 이어령 군에게—」, 《자유문학》, 1958.12, 130~131면.

벌어진 현상은 아닌 듯 판단된다. 전후의 시기에 대한 전반적인 관심 부족 현상을 반성하는 가운데서, 해방기와 1960년대 사이의 결락을 메우고자 하는 목적의식에 의거하여, 전후의 시기를 전체적으로 조망한 시대론(時代論) 형태의 연구가 이미 여러 편 제출되었다. 또한, 이와 더불어 시대론 형태의 연구만큼은 아니되 전후의 시기에 활동한 개별 비평가를 살핀 연구 및 전후의 시기에 발간된 잡지들을 조명한 연구도 이미 여러 편 제출되었다. 하지만 시대론 형태의 연구든, 개별 비평가를 살핀 연구든, 잡지들을 조명한 연구든 간에 상관없이 이어령은 소홀히 취급된 반면에 그 밖의 인물들은 재조명이 이뤄지는 형국을 대체로 보여주는바, 전후의 시기를 다룬 연구들이 축적되어 갈수록 이어령은 아이로니컬하게도 조금씩 "전후 비평을 대표하는 선상에서 배제"[8]되고 있다는 느낌마저 든다. 대체 왜 이런 사태가 벌어지게 된 것인가.

이의 근본 원인을 파악해보고자 할 때는 무엇보다 1960년대 초·중반에 등장하여 1960년대 후반(혹은 1970년대 초반)쯤부터는 문단의 실질적인 주도 세력으로 자리매김한, 일반적으로 '65년세대' 또는 '4·19세대'라고 지칭되는, 이어령의 후속세대를 주목할 필요가 있다. 이 후속세대는 정체성 세우기의 일환으로 자신들의 바로 앞 세대, 곧, 전후세대를 강하게 거부하고 부정했거니와 특히나 전후세대의 대표격인 이어령을 겨냥해서 집중적인 포화를 퍼부었는데, 이와 관련한 대표적인 사례 하나를 가져와 제시하면 아래와 같다.[9]

---

8   방민호, 앞의 글, 120면.
9   이 후속세대가 전후세대를 어떻게 비판했는지는 강소연, 「1960년대 비평문학 연구」, 이화여자대학교 박사학위논문, 2003, 64~77면을 참조할 것.

전후 비평가들의 구호적 문학론은 우리 사회에 쉽사리 먹혀 들어올 수 있
었던 것과 마찬가지로 쉽사리 변모할 수 있었다. 그들 자신의 진정한 감수
성이나 절실한 이념에서 불가피하게 유도된 것이라기보다 남에게서 이름
만 빌려온 것이 많았고, 그러다 보니 말하자면 스스로 쑥스러워졌던 것이
다. 그리고 그 〈쑥스러움〉을 올바른 양심과 혼동해 버리는 사회풍토는 그들
의 전신(轉身)을 위해서 안성마춤이었다고 할 수 있다. 그리하여 〈현대 작
가의 책임〉과 〈저항의 문학〉을 화려하게 외쳤고 거기에 간단히 동조했던
많은 사람들이, 전쟁의 참상을 겉으로나마 보지 않게 되고 직장을 구하여
생활의 안정을 얻게 됨과 때를 같이하여, 『역시 문학은 언어의 예술』이라는
다른 하나의 구호를 마련하고, 옛 문학 노우트와 일역판(日驛版)에서 보았
던 〈메타포〉니 〈이미지〉니 〈분석방법〉이니 하고 유창하게 지껄이게 되는
것이다.[10]

"전후 비평가들"이라고 지칭되고 있으나 문면을 보았을 때, 주된 비
판의 대상은 이어령임을 금방 알 수 있다. 한 문단 남짓의 짧은 분량 안
에다가 여러 가지 지적을 담아내었으되 그 가운데서도 가장 핵심이 되

---

10 염무웅, 「선우휘론」, 《창작과비평》, 1967겨울, 648면. 또한, 이러한 염무웅의 입장은 세월이 지나서
도 여전히 변함없이 유지되었던바, 이어령을 콕 집어 비판한 비교적 근래 인터뷰 중의 한 대목을 제
시하면 다음과 같다. "선대 비평가 중에서 제일 영향을 받았달까 매력을 느낀 사람은 역시 이어령
씨죠. 그건 부인할 수 없습니다. 그런데 50년대 말경의 이어령 씨는 저항문학의 기수였어요. 「왜 저
항하는가」 「작가의 책임」 등 싸르트르의 앙가주망 이론에 근거해서 작가의 사회적 책임을 강조하고
저항적인 뉘앙스를 풍기는 글들을 썼었죠. 이어령 씨의 첫 평론집 제목이 『저항의 문학』 아니어요?
거기에 매력을 느꼈고요. 하지만 지금 읽어볼 때는 아주 역겨워요. 외래어와 외국어도 너무 많고, 또
이어령 세대만 해도 일본어의 영향을 많이 받았기 때문에 일본문체 냄새가 많이 나지요. 그러나 당
시 읽을 때는 아주 매력적인 문장이었죠." 염무웅 · 김윤태, 「1960년대와 한국문학」, 《작가연구》 3,
1997, 215면.

는 부분은 전후의 시기에 펼쳐진 이어령의 문학비평을 "구호적 문학론"이라고 명명해버리는 첫 문장이다. 이유인즉, 이러한 명명으로부터 거부와 부정의 기본 토대가 구축되고 형성되기 때문이다. '구호'는 요구나 주장을 관철시키는 데에 초점이 맞춰져 있는 단어이고, '비평'은 대상을 평가하여 가치를 논하는 데에 초점이 맞춰져 있는 단어이다. 그러함에 각각이 지닌 의미가 상충하므로 이 둘은 여간해서는 접맥이 불가능하다. 구호가 비평 앞에 덧씌워져 '구호비평'이 되는 순간, 목소리(구호의 요건)는 뚜렷하되 논리성(비평의 요건)은 부족하다고 여겨지기 마련이다. 그리되면 비평은 "어떤 목적을 위해 신도를 모으는 단순한 수단에 불과"[11]한 프로파간다(propaganda)로 전락하고 만다. 이것이 바로 후속세대가 전후의 시기에 펼쳐진 이어령의 문학비평을 '구호비평'이라고 몰아붙인 까닭이다. 후속세대는 이와 같은 논법을 활용하여 전후의 시기에 펼쳐진 이어령의 문학비평을 목적 지향의 언술로, 다시 말해 목적을 달성하는 데로만 경도되는 바람에 내적 체계가 부실한 언술로 규정한 것이다. 구체적으로 후속세대는 전후의 시기에 펼쳐진 이어령의 문학비평을 두고서, '저항'이라는 간판을 내걸고 많은 사람들에게 큰 호응을 얻었으되 그것은 간판이 전부인 알맹이 없는 선전술에 불과했고, 그래서 시간이 흘러 상황이 달라지자 금방 입장을 달리하여 '언어예술'이라는 간판을 새로이 내걸 수 있었다고 치부한 것이다.

당연하게도 이어령은 '구호비평'이라는 딱지를 용납하지 않았다.[12]

---

11 아도르노·호르크하이머, 김유동 역, 『계몽의 변증법』, 문학과지성사, 2001, 377면 참고.

12 이와 관련해서는 이어령이 다음과 같이 항변한 대목을 제시할 수 있다. "구호 비평이라니요? 저는 지금까지 구호와 싸우기 위해서 글을 써온 사람입니다. 문학의 언어를 '신념의 언어'가 아니라 '인식

하지만 후속세대가 스스로 유파를 형성하고 잡지를 창간하는 등의 활동을 펼치며 문단의 중심부에 깊이 뿌리를 내리게 됨으로써, 더불어 후속세대가 "자기들의 제2세대에 해당하는 집단까지를 다시금 조직적으로 키워내는 놀라운 정치적 지혜를 과시"[13]함으로써, 이어령의 뜻과는 무관하게 '구호비평'이란 에피셋(epithet)은 점차적으로 정설화되었던바, '구호비평'의 범주 안에서 산출된 특징들이 전후의 시기에 펼쳐진 이어령의 문학비평을 설명하는 선험적인 표지로 알게 모르게 작용하기에 이른다. 즉, 문면에다가 '구호비평'이라는 표현을 꼭 적시하지는 않았더라도 〈'저항'이라는 표어를 강조함 → 이를 돋보이게 하는 화려한 수사를 구사함 → 하지만 논리적인 측면은 여러모로 부족함〉이라는 도식만큼은, 이어령에 대해 부정적인 입장을 가지고 접근하는 연구든, 이어령에 대해 긍정적인 입장을 가지고 접근하는 연구든, 어느 연구에서건 자연스레 통용되는 상황이 벌어지게 되었다는 것이다.

이럴 때 이어령에 대해 긍정적인 입장을 가지고 접근하는 연구는 대체로 화려한 수사의 효과를 강조하는 경우가 대다수이고, 반대로 이어령에 대해 부정적인 입장을 가지고 접근하는 연구는 대체로 논리적인 측면의 문제를 지적하는 경우가 대다수이다. 그러나 긍·부정의 경우를 막론하고, 상기의 도식이 기저에서 계속 작동하는 한, 전후의 시기에 펼

의 언어'로 생각해 왔기 때문이지요. 문학을 도구나 어떤 목적을 위한 수단으로 생각하는 사람들은 문학의 언어를 '신념의 언어'로 착각하지요. 거기에서 비평도 작품도 모두 구호가 되어버리는 것입니다. 그런 관점에서 보면 구호 비평은 50년대의 비평이 아니라 민중문학을 주장한 70년대의 비평들이 아닐까요." 이어령·이상갑, 「1950년대와 전후문학」, 《작가연구》 4, 1997, 183면.

13   이동하, 「영광의 길, 고독의 길」, 김윤식 외, 『한국 현대 비평가 연구』, 강, 1996, 291면.

쳐진 이어령의 문학비평은 지금 수준 이상의 의미를 좀처럼 확보하기가 어렵다. 부정의 경우는 언급할 필요조차 없거니와 긍정의 경우일지라도 도식 자체에 이미 내장된 편견에서, 그러니까 '비평적 깊이의 모자람'이라는 굴레에서 도무지 벗어나기가 힘들다.

그리고 이와 같은 사정에 따라, 전후의 시기에 관심을 느껴 탐사를 한번 해보고자 할 때도, 이어령은 호명조차 안 하기는 꺼려지되 한계가 뚜렷하므로 굳이 상세히 파고들 필요가 별로 없는, 그런 정도쯤의 입지를 지닌 인물로 조금씩 평가절하가 이루어지게 된 것이고, 이에 차라리 다른 인물들을 부각시킴으로써 전후의 시기를 아예 새롭게 스케치해보려는 욕망까지가 추동되었던바, 전술했던 것처럼 시대론 형태의 연구에서든, 개별 비평가를 살핀 연구에서든, 잡지들을 조망한 연구에서든, 근자에 제출된 연구 전반에서는 이 점이 손쉽게 간취되는 것이다. 구체적으로 시대론 형태의 연구를 보면 이어령은 소략하게 언급된 데 반해 동시대의 다른 비평가들은 비중 있게 취급되었음을 알 수 있다. '민족(주의) 문학론', '실존(주의) 문학론', '모더니즘 문학론' 등의 항목들을 중심으로 논의를 꾸려나갈 때, 이어령이 특별히 부각될 만한 자리는 마땅치 않았던 것이다.[14] 개별 비평가를 살핀 연구를 보아도 이어령이 아니라 동시대 비평가들이 더 상세하게 논구된 모양새임을 알 수 있다. 단적인 예로 이철범, 최일수를 대상으로 한 박사학위논문은 제출된 상태이나,[15]

---

14 관련하여 한수영의 논의를 대표적으로 제시해볼 수 있다. 한수영은 특히 최일수를 부각하는 방식으로 1950년대 비평의 지형도를 그렸다. 한수영, 『한국현대비평의 이념과 성격』, 국학자료원, 2015.
15 김현주, 「이철범 문학 비평 연구」, 홍익대학교 박사학위논문, 2010; 이명원, 「최일수 문학비평 연구」, 성균관대학교 박사학위논문, 2005.

이어령을 대상으로 한 박사학위논문은 미제출된 상태임을 들 수 있다.[16] 이철범, 최일수가 사실상 활동을 종료했거나 작고한 문인이라는 점은 고려되어야 하지만, 전후의 시기에서 각자가 지녔던 위상을 떠올려본다면 이와 같은 현재의 실상은 의외가 아닐 수 없다. 잡지들을 조망한 연구를 볼 때도 이어령은 중심부에서 배제되어 주변부에 배치된 형국임을 알 수 있다. 이어령은 거대잡지인《사상계》,《현대문학》등에 포섭되지 않은 채 여러 잡지를 전전하며 활동을 펼쳤다. 또한,《경향신문》,《한국일보》등의 일간지를 통해 많은 글을 발표하기도 했다. 그런 까닭에 잡지를 중심축으로 설정한 상태에서는 이어령이 두드러질 만한 요소가 별로 없었으며, 그보다는 각각의 잡지에서 주축으로 활동한 인물들이 집중적으로 주목을 받을 수밖에 없었다.[17]

이렇듯 후속세대가 구축한 프레임이 유지되고 확장되는 가운데, 이어령은 전후의 시기를 대표하는 비평가로서의 위상을 차츰차츰 상실하여, 지금의 처지에 놓이게 되었다. 더불어, 전후의 시기에 펼쳐진 이어령의 문학비평을 미리 규정지어버리는 '저항의 깃발—화려한 수사—논리부족'의 도식이 계속해서 그대로 이어진다면, 앞으로도 단면적, 일면적

---

16 1950년대의 주요 비평가들을 다루는 가운데 한 챕터를 이어령에게 할당한 박사학위논문은 있었다(강경화, 「1950년대의 비평 인식과 실현화 연구」, 성균관대학교 박사학위논문, 1998, Ⅲ-1('저항의 맥락과 비평의 문화주의 : 이어령')). 하지만 여태껏 이어령만을 오롯이 다룬 박사학위논문은 없었다.

17 가령《사상계》를 중심으로 1950년대 문학(장)을 고찰한 김건우의 논의를 일례로 들어볼 수 있다. 김건우는《사상계》를 기축으로 삼고 당대의 비평, 소설 등에 대한 깊이 있는 탐색을 수행했거니와, 그 과정에서 당연히《사상계》쪽 인사들의 언술이 부각되었다. 한편으로 그 외 인사들 가운데서는 김우종이 부각되었는데, 구체적으로 당시의 '전통(론)'을 설명하는 대목에서 김우종과 이어령 간의 입장 차이가 강조되며, 김우종은 고찰의 대상으로 이어령은 논외의 대상으로 삼아졌음이 확인된다. 김건우, 『사상계와 1950년대 문학』, 소명출판, 2003, 138~142면 및 145~148면 참고.

해석들은 켜켜이 쌓여갈지언정, 저평가로 일관된 작금의 상황은 바뀔 수 없다. 물론 '저항의 깃발—화려한 수사—논리 부족'의 도식이 전후의 시기에 펼쳐진 이어령의 문학비평과 전혀 무관하지는 않다. 일단의 타당성을 분명 지니고 있다. 전후의 시기에 펼쳐진 이어령의 문학비평은 '저항의 깃발—화려한 수사—논리 부족'의 도식에 해당하는 면모를 일정 부분 드러내는바, 후속세대가 이를 잘 포착하여 이어령을 거부하고 부정하는 데 있어 효과적인 무기로 활용한 사실은 상당히 인상적이라고 인정할 수밖에 없다. 그러나 단순히 이러한 한 가지의 측면만을 부각하는 방식으로는 전후의 시기에 펼쳐진 이어령의 문학비평을 제대로 파악했다고 할 수 없다. 이어령은 그야말로 다작을 수행했다. 그리고 이때의 글들은 '저항'의 기치 아래 생산되긴 했으되 상당히 다채롭게 서술되었다. 그래서 수사의 화려함과 논리의 부족함으로 해석틀을 한정시켜서는 안 되는 글들이 무수히 많다. 그렇다면 지금에서라도 '저항의 깃발—화려한 수사—논리 부족'의 도식을 벗어던지고, 전후의 시기에 펼쳐진 이어령의 문학비평을 제대로 확인하고자 시도하는 작업이 필요하지 않을까. 그래야만 '전후 비평(사)의 복원'이라는 표현은 과할지언정 '전후 비평(사)의 균형 잡힌 이해'가 가능해지지 않을까. 본 논문이 쓰여지게 된 동기는 바로 여기에 있다.

2. 연구사 검토

이어령에 관한 연구는 언급했던 것과 같이 양적으로도 질적으로도 부족한 형편이다. 본 논문과는 직접적인 관련이 없는 1960년대 초·중반부터 본격화된 이어령의 문화비평, 문명비평에 관한 연구를 제외한다면, 그마저도 훨씬 줄어든다. 전후의 시기에 펼쳐진 이어령의 문학비평을 다룬 연구는 크게 두 가지 유형으로 분류가 가능하다(1950년대 비평들(혹은 1960년대 비평들)을 전체적으로 조망하는 가운데서 이어령이 다른 비평가들과 함께 중간중간에 조금씩 환기되고 있는 연구는 여기서 전부 제외하기로 한다. 단, 이어령의 문학비평을 가지고서 하나의 챕터를 구성해놓은 연구는 여기에 일부 포함하기로 한다).[18] 하나는 이어령에게 관심을 집중시킨 논의들이고, 다른 하나는 이어령과 다른 인물들까지를 폭넓게 살핀 논의들이다.

먼저 전후의 시기에서 펼쳐진 이어령의 문학비평을 몇 개의 요목으로 나누어서 살펴나간 논의들이다.[19] 이 논의들은 전후의 시기에 펼쳐진

---

18 참고로 이어령의 정년 퇴임을 기념하여 권영민, 김윤식, 김치수, 오세영, 이승훈 등의 내로라하는 문인들이 이어령에 관한 연구를 한 데 모아 책으로 발간한 적이 있었으니 그것은 바로 『상상력의 거미줄─이어령 문학의 길찾기』(생각의 나무, 2001)이다. 상당히 방대한 분량을 자랑하는 이 책만 살펴보아도 이어령에 관한 연구가 어떻게 이루어져 왔는지를 대략적으로 파악할 수 있다.

19 여기에 해당하는 논의들을 제시해두면 다음과 같다. 강경화, 「1950년대의 비평 인식과 실현화 연구」, 성균관대학교 박사학위논문, 1998, Ⅲ-1('저항의 맥락과 비평의 문화주의 : 이어령'); 박훈하, 「서구적 교양주의의 탄생과 몰락─이어령론」, 《오늘의 문예비평》27, 1997.12; 방민호, 「이어령 비평의 세대론적 의미」, 『한국 전후문학과 세대』, 향연, 2003; 이도연, 「이어령 초기 문학 비평 연구」, 『순천향 인문과학논총』30, 인문학연구소, 2011; 이수향, 「이어령 문학 비평 연구」, 서울대학교 석사학위논문, 2010; 홍성식, 「이어령의 문학비평과 그 한계」, 『새국어교육』56, 한국국어교육학회, 1998 등.

이어령의 문학비평이 어떤 성격과 특징을 지녔는지를 전반적으로 잘 알려줄 뿐만 아니라 각각의 요목마다 인상 깊은 관점을 제시해놓기도 했다. 이에 본 논문은 이 논의들로부터 많은 참조점을 얻을 수 있었다. 그러나 이 논의들은 앞 절에서 언급한 '저항의 깃발—화려한 수사—논리 부족'의 도식을 암암리에 따르고 있으므로 단면적, 일면적 해석이라는 문제점으로부터 자유롭지 못하다. 특히 소논문의 경우에는 분량이 소략하다 보니 이러한 문제가 더욱 도드라진다. 거칠게 축약한다면, '저항의 깃발—화려한 수사—논리 부족'이라는 도식이 밑바탕으로 삼아진 상태에서 '세대론'의 관점이 그 위에 덧붙여졌는바, 전후의 시기에 펼쳐진 이어령의 문학비평은 주제성이 몰각되었으되 수사적 성과는 빼어난, 김동리, 조연현 등의 구세대에 대항하는 안티테제(antithesis)의 구호 정도로 취급되고 있는 형국이다. 한편 학위논문의 경우에는 분량이 어느 정도 확보되다 보니 좀 더 거시적이고 전반적인 시야에서 전후의 시기에 펼쳐진 이어령의 문학비평을 검토했다고 할 수 있지만, 그럼에도 불구하고 동일한 문제가 여전히 발견된다. 현재까지 제출된 것이 고작 두 편에 불과하므로,[20] 각각을 조금 상세히 언급해보기로 하면 다음과 같다.

강경화는 "전후 신세대를 대표하는 이어령의 1950년대 비평을 전면적으로 재조명하기 위한 의도" 아래 "비평 인식과 담론의 실현화 방

---

20 그마저도 하나는 박사학위논문의 한 챕터이고, 다른 하나는 석사학위논문이다. 위의 각주에서 제시한 강경화의 논의와 이수향의 논의가 전자와 후자에 각각 해당한다. 덧붙여 강경화는 자신의 박사학위논문을 『한국 문학 비평의 인식과 담론의 실현화 연구』(태학사, 1999)라는 단행본으로 출판했고, 이후에도 자신의 박사학위논문 중에서 이어령을 다룬 챕터인 Ⅲ-1만을 따로 떼어내어 「저항의 문학과 문화주의 비평: 이어령론」이라고 제목을 고쳐서 『한국문학비평의 실존』(푸른사상, 2005)이라는 단행본에 재수록했다.

식"을 주목했다.[21] 강경화는 전후의 시기에 펼쳐진 이어령의 문학비평이 "'저항의 축'과 '분석적 축', 모두를 출발부터 가지고 있었"고 "시대의 변화에 따라 부정의 대상을 무엇으로 잡느냐에 따라, 어느 한쪽이 다른 한쪽을 규제하는 규제력"으로 작용했다는 관점을 제시했다.[22] 곧, 전후의 시기에 펼쳐진 이어령의 문학비평은 "참여와 저항의 논리"와 "문학의 존재성과 내적 구조를 해명하려는" 모습이 "지속적으로 공존하고 있"다는 주장을 펼친 것이다.[23] 이는 전후의 시기에 펼쳐진 이어령의 문학비평을 한 측면에서만 바라보는 단면적, 일면적 해석과는 궤를 달리하는 것이므로 상당한 탁견이 아닐 수 없다. 그러나 강경화는 전후의 시기에 펼쳐진 이어령의 문학비평이 어떠한 서술 전략을 취했는지를 분석하는 대목에 이르러서는, 안타깝게도 수사적인 문체를 강조하는 방향으로 나아가게 되는바, '저항의 깃발—화려한 수사—논리 부족'의 도식이 적용된 종래의 논의들과 결론이 비슷해져 버리는 문제점을 노출한다. 강경화는 전후의 시기에 펼쳐진 이어령의 문학비평이 "'배제와 선양'의 권력적 담론, 수

<hr />

21 강경화, 「저항의 문학과 문화주의 비평: 이어령론」, 『한국문학비평의 실존』, 푸른사상, 2005, 94면 참고.
22 위의 글, 97면 참고. 부언해두자면, 강경화는 유종호의 다음과 같은 발언을 통해서 전후의 시기에 펼쳐진 이어령의 문학비평이 지닌 바의 두 가지 축을 포착해내었다. "참여문학이 의식의 영역 확대나 자기 위안을 넘어서 효용을 발휘하자면 현실의 관찰이나 묘사나 비판에 그치지 않고 현실 그 자체를 변혁한다는 행동주의와 결합하지 않을 수 없다. 그러한 행동주의의 일보 전에서 몸을 움츠리고 있다는 점에서는 절충적 성격을 띠우고 있다. 참여론의 현실적 의의는 그것이 문학을 「순수」라는 울 안에서 해방시켰다는 점에서 찾을 수 있다. 이어령은 그 후 현저히 뉴·크리티씨즘적 발상으로 기울어져 갔는데 참여론의 시기에 이상 부활을 도모했다는 사실이 이미 그것을 예시해주고 있었다고 볼 수 있다. 전후비평의 발광체 구실을 한 그의 비평가로서의 본질은 낡은 것에 대한 과감한 우상파괴 작업과 모더니스트란 점으로 요약된다고 볼 수 있다." 유종호, 「성장과 심화의 궤적—한국문학 20년—」, 《사상계》, 1965.8, 329~330면.
23 강경화, 앞의 글(2005), 102면 참고.

사와 비유, 선언과 규정, 덮어쓰기 등의 여러 전략적 담론 기술의 활용"
으로써 "구세대라는 타자와 그들의 담론을 억압하면서 주체화하는 한편
대중력 영향을 확대해 왔다고 정리"하지만,[24] 이때 배제와 선양, 수사와
비유, 선언과 규정, 덮어쓰기 등의 여러 요소들은, 이를 포괄하는 '전략적
담론 기술'이라는 표현에서 이미 어느 정도 감지가 가능하듯이 모두 수
사적인 문체를 통해 도출된 성질의 것들이어서, 자연히 이후의 수순은
"이제 정서가 아닌 논리, 비유적 수사가 아닌 분석적 사유를 필요로 했던
사회적·문화적 상황으로 변모"됨에 따라 "이어령의 비평적 담론의 실천
이 무력해질 수밖에 없었"[25]다는 귀결로 이어지게 되는 것이다.

　이수향은 ① 일련의 이상론, ② 김동리, 조연현 등의 구세대와의 대
립, ③ 실존주의의 수용, ④ 4·19 관련 비평 및 김수영과의 논쟁, ⑤ 신
비평적 요소와 기호학의 도입 양상, ⑥ 수사학적 문체, 화법의 활용 방
식 등을 제시한 순서대로 다루었다. 이수향은 전후의 시기에 펼쳐진 이
어령의 문학비평을 위주로 논의를 펼쳤으되 그 이후(1970~80년대)에
펼쳐진 이어령의 문학비평까지도 일정 부분 논의에 포섭시켜서 ①~⑥
의 작업을 수행했거니와, 이처럼 다양한 면모를 폭넓게 아울러보고자
노력했다는 점만큼은 충분한 의의를 지닌다고 할 수 있다. 그러나 아무
래도 다루려는 범위가 너무 넓었던지라 각각의 요목에 대한 상세한 서
술이 다소 모자라지 않느냐는 느낌을 준다. 더하여, 기본적인 발상을 제
시하고 이의 입증 사례를 제시하는 식의 패턴을 대체로 취했지만, 중간

24　위의 글, 135면.
25　위의 글, 137면.

중간마다 서술의 흐름이 이질적인 게 아닌가 혹은 서술의 비약이 발생한 게 아닌가 의심되는 대목이 종종 발견된다. 특히 이수향은 논의를 진행하면서 곳곳마다 '수사'를 내세웠는데,[26] 이를 통해 어떤 효과가 거두어졌는지가 불분명하다는 점에서 여러모로 아쉬움을 남긴다. 오히려 '수사'를 강조하는 바람에 이수향도 강경화와 마찬가지로 '저항의 깃발—화려한 수사—논리 부족'의 도식이 적용된 종래의 논의들과 결론이 비슷해져 버리는 문제점을 노출한다. 이수향은 "비평이 텍스트 독법의 도구로써 문학의 하위 장르에 안주하지 않으려면 필연적으로 문학이 가지는 예술적 측면을 견지해야 한다. 비평가 고유의 개성적인 문체로 표현론적 가치를 인정받아야 하는 것이다. 그 가능성의 실마리를 이 시기 이어령의 비평이 보여준 수사적 강렬함에서 찾을 수 있다."[27]라고 수사의 효과를 강조하되, 곧바로 "이 시기 이어령의 수사적 강렬함은 일정한 한계를 노출하고 있다. 문제는 이어령의 비평적 주체가 어떠한 문제를 제기했든지 간에 남는 것은 그의 발화밖에 없는 것처럼 느껴진다는 것이다.", "비록 화려한 수사학으로 고유한 비평적 어법을 만들어냈지만 자신의 문학 인식의 논리적 규명의 차원에서는 일정한 한계가 있는 것이다."[28]라고 수사의 한계를 지적하면서, "이렇듯 이어령의 문학 비평에 나타난 수사적 어법의 장점과 한계는 뚜렷하다. 다만 이어령이 당대에

---

26 이 점은 장, 절의 제목만을 보아도 금방 확인이 가능하다. '수사'가 포함된 장, 절을 제시하면 다음과 같다. "2.1. 이상(李箱)이라는 문제의식과 수사적 어법", "3. 당대 상황과의 대결을 통한 수사적 담론 전략", "4. 심층 수사학으로서의 비평 내적 논리", "4.1. 신비평 수용의 비판 수사학적 고찰", "4.2 비평의 문화주의와 수사적 비평의 가능성 제시" 이수향, 앞의 글, iv면.

27 위의 논문, 99면.

28 위와 같음.

가졌던 수사적 어법에 대한 민감한 인식은 향후 그 의의가 좀 더 인정받아야 할 것이라고 생각한다."[29]라는 애매한 절충론으로 마무리를 지어버리는 것이다.

다음으로 이어령과 다른 인물들이 공통으로 논구한 대상(이상(李箱))을 살폈거나, 이어령과 다른 인물들(김동리, 김수영) 간에 벌어진 논쟁을 살핀 논의들이다. 이 논의들은 앞선 이수향의 논의 가운데서 ①, ②, ④에 해당하는 것을 이어령만 조명하지 않고 다른 인물들까지 조명하여 집중적으로 검토해본 사례라고 할 수 있다. 본 논문에서도 마찬가지로 이어령이 쓴 일련의 이상론(李箱論), 이어령과 김동리 간의 논쟁, 이어령과 김수영 간의 논쟁 등은 중요한 요목으로 삼아질 수밖에 없는바, 이 논의들을 간단하게나마 살펴보고 동시에 본 논문이 지향해야 할 방향도 조금 제시해두기로 하면 다음과 같다.

첫째, 여러 인물들의 여러 이상론을 한 자리에서 고찰한 논의들이다.[30] 전후의 시기에서 이상은 일종의 붐(boom)이었던바, 이 논의들은 고석규, 이어령, 임종국 등이 쓴 이상론 전반에 충분히 관심을 기울이는 식으로 내용이 구성되어 있다. 즉, 이 논의들은 두세 명의 이상론을 한

---

29 위의 논문, 99~100면.
30 여기에 해당하는 논의들을 제시해두면 다음과 같다. 김자은, 「1950년대 이상 문학의 수용과 정전화 연구」, 연세대학교 석사학위논문, 2011; 심동수, 「1950년대 비평 연구」, 한신대학교 석사학위논문, 2003, 제2장 제1절('이상을 통한 자기확인의 욕구'); 방민호, 「이상(李箱)의 전후(戰後)」, 『납함 아래의 침묵』, 소명출판, 2001(참고로 이 글을 약간 수정하여 다른 지면에 수록한 것이 방민호, 「전후 이상(李箱)비평의 의미」, 앞의 책(2003)이다); 조해옥, 「전후 세대의 이상론 고찰」, 『비평문학』 40, 한국비평문학회, 2011 등. 한편 이어령이 쓴 일련의 이상론만을 다룬 논의들도 없지 않으나, 안타깝게도 개괄적인 리뷰(review) 수준에 머물러있다. 송희복, 「이어령의 이상관(李箱觀)이 지닌 비평사적 의미」, 『메타비평론』, 월인, 2004; 조영복, 「이어령의 이상 읽기 : 세대론적 감각과 서구본질주의」, 『이상리뷰』 2, 이상문학회, 2003 등.

데 묶어서 병렬시키거나 혹은 비교하는 방법을 취한 것이다. 이 논의들을 통해 그 당시의 여러 이상론이 담지한 바의 공통점과 차이점이 전반적으로 잘 제시되었다고 여겨진다. 다만, 이 논의들은 내용 구성 및 편집 체제로부터 주어지는 한계로 말미암아 각 논자의 이상론에 대한 깊이 있는 개별 분석이 부족하다는 아쉬움을 어쩔 수 없이 남긴다. 이에 이어령이 이상을 어떻게 바라보았는지를 중심에 위치시키되 당시의 정황을 고루 살피면서, 또, 여타의 인물들이 이상을 어떻게 바라보았는지를 함께 살피면서, 현재의 단계에서 한 걸음 더 깊이 파고 들어가는 작업이 요청된다.

둘째, 이어령과 김동리 간의 논쟁을 정리한 논의들이다.[31] 이어령은 기성들의 카르텔(kartell)을 해체하고 문단을 변화시키기 위한 목적으로 수차례에 걸쳐 기성들에게 도전장을 던졌다. 이때 가장 크게 주목을 받은 것이 바로 이어령과 김동리 간의 논쟁이었다. 이어령과 김동리 간의 논쟁은 '실존주의'에 대한 입장 차이로 말미암아 벌어졌다는 견해가 일반적이다. 그래서 여러 논의들이 여기에 초점을 맞추어서 각자 의견을 개진한 모양새를 내보인다. 가령 이어령과 김동리의 실존주의에 대한 이해도가 얼마나 되었느냐를 고민한다거나 또는 이어령과 김동리가 각각 말하는 실존주의가 사르트르의 그것이냐 카뮈의 그것이냐를 고민한다거나 또는 이어령과 김동리가 논란의 쟁점으로 삼았던 작품들이 실존주의에 얼마나 부합하느냐를 고민한다거나 하는 식으로 내용이 전개

---

31 여기에 해당하는 논의들을 제시해두면 다음과 같다. 마희정, 「1950년대 '김동리 대 이어령의 문학 논쟁' 고찰」, 『개신어문연구』 15, 개신어문학회, 1998; 방민호, 앞의 글(2018); 홍기돈, 『김동리연구』, 소명출판, 2010, 제6장('이어령과의 실존성 논쟁') 등.

되었다는 것이다. 기실 이어령의 언술 자체가 그리고 김동리의 언술 자체가 논쟁의 초반부를 지나면서부터는 독설과 힐난으로 변질되어버린 탓에, 이어령과 김동리 간의 논쟁은 언설을 주고받은 횟수에 비해서 함의된 바가 그리 많지 않으므로, 이미 제출된 해석과 완전히 차별되는 아주 새로운 해석을 시도하기는 쉽지가 않다. 다만, 실존주의라는 틀 안에만 매몰되지 않고 그때의 사정을 담아내면서 폭넓은 이해를 도모해볼 가능성이 아예 차단된 것은 아니다. 이에 이어령과 김동리 간의 논쟁이 발발하게 된 최초의 지점은 어디였는지, 실존주의 외의 다른 논란 요소는 무엇이었는지, 건설적인 대화가 불가능하게 된 까닭은 왜인지 등을 꼼꼼하게 살피는 작업이 요청된다.

셋째, 이어령과 김수영 간의 논쟁을 해설한 논의들이다.[32] 그런데, 이

---

32 여기에 해당하는 논의들을 제시해두면 다음과 같다. 강신주, 「문학은 순수한가? 이어령 VS 김수영」, 『철학 VS 철학』, 개정판:오월의봄, 2016; 강웅식, 「전체주의적 반공주의와 순수 · 참여 논쟁 —이어령과 김수영의 〈불온시〉 논쟁을 중심으로」, 『상허학보』 15, 상허학회, 2005; 고명철, 「문학과 정치권력의 역학관계 —이어령/김수영의 〈불온성〉 논쟁」, 《문학과창작》 6(1), 2000.1; 김유중, 「김수영 시의 모더니티(9) —'불온시' 논쟁의 일면: 김수영을 위한 변명」, 『정신문화연구』 28(3), 한국학중앙연구원, 2005; 김윤식, 「불온시 논쟁에서 얻은 것과 잃은 것: 김수영과 이어령의 경우」, 『문학사의 라이벌 의식』, 그린비, 2013; 류동일, 「불온시 논쟁에 나타난 문학의 존재론 —이어령의 '창조력'과 김수영의 '불온성' 개념의 함의를 중심으로」, 『어문학』 124, 한국어문학회, 2014; 류성훈, 「김수영 시의 자유 지향성 연구」, 명지대학교 박사학위논문, 2016; 방민호, 「김수영과 '불온시' 논쟁의 맥락」, 《서정시학》 24(1), 2014; 오문석, 「김수영의 시론 연구」, 연세대학교 박사학위논문, 2002; 이동하, 「1960년대 말의 '참여'논쟁에 관한 고찰 —이어령 · 김수영 논쟁 및 선우휘를 중심으로 한 논쟁」, 『한국문학 속의 도시와 이데올로기』, 태학사, 1999; 이미나, 「김수영 산문에 나타난 '불온'의 논리 고찰」, 『인문사회21』 9(6), 인문사회21, 2018; 전병준, 「김수영 시론의 형성 과정 —"불온시" 논쟁을 중심으로」, 『한민족문화연구』 50, 한민족문화학회, 2015; 정효구, 「이어령과 김수영의 〈불온시〉 논쟁」, 『20세기 한국시와 비평정신』, 새미, 1997; 채상우, 「1960년대의 순수/참여문학논쟁 연구 —김수영-이어령 간의 불온시논쟁을 중심으로—」, 동국대학교 석사학위논문, 2000; 홍의, 「'자유'에의 뜨거움과 차가움 〈60년대 후반 김수영 · 이어령의 참여 · 순수 문학 논쟁 고찰〉」, 『고황논집』 27, 경희대학교 대학원, 2000 등.

논의들은 김수영에게 초점을 맞추고 있는 경우가 대부분이다. 가령 "김수영 시론의 정점을 이루는 강연문 「시여, 침을 뱉어라」의 산파는 이어령이라고 해야 한다"[33]라는 문구에서 확연히 드러나는 것과 같이 김수영은 중심에 위치한 인물로 설정된 데 반해, 이어령은 김수영의 시론이 형성되어가는 과정상의 파트너쯤으로 취급된 사례가 빈번하다.[34] 이는 김수영이 1960년대 중·후반을 넘어서면서부터 현재에 이르기까지 지속적으로 신화화(神話化)되어왔다는 사실 및 이어령이 1960년대 중·후반을 넘어서면서부터 현재에 이르기까지 계속적으로 외면을 받아왔다는 사실과 무관하지 않다. 그리하여 김수영은 '불온'을 언급하며 문학의 본질을 옹호한 인물로 높은 평가를 받는 상황이고, 이어령은 현실과 동떨어진 '순수'를 주장한 인물로 낮은 평가를 받는 상황이다. 그렇지만 김수영과 이어령에게 내려진 이러한 상반된 평가가 타당한 것인지, 김수영에게로 편향된 시선이 이러한 상반된 평가를 추동한 것이 아닌지, 이어령을 오롯이 인정한다면 이러한 상반된 평가는 바뀔 수 있는 것이 아닌지 등을 찬찬히 따져볼 필요가 있다. 따라서 김수영과 이어령을 동등하게 보는 균형 잡힌 시각에서의 재접근이 요청된다.

이상, 지금껏 다분히 비판적인 입장에서 선행 논의들을 검토해보았다.[35] 갈무리해보면, 먼저 살펴본 논의들은 '저항의 깃발—화려한 수

---

33 오문석, 앞의 글, 107면.

34 위의 각주를 통해 제시한 논의들 가운데 중립적인 입장에서 쓰여진 것으로는 김윤식, 이동하, 그리고 정효구의 논의 정도를 들 수 있을 따름이다.

35 한편으로 학적인 형태로 꾸려지지 않아서 전문성은 떨어지나, 이어령을 이해하는 데에 있어서 큰 도움을 주는 자료들로 인터뷰, 인상기, 평전 등이 있다. 구체적으로 이어령에 대한 인상기로는 서정주 외, 『64가지 만남의 방식』, 김영사, 1993 및 이세기 외, 『영원한 기억 속의 작은 이야기』, 삼성출

사—논리 부족'의 도식에서 벗어나지 못했다는 한계를 지니고, 다음으로 살펴본 논의들은 이어령과 다른 인물들을 함께 포괄하다 보니 이어령에 대해 깊이 있게 파악하지 못했다는 한계 및 균형 잡힌 시각에서의 접근이 이루어지지 못했다는 한계를 지닌다. 이에 본 논문은 이와 같은 선행 논의들의 한계를 충분히 유념하면서 전후의 시기에 펼쳐진 이어령의 문학비평에 대한 총체적인 상 그리기를 도모하고자 한다.

3. 연구 시각 및 순서

이어령은 다른 누군가의 목소리를 빌려서 말하기보다는 자기 고유의 목소리를 크게 부각시키기를 선호했다. 또한, 이어령은 이것저것을 녹여내는 방식을 통해 이야기를 다양하게 펼치기를 선호했다. 이것은 이어령이 전 생애에 걸쳐 일관되게 유지해온 입장이었다. 이에 이어령에게로 접근하고자 할 때는 하나의 해석틀에 맞추어 모든 글을 일이관지(一以貫之)하려는 태도가 그다지 효과적일 수 없다. 그보다는 주어진 실상(sachverhalte)을 토대로 한 분석, 유추, 비교, 가치판단, 확인 등의 실증적인 작업을 중심으로 삼되, 그때그때 필요한 해석틀을 적절하게 덧대어서 해당 글이 어떤 성격과 특징을 지니는가를 파악하려는 방법이 효과적이다. 이어령에게로 다가서고자 하는 본 논문의 기본 입장은 여

판사, 1993이 있고, 이어령에 대한 평전으로는 이어령 · 강창래, 앞의 책 및 호영송, 『창조의 아이콘, 이어령 평전』, 문학세계사, 2013이 있다. 또한, 이어령은 각종 매체에 수 차례 인터뷰를 했는데, 이것들을 읽어보면 이어령이 어떤 생각을 지니고 있었는지를 대강이나마 알 수 있다.

기에 놓여 있다.

하지만 이럴 때도 큰 틀에서 염두에 두어야 할 사항이 세 가지 정도 있다. 하나는 원론적인 차원과 관련된 것이고, 나머지 둘은 이어령을 이해하는 통로와 관련된 것이다. 먼저 원론적인 차원과 관련된 것을 이야기하자면, 그것은 기본적으로 '비평의 비평'(더 나아간다면 '비평의 비평의 비평'), 곧, '메타비평(meta-criticism)'의 방법을 수행하는 것이니만큼,[36] 실증주의의 영역에 그저 함몰되지 않으면서도 비평적 탐구로서의 객관적 타당성은 갖추어야 할 뿐만 아니라, 그 밖에도 회의주의(skepticism), 환원주의(reductionism), 주관주의(subjectivism) 등에 노출되는 것을 저항해야 한다는 것이다.[37] 결국, 핵심적인 주의사항은 연구자와 대상 간의 객관적인 거리를 확보하는 데에 놓인다고 할 수 있는바, 일단 연구자의 '비평적인 자의식(self-consciousness)'이 과도해져서는 안 된다. '맹목성'과 '통찰력'을 중시한 폴 드 만의 견해를 따른다면, '편파적이고 일탈적인 글 읽기'야말로 메타비평의 존재 이유가 되지만, 그럼에도 불구하고 연구자의 도전적인 의욕이 너무 앞서는 바람에 대상으로부터 필요 이상의 문제성을 끄집어내서는 곤란하다.[38] 그리되면 연구가 아니라 독단(獨斷)으로 전락하게 된다. 이와 반대로 연구자가 대상에게 종속되어서도 안 된다. 주지하다시피 이어령은 말 그대로 읽는 이를 빨아들이는 아주 흡입력 높은 글쓰기를 보여주었다. 그래서 읽는 이는 자기도 모르는 새에 이어령의 관점을 고스란히 받아들이기가

---

36 송희복, 『비평사와 동시대의 쟁점』, 월인, 1999, 4면.
37 Suresh Raval, *Metacriticism*, Athens: The University of Georgia Press, 1981, p.248.
38 송희복, 앞의 책, 25면; 송희복, 『메타비평론』, 월인, 2004, 17~18면 참고.

십상이다. 물론 읽는 이가 평범한 독자라면 별다른 문제가 되지 않을 수 있으나 연구자라면 자신의 관점을 견지해야지 이어령의 관점에 매료되어서는 곤란하다. 그리되면 연구가 아니라 패러프레이즈(paraphrase)로 전락하게 된다. 이처럼 연구자 쪽으로도 대상 쪽으로도 그 어느 쪽으로도 치우치지 않고 "비평 자체의 객관성을 부단히 검증하는 엄정한 자세가 요구"[39]되는 것이다.

다음으로 이어령을 이해하는 통로와 관련된 것을 이야기하자면, 첫째, 어떤 개인이든 간에 그 시대의 인식론적 장(episteme)으로부터 자유로울 수 없다는 사실을 고려해야 한다는 것이다. 그렇다면 이어령 역시 전후의 시기라는 시대적 상황으로부터 다대한 영향을 받았다고 봄이 타당한바, 이로부터 전후의 시기에 유행한(혹은 전후의 시기를 지배한) 사상을 살펴볼 필요성이 주어진다. 전후의 시기를 풍미한 사상이라면 곧바로 '실존주의'가 떠오른다. "술집에서도, 다방 한구석에서도, 다방 문이 열렸다 닫히는 사이로 보이는 외부에도 그리고 그렇게도 큰 비극을 체험하고도 아무런 창의(創意)가 보이지 않을 정도의 안이한 수필 한 조각에서도 〈실존〉이라는 것은 박혀 있었다."[40]는 문구에서도 잘 드러나는 것처럼 '실존주의'는 전후의 시기를 가로지른 하나의 키워드였다. '실존주의'가 전후의 시기에서 널리 퍼지게 된 까닭은 6·25전쟁의 여파 때문이라고 여겨진다. '민족'이라는 기준으로 판단할 때 6·25전쟁은 동족상잔의 비극이 아닐 수 없으나, 한편으로 그 당시 지식인들

39   김명인, 『조연현, 비극적 세계관과 파시즘 사이』, 소명출판, 2004, 47~48면.
40   고은, 『1950년대』, 청하, 1989, 382면.

에게 6 · 25전쟁이란 미국으로 대표되는 자유 진영과 소련으로 대변되는 공산 진영 사이에서 발발한 이데올로기의 대리전 양상으로 이해되었다. 그 결과, 묘하게도 6 · 25전쟁을 통해 그 당시 지식인들은 '세계(사)적 동시성'이라는 감각을 획득할 수 있었다. 그리고 그 당시 지식인들은 이와 같은 세계(사)적 동시성을 기반으로 "2차대전 후, 비록 전승국(戰勝國)이었지만 심각한 불안과 고난을 겪은 불란서"[41]와 6 · 25전쟁 이후 불안감과 위기의식이 만연한 한국 간의 밀접한 유비 관계를 느끼며, 사르트르, 카뮈 등으로 대표되는 프랑스의 실존주의를 받아들였던 것이다. "부조리, 허무, 고독 등과 같은 실존주의적인 용어들과 실존주의는 당대의 상황을 설명할 수 있는 설득력 있는 이론"[42]이었으되, 막상 그 당시의 실상을 확인해보면, 실존주의는 "본격적인 논문으로보다는 저널리즘의 영향을 통해서 작품 중심으로"[43] 소개가 이루어졌음을 알 수 있다. 즉, 다분히 감상적인 차원에서 "사상의 깊이보다도 넓이에 더 관심이 있는"[44] 상태로 수용되었던 것이다. 그리하여 실존주의는 "갈수록 서구적 의미와는 다른 굴절이 일어"[45]날 수밖에 없었거니와,[46] 자연히 실존주의는 많은 논란거리를 만들어내었다. 이처럼 전후의 시기에서 실존주

---

41 안병욱, 「실존주의의 계보」, 《사상계》, 1955.4. 78면.
42 나종석, 「1950년대 실존주의 수용사 연구 ─'교양'으로서의 실존주의를 중심으로」, 『헤겔연구』 27, 한국헤겔학회, 2010, 248면.
43 전기철, 「한국 전후 문예비평의 전개양상에 대한 고찰 ─불안의식의 내재화와 응전력을 중심으로」, 서울대학교 박사학위논문, 1992, 19면.
44 위와 같음.
45 김건우, 앞의 책, 228면.
46 1950년대에 실존주의가 어떻게 수용되었는지는 김영민, 『한국현대문학비평사』, 소명출판, 2000, 195~228면에 자세히 서술되어 있으니 이를 참조할 것.

의가 비록 온전한 유입의 양상은 아니었을지언정 열풍을 일으킨 형편이었음을 감안한다면, 이어령 또한 실존주의를 내면화했다고까지는 볼 수 없을지라도 실존주의적 사유를 알게 모르게 내장할 수밖에 없었다고 할 수 있다(실제로 이어령은 여러 대담 및 인터뷰에서 사르트르, 카뮈 등을 언급하며 이들로부터 크게 영향을 받았다고 밝힌 적이 있다).[47] 과연 이어령이 펼친 언술들을 보면 실존주의를 전면에 표방한 경우는 드물지만,[48] 대상을 바라보는 전체적인 구도가 실존주의를 기반으로 했다고 짐작되는 경우 및 다른 사고, 사유체계가 실존주의적 코드(code)로 변환되었다고 추측되는 경우는 종종 감지가 되는바, 이를 놓쳐서는 안 될 것이다.

이어서, 둘째, 당시의 문단 사정과 여기에 따른 이어령의 대응 전략을 고려해야 한다는 것이다. 6·25전쟁 이후 문단은 전전(戰前)세대와 전후(戰後)세대 사이의 힘겨루기 공간이었다. 또한, 4·19혁명 이후 문단은 후속세대까지 등장함으로써 전전세대, 전후세대, 후속세대가 서로 주도권을 움켜쥐고자 대립한 공간이었다.[49] 즉, 전후의 시기를 통틀어서

---

47 전기철은 '불안의식의 형성'과 '비평적 응전력'이라는 두 축을 중심으로 전후세대 비평가의 전반적인 특징을 설명했다. 요컨대, 전후세대가 지닌 불안의식으로 말미암아 실존주의에 대한 내재화가 일어났고, 이에 전후세대의 비평에서는 실존주의가 밑바탕에서 작동하고 있음이 확인된다는 것이다. 전기철이 펼친 이와 같은 설명은 다소 도식적인 느낌을 주되 충분한 설득력을 지닌다고 판단된다. 관련 내용을 자세히 확인하고자 한다면, 전기철, 앞의 글, 12~80면 및 112~122면을 참조할 것.

48 하나의 예외적인 경우로 이어령은 '새로운 문학(담)론'을 모색할 때만큼은 사르트르의 '참여문학론'에 크게 의존하는 모습을 보여주었다. 이와 관련한 내용은 본 논문의 제4장 제3절에서 상세히 다뤄질 것이다.

49 이때 '세대'란 무엇인가에 대한 원론적인 설명이 필요하다고 판단된다. 흔히들 비슷한 시기, 비슷한 경향의 인물들을 하나의 군(群)을 묶어서 세대라는 어사를 붙이곤 한다. 하지만 이 정도로는 충분치가 못하다. 세대는 "생물학적 동년배 집단을 가리키는 '출생 코호트(cohort)'와는 변별"(고지혜, 「4·19세대 소설의 자기형성과 분화」, 고려대학교 박사학위논문, 2017, 13면)되므로 조금 더 분명한 개념 규정이 요구된다. 물론 세대가 이러저러한 의미를 지닌다고 적확하게 정의하기는 불가능하다. "온갖 연상을 다 할 수 있을 정도"(M.라이너 렙지우스, 김연수 역, 「세대 연구에 대한 비

문단은 세대 간의 권력 투쟁이 벌어진 장(champ)이었던 것이다. 그리고 이어령은 이 와중에 오히려 세대의식을 강조하면서 문단 내 위상을 확보하려는 전략을 지속적으로 펼쳤다.[50] 통합을 지향하는 게 아니라 변별을 강조하면서 상대방과의 구별짓기(distinction)를 시도한 것이다.[51] 이처럼 이어령은 "'그들'의 경계를 설정해 '우리'를 창조"한 후,[52] '우리'(전후세대)가 '그들'(전전세대)에 비해 얼마나 중요한지를 강조했다. 또한,

---

관적 제언」, 울리케 유라이트 · 미하엘 빌트 편, 한독젠더문화연구회 역, 『'세대'란 무엇인가?』, 한울, 2014, 69면)로 세대의 뜻과 관련해서는 여러 논자들의 여러 논의들이 제출되어있는 상태이다. 다만 이 가운데서 조금이나마 더 설득력을 확보했다고 여겨지는 하인츠 부데의 견해를 가져와 제시해보면 그것은 다음과 같다. 첫째, 세대는 역사적으로 보아 어떤 중요한 전환점을 경험했다는 사실에 좌우되는 단절의 개념이다. 둘째, 세대는 한 사회의 지배적인 주류 문화에 관련한 분파 개념(sezes-sionsbegriff)이다. 셋째, 세대는 어떤 것을 관철하는 것과 관련된 개념이며 젊음의 활력을 중시한다(이상의 내용은 하인츠 부데, 김연수 역, 「맥락으로 보는 '세대'」, 위의 책, 50~51면에서 발췌한 것임). 이와 같은 세대에 관한 세 가지 정의는 현재의 시점에서 충분히 통용될 수 있을 듯하다. 가령 이 세 가지 정의에 전후세대를 대입해보아도 상당히 매끄러운 설명이 이루어진다. 첫째, 전후세대는 6 · 25전쟁이라는 역사적인 중요한 전환점을 경험했다. 둘째, 전후세대는 전전세대를 중심으로 펼쳐지고 있는 지배적인 주류 문화에서 벗어나고자 했다. 셋째, 전후세대는 문단을 재구축하고자 노력했으며 이 과정에서 자신들이 신세대임을 강조했다.

50   이로 보면 이어령은 "비평은 순수한 분야가 아니며, 결코 그랬던 적도 없었다"는 주장을 뒷받침해주는 효과적인 사례가 된다. 테리 이글튼, 윤희기 역, 『비평과 이데올로기』, 인간사랑, 2012, 43면.

51   여기서 '장(champ)'과 '구별짓기(distinction)'는 부르디외가 주장한 개념어를 염두에 둔 것이다. 이와 관련한 간단한 설명은, 삐에르 부르디외, 최종철 역, 『구별짓기』(상), 새물결, 2006, 11~12면을 참조할 것.

52   샹탈 무페, 이보경 역, 『정치적인 것의 귀환』, 후마니타스, 2007, 13면. 구체적으로 이때의 '그들'은 '구성적 외부'라는 개념으로 설명된다. '구성적 외부'라는 개념은 원래 데리다가 쓴 것이다. 관련 설명 대목을 옮기면 다음과 같다. "데리다의 핵심 관념 가운데 하나는 하나의 정체성의 구성은 언제나 무언가의 배제에 근거하며, 형상/질료, 본질/우연, 흑인/백인, 남자/여자 등등의 결과로서 생겨나는 두 극 사이의 폭력적인 위계의 설립에 근거한다는 것이다. 이는 그 자체로 자기 현전적인, 차이로 구성되지 않는 정체성은 존재하지 않으며, 모든 사회적 객관성은 권력 행위를 통해 구성된다는 것을 드러낸다. 그것은 어떤 사회적 객관성이라도 궁극적으로는 정치적이며, 그 구성을 결정하는 배제의 흔적들, 즉, 우리가 그것의 '구성적 외부'라고 부를 수 있는 것을 보여주어야 한다는 것을 의미한다. 결국 모든 사회적 관계들의 체계들은 어느 정도까지는 권력관계를 함축한다. 왜냐하면 하나의 사회적 정체성을 구축하는 것은 하나의 권력 행위이기 때문이다." 같은 책, 223~224면.

이런 입장을 한번 취하게 되면 "'그들'이 없이는 '우리'가 존재할 수 없"음이 자명하게 되는바,[53] 이어령은 언제이고 '그들'을 찾아 나서야만 했다. 4·19혁명으로 상황이 바뀌게 되자 이어령은 '그들'의 경계에 후속세대까지를 새로이 포함시키는 태도를 보여주었다. 그리하여 이어령은 4·19혁명 이전 시기까지는 전후세대로서 전전세대에 대한 비판을 수행하는 모습을 보여주었고, 4·19혁명 이후 시기부터는 전후세대로서 후속세대에 대한 영향력을 행사하고자 하는 모습을 보여주었다. 결과적으로 이어령의 여러 언술들을 보면, 전후세대의 특수성을 강조하는 경우 및 전전세대나 후속세대에 대한 비판을 수행하는 경우가 잘 나타나는바, 이를 놓쳐서는 안 될 것이다.

이상, 지금껏 상술한 연구 시각을 바탕으로 삼고서, 본 논문은 다음과 같은 순서를 밟아나갈 것이다. 본 논문은 연대기를 고려하되 주제별로 접근하는 방식을 취한다. 제2장은 예비적 단계에 해당한다. 제2장에서는 비평적 사유의 배경을 주목한다. 먼저 전후의 시기에서 이어령을 위시한 신진 문인들이 등장할 수 있었던 이유가 그 당시의 문단 사정에 기인한 것이었음을 살펴본다. 그런 다음 이어령의 최초 문학활동에 해당하는 초기 소설 두 편을 꼼꼼히 분석함으로써 그 당시의 이어령이 지니고 있던 내면풍경을 파악해본다. 이와 함께 이어령이 문학비평으로 전환하게 된 계기에 관해서도 탐색해본다. 제3장부터 문학비평에 관한 본격적인 탐사로 나아간다. 제3장에서는 일련의 이상론(李箱論)을 집중적으로 조명한다. 이어령은 이상론으로 문학비평의 첫발을 뗀 후 이

53   위의 책, 138면.

상론을 몇 차례나 더 생산했다. 이어령이 특정 대상에게 지속적인 관심을 보인 경우란 이상의 사례 외에는 드물다. 그런 까닭에 이어령이 발표한 일련의 이상론은 한 데 묶어서 다룰 만한 가치를 충분히 가진다고 판단된다. 우선 전후의 시기에서 이상이 왜 유행했는지와 이상에 대한 다른 관점들이 어떠했는지를 개략적으로 살펴본다. 이어서 이어령이 발표한 일련의 이상론을 여러 가지 측면에서 심도 있게 살펴본다. 제4장에서는 '저항'의 기치 아래 산출된 문학비평을 네 가지 계열로 나누어 검토한다. 네 가지 계열로 구분한 까닭은 전후의 시기에 펼쳐진 이어령의 문학비평이 내재한 바의 다양한 면모를 포착하기 위해서이다. 첫째, 우상의 파괴, 화전민 의식 등의 표어로 잘 알려진 문학비평을 다룬다. 둘째, 기성들과의 논쟁을 목적으로 산출된 문학비평을 다룬다. 셋째, 새로운 문학(담)론을 모색해보고자 한 문학비평을 다룬다. 넷째, 비평 방법에 대해 과학적으로 탐구해보고자 한 문학비평을 다룬다. 제5장에서는 4·19혁명 이후 이어령이 어떤 변화를 보여주었는지를 살펴본다. 일단 이전 시기에 비겨 확장된 이어령의 활동 면모를 개략적으로 소개한다. 다음으로 달라진 문단 분위기와 이에 따른 이어령의 위치 재설정 및 문학에 대한 입장 변화를 기술한다. 마지막으로 이어령과 김수영 간의 논쟁을 중립적인 입장에서 자세히 탐색한다. 이상의 과정을 통해 전후의 시기에 펼쳐진 이어령의 문학비평이 지닌 성격, 특징 등이 제대로 드러날 수 있으리라고 기대한다.[54]

---

54 본격적인 논의로 진입하기에 앞서 분석 텍스트를 선정하는 문제를 언급해둘 필요가 있다. 본 논문은 최초 수록 지면의 원문을 분석 텍스트로 삼고자 한다. 다만, 최초 수록 지면의 원문을 미처 확인하지 못했을 경우에는 부득이 가장 먼저 발간된 단행본에 수록된 글을 분석 텍스트로 삼을 것이다.

Ⅱ. 비평적 사유의 배경

전후의 시기에 펼쳐진 이어령의 문학비평에 대한 풍부한 이해를 도모하기 위해서는 이의 발생 배경부터 검토해볼 필요가 있다. 단계적인, 점진적인 과정을 밟아나가야만 "그때 그때의 문학활동으로 분절(分節)되어 이해된 이어령 문학의 정체성을 한층 일관된 논리로 파악"[1]할 수 있기 때문이다. 크게 두 가지 측면으로 나누어서 시도할 수 있다. 하나는 당시 문단의 형편을 살피는 것이고, 다른 하나는 당시 이어령이 지녔던 의식을 살피는 것이다. 구체적으로 전자는 이어령이 전후세대의 대표격으로서 당당하게 목소리를 내는 행위를 가능케 해주었던 현실적 조건을 확인해보고자 하는 시도이다. 물론 여기에는 이어령의 비범한 재능이 일차적인 요인으로 작용했을 것이다. 하지만, 한 개인의 역량이 제아무리 뛰어나다고 할지라도 이것이 만개할 수 있는 상황이 아니었더라면 빛을 발하기가 어려웠으리라고 여겨지는바, 그때의 문단 상황이 어떠했는지를 알아볼 필요가 있다. 그리고 후자는 이어령이 문학비평을 쓰는 단계로 나아가게끔 추동한 개인적 요인을 확인해보고자 하는 시도이다. 즉, 이어령의 그 당시 상태를 알기 위한 탐색이다. 이어령은 문학

---

1   류철균, 「이어령 문학사상의 형성과 전개 ―초기 소설 창작과 창작론을 중심으로」,《작가세계》50, 2001, 346면.

비평을 쓰기 전부터 시, 소설 등을 꾸준히 창작했거니와, 이러한 시, 소설 등을 통해 당시의 심정이 간접적으로나마 추측 가능하므로, 몇 편을 선택해서 알아볼 필요가 있다. 이와 더불어, 이어령이 어찌하여 시, 소설을 쓰다가 문학비평을 쓰게 되었는지도 함께 알아볼 필요가 있다. 전자를 살핀 후, 후자를 살피는 순서로 진행을 해보도록 하자.

1. 비평 지면의 확대 및 신진 문인들의 등장

주지하다시피 해방 이후부터 북쪽으로 적(籍)을 옮기는 문인들이 많아지고, 이 현상은 남한단독정부 수립 이후부터 더욱 빈번해진다. 월북한 문인들만이 아니라 6·25 전쟁을 거치면서 납북된 문인들까지를 고려한다면 그 숫자는 더더욱 증가한다. 당장 떠오르는 월북 및 납북 문인들만 나열해보아도 김기림, 김남천, 김동석, 안막, 임화, 정지용, 한효 등 인지도 높은 저명인사들이 상당하다. 이렇게 많은 수의 인원이 빠지게 되었으니 (남한) 문단은 자연히 문인 부족 현상에 직면하게 되었고,[2] 특히 안 그래도 숫자가 많지 않았던 비평계 쪽은 보다 큰 타격을 받을

---

2   이 과정에서 김동리, 서정주, 조연현으로 대표되는 청년문학가협회의 인사들이 (남한) 문단의 주류로 자리 잡게 된 것은 잘 알려진 사실이며, 또 이들이 (남한) 문단의 주도권을 움켜쥘 수 있었던 이유가 '순수'라는 문학적 기표와 '반공'이라는 사상적 이념이 당시의 정황에서 잘 맞아떨어졌기 때문인 것도 잘 알려진 사실이다. 이상의 과정을 조연현을 중심으로 설명한 연구로는 김명인,『조연현, 비극적 세계관과 파시즘 사이』, 소명출판, 2004(주로 131~146면)가 있고, 또, 이상의 과정을 김동리를 중심으로 설명한 연구로는 김윤식,『해방 공간 문단의 내면 풍경』, 민음사, 1996(주로 제2장, 제3장, 제8장)이 있으니 이 연구들을 참조할 것.

수밖에 없었다. 곽종원, 조연현, 백철 정도를 제외하면 평론가라 칭할 수 있는 인물이 없다고 보아 무방한 상태에 이르게 된 것이, 곧, (남한) 문단 비평계의 실제적 사정이었다.

그런 반면, 비평을 필요로 하는 지면은 점차적으로 증가했다.《문학예술》(1954년 창간),[3] 《자유문학》(1956년 창간), 《현대문학》(1955년 창간) 등의 (순)문예지 및 그 밖의 여러 종류의 종합(교양)잡지들이 탄생하여 시, 소설을 비롯해서 이것들에 관한 비평을 실을 수 있는 지면이 확대되었다.[4] 또, 여러 신문들이 창간 그리고 재발간을 하게 됨으로써 각 신문사 간의 구독자 유치 경쟁이 심화되자 (에세이, 칼럼 등을 포함한 여러 가지 형태의) 비평을 내세우는 방식으로 대중의 눈길을 끌어보려고 한 사례도 발생하였다. 이렇게 평론가의 절대적인 숫자는 모자란 데 반해 비평을 원하는 지면은 증가하는 바람에, 소수의 기성 평론가들만으로 도저히 소화해낼 수 없는 상황이 벌어지게 되자(또, 소수의 기성 평론가들만으로 돌려막다 보니, 비평의 질이 떨어지고, 그에 따라 비평의 신뢰도가 하락하고, 끝내는 비평의 무용론까지가 대두되기에 이르자) 기성 평론가들은 새로운 피의 수혈이 필요하다는 내용의 발언을, 혹은 새로운 피의 수혈을 환영한다는 내용의 발언을 여기저기에다가 하게 된다.[5] 이 중에서 백철

---

3   《문학예술》의 경우, 《문학과 예술》이라는 제호로 2호까지 낸 뒤 1년간 간행이 중단되었다가 55년 6월에야 본래의 《문학예술》 제호를 되찾아 속간할 수 있었'다고 하므로(손혜민, 「잡지 『문학예술』 연구」, 연세대학교 석사학위논문, 2008, 20면), 엄밀하게 《문학예술》이란 이름으로 발간된 것부터 창간 연도를 잡으면 1954년이 아닌 1955년이 된다.

4   이와 더불어, 지속성의 측면에서 "그동안 단명을 거듭했던 잡지계에 전문경영 시대가 열리면서 잡지의 장수 시대가 열리게 되었"음을 또한 주목해야 한다. 박기현, 『한국의 잡지출판』, 늘푸른소나무, 2003, 260면.

5   신진 문인의 등장을 바라는 글들의 목록을 조금 적어두기로 하면, 백철의 「문단을 위한 부의」(《문

의 것과 조연현의 것을 대표 사례로 제시해보면 아래와 같다.

문단 제도의 중앙집권적인 데서 오는 특질적인 결함은 주로 두 가지가 있는
데, 첫째는 그 중앙의 과두정치적(寡頭政治的)인 성질에서 오는바 문단 세
력을 잡은 몇 사람의 특권계급에 의하여 문학운동이 좌우되는 데서, 그 문
학운동은 기성적인 것을 묵수(墨守)하기 쉽고 자기도취와 독선적인 데 떠
러지기 쉬운 사실이다. 이것은 현재 우리 문단 위에 가져다 적용해봐도 어
덴지 그 결점의 일 특질로 될 줄 안다. 그와 같이 특권을 가진 사람들만이
출입할 수 있는 용문(龍門)의 문단성(文壇性)은 신인의 진출과 문학의 자
유스런 발전을 장해하는 불모성적 환경의 조건이다.[6]

우리 문단에 있어서의 평단(評檀)의 존재는 불과 3·4명의 현역 비평가들
에 의해서 유지되고 있는 것이 된다. 그러나 이렇게 적은 소수의 사람들로
서 일국의 평단이 구성될 수는 없는 노릇이다. …(중략)… 이러한 평단의 불
안전성에 비추어 볼 때 10여 명의 새로운 비평전문가들이 일시에 진출되고
있다는 것은 문단의 일우(一隅)에 자리 잡고 있었던 무력한 평단이 처음으

---

6   화세계》, 1953.7), 「신세대적인 것과 문학」(《새벽》, 1955.7), 유치진의 「신인대망론」(《서울신문》,
     1953.8.9), 조연현의 「비평의 신세대」(《문학예술》, 1956.3), 조영암의 「신인등장에 대한 문단적 분
     석」(《문예》, 1953.7), 주요한의 「다음 세대에 기대한다」(《새벽》, 1954.9) 등이 있다. 이진영, 「전후
     한국문학의 실존주의 고찰」, 『한국문예비평연구』 47, 한국현대문예비평학회, 2015, 143면 참고.
     백철, 「문단을 위한 부의(附議) —그 권위에 대한 일 견해—」, 《문화세계》, 1953.7, 44면. 부언하건
     대, 이 글은 문단의 중앙(서울) 집중 현상을 지적하면서, 동시에 조연현으로 대표되는 소수의 기성
     평론들이 특권계층으로서 권력을 독점하고 있음을 비판하는 데 초점이 맞춰져 있다. 그렇기에 백철
     은 조연현을 비롯하여 그 주변의 평론가들을 견제하려는 의도를 가지고서 신진 문인들의 등용문이
     막혀 있음을 지적하는 방식으로 신진 문인들의 문단 내 진입이 필요하다는 주장을 편 것이다.

로 자신의 지반을 준비하기 시작했다는 일 증좌(證左)로 볼 것이다.[7]

　문단의 발전을 위해서는 몇몇 특정의 기성 평론가들에게 집중된 권력이 분산되어야 하므로 신진 문인들이 요구된다는 백철과, 문단의 발전을 위해서는 평단의 불완전성이 해소되어야 하므로 신진 문인들이 요구된다는 조연현은, 그 당시 상극 관계로 각자 지닌 바의 입장이 아주 달랐지만, 위와 같이 신진 문인들의 유입이 요청된다는 점에서만큼은 목소리가 다르지 않았다. 이처럼 당대의 현실적 조건에 힘입어서 신진 문인들은 "구세대와의 커다란 충돌과 갈등 없이"[8] 문단 내로 입성할 수 있었다. 그 결과, 1955년을 기점으로 2, 3년 동안에 이어령을 비롯하여 고석규, 김양수, 김우종, 김종후, 유종호, 이영일, 이철범, 정창범, 최일수, 홍사중 등등의 신진 문인들이 줄지어 등장했다. 그리고 이렇게 많은 신진 문인들이 단기간에 나타난 것은 문학사에 있어서 유례가 없는 경우였다.[9]

　그런데 기성 평론가들의 입장에서 볼 때, 이처럼 신진 문인들이 다수 등장했다는 사실은 현실적 조건에 따른 것이자 문단 분위기의 쇄신, 문단 규모의 확장이라는 측면에서 반길 만한 것이었지만, 한편으로는

7　조연현, 「비평의 신세대」, 《문학예술》, 1956.3, 160면. 덧붙여 이 글을 읽어나가면, 조연현이 신진 문인들에게 마냥 환영의 태도만을 보이지 않았다는 사실을 알 수 있다. 그리고 조연현의 이러한 태도와 관련된 내용은 본문에서 곧이어 제시될 것이다.

8　한수영, 『한국현대비평의 이념과 성격』, 국학자료원, 2015, 50면.

9　한편으로 이렇게 많은 신진 문인들이 폭발적으로 등장했음에도 지금에 이르러서 회자되는 인물은 별로 없다. 그 이유로 이들 중 상당수가 비평전문성, 비평정신이 부족한 상태였다는 점, 또, 이들 중 상당수가 후속세대(65년세대, 4·19세대)에 의해 부정을 당했다는 점 등이 제시되고 있다. 충분히 납득되는 이유이지만 이들에 대한 개별 연구가 아직 충분치는 않다고 여겨지는바, 여전히 다른 각도에서 접근해볼 여지가 남아있다고 생각된다.

"비평계의 세대 간 대립과 분화를 낳는 기본적인 조건"[10]이 마련된 것이 기도 했다. 그래서 세대 간 대립과 분화를 방지하려면 신진 문인들에 대한 무언가의 조치가 취해져야만 했다. 이럴 때 특별히 조연현의 경우를 주목해볼 수 있을 것인데, 이유인즉, 조연현은 세대 간 대립과 분화를 무화시키려는 전략적 언술을 구사하고 있었고, 또, 이러한 조연현의 전략적 언술은 나름대로 성공을 거둔 듯 여겨지기 때문이다.[11]

지금 평단(評壇)에의 기대는 문단의 전체 경향이 그러한 것과 같이 이 신인들에게로 돌아가고 있는 것 같다. 그렇다면 최근에 등장한 김양수 정창범 최일수 등의 평단의 신예들이 그들과 함께 참가될 다른 신인들과 함께 이 평단의 무기력을 타개하고 비평문학의 독립적인 지위의 확립을 위한 책임 져야 할 것이다. 그러나 중요한 것은 기성이건 신진이건 그의 비평에의 정열이나 포부를 단편적이며 지엽적인 것에서 떠나 본격적인 데로 돌리는 일이며 그러한 그의 행동이 체계의 완성보다는 작품적인 창조성을 지니게 하는 데 있다. 이 땅의 비평문학은 이러한 기초 위에서만 처음으로 독립된 일문학 형태로서의 의의를 가질 것이다.[12]

그것은 그릇된 문학관 혹은 졸렬한 문학 의식으로써 고정된 기성에 의해서 양성되고 진출되는 신인의 존재는 우리의 문단을 또다시 후퇴시키는데 도

---

10   한수영, 앞의 책, 39면.
11   이하, 서술될 조연현 관련 내용은, 임승빈, 「1950년대 신세대론 연구」, 『새국어교육』 82, 한국국어
       교육학회, 2009, 648~651면에서 도움을 받은 바 크다.
12   조연현, 「우리나라의 비평문학 —그 회고와 전망—」, 《문학예술》, 1956.1, 134면.

움이 될 뿐이기 때문이다./ 그러므로 문학적인 식견과 안목이 가장 높고 그 작가적인 역량이 가장 우수한 기성에 의해서만 신인은 양성되고 등장되어져야 할 일이다. 이러한 원칙 하에 행해질 신인의 양성에는 또다시 두 개의 방향이 있다고 볼 수 있다. 그 하나는 일정한 수준에 달한 신인의 등용이며 그 다른 하나는 새로운 경향 새로운 인생 의식 혹은 새로운 문학적 특성을 가진 신인을 발견해 내는 일이다.[13]

몇몇의 신진 문인들이 호명되며 그들의 책임이 강조되는 듯하더니, 곧이어 "그러나 중요한 것은 기성이건 신진이건 그의 비평에의 정열이나 포부를 단편적이며 지엽적인 것에서 떠나 본격적인 데로 돌리는 일이며 그러한 그의 행동이 체계의 완성보다는 작품적인 창조성을 지니게 하는 데 있다"라는 언술이 전개된다. 이를 통해 조연현이 비평문학의 기초 확립에 있어서 신진 문인의 독자적인 역할을 인정하지 않았음을 파악할 수 있다. 다음으로는 "문학적인 식견과 안목이 가장 높고 그 작가적인 역량이 가장 우수한 기성에 의해서만 신인은 양성되고 등장되어져야 할 일"이라는 언술이 펼쳐진다. 이를 통해 조연현이 기성들(모든 기성들이 아니라 "그릇된 문학관 혹은 졸렬한 문학 의식으로써 고정된 기성"을 제외한 나머지의 "작가적인 역량이 가장 우수한 기성")이 지니고 있던 권력을 존속시키려 했음을 파악할 수 있다.[14]

이처럼 조연현은 신진 문인들을 받아들여 평론가의 숫자 부족 현상

---

13 조연현, 「신인양성문제」,《평화신문》, 1957), 『문학과 그 주변』, 인간사, 1958, 83~84면.
14 이때 "작가적인 역량이 가장 우수한 기성"은 조연현 및 그의 동지들을 의미한다. 그리고 반대항인 "그 릇된 문학관 혹은 졸렬한 문학 의식으로써 고정된 기성"은 백철 및 그 주변의 인물들을 의미한다.

은 해결하되, 결코 신진 문인들에게 문단의 주도권을 내주지 않으리라는 입장을 드러내고 있었다. 조금 과장된 표현이지만, 신진 문인들을 자신이 의도하는 방향으로 조종하고 통제하고자 하는 '문단 권력 유지-확장에의 욕망'이 조연현에게서 감지가 되는 것이다. 그리고 이런 입장을 겉으로 드러내어도 될 만큼의 그만한 힘을 조연현은 지니고 있었다. 당시 신진 문인들이 문단 내로 진입하기 위한 주요 통로는 (순)문예지와 여타 신문, 잡지를 통한 '신인추천제도'였다. 또한, 당시 신진 문인들이 문단 내로 진입한 이후에도 (순)문예지와 여타 신문, 잡지를 통한 작품 게재는 무시될 수 없는 중요 활동 방법이었다. 이럴 때 (순)문예지와 여타 신문, 잡지를 통틀어서 당대 가장 파급력, 파장력이 컸던 것이 바로 《현대문학》이었고, 또, 이 《현대문학》에서 편집자의 역할을 수행하고 있던 인물이 바로 조연현이었다. 조연현이 지니고 있던 막강한 힘은 이로부터 확실히 포착되는바, 전적으로 혼자만의 역할은 아니었더라도 "문학(인)의 충원과 관리"를 담당하는 높은 권좌에 조연현은 앉아있었던 것이다.[15] 이에 조연현이 원했던 방향으로 대체로의 문단 모양새가 갖춰지게 된다. 즉, 신진 문인들의 상당수가 자의든 타의든 간에 기성들에게로 포섭되는 면모를 보여주는 것이다. 사실 신진 문인들의 입장에서도 기성들의 자장 아래에서 활동상의 보호와 지원을 받는 것이 나쁠 리 만무했다.

하지만 문단의 발전을 위해서는 쇄신이 필요하다는 입장을 지닌 신

<hr />

15   한형구, 「편집자-비평가로서 조연현의 생애와 문예지 《현대문학》」, 『한국현대문학연구』 9, 한국현대문학회, 2001, 83면 참고.

진 문인들, 이에 따라 기성들의 권위를 부정하고 나선 신진 문인들이 없지 않았다. 그리고 이 부류의 신진 문인들은 점차적으로 문단 내에서 자신의 목소리를 높여나갔다. 더불어, 이 부류의 신진 문인들은 '신인이라고 해서 모두가 신세대는 아니다'라면서 스스로를 기성에 포섭된 신진 문인들과 구별 지었다.[16] 이럴 때 이 부류의 신진 문인들 가운데서 단연 두각을 드러낸 인물이 바로 이어령이었다.[17]

이어령이 보기에 6·25전쟁 이후의 엄혹한 현실 아래서 기성들이 보여주고 있는 태도는 본받을 만하지 않았고, 또한, 기성들이 내어놓고 있는 작품들도 본받을 만하지 않았다. 이렇게 기성들로부터 본받을 만한 것이 별로 없었으니, 당연하게도 기성들에게 일말의 부채감조차 느껴야 할 까닭이 없었다. 오히려 기성들이 노정하고 있는 문단 내 권력 쟁취를 위한 이전투구(泥田鬪狗)의 면모[18] 및 시대상에 부합하지 않는

16　한편 조연현도 '신인이라고 해서 모두가 신세대는 아니다'라는 식의 발언을 한 적이 있다. 그리고 조연현은 다음과 같이 이유를 제시한다. "우리는 신인 중에서 그의 문학이 가장 구적(舊的)인 특질 위에 서 있는 것을 얼마든지 발견할 수 있을 뿐 아니라 기성 중에서 신인보다 오히려 신세대적인 것에 가까운 것을 발견할 수도 있다."(조연현, 「비평의 신세대」, 앞의 잡지(1956.3), 161면) 이제껏 본문에서 서술해온 맥락을 따를 때, 이와 같은 조연현의 발언은 신진 문인들을 견제하려는 의식에서 비롯된 것으로 여겨진다.

17　관련하여 어느 대담에서 이어령이 행한 발언 하나를 덧붙여두자면 다음과 같다. "그때는 추천제도이니까 문학청년들이 쫓아다니는 겁니다. 도제기간처럼 누가 소설가면 김동리 씨 쫓아다니고 조연현 씨 쫓아다니고, 또 그때는 대개 잡지 편집장하고 신문사 문화부장이 문화권력이야. 이 사람들이 다 쥐고 흔드는 거지요. 나는 그게 아니꼬워서 때린 거거든." 이어령·김용희, 「이어령 선생의 해방 전후 이야기를 듣다」, 《서정시학》 15(3), 2005, 29면.

18　이러한 문단의 권력 투쟁 사태를 가장 노골적으로 비판한 이어령의 글로는 「금년 문단에 바란다―장미밭의 전쟁을 지양―」(《한국일보》, 1958.1.21)를 들 수 있다(원문에서는 날짜를 단기(檀紀)와 서기(西紀)를 병기했으나 본 논문에서는 서기(西紀)로만 표기한다. 이하, 마찬가지로 날짜와 관련해서는 모두 서기(西紀)로만 표기한다). 이 글에서 이어령은 1957년 동경에서 열린 국제펜클럽대회와 관련하여 벌어진 문단의 알력 다툼을 중심으로 문학 외적인 문제로 싸우고 있는 문단의 상황을 비판한다.

작품 창작의 면모란 응당 비판 대상으로 삼아져야 마땅했다. 이와 같은 입장을 철저히 지니고서 이어령은 신진 문인들 가운데서 그 누구보다도 맨 앞줄에 서서 기성들을 향하여 과감하게 비판의 칼날을 들이댄 것이다.[19] 어떨 때는 기성들에 대한 비판의 정도가 지나쳐 조롱 혹은 힐난이라 불러도 틀리지 않을 정도였고, 또 그러다 보니, 이러한 비판의 행위가 자신의 문단 내 입지를 빠르게 그리고 확고히 구축하기 위한 전략적 태도이지 않았느냐는 의혹의 시선(이에 해당하는 표현을 하나 가져와 보면 '출세주의적 저널리즘'[20])까지를 이어령은 받아야 했다.[21] 하지만 이어령의 발언이 거침없고 거칠었던 만큼이나 이와 정비례하여 이어령의 발언이 끼친 효과(당대에서의 영향력, 파급력)도 무척이나 컸음은 부정될 수 없다. 이렇게 전후의 시기에서 이어령은 대표적인 비평가로 떠오를 수 있었던 것이다.

---

19 관련하여 박훈하는 이어령이 당시의 현역 문인이자 대가 반열에 위치해 있던 이들에게 공격적인 발
    언을 서슴지 않을 수 있었던 까닭을 전후의 한국 문단이 지닌 허약성 때문이라고 보았다. 즉, 전후의
    한국 문단에는 일정한 장(champ)의 놀이규칙이 부재했거나 제도화된 합법적 폭력(제도를 통해
    형성된 권력)이 부재했다는 것이다. 박훈하, 「서구적 교양주의의 탄생과 몰락―이어령론」, 《오늘의
    문예비평》 27, 1997.12, 252~253면 참고.
20 고은, 『1950년대』, 청하, 1989, 384면.
21 이어령은 여러 문면을 통해서 이러한 의혹의 시선에 대해 완강한 항변을 보여주었다(가령 "기성 세
    대를 공격해서 누구나 다 유명해지는 것이라면 이 세상에 그보다 더 쉬운 일이 어디 있겠어요. …
    (중략)… 그러나 정말 중요한 것은 "이 아무개가 유명해지기 위해서 우상의 파괴를 썼는가"가 아니
    라 "어째서 그까짓 신문의 시평 하나가 그렇게 이 아무개를 유명하게 만들 수 있었는가"일 것입니
    다."(이어령 · 이상갑, 「1950년대와 전후문학」, 《작가연구》 4, 1997, 175면)와 같은 발언을 들 수
    있다). 하지만 이와 같은 의혹의 시선이 전연 부정되고 말 것은 아니라고 판단된다. 이어령이 의식
    했는지, 의식하지 않았는지를 차치하고서, 이어령이 여타의 신진 문인들보다 빠르게 그리고 높이
    문단 내에서 자리를 잡을 수 있었던 데에는 '기성들에 대한 노골적인 비판의 언사'가 배제될 수 없
    는 하나의 이유로 작용했으리라고 해석되기 때문이다.

2. 초기 소설에 담긴 내면풍경과 문학비평으로의 전환

문학을 좋아하는 또는 문학가를 지망하는 청년을 소위 '문학청년'
이라고 부른다. 어릴 적부터 문학에 지대한 관심을 가졌던,[22] 그리하여
1952년 서울대학교 문리과대학 문학부 국어국문학과에 입학했던 이어
령 역시 문학청년이었다.[23] 문학청년 대부분이 그러하듯이 초창기의 이
어령도 마찬가지로 비평이 아니라 시, 소설 창작에 치중하는 면모를 보
여주었다. 과연 이어령이 대학 입학 후 지면에 게재한 최초의 글은 시
였고, 대학 입학 후 지면에 게재한 두 번째의 글은 소설이었다.[24] 그리고

---

22 어릴 적부터 이어령은 참으로 다양한 책들을 탐독했다. "이미 어린 시절 충청도 아산의 집에서, 여
    름방학이나 겨울방학 때면 서울에서 학교 다니던 형님들이 새로 마련한 책을 가지고 내려왔는
    데, 그 적지 않은 책들은 막내 남동생인 어령의 차지였다. 물론 그것이 8·15 전까지는 일본인들이
    만든 세계문학 전집류였기에 세계 명작으로 알려진 책들은 이 무렵에 거의 섭렵했다. 톨스토이, 도
    스토예프스키, 발자크 등은 물론이지만, 그가 깊이 빠져든 것은 「말테의 수기」로 유명한 대시인 릴
    케였다."(호영송, 『창조의 아이콘, 이어령 평전』, 문학세계사, 2013, 151면) 및 "저는 고등학교 시절
    이른바 소련 문학을 필두로 한 '아까홍'(맑스-레닌주의의 공산주의 서적)과 칠리코프, 이렉키, 엘렌
    부르크 등 이른바 『신흥문학전집』(사회주의 리얼리즘의 작품들)에 실린 작품들을 많이 읽었어요.
    물론 일제 때 나온 책들이지요. 그러나 그와 동시에 앙드레 지드와 스펜더 그리고 케스틀러의 작품
    그리고 한국의 박영희, 김팔봉 등 사회주의 이데올로기 문학에서 탈피하여 순수문학을 지향한 30
    년대의 예술가들의 글도 많이 읽었지요. 젊은 시절에 문학적 상상력과 상징의 수혈을 받은 것은 랭
    보, 보오들레르, 도스토예프스키 등이었고, 사상적으로는 니체나 키에르케고르 그리고 스타이너 같
    은 사람들이었어요. …(중략)… 전후에는 말로, 사르트르, 까뮈를 대학에서 배웠고, 르네 윌렉의 아
    카데미즘으로서의 문학 이론이나 I.A 리차즈와 수잔 K. 랭거 등의 언어와 상징 철학 등을 접하기 시
    작했어요."(이어령·이상갑, 앞의 글, 184~185면)

23 1952학년도 서울대학교 합격자 명단은 「서울대학교입시합격자」, 《대학신문》, 1952.4.21, 4면에
    서 확인이 가능하다. 덧붙여, 이어령의 국어국문학과 입학은 집안의 반대를 무릅쓴 것이었으며, 그
    일화를 제시하면 다음과 같다. "내가 국문과 들어간다고 할 때 우리 집이 초상집이었어요. 내가 의
    대나 법대를 들어가서 우리 몰락한 집안을 먹여 살릴 거라고 생각했던 거지. 우리 백부께 국문과
    를 간다고 했더니 뭐하는 데냐고 물으셔요. 그래서 제가 우리 문학을 하는 데라고 말씀드렸더니
    그 분이 "아니 대학까지 간 놈들이 아직 언문을 못 깨우쳤냐"며 혀를 끌끌 차더라고요." 「SPECIAL
    INTERVIEW 이어령」, 《AJOUINSIGHT_秋》, 2015.9, 12면.

24 이 둘 모두가 《대학신문》에 게재된 것인데, 시의 제목은 「마을」(《대학신문》, 1952.10.6, 4면)이고,

이후에도 이어령은 《문리대학보》, 《예술집단》의 지면을 통해 추가로 소설을 게재한다.[25] 하지만 이 소설들은 예술적 완성도가 높은 편이 못되

소설의 제목은 「초상화」(《대학신문》, 1953.6.15, 7면)이다. 이 둘과 관련된 내용을 조금 부연해두기로 하면 다음과 같다. 먼저 「마을」과 관련해서 이어령은 "대학교 1학년 때 학보(서울대학신문)에 시를 발표한 적이 있어요. '구름'인가 하는 제목이었는데 사실 그게 내 문학 생활의 시작이었어요"(「비평가 이어령 등단 50년 만에 빼든 '시 한 수'」, 《중앙일보》, 2006.11.17, 18면)라고 언급을 한 적이 있다. 여기서 '구름'은 '마을'의 착각으로 보인다. 다음으로 「초상화」와 관련해서 이어령은 "전시의 문학청년들은 매문을 했어. 배고픈 자취방 친구들이 소주 생각이 났는지, 중국집 자장면 생각이 났는지 내 습작 소설을 훔쳐다가 대학신문 현상소설에 응모를 한 거야. 당선 상금으로 빈자의 향연을 열었지. 그래서 본의 아니게 이어령의 공개된 최초의 처녀작은 이원이라는 필명으로 쓴 '초상화'라는 단편이에요."(「[이어령의 창조이력서]처녀작 출생의 비밀」, 《주간조선》 2041, 2016.4, 33면)라고 언급을 한 적이 있다. 줄거리를 간단히 적어두면 다음과 같다. 주인공인 '그'는 동무의 편지를 읽으려고 어느 우동 가게에 일단 들어간다. 그런데, 우동 가게의 벽에서 초상화를 발견한다. '그'가 고교 시절 짝사랑하던 여고생에게 그려준, 여고생이 죽을 때까지 간직하겠다던 초상화였다. '그'는 주인인 노파에게 초상화가 어디서 났는지를 묻고, 노파는 피난 온 이웃에게 받았다고 대답한다. '그'가 노파에게 초상화를 팔라면서 값이 얼마면 되겠냐고 묻자, 노파는 우동 한 그릇 값이면 충분하다고 대답한다. '그'는 노파에게 돈을 치르고 초상화를 들고 나와서 사람들 속으로 쓸쓸히 사라진다. 그런데, 《대학신문》에서 「초상화」와 관련된 부분을 확인해보면 몇 가지 제시해둘 만한 사실들이 목도된다. 첫째, 이원이라는 필명이 아닌 이어령이라는 본명으로 표기가 되어 있고, 둘째, 당선작이 아니라 가작으로 되어 있다. 이어령도 "당선작 못된 것이 유감"이라고 소감을 밝혔거니와 더불어 "문학을 하고 작품을 쓴다는 것이 나에게는 생리적인 욕구였다"라며 중학교 2학년 때부터 지금까지 십여 편의 작품을 썼음도 밝히고 있다(《대학신문》, 1953.6.15, 7면). 이는 대학 생활의 초창기까지만 해도 이어령이 작품 창작 쪽에 더 관심을 두고 있었다는 증거가 된다. 한편 심사위원이었던 주요섭은 「초상화」에 대해 "오·헨리의 수법을 모방하였는데 그 방향으로 더욱더 정진하기를 바라마지 아니한다"라고 평했다(《대학신문》, 1953.6.15, 6면).

25 《문리대학보》는 서울대학교 구성원(학생 및 교수) 주축의 잡지들로서 이어령이 깊게 관여한 것으로 알려져 있다. 특히 이어령은 《문리대학보》에서 편집 역할을 담당했다고 하는데, 구체적으로 《문리대학보》의 제2권 제1호(1954.1)에는 '문예 편집위원'으로, 제2권 2호(1954.9)에는 '편집인'으로 이어령의 이름이 올라가 있다. 한편 《예술집단》은 영덕 출생의 문인 최해운이 대구 지역을 기반으로 창간한 문예지이다. 《예술집단》은 제2집까지 발행되었고 이후 경영난으로 인해 폐간되었으나 이어령은 《예술집단》의 제1집(1955.7)과 제2집(1955.12) 모두에 소설을 싣는다(제1집에는 「환상곡 —배반과 범죄—」(작품 끝에 창작일인 '1955.4.5.'이 표기되어 있음)을 실었고, 제2집에는 「「마호가니」의 계절」(작품 끝에 미완성을 의미하는 '이하 차호 완(以下次號完)'이 표기되어 있음)을 실었다). 이렇게 《예술집단》을 통해 이어령과 인연을 맺게 된 최해운은, 이후 현암사의 편집부장으로 있던 시절인 1963년에 이어령의 최대 히트작 『흙 속에 저 바람 속에』를 출판하게 된다. 또한, 최해운은 1965년에 출판사 예문관을 열고, 공전(空前)의 베스트셀러인 최인호의 『별들의 고향』을 출판하게 된다. 이로 보아 최해운은 출판인, 편집인으로서의 감각이 아주 뛰어났던 것으로 보인다

었다. '습작'의 수준을 넘어섰다고 보기 어렵다. 습작의 수준이었던 만큼 이 소설들에서는 그 당시 이어령이 지니고 있던 사고, 사상이 은폐되지 않은 채 노출되고 있다. 즉, 이데올로기가 명시적으로 전경화(前景化)되었다는 것이다.[26] 혹은 프로이트의 말을 빌리자면 작품 속에서 개인적인 어조를 효과적으로 제거하지 못하여 '금지된 원천'을 생경하게 드러내고 말았다는 것이다. 그렇지만 아이로니컬하게도 이와 같은 미숙함으로 인해 이 소설들은 비록 작품으로서는 미달태(未達態)에 그치고 말았으되, 한편으로 그 당시 이어령의 내면풍경을 파악해볼 수 있다는 측면에서는 나름의 가치를 가지게 되었다. 그런 연유로 이 몇 편의 소설들을 결합텍스트(attached text)[27]로 간주하고서 작중 내용을 이어령의 상황과 연관 지어 이해하는 방식으로 간단하게나마 살펴보기로 함에, 최초의 문학비평인 「이상(李箱)론(1) ―「순수의식」의 뇌성과 그 파벽―」(《문리대학보》3(2), 1955.9)을 기준으로, 이보다 앞서 발표되었던 두 작품을 검토 대상으로 삼고자 한다. 「환(幻)」(《문리대학보》2(1), 1954.1)[28]과

(최해운과 관련된 내용은 이수남, 『대구문단이야기』, 고문당, 2008, 204~205면 참고).

26 '이데올로기의 명시적 전경화'라는 표현은 유종호, 「끔찍한 위선과 이기심 ―모파상을 다시 읽고」, 《현대문학》, 2019.3, 174면에서 가져온 것이다.

27 "저자와의 관련성 속에서 읽게 되는 텍스트"를 의미한다. 방민호, 「김수영과 '불온시' 논쟁의 맥락」, 《서정시학》24(1), 2014, 185면 참고.

28 「환」의 저자는 '이노주(李盧洲)'로 표기되어 있는데, 이는 이어령이다. 이어령은 《문리대학보》에 "'노주(盧洲)'라는 고색창연한 익명으로 「환(幻)」이라는 소설을 발표"했다고 밝힌 바 있다(이어령 · 이상갑, 앞의 글, 167면). 한편 《새벽》(1960.1)의 「비트 · 제네레이슌 ― 기계 속의 개성―」도 저자가 '노주(盧洲)'로 표기되어 있는데, 이 역시 이어령이다. 《새벽》(1960.1)은 특집으로 "새로운 문학의 탐구자들"을 마련하면서 여기에 백철의 「『앵그리 · 영맨』에 대하여」, 이어령의 「불란서의 앙띠 · 로망」, 노주의 「비트 · 제네레이슌 ―기계 속의 개성―」, 이상 세 편을 묶었는데, 아무래도 세 편 중 두 편이 이어령의 이름으로 실리기에는 조금 궁색한 측면이 있으므로 한 편에다가 노주라는 필명을 붙인 것이 아닌가 생각된다.

「환상곡 —배반과 범죄—」(《예술집단》1, 1955.7)이 바로 그것인데, 발표된 순서를 따라서 「환」부터 확인해나가기로 하자.[29]

1953년 7월 27일 휴전 협정이 발표되고, 이어서 1953년 8월 15일 대한민국 정부는 서울로 환도(還都)한다. 관련 기관 및 각 대학들도 여기에 발맞추어 환도를 서두르게 되는데, 서울대학교의 경우에는 "1953년 8월 7일에 환도를 위한 복귀 업무를 시작하여 10월 17일에 완료"[30]한다. 이렇게 정부, 관련 기관, 그리고 각 대학들이 서울로 환도한 이후, 많은 이들이 기쁨과 희열을 느꼈음은 여러 지면을 통해 잘 알려진 사실이다. 그렇지만 기쁨과 희열이 어느 정도 사그라진 다음에는, 많은 이들이 재건이라는 현실적인 문제와 맞닥뜨리게 되었음도 여러 지면을 통해 잘 알려진 사실이다. 이때 재건의 범주에서 우선순위를 차지했던 것은 정치와 경제였다. 이는 전쟁으로 인해 쑥대밭이 된 나라를 다시 일으켜 세우기 위해서였다. 그리고 이에 못지않게 중요했던 것이 윤리였다. 이는 전쟁으로 인해 발생한 아노미(anomie) 현상을 해소하기 위해서였다. 이렇게 정치, 경제, 윤리라는 세 가지가 재건의 주된 요소로 삼아진 환도 이후의 시점에서 「환」은 게재되었다.[31] 「환」은 상이군인 철이

---

29 이어령의 소설 창작은 이후에도 계속되었다. 1950년대 중·후반에서 1960년대 초반까지의 공백 기간 후(이때는 폭발적으로 문학비평을 생산하던 시기였다) 1960년대 중반에 접어들어 이어령은 「장군의 수염」, 「전쟁데카메론」 등을 발표했다. 비단 소설 창작에만 국한되지 않았다. 이어령은 여러 희곡을 집필하기도 했으며, 만년에 이르러서는 『어느 무신론자의 기도』(문학세계사, 2008)라는 시집을 출간하기도 했다. 이렇듯 이어령은 창작에의 욕망을 포기하지 않고서 계속해서 실현하는 면모를 보여준 것이다.

30 서울대학교 60년사 편찬위원회 편, 『서울대학교 60년사』, 서울대학교, 2006, 66면.

31 「환」이 실린 《문리대학보》 제2권 제1호의 편집후기에는 다음과 같은 내용이 적혀 있다. "환도하여 옛 교사(校舍)와 연구실에 도라온 기쁨을 신년엔 같이 나누어보려고 편집위원 여러 사람이 방학의 전 시일(全時日)을 소모한 것이 이런 것이 되었다. 원고를 모으고 보니 고민과 대결하려는 『에토

("哲이")를 주인공으로 하여 그 당시의 윤리와 관련된 문제를 한번 다뤄 보고자 한 소설이라고 여겨진다. 시종일관 상당히 어두운 분위기로 그려지고 있는 「환」의 내용을 대략적으로 정리해보면 다음과 같다.

정찰 도중 팔을 잃은 상이군인 철이는 며칠째 먹을 것조차 없는 빈한한 생활을 하고 있다. 철이는 우연히 하숙집 천장의 거미줄을 보게 되고 "산다는 것이 곧 죄(罪)가 되어버리는 거미들의 세계에도 원죄(原罪)라는 것이 반듯이 있어야지만 된다고 생각"[32]한다. 그러다가 철이는 환각 같은 과거의 회상으로 빠져든다. 외팔로 돌아다니며 연필을 팔아서 생활을 이어가려는 철이에게 세상 사람들은 무관심한 태도를 보인다. 철이는 "내 팔이 하나 달아났다는 것이 남에겐 자기 좆기 단추 하나가 떨어졌다는 사실보다도 대수롭지 않"(168면)다는 사실에 환멸을 느낀다. 또, 철이는 자신의 처지가 이렇게 된 것을 "어떠한 부여된 테두리 밖으로 탈주할 수가 없"(169면)었던 탓으로 여긴다. 이어서 철이는 우연히 (군인 시절 함께 정찰에 나갔던 인물인) '김 하사(金下士)'를 만나게 되는데, 김 하사는 냉소적인 어조로 "어떠한 부여된 테두리" 안에서 살아남을 수 있는 방법을 아래처럼 설명한다.

부모가 돌아가서 고아(孤兒)가 되어 그렇다고……바보 같은 소리 부모야 있던 없던 친구나 자식이 있건 없건 우리는 전부가 다 고아다 고아……그

스」가 표현되어, 우리 편집위원들은 『현대문화의 성찰』이라는 『타이틀』을 붙이기로 하였다." 「편집 후기」, 《문리대학보》 2(1), 1954.1, 176면.

32 이노주(李盧洲), 「환」, 위의 책, 167면. 이하, 이어령의 글을 인용함에 있어, 동일한 글을 연속해서 인용할 경우, 최초 서지 사항에 대해서만 각주를 달아서 출처를 표기하고, 그다음부터는 본문 속 괄호에다가 페이지만을 표기한다.

누구를 가지고도 자기를 설명할 수도 또 의지할 수도 없는 완전한 고아들로 태어난 것이다. 공동체(共同體)란 것은 한낱의 형체 없는 추상명사일 뿐야, 공동체란 것이 있다면 그것은 자기를 둘러싸고 있는 그림자일 뿐이다. 말하자면 눈부신 태양의 주위를 외어싸고 있는 희미한 햇문리(sic;해무리) 같은…… 그래서 이 우주에는 이러한 고아들을 위하여 하나의 법측 바꾸어 말하자면 한 「모랄」을 마련해 놓았다. 그 「모랄」이란 단순하다. 자기를 지키라는 것이다. 누구에게도 침략받지 않을 자기의 위치를 마련해 노라는 것이지……이것은 사자(獅子)에게서 개미들에 이르기까지, 거대한 보리수에서 단세포 식물의 해파리에 이르기까지 다 똑같이 고루고루 부여된 신비로운 규측이야. 「예수」도 자기가 고아라는 것을 누구보다 잘 알은 사람이었다. 단지 그러한 「모랄」을 범한 것 뿐이다……자네가 부상 당한 것도 그런 「모랄」을 지킬 줄 몰랐던 탓이야…… (170~171면)

전후세대의 고아 의식이 포착되거니와 예수의 희생도 그리고 철이의 부상도 모두 "누구에게도 침략받지 않을 자기의 위치를 마련"하지 못했기 때문이라는 약육강식의 논리가 제시되고 있다. 그리고 이러한 약육강식의 논리가 곧 현실의 윤리("「모랄」")라고 제시되고 있다. 이러한 김 하사의 말대로라면, 무엇보다도 "좌우간 강해야" 함이 가장 우선시된다. 그렇지만 철이는 여태껏 "강한 삶의 의지(意志)"가 부족했다. 이제 철이는 환각 같은 과거의 회상에서 깨어난다. 현실로 돌아온 철이는 김 하사의 논리를 따라 "거미줄에 얽히어 먹힌 버러지"가 아닌 먹잇감을 "옭아서 먹을 수 있는 유능한 거미"가 되고자 결심한다. 철이는 "벽에 걸린 시뻘건 녹진 단도를 힘껏 움켜 잡"는다. 강도질을 결심하기에 이른 것이다(이 문단의 따옴표 친 인용 부분은 171면).

철이는 강도질을 실행으로 옮기기에 앞서 몇 번이나 되풀이 고민한다. 하지만 며칠째 굶주렸다는 절망적인 사실이 철이의 이와 같은 망설임을 눌러버린다. 그리고 그때 철이는 자신에게 말을 걸어오는 한 창부(娼婦)를 만나게 되며, 또, 창부로부터 하룻밤 가격이 오백 환이라는 말을 듣게 된다. 그 말을 들은 철이는 분노가 치솟으며 자신도 모르는 사이에 창부를 찔러버리게 된다. 창부의 몸을 미친 사람처럼 뒤지고 자신의 하숙집으로 돌아와 탈진 상태로 쓰러져 다음 날 아침에 눈을 뜨게 된 철이는 그제야 강도질의 전리품이 고작 남자용 우와기(うわぎ), 만월표 고무신 한 짝이라는 것을 확인하게 된다. 그리고 철이의 눈앞에는 "도시 누구의 얼굴이라고도 할 수 없는 생활에 시달린 한 여인의 파리한 환상"(175면)이 떠오른다. 결국 철이는 살인을 했다는 죄책감을 이기지 못하고 자신이 사람을 죽였다고 정복경관 앞에서 고함을 친다. 이로써 소설은 마무리된다.

그렇다면 이어령은 무엇을 말하고 싶었는가. 약육강식의 논리가 곧 현실의 윤리라는 김 하사의 말을 따라서 철이는 거미줄을 쳐서 먹잇감을 잡아먹는 거미가 되고자 했다. 이는 철이가 큰 욕심을 품어서가 아니었다. 다만, 며칠 동안을 굶주림에 시달린 끝에 내리게 된 결심으로 그저 자신의 생명을 이어가기 위해서였을 뿐이다. 그렇지만 철이의 결심은 자신과 처지가 별반 다르다고 할 수 없는 창부 한 명을 희생시킨 결과만을 초래했다. 이로 인해 철이는 죄책감에 시달린다. 여기서 약육강식의 논리가 곧 현실의 윤리라는 김 하사의 말은 당연하게도 틀렸음이 드러난다. 애당초 이어령은 김 하사의 입을 빌리는 방식으로, 그리고 반

어적인 논법으로 현실의 윤리가 무너진 당시의 세태를 꼬집고자 한 것
이다(다만, 이런 의도가 너무나도 생경하게 노출되었다는 것이 결점이다). 모
두가 강자인 집합체란 실현이 불가능하다. 더하여, 약자를 고려하지 않
는 집합체란 붕괴의 위험에서 멀리 떨어져 있지 않다. 이로부터 공동체
의 중요성이 드러나는바 "공동체(共同體)란 것은 한낱의 형체 없는 추
상명사"(170면)가 아니며 지향해야 할 목표가 된다. 하지만 전후의 시
기에서 이어령은(그리고 그 누구라도) '공동체를 어떻게 형성해나갈 것
인가'의 물음에 대한 뚜렷한 대답을 내어놓기가 어려웠다. 기실 어떤 대
답도 공허한 목소리에 그칠 소지가 다분했다. 그래서 살인을 한 다음에
자수로 이어지는 철이의 비극적인 행보를 통해 "산다는 것이 곧 죄(罪)
가 되어버리는"(167면) 원죄 의식을 재확인하는 정도에서 소설은 멈추
고 만 것이다. 이것은 곧 "상이군인…전후의 상처를 팔던 제2세대의 감
각"[33]이다. 이렇듯 윤리가 무너졌다는 시대 인식, 이에 따른 인간 생존에
의 위협, 그리고 인간에게 주어진 원죄의 재확인, 이것들이 「환」에서 포
착되는 그 당시 이어령의 내면풍경이다.

　　이어서 「환상곡 ―배반과 범죄―」을 확인해나가기로 하자. 「환상곡 ―
배반과 범죄―」은 제목에서도 감지되듯이 '환상'을 표면에 내세우고 있으
며, 이 점에서 「환」과의 유사성을 지닌다. 더불어, 시종일관 상당히 어두운
분위기로 그려지고 있다는 점에서도 「환」과의 유사성을 지닌다. 「환상곡

33　이어령, 「제3세대」, 《중앙일보》, 1966.1.5, 5면. 이 글에서 이어령은 자신의 앞 세대를 제1세대로,
　　자신의 세대를 제2세대로, 그리고 자신의 뒤 세대를 제3세대로 각각 명명한다. 이 글은 차후 본 논
　　문의 제5장 제2절에서 상세하게 논구될 것이다. 또한, 「제3세대」라는 공동의 제목 아래, 이어령의
　　글과 더불어, (제3세대의 작가로 분류된) 김승옥의 인터뷰가 함께 실려 있다.

—배반과 범죄—」의 내용을 대략적으로 정리해보면 다음과 같다.

'나'는 나이도 이름도 분명치 않다. 열서너 해 정도의 기억을 가지고 있다는 것으로 보아 '나'는 14~15세 정도일 것이라고 추측될 따름이다. '나'는 벙어리이자 장님인 아버지를 대신하여 사람들에게 아버지가 친 점괘를 읊어주는 일을 하며, 그 밖의 것은 아무것도 모르는 인물로 그려진다. '나'는 "다른 사람들의 운명을 내다보고 있드시 내 마음을 투시하는 아버지의 눈이 두렵"³⁴지만, 한편으로는 이러한 "두려움에 이끌려 움직이기만 하면 편"(106면)하다는 생각을 가지고 있다. 두려움과 이에 따른 복종……, 이렇듯 '나'는 아버지에게 철저히 종속되어 있는 것이다. 하지만 '나'는 우연히 "아버지의 눈과 숨결이 있어야 할 자리에서 하늘을 발견"(106면)하게 된다. 그리고 "내 아버지와 같은 놈"(107면)인 눈이 없는 개구리를 물에 던져 버린다. 그러고서는 이내 "후회 비슷한 것을 느끼"(107면)며, 이를 "하늘을 본 탓"(107면)으로 돌려버린다. '나'의 내면에서 아버지에 대한 반항 의식이 조금씩 싹트는 것이다.

'나'는 아버지와 함께 열네 살짜리 병든 계집애의 집으로 점괘를 치러 간다. '나'는 아버지가 알려준 점괘인 "『흉괘─죽는다…… 어쩔 수 없다.』"를 계집애와 계집애의 어머니에게 전달해주어야 하지만, 계집애의 얼굴에게서 "커어다란 하늘"을 느끼며, "『살고 말고요 살고 말고요 상괘입니다 상괘』"라고 거짓말을 해버린다. 이렇게 '나'는 아버지를 배반해 버린다. 그리고 '나'는 아래처럼 자신의 심정을 토로하기에 이른다(이 문단의 따옴표 친 인용 부분은 112면).

---

34 이어령, 「환상곡 ─배반과 범죄─」, 《예술집단》 1, 1955.7, 106면.

나는 혼자 있고 싶습니다. 숫한 야화(野花)가 있는 어느 길들을 걷고 싶습니다. 나를 딸아오지 마십시오— 아버지／ 당신은 내 운명을 판결하십시오 성좌처럼 흐터진 그 엽전들이 나를 위협하지는 않습니다．/ …(중략)…/ 그 눈을 감으십시오 바람이 흔들리는 삭쟁이 같은 앙상한 손을 감추십시오 구름이며 바람이며 어쨌던 내 몸은 가벼워져야 될 것입니다. 당신 아닌 것이 알고 싶습니다．/ — 아버지—/ 당신의 말일랑 당신이 하십시오. 가고 싶은 당신의 길은 당신이 걸으십시오. 후덕지근한 내 숨결을 부끄럽지 않게 하여 주십시오／ 넝쿨 같은 당신의 손과 싸늘한 핏줄을 걷어 주십시오．/ — 아버지—/ …(중략)…/ 후회를 알기 위해서 당신을 버리렵니다 당신의 끈적끈적한 눈먼 촉수에서 벗어나면 나는 후회할 것입니다．/ 그렇지만 내 홀로 나의 죽음을 기다릴 때까지 당신의 이름을 부르지는 않겠습니다．/ — 아버지—/ …(중략)…/ 나는 혼자 있고 싶습니다. 모든 것을 후회하기 위하여 당신의 눈과 입과 입술과 주름살과 또는 무한히 내뻗은 각질의 혈과(sic;관)을 버리겠습니다．/ 당신의 지역에서 나를 놓아 주십시오. 피벽 넘어의 무한 속에 나를 맡기고 싶습니다．/ …(하략)… (113~114면)

　'나'의 토로는 거의 두 페이지에 걸쳐 길게 이루어지고 있거니와, 그 핵심은 위의 인용 대목 중 "나는 혼자 있고 싶습니다", "당신 아닌 것이 알고 싶습니다", "당신의 지역에서 나를 놓아 주십시오" 등의 직설적인 문구에서 확인되는 것처럼, 아버지로부터 벗어나고자 하는 '나'의 바람이다. 그렇지만 아버지는 '나'의 이러한 바람을 묵살해버린다. 아버지는 "—싫은 것은 싫은 것대로 가게 하라—" 및 "—가 자—"(116면)라는 전언을 되풀이할 뿐이다. 그러함에 '나'는 결국 아버지에게서 벗어나고자 아버지를 낭떠러지로 이끌어서 떨어지게끔 유도한다.

모든 것이 물속으로 사라지고 말았다 정적이 물 위에 뜨고 있다 아버지가
살아진 물 위에 나의 하늘이 비치고 있다 빨갛고 까맣고 허어얀 하늘의 그
림자가 어리고 있다./ 뒤에서 따라오던 발소리도 끈적끈적한 넝쿨도 아무것
도 없다. (117면)

그런데, 아버지로부터 이렇게 해방되었으니 '나'가 느끼는 심정은 자
유로움, 홀가분함이 되어야 마땅할 텐데 정작 그렇지가 않다. '나'는 "난
어디를 향해서 걸어야 할지 모른다 나 혼자 길을 가 본 일이 없다 물에
비친 하늘을 치어다 본다."라면서 나아갈 좌표를 설정하지 못한 데에 따
른 당혹함을 짙게 표출한다. 그러다가 '나'는 "무엇을 하고 서 있는 거야"
라는 아버지의 목소리를 듣고, '나'를 "쏘아 붙이고 있"는 "아버지의 흰
눈"을 의식하고, '나'의 "팔을 더 힘껏 조라 매고 있는" 아버지의 손을 느
낀다. 이로써 소설은 마무리된다(이 문단의 따옴표 친 인용 부분은 117면).
    그렇다면 이어령은 무엇을 말하고 싶었는가. "「환상곡 ─배반과 범
죄─」이 그리고 있는 것은 판수, 즉, 장님 점쟁이인 아버지에 대한 열다
섯 살 난 아들의 살부충동(殺父衝動)"[35]이다. '나'의 토로를 통해서 너무

---

[35] 류철균, 앞의 글, 359면. 류철균은 「환상곡 ─배반과 범죄─」을 "사르트르적인 의미의 〈실존적 자유
〉를 소설로 형상화하려 했던 시도"로 해석한다. 구체적으로 아버지를 "역사(歷史)와 그것의 폭력"
의 상징으로 보고, 아버지로부터 벗어나려는 '나'를 "실존(實存)과 그것의 우연성"의 상징으로 보며,
'나'가 아버지 살해 이후에 느끼는 당혹감, 절망함을 "역사에 대한 공포"로 이해한다. 전후의 지식인
이자 아직 4·19도, 5·16도 경험하지 못한 시점에서의 지식인이 가당을 수 있는 한계가 이로써
드러난다는 것이다(같은 글, 361면 참고). 본 논문은 류철균의 논의를 많이 참고했으되, 실존주의

나도 생경하게 노출되고 있기에 이와 관련해서는 달리 파악될 여지가 없다. 따라서 '나'의 살부충동을 어떻게 해석할 것인지가 관건으로 삼아진다. 섬세한 분석이 요청된다. 그때의 이어령이 지니고 있었던 사고, 사상을 유추할 수 있는 열쇠가 여기에 있는 까닭이다. 우선 「환상곡 —배반과 범죄—」에서 아버지가 무엇이었는지를 살펴볼 필요가 있다. 또한, 이와 연동하여 '나'의 살부충동의 원인은 무엇이었는지를 살펴볼 필요가 있다. 이럴 때 정신분석학의 관점에서 접근을 시도해보느니만큼 소박하게나마 이어령의 개인사적 측면 및 당시의 문학사적 측면이 고려되어야 할 것이다. 이에 조금 에돌아가는 수고를 감내하기로 하면, 앞 절에서 언급했던 것처럼 신진 문인들은 전후의 시대에서 기성들로부터 본받을 만한 게 없다는 인식을 지니고 있었거니와, 이어령은 여타의 신진 문인들보다 이러한 인식이 더욱 강했다. 이어령을 위시한 신진 문인들이 왜 이러한 인식을 지니게 되었느냐면, 그 주된 이유 중 하나는, 주지하다시피 이들은 폐허와 다를 바가 없는 전쟁 이후의 정경을 기성들이 초래했다고 간주했기 때문이다. 그렇기에 기성들은 본받기는커녕 차라리 책임소재를 물을 배척의 대상에 다름 아니었다. 더하여, 여기에다가 이들은 '엘리트 의식'을 가지고 있었다. 이들이 엘리트 의식을 가질 수 있었던 이유는, 1950년대 중반쯤부터 '대학'의 이름으로 아카데미즘의 활성화가 본격적으로 이루어지기 시작했는데,[36] 바로 이때에 이들이 대

의 관점보다는 정신분석학의 관점에서 「환상곡 —배반과 범죄—」에게로 접근하고자 한다.

36 1950년대 초반쯤부터 정비가 이루어진 고등교육 체제는 1950년대 중반쯤에 이르러 어느 정도 기틀이 잡히는 면모를 보여준다. 1950년대 중반부터 대학의 숫자가 늘어남과 동시에 대학 내 분과의 기틀이 잡히기 시작한다. 아울러 대학이 지닌 바의 사회적 영향력도 확대된다. 더 자세한 내용

학을 다니고 있었기 때문이다. 김동리(경신중학교 중퇴), 서정주(중앙불교 전문학교 중퇴), 조연현(혜화전문학교 중퇴) 등의 기성들의 학력 사례와 견주어보면, 이들이 대학을 다녔다는 사실은 더욱 도드라진다. 이렇게 이들은 '상아탑', '지성의 전당'으로 비유되는 대학에서 다양한 영역의 지식을 습득할 수 있었으므로, 제대로 된 교육과정을 이수하지 못한 기성들에 비겨 우월감을 가지기에, 그리하여 스스로가 엘리트 의식을 가지기에 모자람이 없었던 것이다.[37]

그리고 이로부터 좀 더 나아가기로 하면, 이어령을 위시한 신진 문인들이 대학에서 다양한 영역의 지식을 습득할 수 있었다고 방금 언급했지만, 이의 주된 습득 통로가 강의가 아니었다는 사실은 주목을 요한다.

그때 동대신동(東大新洞) 어귀에 문단 친구인 김내성이 피난 문인으로서 드물게 좋은 주택을 쓰고 있어서 내가 뒤에 부산에 갈 때는 항상 내성 집에서 유숙을 하였다. 그런 관계도 있어서 한번 김내성을 초빙하여 내 교실에서 문학강연을 들은 일이 있다. 제목은 내성의 지론(持論)이던 「대중문학이면서 순수문학론」 같은 것으로 되어 있었는데 강의가 끝난 뒤에 신랄한 질문을 하고 나선 것이 이어령이었다. 아마 그때 이어령은 2학년 때가 아닌가 기억한다. 질문이 나와서 순수문학의 정의를 갖고 의견이 많이 오고 가서,

에 대해서는 강경화, 「1950년대의 비평 인식과 실현화 연구」, 성균관대학교 박사학위논문, 1998, 28~30면; 문양희, 「해방 이후 우리나라 대학교육의 발달에 대한 연구」, 『군자교육』 9, 세종대학교 교육학과, 1978, 2장; 서은주, 「1950년대 대학과 교양 독자」, 『현대문학의 연구』 40, 한국문학연구학회, 2010, 13~22면; 이시은, 「1950년대 '전문 독자'로서의 비평가 집단의 형성」, 『현대문학의 연구』 40, 한국문학연구학회, 2010, 152~158면 등을 참조할 것.

37   류철균, 앞의 글, 358면 참고.

그때에 이미 이어령은 국문과 교실에서 예리한 이론을 펴고 있는 젊은 재능이었다.[38]

김내성의 "지론(持論)이던 「대중문학이면서 순수문학론」"을 이어령이 "신랄한 질문"으로 반박하고 나섰다는 사실로 미루어 볼 때, 김내성의 강의가 이어령은 물론이고 다른 학생들에게도 좋은 평가를 받지 못했음을 추측할 수 있다. 김내성을 폄하하는 것은 아니지만, 애초부터 김내성이 대학 강의에 적합한 인물인지가 문제시된다. 백철은 개인적인 친분을 초빙의 이유로 제시하고 있지만, 이렇게 대중소설가, 추리소설가 김내성에게까지 강의를 맡겨야 할 정도로 혹여나 대학에서 강의를 할 만한 능력의 소유자가 모자랐던 사정은 아니었는지 의문이 들 수 있거니와, 부산 피난기 전시연합대학 시절이 아닌 서울 환도 이후 시절에 이르러서도 비슷한 일화가 심심찮게 찾아지는 것을 보면, 이와 같은 의문은 점차 심증에 그치는 정도가 아니게 된다.

수업은 거의 휴강이었고 특히 국문과 현대문학은 가르칠 교수가 없었어요. 왜냐하면 기성 문인 중에 대학을 나온 사람이 거의 없었기 때문에 특강 형식으로 강사를 모셔다가 들었지요. 흑판에 fiction을 piction이라고 쓰는 강사가 있었는가 하면, 그라함 그린의 소설 이야기를 하다 말고 그게 같은 작가인 줄 알고 난데없이 쥬리언 그린의 「제삼의 사나이」로 튀는 분이 없나, 브란데스의 낭만주의 사조사를 토씨 하나 틀리지 않고 그대로 베껴다가

---

38 백철, 「노교수와 캠퍼스와 학생〈59〉」, 《경향신문》, 1973.11.20, 5면.

한 시간 내 노트 필기를 시키는 분이 없나 그래서 그 실망과 분노는 질문 공세로 바뀌고, 그 결과는 교단에 다시 나타나지 않은 강사 선생들의 학점을 받아 오는 고생이었지요. …(중략)… 우리가 전후 캠퍼스에서 익힌 것은 "권위를 의심하라. 그리고 스스로 생각하라."였습니다.[39]

이처럼 기성들 가운데서 대학을 나온 이가 거의 없었던 탓에, 특강 형식으로 강사를 초빙하여 강의를 꾸려나갔지만, 대다수의 강사가 능력 부족이어서 학생들의 공분을 사는 경우가 빈번했었음이 확인된다. 심지어 "30분 동안 집에서 책을 읽는 것보다도, 2시간에 걸친 어느 교수의 강의가 더 무(無)가치하였다며는, 그래도 학생은 형식만에 복종하여야 하느냐?"[40]라는 직설적인 불만이 표출되기도 했다. 이처럼 강의를 통해서는 지적 갈증을 전혀 해갈할 수 없었으므로 이어령을 위시한 신진 문인들은 발걸음을 도서관으로 혹은 (헌)책방으로 옮겼다.[41] 도서관, (헌)책방에 비치된 서적들을 통해 부족한 대로나마 다양한 영역의 지식을 얻고자 했던 것이다. 이들의 눈앞에는 "유엔군이 떨어뜨린 원서 또는 일

---

39 이어령 · 이상갑, 앞의 글, 172~173면. 이어령의 다른 글 및 이 당시에 대학을 다녔던 다른 인물들의 회고에서도 이와 유사한 내용이 반복적으로 확인된다.

40 「대학의 권위 문제」, 《문리대학보》 1 (2), 1953.7, 7면.

41 관련하여 이어령의 발언 및 김용직의 회고를 덧붙여두자면 다음과 같다. "사실 저는 강의실보다는 대학 도서관에서 살다시피 했으니까요. 다양한 독서가 저를 외곬수의 편향된 문학으로 빠지지 않게 한 것이라고 생각해요."(이어령 · 이상갑, 앞의 글, 185면) 및 "그때 우리는 무애 양주동 박사의 문장론을 함께 수강하는 처지였는데 기말시험도 같이 치르게 되었다. 그 무렵 이어령 선생은 강의에는 거의 출석하지 않았다. 나중에 들은 얘기지만, 그때 그는 문경고등학교에서 교편을 잡았다. 뿐만 아니라 학교에 나와도 선생님들의 강의를 듣기보다는 도서관과 연구실에 쌓인 책들을 읽기에 골몰했다고 한다."(김용직, 「전후파(戰後派) 문학의 기수 때부터」, 서정주 외, 『64가지 만남의 방식』, 김영사, 1993, 228면)

역판 카뮈, 사르트르, 하이데거, 그리고 엘리엇과 릴케"[42] 등과 같이 주로 실존주의의 범주에 묶일 수 있는 서적들을 비롯하여 그 외 여러 부류(가령 모더니즘, 신비평 등)의 서적들이 뒤섞여진 상태로 정리되지 않은 채 펼쳐지고 있었다.[43] 이에 따라 지식이 배열, 정렬되지 않은 채 뒤죽박죽으로 습득될 수밖에 없었고, 이로 말미암아 이들의 주요 특징이라고 일컬을 수 있는 '사고, 사상의 잡거성(雜居性)'이 배태되었거니와, 그럼에도 불구하고 이때 분명한 것은 그 서적들이 담고 있는 내용들이 (일본을 경유한 경우이든, 직접 들어온 경우이든) 대체로 '서구에서 온 것'이라는 사실이었다. 이렇게 이들은 '대학'에서 '서적들'을 통해 '서구에서 온 것'을 자양분으로 삼아 '스스로' 성장해나갔다. 이 과정을 거치는 동안 (아무런 도움이 되지 못한, 그보다는 차라리 방해가 된) 기성들에 대한 환멸감이 배가되었음은, 또, (다양한 영역의 지식을 스스로 쌓아 올렸으니만큼) 엘리트의식이 배가되었음은 두 말이 필요치 않다.

이쯤에서 다시 「환상곡 ―배반과 범죄―」으로 돌아가 보자. 상술한 바를 따를 때 「환상곡 ―배반과 범죄―」에서 그려진 아버지는 기성들을 의미한다고 할 수 있다. 그리고 「환상곡 ―배반과 범죄―」에서 그려진 '나'의 살부충동의 원인은 기성들에 대한 환멸감이었다고 할 수 있다.

---

42   김윤식, 「전후문학과 고석규 비평」, 『한국문학의 근대성 비판』, 문예출판사, 1993, 264면.
43   관련 내용을 좀 더 덧붙여두자면 다음과 같다. 김윤식의 회술을 보면 당시 "청계천변이나 미도파 옆 골목에는 기지촌에서 흘러나온 영어 서적들이 산적해 있었고, 그 속에는 제법 고급스런 작품들도 끼어 있었다"고 되어 있고(김윤식, 『한국근대문학사상연구2 ―문협정통파의 사상구조―』, 아세아문화사, 1994, 375면), 그때의 신문 기사를 보면 당시 을지로, 충무로 등에 위치한 '양서책방'에는 미군 부대에서 흘러나온 각종 도서들과 일본의 잡지, 책자들이 저마다 제값을 자랑하고 있었다고 한다(「코리아의 이방지대(異邦地帶)③」, 《경향신문》, 1955.11.23, 3면).

이로 보면 「환상곡 ─배반과 범죄─」에서 아버지가 애초부터 이성, 지성과는 거리가 먼 영역에 위치한 점쟁이라는 직업으로 설정된 것은, 또, 아버지가 처음부터 "구름 뒤에서 빛나는 태양의 둔탁(鈍濁)한 햇발과 물이 자자든 늪(沼) 위에 서린 어둠과 자꾸만 고갈해 가는 댓잎(竹葉)과 혹은 유들유들한 개구리의 배대기와도 같은 비린 색깔과─"(105면)와 같이 묘사된 것은, 노골적인 표징으로, 기성들에 대한 부정적인 인상을 강하게 드러내고자 한 이어령의 의도에 따른 것이었다. 결과적으로 「환상곡 ─배반과 범죄─」에서 아무것도 모르던 '나'가 하늘을 보게 됨에 따라 아버지를 살해하기로 마음먹기에 이르는 일련의 과정은 일종의 알레고리(allegory)로 읽히게 된다. 곧 대학에서 이어령이 서구에서 온 것을 습득해나감에 따라 기성들을 부정하기로 마음먹기에 이르는 일련의 과정과 등치(等値)가 되는 것이다.

그런데 「환상곡 ─배반과 범죄─」에서 그려진 '나'의 살부충동의 결과는 상당히 복잡미묘하다. 여기에 「환상곡 ─배반과 범죄─」의 더 큰 문제성이 놓여 있다. '나'는 아버지를 살해한다. 그렇지만 '나'는 아버지로부터 끝내 자유롭지 못하다. 즉, '나'는 아버지를 완전히 부정하는 단계에 다다를 수 없는 것이다. 그런 까닭에 (이제는 너무나도 잘 알려져서 이론이 아니라 상식이 되다시피 한) 프로이트의 '오이디푸스 콤플렉스'는 「환상곡 ─배반과 범죄─」에 적용되기 어렵다. 언뜻 보기에 「환상곡 ─배반과 범죄─」은 〈아버지로부터 벗어나고 싶어 하는 '나' → 그렇지만 아버지에게서 끝내 해방될 수 없는 '나' → 그렇기에 아버지를 결국 모방하게 되는 '나'〉의 순서 중에서 첫 번째와 두 번째 단계까지 제시한 듯 보이며, 또, 세 번째 단계로 '나'가 나아가느냐를 미정으로 남겨둔 듯 보

인다. 하지만 아버지를 이길 수 없음을 깨닫고서 아버지에게 순응하게
되는 것(오이디푸스 콤플렉스)과 아버지를 살해하고 나서 아버지의 환각
을 느끼는 것(「환상곡 ―배반과 범죄―」)은 성격이 많이 다르다. 만약 '나'
가 아버지를 이길 수 없음을 깨닫고서 아버지에게 순응하게 된 상태라
면 '아버지의 법'이 내면화될 수 있을 것이다. '나'는 아버지에게 패배했
기 때문이다. 그렇지만 '나'는 아버지를 살해하고 나서 아버지의 환각을
느끼는 상태이므로 '아버지의 법'이 내면화되기 어렵다. '나'는 아버지에
게 패배하지 않았기 때문이다.[44]

그리하여 부족한 대로나마 '가족로망스'가 적용 가능한 유력한 개
념으로 떠오른다. 가족로망스란 이제 자신이 낮게 평가하게 된 부모로

44　한편으로 프로이트의 '원부(原父) 살해 신화'를 적용하기에도 「환상곡 ―배반과 범죄―」은 그리 적
절하지 않아 보인다. 원부 살해 신화에 대한 간단한 설명을 적어두자면 다음과 같다. "여성을 모두
독점하고 향락하던 전제군주인 원초적 아버지. 아들들이 공모해서 아버지를 죽인다. 그로부터 "죄
의식"이 싹터 죽은 아버지를 향한 동일화 기제가 시작된다. 그리하여 여성을 장악하려는 아들들 간
의 끝없는 다툼이 시작되는 것을 막기 위해 죽은 아버지를, 즉, 법을 만들게 되었다. 프로이트가 논
한 이 신화는 원래 언급 불가능한 "법의 기원"을 언급 가능하게 하려는 것이었다고 할 수 있다."(사
사키 아타루, 안천 역, 『야전과 영원』, 자음과모음, 2015, 143면) 이럴 때 「환상곡 ―배반과 범죄―」
에서의 '나'는 함께 공모할 만한 형제들이 애초부터 없었다. 그리고 그 당시 이어령의 경우를 살펴보
아도 사정은 비슷하다. 1950년대의 신진 문인들은 기성들을 비판하면서도 연대 투쟁의 모습이 아
니라 각개 전투의 모습을 보여주었다. 1950년대는 (1960~70년대와 달리) 무크지의 발간이 활성
화된 시점이 아니었기에 모여서 세력을 형성하는 데(에콜(ecole)을 형성하는 데)에 현실상의 어려
움이 있었을 것이고, 한편으로는 '단독자로서 현실에 던져진 인간'을 사유의 핵심으로 삼는 실존주
의의 영향권 아래 놓여 있었기에 서로가 모여서 세력을 형성하는 데에 적극적이지 않은 측면도 있
었을 것이다. 물론 고석규, 김춘수, 이어령, 이철범 등이 협심하여 '현대평론가협회'를 1957년 2월
3일에 결성하고(「현대평론가협회발족」, 《조선일보》, 1957.2.13, 4면; 「'현평협' 발족」, 《경향신문》,
1957.2.15, 4면 등), 여러 차례 문학 강좌를 개최하며(「1 회현평문학강좌」, 《동아일보》, 1957.3.6,
4면; 「현평2회문학강좌」, 《동아일보》, 1957.3.19, 4면 등), 기관지 《문학평론》을 발간한 사례가 발
견되기는 한다(「문학평론발간」, 《경향신문》, 1958.11.4, 4면). 하지만 객관적으로 보았을 때 현대평
론가협회의 활동은 활발했다고도 반향을 일으켰다고도 보기가 어렵다(현대평론가협회와 관련해서
는 이철범, 『압록강의 눈보라』, 태양문화사, 1979, 287~296면을 참조할 것).

부터 자유로워지고, 대체적으로 더 높은 사회적 지위를 지닌 다른 사람들로 부모를 대체하고자 하는 환상을 가리킨다.[45] 「환상곡 ―배반과 범죄―」에서 '나'는 하늘을 보고서 이를 계기로 아버지를 살해하고자 마음먹는다. 그렇지만 막상 아버지를 살해하고 난 다음에 물에 비친 하늘을 보니 이전과 달랐다. "빨갛고 까맣고 허어얀 하늘의 그림자가 어리고 있"(117면)는 것이다. 그러면서 '나'에게 다시 아버지가 의식된다. 결국, 하늘은 무너지고 '나'는 아버지의 환각을 느끼는 것이다. 이는 아버지의 영향력이 생각보다 강했으며, 또한, 하늘이 아버지를 완벽히 부정할 수 있는 대체재가 되지 못했음을 의미한다. 이 과정을 그대로 이어령에게 등치하면, 이어령은 서구에서 온 것을 습득하면서 이를 바탕으로 기성들을 부정하고자 마음먹는다. 그렇지만 막상 기성들을 부정하고 난 다음에 서구에서 온 것으로 충분할까를 생각해보니 사정은 복잡했다. 서구에서 온 것으로는 아직 부족한 듯 여겨진 것이다. 그러면서 이어령에게 다시 기성들이 의식된다. 결국, 서구에서 온 것으로는 확신에 이를 수 없었고 이어령은 기성들을 완전히 떨쳐버리지 못한 것이다. 이는 기성들의 영향력이 생각보다 강했으며, 또한, 서구에서 온 것이 기성들을 완벽히 부정할 수 있는 대체재의 위치에 완전히 오르지 못했음을 의미한다.

관련하여 이와 같은 이어령의 의식을 간접적으로나마 보여주는 글이 있으니, 바로 「동양의 하늘 ―현대문학의 위기와 그 출구―」(《한국일

---

45   린 헌트는 이 개념을 프로이트의 원래 의미대로 신경증 환자의 개인 심리에만 적용하는 것이 아니라 정치적, 집단적 무의식에까지 확장시켜 적용한다. 본 논문에서도 이러한 린 헌트의 방식을 따른다. 린 헌트, 조한욱 역, 『프랑스 혁명의 가족 로망스』, 새물결, 1999, 9~10면 참고.

보》, 1956.1.19~20)이다. '학생투고'의 형식으로 발표된 이 글의 내용을 정리하면 다음과 같다. 서양의 기계문명에 대한 비판으로 시작하여 "나즈막히 갈아앉은 서양의 하늘은 이러한 흑운(黑雲)과 황혼과 저기압으로 밀폐하였고 질식할 것같이 답답한 이 기압권 속에서 헤어 나오지 못하는 서구의 현대인들은 마침내 모두가 정신병환자가 되어버린 것"이라는 진단을 내린 후, 이것이 "남의 일만은 아니었다 우리 동양의 하늘로 향하여 금시금시 확대해오는 황혼이며 흑운일 것"이라며 서양만의 문제가 아니라 우리에게도 해당되는 문제라고 말한다. 이어서 「동양의 하늘」을 향해 피로한 시선을 돌려야 한다 현대의 위기는 서양적인 사고형식과 생활 양상에 기인된 것이기 때문에 이제 그와는 다른 동양적인 요소에서 그 출구를 발견할 가능성을 지녀야 할 것"이라며 두보의 시를 가져와서 분석을 하는데,[46] 이를 통해 "동양적인 「여백」 즉 정신의 여유와 시점의 전위(轉位)"을 발견하고서 "이 「여백의 존재성」의 정당한 활용과 그 작용화는 언제나 창조를 향한 휴식과 기항지가 된다"라며, 최종적으로는 이런 「동양정신」을 우리 문학의 주체로 삼아야 할 것"을 주장한다.[47]

이 글 자체는 아주 소박한 분석에 머무른다고 할 것이지만, 이어령이 한창 서구에서 온 것을 습득하고 있었으면서도 동시에 서구에서 온 것의 문제점을 인지하고 있었다는 점은 상당한 의의를 지닌다. 특히 "ENTWEDER-ODER('이것이냐, 저것이냐'라는 의미, 키르케고르의 저서

---

46 이 문단 여기까지의 따옴표 친 인용 대목은 그 출처가 모두 이어령, 「동양의 하늘 ―현대문학의 위기와 그 출구―」(상),《한국일보》, 1956.1.19, 4면.

47 이어령, 「동양의 하늘 ―현대문학의 위기와 그 출구―」(하),《한국일보》, 1956.1.20, 4면. 이하, 두 개 문단의 따옴표 친 인용 대목도 출처가 동일하다.

명이기도 함;인용자) 속에서만 호흡하고 땀을 흘리는 세계다 「가쉬윈」의 음악이 그렇고 「싸르트르」의 「악마의 신」 「카푸카」의 「성(城)」이 그렇다 신과 인간을 상실한 서구의 현대문학이 질식할 것 같은 진퇴유곡(進退維谷)의 위기 속에서 우왕좌왕"한다는 대목은 이어령이 상당히 비판적으로 서구에서 온 것에 접근하고 있었다는 사실을 보여준다.

그런데, 이때 오해하지 말아야 할 사실이 있으니, 이어령이 서양문명보다 동양정신에 무게중심을 확고히 두고 있었음은 절대로 아니라는 것이다. 이는 이어령이 서양문명이 초래한 현재의 위기를 극복할 수 있는 대안으로 동양정신에서 이끌어낸(곧, 두보의 시를 분석함으로써 이끌어낸) 정신의 여유와 시점의 전위를 제시하고는 있되, 이와 같은 대안 제시의 타당성을 입증해주는 근거로는 "현대문학의 암흑의 출구가 트이게 된다는 것을 내 자신의 독단이거나 백색 인종에 대한 황인종의 열등감을 보상하는 합리화의 궤변이 아니라는 것은 이미 「토인비」의 사관이 「동양의 하늘」에 최종의 희망을 두었다는 사실이 예증하리라 믿는다"와 같이 토인비의 견해를 들고 있다는 점에서 분명하게 드러난다. 극단적으로 말하자면, 서구의 지성인이 동양정신에서 서구문명의 대안을 찾을 수 있다고 주장했던 만큼, 이어령은 이에 따르는 의견을 자기 방식대로 용례를 들면서 개진해본 것에 불과했다. 그러니 스스로가 인식했든 인식하지 못했든 간에 상관없이 이어령은 오리엔탈리즘(orientalism)의 시선을 어느 정도 내재화했다는 비판으로부터 자유로울 수 없는 것이다. 이렇듯 이어령이 기본적으로 서구에서 온 것에 경도된 상태였음은 부정될 수 없다. 다만, 아이로니컬하게도 이어령은 서구의 지성인이 내비친 의견을 참고하여 서구에서 온 것을 마냥 맹신하거나 추종하는 태도를 경계했을 따름인데, 당시의 전반적인 사정을 감안한다면, 이 정도의 인식을 내보인 것만으로도 나름의 가치와 의의가 부여될 수 있다.[48]

정리하건대, (가치 없는, 의미 없는) 기성들을 (가치 있는, 의미 있는) 서구에서 온 것으로 대체하고자 이어령은 바랐다. 그렇지만 서구에서 온 것에 대한 신뢰와 이해가 다소간 부족했고, 이에 기성들을 무작정 도외시하고 배제하기가 쉽지 않았다. 그리하여 이어령은 서구에서 온 것을 사고의 준거틀로 삼으리라는 입장이 거의 정해졌으면서도 아직까지는 그 입장을 본격화하지 못한 채 곤란함을 느끼고 있는 상태였다. 이것이 「환상곡 —배반과 범죄—」에서 포착되는 그 당시 이어령의 내면풍경이다.

이상, 「환」, 「환상곡 —배반과 범죄—」을 살펴보면서 이어령의 내면풍경이 어떠했는지를 알아보았다. 「환」, 「환상곡 —배반과 범죄—」으로부터 각각 획득한 내용을 종합해보면, 이어령의 내면풍경이란 '현실의 윤리조차 무너진 비극적인 전후의 상황 아래서, 자기존재의 근거가 확보되지 않은 불안감을 느끼며, 서구에서 온 것을 습득하는 방법으로, 현재를 극복해보고자 마음먹은 상태' 정도로 정리가 가능해보인다(물론 아직까지 이어령은 자신이 지닌 바의 이와 같은 내면풍경을 현실화시킬 만큼 뚜렷한 확신을 지닌 상태는 아니었다).[49]

---

48 이런 까닭에 「동양의 하늘 —현대문학의 위기와 그 출구—」을 예로 들면서 이어령이 초기에는 김동리의 동양중심주의에 공명하는 듯한 태도를 보여주고 있었다고 분석한 방민호의 주장은 재고의 여지가 있다. 방민호, 「이어령 비평의 세대론적 의미」, 『한국 전후문학과 세대』, 향연, 2003, 19면 참고.

49 주지하다시피 이어령은 서구에서 온 것을 계속해서 습득해나갔고, 이에 따라 서구에서 온 것에 대한 이해도를 높여나갔으며, 그 결과, 서구에서 온 것을 사고의 준거틀로 삼아 거침없이 발언하는 데까지 이르게 되었다고 할 수 있다. 이에 이어령은 기성들을 과감하게 배척할 수 있는 무기를 획득하게 되는데, 서구에서 온 것을 바탕으로 기성들의 무지를 지적하는 방법이 바로 이어령의 주된 논법 중 하나였다. 다만, 이럴 때 이어령이 서구에서 온 것을 맹신하거나 추종하는 태도를 일관되게 견지

그리고 이어령은 앞서 언급했던 것처럼 「환상곡 ―배반과 범죄―」에 곧이어서 「이상론(1) ―「순수의식」의 뇌성과 그 파벽―」을 발표하며 본격적인 문학비평 활동을 시작하게 된다. 이럴 때 「환상곡 ―배반과 범죄―」에서 「이상론(1) ―「순수의식」의 뇌성과 그 파벽―」으로 넘어가는 전환 과정에서는 두 가지 사실을 특별히 주목할 필요가 있다. 첫째, 이어령이 문학비평이라는 장르로 방향을 바꾸었다는 사실이다. 둘째, 이어령이 문학비평을 쓰는 데 있어서의 최초 대상으로 이상을 선택했다는 사실이다. 먼저 첫째에 대해서 이야기해보자. 왜 이어령은 장르를 바꾸게 된 것인가. 관련하여 이어령의 발언 하나를 확인해보면, 그것은 아래와 같다.

　이어령은 왜 이상처럼 시와 소설을 쓰지 않고 평론가로 데뷔했을까? 정면 돌파식 질문에 이어령은 "허허" 하고 몇 번이나 웃음을 터뜨렸다. "그게 말야" 하며 겸연쩍은 듯 말을 이었다. "처음엔 시를 썼지. 그런데 친구들이 보고는 '야, 이게 무슨 시야. 소설이지' 하는 거야. '그러면 소설을 써보자' 해서 썼더니 이번에는 '야, 이게 무슨 소설이야. 평론이지' 하더라고. '그러면 비

했느냐의 문제는 많은 고민을 요한다. 스스로가 밝힌 것처럼 이어령이 "1950~1960년대 서구주의적 교양에 빠져 있었"음은 부인할 수 없지만(이어령·이나리, 「레토릭으로 현실을 산 지적 돈 후안 이어령」, 이나리, 『열정과 결핍』, 웅진닷컴, 2003, 202면), 반대로 이어령이 서구에서 온 것을 경계하고 비판하는 자세로 대상에 다가간 사례도 종종 발견할 수 있기 때문이다(꼭 그런 것은 아니지만 시간의 흐름에 따라서 전자에서 후자로 이동하는 경향을 대체로 보였다고 할 수 있다). 이어령에게 이러한 양가성이 나타나는 이유란, 이어령에게는 서구에서 온 것이 지식의 기반으로 삼아진 상태였으되, 한편으로 이어령이 서구사회를 주시하면서 그곳에서 발생하는 문제들을 간접적으로 확인할 수 있었고, 또, 한국의 근대화, 산업화가 진행되면서 이로 인해 발생하는 문제들을 직접 체감할 수 있었기 때문으로 보인다.

평을 써보자' 해서 쓴 것이 '이상론(李箱論)'이었지. 그랬더니 이번에는 아무도 뭐라고 하지 않아. 그래서 평론가가 되려고 작심한 거예요."[50]

〈시를 쓰니 소설 같고 소설을 쓰니 평론 같고 그래서 아예 평론을 쓰게 되었다〉는 식의 내용을 곧이곧대로 받아들이기는 어렵지만, 이 농담조의 구절을 통해, 이어령의 논리 지향적인 기질이,[51] 이어령의 "자기 표현 욕구가 강력하고 다급"[52]했던 기질이 어느 정도 간취되는바, 이것이 바로 이어령을 문학비평으로 나아가게끔 만든 요인이라고 추측해볼 수 있다. 또한, 여기에 덧붙여, 이어령의 또 다른 발언 하나를 확인해보면 그것은 아래와 같다.

대학에 들어가고 비평에 눈을 뜨는 순간에도 나는 여전히 여섯 살 난 아이 그대로 사람들이 잘 오지 않는 뒤꼍 마당을 파고 다녔다. 그 호젓한 뒤꼍 마당은 대학 강의실이 아니라 도서관이었다. 나는 거기에서 프로이트를 배우고 프루스트를 읽었다. 그들은 생의 표층이 아니라 저 땅속의 심층, 무의식을 뒤지는 갱부들이었다./ 그렇다. 예술의 진정한 가치는 땅속에 묻혀 있다. 비평의 위대함은 바로, 그 불가시적인 그리고 숨겨진 구조를 파내는 곡괭이를 가지고 있기 때문이다./ 내가 은유의 문장을 좋아하는 것도 그것의 의미가 항상 문장의 심층 속에 묻혀 있기 때문이다. 그것들은 지층과도 같은 여

---

50 「[이어령의 창조이력서]우상의 파괴 그리고 이상의 발굴」,《주간조선》 2045, 2016.5, 34면. 비슷한 내용이 다음의 인터뷰에도 실려 있다. 이어령·오효진, 「오효진의 인간탐험 「마지막 수업」 예고한 「말의 천재」 이어령의 마지막 인터뷰」,《월간조선》 256, 2001.7, 176면.

51 류철균, 앞의 글, 364~365면 참고.

52 김명인, 『조연현, 비극적 세계관과 파시즘 사이』, 소명출판, 2004, 85면.

러 층위의 의미를 가지고 있으며, 그 켜마다 각기 다른 비밀스러운 화석을 숨겨 주고 있다./ 땅파기, 그것이 나의 모든 문학적 동기가 된다. 그것은 바로 나의 창작적 형식이고 수사학(修辭學)이다./ 그리고 그것이 나의 비평 방법이 된다. 표층적 의미보다는 항상 심층적인 곳에 있는 의미, 매몰되고 숨겨지고 이유 없이 나에게 암호를 던지는 것들, 이런 불가시의 세계가 있기 때문에 나는 비평 작업을 계속할 수가 있다./ 소모될 대로 소모된 외계의 풍경과는 달리 그것들은 어둠 속에서 갑자기 나를 습격한다. 예상치 않던 견고한 광맥의 한 덩어리가 폭력처럼 내 사고의 곡괭이와 부딪쳐 섬광을 일으킬 때 나는 여섯 살 난 아이처럼 볼을 붉힌다. 그래서 미치게 심심하던 날의 그 땅파기를 멈추지 않고 되풀이한다.[53]

여기서 유의해야 할 문구는 두 개이다. 하나는 "대학에 들어가고 비평에 눈을 뜨는 순간"이라는 문구이고, 다른 하나는 "비평의 위대함은 바로, 그 불가시적인 그리고 숨겨진 구조를 파내는 곡괭이를 가지고 있기 때문"이라는 문구이다. 이 문구들로부터 이어령이 문학비평을 본업으로 삼게 된 동기가 한층 뚜렷하게 파악된다. 일단 이어령은 대학에 입학한 후 비평에 눈을 떴다고 서술했다. 이는 비평을 전혀 몰랐다가 이제야 인지하게 되었다는 의미가 아니라 전문화된 비평을 비로소 자각하게 되었다는 의미로 이해된다. 기실 전문화된 비평이라는 것이 언제 출현했느냐를 묻는 원점 찾기의 시도는 늘 만족할 만큼의 해답을 얻을 수 없는 사안이되, 다만, 대학에서의 아카데미즘이 비평의 전문화를 이끌어

---

53   이어령, 「나의 문학적 자서전」, 『나를 찾는 술래잡기』, 문학사상사, 1994, 186~187면.

내는 데 있어 큰 역할을 수행했다는 주장에는 대체적인 동의가 가능할 듯싶다.[54] 전술했던 것과 같이 이어령을 비롯한 그 밖의 신진 문인들은 모두 대학을 다니면서 서구의 교양, 지식을 습득했거니와,[55] 이에 따라 "현대적인 비평의 개념 및 비평의 독립성에 대한 의식을 형성할 수 있는 기반"을 마련하는 동시에 "비평 방법론의 습득"에 대해서도 고민을 하게 되었던바,[56] 하나의 학적체계로서 정립된 비평이 본격적으로 추구될 수 있었다는 것이다(그렇다면 1952년 대학에 입학한 이어령이 1956년 「이상론(1) —「순수의식」의 뇌성과 그 파벽—」을 발표하는 데까지 걸린 약 4년간은 비평의 전문성, 체계성을 점차적으로 갖추어간 일종의 준비 과정이었다고 할 수 있다).[57] 다음으로 이어령은 보이지 않는, 숨겨진 구조의 본질을 찾는 비평에 매료되었다고 서술했다. 이때 표층적 의미가 아닌 심층적 의미에 대한 탐색을 수행하여 예술의 진정한 가치를 끄집어내고자 하는, 소위 '땅파기'의 욕망을 반복적으로 강조했다. 곧, 비평 쓰기가 '땅파기'의

---

54 이 서술은 이 장의 각주36번에서 제시한 내용과 연관된다. 덧붙여, 대학과 비평 간의 상관관계에 대한 구체적인 내용은 이시은, 앞의 글, 152~164면을 참조할 것. 한 번 더 덧붙여, 보다 폭넓은 이해를 얻고자 한다면, 프랑스의 사례를 바탕으로 대학과 비평 간의 떼려야 뗄 수 없는 관계를 살핀 논의인 제라르 델포 · 안느 로슈, 심민화 역, 『비평의 역사와 역사적 비평』, 문학과지성사, 1993, 50~58면을 함께 참조할 것.

55 1950년대에 등장한 신진 문인들 가운데서 대학을 다니지 않은 이로는 최일수를 들 수 있을 따름이다. 1950년대에 등장한 신진 문인들의 출신 대학에 대해서는 강경화, 앞의 글, 28면의 각주45번을 참조할 것.

56 이시은, 앞의 글, 157면.

57 이와 관련된 이어령의 발언 하나를 덧붙여두자면 다음과 같다. "외국의 비평은 대학 중심으로서 문단과 학계가 공동보조로서 만들어내어 그 혈통과 족보가 서 있"지만 "우리나라에서는 과거 일제 36년간 변변한 대학이 없었고 문학비평을 하는 사람들이란 대개가 땅마지기나 팔아서 동경에 바람 쏘이러 다닌 사람들이었으므로 비평의 아카데미즘이 서 있지 않는 것이 오히려 당연한 일이라 하겠습니다." 「〈토론〉 이론과 실제의 불협화음 —한국문학평론 반세기의 금석(今昔)—」, 《사상계》, 1963.3, 353~354면.

욕망으로부터 추동되었다는 의미인데, 이로 보면 이어령이 시, 소설 쓰기에서 비평 쓰기로 주무대를 옮긴 것은 십분 이해되는 일이 아닐 수 없다. 시, 소설 쓰기는 보이지 않는, 숨겨진 구조를 생산하는 행위에 차라리 가까운바, 시, 소설 쓰기로는 '땅파기'의 욕망을 해소하기가 쉽지 않으므로, 시, 소설 쓰기와는 지향점이 반대되는 비평 쓰기를 도모하게 된 것이다. 이처럼 이어령은 상술한 요인들에 의하여 문학비평으로 방향을 전환하게 되었다.

이제 둘째에 대해서 이야기해보자. 왜 하필 이어령은 이상을 주목하게 된 것인가. 이어령의 내면풍경이, 그러니까 '현실의 윤리조차 무너진 비극적인 전후의 상황 아래서, 자기존재의 근거가 확보되지 않은 불안감을 느끼며, 서구에서 온 것을 습득하는 방법으로, 현재를 극복해보고자 마음먹은 상태'가 곧 이상에게로 눈길을 가닿게끔 한 원인이라고 판단된다. 이유인즉, 비록 전후의 상황은 아니었을지라도 이와 유사한 상황 아래서, 자기존재의 근거에 대해 불안감을 느끼며, 서구에서 온 것을 바탕으로, 현재에 대한 저항의식을 보여준 선구적인 인물이 바로 이상이었던 까닭이다. 손쉽게 유비 관계를 떠올릴 수 있는바, 이어령에게 이상은 여타의 인물들과 다르게 캄캄한 어둠 속에서 홀로 빛을 발하고 있는 존재로 비치기에 충분했던 것이다(또한, 여기에 보태어, 이어령이 반복적으로 강조한 '땅파기'의 욕망을 해소하는 데 있어서 이상만큼 적합한 존재도 달리 없었던 것이다).[58] 이로 보면 이어령의 문학비평이 '이상론'으로 출발

---

58 이어령은 이상을 "동시대적 감각으로 나에게 감동을 준 최초의 작가"라고 표현했다. 「[이어령의 창조이력서]우상의 파괴 그리고 이상의 발굴」, 《주간조선》 2045, 2016.5, 33면.

함은 오히려 당연한 전개였다고 할 수 있다.

이렇게 당시의 문단 상황을 살펴보고, 이어령의 초기 소설에 담긴 내면풍경을 살펴보고, 이어령이 문학비평으로 옮겨간 이유를 살펴보았다. 이 정도면 이어령의 문학비평이 발생한 배경을 검토하는 작업은 충분히 이루어졌다고 판단된다. 그러므로 이제부터는 이어령의 문학비평에 대한 본격적인 분석을 수행하도록 한다. 최초의 문학비평인 「이상론 (1) ―「순수의식」의 뇌성과 그 파벽―」을 중심으로 한 논구가 마땅히 다음의 순서로 삼아질 것이다.

Ⅲ. 이상(李箱)을 통한 주체성의 형성

이어령이 최초로 쓴 문학비평은 「이상(李箱)론(1) ─「순수의식」의 뇌성과 그 파벽─」이었다. 그리고 이어령은 한 차례에 그치지 않고 계속해서 몇 차례나 더 이상론을 생산했다. 또한, 이어령은 이상의 초상화를 《문학사상》 창간호의 표지에 내걸었고, 나아가 이상의 작품을 발굴하여 이를 《문학사상》에 실었다. 이뿐만이 아니라 이어령은 이상문학상을 제정하기도 했으며, 여기에 그치지 않고 이상 전집에 해당하는 『이상소설전작집1~2』(갑인출판사, 1977), 『이상수필전작집』(갑인출판사, 1997), 『이상시전작집』(갑인출판사, 1978)을 펴내기까지 했다. 이처럼 이어령이 내보인 이상을 향한 관심은 다른 이들이 쉽게 따라올 수 없을 정도로 지대했다. 출발점에 해당한다는 중요성이 부여되거니와, 여기에 줄곧 시선을 떼지 않았다는 중요성이 더해지는바, 이어령에게 이상은 일종의 인식론적 토대와도 같았다고 할 수 있다.

더군다나 이어령이 한 명의 대상을 놓고서 비평 쓰기를 꾸준히 수행한 경우는 이상 외에는 쉽게 찾아보기 어렵다. 이어령은 작가에 관한 비평 쓰기를 그다지 선호하지 않았으므로 이상 외의 여타 인물들은 비평의 대상으로 삼아지는 일 자체가 드물었다(다만, 월평(月評), 연평(年評)을 통해 몇몇 주요 인물들이 반복적으로 다뤄진 사례는 종종 있다). 그리고 이렇게 생산된 일련의 이상론들은 유기적인 관계를 맺고 있다는 특징을

지난다. 즉, 「이상론(1) ―「순수의식」의 뇌성과 그 파벽―」이 기본형이
라면, 이어지는 이상론들은 발전형 혹은 변주형인 셈이다. 따라서 심도
있는 이해를 도모하기 위해서는 다른 부류의 비평들은 잠시 제쳐두고
「이상론(1) ―「순수의식」의 뇌성과 그 파벽―」을 위시한 여러 편의 이
상론들만 별도로 묶어내어 살펴보아야 할 필요성이 주어진다. 그렇다면
「이상론(1) ―「순수의식」의 뇌성과 그 파벽―」을 위시한 여러 편의 이
상론들은 어떤 내용으로 이루어져 있는가. 폭넓은 관점을 견지하면서
이를 상세히 확인해나가기로 하자.

1. 이상이라는 매력적인 대상과 이를 바라보는 다른 관점들

한 개인의 내면풍경이 형성되는 데는 시대의 상황이 중차대한 몫을
차지한다. 제아무리 뛰어난 재사(才士)일지라도 시대의 상황과 전연 무
관할 수 없다. 누구든 간에 시대의 상황으로부터 영향을 받기 마련이다.
그래서 동시대를 살아가는 사람들은 비슷한 내면풍경을 지니고 있을 확
률이 높다. 특히 사회적, 환경적 조건이 비슷할수록 서로 간의 내면풍경
이 유사할 경우는 많아진다. 그렇기에 '현실의 윤리조차 무너진 비극적
인 전후의 상황 아래서, 자기존재의 근거가 확보되지 않은 불안감을 느
끼며, 서구에서 온 것을 습득하는 방법으로, 현재를 극복해보고자 마음
먹은 상태'는 꼭 이어령에게만 해당된다고 할 수 없다. 각자의 차이는
있을 것이나 당대의 여러 신진 문인들에게도 해당된다고 할 수 있다. 또
한, 같은 맥락에서 이어령만이 이상을 주목한 게 아니었다. 당대의 여러

신진 문인들도 이상을 주목했다.[1] 이상은 "전후세대가 그들의 전후문학을 옹호하기 위해" 설정한 "전시대적 전위(前衛)"로서, 심지어 "대학에서 이상과 만나지 않은 대학생은 지진아밖에 없다는 속담이 만들어질 정도"였다고 하니,[2] 전후의 시대에서 이어령을 위시한 신진 문인들에게 이상은 그야말로 대유행이었음을 알 수 있다.[3]

그렇다면 이쯤에서 해소하고 넘어가야 할 의문이 하나 있다. 그것은 〈왜 하필 이상이었을까〉이다. 가만히 생각해볼 때, 전후의 시대에서 이어령을 위시한 신진 문인들에게 전범(典範)으로 삼아질 만한 인물이 꼭 이상뿐이었다고는 할 수 없다. 오히려 이상은 부족한 점이 많았다. 이상은 활동 기간이 그리 길지도 작품 숫자가 그리 많지도 않았다. 활동 기간이 짧고 작품 숫자가 적은 것만이 문제가 아니었다. 이상은 당대의 독자들에게도, 당대의 비평가들에게도, 그 어느 쪽에게도 별로 높은 평가를 받지 못했다(그저 가까운 문우(文友)들만이 고평했을 따름이었다). 그리하여 이상은 무관심 속에 놓여 있었다. 김문집, 최재서의 평론 그리고 사후(死後)에 발표된 몇 편의 추모사와 회상기를 제외하면 그 밖의 이

---

1 오해를 피하고자 몇 마디를 덧붙이자면, 비슷한 내면풍경을 지녔다고 해도 이로부터 비롯되는 현실 대응 방식은 개인마다 각양각색으로 나타난다(심지어 정반대의 모습으로 나타나기도 한다). 또한, 비슷한 내면풍경을 가지고서 어떤 대상을 함께 주시하더라도 그 대상을 어떻게 이해하느냐는 일치되지 않는다. 각자마다 지닌 해석틀이 다를뿐더러 처해있는 상황에 대한 느낌, 반응의 정도도 다르기 때문이다. 그런 까닭에 이어령을 포함한 여러 신진 문인들의 시선이 이상으로 모아졌다고 해도 이상을 바라보는 관점은 제각각의 변별점, 차이점을 지닌다.

2 고은, 『이상평전』, 향연, 2003, 11면.

3 1950년대부터 이상과 관련한 연구는 실제로 비약적인 증가 추세를 보여준다. 김주현의 「이상 문학 연구 목록」을 보면 그 편수가 1930년대 16편, 1940년대 5편, 1950년대 27편으로 조사되어 있다. 1950년대 27편 가운데는 이상의 20주기를 전후하여 이상을 추모하고자 쓰여진 글이 7편 포함되어 있지만 이를 제외해도 1940년대 5편에 비해 숫자가 확연히 증가했음이 확인된다. 김주현, 「이상 문학 연구 목록」, 『이상소설연구』, 소명출판, 1999, 430~431면 참고.

상에 관한 언술은 찾아보기가 어려웠다. 이처럼 이상은 '잊힌 존재'에 다름 아니었다.

하지만 역설적으로 잊힌 존재라는 점으로 말미암아 이상은 여타의 문인들을 제치고 주목을 받을 수 있었다. 어째서 그러했는가. 설명해보 자면 다음과 같다. 신예들이 잊힌 존재를 새로 부각시키면서 계보를 재 구성하는 방식으로 자신의 위치를 설정하고, 또, 그 위치에서부터 자신 의 입지를 다져나가고자 시도한 사례는 종종 발견된다. 신예들이 이러 한 시도를 수행하는 데에는 두 가지 이유가 있다. 첫째, 동일한 대상을 두고서 해석 투쟁을 벌이는 방법으로는 기득권층과의 싸움에서 승리를 쟁취하기가 쉽지 않으니, 차라리 여태껏 논외의 대상이었던 잊힌 존재 를 가져옴으로써 중심 화제를 아예 돌려버리는 방법을 통해, 신예들이 주도권을 손에 쥐고자 한 의도 때문이다. 둘째, 기존의 유명한 대상은 이미 기득권층과 결탁되었거나 기득권층의 손길이 많이 닿은 관계로 해 석상 미개척의 지대가 풍부하지 않은 상태인 데 반해, 잊힌 존재는 이제 까지 공백(vide)에 위치해있던 관계로 해석상 개척 가능한 영토가 넉넉 한 상태여서, 신예들이 접근하기가 수월한 편의 때문이다.

물론, 이럴 때 잊힌 존재가 단 한 명만 눈에 띄지는 않을 것이다. 여 태껏 논외의 대상이자 그래서 해석상 개척 가능한 영토가 넉넉한 대상 은 비록 많은 숫자가 아닐지언정 도처에 산재해있기 마련이다. 당연하 게도 이 가운데서 아무나가 무작위로 선택되지는 않는다. 보통은 신예 들이 지니고 있는 방법론, 분석틀을 적용하기가 가장 용이한, 편리한 대 상이 최종적으로 선택된다. 신예들이 지니고 있는 방법론, 분석틀을 적 용하기가 가장 용이한, 편리한 대상이야말로 지적 호기심이 발동하기

쉬운 대상이자 매력을 느끼기 쉬운 대상이자 그리하여 해석을 다채롭게 시도할 수 있는 대상인 까닭이다(한편 신예들은 대개 최신 유행의 방법론, 분석틀을 습득해서 활용해보고자 시도하기 마련인데, 이때 어떤 방법론, 분석틀이 신예들에게 최신 유행으로 인식되느냐는 시대의 분위기와 밀접한 관계를 맺고 있다). 그리고 이와 같은 과정에 의해서 잊힌 존재였던 이상은 그 당시의 이어령을 위시한 신진 문인들에게 주목의 대상으로 삼아지게 되었다고 할 수 있다. 이상은 논외의 대상이었다. 이상은 해석상 개척 가능한 영토가 넉넉한 대상이었다. 그리고 무엇보다 이상은 이어령을 위시한 신진 문인들이 지니고 있었던 방법론, 분석틀을 적용해보기에 너무나도 적합한 대상이었다. 그래서 이어령을 위시한 신진 문인들에게 이상은 지적 호기심의 대상이자 매력의 대상이자 그리하여 해석을 다양하게 시도할 수 있는 대상으로 부각될 수 있었다. 이제까지의 설명과 관련된 서술 하나를 가져와 제시하면 아래와 같다.

50년대 문학은 6·25로 상징된다. 그 당사자들(이어령을 위시한 신진 문인들;인용자)은 일본식 초등교육과 해방 후 미국식 영어교육을 받은 세대이며 그 어느 쪽도 깊지 못한 특징을 갖고 있어 보인다. 더욱 중요한 것은 한국문화 및 문학에 대한 깊은 인식을 얻을 겨를이 없었다. 이에 전쟁으로 인한 교육이 단절된다. 황폐한 산하, 깡통, 군복, 타임지(誌), 그 틈에 서구의 전후문학이 동시성으로 확인 육박할 수 있었다. 이 무렵의 평론을 대표한 이어령의 문장이 거의 무국적으로 비칠 정도였음은 결코 우연일 수 없다. 이때의 평론상의 특징은 실존주의적 앙가즈망 문학론과 분석비평이 동시에 진행됨을 보여준다. 앙가즈망을 외친 이어령의 전공(대학원)이 수사론

(카탈시스문학론)이었고, 김우종의 평론 추천이 〈은유법논고〉였던 것이고 이어 〈이상론〉을 또한 쓴다. 수사학적 보류을 띠지 않은 한국문학에 이들이 매력을 느낄 리가 없다. 다만 이상 문학만이 상징과 메타포의 보류을 지녀, 마치 외국문학을 대하듯 긴장감을 갖고 대할 수 있었던 것이다. 지적 호기심이 문학 연구의 첫 단계임을 감안한다면 이들 세대에 비로소 이상 신화가 절정에 달한 사실도 이해되리라.[4]

전후의 시점에서 이어령을 위시한 신진 문인들은 "앙가즈망 문학론과 분석비평"을 동시에 진행하는 가운데, 분석비평 쪽의 방법론으로 '수사학'을 주목하고 탐구했거니와, 이럴 때 별다른 수사학적 깊이가 없는 한국문학의 현실에서 유일하게 수사학적 깊이를 확보하여 관심을 끄는 존재, 그리하여 "외국문학을 대하듯 긴장감을 갖고 대할 수 있었던" 존재가 바로 이상이었고, 그렇기에 이상에게 파고듦으로써 지적 호기심을

---

4   김윤식, 「이상론의 행방」, 《심상》, 1975.3, 58~59면. 김윤식의 이와 같은 설명은 상당히 설득력이 있다. 다만, 그 당시 신진 문인들 간의 관점 차이를 고려하지 않은 채 문맥을 구성했다는 점에서 아쉬움을 준다. 가령 김우종은 「TABU이상론」(《조선일보》, 1957.4.29), 「이상론」(《현대문학》, 1957.5)이라는 두 편의 이상론을 쓴 적이 있지만, 그 내용을 살펴보면 둘 모두에서 이상에 대한 비판만이 시종일관 나타나고 있음을 확인할 수 있다. 더불어, 「이상론」은 조연현의 추천을 받아 《현대문학》에 게재된 것이기도 하며, 그런 까닭에 조연현의 「근대정신의 해체 —고(故) 이상의 문학사적 의의—」(《문예》, 1949.11)와 내용상으로 닮은 측면이 많다. 또한, 이러한 김우종을 두고서 이어령은 "언젠가도 조 씨의 「이상론」을 비평했더니 예의 김 씨가 나서서 싸움을 걸어 왔다."라고 지적한 바 있다(이어령, 「바람과 구름과의 대화 =왜 문학논쟁이 불가능한가=」(《문화시보》, 1958.10), 『저항의 문학』, 경지사, 1959, 62면). 그러므로 인용문에서의 "이상 문학만이 상징과 메타포의 보류을 지녀, 마치 외국문학을 대하듯 긴장감을 갖고 대할 수 있었던 것", "지적 호기심" 등은 김우종에게 별로 해당되지 않는다. 오히려 김우종은 이상의 문학에 나타난 상징과 메타포를 난해하기만 할 뿐이라고 여겼으며, 또한, "남보다 특이한 표현법으로 인기를 끌어보자는 비속한 동기에서가 아니면 무엇이든 분쇄하고 이에 항거하고 싶은 강한 정신작용의 소행 따위이겠다."(김우종, 「이상론」, 《현대문학》, 1957.5, 229면)와 같은 구절에서 확인되듯 상당한 적대감을 내비치기까지 했다.

채워나갈 수 있었다는 서술이다.[5] 덧붙이자면, 이어령을 위시한 신진 문인들이 이렇게 잊힌 존재였던 이상을 불러낸 것은 당대에도 크게 성공을 거두었고 이후에도 계속 성공을 유지했는바, 어느새 이상은 흔들리지 않는 정전(正典)의 위치에 우뚝 올라서게 되었다. 기실 지금까지도 이상이 지닌 "수사학적 보륨", "상징과 메타포의 보륨"은 밑바닥을 드러내지 않은 상태로 간주되며, 이에 수많은 연구자들을 유혹하고 있다. 이상만큼 자주 연구자들의 입에 오르내리는 인물은 없다. 그래서 "퍼내고 퍼내도 마르지 않는" "샘물 같은 텍스트로서의 특질"을 이상의 문학은 가지고 있으며, 그런 까닭에 "마치, 이곳에 와서 얼마든지 뛰어 놀아라!"라고 말하는 것이 이상의 문학이라는 논의도 제출된 바 있다.[6] "독자의 참여를 부추기는 인터랙티브 텍스트"로서 "뭔가 말하고 싶은 기분을 불러일으키고, 혹은 퍼즐이나 게임을 풀고 싶은 욕망을 자극한다는 점에서" 이상의 문학은 "타의 추종을 불허"한다.[7]

---

5   김윤식은 '앙가즈망 문학론'과 '분석비평'을 제시한 다음, '분석비평-수사학' 쪽으로 논의를 전개했지만, 한편으로 '앙가즈망 문학론' 쪽으로 논의를 전개한 경우를 부언해두자면 다음과 같다. 앙가즈망 문학론이라는 표현에서 확인되듯이 그 당시 신진 문인들이 습득하여 활용하고자 한 최신 유행의 방법론, 분석틀이란 실존주의였다. 그런 까닭에 이상에게도 실존주의를 적용해보고자 하는 신진 문인들의 욕구가 종종 발견된다. 물론 애초부터 이상은 실존주의와 무관했을 것이므로(이상은 실존주의를 몰랐을 것이므로), 이상에게 실존주의를 적용하는 것이 꼭 유용했다고는 볼 수 없다. 그럼에도 불구하고 신진 문인들은 이상과 실존주의를 연결 짓고자 부단히 노력했는데, 그 이유란 신진 문인들이 이상을 통해 자의식을 발견(혹은 재확인)하고 싶었기 때문이다. 배개화, 「1950년대 전후 세대 비평의 자의식 형성 과정」, 『관악어문연구』 22, 서울대학교 국어국문학과, 1997, 501~504면 참고; 방민호, 「전후 이상(李箱)비평의 의미」, 『한국 전후문학과 세대』, 향연, 2003, 43~59면 참고.

6   한기, 「기호 놀이의 시학, 난센스의 시학 ―이상 문학 연구 서설」, 『구텐베르크 수사들』, 역락, 2005, 438면 참고.

7   사이토 미나코, 나일등 역, 『문단 아이돌론』, 한겨레출판, 2017, 39면. 이 책에서 사이토 미나코는 무라카미 하루키를 대상으로 무라카미 하루키(의 문학)가 독자들에게 낙서에서 퍼즐로, 퍼즐에서 게임으로 점차적 변환을 겪었음을 제시한다. 낙서에서 퍼즐로 퍼즐에서 게임으로 옮겨갈수록 무라

이제 〈왜 하필 이상이었을까〉라는 의문을 어느 정도 해소했으니, 이
상에 대한 이어령의 관점을 살펴보는 단계로 나아가면 될 것이다. 하지
만 이어령에게만 초점이 맞춰져서는 곤란하다. 그래서는 이어령만의
'독특'했던 시각이 제대로 포착되지 않을 공산이 크기 때문이다.[8] 이에
피상적인 파악에 머무르지 않으려면, 이상에 대한 다른 관점들을 함께
살펴둘 필요가 있다. 너무 에돌아가서도 너무 방만해져서도 안 되므로,
중요한 두 명의 인물을 호출하여 살펴본 후, 주인공을 호출하여 살펴보
는 순서로 논의를 전개해보기로 한다. 김기림, 임종국, 그다음이 이어령
이다.[9]

　　카미 하루키(의 문학)에 대한 해석은 풍부해진다. 인상비평이 본격비평으로 바뀌고, 본격비평이 게
임 공략본으로 바뀐다. 게임 공략본의 단계가 되면 전문적인 평자가 아니어도 상관없는 상황이 벌
어진다. 게임 공략본은 누구든지 만들 수 있기 때문이다. 그리하여 어느새 무라카미 하루키(의 문
학)라는 게임기의 스위치가 꺼졌음에도 계속해서 새로운 게임 공략본이 만들어지는 상황에까지 이
르게 되었다. 그리고 이와 같은 분석은 이상에 대해서도 충분히 적용될 수 있을 듯 여겨진다. 완전히
들어맞지는 않으나 전후의 시기부터 지금에 이르기까지의 이상의 문학에 대한 연구 동향은 위의 분
석과 유사한 흐름을 보여주기 때문이다.

8　이때의 '독특'은 들뢰즈가 사용한 개념을 염두에 둔 것이다. 들뢰즈는 독특성(singularity)을 교환
이 불가능한, 대체가 불가능한, 단독적인 성질의 것이라고 설명한다. 질 들뢰즈, 김상환 역, 『차이와
반복』, 민음사, 2004, 26면 참고.

9　약간의 서술을 덧붙여놓기로 하자. 김기림은 전후의 시기에서 이상이 관심의 대상으로 떠오르게끔
환기시킨 인물이므로 검토의 대상으로 삼았다. 임종국은 전후의 시기에서 이상이 다른 사람들에게
손쉽게 접해질 수 있도록 전집을 발간했고, 그런 가운데 이상의 작품을 아주 꼼꼼히 분석하여 연구
의 성과를 거둔 인물이므로 검토의 대상으로 삼았다. 보통은 전후의 시기에서 이상을 연구한 신진
문인으로 이어령, 임종국 외에도 고석규를 꼽는데, 고석규의 이상론이 이어령과 임종국의 이상론보
다 시기상 조금 늦게 제출되었으므로, 이어령에게로 초점이 맞춰져 있는 본 논문에서는 다루지 않
도록 한다. 한편으로 전후의 시기에서 이상이 얼마나 큰 관심의 대상이었는가는 그때 발표된 이상
관련 글의 편수 및 그때 여기저기에서 열렸던 이상 추모회의 횟수 등을 보아도 금방 알 수 있다(심
지어는 이봉구에 의해 「이상」(《현대문학》, 1956.3)이라는 신변잡기적 뉘앙스의 소설이 발표되기
도 했다). 그 가운데서 특별히 눈길을 머물게 하는 것은 이상 20주기를 맞이하여 현대평론가협회의
주도로 열린 '이상 심포지엄'이다. 이상 심포지엄은 1957년 4월 17일과 4월 19일 양일 간 미공보
원 소극장에서 열렸으며, 정한모의 「이상의 문제」, 이어령의 「이상의 문학적 위치」, 이철범의 「이상
과 다다이즘」, 김성욱의 「이상 산문 낭독」, 유석진의 「시인 이상의 정신역학적 연구」, 이교창의 「이

이어령을 위시한 신진 문인들이 잊힌 존재였던 이상을 불러내었다고 기술했거니와 그 본격적인 시점은 1950년대 중반쯤부터였다. 그런데 그 전부터 꾸준히 이상을 언급하고 환기한 인물이 있었으니, 이상이 살아있을 때부터 이상을 높이 기렸던 인물, 이상이 죽음을 마주했을 때는 이상을 가장 그리워했던 인물, 그리고 해방을 맞이한 다음에도 죽은 이상을 다시 호명했던 인물, 그는 바로 김기림이었다. 김기림은 1949년에 『이상선집』을 발간함으로써 1937년에 죽은 이후 방치되고 있던 이상을 재조명했다. 김기림은 이상의 보성고보 1년 후배였다. 김기림은 이상과 구인회를 함께한 동인이었다. 김기림은 이상과 가장 절친했던 문우였다. 그렇지만 김기림이 이상을 지속적으로 주목한 이유는 단순히 친분관계에만 국한되지 않는다.

김기림이 『이상선집』을 발간하게 된 경위는 뚜렷하게 밝혀진 바 없다. 「고(故) 이상의 추억」(《조광》, 1937.6)을 통해서 김기림이 이상의 유고집 발간에 대한 사명감을 내비쳤다는 사실을 확인할 수 있지만,[10] 단

상과 현대의식」, 이태주의 「이상의 난해성」 등으로 구성되었다(「『이상 심포우지엄』 20주기 기념」, 《동아일보》, 1957.4.17, 4면). 국문학(정한모, 이어령), 영문학(이철범, 이태주), 불문학(이교창), 의학(유석진) 등 다양한 분야의 전공자들이 이상에 대해 발표한 것이 특징이다(김자은, 「1950년대 이상 문학의 수용과 정전화 연구」, 연세대학교 석사학위논문, 2011, 31면 참고). 한편 이상 심포지엄에 대해 현대평론가협회의 구성원인 이철범은 "『이상 심포지움』을 가졌고 그럼으로써 우리들의 작가의 정신적 영토에 대한 재인식과 더불어 우리의 문학에 대한 관심을 갖도록 애썼다. 일부에서 비난도 있었으나 우리에게 작고한 작가를 추도하는 「심포지움」이 몇 번이나 있었던가 한번 생각해 볼 때 강연내용의 충실 여하는 대중에게 맡기고 「심포지움」을 가졌다는 사실만도 덧덧이 자랑할 수가 있다"라고 자평(自評)했다(이철범, 「(우리의 1년 보고 현대평협) 비평정신의 확립」, 《조선일보》, 1957.12.30, 4면).

10 "이제 우리들 몇몇 남은 벗들이 상(箱)에게 바칠 의무는 상의 피엉킨 유고를 모아서 상이 그처럼 앨써 친하려고 하든 새 시대에 선물하는 일이다. 허무 속에서 감을 줄 모르고 뜨고 있을 두 안공(眼孔)과 영구히 잠들지 못할 상의 괴로운 정신을 위해서 한 암담하나마 그윽한 침실로서 그 유고집을 맨드러 올리는 일이다." 김기림, 「고 이상의 추억」, 《조광》, 1937.6, 315면.

순히 김기림이 『이상선집』을 사명감으로 발간했다고 보기는 어렵다(만약 김기림의 사명감에 따른 결과물이 『이상선집』이라면, 왜 김기림은 이상 사후 곧바로 유고집의 발간 작업에 착수하지 않았는지가 의문시될 수 있다). 김기림이 이상의 사후 곧바로 유고집 발간 작업에 착수하지 않고 10년 남짓이 지나서야 『이상선집』이라는 결과물을 세상에 내어놓은 이유가 있을 것으로 여겨지는데, 이는 『이상선집』이 발간된 시점에서 김기림이 처해있던 상황이란 상당히 복잡하고도 미묘했기 때문이다.

주지하다시피 해방 후 김기림은 1946년 2월에 열린 전국 문학자 대회에서의 시분과 대표 보고 발언을 시작으로 '조선문학가동맹'(이하, '문맹'으로 약칭함)에 발을 디딘다. 그로부터 2년 남짓 동안 김기림은 좌·우의 구별이 없는 비교적 신중하고 온건한 자세를 보여주었을지언정 큰 틀에서는 문맹에 편승하는 행보를 밟아나갔다. 하지만 1947년 말 혹은 1948년 초에 걸쳐서 김남천, 이원조, 임화 등의 문맹 측 인사들이 월북을 하고, 1948년 8월 15일에 남한단독정부가 수립되고, 1948년 12월에 국가보안법이 시행되고, 1949년 6월 5일에 보도연맹이 조직되는 등의 여러 상황이 연달아 벌어지자, 김기림은 대략 1948년경부터 문맹과 더 이상 동행하기가 어려워지며, 이에 잠깐 동안 비평 활동의 침묵기로 들어가게 된다.[11] 그리고 이러한 김기림의 행적에 비춰볼 때, 1949년에 발간된 『이상선집』은 김기림이 문맹으로부터 거리두기를 시도한 직후의 시점에서 착수되어 완성된 결과물임을 알 수 있다.[12]

---

11 김기림의 이러한 해방기 행적에 대해서는 한형구, 「해방 후 김기림의 행적(업적) 속에 담긴 문화정치사적 함의에 대하여」, 『한국근대문예비평사절요』, 루덴스, 2015, 342~358면 참고.

12 김기림은 1949년 4월 26일과 4월 27일 양일 동안 《태양신문》에 이상에 관한 글(「동양에의 반

더불어, 『이상선집』은 비슷한 시기에 발간된 두 권의 책 그러니까 시집 『새노래』(아문각, 1948) 및 수필집 『바다와 육체』(평범사, 1948)와도 관련을 맺고 있는 듯 여겨진다. 새로운 나라 건설을 위한 희망찬 의지를 담아낸 『새노래』가 국가 체제에 부응, 순응하기로 마음먹은 김기림의 뜻을 보여준다고 할 때, 또, 1930년대에 발표되었던 수필들을 모아낸 『바다와 육체』가 모던 지향적인 자신의 본래 입장을 다시 표방하고자 마음먹은 김기림의 뜻을 보여준다고 할 때, 이와 동일선상에서 잊힌 존재였던 이상을 불러내어 "인생과 조국과 시대와 그리고 인류의 거룩한 순교자"[13]라는 이미지를 덧씌워낸 『이상선집』 또한 재설정된 자신의 노선(마치 이상과 같은 어두운 현실에 저항하는 모더니스트)을 간접적, 암시적으로나마 표출하고자 마음먹은 김기림의 뜻을 보여준다고 할 수 있는 것이다.[14]

역—이상문학의 한모」, 『태양신문』, 1949.4.26; 「절박의 매력—이상문학의 한모」, 『태양신문』, 1949.4.27)을 발표한 것으로 되어 있다(고대문학회 편, 『이상전집』, 태성사, 1956, 326면; 김주현, 앞의 책, 430면). 이는 1949년 3월 31일에 『이상선집』이 발간된 지 약 한 달 뒤의 시점이다. 이처럼 김기림은 문맹과의 결별 직후 시점부터 이상을 되풀이 언급했다. 물론 이것들에 앞서서 '이상의 영전에 바침'이라는 부제가 붙은 「쥬피타 추방」이 『바다와 나비』(신문화연구소, 1946)를 통해 이미 발표된 적이 있다. 그리고 이러한 「쥬피타 추방」을 중심으로 김기림이 이상을 어떻게 판단했는지를, 더 나아가 김기림의 내면풍경이 어떠했는지를 밝혀나간 논의(모더니스트의 해방공간 설계하기)도 이미 제출된 적이 있다(김윤식, 『이상문학텍스트연구』, 서울대학교출판부, 1998, 241~277면).

13 김기림, 「이상의 모습과 예술」, 『이상선집』, 백양당, 1949, 8면.

14 김기림의 『이상선집』 발간과 관련한 이와 같은 관점은 이종호, 「죽은 자를 기억하기 —이상(李箱) 회고담에 나타난 재현 방식을 중심으로」, 『한국문학연구』 38, 한국문학연구소, 2010, 303~308면을 많이 참고했다. 다만, 『이상선집』에 수록된 「이상의 모습과 예술」이 이전의 「고 이상의 추억」에 비겨서 이상과 사회주의자들 간의 만남을 강조했다며, 이를 "역으로 당대의 정치적·사회적 스크립트를 교란시키고자 했던 김기림의 퍼포먼스"로 읽어낼 수 있다고 한 이종호의 주장에는 동의하지 않는다(같은 논문, 307면). 애초부터 여기에 할당된 분량 자체가 적을뿐더러 구체적으로 「고 이상의 추억」의 "상(箱)은 그 안에서 다른 ○○주의자들과 마찬가지로 수기를 썼는데 예의 명문에 계원(係員)도 찬탄하드라고 하면서 웃는다."(김기림, 「고 이상의 추억」, 앞의 잡지(1937.6), 314면)라

하지만 결과적으로 이와 같은 의도를 지닌 김기림의 이상 불러내기
는 성공을 거두지 못했다. 반향을 불러일으킬 여건이 주어지지 않았다.
이는 『이상선집』이 발간된 지 약 1년 만에 6 · 25전쟁이 발발하고, 그
격변에 휩쓸려 김기림이 "4일 만에 인민군에게 체포"[15]되어 납북을 당하
고 말았기 때문이다. 또한, 『이상선집』이 당시에 화제로 삼아질 만한 문
단의 분위기가 아니었기 때문이다. 이로써 1950년대 중반쯤부터 대두
한 신진 문인들에 의해 재조명될 때까지 이상은 다시금 "문학사의 공백
속에 놓이게"[16] 되지만, 그렇다고 해서 김기림의 이상 불러내기가 한갓
무의미한 기도(企圖)에 그쳤다고는 볼 수 없다. 이상과 관련하여 적어도
두 가지 측면에서 김기림은 1950년대 중반부터 대두한 신진 문인들에
게 영향을 끼쳤다. 하나는 김기림이 이상에게 부여했던 여러 이미지들
이 지속적으로 쓰이게 된다는 것이다. 다른 하나는 『이상선집』이 부족
한 대로나마 이상에 대한 접근성을 높여주었다는 것이다.[17]
　　전자를 이야기해보자면, 김기림은 이상을 회고하면서 여러 이미지
들을 가져와 덧붙이는데,[18] 이 중에서 가장 인상적인 이미지이자 이어령

는 문구와 「이상의 모습과 예술」의 "그 안에서 그는 비로소 존경할만한 일인(日人) 지하운동자들을
만났던 것이다."(김기림, 「이상의 모습과 예술」, 앞의 책(1949), 7면)라는 문구를 비교할 때, 후자 쪽
이 이상과 사회주의자들 간의 만남을 더 강조했다고 여길 이유는 없어 보인다.

15　조영복, 「일제말기와 해방공간, 6 · 25 전후의 김기림 ─ 김기림의 경성고보 교사 시절 제자 김규동
　　선생 인터뷰」, 『문인기자 김기림과 1930년대 '활자-도서관'의 꿈』, 살림, 2007, 382면.

16　이종호, 앞의 글, 308면.

17　관련하여 "김기림의 작업은 한 신세대비평가들의 이상(李箱) 연구에 활기를 불어넣어 주었는데, 김
　　기림이 회상한 이상(李箱)의 사상과 세대 인식은 당대 신세대비평가들의 자의식과 맞닿는 부분이
　　있었기 때문이다."(김자은, 앞의 글, 50면)라는 서술을 덧붙여둘 수 있다.

18　이때 회상이 근본적으로 재구성된 것이며 항상 현재에서 출발하는 것이라는 사실, 그렇기에 기억을
　　회상할 시점에서는 기억된 것의 치환, 변형, 왜곡, 가치 전도, 복구 등이 일어난다는 사실을 염두에
　　둘 필요가 있다(알라이다 아스만, 변학수 · 채연숙 역, 『기억의 공간』, 개정판: 그린비, 2012, 34면

이 추후 활용하게 되는 이미지는 바로 '나르시스(narcissus)'이다. 이상은 자신의 육체를 전혀 돌보지 않는다. 이상은 건강을 세상 사람들의 속된 가치 체계에 속하는 것으로 여기기 때문이다. 이에 김기림은 이상의 건강을 염려한다. 동시에 김기림은 이상에게서 나르시스의 일면을 발견한다.

> 이상은 그러므로 자기의 시와 꿈과 육체와 또 그 육체가 게굴스러운 병균들의 무수한 주둥아리에 녹아 들어가는 것조차를 거울 속에서 은근히 즐기고 있는, 저 『나르시쓰』의 일면을 가지고 있은 듯하다.[19]

강한 자기애의 소유자가 바로 이상이다. 그렇기에 보통 사람들은 거울에 비친 자신의 병든 육체를 싫어하건만, 이상은 거울에 비친 자신의 병든 육체를 은근히 즐길 수 있다. 그리고 이와 같은 이상의 모습은 호수에 비친 자기 얼굴에 푹 빠져버린 나르시스를 연상하기에 모자람이 없다. 물론 이상과 나르시스의 연결은 이상의 독특하고 매력적인 모습을 효과적으로 드러내고자 한 의도에서 비롯된 것이다. 그런데, 이런 의도와는 다르게 이상과 나르시스의 연결은 자칫 이상을 자기 폐쇄적인 인물, 다시 말해 내부세계에 갇힌 인물로 오해할 수 있게 하는 여지를 남긴다. 당연히 이상은 자기 폐쇄적인 인물, 내부세계에 갇힌 인물로 오해되어서는 안 되었다. 이에 이상을 나르시스와 이은 상태에서, 좀 더

참고). 즉, 김기림은 있는 그대로의 이상을 그려낸 것이 아니라 자신이 놓여 있는 시점에서 이에 걸맞은 이상(자신이 바라는 이상)을 재구성해낸 것이다.

19 김기림, 「이상의 모습과 예술」, 앞의 책(1949), 5면.

나아가, 이상이 외부세계에 관심을 가진 인물이라는 설명까지가 새로이 추가되어야만 했다.

> 그러나 『나르시쓰』는 늘 거울 속의 제 얼굴에 취하여서만 살 수가 없었다. 닫아 두어도 닫아 두어도 그 거울 속에 쏟아져 들어오는 시대와 현실의 자욱한 띠끌과 연기가 자꾸만 그의 시선을 빼앗군 하는 것이었다. 미욱한 세계 그것을 놀려주는 제 자신의 재주에 취하는가 하면, 어느새 길들지 못하는 육중한 그 짐승이 가엾어지고 말기도 하는 것이다. 착한 사람들의 예를 벗어날 수 없이 이상도 또한 그지없이 슬픈 때가 많았다. 날개가 부스러 떨어진 귀양 온 천사는 한없이 슬펐다. 그러나 이러한 『아이로니』와 농질과 업신여김과 가엾이 여김과 슬픔은 또한 고약한, 현실에 대한 순교자의 노염으로 변하군 하는 것이었다. 말기적인 현대문명에 대한 저 임리(淋漓)한 진단(시 단애(斷崖)-조선일보 연재-), 그리고 비둘기(=평화)의 학살자에 대한 준열한 고발(오감도(烏瞰圖)·시·제12호), 착한 인간들의 피와 기름으로만 살이 쪄가는 오늘의 황금의 질서에 항의하는 억누를 수 없는 분노(지주회시(鼅鼄會豕), 권태)—그리하여 꽃 이파리 같은 『나르시쓰』는 점점 더 비통한 순교자의 노기를 띠어간 것이다.[20]

'나르시스=이상'은 외부세계로 시선을 돌린다. 외면하려 해도 "시대와 현실의 자욱한 띠끌과 연기가 자꾸만 그의 시선을 빼앗"기 때문에 하릴없이 외부세계를 볼 수밖에 없는 것이다. '나르시스=이상'은 외부세계

---

20   위의 책, 5~6면.

를 진단하고 고발한다. 또, 외부세계에 대한 분노를 표출한다. 결국 '나르시스=이상'은 외부세계의 문제점을 떠안은 채로 순교자의 길을 걸어간다. 이로써 본래의 나르시스 신화와는 거리가 상당히 멀어졌음을 알수 있는데, 나르시스의 '자기애로 인한 자살'이 '나르시스=이상'의 '모두를 위한 순교'로 바꾸어버린 것이다. 또한, 이것만으로는 부족했는지 글의 말미에 이르면 '나르시스=이상'에게 '주피터(jupiter)', '피에타(pieta)' 등의 이미지가 추가로 덧붙여진다. 이에 따라 '나르시스=이상'은 흠결 없는, 완벽한 인물에 더욱 가까이 다가서게 된다(그리고 이렇게 흠결 없는, 완벽한 인물로 '나르시스=이상'을 이미지화하는 김기림의 작업은 앞서의 맥락과 같이 김기림 자신의 자기 탐색 혹은 자기 위치 재조정과 결코 무관하지 않다).

김기림이 이상에게 부여한 이와 같은 나르시스의 이미지는 1950년대 중반부터 대두한 신진 문인들에게 밑바탕이 된다. 특히 이어령이 이상에게 나르시스의 이미지를 강하게 덧씌웠음을 확인할 수 있다(물론, 나르시스의 이미지를 통해 드러내고자 하는 바가 동일하지는 않았다). 이와 관련한 구체적인 내용은 이상에 대한 이어령의 관점을 다룰 다음 절에서 서술하기로 한다.

후자를 이야기해보자면, 어떤 대상에 대한 관심이 주어지는 데에는 그 대상과 관련된 자료를 접하기가 용이한가의 여부가 크게 작용한다. 이런 측면에서 『이상선집』은 적지 않은 역할을 했다. 『이상선집』은 '선집'이니만큼 이상의 작품들을 모두 담아내지는 못했다. 『이상선집』은 목차에 제시된 것과 같이 '창작' 3편, '시' 9편, '수상(隨想)' 6편의 비교적 단출한 구성을 보인다. 그렇지만 『이상선집』은 「날개」, 「오감도」 등의 대표작은 빼놓지 않고 수록해놓았기에, 굳이 미수록 작품들을 찾아 원전(原典)을 헤매지 않더라도, 독자로 하여금 이상에 대한 윤곽 정도는 충분히 그릴 수 있도록 되어 있다. 또한, 앞서 언급했던 것과 같이『이상선집』이 발간된 후 금방 6·25전쟁이 발발한 까닭에,『이상선집』이 당시에 화제로 삼아질 만한 문단의 분위기가 아니었던 까닭에,『이상선집』은 별다른 반향을 불러일으키지 못했으나, 그럼에도 불구하고 1949년 3월 31일 초판 발행, 1949년 12월 10일 재판 발행, 1950년 5월 15일 3판 발행의 사실이 보여주는 바처럼,『이상선집』에 대한 수요층은 발간 초기 때부터 꾸준히 존재했음을 알 수 있으며, 이 정도만 해도『이상선집』은 많은 사람들에게 이상을 알리는 역할을 충분히 수행했던 것으로 인정될 수 있다. 더욱이『이상선집』은 차후 1956년에『이상전집』이 발간되게끔 만든 촉매제의 역할을 했다는 점에서 큰 의의를 지닌다. 관련하여『이상전집』을 발간한 임종국의 목소리를 직접 확인해두자면 아래와 같다.

퇴폐와 절망의 심연에서 허위적거리고 있을 때 눈에 띈 것이 "이상선집(李箱選集)"이었다. 그런데 읽어보니 그게 어쩌면 그렇게 내 처지와 심정을 그대로 옮겨 놓았는지, 나는 그만 홀딱 반해 버리고 말았다. "박제(剝製)가 되어 버린 천재를 아시오?" 이상(李箱)의 작품 '날개'에 나오는 첫 구절이다. "민법총론" 5백 페이지를 한 달 이내에 외어버린 천재(?)가 밥과 잠자리 걱정 때문에 꼼짝을 못하고 있으니, 나야말로 '박제가 되어버린 천재'가 아닌가? 이상의 사후 20년이 되어 가던 그때까지 그에 대해서는 본격적인 연구가 없었다. '박제가 되어버린 천재' 이상을 발굴해서 '날개'를 달아 준다? 스

스로 천재라고 믿었던 나 자신 하나도 살리지 못해 고시를 포기한 녀석이
남의 천재를 살려낼 생각을 했던 것이다.[21]

"퇴폐와 절망의 심연에서 허우적거리고 있"던 임종국은 『이상선집』
을 접한다. 그리고 임종국은 곧장 이상에게 매료된다. 「날개」의 첫 구절
인 "박제가 되어버린 천재"가 임종국의 자의식으로 스며들었기 때문이
다. 이어서 임종국은 "이상의 사후 20년이 되어 가"지만 이상에 대한 본
격적인 연구가 부재함을 알게 되고 "이상을 발굴해서 '날개'를 달아"주
기로 마음먹는다. 이렇게 임종국의 『이상전집』은 싹트게 된 것이다. 김
기림에서 임종국으로 흐름이 자연스레 넘어왔거니와, 그렇다면 임종국
은 『이상전집』을 어떤 과정을 거쳐서 발간하게 되었는가, 그리고 임종
국은 이상을 어떤 관점으로 바라보았는가. 임종국의 자술 회고 몇 대목
을 인용하며 이야기를 계속 진행시켜보도록 하자.

한 많은 피난살이 속에서 그런 울분과 충격도 낡은 앨범처럼 퇴색해 가고,
'땃벌 떼'다 정치파동이다 휴전회담이다로 어수선한 세월이 흘렀다. 폐허에
서 하루의 삶에 쫓기던 나는 판사·검사가 돼서 떵떵거리고 살아야겠다는
엉뚱한 꿈에 사로잡혔다. 하지만 내 판·검사의 꿈은 민·형법 총론·각론
8권을 송두리째 암기하자마자 파김치가 되고 말았다. 지칠 대로 지쳐서 나
는 시집과 소설책을 들었고, 세기말적 절망감 속에서 이상의 작품과 친해졌
다. 중학 시절의 꿈이 하기야 문학자였으니까, 오랜 방황 끝에 '탕자 돌아오

21   임종국, 「술과 바꾼 법률 책」, 《한국인》 78, 1989.1, 98~99면.

다'가 된 셈이었다.[22]

판사·검사가 되겠다는 꿈은 어느새 멀어졌고, "세기말적 절망감" 속에서 이상을 만났다는 내용으로, 앞에서 인용한 회고와 골자가 같다. 판사·검사를 꿈꾸던 정치학도 임종국에게 이상은 터닝 포인트(turning point)로 작용했다. "돈이 없어 대학 등록을 할 수 없는 처지"[23]에서도 임종국은 『이상전집』을 엮는 작업에 혼신의 힘을 쏟는다. 하지만 이 작업은 단순히 열정의 크기만으로 이루어지는 것이 아니었다. 당시에는 『이상선집』마저 절판된 상태여서 이조차 입수하기가 쉽지 않은 상황이었기 때문이다.[24] 임종국은 전국 곳곳을 돌아다니며 이상의 흔적을 찾아 헤매야만 했다. 심지어는 이상의 유족에게 다가가서 이상의 흔적을 묻기까지 했다.[25] 이러한 이상의 흔적 모으기 과정을 임종국의 목소리를 통해 직접 확인해두자면 아래와 같다.

대학 시절에 나는《이상전집(李箱全集)》을 3권으로 엮어서 펴낸 일이 있다. '이상론'을 쓰려고 작품을 모으다 보니 웬만큼 수집이 된 것 같아서 전집으로 엮었던 것인데, 그건 좀 어렵다면 어려운 과정이었다./ 작품 연보 하나가 안 갖춰진 상태에서의 수집은 별수 없이 신문·잡지를 하나하나 뒤지는 일로부터 시작하지 않을 수 없었다. 도서관에서 20년 전의 간행물들을

---

22 임종국, 「제2의 매국, 반민법(反民法) 폐기」, 《문예중앙》, 1987봄호, 206~207면.
23 정윤현, 『임종국 평전』, 시대의 창, 2013, 126면.
24 임종국 역시《문예중앙》의 주간을 맡았던 적이 있는 인태성의 도움을 받아 『이상선집』을 입수할 수 있었다고 한다. 위의 책, 131면.
25 위의 책, 130~131면 참고.

뽑아내면, 책 위에는 먼지가 석 자는 몰라도 1밀리미터는 충분히 쌓여 있었다./ 그런 출판물을 한 장 한 장 뒤지는 지어(紙魚:좀벌레) 생활 1년에《이상전집》은 햇빛을 볼 수가 있었던 것이다.[26]

이렇게 지난했던 과정을 거쳐 『이상전집』은 탄생한다.[27] 임종국은 『이상전집』의 「발(跋)」을 통해 "이 전집은 「젊은 세대」가 「젊은 세대」에게 드리는 정성의 선물이다. 그러나, 이 책이 나의─백면서생의 손을 거쳐 출판된다는 것을, 나는 차라리 비극으로 생각한다. 발(跋)을 쓰는 것은 그런 즐겁지 않은 마음의 소치일지도 모른다."[28]라는 소회를 털어놓는다. 이때 "「젊은 세대」가 「젊은 세대」에게 드리는 정성의 선물"이라는 구절은 상당히 의미심장하다. 여기에는 두 가지의 의미가 내포되어 있다. 첫째, 왜 이상은 이제껏 소외당하다가 젊은 세대에 의해서 이제야 발굴이 되었는가라는 힐책의 의미를 담고 있다(문학도가 아닌 정치학도의 손에 의해 『이상전집』이 발간된 데에 따른 안타까움을 표출한 다음의 구절이 이를 뒷받침한다). 둘째, 앞으로 이상은 젊은 세대에 의해서 널리 알려지고 다뤄질 필요가 충분히 있다는 요청의 의미를 담고 있다. 그리고 이와 같은 임종국의 힐책과 요청이 담긴 『이상전집』은 다행히도 동세대인

---

26 임종국, 「시시했던 날의 시시한 이야기」, 우촌이종익추모문집간행위원회, 『출판과 교육에 바친 열정』, 우촌기념사업회출판부, 1992, 139면.

27 『이상전집』을 임종국이 엮었다는 것은 자명한 사실이지만, 정작 책 표지를 보면 '고대문학회 편'으로 표기되어 있음이 확인된다. 판권 표지에만 '편자 임종국'으로 표기되어 있을 따름이다. 정윤현은 그 이유에 대해 임종국이 『이상전집』을 묶어내는 데 있어 조지훈을 비롯하여 인태성, 박희진 등으로 구성된 고대문학회가 많은 도움을 주었으므로, 공동 작업이라는 의미로 '고대문학회 편'이 책 표지에 붙여졌다고 설명한다. 정윤현, 앞의 책, 155~156면 참고.

28 임종국, 「발(跋)」, 고대문학회 편, 앞의 책, 327면.

"젊은 세대"에게 "정성의 선물"로서 잘 전달이 되었고, 그에 따라 그야말로 큰 호응을 얻게 된다. 『이상전집』의 파장이 얼마나 컸는지를 이번에도 임종국의 목소리를 통해 확인해두자면 아래와 같다.

> 1956년 7월, 이 책의 초판이 간행된 후 반향은 두 방면에서 일어났다. 즉, 하나는 그렇게 수집 정리된 자료를 바탕으로 한 본격적인 연구·재검토가 이상 문학의 전반에 걸쳐서 활발하게 전개되었다는 사실이다. 이리하여 그 후 수 년, 이상에 관해서는 정작 작품량보다도 더 많은 분량의 작가론이 발표되고 만 실정이었다./ 다음, 또 하나의 반향은 그 초판이 해방 후 쏟아져 나온 전집물의 자극제가 되었다는 사실이다. 46판 전3권, 총 1천여 면의 이상전집이 반년 미만에 매진되자 출판계에 전집 붐이 일어나면서 무슨 전집 무슨 전집⋯⋯형형색색의 기획 출판물이 꼬리를 물었던 것이다. 그러나 기실 그 초판이 발간될 당시만 해도 많은 출판사들은 그 계획을 냉소했으며, 덕분에 편자가 원고 보따리를 싸 들고 우왕좌왕한 것도 사실이었다./ 이리하여 편자는 감히-자화자찬이라고 냉소할 분도 없잖겠지만- 이상전집의 간행은 문학사상 또 출판사상 아울러 무의미한 일은 아니었다고 자부하는 것이다.[29]

『이상전집』이 이상 연구의 기폭제가 되었다는 사실 및 『이상전집』이 이후 출간되는 여러 전집들의 자극제가 되었다는 사실을 알 수 있다. 더불어, 『이상전집』이 반년이 채 되지 않아 매진되었다는 사실도 알 수 있다. 이상에 대한 관심을 북돋고, 여기서 더 나아가 이상에 대한 관심이

---

29   임종국, 「개정판 서(序)」, 임종국 편, 『이상전집』, 문성사, 1966, 4면.

이상에 관한 연구로까지 전환, 확장될 수 있도록 이상 관련 자료 확보의 수월성을 높여준 것이 바로 『이상전집』이었던 셈이다. 실제로 『이상전집』을 저본으로 삼은 많은 수의 이상 연구들이 확인된다. 심지어 임종국이 『이상전집』을 묶으면서 일본어로 쓰여진 이상의 시를 번역하는 중 외래어에는 음절마다 모두 방점을 찍어 놓았는데, 후대의 연구자들이 이런 방점이 찍힌 상태를 원문 그대로라고 오인하여, 그것을 분석 텍스트로 삼은 희극적인 일도 발생했다고 하니,[30] 또, 고석규가 이상의 절망 의식이 불철저하다며 비판하게 된 결정적인 단초는 "절망적기분(絶望的氣分)"이란 문구인데, 사실 이는 『이상전집』에서의 오기이고, 원문을 확인해보면 "절망초기분(絶望初氣分)"으로 표기되어 있다고 하니,[31] 이처럼 원전을 찾아보지도 않고서 『이상전집』에 수록된 그대로를 마냥 신뢰하여 그릇된 인용을 여럿 범했을 만큼, 『이상전집』은 이상 연구에 있어서 막대한 영향력을 행사했던 것이다.

『이상전집』을 발간한 이와 같은 임종국의 공로와 더불어서, 그렇다면 이상에 대한 임종국의 관점은 어떠했는가. 전후의 시기에서 임종국은 「「날개」에 대한 시론」(《고대신보》, 1954.10.21),[32] 「이상론(1)」(《고대문화》 1, 1955.12), 「이상연구」(『이상전집』, 태성사, 1956)라는 이상과 관련한 세 편의 글을 발표했다. 그렇지만 나중의 두 편의 글은 초본-개정

---

30   조해옥, 「임종국의 『이상전집』과 「이상 연구」에 대한 비판적 고찰」, 『이상리뷰』 2, 이상문학회, 2003, 57면 참고.

31   조해옥, 「전후 세대의 이상론 고찰」, 『비평문학』 40, 한국비평문학회, 2011, 330면 참고.

32   이 글은 다른 연구들에서 날짜가 10월 3일로 잘못 제시되어 있는 경우가 많다. 아마도 『이상전집』 (태성사, 1956)에서 이 글의 출처를 밝히는 가운데, 세로쓰기를 하며 '二一'로 표기해야 할 것을 실수로 '三'처럼 보이게 표기했고, 이렇게 3일로 오인된 것이 계속해서 사용된 탓이라고 여겨진다.

본의 관계이므로,[33] 「「날개」에 대한 시론」과 「이상연구」를 중심으로 살펴보아도 큰 문제는 없으리라고 여겨진다. 글이 작성된 순서를 따라서 「「날개」에 대한 시론」부터 검토하도록 하자.

우연히 이상에 대한 흥미를 느낀 후 입수되는 대로 그의 작품을 접해보았다 그 결과 『흥미』는 『경이』로 변하고 말았다[34]

우리에게 시대의 공포를 보여준 『20세기의 김삿갓』 그는 혹 우리 신문학이 도달할 수 있었던 최고봉이 아닐는지? 여하간 다만 『난해』라는 이유로 경원(敬遠)하기에는 너무나 아까운 작품들이다 고로 그의 전모(全貌)가 알고 싶다[35]

두 개의 구절은 각각 「「날개」에 대한 시론」의 서두와 말미에서 가져온 것이다. 이상이 경이롭다는 표현, 이상이 "신문학이 도달할 수 있었던 최고봉"이라는 표현 등은 임종국이 얼마만큼 이상에게 푹 빠졌는지를 잘 보여준다. 이렇듯 이상에 대한 애정으로 처음과 끝이 구성되어 있는 「「날개」에 대한 시론」은 그 제목과 같이 「날개」를 분석하여 이상(의 작품)이 지니는 문학(사)적 가치를 밝히고자 했다. 이상의 작품을 다독 (多讀)하지 않으면 불가능한 임종국 특유의 논의 전개 방식, 다시 말해

---

33   "여기에 해설을 겸하여 수록하는 『이상연구』는, 객년(客年) 편자가 『근대적 자아의 절망과 항거』라는 부제 밑에서 『고대문화 제1집』에 발표한 『이상론 1』을, 독립된 형식으로 수정 개작한 것이다." 임종국, 「이상연구」, 고대문학회 편, 앞의 책, 263면.
34   임종국, 「「날개」에 대한 시론」, 《고대신보》, 1954.10.21, 4면.
35   위와 같음.

작품 구절 하나하나를 가져와 해설해나가는 방식이 이 글에서부터 시작되고 활용되었다는 사실을 알 수 있으며,[36] 이렇게 세세한 분석의 과정을 거친 후, 임종국은 「날개」를 "영육(靈肉)이 괴리되고 박제가 된 천재의 주관 세계를 그렸다"라고 평가한다. 이어 「날개」가(또한, 이상이) 가지는 의미를 제시하는데, 그것은 네 가지로 ① 지성을 높이 평가할 수 있다는 것, ② 테크닉(technique)에 경의를 표할 수 있다는 것, ③ 시대적, 사회적 의의를 지닌다는 것, ④ 문학상의 위치를 점유한다는 것 등이다. 그리고 ①의 이유로는 작품 대부분이 "현실에 대한 철두철미한 절망 불신 단절감을 근거로 하고 있"음에도 "냉정하게 자기 주관 세계를 분석 표현"했다는 것을 들고 있고, ②의 이유로는 "일견 부자연스러운 구절 삽화들"이 "이중 삼중의 기능을 가지고" "작품을 구성한다"는 것을 들고 있고, ③의 이유로는 "1930년대의 불안 사조와 작품에 나타난 영육의 괴리"가 "금일의 그것과 일치"된다는 것을 들고 있고, ④의 이유로는 "현대문학은 『프로이드』의 정신분석학"에 빚진 바 큰데, 이럴 때 이상은 "문학상의 신대륙 『무의식의 세계』를 개척하려던 거의 유일한(한국에서) 작가였다"는 것을 들고 있다.[37]

①~④의 네 가지 의미 제시 및 네 가지 의미에 대한 이유 제시가 지금에서도 무리 없이 받아들여질 만큼 타당한 것으로 여겨지거니와, 이러한 「날개」에 대한(또한, 이상에 대한) 파악은 기본 토대로 삼아져 다음

---

36 임종국은 『이상전집』의 "출판을 위해서만 그 방대한 원고를 10독(十讀)했"(임종국, 「발(跋)」, 고대문학회 편, 앞의 책, 327면)다고 하니, 이 사실만을 보아도 임종국이 이상의 작품을 얼마나 많이, 되풀이 읽었는가는 쉽게 짐작이 가능하다.
37 이 문단의 따옴표 친 인용 대목은 그 출처가 모두 임종국, 앞의 글(1954.10.21), 4면.

의 글에서도 바뀌지 않고 그대로 이어진다. 즉, 「「날개」에 대한 시론」의 골조를 유지하면서 이상의 다른 작품으로까지 대상을 넓히는 방식으로 논의를 발전, 확장한 글이 바로 「이상론(1)」 및 「이상연구」라는 것이다.

이어서 「이상연구」를 검토해나가기로 하면, 조금 전에 「이상론(1)」과 「이상연구」를 초본-개정본의 관계라고 언급했으되, 서로 간의 차이는 그다지 크지 않다. 프롤로그(prologue), 그러니까 이상에 대한 임종국의 감상에 해당하는 부분은 확 바뀌었지만,[38] 그 외의 부분은 (표현은 조금 바뀌었을지라도) 내용상으로 동일하다. 먼저 「이상론(1)」의 도입부를 일부 가져와 보면 아래와 같다.

〈염려마시오! 「휴매니즘」은 최후의 승리를 가져올 것이니까.〉 이런 말을 남기고 피를 토하는 이상이 마(魔)의 동경으로 향발(向發)한 것은 1936년 늦은 가을 어느 찬비 나리는 밤이었다. 총독부 회계과로 또 건축과로, 고공(高工)을 졸업하고 얻은 관청 지위를 바로 팽개치고 시와 음악과 그림을 샀다는 서툴은 홍정꾼 이상. 혹 「이 형!」 하고 부르는 사람이 있으면 파안대소하면서 〈네, 좋습니다. 이상은 이 형과 통할 수 있습니다. 이상은 괴상하고도 통하니까요〉 하더라는 김해경이라는 으젓한 본명의 소유자. 유화(油畵)도 하고 도안도 만들고 『하융(河戎)』이라는 화명(畵名)으로 삽화도 그려보았다는 사나이. 『69』-씩스 · 나인-이라는 그런 온당치 못한 문구를 시침 뚝 따고 다방 옥호(屋號)로 사용하던 작난꾸럭이. 『제비』와, 카페 『츠루』와, 『69』에 실패하고도 여전히 굴치 않고 명치정(明治町)에다 다방 『むき』

---

38 조해옥, 앞의 글(2011), 326면의 각주15번 참고

를 내더라는 불굴의 〈야인〉-동해(童骸)-. 이런 이상의 동경행은 그의 예술이 완성할 수 있는 밑바닥이었던 반면, 그의 육신을 폐망케 하는 근인(近因)이었던 것이다.[39]

인상기의 어투이다. 이상의 기이한 약력을 이상의 괴이한 이미지와 함께 그려내고 있다. 심지어 이러한 도입부는 분량이 짧지도 않다. 무려 다섯 페이지에 달한다. 그리고 많은 대목에서 김기림의 회고를 연상하게끔 한다. 당장 위의 인용 대목이 그러하거니와 십자가를 걸머지고 골고다의 언덕으로 올라간 예수를 이상과 연결 짓는 대목 또한 김기림의 「고 이상의 추억」에서 묘사된 대목과 상당히 흡사하다.[40] 하지만 이와 같은 도입부는 짧지 않은 분량이 무색하게시리 글 전체로 보아 역할이 대단치 않다. 그저 '혼돈'과 '무질서'라는 키워드를 이끌어내고, 이 키워드로써 본론이 시작할 수 있도록, 다시 말해 혼돈과 무질서가 이상의 문학이 지닌 특징이라고 규정하면서 본격적인 논의가 개진될 수 있도록 하는 역할이 전부이다. 그러므로 이후부터는 굳이 다시 들추어볼 필요가 없다. 글 전체로 보아서 다소 이질적인 서술이고, 할애한 분량 대비 효용성도 아주 낮다.

---

39 석운(石韻), 「이상론(1)」,《고대문화》 1, 1955.12, 114~115면. 이때 저자인 석운은 당연하게도 임종국이다.
40 위의 인용 대목은 김기림의 「이상의 모습과 예술」에서 보이는 이상 관련 묘사를 전체적으로 많이 참고한 듯하고, "도저히 행복하려야 할 수 없는 세대의 모든 〈죄와 악〉을 혼자 걸머지고 신음하다가 드디어 세대의 모함에 걸려서 나가자빠진 상(箱)은, 어쩌면 문제의 배반으로 하여〈油ガツイテイタ〉 십자가를 걸머지고 간 저 『골고다』의 『예수』이었을지도 모른다."라는 대목(위의 글, 118면)은 "상(箱)은 실로 현대라는 커-다란 모함에 빠져서 십자가를 걸머지고 간 『골고다』의 시인이었다."라는 대목(김기림, 「고 이상의 추억」, 앞의 책(1937.6), 313면)을 떠올리게끔 한다.

그렇기에 임종국은 『이상전집』을 발간하며 이참에 제목을 바꾸는 동시에 도입부까지를 싹 바꿔버린 듯하다. 「이상연구」는 「이상론(1)」에 비겨 도입부가 상당히 간소해졌다. 그런데, 이때도 김기림의 흔적이 여전히 발견된다는 사실은 흥미롭다. 즉, 「이상론(1)」이든 「이상연구」이든 간에 도입부 모두에서 임종국은 김기림이 그려놓은 이상의 이미지를 받아들이고 있으며, 이를 토대로 이상에게 깊이 파고들려는 자세를 보여주는 것이다.

구체적으로 「이상연구」는 김기림의 「모더니즘의 역사적 위치」(《인문평론》, 1939.10)의 한 구절인 "가장 우수한 최후의 『모더니스트』 이상은 『모더니즘』의 초극이라는 이 심각한 운명을 한 몸에 구현한 비극의 담당자였다."[41]를 제사(題詞)로 인용하면서 글을 연다. 그러고서는 모더니즘의 초극이 곧 근대의 초극이라고 규정하고, 다시, 근대의 초극을 "보편적 이성이 사망한 지구상에다 새로운 「신」을 발견하여 군림시키는 작업"[42]이라고 규정한다. 여기에 이 작업은 지난한 비극이며 그럼에도 불구하고 이 비극을 담당한 인물이 바로 이상이었다는 설명이 따라붙고, 이어서 이상은 "절대자의 폐허에서 발생하는 모든 속도적 사건—절망, 부정, 불안, 허무, 자의식과잉, 데카단, 항거 등 일체의 정신상의 경향—을 그의 문학에다 반영함으로서, 실로 보기 드문 혼돈 무질서상을 일신(一身)에 구현하고 만 것이었다"[43]라는 설명이 따라붙는다. 이때 「이상

---

41 임종국, 「이상연구」, 고대문학회 편, 앞의 책, 263면(원 글은 김기림, 「모더니즘의 역사적 위치」, 《인문평론》, 1939.10, 85면(아주 사소한 지적이지만, 원 글에는 '운명을'이 아니라 '운명으로'로 표기되어 있다)).
42 위의 책, 264면.
43 위의 책, 264~265면.

론(1)」과 동일하게 혼돈과 무질서라는 키워드가 제시되었음이 목도되며, 그리하여 본론부터는 「이상론(1)」과 다르지 않은, 대동소이한 내용이 펼쳐진다.

본론의 내용은 어떠한가. 본론은 상당한 분량을 자랑하는데, 그 까닭은 앞서 언급했듯이 이상의 작품을 다독하지 않으면 불가능한 임종국 특유의 논의 전개 방식, 다시 말해 작품 구절 하나하나를 가져와 해설해 나가는 방식이 여기서도 마찬가지로 활용되었기 때문이다. 그래서 요체를 추려내어 살펴보는 것이 효과적, 효율적이라고 여겨진다. 임종국은 이상의 작품을 분석하며 ① 절망적 양상, ② 부정, 허무, 불안의 양상, ③ 농성(籠城)적 양상, ④ 반발적 양상이라는 네 가지의 양상이 나타난다고 보았다.[44] 그리고 임종국은 이러한 네 가지의 양상에 대해 작품을 무수

---

44 ①이 시작의 지점인 만큼, 그리고 ①로부터 ②, ③, ④가 파생되어 이어지는 만큼, 특별히 ①과 관련해서는 설명을 자세히 부연해둘 필요가 있다. 임종국은 ①을 보여주는 대표적인 작품으로 「오감도 시제1호」를 제시한다. 그 외 「선에 관한 각서1」, 「선에 관한 각서2」 등을 덧붙여 제시한다. 또한, 이상이 절망한 이유를 다음과 같이 설명한다. 우선 "그러면 이제 다음의 문제―상(箱)은 어째서 그렇게 철저하게 절망했는가?/ 상의 작품은 가치와 사적 위치를 결정해볼 문제는, 그 해답의 선결조건으로서 상의 작품―특히 소설―이 가지는 또 하나의 특이성에 관한 일언을 필요로 하는 것이다. 따라서 먼저 이를 간술(簡術)한다면, 상의 소설은 원칙적으로는 사생활에 즉(卽)한 것들이지만, 강력한 「감시 작용」의 결과, 중요 등장인물인 〈나〉와 〈안해〉―혹은 그에 대치되는 인물―는 자연적인 동시에 「내부적 의식」과 「외부적 현실」의 양 계기가 된다는 것이다. 이와 같이 그의 소설이 전통적인 요소를 결(缺)하는 반면, 이중의 기능을 가지는 두 인물의 대립적 관계에서 구성, 묘사되고 있다는 것이 그의 그것이 가지는 기교 상의 특이성이라는 것이다. (상의 수필은 〈나〉 이외의 인물이 〈나〉를 보좌하는, 즉 종속적 관계에서 구성되고 있는바, 이것이 그의 소설과 수필을 구별할 수 있는 단 하나의 지표이었다.)"(위의 책, 272~273면)라는 서술을 통해 두 개의 항인 내부적 의식과 외부적 현실을 제시한다. 그다음에 "〈날개〉를 통하여 고찰한 것처럼, 그 주인공인 〈나〉는, 그 서두의 이 절(二節), 즉 〈「박제가 되어버린 천재」를 아시오?〉, 〈육신이 흐느적 흐느적 하도록 피로했을 때만 정신이 은화(銀貨)처럼 맑소〉에서 표현된바 도저히 양립 공존할 수 없는 외부적 현실과의 숙명을 상속하여, 전술한 것처럼 이 양자의 분열에 허덕이고 고민하면서, 실로 어처구니없는 〈절름발이〉의 부부생활을 전개한다."(위의 책, 274면)와 같이 실례를 들어서 이상이 절망한 이유는 바로 내부적 의식과 외부적 현실의 분열 때문이라고 제시한다. 또한, 이상이 내보인 이와 같은 내부적 의식과 외

하게 인용하면서 아주 상세하게 예증한다. 또한, 임종국은 ①, ②, ③, ④
가 아무렇게나 무질서하게 출현한다는 게 이상의 작품이 지닌 특이성이
라고 주장한다.

연차적 질서성을 가지고 출현하는 한 작가적 연륜의 성장을 인정할 수 있는
이런 양상들이, 사실은 아무런 질서도 없이, 그의 전 작가적 생애를 통하여
동시적 혹은 계시적으로 출현하며, 그럼으로서 상의 대부분의 작품을 극히
혼돈하게 하고 있었다. 이와 같은 연차적 질서성은, 결국에 있어서 작가의
의식이 그 어느 양상에서도 안주할 수 없었음을 유력히 증명하여주는 것이
며, 뿐만 아니라 당시의 시대 분위기, 즉「주류 없는 혼돈」을 그대로 반영하
는 것으로서, 상의 작품만이 가지는 특이성이요 또한 진가(眞價)로 논할 수
도 있는 것이었다.[45]

임종국은 ① → ② → ③ → ④의 차례대로 양상들이 나타나야 자연
스럽다고 생각했다. 그러니까 ①이 심화되어 ②가 나타나고, 이어 ②에
서 주저앉을 수 없으니 ③을 모색하고, 다시 ③에서 한 발을 더 내디며

부적 현실의 분열을 통해 "근대문명과 정신의 일체에 대해서 격렬한 불신을 표명하던 근대적 자아
의 절망상(相)을 발현할수 있"(위의 책, 278면)다고까지 제시한다(기실, 이와 같은 설명 방식의 윤
곽은 「「날개」에 대한 시론」에서 이미 찾을 수 있는 바이다). 이렇게 임종국은 이상의 작품 분석을 통
해서, 이상은 내부적 의식과 외부적 현실의 분열을 겪었고(①), 그런 까닭에 이를 극복해보고자 하
는 과정(②, ③, ④)이 잇달아 전개되었다고 판단을 내린 것이다. 그리고 여기에다가 (조금 후 자세
히 살펴볼 예정이나) 이어령 또한 이상이 '이미 존재하고 있는 자기'와 '의식자로서의 자기'의 분열
에 의해 '비극'을 겪었다는 설명을 펼쳤으며, 또한, 이를 바탕으로 삼아서 이상의 작품에게로 접근하
고자 시도했다는 사실을 부기해둘 수 있다.

45 위의 책, 304~305면.

④를 도모하는, 이와 같은 단계적 흐름이 매끄럽다고 여긴 것이다. 그렇지만 이상의 작품은 이러한 단계적 흐름과 전연 무관하게 ①~④의 양상들이 "동시적 혹은 계시적으로 출현"하는 경향을 보인다. '혼돈 무질서성', '주류 없는 혼돈'이 나타나는 것이다. 그렇다면 왜 이상의 작품에서만 이와 같은 '혼돈 무질서성', '주류 없는 혼돈'이 특별히 발생한 것인가. 이에 대한 해명이 곧바로 이어진다.

> 그러면, 이런 혼돈은 무엇으로 하여 발생했는가? 이는 역시 그의 예술의 출발점인 『절망』을 들어 답할 수밖에 없는 것이다. 즉, 외부적 현실에 대한 그의 절망이 너무나 철두철미하였기 때문에, 마땅히 그의 의식의 종착점이어야 할 제6의 단계—외향적 반발—[46]에 이르러서는, 그 실효성에 관한 심각한 회의(懷疑)로 인하여, 드디어 이율배반에 함입(陷入)하여버리고 말았다는 것이다. 이리하여 종착점에 다다를 때마다 도로 출발점으로 떨어지고 떨어지고 하는, 말하자면 출구가 봉쇄되어버린 미로—신을 살해한 후의 인간이 함몰한 심연—에서의 숨 막히는 순례가 시작되었던 것이다.[47]

위의 인용 대목을 조금 풀어서 제시하면 다음과 같다. 이상의 작품은 ①을 출발하여 ②와 ③을 지나서 ④에 도착하는 일련의 과정을 한 번 거쳤다. 그렇지만 외부적 현실로 인해 ④가 종착점이 될 수 없었다. 이에 어쩔 수 없이 ①이라는 출발점으로 되돌아오게 되었다. 이처럼 이상

---

46 임종국은 '④ 반발적 양상'을 설명하면서 '반발'을 대분(大分)하여 '내향적 반발'과 '외향적 반발'로 제시하였다. 위의 책, 298면.
47 위의 책, 307면.

의 작품은 ①에서 ④로 갔다가 ④에서 ①로 돌아오는 도돌이표의 상황에 처하게 된 것이고, 그러다 보니 이상의 작품은 어느샌가 ①, ②, ③, ④가 아무렇게나 무질서하게 출현하기에 이른 것이다. 다만, 임종국은 이상의 작품이 보여주는 이러한 반복적 사태를 두고서 "숨 막히는 순례가 시작"되었다고 표현했는데(또한, 위의 인용 대목 바로 다음에서는 "현대판 시지프스의 신화"라고도 표현했는데), 이로 보아 임종국은 비록 해결에 다다르지는 못했을지언정 포기를 모른 채 절망에서부터 반발에까지 이르는 과정을 계속해서 되풀이한 이상을, 또, 그로 인해 만들어진 이상의 작품을 아주 긍정적으로 인식했다고 볼 수 있다

이렇게 본론을 전개한 다음에, 임종국은 이상이 이러한 도돌이표의 상황에서 벗어나고자(다른 표현으로 말하자면, 근대를 초극하려는 의지를 지니고서) 도일(渡日)을 감행했다고 기술한다. 또한, 몇 가지의 부차적인 문제들("혼돈의 『저류』는 무엇인가?", "상의 예술이 미완성인 이유와 또 그것이 지향하던 최후의 결론", "그가 소속할 문학상의 유파", "상에게 영향을 준 인명의 열거"[48])을 추가로 기술한다. 이로써 「이상연구」는 마무리된다.

이리하여 「이상연구」에 대한 검토를 끝마쳤으되 「이상연구」가 지닌 약점을 두 가지 정도 제시해볼 수 있다. 우선 "근대적 자아의 절망과 동요(童謠)"(이는 「이상연구」의 부제(副題)이다)[49]에 논의를 집중하다 보니 "정작 그 절망의 근원적 물음이 빠져있다"[50]는 아쉬움을 남긴다. 더불어, 이상이 근대를 초극하려는 의지를 지니고서 일본으로 건너갔다는 사실

---

48   위의 책, 309, 311, 312, 313면.
49   위의 책, 314면.
50   김윤식, 앞의 책(1975.3), 59면.

을 제시하는 정도에서 논의를 멈추다 보니, 작품의 의의가 오롯이 도출되지 않았다는 아쉬움을 남긴다. 하지만 이러한 약점에도 불구하고,「이상연구」가 소위 '제1세대 이상 연구'로서 이상에게로, 이상의 작품에게로 접근하기 위한 전체적인 기틀을 잡았으며, 이에, 이후의 이상 연구자들에게 중요한 참고문헌으로 삼아졌음은 자명하다. 그리고『이상전집』의 발간자답게 이상에 대한, 이상의 작품에 대한 세밀한, 정밀한 분석을「이상연구」를 통해서 유감없이 펼쳐낸 임종국은, 전후의 시기에서 이어령과 더불어 이상 연구를 제대로 수행해낸 신진 문인 중의 한 사람으로 손꼽히기에 모자람이 없다. 이렇게 김기림, 임종국을 거치면서 이어령에게로 다가서기 위한 준비를 모두 끝마친 듯하다. 그러니 이제 이상에 대한 이어령의 관점을 살펴보기로 하자.

2. 이상을 토대로 이상을 넘어서기

김기림에게 이상은 '어두운 현실에 저항하는 모더니스트'라는 이미지로 표상되는데, 이는 김기림이 바라 마지않던 이미지였다. 김기림에게 이상은 자신이 그렇게 되기를 꿈꾸는 인물이었다. 임종국에게 이상은 '박제가 되어버린 천재'라는 이미지로 부각되는데, 이는 임종국이 생각한 자신과 겹쳐지는 이미지였다. 임종국에게 이상은 자신과 동일한 처지의 인물이었다. 요컨대, 김기림에게 이상은 이상화된 '나'였고, 임종국에게 이상은 또 다른 '나'였다. 그렇다면 이어령은 어떠했는가. 이어령에게 이상은 어떠한 이미지로 표상되었는가. 이어령에게 이상은 어떤 인물이었는가.

전후의 시기에서 이상에게 가장 깊은 관심을 내비친 인물은 이어령이다. 발표된 이상 관련 글들의 편수를 따져도 이어령이 으뜸간다. 일단 이어령의 이상 관련 글들을 나열해보면 아래와 같다.

① 「이상론(1) —「순수의식」의 뇌성과 그 파벽—」,《문리대학보》3(2), 1955.9.

② 「「나르시스」의 학살 —이상의 시와 그 난해성—」,《신세계》, 1956.10.

「「나르시스」의 학살(중) —이상의 시와 그 난해성—」,《신세계》, 1957.1.

③ 「묘비 없는 무덤 앞에서=추도 · 이상20주기=」,《경향신문》, 1957.4.17.

④ 「이상의 문학 그의 20주기에…(상)…」,《연합신문》, 1957.4.18.

「이상의 문학 그의 20주기에…(하)…」,《연합신문》, 1957.4.19.

⑤ 「속 · 「나르시스」의 학살 —이상의 시와 그 난해성—」,《자유문학》, 1957.7.

⑥ 「이상의 소설과 기교(상) —『실화(失花)』와 『날개』를 중심으로—」,《문예》, 1959.11.

「이상의 소설과 기교(하) —「실화(失花)」를 중심으로—」,《문예》, 1959.12.[51]

여기서 ③과 ④는 이상의 20주기를 기리기 위한 추도문이므로 분량도 길지 않고 깊이 있는 내용도 담고 있지 않다. ⑥도 원래 계획은 「실화(失花)」, 「날개」의 두 편을 다루는 것이었으되, 결국, 「실화」 한 편을 다

---

51 굳이 여기에 하나를 더 보탠다면 「이상 —날개 잃은 증인—」(『세계문화의 창조자』, 동서출판사, 1961)을 가져와 볼 수 있지만, 이 글을 읽어보면 ①에서 제목만이 바뀌었을 뿐 그 외의 차이는 발견되지 않으므로, 별도로 언급할 하등의 이유가 없다. 더불어, 「날개를 잃은 증인 —이상론」(『한국단편문학대계』3, 삼성출판사, 1969)도 ①에서 제목만이 바뀐 동일한 글이다.

루는 것에 그친 데다가 내용도 비교적 단순한 편이다. 그래서 ③, ④, ⑥을 제외하고, ①, ②, ⑤를 대상으로 삼아 검토를 수행해도 충분하리라고 여겨진다(이때 ②와 ⑤는 제목에서 확인되듯이 묶어서 취급해도 무방할 것이다).[52] 발표된 순서대로 시작에 해당하는 ①을 살펴보고, 이어서 나르시스 이미지를 전면에 내세운 ②-⑤를 살펴보기로 한다.

①인 「이상론(1) ─「순수의식」의 뇌성과 그 파벽─」은 "작가론"이란

---

52 ③, ④, ⑥의 내용을 간단히 적어두자면 다음과 같다. ③은 이상을 이교도(異敎徒)라고 부르며 시작한다. 이상이 이교도인 이유는 홀로 지성을 찾아 헤맸기 때문이다. 이어서 이상이 방임해야 할 것에 집착하고 망각하거나 덮어두어야 할 것을 파헤쳤다고 말하며, 또, 그런 까닭에 이상이 외로움 속에서 조소를 받고, 굴욕을 겪어야 했다고 말한다. 그렇지만 지금의 우리들은 이상이 그립다고 하는데, 이유인즉, 지금의 우리들은 ('시대의 수인', '위안의 동반자'라는 문구로 표현되듯이) 이상과 '공동의 운명'을 느끼기 때문이다(이어령, 「묘비 없는 무덤 앞에서 =추도 · 이상20주기=」, 《경향신문》, 1957.4.17, 4면). ④는 이상을 '고르곤느의 초상'에 비유하며 시작한다. 인간의 존재와 운명을 끝까지 분석한 이상의 문학에는 보기만 해도 공포 속에 화석이 되어버리는 고르곤느의 신비한 마력이 숨어있기 때문이다. 이어서 하이데거의 "고향의 상실이 세계의 운명이 된다. 그런 까닭에 이 운명을 존재사적으로 사색하는 것이 필요하다."라는 문구가 인용되며, 이것이 이상의 문학적 정신과 잘 맞는다고 말한다. 구체적으로 「날개」의 마지막 장면을 부각하면서, 여기서의 '날개야 돋아라'라는 외침이 곧 고향을 향해 접근하는 사색인의 존재를 말하는 언어라고 설명하는 것이다. 이어서 이상이 일본에서 보낸 편지, 「종생기(終生記)」 등을 언급한다. 그다음, 이상의 문학은 묘지명의 문학이라고 말한다. 끝으로 이상은 '현실적 일상인으로서의 이상'과 '자의식의 분신인 이상'으로 나누어진다고 하며, 이 둘이 서로 비판하고 서로 균제하고 서로 감시하면서 비합리의 밤 속을 헤맨다고 설명한다(이어령, 「이상의 문학 그의 20주기에…(상)…」, 《연합신문》, 1957.4.18, 4면; 이어령, 「이상의 문학 그의 20주기에…(하)…」, 《연합신문》, 1957.4.19, 4면). 이제껏 정리한 내용으로 볼 때, ③의 특징은 이상과 강한 동질성을 이어령이 느끼고 있었다는 것이고, ④의 특징은 이상을 하이데거와의 연관성 속에서 이어령이 살펴보고 있다는 것, 그리고 이상을 두 가지 측면으로 나누어 이어령이 살펴보고 있다는 것이다(곧 기술될 예정이지만 후자의 이러한 특징은 ①에서 이미 제시된 바 있다). 끝으로 ⑥은 다음과 같은 조영복의 설명을 가져와 제시하는 것이 효과적이라고 생각된다. "제임스 조이스의 「율리시즈」, 버지니아 울프의 「델러웨이 부인」처럼 몇 시간 사이에 일어난 일을 인간 의식의 내면을 따라 묘사한 것이 '의식의 흐름' 수법임을 밝히고, 이상 소설에서는 「실화」에 와서 이 기법이 본격적으로 시도되었다고 평가한다. 이렇다 할 사건의 전개 없이 주인공이 C양의 방안에서 놀다가 집으로 돌아올 때까지의 의식의 흐름을 그려 낸 것으로 보고 그 구체적인 장면을 지적하고 있다. 소설의 현대적 기법(기교)으로 내적 독백, 자유 연상, 시적 암시력 등을 지적하고, 「지주회시」, 「동해」에서도 이 같은 현대적 기법들이 시도되고 있지만 「실화」가 본격적임을 밝혀내고 있다."(조영복, 「이어령의 이상 읽기 : 세대론적 감각과 서구본질주의」, 『이상리뷰』 2, 이상문학회, 2003, 85면)

표제 아래 "노신(魯迅)론", "발자크(Balzac)론"과 함께 묶여서 실린 글이
다.[53] 글의 제목에서 1회차임을 드러내는 "(1)"이 붙어있고, 또, 글의 말
미에서 "차호 계속"이라는 문구가 확인되므로, 이를 통해 이어령이 글을
완전히 마무리하지 못했고 연재를 계속해서 이어가고자 의도했음을 알
수 있다. 하지만 이후 발간된 《문리대학보》를 찾아보아도 속편에 해당
하는 글은 찾아지지 않는다. 제시된 목차를 따를 때,[54] 「이상론(1) ―「순
수의식」의 뇌성과 그 파벽―」은 본론의 첫 번째에 해당하는 "이상의 예
술"에서, 다시, 절의 첫 번째에 해당하는 "A Situation과 Parasélène"
만이 서술되었을 뿐이다. 이후의 절인 "B Form과 Style", "C 결론을 위
한 종래의 이상 평에 대한 재고"를 비롯하여 본론의 두 번째에 해당하는
"배경론"과 세 번째에 해당하는 "문학사적 의의"는 서술이 전혀 이루어
지지 않았다. 이로 보아 「이상론(1) ―「순수의식」의 뇌성과 그 파벽―」
은 애초에 아주 큰 규모로 구상이 되었지만, 아쉽게도 전체 구성 대비
절반에 못 미치는 단계까지만 작성된 채 중단이 되었음을 알 수 있다.
다만, 「이상론(1) ―「순수의식」의 뇌성과 그 파벽―」은 지금의 상태만으
로도 한 편의 글로서의 완성도를 지닌다(그렇기에 이어령은 이 장의 각주

---

53 이렇게 세 명의 작가에 대한 작가론을 마련한 이유는 "지난날의 한 시대와 문학예술의 방향을 시
사한 획기적인 한 작가에서 풍기는 하나의 체취와 생명의 유동은 언제나 당면한 현대문학의 정신
에 대하여 보다 나은 반성과 비평의 확고한 지점이 되어주는 것이다."(《문리대학보》 3(2), 1955.9,
141면)라는 문구에서 파악이 가능하다.

54 「이상론(1) ―「순수의식」의 뇌성과 그 파벽―」의 목차는 다음과 같다. 〈서론 : A 「상」의 죽음, B 선
악과의 신화, 1. 이상의 예술 : A Situation과 Parasélène, B Form과 Style C 결론을 위한 종래
의 이상 평에 대한 재고 2. 배경론 : A 1930년대 분위기, B 구인회, C 사생활, 3. 문학사적 의의 : A
전통과 Modernité, B 영향론〉 이어령, 「이상론(1) ―「순수의식」의 뇌성과 그 파벽―」, 《문리대학
보》 3(2), 1955.9, 142면.

51번과 같이 제목만 바꾸는 형태로 여기저기에 「이상론(1) ―「순수의식」의 뇌성과 그 파벽―」을 실을 수 있었던 것이다).[55] 더불어, ②-⑤ 그리고 ⑥은 (제각기 독립된 글이지만) 「이상론(1) ―「순수의식」의 뇌성과 그 파벽―」에서 미처 펼쳐내지 못했던 내용을 어느 정도 담아내었으리라고 짐작된다. 그런 관계로 「이상론(1) ―「순수의식」의 뇌성과 그 파벽―」을 비롯하여, ②-⑤ 그리고 ⑥은 전체적인 맥락, 방향에 있어서 합치하는 것으로 볼 수 있다. 이 점을 염두에 두면서 「이상론(1) ―「순수의식」의 뇌성과 그 파벽―」을 찬찬히 검토해나가기로 하자. 모두(冒頭)의 일부를 가져와 보면 아래와 같다.

> 레몽을 달라고 하여 그 냄새를 맡아가며 죽어 간 「상」의 최후는 1937년 3월 17일 연후, 이역(일본)의 조그만 병실의 한구석 어둠 속에서였다. 우리는 짧은 그의 생애와 작가로서의 생활 종막(終幕)에서 우연히도 하나의 상징적인 뜻을 발견하지 않을 수 없다./ 우선 그 계절이 그러하였다./ 3월이면 아직도 철 늦은 겨울 눈(雪)이 녹고 있는 계절이다. 겨울도 봄도 아닌 그러한 불안한 환절기가 바로 「상」이 이 세상에서 머물다간 비창(悲愴)의 계절이었다. 그는 구세대의 서정적 요소와 세기말적인 허무의 잔재물(눈)이 휘황한 현대의 주지적이며 산문적인 정신의 태양 아래 소멸되어 가고 있는 계

---

55 그 당시 「이상론(1) ―「순수의식」의 뇌성과 그 파벽―」이 얼마나 뛰어난 글로 여겨졌는지는 강인숙의 다음과 같은 회고를 통해 알 수 있다. "나를 정말로 압도한 것은 3권 2호(1955.9)에 실린 그의 「이상론」이었다. 그의 이상론을 읽고 나는 그와 겨루려는 생각을 영원히 접어버렸다. 「초상화」는 그렇지 않았는데 「이상론」은 아니었다. 그건 학생 작품의 수준을 훨씬 넘는 탁월한 평론이었기 때문이다. 그는 묻혀 가는 이상을 발굴해 내서 제자리를 찾아준 공로자이기도 하다. 나는 그의 앞에 무조건 항복을 했다." 강인숙, 『어느 인문학자의 6.25』, 에피파니, 2017, 289~291면.

절 속에서 서식하고 있었던 까닭이다./ 그 지역과 장소가 또한 그러하였다./ 정치적인 의미에서 일본이 완전한 이국도, 그렇다고 모국도 아닌 애매한 지역이었던 거와 같이 「상」이 발을 디디고 살아간 의식세계라는 것도 남의 땅도 그렇다고 자기 땅도 아닌 그런 반반의 이역지대였다. 평생을 그는 이렇게 수수꺼기 같은 나라에서 살아간 반신(半身)의 에뜨랑제(이방인;인용자)였다. 더욱이 무수한 성격의 파편과 적빈(赤貧)과 오물의 생활을 내어던지고(?) 온 서울을 〈기갈(飢渴)의 향수〉라고 불으긴 하였으나 끝내 돌아가지 못한 채 동경에서 여생을 마친 역설적 행동이 바로 그가 현실에 대한 정신적 자세와 태도의 일면을 심볼하는 것이다. (142~143면)

이상은 "구세대의 서정적 요소와 세기말적인 허무의 잔재물(눈)이 휘황한 현대의 주지적이며 산문적인 정신의 태양 아래 소멸되어 가고 있는 계절 속에서 서식"한, 그리고 "남의 땅도 그렇다고 자기 땅도 아닌 그런 반반의 이역지대"에서 살아간, "반신의 에뜨랑제"로 그려졌다. 다시 말해 이상은 '어느 한쪽에도 소속되지 못한 채 그 사이에 끼어 있는 이질적인 존재'로 그려졌다. 이상은 왜 이렇게 그려진 것인가. 이와 관련해서는 그 당시의 이어령이 (상기와 같이 묘사된) 이상과 상당히 흡사한 면모를 보여준다는 점이 주목된다. 그러니까 비록 20여 년의 시차는 존재하되, 전후의 시기에서, 이어령 또한 지양해야 할 과거와 지향해야 할 현재를 동시적으로 체감하던, 격동의 전환기를 감내해나가던 어려운 처지에 놓여 있었다. 이에 이어령도 이상과 매한가지로 "반신의 에뜨랑제"였다. '어느 한쪽에도 소속되지 못한 채 그 사이에 끼어 있는 이질적인 존재'였다. 따라서 이상이 위에서처럼 그려진 이유란, 다름 아닌, 이어령이 지닌 바의 이상에 대한 동질감 때문이라고 할 수 있다.

그런데, 이러한 동질감은 두 가지 항의 착종 관계에서 기인한 것으로 보아야 한다. 이어령이 스스로를 '어느 한쪽에도 소속되지 못한 채 그 사이에 끼어 있는 이질적인 존재'라고 먼저 인식했고, 그러함에 이와 같은 인식이 이상에게로 투영되었을 수 있다(A항). 반대로 이어령이 이상을 "어느 한쪽에도 소속되지 못한 채 그 사이에 끼어 있는 이질적인 존재'라고 먼저 파악했고, 그러함에 이상을 본떠서 그와 같이 스스로를 설정했을 수 있다(B항). 이렇게 두 가지의 항이 가정되는데, 여기서 A항이 옳으냐, B항이 옳으냐를 따지는 것은 무의미하며, 그보다는 A항과 B항이 교호(交互)되는 것으로 보아야 한다(흔히 '무엇에게 자신을 투영했다'라고 혹은 '무엇으로부터 자신이 영향 받았다'라고 표현하지만, 이 두 가지는 포개어져 있다). 즉, 〈'나'는 거울을 보는 동시에 '나'는 거울에 의해 보여진다〉 혹은 〈거울에 비친 '나'를 확인하는 동시에 거울에 비친 '나'를 만들어나간다〉라는 메커니즘이 여기서 작동하는 것이다. 그렇게 이상이라는 거울을 마주하며 이어령은 자신의 '이미지-텍스트'를, 다시 말해 '주체성'을 점차적으로 형성해나갈 수 있었다.[56]

---

56 〈이어령이 이상을 통해 주체성을 형성했다〉는 식의 관점은 이미 여러 차례 제시된 바 있다(배개화, 앞의 글, 501~507면; 심동수, 「1950년대 비평 연구」, 한신대학교 석사학위논문, 2003, 24~39면; 이수향, 「이어령 문학 비평 연구」, 서울대학교 석사학위논문, 2010, 15~34면 등). 다만, 기존의 논의들은 대체로 이어령이 이상을 동일시의 대상으로 여겼다고 서술했거니와, 본 논문은 이와는 입장을 약간 달리한다. 즉, 본 논문은 이어령이 이상을 전범으로 여겼으되, 이상과의 동일시를 꿈꾸는 입장이 아니라, 이상보다 한 발 더 나아가야 한다는 입장을 지녔다고 간주한다. 더불어, 본 논문이 염두에 둔 거울 개념은 다음과 같은 의미를 지닌다. "시각상 거기에 없지만, 거기에 없음 때문에 주체로 하여금 존재자의 지각을 가능하게 하는 것"이라면 모두 거울이라고 부를 수 있다. 거울은 '말'도 '이미지'도 아닌 "말과 이미지의 상호 침투로 정치하게 조립된 하나의 장치"이다. 구체적으로 "거울은 '나다' 이미지와 '내가 아니다' 이미지 그리고 '나다'와 '내가 아니다'의 상반된 두 가지 말로 구성

이와 같이 「상」은 죽었다. 많은 사람들의 애도와 혹은 무관심 속에서 그의 죽음은 벌써 입년(卄年) 전의 일이 되고 만 것이다. 그러나 「상」의 슬픈 죽음은 오히려 왜경(倭警)의 가혹한 학대와, 음산한 감방의 공기와, 병균의 잠식에서 입은 육체적 죽음이 아니오, 그의 「오해 받은 예술과 인격」으로 인한 정신적인 죽음이었던 것이다. 홍진(紅塵)의 상식과 낡은 관습에 그대로 추종하는 아나크로니스트들(시대착오자(時代錯誤者);인용자)의 독소적 분비물이 그의 정신을 무참히도 매몰시키고 말았다. 혹자는 그를 난해시를 쓰는 짖궂은 작난꾸러기의 악동이라 하였고 혹자는 특수한 인간—호평이면 천재, 불연(不然)이면 병적 인간—만이 느끼고 필요로 하는 기형 작가라 하였고 혹자는 무턱대고 천재적 작가라고 갈채만을 보내기도 했다./ 어쨌던 「상」은 현실에 앞슨 선각자로써 고독하였고 그의 예술은 오해당한 채 모독받기가 일수였다./ 이런 점에서 「상」은 그의 육체와 작품에 나타난 정신까지 멸(滅)하고 만 것이다. (144면)

이제 글의 수순은 이상을 몰라주는 시대착오자들에 대한 비판으로 이어진다. "홍진의 상식과 낡은 관습에 그대로 추종하는" 시대착오자들은 이상을 제대로 이해해주지 못했다. 시대착오자들은 부정적인 입장에서 이상은 "난해시를 쓰는 짖궂은 작난꾸러기의 악동" 또는 "특수한 인간"만이 "느끼고 필요로 하는 기형 작가"라고 매도했다. 간혹 긍정적인

_____

된 몽타주이다." 그래서 "거울은 일치와 불일치를 동시에 낳는다." 따라서 〈거울〉은 말과 이미지의 불균질적인 침투 상태로 구성된 장치이고, 이 장치는 말과 이미지 사이에 있는 그 무엇을 생산한다. 즉, 표상을 생산한다. 주체라는 표상을, 자아라는 표상을, 타자라는 표상을 생산하는 것이다. 그리고, 그 표상은 욕망하고, 광란한다."(사사키 아타루, 앞의 책, 122면 참고)

입장에서 이상을 바라보는 경우가 없진 않았지만, 이때도 이상을 제대로 이해하려는 노력은 부재한 채, "무턱대고 천재적 작가라고 갈채만을 보내"는 형편이었다. 그렇지만 이어령이 생각하기에 이상은 이렇듯 함부로 취급되어서는 안 되었다. 이상은 "지금 현존하는 어느 작가보다도" "더 참신하고 친근한 호흡을 느끼게" 해주는 작가였기 때문이다. 그러므로 이어령은 "현대라는 시공적인 의미에서 결코 「상」의 고독한 오해당한 정신만이라도 부활"시키려 했다. 사명감을 지니고서, 또, 의욕을 가지고서 이어령은 이상의 "세계와 예술을 이해하기" 위한 여정에 발을 내디뎠던 것이다(이 문단의 따옴표 친 인용 부분은 144면).

그런데 이어령은 곧바로 본론으로 들어가지 않고 선악과 신화를 언급하면서 상당히 에돌아가는 방식을 취한다. 이어령이 왜 갑자기 선악과 신화를 언급했느냐면 이상(의 예술)에게로 접근하는 기본틀을 설정해두기 위해서였다. 다시 말해 이어령은 이상(의 예술)에 대한 연구의 시각을 비유(혹은 상징)의 방식으로 드러낸 것이다. 따라서 이 부분이 소홀히 취급되어서는 안 되는바, 여기서의 핵심을 요약해서 충분히 제시하기로 하면 다음과 같다. "선악과를 따먹기 이전의 인간은 자기자신의 신의 맹목적 취미에서 제작된 습작물이라는 것을 인식할 수 없었다."(144면) 즉, "의식을 의식할 줄 아는 재능이 없었던 것이다."(144면) 다만, 인간은 다른 습작물들과 동일하게 신으로부터 "『생식하라. 먹어라. 그리고 죽어라.』라는 허망한 명제에 대한 절대 의지를 부여"(145면)받았을 뿐이었다. 이런 상태에서 신이 가장 두려워한 것이 바로 에덴동산의 선악과였다. "이 선악과란 「뱀」의 달변한 매혹적 언사와 같이 신의 전능한 의식과 예지와 창조의 재능을 생성케 하는 영특한 열매"(145면)였기 때문이다. 신은 습작물들이 영원히 "『생식하라 먹어라 그리고 죽어라』라는 허망한 명제에 대한 반성과 비판이 없어야지만 신으로써의 자기전능과 오소리티이를 지킬 수 있었"(145면)다. 또한, 신은 습작물들은 유한한 존재이므로 무한한 의식을 가지게 된다면 자기분열을 초래하고, 나아가 의식의 과잉으로 인해 자멸행위를 초래할 것이라고 여겼다. 이런 두 가지의 이유로 신은 습작물들이 선악과에 접근하는 것을 금지했다. 하지만 뱀의 유혹에 넘어간 인간이 마침내 선악과를 따먹었고, 인간은 "무의미한 그 숙명적인 습작물로서의 자기조건을 의식하기 시작하였다."(146면) 이어서 신이 예견한 것과 같이 인간은 "신이 준 우연적이며 무의미한 「이미 존재하고 있는 자기」와, 선악과에서 얻은 절대와 전능의 「의식자로서의 자기」와를 동시에 향수하지 않으면 아니 될 비극"(146면)을 겪게 된다. "이러한 두 가지 상극 대립한 두 조건을 한꺼번에 수행하여야 할 휴매니티는 그야말로 낭자한 유혈극의 참상을 자아"(146면)내고, 이와 같은 상황은 갈수록 심해진다. 이윽고 "현대에 이르러 가속도적인 선악과의 효능이 최대한도로 완숙해 짐에 따라"(146면), 다시 말해 '이미 존재하고 있는 자기'와 '의식자로서의 자기' 사이의 분열이 극도로 심해짐에 따라, 인간의 비극은 그야말로 절정에 달한다. 그리고 여기까지가 전제(前提)된 다음에 비로소 이상(의 예술)이 언급된다.[57]

이상은 이런 신화의 가장 전형적 희생물의 표본이다. 그러므로 신이 이미

---

57   한편 이어령은 이와 같은 선악과 신화를 「현대작가의 초상 ─선악과의 신화─」(상, 하)(《평화신문》, 1957.11.27, 30)에서도 그대로 활용했다. 이 글에서 이어령은 선악과 신화를 소개한 후 그린, 모리악, 까뮈 등을 간단히 언급했다.

만들어 놓은 무의미하고 무질서하고 맹목적인 「일상성으로써의 현실」과 그를 의식하고 그 공백 가운데 「자기 생」을 설정하려는 선악과의 「의식세계」와…… 이런 부단히 모순으로 찬 인간조건을 한 몸에 향수하며 살아가지 않으면 아니 될 고민과 그 비극이 곧 「상」의 예술이 되었으며 거기에서 자기를 해방시키고자 한 의지가 그 예술의 완성을 의미하는 것이었다./ 적어도 이상의 예술이 개인의 병적 성격에서 표출된 분비물이 아니라 전 인류의 현대인의 고민이며 그 비극 앞에서 이루어진 것이라는 것은 선악과에서 온 자의식의 숙명만 생각하여도 알 노릇이다. (146~147면)

요컨대, 이상의 예술은 "일상성으로써의 현실"과 "의식세계"(앞서의 표현으로는 '이미 존재하고 있는 자기'와 '의식자로서의 자기') 사이의 분열 상태에 대한 고민을 담고 있다는 것이며, 좀 더 나아가, 이상의 예술은 이러한 두 항의 분열 상태에서 해방된 자기를 지향하고 있다는 것이다. 자연히 이상의 예술은 "개인의 병적 성격에서 표출된 분비물"이 아니라 "전 인류의 현대인의 고민"으로 간주되며, 이에 이상의 예술은 일반성, 보편성을 확보하게 된다. 그렇다면 구체적으로 이상은 예술을 통해 이와 같은 두 항의 분열 상태에서 어떻게 벗어나고자 했는가.

처음에 이상은 "일상성의 인생으로부터 그러한 자기 자신으로부터 외부의 것으로부터 완전히 자기를 절연하고"(150면) "의식의 문을 밖으로 향해 굳게 쳐 닫고 그 속에 농성해 있는 채로 자기 생을 기획"(150면)하려 했다. 이는 "「일상성」의 가치규준과 행위의 촉수가 이를 수 없는 순수지대"(150면) 속으로 자신을 위치시키는 것이지만, 겉으로는 "소위 Paraphronique(천치 바보의 상태) 즉 완전한 무관심과 게으름의 세계"

(150면)로 나타났다. 또, "무관심과 게으름의 Paraphronique 세계는 그의 〈불행의 실천〉과 최대한도의 현실의 체험 끝에 이른 자의식의 종착점"(151면)이자 "자의식의 의식마저 의식하지 않게 된 그러한 경지라고 말할 수 있"(151면)되, 영원히 계속될 수 없는 "Pied-à-terre(임시거처:인용자)"(152면)에 지나지 않았다. 일상세계가 자꾸만 자극을 주는 탓에 언제까지고 순수지대라는 임시거처에서 농성할 수만은 없었던 것이다. 그렇기에 이상은 두 항의 분열 상태를 해소하고 새롭게 두 항을 관계 지으려는 단계로까지 나아가게 된다.[58]

그리고 이에 따라 이상이 내보인 대응책은 세 가지로 나누어진다. 각각의 챕터명을 그대로 가져와 제시하면 "B형 현실에의 「재귀」(Wiederkehren)", "C형 일상성의 아우푸헤에벤", "D형 「일상성」에 대한 레지스트"가 바로 그것들이다(155, 157, 159면).[59] 순서대로 간단히

---

58 한편 (이 장의 각주44번에서 간략히 언급했지만) 이와 같은 이어령의 관점은 앞서 살펴본 임종국의 관점과 상당히 닮았다. 임종국의 관점은 이상이 내부적 의식과 외부적 현실의 분열을 겪었고, 이에 부정하거나 허무, 불안을 느꼈으며, 그러다가 내부적 의식에서 농성을 하는 것으로 대응을 하고, 여기서 나아가 외부적 현실에 대한 반발을 감행했다는 것으로 큰 틀에서 정리가 된다. 그리고 이어령의 관점은 이상이 일상성의 현실과 순수한 의식의 세계 간의 분열을 겪었고, 이에 일상성의 현실에 순응하거나 타협하기는 어려우니(또한, 자살은 불가능하니), 우선은 순수한 의식의 세계에서 농성을 하는 것으로 대응을 하고, 또 언제까지 이렇게만 대응할 수 없으니, 일상성의 현실과 순수한 의식의 세계를 한번 새롭게 관계 지워보고자 시도했다는 것으로 큰 틀에서 정리가 된다. 이처럼 임종국과 이어령은 내부(의식)와 외부(현실)를 구분한 다음에 이상이 이 둘 사이의 분열 때문에 괴로워했고, 더불어, 이상이 이 둘 사이의 분열을 해소하고자 노력했다는 식의 비슷한, 유사한 관점을 지녔던 것으로 확인되는데, 근본적인 차원에서 볼 때, 임종국의 관점도 이어령의 관점도 모두가 실존주의의 자장 아래 배태된 소산이 아닌가 여겨진다(다만, 임종국의 관점보다 이어령의 관점이 이 둘 사이의 분열 해소에 있어서 좀 더 적극적이었다). 즉, 임종국에게도 이어령에게도 세계에 '피투(彼投, geworfenheit)'된 '현존재(現存在, dasein)'가 어떻게 '기투(企投, entwurf)'해나가느냐가 아주 중요한 문제로 인식되었다는 것이다. 그리고 이것은 비단 이상에게만 적용되는 해석적인 문제가 아니라 임종국에게도 이어령에게도 해당되는 실제적인 문제였다.

59 「이상론(1) ―「순수의식」의 뇌성과 그 파벽―」을 보면, 본문에서 제시한 세 가지 챕터 외에 "A형 관

핵심 대목을 소개해두면 아래와 같다.

> 「날개」의 작품에서 「나」와 「아내」라는 것도 다름 아닌 Paraphronique와
> Täglichkeit를 각각 뜻하는 것이며 〈한방이 가운데 장지로 말미암아 두 칸
> 으로 나누어 있었다는 그것이 내 운명의 상징이었던 것을 누가 알랴〉고 하
> 는 말도 바로 의식의 장지로 인하여 분열되어버린 세계를 표백한 것이다.
> 또한 이와 같이 분열된 두 세계가 결합지울 수도 분열한 채로 평행선 운동
> 을 할 수도 없는 비극과 고민을 나타내고 있는 것이다. (155면)

"B형 현실에의 「재귀」(Wiederkehren)"는 「날개」를 대상으로 분석
이 전개된다. '나'와 아내를 각각 Paraphronique(의식세계에서의 농성)
와 Täglichkeit(일상성으로서의 현실)라고 규정하면서 이러한 두 항이
결합될 수 없는 분열 상태에 놓여 있다고 서술한다.[60] 그러고서는 '나'가
"일상성(아내)의 재비판과 Paraphronique한 자기 자신에 대한 재검토"
를 하게 되며, 이러한 "현실세계와 의식세계의 재비판"은 '나'를 "현실에의

계 지울 수 없는 두 세계에 대한 고민"이라는 챕터가 가장 먼저 배치되어 있음을 알 수 있다. 하지만
이 챕터는 대응책 이전의 문제, 즉, 분열된 두 항은 과연 결합될 수 있는가의 문제를 다루고 있으며,
이에 다른 세 가지 챕터와 구별된다. 구체적으로 이 챕터는 「거울」과 「오감도 시제10호」를 중심으
로 이 작품들이 두 개의 분신을 보여준다는 내용, 또, 두 개의 분신을 억지로 결합하면 '무병(無病)
의 병자', '절름바리의 생'이 되어버린다는 내용, 그리하여 두 개의 분신은 결국 결합이 불가능하다
는 내용을 담고 있다.

60   조영복은 이어령이 '일상성(Täglichkeit)'이라는 개념틀을 이용해서 체계적으로 이상 문학에 접
근한 것은 충분히 인정될 수 있는 선구적인 성과이지만, 이때의 '일상성'이 르페브르나 코지크 류의
'근대성/일상성' 개념이라기보다는 '현실' 혹은 '(일상적/세속적) 삶'과 거의 유사한 개념으로 쓰여
진 탓에, 이상이 살았던 당대적 현실이 소거된 채로 이상 문학의 내적 분석으로만 논의가 귀결된 감
이 없지 않다는 견해를 밝혔다. 조영복, 앞의 글(2003), 80~81면 참고.

「재귀」의 욕망으로 이끌어 들어가게 하였다."고 서술한다. 그리고 이럴 때 "현실에의 「재귀」의 욕망"을 잘 보여주는 것이 바로 '날개'이며, 이와 관련된 내용을 아래와 같이 서술한다(이 문단의 따옴표 친 인용 부분은 156면).

> 오랫동안 잊고 있었던 행동의 날개가 바로 지금 돋으려 하고 있다. 〈인간 사회가 스스로웠고〉〈생활이 스스로웠고〉〈모두가 서먹서먹할 뿐이었던〉이 Ausnahme(이례(異例);인용자)에게 다시 일상적 행동의 날개가 돋아서 과연 〈유리와 강철과 대리석과 지폐와 잉크〉의 이러한 「일상적 현실」에 뛰어 들을 수만 있다면 이상(李箱)의 모든 고민과 그 비극은 변모하여 그 앞에 새로운 분열된 두 세계가 합친 빛나는 「생의 문」이 열리게 될 것이다./ 「날개」의 작품은 이상(以上)과 같이 「날개」의 재생으로써(현실에 재귀) 보다 완전한 그의 평화의 지대를 설정하려 한 것이다. (157면)

의식세계에서 농성하고 있던 '나'가 일상성으로서의 현실에 진입하기 위해서는 수단이 필요하다. 그 수단이 바로 '날개'이다. 그래서 '나'는 '날개'가 돋아나길 희망한다. 이것이 이어령이 파악한 '현실에의 재귀'라는 이상의 첫 번째 대응책이었다.

다음으로 "C형 일상성의 아우푸헤에벤"은 「실낙원(失樂園)」(그중에서도 '월상(月傷)' 대목)과 「봉별기(逢別記)」를 중심으로 분석이 전개된다.[61] "「날개」에서 Paraphronique의 의식세계를 「일상성적 현실」의

---

61 아우푸헤벤은 원어가 'aufheben'으로 잘 알려진 바와 같이 헤겔의 변증법에서의 '지양(止揚)' 또는 '양기(揚棄)'를 의미한다. 문맥상으로 미루어볼 때, 이어령은 이와 같은 헤겔의 변증법을 염두에 두고서 이 단어를 사용했다고 짐작된다. 이어령은 이후의 다른 글에서도 이 단어를 종종 활용했다.

인생 앞에 「재귀」시키려던 방법과는 반대로 〈산비(酸鼻)할 악취가 미만(彌漫)〉하고 〈만신창이〉가 되어버린 일상성의 세계(월(月)) 완전히 부식되어버린 그 악혈(惡血)을 지상 최후의 비극을 예감하는 자기 의식 내부로 흡수(아우푸헤에벤) 동화시켜 화려하고 홍수 같은 새로운 세계(월(月))를 그 앞에 존재시키려 하였다."(157면)라는 첫 문단에서 확인되듯이 시작부터 「실낙원」을 통해서 핵심요지를 바로 제시한다. 그런 다음 「봉별기」를 통해서 핵심요지를 재차 이끌어내고자 한다. 먼저 주인공인 '나'(의식)가 창부(娼婦)인 금홍이(현실)를 너그럽고 따뜻하게 관유(寬宥)하는 사례를 제시하고, 이어서 주인공인 '나'가 "출분한 아내(현실;인용자)의 얼굴에 떠도는 일종의 고독과 피로를 이해"(158면)하는 사례를 제시한다. 곧이어 "허망한 일상성에 대한 부드러웁고 따뜻한 이해, 이러한 심정이 발전하면 일상성의 현실을 그대로 포기하지 않고 어떠한 양기(揚棄)의 형태로 나타나게 될 것이 아닐까."(158면)라는 물음을 제기하고, 이에 대해 「이유이전(理由以前)」과는 다르게 "봉별기 전편(全篇)에 떠도는 이상하고 혼혼한 정을 놓칠 수 없다"(158면)라며, '나'가 아내에게 보인 태도 및 '나'가 금홍이에게 보인 태도를 재차 조명한다. 그리고 이와 같은 '나'의 아내 및 금홍이 끌어안기를 "소극적이나마 자기 세계로 아우푸헤에벤시킨 경우에서만 일어나고 있는 평온상태라고 말할 수 있다"(159면)라고 최종 정리한다. 이것이 이어령이 파악한 '일상성의 아우푸헤에벤'이라는 이상의 두 번째 대응책이었다.

"D형 「일상성」에 대한 레지스트"는 「지주회시(䵷䵷會豕)」를 대상으로 분석이 전개된다. 먼저 「지주회시」는 "「일상성」에 대한 태도와 자기 의식 세계를 가장 치밀하게 실감있게 그려 놓은 작품"(159면)으로 소개한다. 주인공인 '나'와 아내 사이의 관계는 「날개」 혹은 「봉별기」에서 그려진 것과 동일하지만, 여기서 더 나아가 "친구 「오」 R회관의 「뚱뚱신사」 창녀 「마유미」, A취인소(取引所) 「전무」 등의 또 다른 인물을 설정한 것"(160면)이 「지주회시」의 특징이다. 이로 인해 인간들의 계급성이 나타나는데, 「뚱뚱신사」, 「전무」 등은 "일상적 생활에 성공한 충실한 하복(下僕)의 표본"(160면)이고, 이와 대조적으로 아내는 "흉칙한 일상성의 끈적끈적한 거미줄에 매어 달린 채로 비참한 「거미」"(160~161면)인 것이다. 이런 까닭에 '나'는 「날개」에서처럼 단순히 '현실에의 재귀'에 그칠 수 없고, "황금의 현실에 대하여 꾸준한 레저(sic:지)스트를 기획"(162면)한다. 이것이 이어령이 파악한 '일상성에 대한 레지스트'라는 이상의 세 번째 대응책이었다.

이렇게 세 가지의 대응책을 살펴본 후 이어령은 이 모두가 "소극적인 것이었으며 비행동적인 것이었고 보다 심오하고 줄기찬 작업이 아니었던 까닭에" "어떠한 완성된 세계와 통일을 기대할 수 없"었다면서 이상(의 예술)이 지닌 한계를 언급한다. 즉, 이어령은 이상(의 예술)이 완성에 다다르지 못한 채 미완(未完)에 그쳤다고 여긴 것이다. 하지만 이어령은 "이상이가 하나의 완성된 자기 세계를 그리지 못하였다는 것이 그의 흉과 결함은 되지 않는다"고 보았으며, 차라리 이상은 "「이것이 내 생이다」라고 말할 수 있는 미지의 경지를 향하여 묵묵히 접근해 갔"기에 "자기기만과 경솔로 얻어진 어설픈 결론에서부터 박빙(薄氷)의 세계를 조형하고 이것을 위하여 대담하게도 무수한 언어와 수사학을 안배(按配)한 어느 작가보다도 위대"하다고 간주했다. 그리고 이어령의 이러한 이상에 대한 평가를 마지막으로 「이상론(1) ─「순수의식」의 뇌성과 그 파벽―」은 마무리된다(이 문단의 따옴표 친 인용 부분은 162면).

여기까지를 살펴보았거니와 말미에서 이어령이 이상(의 예술)이 지닌 바의 한계를 언급했음은 상당히 인상적이다. 이와 같은 이어령의 진술은 (전술했던 이어령과 이상 간의 교호성(이른바, 거울 메커니즘)을 상기할 때) 이어령이 발을 디디고 서 있는 시대에서도 의식과 세계 간의 분열이 역시나 심각하게 인식, 인지되는 문제이자 여전히 해소가 쉽지 않은 문제였음을 방증한다. 다만, 성공하지는 못했으되 이상만큼 투철하게 고민을 한 작가도 달리 없다는 판단에 의거하여 이상(의 예술)이 지닌 가치와 의의를 이어령은 긍정한다. 그러니까 '자기의 존재 기반을 마련하는 문학'이 절실히 요구되는 상황에서 비록 완벽하지는 않지만 본보기로 삼아지기에 유일한, 충분한 사례가 바로 이상(의 예술)이라고 이어령은 간주한 것이다.

이 지점에서 이어령은 김기림, 임종국과 구별된다. 이어령은 김기림처럼 시대에 꼭 맞는 완벽한 존재로서의 이상을 그려내려고 한 것도 아니었고, 임종국처럼 자신과 꼭 닮은 자의식 존재로서의 이상을 그려내려고 한 것도 아니었다. 이어령에게 이상은 전범이긴 했으나, 보완되고 보충되어야 할 불완전한 전범이었다. 그런 까닭에 이어령은 이상을 'Fool moon'이 아닌 'Parasélène(환월(幻月))'로 비유한 것이고, 또, 이러한 'Parasélène'가 나중에 어떠한 형상이 되었을는지 잘 모르겠다고 밝힌 것이다.[62] 이로써 이어령에게 이상은 자신의 현재 위치를 설정

---

62 이러한 관점은 『『아이커러스』의 패배 ―휴우매니즘의 의욕―』(상, 중, 하)(《서울신문》, 1956.11.22, 23, 25)에서도 발견된다. 이 글은 이상을 다루었다기보다는 휴머니즘을 다루었지만, "〈인간은 절망하라 인간은 탄생하라 인간은 절망하라 이상(李箱)〉"(상, 《서울신문》, 1956.11.22, 4면)이라는

해주고, 또, 자신의 미래 위치를 설정해주는 존재였다고 할 수 있다(비유컨대, 디딤돌, 주춧돌과 같은 존재였다고 할 수 있다). 그리고 이에 따라 이어령에게는, 더불어, 당대의 작가들에게는 이상(의 예술)을 딛고서 더 나아가야 할 당위가 주어지게 된다. 그러니까 의식과 세계 간의 분열이 극도에 달한 전후의 시대에서, 이어령 및 당대의 작가들은 이상(의 예술)이 보여준 도전과 저항의 모습을 본받아야 할뿐더러, 이상(의 예술)처럼 실패에 그치는 게 아닌 성공에 도달할 수 있도록 진전해야 한다는 시대적인 사명감, 의무감을 두 어깨에 짊어지게 되었던(짊어져야 했던) 것이다. 이어령이 이상을 불러낸 이유란 바로 여기에 있었다. 이어령이 「이상론 (1) —「순수의식」의 뇌성과 그 파벽—」을 통해 말하고자 한 요체란 바로 이것에 다름 아니었다.

이제 ②에 해당하는 「「나르시스」의 학살 —이상의 시와 그 난해성—」, 「「나르시스」의 학살(중) —이상의 시와 그 난해성—」과 ⑤에 해당하는 「속 · 「나르시스」의 학살 —이상의 시와 그 난해성—」을 살펴보도록 하자.[63] 「「나르시스」의 학살 —이상의 시와 그 난해성—」은 조연현의 「근대정신의 해체 —고 이상의 문학사적 의의—」에 대한 비판으로부

구절로 시작하여(이때 '인간'은 오기이다. 「선에 관한 각서2」를 보면 '인간'이 아니라 '사람'으로 되어 있다), 긴 과정을 거쳐 "지금 『휴우매니즘』은 인간에 절망하는 것이다 그 절망의 우울한 밤을 거쳐 다시 새로운 인간은 탄생된다 새로 탄생한 인간은 다시 절망할 것이며 그 절망 속에서 다시 인간은 탄생한다"(하,《서울신문》, 1956.11.25, 4면)와 같이 휴머니즘을 정의하는 순서를 따르고 있으므로, 이상과 전연 무관하지는 않다. 그런데 이렇게 이상에서 시작하여, 긴 과정을 거쳐, 휴머니즘을 정의한 다음에, 곧이어 "이 글을 쓰는 내 자신도 이 세대의 『휴우매니즘』이 어떠한 인간을 탄생할는지 전혀 예측할 수 없는 일이다"(하,《서울신문》, 1956.11.25, 4면)라는 문구가 제시된다. 즉, 구체적인 인간상(人間像) 그리기가 미정으로 남겨진 채 글이 마무리된 것이다.

63 ②-⑤는 세 편으로 분재되었으되 사실상 한 편이므로, 본문에서는 「「나르시스」의 학살 —이상의 시와 그 난해성—」로 일괄 통일하여 표기하고자 한다.

터 시작하여 이상의 작품을 설명, 해명해나가는 결론으로 구성되어 있다. 「「나르시스」의 학살 ―이상의 시와 그 난해성―」에서 눈여겨보아야 할 대목은 세 가지로 여겨지는데, 하나는 도입부의 나르시스 이미지의 활용 대목이고,[64] 다른 하나는 조연현의 이상에 대한 견해를 비판하면서 근거로 가져온 K. A. 메닝거의 이론을 적용한 대목이고, 또 다른 하나는 "시의 진화"라는 마지막 챕터의 내용 대목이다. 이러한 세 가지 대목을 중심으로 「「나르시스」의 학살 ―이상의 시와 그 난해성―」에 접근하되, 첫 번째에 해당하는 나르시스 이미지의 활용 대목부터를 살펴보기로 하자. 이와 관련해서는 「「나르시스」의 학살 ―이상의 시와 그 난해성―」과 더불어, 방금 살펴보았던 「이상론(1) ―「순수의식」의 뇌성과 그 파벽―」이 함께 고려될 필요가 있다. 이 점을 염두에 두고서, 우선 나르시스 이미지가 뚜렷이 나타난 「「나르시스」의 학살 ―이상의 시와 그 난해성―」 도입부부터를 확인해가기로 하면 그것은 아래와 같다.

현대의 시인―그것은 우리들의 「나르시스」다. 그들의 발밑엔 노사(老死)한 앵무새의 시체가 있다. 그리고 영감이며 스뽄따네떼의 정서며 또한 감격이며 그러한 천부(天賦)의 여신도 그들에겐 없다. 「합리」의 제왕은 19세기의 황혼과 더불어 종말하였다. 그들의 안광(眼光)에 비치는 것은 냉동(冷凍)

---

64 나르시스 이미지에 주목한 연구로는 심동수와 강경화의 논의를 들 수 있다. 심동수는 자기분열과 연결 지어서, 나아가 실존주의와 연결 지어서 나르시스 이미지에 대한 분석을 펼치고 있고(심동수, 앞의 글, 32~39면 참고), 강경화는 김현의 초기 비평에서 이어령의 흔적이 찾아진다고 주장하면서, 이때의 핵심 영향 요소 중 하나로 나르시스 이미지를 들었다(강경화, 「김현 비평의 주체 정립에 대한 고찰 ―이어령의 비평과 관련하여」, 『현대문학이론연구』 25, 현대문학이론학회, 2005, 79~81면 참고).

한 촉루(髑髏)와 회신(灰燼)된 낙원의 여흔(餘痕)뿐이다./ 그리하여 「나르시스」는 하나의 호수와 그 자신의 그림자를 간직해야 했다. 상기한 뺨과 고갈(枯渴)한 입술 호면(湖面)의 그림자는 「나르시스」와의 은밀한 대화를 즐겨한다. 「나르시스」는 황혼의 아름다움을 믿지 않는다. 숲속의 「닌프」들은 기억하는 일이 없다. 차라리 분노에 가까운 독백 그 독백만이 있어야 한다./ 그러나 그 주변의 「닌프」는 「나르시스」의 오만한 그림자를 증오한다. 「나르시스」의 독백에 귀기우리지 않는다. 마침내 「닌프」들은 「나르시스」를 학살하려 한다./ 나르시스—자기존재의, 의식의 생명의 무한한 심연을 응시하는 고독의 시인이다. 자성(自省)의 그림자 그것만이 그들 불우한 시인들에 유일한 독자가 된다. 독자와의 괴리 서정과 영감과 언어의 사멸 이 적막경 속에서 현대의 시인들은 독백한다. 그러나 여염(閭閻)의 노둔(魯鈍)한 군중 「닌프」들은 그의 시(독백)를 거부하고 혐오한다. 「그것은 난해하다.」 이 한마디로 모든 시인들의 생명을 박탈하려 한다./ 독자는 또한 우매한 비평가는 그들을 학살할 것이다. 「닌프」처럼 잔인할 것이다. 「나르시스」의 자세는 우리 시인과 이 세기의 수난받는 모습이다./ 1934년 여름—그날은 「오감도」의 탄생과 더불어 위대했다. 그러나 이것은 「나르시스」 이상의 학대받는 비창(悲愴)의 계절이기도 하다./ 현대시인의 숙명 「닌프」들의 가혹한 주언(呪言) 「나르시스」의 새로운 신화 그러한 것이 한꺼번에 요화(妖花)처럼 낭자하게 피어나던 비극의 화원이었다.[65]

이렇듯 나르시스 이미지를 김기림이 활용했던 것처럼 이어령도 활용

---

65 이어령, 「「나르시스」의 학살 —이상의 시와 그 난해성—」, 《신세계》, 1956.10, 239~240면.

하고 있거니와, 이때 김기림의 나르시스 이미지와 이어령의 나르시스 이미지가 제법 큰 차이를 보인다는 사실은 흥미롭다. 나르시스를 통해 비유하고자 한 원관념의 대상은 같다. "현대의 시인", 곧, '이상'이다. 그러나 '나르시스=현대의 시인=이상'이 취했던 행동은 사뭇 다르게 그려진다. 김기림의 경우에는 전술했던 것과 같이 나르시스가 호수를 바라보다가 외부세계로 눈을 돌리는 것으로 묘사된다. 이유인즉, 주변의 소리로 인하여 도저히 외부세계를 도외시할 수 없었던 까닭이다. 방점이 외부세계 쪽에 놓여 있다. 외부세계에 대한 나르시스의 대응에 초점을 맞춘 것이다. 반면에 이어령의 경우에는 위의 인용문과 같이 나르시스가 외부세계를 전혀 신경 쓰지 않으며 그저 호수만 바라보는 것으로 묘사된다. 이유인즉, 외부세계는 이미 "냉동한 촉루와 회신된 낙원의 여흔뿐"이었으므로 "하나의 호수와 그 자신의 그림자를 간직"해야 했던 까닭이다. 방점이 의식세계 쪽에 놓여 있다. 의식세계에 대한 나르시스의 지향에 초점을 맞춘 것이다. 이렇게 김기림의 나르시스 이미지와 이어령의 나르시스 이미지는 그 방향성이 반대인 것으로 큰 틀에서 정리될 수 있다.

그런데 김기림의 나르시스 이미지에 비겨 이어령의 나르시스 이미지는 세부적인 측면에서 한층 더 복잡한 양상을 보이는바 약간의 주목을 더 필요로 한다. 김기림의 경우와 다르게 이어령의 경우에는 나르시스의 대립항인 님프가 추가되어 있다. 님프는 독자 혹은 우매한 비평가를 일컫는다. 다시 말해 님프는 외부세계의 대변자, 대표자에 해당한다. 그리고 이러한 님프는 나르시스를 인정하지 않는다. 나르시스의 시를 거부하고 증오한다. 난해한 것으로 치부해버린다. 결과적으로 이어령은 나르시스와 그를 부정하는 님프를 통해서 이상이 독자, 비평가에게 받

아들여지지 않고 있는 현실을 꼬집는 것이다. 또, 이 지점에서부터 이어
령은 이상에 대한 평가절하의 상황을 뒤집고자 역설하는 것이다. 이럴
때 한 가지 의문이 문뜩 떠오르니, 그것은 이처럼 (김기림의 나르시스 이
미지보다도 더) 원래의 나르시스 신화에서 한참 멀어진 모습을 보여주는,
나르시스 신화의 전면 재해석이라고 할 수 있는, 이와 같은 이어령의 나
르시스 이미지란 어디로부터 착안된 것이었는가이다.

이어령이 문면을 통해 직접 참고했다고 언급한 적이 없으므로 상
당히 조심스럽지만 앙드레 지드를 호출해볼 수 있다. 이어령의 나르시
스 이미지는 지드의 *Le Traité du Narcisse*(1891)[66]와 구조적으로 닮은
점이 제법 많아 보이기 때문이다. 지드가 노벨문학상을 수상한 1947
년 이후부터 지드에 대한 관심은 전반적으로 증가했거니와,[67] 구체적으
로 지드의 *Le Traité du Narcisse*와 관련해서는 이환(李桓)의 「허무와
신 ―「싸르트르」와 「뽀오드레르」―」(《문학》 창간호, 1956.7)에서도 그 내
용이 제법 상세히 소개되고 있음이 확인된다.[68] 이러한 정황을 고려한

---

66 *Le Traité du Narcisse*는 *Les Cahiers d'André Walter*(1890)에 이어 두 번째로 발표된 작품이다.
또, 필명이 아닌 앙드레 지드라는 본명으로 발표된 최초 작품이다. 우무상, 「상징주의와 나르시시즘
(Ⅰ)」, 『불어불문학』 16, 불어불문학회, 1990, 40면 참고.

67 그리고 1950년대 초·중반을 지나면서도 지드에 대한 관심은 계속된다. 특히 지드의 소설이 많은
주목을 받았는데(이와 관련해서는 안미영, 「해방공간 앙드레 지드 소설의 번역과 이중시선」, 『민족
문학사연구』 53, 민족문학사연구소, 2013을 참조할 것), 그렇다고 꼭 소설에만 국한하여 지드에게
관심이 주어졌다고는 볼 수 없다. 그 예로 지드와 발레리 간의 서한을 다룬 글이 긴 분량으로 장기
간 연재되었다는 사실(「「지―드」와 「바레리―」 간의 서한」은 약 3개월에 걸쳐 《대학신문》에 연재되
었다. 제1회가 1956년 2월 27일자 《대학신문》의 4면에 실렸고 최종회가 1956년 5월 7일자 《대
학신문》의 4면에 실렸다) 및 지드의 일기를 다룬 글이 발견된다는 사실(앙드레·지이드, 김봉구 역,
「지이드 일기초(抄) ―자(自)1942년…지(至)1949년―」, 《사상계》, 1956.3, 119~120면) 등을
들 수 있다. 이렇듯 그 당시 지드에 대한 관심은 상당히 폭이 넓었다고 판단된다.

68 당시 서울대학교에서 불문학을 수학하던(이후 서울대학교에서 불문과 교수를 역임했던) 이환은
지드의 *Le Traité du Narcisse*를 소개하는 방식으로 「허무와 신 ―「싸르트르」와 「뽀오드레르」―」

다면, 더불어, 1930년대 중반부터 일본에서는 지드 전집이 이미 발간되었다는 사실을 고려한다면, 또 더불어, 이어령이 여러 글들에서 지드를 종종 언급했다는 사실을 고려한다면, 일찍부터 이어령이 지드의 *Le Traité du Narcisse*를 접했을 가능성은 적지 않아 보인다(한편으로 이어령이 지드의 *Le Traité du Narcisse*를 접하지 못했다고 하더라도 이어령의 나르시스 이미지와 지드의 *Le Traité du Narcisse*를 비교해보는 작업은 비교문학의 측면에서 의미가 없지 않을 것이다).[69] 그렇다면 구체적으로 지드의 *Le Traité du Narcisse*와 이어령의 나르시스 이미지는 어떻게 비슷한가. 지드의 *Le Traité du Narcisse*의 전체적인 얼개를 짚어나가면서 이어령의 나르시스 이미지와의 공통점을 제시하는 방식으로 논의를 전개해나가기로 하면, 우선 지드는 도입부에서 나르시스 신화는 누구나가 다 알고

의 도입부를 전개했다. "―「나르시스」는 참으로 아름다웠다. 그러기에 순결하였으리라. 그는 「닌프」를 업수이 여겼다. 왜냐하면 그는 스스로에 현혹되었기 때문이다. 물결 하나 이루지 않은 흐름 위에 고요히 몸을 굽혀 그는 자기의 그림자를 드려다 본다.―신화 속에 그려지는 애띤 향수에 엉킨 비극을 밝히는 신비로운 상징과도 같이 떠오른다. 이 아름다운 전설에 사로잡힌 젊은 「지-드」는 그를 위하여 한 편의 서정적 서사시를 엮었었다. 『나르시스」는 낙원을 꿈꾼다. 그는 이렇게 기록하였다. 스스로를 굽다 보며 비추어 보는 사람에게 낙원―아마 잃어버린 낙원이리라―은 마치 살아있는 현실처럼 선연한 「이마-쥬」나 되는 듯이. 그것은 차라리 「나르시스」의 애닯은 습성을 물려받은 「지-드」 자신의 모습이라 함이 옳을 것이다. …(하략)…" 이환, 「허무와 신 ―「싸르트르」와 「뽀오드레르」―」, 《문학》 창간호, 1956.7, 69면.

69 이어령이 *Le Traité du Narcisse*를 읽었다고 가정할 때, 당시의 정황상으로 그것은 아마도 불어본보다는 일역본이었을 확률이 더 높지 않을까 싶다(물론 이어령이 쓴 『환각의 다리』라는 소설을 통해 간접적으로 알 수 있듯이(여기에는 작중 화자가 불어 구절을 해석하는 장면이 여럿 제시되어 있다) 이어령은 불어 능력도 상당한 편이었으리라고 짐작된다). 그 이유란 일본에서는 1950년대 초반부터 앙드레 지드 관련 서적들이 몇 차례 출판되었는데, 이때 이부키 타케히코(伊吹武彦)의 「ナルシス論」이 여러 군데에 수록되어 있음이 확인되기 때문이다(이미 1930년대 중반쯤에 이부키 타케히코의 「ナルシス論」은 アンドレ・ジイド全集 第2巻(建設社, 昭11-12)에 수록된 적이 있었다). *Le Traité du Narcisse*의 한글 번역본이 아직 없는 관계로 본 논문에서도 이부키 타케히코의 「ナルシス論」을 인용하기로 한다.

있지만 아무도 귀를 기울이지 않고 있으므로 이를 반복해서 언급한다고 밝힌다.

> 나르시스 신화도 그중 하나이다. 《나르시스는 나무랄 데 없는 미남이었다. 그렇기 때문에 그는 순결했다. 그는 물의 요정들을 거들떠보지도 않았다.――자기 자신과 사랑에 빠졌기 때문이다. 산들바람마저 샘을 건드릴 수 없는 곳에서 그는 조용히 몸을 웅크리고 하루 종일 자신의 모습을 들여다보았다……》――모두가 잘 알고 있는 이야기이다. 하지만 이것을 나는 여기에서 다시금 이야기하려고 한다. 모든 것은 이미 다 알려져 있다. 하지만 누구 하나 귀 기울이는 사람도 없었기 때문에 언제까지나 반복하지 않으면 안 되는 것이다.[70]

그러나 지드는 "나르시스 신화를 고스란히 채용해오지 않았다. 다만 응시하는 자로서의 나르시스만 빌려와서 거기에 작가 자신의 견해를 전개하기에 필요한 요소들을 덧붙"였다.[71] 나르시스는 자신의 영혼이 어떤 형상인지를 알지 못하며, 이에 "나 스스로를 볼 수 없는 슬픔이여! 거울!

---

70 "ナルシス神話もその一つである。《ナルシスは申分ない美男であった。それ故にこそ彼は純潔であった。彼は水精女どもを顧みなかった―己れ自身を恋い慕っていたからである。そよ風も泉を乱さず、そこに彼は静かに身を跼めて、終日われとわが面影に見入るのであった……》―御承知の話である。しかし私はそれをまたここに物語ろうと思う。すべては既にいい尽されている。しかも誰ひとりとして耳を傾ける者もない故に、いつまでも繰り返さねばならないのである。" 伊吹武彦, 「ナルシス論」, アンドレ ジイド, 神西清 他譯, 『田園交響樂(外)』, 京都: 人文書院, 昭和28(1953), 121面. 본문의 번역은 필자에 의한 것이며 앞으로도 마찬가지로 동일함.

71 우무상, 앞의 글, 44면.

거울! 거울! 거울!"[72]이라고 외치며, 자기 자신을 비춰줄 거울을 찾아 헤맨다. 그러다가 나르시스는 강변에 도착한다. 이어서 나르시스는 강물에 비친 사물들이 항상 동일한 것임을 깨닫고는 왜 동일한 것이 무수히 되풀이되면서 불완전한 형상을 띠게 되는지를 회의하게 된다. 자연히 나르시스는 바뀌지 않는 형상, 완전한 형상, 지금은 잃어버린 제1형상을 꿈꾼다. 바뀌지 않는 형상, 완전한 형상, 지금은 잃어버린 제1형상으로 이루어진 낙원을 꿈꾼다.

나르시스가 응시하는 곳은 현재다. 아득하게 먼 미래의 끝에서부터 무언가가 어둡게 도사린 존재를 향해 몰려온다. 나르시스는 그것을 응시하고, 또 그것은 지나쳐 간다. 과거 속으로 흘러간다. 이윽고 나르시스는 그것이 언제나처럼 같은 것임을 발견한다. 그는 의아하여 곧 상념한다. 언제나 같은 모양의 것이 지나간다. 단지 물의 일렁임에 따라 차이가 있을 뿐.——왜 이렇게 많은 것일까. 또, 왜 같은 것일까. 계속해서 항시 반복되고 있는 이상, 결국 그것들의 모습은 불완전하다.……그리고 그것들 전부는——그가 생각하기로는——낙원과 같고 수정과도 같은, 잃어버린 제1의 형상을 향하여 온 힘을 다해 나아간다./ 나르시스는 낙원을 꿈꾼다.[73]

---

72 "己れを見得ぬ悲しさよ！ 鏡！ 鏡！ 鏡！ 鏡！"(122面)
73 "ナルシスの眺めるところは現在である。遥かの果の未来から、物が猶陰然として潜みつつ存在に向かって押し寄せる。ナルシスはそれを見、そしてそれは過ぎて行く。過去の中に流れ去るのである。ナルシスはやがて、それが常に同じ物であることを発見する。彼は訝り、さて想う。常に同じ象が過ぎて行く。ただ波の勢がこれを差別するのである。——何故に数多なのか。また何故に同じなのか。常に繰り返して歇まない以上、所詮それらの象は不完全なのである。……そしてそれらのすべては——彼の想うには——楽園の如く水晶のような、失われた第一形相に向って邁進するのである。/ ナルシスは楽園を夢想する。"(123面)

나르시스가 바란 낙원은 절대적인 세계였다. 모든 것이 움직이지 않는, 단지 조용한 중력만이 전체를 서서히 운행하는 태초의 세계였다. 이른바 "청정한 에덴! 이데아의 동산!"[74]이었다. 그리고서는 챕터가 바뀌면서 이러한 청정한 에덴, 이데아의 동산에 대한 서술이 이루어진다.

청정한 에덴, 이데아의 동산은 위그드라실(yggdrasil)[75]을 중심으로 조화를 이루고 있었고, 아직 남녀가 구분되지 않았던 상태의 아담은 그 조화에 따른 전개를 바라보고 있었다.[76] 그러나 아담은 일체감 속에서 눈 앞에 펼쳐지는 세계를 볼 수 있을 뿐 자기 자신을 볼 수 없었다. 그런 까닭에 아담은 지루함을, 또, 지루함을 넘어서서 불만을 느끼게 된다.

그러나 그는 눈에 비치는 광경 속에, 줄곧 바라보는 것 외의 역할은 하지 못하는, 늘 바라보기밖에 할 수 없는 연유로 지루한 것이다. 모든 것이 그를 위해 행해질 수 있다는 것은 알고 있다. ——그러나 그 자신……——그러나 그 자신 스스로를 볼 수는 없는 것이다. 그렇다면, 그 외 모든 것은 스스로에게 무슨 가치가 있는가? 아, 나 자신이 보고 싶다!——스스로가 만물을 창조하는 이상, 또 온 세계가 나의 시선에 달린 이상, 아무리 봐도 나는 강하다.——그러나 확인되지 않는 한, 스스로의 힘에 대해 무엇을 알 수 있을까?

---

74 "清静なエデン！イデアの園！"(124面)
75 북유럽 신화에 나오는 세계수(世界樹)로 다음과 같은 주(註)가 달려 있다. "북유럽 신화에 나오는 어떤 세계수의 이름. 대수(log)가 어떤 숫자의 변화에 따라 바뀌는 것과 같이 세상의 흥망성쇠에 따라 자라고 쇠퇴하는 나무. 즉, 세상을 상징하는 나무라는 의미" "北欧神話にある世界の樹の名　対数が或る数の変化に應じて変化すると同様に世界の消長に應じて消長する樹　即ち世界を象徵する樹の意"(124面)
76 지드는 특이하게도 북유럽 신화에서 위그드라실을 가져오고 성경에서 에덴과 아담을 가져와서 이를 혼합하여 낙원을 묘사하고 있다.

이것들을 주시한 나머지, 그는 이미 그것과 스스로를 분간할 수가 없다. 나라는 것이 어디에 머무르는가——어디까지 도달해있는지를 모른다니! 필경, 전체의 조화를 깨지 않고 감히 어떠한 몸짓도 시도할 용기가 없다면, 결국 노예 신세인 것이다.——그리고, 깨질 테면 깨져버려라! 이 조화로움은, 이 조화로움의 끊임없는 완전한 화음은 진절머리가 난다. 하나의 몸짓! 미약한 시도의 몸짓.——불협화음이란 무엇인가! 일단 추구하자, 조금의 의외를.[77]

불만을 느낀 아담은 이러한 상황으로부터 탈피하고자 시도한다. 위그드라실의 나뭇가지를 꺾어버리는 것이다. 그에 따른 결과로 위그드라실은 말라비틀어지고, 시간이란 것이 생성된다. 즉, "부동의 완전무결한 절대의 세계는 사라지고, 시간이 생성되면서 상대의 세계가 시작"된 것이다.[78] 그리고 아담 또한 남성과 여성의 양성으로 나눠진다. 아담은 자신과 닮은 여성을 욕망하고, 이 여성과의 결합을 통해서 다시 완전한 인간을 창조하려고 하지만 그것은 불가능하다. 시간 속에서 만들어진 인

---

77 "しかし彼は、その眺める光景の中に、常に観ること以外の役割を持たず、常にその強いられた観手である故に退屈する。——一切が彼の為に演ぜられることは分っている。——しかし彼自身……——しかし彼自身を見ることは出来ないのである。とすれば、その余のものすべては、自分に何の価値があろう？ ああ、自分が見たい！——自分が万物を創造するのである以上、また、全世界が自分の視線に懸っている以上、いかにも自分は強い、——しかし、確認されない限り、己れの力について何が分かろう？ これらのものを注視する余り、彼は既にそれと己れを見分けることが出来ない。自分というものが何処に止るか——何処まで及んでいるかを知らないとは！ 蓋し、全体の調和を破らずに、敢て一つの身振を試みるという勇気がなければ、所詮奴隷の境遇である。——また、破れるなら破れよ！ この調和は、この調和の常に完全な和音は苟立たしい。一つの身振！ 試みのかすかな身振、——不協和音何物ぞ！ いざ求めよう、少しの意外を。"(125面)

78 우무상, 앞의 글, 48면.

간이란 자족할 수 없는 불완전한 인간일 따름이기에 그러하다. 이제 후계(後繼)의 인간은 실낙원을 찾아 헤맨다. 그러나 예언자와 시인만이 실낙원에 대해 말할 수 있을 따름이다.

지금까지의 대목은 「이상론(1) —「순수의식」의 뇌성과 그 파벽—」에서 긴 분량을 할애하여 제시한, 이상(의 예술)에 대한 연구의 시각이라고 할 수 있는, 선악과 신화 대목과 상당히 유사하다. 전체적인 닮음의 구도는 〈완전한 상태에서 불만을 느낀 인간이 불완전한 상태로 이행하기를 시도하고, 다시, 불완전한 상태에서 혼돈을 겪은 인간이 완전한 상태로 회귀하기를 꿈꾼다〉 정도로 제시가 가능하다. 이를 간명하게 확인할 수 있도록 〈표〉로 제시하면 아래와 같다.

	Le Traité du Narcisse	「이상론(1) —「순수의식」의 뇌성과 그 파벽—」
1	원래 인간은 절대적인 세계 속에서 살고 있었고, 자기 자신을 볼 수 없었다.	원래 인간은 신의 습작물로 살고 있었고, 자기 자신을 의식할 수 없었다.
2	이에 인간은 위그드라실의 나뭇가지를 꺾어버림으로써 절대적인 세계를 스스로 무너트린다.	이에 인간은 (뱀의 꼬임 때문이지만) 선악과의 열매를 따먹어버림으로써 신의 습작물의 위치에서 스스로 벗어난다.
3	하지만 인간은 남성과 여성으로 분열되고, 다시금 잃어버린 낙원으로 되돌아가기를 꿈꾸지만, 낙원은 예언자, 시인에 의해 말해질 수 있을 뿐이며, 낙원으로 다시 돌아가기란 요원하다.	하지만 인간은 이미 존재하고 있는 자기와 의식자로서의 자기로 분열되고, 이를 동시에 향수하지 않으면 안 될 비극에 빠지며, 시간이 흐름에 따라 이 비극은 심화된다.

다시금 챕터가 바뀌면서 이야기의 흐름은 실낙원으로 되돌아가기와 관련된 내용으로 이어진다. "낙원은 머나먼 북쪽 끝 섬에 있는 것이 아니다. 그것은 외관의 깊은 곳에 존재하는, 한 알 한 알의 소금이 그 결정의 원래 모양을 내면에 품고 있는 것처럼, 각각의 사물은 그 존재 속에

깊은 조화를 은밀히 감추고 있다."[79] 그렇기에 실낙원으로 되돌아가기의 핵심 문제는 결국 시간이다. 모든 것이 정지되는 침묵의 순간, 바로 그때 잃어버린 제1형상은 다시 나타나기 때문이다. 일찍이 그리스도가 십자가 위에서 희생하는 그 순간이 영원, 곧 낙원이 열리는 바로 그때가 될 수 있었다. 하지만 십자가 밑에서 병정들이 내는 소음으로 말미암아 영원, 곧, 낙원이 열리는 바로 그때는 이내 깨어져 버리고 말았다.

또다시 챕터가 바뀌고, 이제 시인의 역할에 관한 서술이 이어진다. 시인은 사물의 겉모습에 현혹되어서는 안 된다. 사물의 겉모습은 불완전하다. 사물의 겉모습은 일부의 진리를 잘라서 드러낸 것에 불과하다. 따라서 시인은 경건하게 주시해야 한다. 사물의 겉모습 아래 있는 영원한 형상을 보아야 한다.

시인은 공손히 주시한다. 그는 상징 위에 몸을 웅크리고, 묵묵히 깊은 곳으로 하강한다. 그리고 환각자와 같이 이데아를 알아차렸을 때는, 즉 불완전한 형상을 지탱하는 이데아 존재의, 유려한 내적 조화를 알아챘을 때는, 시인은 이것을 파악하고, 이어서, 시간 안에 이를 덮고 있던 거짓된 상은 돌아보지 않은 채, 이것에 영원한 형상, 즉 진정한 모양,──숙명의 형태, 낙원과도 같고 수정과도 같은 모습을 재차 내어줄 것을 알고 있다.[80]

---

79 "楽園は遠い極北の島にあるのではない。それは外観の奥に在る、一粒一粒の塩がその結晶の原型を内に持っているように、各々の物はその存在の内奥の調和を隠然と蔵している。"(127面)

80 "詩人は恭しく注視する。彼は象徴の上に身を踊め、黙々として物の裡深く降下する。そして、幻覚者の如くイデアを覚知した時には、即ち、不完全な形相を支えるイデアの存在の、流麗な内的諧調を知覚した時には、詩人はこれを把握し、次いで、時間の中にこれを覆って

그리하여 시인이 만들어낸 예술작품은 하나의 수정과도 같다. 낙원의 조각과도 같다. 요컨대, 도처에 있는 낙원의 조각을 발견하여 예술작품으로 제시하는 게 시인의 역할인 것이다. 그리고 예술작품은 언어의 오만을 용납하지 않는다. "순수한 상징인, 규칙이 있어 흐트러짐 없는 문장",[81] 차라리 예술작품 속에서 언어는 묵시적이 된다. 조화로운 형식을 갖춘 예술작품은 이렇게 침묵 속에서 결정화된다. 마치 모세와 같이 군중에게서 떨어진 채로 시인은 예술작품을 통해 사물과 시간에서 벗어나는 것(또한, 예술작품을 통해 사물과 시간에서 벗어났음을 보여주는 것)이다.[82] 이야기는 마지막에 이르렀고, 화제는 다시 나르시스에게로 돌아온다.

나르시스는, 홀로 외로이 정신없이, 이 취약한 그림자를 연모한다. 그는 사랑의 갈증을 강물 위에 풀기 위해, 사랑을 찾아 몸을 웅크린다. 몸을 웅크리면 홀연히 이 환영은 소멸되고, 물 위에는 그의 입술을 맞이하여 내민 입술과, 그를 바라보는 두 개의 눈, 스스로의 눈을 볼 뿐이다. …(중략)… 거기서 그는 살짝 몸을 일으킨다. 얼굴이 떠나간다. 물 위는 전과 같이 물들고, 또다시 환영은 나타난다. 하지만 입맞춤은 이루어지지 않을 거라고 나르시스는 생각한다. ──그림자를 탐내서는 안 된다, 그림자를 잡고자 하는 단 하나의 몸짓도 그림자를 갈라놓아 버릴 것이다. 그는 고독하다.──무엇을 해야만 하는가. 주시한다./ 엄숙하고 경건하게, 그는 평정을 되찾는다. 그는 그

　　いた仮象は顧みずに、これに永遠の象、つまりその真の形、──宿命の形、楽園の如く水晶のような形を再び与えることを知っている。"(131面)

81　"純粋な象徴であるところの、律あって謬らぬ文章"(131面)

82　우무상, 앞의 글, 51면 참고.

> 대로 움직이지 않는다――상징은 확대된다――그리고 그는 세계의 외관에 몸을 움츠리고, 흡수되어 지나쳐 가는 몇 세대의 인류를 그 마음속에 어렴풋이 느낀다.[83]

나르시스는 물 위를 바라보고 자신의 그림자를 그리워한다. 나르시스는 자신의 그림자와 입맞춤을 시도하지만 그것은 불가능하다. 나르시스의 애욕은 성취되지 않는다. 이에 나르시스는 고독을 느낀다. 나르시스가 몸을 약간 일으키자 물 위에는 또다시 환상(자신의 그림자)이 나타난다. 나르시스는 환상과의 입맞춤은 이루어지지 않는다고 생각한다. 자신의 그림자를 바라서는 안 된다고 생각한다. 다시, 나르시스는 고독을 느낀다. 나르시스는 무엇을 해야 하는지 고민한다. 결국, 나르시스는 경건하게 주시할 따름이다. 나르시스는 평온한 태도를 되찾는다. 나르시스는 세계의 겉모습에 몸을 웅크리고 흡수되어 지나쳐 가는 여러 세대의 인류를 마음속으로 느낀다.

그리고 지금까지의 대목은 「「나르시스」의 학살 ―이상의 시와 그 난해성―」 도입부와 대체로 연결된다. 전체적인 닮음의 구도는 〈낙원의

---

83 "ナルシスは、独り淋しく他愛なく、この脆弱な影を恋い慕う。彼は愛の渇きを河上に医そうと、愛を求めて身を跼める。身を跼めれば倏忽としてこの幻は消滅し、河上には、彼の唇を迎えてさし出した唇と、彼を眺める二つの眼、彼自身の眼を見るのみである。…(中略)… そこで彼はやや少し身体をおこす。顔が離れる。水の面は先のように色づき、またも幻は現れ出る。しかし接吻は叶わぬとナルシスは思う。――影を欲してはならない、影を獲んとするただ一つの身振も影を引裂いてしまうのである。彼は孤独である。――何を為すべきか。注視である。/厳かに、虔しく、彼は平静な態度を取り戻す。彼はそのまま動かない――象徴は拡大する――そして彼は世界の外観に身を跼め、吸収されて過ぎて行く幾世代の人類をその心裡にほのぼのと感じる。"(132面)

흔적을 볼 수 있는 존재인 나르시스, 외계(外界)를 인정하지 않는 나르시스, 독백과 주시로써 낙원을 꿈꾸는 나르시스〉 정도로 제시가 가능하다. 이를 간명하게 확인할 수 있도록 〈표〉로 제시하면 아래와 같다.

		Le Traité du Narcisse	「「나르시스」의 학살 ─이상의 시와 그 난해성─」
4		예언자, 시인(곧, 나르시스)만이 낙원에 대해 이야기할 수 있다.	현대의 시인(곧, 나르시스)에게 비치는 것은 냉동한 촉루와 회신된 낙원의 여흔뿐이다.
5		나르시스는 사물의 겉모습을 믿지 않는다.	나르시스는 황혼의 아름다움을 믿지 않는다.
6		나르시스는 주시함으로써 영원한 형상을 찾고자 한다. 낙원의 조각을 발견하고자 한다. 이의 구체적인 형태는 시라는 예술작품으로 나타난다.	나르시스는 분노에 가까운 독백을 내뱉는다. 자기존재의 무한한 심연을 응시한다. 이의 구체적인 형태는 시라는 예술작품으로 나타난다.

이렇게 지드의 *Le Traité du Narcisse*를 이어령의 「이상론(1) ─「순수의식」의 뇌성과 그 파벽─」 및 「「나르시스」의 학살 ─이상의 시와 그 난해성─」에 견주어보았다. 이로써 전체적인 구조가 닮았음을 확인할 수 있었다. 그러나 이들 간의 지향점까지가 닮았던 것은 아니다. 주지하다시피 지드의 *Le Traité du Narcisse*는 시기상으로 낭만주의의 자장 아래에서 배태된 것이었고, 그 반면, 이어령의 나르시스 이미지는 시기상으로 실존주의의 영향권 아래에서 자유롭지 못한 것이었다. 이에 따라 나르시스가 의식과 세계 간의 분열을 겪는다는 점, 또, 나르시스가 의식과 세계 간의 분열을 해소하고자 시도한다는 점, 또, 그러한 시도의 발현 형태가 시라는 예술작품으로 나타난다는 점 등에서 구조적 유사성을 보여주되, 지드의 경우에는 탐미적, 유미적 태도로 귀착되어 나르시스의 자세가 강조되고, 이어령의 경우에는 실존적 투쟁으로 귀착되어 나르시스와 님프 간의 대립이 강조되는 것이다.

그렇다면 나르시스를 부정하는 님프란, 다시 말해 이상을 멸시하는 독자, 비평가란 누구인가. (이미 앞에서 언급되었던 것과 같이) 당대의 문단 실세였던 조연현이다. 이어령은 나르시스 이미지의 활용을 통해 도입부를 구성하여 글의 전체적인 구도를 상징적으로 짜놓은 다음, 본론부터는 방금 전까지의 상징 요소들이 무색하게끔 노골적이면서도 직설적으로 조연현을 힐난조로 비판하기 시작한다(심지어 두 번째 챕터의 제목이 "살인적 비평가"이다). 이어령의 그러한 무자비한 비판을 확인해두자면 아래와 같다.

> 현대에 생존하는 불우의 시인들 그리고 이상— 그러한 「나르시스」에게 함부로 투석한 속중(俗衆)들 가운데 나는 가장 인상적인 한 사람의 이름만은 잊을 수가 없다. 더구나 그것이 바로 우리 친애하는 비평가 조연현 씨였다는데 적잖이 슬퍼하지 않을 수 없다. …(중략)… 조 씨의 눈은 「난시」임에 틀림없고 심장의 절반은 불행히도 절개수술을 받았음이 분명하다. 거기에다 더구나 책을 대각선으로 훑어 읽는 신통한 독서법을 가지고 있는 모양이다. 그렇지 않고서야 어떻게 이상의 작품을 그리도 왜곡하여 조리 없는 논봉(論鋒)을 가할 수 있느냐는 것이다. (240면)

인신공격이라고 불러도 무방할 정도의 언사가 펼쳐지고 있음이 목도된다. 이 정도의 공격수위라면 조연현(의 이상 해석)을 일절 부정하고자 마음먹은 것에 다름 아니다. 반복해서 말하는바 이어령은 조연현의 「근대정신의 해체 —고 이상의 문학사적 의의—」를 문젯거리로 삼고 있다. 그런데 1956년 10월에 쓰여진 「「나르시스」의 학살 —이상의 시와 그 난해성―」과 1949년 11월에 쓰여진 「근대정신의 해체 ―고 이상의 문학사적 의의―」는 대략 7년이라는 적지 않은 시차를 보인다. 이어령이 구태여 7년이 지난 조연현의 글을 가지고 와서 신랄한 비판을 감행한 이유란 기성들에 대한 부정의식, 저항의식을 빼놓고서는 설명이 불가능하다. 더군다나 이상이란 광활한 영토에는 (신진 문인들의 깃발을 제외하면) 아직 조연현의 깃발만 꽂혀 있을 뿐, 그 외 다른 기성들의 깃발은 꽂혀 있지 않았다. 그러니 조연현의 깃발만 꺾으면 되었다. 이어령의 입장에서는 이상을 둘러싼 해석의 주도권을 오롯이 움켜쥐기 위해서 충분히 벌여볼 만한 싸움이었다. 덧붙여, 이어령과 조연현은 이상을 바라보는 관점이 완전히 상반되기도 했다. 조연현은 주체 분열, 해체, 쾌락원리 등 정신분석학을 활용하여 이상을 심도 있게 설명해내었으되,[84] 이상(의 예술)이 지닌 문학(사)적 가치를 별로 인정하지 않았다. 이어령은 이와 정반대로 이상(의 예술)이 지닌 문학(사)적 가치를 높이 샀다(이상에 대한 이어령의 높은 평가는 「이상론(1) ―「순수의식」의 뇌성과 그 파벽―」에서 제시되었고, 이후에도 그대로 이어졌다). 이런 이유들로 이어령은 조연현을 강도 높게 공박하고, 조연현의 이상 해석을 전면적으로 반박하고 나선 것이다. 또, 이와 같은 이어령의 입장은 상대방의 입론(立論)을 아예 인정하지 않는 것이다. 그러므로 이어령에게 무엇보다 중요했던 일은 상대방의 입론을 무너트릴 수 있는 이론적 배경의 확보였다. 여기서 눈여겨보아야 할 대목 중 두 번째의 것, 그러니까 조연현의 이상에 대한 견해를

84 김주현, 「세대론적 감각과 이상 문학 연구 – 1980년대까지의 이상 연구 현황과 성과」, 『이상리뷰』 2, 이상문학회, 2003, 31면 참고.

비판하면서 근거로 가져온 K. A. 메닝거의 이론을 적용한 대목을 살펴볼 필요성이 주어지는바, 이를 확인해나가기로 하면, 우선 K. A. 메닝거의 이론이 도입되기까지의 반론 제기 과정은 아래와 같이 나타난다.

A. 이상의 난해성을 의미적인 난해성에 두고 (해체의식으로 인한 의미의 불통일성) 다시 후에 이르러서는 문장의 구문 관계로 인한 (해사(解辭)적 표현법) 것이라 했으니 과연 그 난해성의 원인을 어느 쪽에 두고 있느냐?/ B. 해사적 표현법을 쓴 이유를 이상의 주체상실로 인한 필연적 결과로 보았다는 것이 자연발생 비인위적 형상이라 간주되는 데 다시 후에 와서 그것을 쾌락원리로 설명하고 있는 것을 보면 그것이 역으로 비자연발생적인 의식적 행위에 의한 것이라는 말도 된다. 그러면 이상이 해사적 표현법을 쓰게 된 것은 어느 쪽에 속하느냐?/ C. 씨가 이상을 가리켜 소설가도 시인도 못 되는 일개 「엣세이스트」라고 하였고 그 「엣세이」는 완벽을 이루었다고 하였는데 그러면 어째서 주체상실을 한 상이 「엣세이」를 쓸 때만은 해사적이 아니었고 또 그 쾌락원리의 난해한 표현법을 쓰지 않았는가? 그렇다면 수필을 쓰는 이상과 시를 쓴 이상은 동명이인이라는 말인가? (242면)

이렇듯 A, B, C의 세 가지 반론이 단계적으로 제시되었다. 어조가 다소 강하다는 느낌을 주긴 하나, 대체로 납득되고 수긍되는 내용이 펼쳐졌다. 하지만 곧바로 다음의 서술인 "짐작컨데는 이상이 정신분열 환자였기 때문에 그 시나 소설에 통일된 의미가 없어 난해하다는 말인 것 같으니 거기에 대해서 실례로써 한번 검토해보자."(242면)가 뒤따르며 비약이 발생한다. 이어령의 과감한, 과도한 짐작과 달리 조연현은 이상을 정신분열환자로 몰아붙인 적이 없기 때문이다. 조연현은 "이상의 해체된 주체의 분신들은 서구적인 의미에 있어서의 근대정신이 이를 영도(領導)해 나아갈 민족적인 주체가 붕괴된 것을 말하는 것이며 이러한 붕괴는 우리의 근대정신의 최초의 해체를 의미하는 것"[85]이라고, 또, "이상의 작품(시나 소설이나 수필을 막론하고)에 대해서 그것이 문학적으로 높이 평가된다는데 대해서는 언제든지 반대의 입장에 서는 사람이지만 그의 여상(如上)과 같은 우리의 근대정신사적인 위치에 있어서의 그의 존재는 퍽 귀중하고 중대한 의의를 남기고 있다는 것"[86]이라고 주장했다. 즉, 조연현이 주목한 것은 이상이라는 한 개인의 정신이 아니라 민족적인 주체와 연결되는 근대의 정신이었다. 「근대정신의 해체 ―고 이상의 문학사적 의의―」가 발표된 1949년 11월은 흔히들 해방공간(혹은 해방기)이라고 일컫는 시점이다. 이 시점에서 (벌써부터 문단의 중심부에 가까이 위치해 있던) 조연현에게 요구되었던 사명이란 민족적인 주체를 세우고 근대의 정신을 확립하는 것이었으며, 이럴 때 조연현에게 이상이란 한낱 반성적 표본, 반면교사(反面教師)적 표본쯤으로 비친 것이었다. 하지만 이어령은 의도적이었든 비의도적이었든 간에 문제틀을 근대의 정신에서 개인의 정신으로 옮기고서, 그런 다음 "싸이코 · 메딕코 · 메디시엔」의 거성(巨星) 「칼 · A · 메닌쟈」 씨의 응원을 청"(242면)한다며, 자신의 방식대로 논지를 진행해버린다. 곧, 이상과 정신분열환자가 얼마나 다른가를 입증하는 순서로 흐름을 이어가는 것이다.

85　조연현, 「근대정신의 해체 ―고 이상의 문학사적 의의―」(《문예》, 1949.11), 『문학과 사상』, 세계문학사, 1949, 95면.

86　위의 글, 96면.

이처럼 교묘하게 문제틀을 변경하며 이어령은 K. A. 메닝거의 이론을 활용할 기회를 마련했다. 그렇다면 이어령은 K. A. 메닝거의 이론을 어떤 식으로 적용했는가. 이어령은 K. A. 메닝거의 이론을 고스란히 적용하지 않았다. 이어령은 K. A. 메닝거의 *THE HUMAN MIND*를 참고자료로 삼았는데, 이 책은 실증적 사례 위주의 정신의학개론서이며, 따라서 이론의 제시보다는 가설의 검증에 주된 초점이 맞춰져 있다. 이러함에 이어령은 *THE HUMAN MIND*에서 유용한 듯 여겨지는 대목 몇몇을 발췌하여 적용했다.

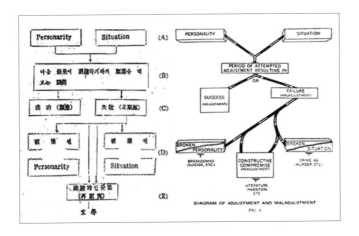

왼쪽은 이어령이 「「나르시스」의 학살 —이상의 시와 그 난해성—」에서 제시한 〈표〉이고(242면), 오른쪽은 K. A. 메닝거의 *THE HUMAN MIND*에 수록된 〈표〉이다.[87] 특별한 변형 없이 〈표〉를 그대로 옮겨왔음

87 Karl A. Menninger, *THE HUMAN MIND*, NEW YORK: ALFRED A KONOPF, 1949, p.31.
    이어령이 지면에서 밝힌 바를 따라 *THE HUMAN MIND* 제3판을 참고했다. 덧붙이자면 *THE HUMAN MIND*는 1955년에 민중서관에서 『人間의 마음』이라는 제목으로 번역본이 최초 출간되을 확인할 수 있다. 개성(personality)과 상황(situation)은 늘 부딪치기 마련이다. 개성과 상황 사이에서 순응한다면 별다른 문제가 발생하지 않는다. 그러나 순응에 실패한다면 다음의 세 가지 경우가 발생한다. '파괴된 개성', '파괴된 상황', '건설적인 타협의 결과물인 문학'이 바로 그것들이다. 이때 파괴된 개성 혹은 파괴된 상황과 건설적인 타협의 결과물인 문학 간에는 질적으로 차이가 있다. 파괴된 개성 혹은 파괴된 상황은 실패에 머무는 것이지만, 건설적인 타협의 결과물인 문학은 실패를 딛고서 재순응을 이루어내는 것이기 때문이다.

여기서 〈이상은 정신분열환자이다〉라는 조연현의 주장을 무너트릴 밑바탕이 확보된다(물론 이 자체가 이어령의 곡해에 따른 것이다). 파괴된 개성에 속하는 유형 중 하나로 정신분열환자를 들 수 있거니와 이러한 정신분열환자가 수행하는 발화의 의미를 알아챌 수 있는 이는 거의 없다. 애초에 제대로 된 의미를 갖추지 못했을 확률이 더 높기도 하다. 반면에, 건설적인 타협의 결과물인 문학은 비록 겉으로 드러난 문구가 난해할지라도 그 밑에는 깊은 의미가 숨겨져 있기 마련이다. 그러므로 정신분열환자가 수행하는 발화(의미 없음에 따른 난해)와 건설적인 타협의 결과물인 문학(의미의 감추어짐에 따른 난해)은 질적으로 엄연히 구분된다.

이렇게 전체적인 구도를 짜놓은 다음, 이어령은 예증의 작업으로 나아간다. 정신분열환자의 발화 몇 개와 이상의 시 몇 개를 사례로 가져와 나란히 맞세우는 것이다. 구체적으로 이어령은 위의 〈표〉에서 멀리 떨

었다. 이 역시 *THE HUMAN MIND* 제3판을 저본으로 삼았으며 번역자는 이용호였다.

어진 지면인 '제3장 증상'(CHAPTER Ⅲ SYMPTOMS)의 '연상작용의 장애'(DISTURBANCES OF ASSOCIATION) 부분에 쓰여져 있는 예문을 연달아서 가져온다(THE HUMAN MIND에 실려 있는 수많은 예시 중에서도 이 예문이 가장 적합하다고 판단했던 것인지, 아니면 연상작용이 문학 창작 메커니즘과 가장 밀접하다고 판단했던 것인지, 그 이유는 분명히 알 수 없다. 다만, 이어령의 임의적인 선택이라는 것만큼은 분명하다). 그러고서는 이상의 시를 예문에 하나씩 대응시키면서 둘 사이의 엄연한 차이에 대해, 또, 이상의 시에 담긴 의미에 대해 설명한다. 이의 과정을 보면 분량은 상당히 긴 편이지만 분석은 대체로 소박한 편이다.

A 어쨌던 그 사람들은 당신이 유쾌하게 지낼 수 있도록 접대할 것입니다. 그것은 그저 유쾌할뿐 아니라 영광스런(glorious) 일이겠죠—glolious-glorious-morning glory(강아지꽃)—ous 그런데 당신은 꽃을 좋와하십니까? …(하략)… (243면)[88]

B 나의 친애하는 친애하는 친애하는 친애하는 친애하는 친애하는 나의 친애하는………. (244면)[89]

C 주 예수·크리스트는 병원이다. 나는 욕망하지 않는다. 그는 나와 혼삿말

---

[88] "Whatever they may do, they show you a good time. Good time doesn't describe it; it's glorious—glorious—glorious—morning glory—ous—Do you like flowers?" Karl A. Menninger, Op.cit, p.233.

[89] "My dear dear dear dear dear dear dear dear dear my dear my dear dear." Ibid.

이 있는 목사(Pastor)―perters(의미 없는 말) 그는 나를 인도하고 나를 인도하고 인도하고⋯⋯⋯. (244면)[90]

A는「오감도 시제1호」(A′)에, B는「오감도 시제2호」(B′)에, C는「수인(囚人)이 만든 소(小)정원」(C′)에 각각 대응된다. A는 A′와 다르다. A는 "주체의식을 가질 수 없는 정신이 해체된 환자이기 때문에" "각기 상이한 이야기들이 (분신(分身)) 아무런 연결과 통일을 갖지 못하여 그 독백이 무엇을 의미하고 있는지 난해"하다(245면). 하지만 A′은 "전체의 통일된 의미의 자력권 안에서만 즉 각개 언어의 집중 교합된 상태에서만" "유기적 생명을 유지하고 있는" 까닭에, 언뜻 이해가 어렵지만 "전체적인 의미를 보지(保持)한"다면 충분히 "이해될 수 있는 난의어"로 구성되어 있다(245면). 또한, "B에서는「친애하는」의 말이 연속하여 반복되고 있으며, B′의 이상의 시에서는「아버지」란 똑같은 말이 무수하게 중첩되어 있"으되, "전자는 뇌의 서사중추(書寫中樞)가 침해된 환자로써 연상작용에 장해를 받고 있는" 반면, 후자는 "시간성의 구조를 종적으로 전개시켜 어떤「이마아쥬」를 상기시키려는「포에지」의「휘름」"이므로 서로 같지 않다.[91] 또한, C는 "부분적인 의미는 완성되어 있으나 전체적인 통일적 내용이 없"는 데에 반해, C′은 "각기 독립된 구절의 내용이 서로 의미적 자력(磁力)에 의하여 연결되어 있고 통합되어 있"다(208면).

이처럼 이어령은 정신분열환자의 발화와 이상의 시 사이의 질적 차

---

90 "The Lord is my hospital/ I shall not want/ He marries me green pastors parters/ He leadeth me leadeth me leadeth…" Ibid.

91 이어령,「「나르시스」의 학살(중) ―이상의 시와 그 난해성―」,《신세계》, 1957.1, 207면.

이를 제시한다. 그런 다음, 이상의 시에 붙은 '난해'라는 레테르(letter) 까지를 떼어내고자 시도한다. 관련하여 펼쳐지는 해당 챕터의 제목들을 제시해보면 「유우크릿트」의 죽음", "사어(死語)의 부활", "언어의 시각적 구성", "언어의 콤비네이숀", "비전통어의 참여"인데, 이것들만으로도 이어령이 난해하다는 이상의 시를 어떤 식으로 해명하려고 했는지 대략적으로 추측이 가능하다.[92] 이렇게 각 챕터마다의 서술이 제법 길게 펼쳐진 후, 드디어 마지막 챕터인 "시의 진화"에 도달하게 되는데, 앞서 이 챕터를 눈여겨보아야 할 대목 중 마지막의 것으로 언급했던바, 구체적인 내용을 확인하기로 하면 아래와 같다.

「어느 시대에도 그 현대인은 절망한다. 절망이 기교를 낳고 기교 때문에 또 절망한다.」 이상이의 말대로 절망에 의하여 기교가 탄생하고 그 기교로 인해서 다시 절망이 탄생되는 이 끝없는 되풀이 환(環)을 그리고 반복하는 파도의 연장 그것이 바로 시의 진화다. 우리 이 시대 속에서 절망하여 까물어친 것은 시인 이상이요 그 절망이 기교를 난 것은 이상의 시다. 그리하여 나는 이상이의 시를 「좋다」 「나쁘다」라고는 말하지 않는다. 과연 「성실했느냐」 그렇지 않으면 「불성실했느냐」에 대해서 말하고 싶은 것이다. …(중략)… 그는 성실했다. 그 「성실」을 설명하기 위해서 나는 그의 시를 분석했다. …(중략)… 이상의 시는 이 시대를 정말 체험하고 절망한 사람이 아니고서는 영원히 이해할 길 없는 난해시라는 것을 알았다. 그 난해성의 배후

---

92   이 부분에 대한 설명은 이수향, 앞의 글, 30~33면 및 조영복, 앞의 글(2003), 83~85면에서 제법 자세하게 이루어졌으니 이 논문들을 참조할 것.

에는 기천년의 시의 역사가 비재(秘在)해 있는 것을 알았다. 그리하여 시는 지금 기교와 절망의 반복하는 파도를 타고 여기에까지 진화해 온 것이다. 그러한 의미에서 우리가 정말 이 시대의 현대인이라면 이상의 시를 완전히 이해하고 도리어 그 기교에 절망을 느껴야 할 것이다. 그리해서 새로운 우리의 기교를 낳아 될때라고 생각한다. …(중략)… 우리들의 시는 이상이의 시가 끝난 그 터전에서 발아되어야 한다. 그러기 위해서 오랫동안 잊어버렸던 그 학살된 「나르시스」의 이름을 기억하고 그의 이야기에 다시 한번 귀기우리는 엄숙한 이해의 시간이 지금 있어야겠다./ 그렇게 해서 시는 다시 진화해 갈 것이다.[93]

이어령은 기교가 절망을 낳고, 다시, 절망이 기교를 낳는 반복 속에서 시는 진화했다고 말한다. 이러한 이어령의 사유는 굳이 따지자면 '변증법적 지양'(헤겔)이라기보다는 ('진화'라는 단어가 다소 걸리긴 하지만) 차라리 '차이나는 반복'(들뢰즈)에 가까운 듯 여겨진다. 좀 더 풀어서 설명해보기로 하면 다음과 같다. 이상은 절망을 느꼈다. 그리고 이상은 이러한 절망을 기교(곧, 시)로 표현했다. 이 시대의 현대인은 이상의 시(곧, 기교)를 읽는다. 그리고 이 시대의 현대인은 이로부터 절망을 느낀다. 이 과정은 〈절망 → 기교 ⇒ 기교 → 절망'〉으로 도식화할 수 있다. 물론 〈절망 → 기교 ⇒ 기교 → 절망'〉은 "끝없는 되풀이 환" 혹은 "반복하는 파도의 연장"의 한 단면을 잘라내어 제시한 것일 뿐이다. 이상 이전에도 〈절망 → 기교 ⇒ 기교 → 절망'〉은 계속 반복되었던 것이고, 그

---

93 이어령, 「속 · 「나르시스」의 학살 ―이상의 시와 그 난해성―」, 《자유문학》, 1957.7, 138~139면.

리고 이 시대의 현대인 이후에도 〈절망 → 기교 ⇒ 기교 → 절망′〉은 계속 반복될 것이다(아마도 최초 시작점은 아담이 선악과를 따먹은 시점, 즉, 의식과 세계 간의 분열이 일어난 시점일 것이다). 그렇게 "기천년의 시의 역사"는 흘러 내려왔고 흘러 내려가는바, 이와 같은 무한의 연쇄작용을 펼쳐내면 결과적으로 〈절망 → 기교 ⇒ 기교 → 절망′ | 절망′ → 기교′ ⇒ 기교′ → 절망″ | 절망″ → 기교″ ⇒ 기교″ → 절망‴ | ……〉의 계속 상태가 된다. 이때 절망은 절망′, 절망″, 절망‴으로 끝없이 미분화(微分化)되고, 이와 연동하여 기교도 기교′, 기교″, 기교‴로 끝없이 미분화되는 양상을 확인할 수 있는데, 이처럼 절망과 기교가 맞물리어 차이나는 반복이 끝없이 수행되는 점진적인 과정이 바로 이어령이 말하는 '시의 진화'인 것이다.

그런 관계로, 이 시대의 현대인에게는 전 시대의 이상의 기교를 무리 없이 이 시대의 현대인의 절망으로 바꾸어 받아들이는 작업이 요청되며, 다시, 이 시대의 현대인의 절망을 적절하게 이 시대의 현대인의 기교로 바꾸어 표현해내는 작업이 요청된다. 또, 이런 식으로, 전 시대의 이상에서 이 시대의 현대인으로, 이 시대의 현대인에서 후 시대의 누군가로, 절망과 기교의 연결고리는 끊어지지 않고 계속되어 나아가는 것이다(끊어지지 않고 계속되어 나아가야 하는 것이다). 이것이 바로 "이 시대의 현대인이라면 이상이의 시를 완전히 이해하고 도리어 그 기교에 절망을 느껴야 할 것이다. 그리해서 새로운 우리의 기교를 낳아 될 때라고 생각한다." 및 "우리들의 시는 이상이의 시가 끝난 그 터전에서 발아되어야 한다. 그러기 위해서 오랫동안 잊어버렸던 그 학살된 「나르시스」의 이름을 기억하고 그의 이야기에 다시 한번 귀기우리는 엄숙한 이해의 시간이 지금 있어야겠다."라는 문구가 의미하고 있는 바이다. 그리고 이어령이 「「나르시스」의 학살 ―이상의 시와 그 난해성―」을 통해 말하고자 한 결론도 여기로 귀착된다.

결과적으로 앞서 「이상론(1) ―「순수의식」의 뇌성과 그 파벽―」에서 제시된 적이 있는, 자신의 현재 위치를 설정해주고, 또 자신의 미래 위치를 설정해주는 존재(비유컨대, 디딤돌, 주춧돌과 같은 존재)로서의 이상이, 「「나르시스」의 학살 ―이상의 시와 그 난해성―」에서도 마찬가지로 강조되고 있는 모양새이다. 즉, 「이상론(1) ―「순수의식」의 뇌성과 그 파벽―」과 「「나르시스」의 학살 ―이상의 시와 그 난해성―」은 동일한 결론으로 귀결되는 것이다. 다만, 「이상론(1) ―「순수의식」의 뇌성과 그 파벽―」이 이상의 작품들을 유형별로 구체적으로 분석함으로써 이와 같은 결론에 도달했다면, 「「나르시스」의 학살 ―이상의 시와 그 난해성―」은 이상의 작품들에 대한 기존 견해를 반박함으로써, 특히 이상의 작품은 난해하다는 인식을 타파하고자 이상의 작품에 나타난 여러 특징을 해설함으로써 이와 같은 결론에 도달했다는 과정상의 차이를 내보일 따름이다.

이러함에 이어령은 일련의 이상론을 통해 이 시대의 현대인들에게, 좁게는 당대의 작가들에게, 더 좁게는 이어령 자신에게 이상을 토대로 이상을 넘어서는 그와 같은 자세를 꼭 가져야 함을 계속적으로 요청한 것이라고 할 수 있다.[94] 그리고 이는 이 시대의 현대인들의, 좁게는 당대

---

94 당연히 이상을 토대로 이상을 넘어서는 이와 같은 자세를 견지하는 게 쉬운 일은 아니다. 그렇기에 위의 인용문에서 제시된 것과 같이 '성실함'이 강조되고 부각된다. 이상은 성실했다. 그러니 이상만큼 혹은 이상보다 더욱 성실해야 한다. 그래야만 이상을 뛰어넘을 수 있다. 이런 까닭에 성실함이야

의 작가들의, 더 좁게는 이어령 자신의 주체성을 형성하기 위함에서 비롯된 요청이었다.[95]

말로 이 시대의 현대인, 당대의 작가들이, 이어령이 갖추어야 할 최우선의 필수요건이 된다.

95 여기서 이 절의 앞부분에서 서술되었던 〈'나'는 거울을 보는 동시에 '나'는 거울에 의해 보여진다〉 혹은 〈거울에 비친 '나'를 확인하는 동시에 거울에 비친 '나'를 만들어나간다〉라는 거울 메커니즘을 다시금 상기할 필요가 있다. 이어령은 이상이라는 거울을 통해 자신이 놓여 있는 위치를 확인하고 자 한 것이고, 또, 자신이 향해야 할 위치를 설정하고자 한 것이다.

IV. '저항의 문학'의 네 가지 계열들

이어령이 '저항'을 중심에 놓고서 문학비평을 수행했음은 부정될 수 없는 주지의 사실이다. 첫 평론집 제목이 '저항의 문학'으로 삼아진 것은 이 사실을 증거하는 대표적인 사례이다. 이때 저항이 의미하는 바란, 넓게 본다면 자신이 놓인 현재 상황, 곧, 전후의 시기를 향한 비판이 되고, 좁게 본다면 문단 내 기득권층, 곧, 김동리, 조연현 등을 위시한 기성들을 향한 비판이 된다.[1] 그런데 이전에 언급했던 것과 같이 여태껏 이어령이 어떤 식으로 저항을 도모했는지를 파악하는 데에 있어서 '구호비평'이란 에피셋이 암암리에 수용되었고, 그래서 '저항의 깃발—화려한 수사—논리 부족'의 도식이 은연중에 적용되었다는 점은 큰 문제라고 판단된다. '저항의 깃발—화려한 수사—논리 부족'의 도식이 전후의 시기에 펼쳐진 이어령의 문학비평이 지닌 일단의 특징을 포착해내었다는 것은 인정할 수 있되, 이것으로 모두를 설명할 수 있다고 여기는 태도는 지양되어야 한다. 반복하는바, 이런 식의 단면적, 일면적 해석만으

---

1   제3장에서 살핀 일련의 이상(李箱)론들도 '저항의 문학'에 당연히 포함된다. 일련의 이상론들 역시 현재 상황에 대한 비판 및 문단 내 기득권층에 대한 비판을 담고 있기 때문이다. 다만, 전술했던 것처럼 일련의 이상론들은 한 명을 대상으로 한 분석적인 비평을 연달아 펼쳐진 드문 경우이자 각각이 유기적인 관계를 맺고 있는 모양새이다 보니, 다른 '저항의 문학'들과는 이질적인바, 별도로 장을 마련하여 미리 검토한 것이다.

로는 전후의 시기에 펼쳐진 이어령의 문학비평이 지닌 다양한 면모를 드러낼 수 없다.

따라서 상기의 프레임에서 벗어나 전후의 시기에 펼쳐진 이어령의 문학비평을 꼼꼼히 살펴볼 필요가 있다. 그러려면 우선 '분류', 곧, '나누기'의 작업이 요구된다. 물론 푸코가 일찍이 『말과 사물』(1966)을 통해 잘 알려준 것처럼 나누는 데에는 정답이 존재하지 않는다. 하지만 무턱대고 나누어서는 안 된다. 적어도 다수가 받아들일 수 있는 기준점을 토대로 나누어야 한다. 그렇다면 '비평'이라는 것을 나누어본다고 했을 때 기준점으로 삼아질 만한 요소란 무엇인가. 쉽사리 생각하지 못할, 그러나 분명히 합당하다고 간주될 만한, 그와 같은 새로운 요소가 분명 있을 것이지만, 관습적인 규정력에 따른 일반적인 요소를 제시한다면 내용, 대상, 매체 정도가 될 것이다. 이럴 때 내용, 대상, 매체는 개별적인, 독립적인 요소가 아니다. 내용, 대상, 매체는 서로가 서로에게 영향을 미치는 상관관계를 이룬다. 상술한 바에 의거하여 내용, 대상, 매체라는 요소를 기준점으로 삼아 전후의 시기에 펼쳐진 이어령의 문학비평을 나누어보면 어떻게 되는가.[2] 간명한 확인을 위해 〈표〉부터 제시하면 아래와 같다.

---

2   김상태는 이어령의 글들을 여러 가지 기준으로 나누어보는 관점을 제시했다. 구체적으로 김상태는 '상황과 수신자'라는 큰 틀을 토대로 ① 도발의 상황과 탐색의 상황, ② 지식인 독자와 대중 독자, ③ 여성 독자와 남성 독자라는 세 가지의 항목을 마련한 뒤, 그 안에서 다시 몇 개의 항목을 찾아내는 방식으로 이어령의 글들을 나누는 실례를 보여주었다. 본 논문은 김상태의 논의로부터 많은 참조점을 얻을 수 있었다. 김상태, 「이어령의 문체」, 『한국 현대문학의 문체론적 성찰』, 푸른사상, 2012, 261~283면.

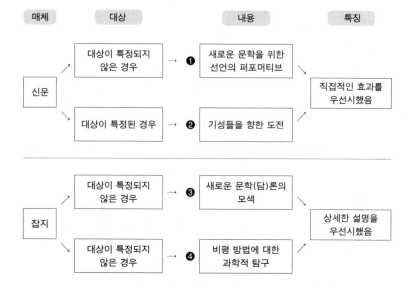

이렇게 전후의 시기에 펼쳐진 이어령의 문학비평은 네 가지로 나눌 수 있다. 우선 매체가 신문이냐 잡지냐에 따라 나눌 수 있다. 이때 신문과 잡지가 각각 지닌 바의 특성을 고려한 글쓰기 양상이 확인된다. 신문에 실린 글들은 비교적 강렬하고 자극적인 내용과 표현으로 이루어져 있다. 직접적인 효과를 우선시한 것이다. 잡지에 실린 글들은 비교적 구체적이고 자세한 내용과 표현으로 이루어져 있다. 상세한 설명을 우선시한 것이다. 다시, 신문에 실린 글들은 대상이 특정되었느냐 특정되지 않았느냐에 따라 나눌 수 있다. 대상이 특정되지 않은 경우에는 ① 새로운 문학을 위한 선언의 퍼포머티브가 펼쳐진다. 대상이 특정된 경우에는 ② 기성들을 향한 도전이 펼쳐진다. 한편 잡지에 실린 글들은 모두 대상이 특정되지 않은 경우에 해당하며, 이때에는 담아내고자 한 주제

를 기준으로 ③ 새로운 문학(담)론의 모색이 펼쳐진 것과 ④ 비평 방법
에 대한 과학적 탐구가 펼쳐진 것으로 나눌 수 있다.

그리고 이런 식으로 전후의 시기에 펼쳐진 이어령의 문학비평을 나
누었으니 이제부터는 하나하나가 어떤 성격과 특징을 지니고 있는지를
상세히 검토하는 작업을 수행함이 마땅할 것이다. ①, ②, ③, ④를 차례
대로 살펴보도록 한다.

1. 새로운 문학을 위한 선언의 퍼포머티브

이어령의 등단 시점은 애매하다. 지금껏 이어령의 글들을 살펴왔지
만 《대학신문》, 《문리대학보》, 《예술집단》 등에 실린 글들은 모두가 공
식등단작이라고 할 수 없다. 주요 잡지, 주요 신문에 추천을 거쳐서 실
리지 않기 때문이다. 엄밀히 따졌을 때, 이어령의 공식등단작은 「현대
시의 UMGEBUNG와 UMWELT —시 비평 · 방법서설—」(《문학예술》,
1956.10) 및 「비유법 논고」(《문학예술》, 1956.11 및 1956.12)이다.[3] 추천
자는 백철이었다. 물론 이어령은 기성들이 장악하고 있는 문단에 저항
하는 입장이었으므로 등단에 연연하지 않았다. 하지만 이어령은 김송

---

3 이어령은 전자로 초회 추천을 받은 후 후자를 2회 걸쳐 연재함으로써 공식등단을 완료한다. 덧붙
여, 1950년대의 추천등단제도와 관련해서는 이봉범, 「1950년대 등단제도 연구 —신춘문예와 추
천제를 중심으로—」, 『한국문학연구』 36, 동국대학교 한국문학연구소, 2009가 자세하므로 이를 참
조할 것.

으로부터 소위 '족보에도 없는 비평가'라는 비판을 받게 되고,[4] 또, 여러 가지 측면에서 번거로움을 느껴 등단하기로 결심한다.[5] 기실 이어령의 등단은 요식 행위와 다름없었다.[6] 등단 이전부터 이어령은 이름이 어느 정도 알려져 있었다. 기성들을 서슴없이 공격하는 앙팡테리블(enfant terrible)로서의 명성을 이어령은 제법 쌓은 상태였다. 그 시발점에 해당하는 글이 바로 「우상의 파괴 ―문학적 혁명기를 위하여―」(《한국일보》, 1956.5.6)였다. 따라서 공식등단작은 아니되, 많은 이들이 이어령의 본격적인 활동은 「우상의 파괴 ―문학적 혁명기를 위하여―」에서 출발했다고 간주한다. 이와 같은 대다수의 인식을 따라서 「우상의 파괴 ―문학적 혁명기를 위하여―」부터 살펴보기로 하자.

우선 「우상의 파괴 ―문학적 혁명기를 위하여―」의 게재 자체가 상

4 　이에 대한 반박으로 이어령은 「유리옥(琉璃獄)의 수인 …작가 김송 씨에의 항변…」(《대학신문》, 1956.9.10)을 발표한다. 이 글의 "편집자 주"는 다음과 같다. "지난 7월 3일부터 3일간 한국일보에 연재되었든 필자(이어령)의 『최종의 기수들』을 읽고 작가 김송 씨가 그 반박문 『청개구리의 변』을 쓴 일이(7월 6일부 한국일보 지상)있다. 그 글을 읽고 필자가 다시 쓴 것이 이 글이다. 본래 이 글은 필자가 지난 10일에 썼던 것인바 방학으로 인한 본지 휴간 관계로 이제 속간 첫 호에 실리게 되었다. 아울러 일간 모모(某某) 지(紙)에서 그동안 본고의 게재를 거부했든 사실을 알려드린다"(4면)

5 　이어령은 추천등단제도에 대해 부정적인 견해를 드러낸 바 있다. "저로서는 문단에서 추첨(sic:추천)제가 없어졌으면 좋겠어요./ 솔직한 얘기로 신인들의 경우에 있어서는 발표기관이 제한되어 있기 때문에 지금 눈에 안 보이는 봉건적인 전제가 남아 있어요. 왜냐하면 지금 문예지로서 두 잡지가 있는데 둘 다 보면 편집책임자나 관계자의 눈치를 보게 되거든요. 좁은 지면에다 많은 작품을 실릴 수 없으니까 아무래도 잘 뵈야만 자기 작품이 나가게 된단 말이에요. 그런데 신인들은 자기들로서의 발표 계획이 있기 때문에 순조롭지 못하게 되면 나중엔 발버둥치고 야단이에요. 문제는 뛰놀아야 할 운동장이 좁으니까 별 수 없이 관계자의 비위를 맞추게 되고 눈치를 보게 된단 말이에요. 윗사람들은 「설마 그럴 리야……」하는 말을 하지만 이건 실정 얘기입니다." 백철 · 곽종원 · 이어령, 「문단산보」, 《신태양》, 1959.1, 242면.

6 　"이어령 군의 글을 추천하는 것은 전혀 형식적인 일이다. 웨 그러냐 하면 이 군은 벌써 동인지와 일간신문에 소설과 평론을 발표하여 신인다운 자리를 차지하고 있기 때문이다." 백철, 「평론천기(薦記)」, 《문학예술》, 1956.10, 113면.

당히 특이하다는 점이 주목된다. 총 4면 발행이 일반적이었던 당시의 신문 지면 사정을 감안할 때, 배치도 무려 두 번째 면인 데다가 분량도 무려 한 지면의 70% 정도를 차지한 「우상의 파괴 ―문학적 혁명기를 위하여―」는 여러모로 이례적인 경우에 해당한다. 그렇다면 어찌하여 그 시점에서는 저명인사도 아닌 차라리 햇병아리에 가까웠던 이어령에 게 이러한 특혜가 주어졌던 것인가. 이와 관련해서는《한국일보》의 형 편을 먼저 살펴볼 필요가 있다. 한국은행 부총재 자리를 박차고 나온 산 업계의 거물인사 장기영은 신문 사업을 시도하고자 야심차게 마음먹는 다. 이에 장기영은 망해가던《태양신문》을 인수한 다음, 제호(題號)를 《한국일보》로 바꾸고, 1954년 6월 9일에 창간호를 발행한다. 장기영은 《한국일보》의 성공을 위해 여러 가지 방책들을 마련하고 시도했는데, 조간(朝刊)으로 연중 쉬지 않고 발행한 것, 일요판(日曜版)을 발행한 것, 대학을 갓 졸업한 젊은 기자들을 채용한 것, 정비석을 초청하여 『민주어 족(民主魚族)』을 연재하도록 한 것 등이 대표적이다. 그리고 이 방책들 은 나름의 성공을 거두었는바《태양신문》의 인쇄 부수 8,000부를 넘겨 받은 지 불과 6개월 만에《한국일보》의 인쇄 부수 50,000부를 달성한 데서도 금방 드러나듯이《한국일보》는 신생 신문으로서의 탄탄한 입지 를 구축하게 된다.[7] 「우상의 파괴 ―문학적 혁명기를 위하여―」의 파격 적인 게재 역시《한국일보》의 이와 같은 공격적인 움직임과 무관할 수 없는데,[8] 「우상의 파괴 ―문학적 혁명기를 위하여―」가《한국일보》에 실

---

7   서광운, 『한국신문소설사』, 해돋이, 1993, 330면 참고; 한운사, 『끝없는 전진 : 백상(百想) 장기영
     일대기』, 한국일보사, 1992, 85~141면 참고.
8   관련하여 강준만은《한국일보》가 적극적으로 시도한 '지식계의 상품화'에 딱 부합하는 인물이 바

리게 된 배경을, 그 시절《한국일보》문화부 부장을 지냈던 한운사의 회고를 통해서 확인해두자면 아래와 같다.

어느 날 오종식 주필과 대머리집에서 한잔하면서, 나는 지하로 숨는 대학생들의 생태를 알아보기 위해 좌담회를 한번 해보고 싶다고 했다./ "그거 해서 뭘 해? 지면에 낼 수도 없을 텐데…… 뻔하잖아? 모든 사회현상에 대한 반항심만 가득 차 있을 거 아냐."/ "지면에 낼 수 없다 하더라도 그 친구들이 뭘 생각하고 있느냐는 알고 있어야 할 것 같습니다."/ "맘대로 해보게나." / 내 머리에 제일 먼저 떠오른 것은 문리대 불문과의 박맹호(朴猛浩:현 민음사 회장) 후배였다. …(중략)…/ "고려대, 연세대, 문리대에서 한 사람씩 불러서 이야기를 듣고 싶은데 자네 나와주겠나?"/ "아닙니다. 말 잘하는 친구가 하나 있습니다."/ "그래? 소개해 줘."/ 연세대, 고려대에서도 제일 똑똑하다는 친구를 소개받아, 장 사장 방에서 좌담을 했다. 한마디로 기존 사회에 대한 불신이었다./ "국민을 어디로 끌고 가는지 전혀 기대할 수 없습니다." 결론은 예상한 대로였다. 제일 말을 잘하고 똑똑한 것 같은 문리대 국문과에 다닌다는 이어령(李御寧)이라는 친구를 남으라고 했다./ "뭘 하고 싶어요?"/ "문학평론입니다."/ "한국 문단 어떻게 봐요?"/ "한마디로 돼먹지 않았습니다."/ "싹 한번 청소할 용의 있나?"/ "있습니다."/ "써 와!"/ 타블로이드 일요판을 내가 제작할 때다. 중간지 두 쪽에다 새까맣게 실었다. 제목은 '우상(偶像)의 파괴(破壞)'. 현존, 기존 할 것 없이 그야말로 '싹쓸이 청소'다.

로 이어령이었다고 지적한 바 있다. 강준만, 「이어령의 '영광'과 '고독'에 대해」, 『인물과 사상』 22, 2002, 52면 참고.

《동아일보》권오철(權五哲) 문화부장이 전화를 걸어왔다./ "아니, 신춘문예라는 등용문이 있는데 이러다가 한 아이 잡는 거 아냐?"/ "걱정 말아."/《조선일보》윤고종(尹鼓鐘) 문화부장도 똑같은 전화를 걸어왔다. 문단에서는 항의 전화가 빗발쳤다./ "아니, 이렇게 모욕을 줘도 되는 겁니까?"/ "반론을 펼치세요. 지면 드릴 테니까요."/ 반론이 있었던가? 기억나는 것이 없다. …(하략)…[9]

정리하건대, 지하로 숨는 대학생들의 생태를 알아보기 위한 좌담회가 계기가 되어 한운사의 눈에 이어령이 띄었고, 이를 계기로 하여 「우상의 파괴 ―문학적 혁명기를 위하여―」가 《한국일보》에 실리게 되었다는 내용이다. 그런데 이어령도 「우상의 파괴 ―문학적 혁명기를 위하여―」의 《한국일보》 게재 과정에 얽힌 비화를 스스로 밝힌 적이 있거니와, 위의 인용문과는 그 내용이 제법 다르다. 이 또한 확인해두자면 아래와 같다.

김규동의 시집 '나비와 광장' 출판기념회 자리에서였다. "독자를 대표해 한마디 하라"는 선배들의 요청에 이어령은 덕담 대신 독침을 날렸다. 이 이야기는 문화계 인사들에게 퍼져나갔고, 당시 한국일보 문화부장이었던 한운사(韓雲史) 씨의 귀에까지 흘러들었다. 한 씨는 이어령에게 기고 제안을 했고, 문화면 전면에 그의 글을 파격적으로 전재하게 된다./ "당시 반응이 어떠셨냐?"는 질문에 이어령은 멋쩍게 답했다. "시인 바이런이 '자고 나니

---

9   한운사, 『구름의 역사』, 민음사, 2006, 109~110면.

유명인사가 돼 있었다'고 한 말이 실감 났지. 그다음 날 다방에 갔더니 내가 저명인사가 돼 있더라고. 내가 이어령인지도 모르고 '신문 읽었어?' '이어령이 누구야?' '아, 그 젊은 친구?' 한마디씩 해. 시인 노천명은 수호자가 되겠다고 제안을 해 왔어요. 집에까지 초대해 음식 대접을 해 주고. 노천명뿐 아니라 사방에서 원군이 나타났지."[10]

한운사가 매개 역할을 한 것은 맞되, 이어령이 한운사의 눈길을 끌게 된 계기가 다르게 나타난다. 지하로 숨는 대학생들의 생태를 알아보기 위한 좌담회가 아니라 김규동의 시집 『나비와 광장』 출판기념회 자리였던 것이다. 김규동의 시집 『나비와 광장』 출판기념회 자리는 상당히 성대했다. 이 자리에서는 구상, 김광섭, 김종문, 김팔봉, 박종화, 백철, 양명문, 오상순, 이봉래, 이헌구, 임긍재, 조병화 등의 여러 중진 문인들이 시를 낭독하거나 개평(概評), 평론을 발표했다고 한다.[11] 또한, 이 자리와 관련해서는 "서울대학교 문리대생 이연영 군을 비롯하여 참석한 문학도의 솔직한 논평이 이채를 띠었다"[12]라는 내용의 기사도 발견된다. 여기서 '이연영'은 아마도 이어령의 오기인 듯 여겨지며, 이렇게 기사에서 소개가 될 만큼 이어령의 발언은 많은 사람들에게 큰 화제로 삼아졌다고 추정이 가능하다. 이런저런 정황을 감안할 때, 한운사의 회고보다는 이어령의 기억이 더 믿을 만하다고 판단되거니와, 어느 쪽이든 중간

10   「[이어령의 창조이력서]우상의 파괴 그리고 이상의 발굴」, 《주간조선》 2045, 2016.5, 35면.
11   「비평의 밤 —김규동 시집 출판기념회—」, 《조선일보》, 1955.11.10, 4면; 「김규동 시집 『나비와 광장』 13일 비평의 밤」, 《경향신문》, 1955.11.11, 4면.
12   「『나비와 광장』 출판기념회 13일 밤 성황」, 《경향신문》, 1955.11.16, 4면.

에서 한운사가 관여하는 경로를 통해 「우상의 파괴 ―문학적 혁명기를 위하여―」는《한국일보》에 실릴 수 있었다. 그렇다면 「우상의 파괴 ―문학적 혁명기를 위하여―」는 어떤 내용을 담고 있는가.

이미 「이상론(1) ―「순수의식」의 뇌성과 그 파벽―」에서 아나크로니스트들(시대착오자(時代錯誤者))을 비판했다는 사실 및 「「나르시스」의 학살 ―이상의 시와 그 난해성―」에서 조연현을 비판했다는 사실을 살펴본 적이 있으므로 「우상의 파괴 ―문학적 혁명기를 위하여―」에서의 우상이 어떤 부류의 문인들을 가리키는가는 추론이 그리 어렵지 않다. 과연 이어령은 김동리, 이무영을 우상이라고 지목한다. 김동리, 이무영에 대한 신랄한 비판이 가해졌음은 당연하다. 그런데, 이어령은 김동리, 이무영 외에도 조향, 최일수를 우상이라고 지목한다. 기성들의 대표격에 해당하는 김동리, 이무영이 거론된 것은 무척 자연스럽지만, 기성이긴 하되 중심이 아닌 변방에 자리 잡고 있던 조향[13]과 활동 시기상으로 아예 신진 문인에 속하는 최일수[14]가 거론된 것은 다소 특이하다. 여기서 문단의 재구축(reconstruction)[15]을 꿈꿨던, 그에 따라 기성들이건

---

13 조향은 나이가 1917년생(윤동주와 동년배)이고 또, 등단 시점이 1940년《매일신문》신춘문예)이므로 분류상으로 기성 쪽에 속한다. 다만, 조향이 1940년대 말엽의 '후반기' 동인 때부터 두각을 나타냈다는 점, 그리고 조향이 문단에 대한 비판을 계속적으로 이어나갔다는 점 등을 고려할 때, 조향은 김동리, 이무영과는 함께 묶이지 않는 '변방의 기성'이었다고 할 수 있다. 하지만 이어령은 조향을 해방 후 등장한 "시대를 착각한 「애너크로니스트」의 일군의 신인들, 속칭 「모더니스트」들" 중 하나로 간주하고 있었음이 확인된다(이어령, 「우리 문학의 지점」,《새벽》, 1960.9, 81면).

14 최일수는 1924년생으로 동시대의 다른 신진 문인들에 비겨 나이가 조금 많은 편이지만 1951년부터의 기자 활동 및 1955년《조선일보》신춘문예 등단이라는 이력이 알려주듯이 엄연히 신진 문인으로 분류되어야 할 인물이다.

15 여기서 재구축이라는 표현을 사용한 이유는 문단을 겨냥한 이어령의 언술 행위가 단순히 '해체(deconstruction)'로 이해될 소지를, 그러니까 단순한 안티(anti)담론, 반(反)담론으로 이해될 소지를 피하기 위해서이다. 어떤 구성체를 해체하는 것만으로는 생산적일 수 없다. 생산적이려면

신진 문인들이건 간에 "문학적 혁명기"를 이룩함에 방해가 되는 모든 이를 비판의 대상으로 삼았던 이어령의 패기를 확인할 수 있다. 흔히들 이어령이 기성들에 대한 저항에 혼신의 힘을 쏟았다고 생각하지만, 또, 이어령의 글들을 살펴보았을 때도 그 내용이 기성들에 대한 저항에 많이 편중되어 있지만, 한편으로 이어령이 신진 문인들의 현 단계를 진단하고, 이어서 신진 문인들의 각성을 요청하는, 즉, 조금 윗세대 혹은 같은 세대에 대한 비판의 작업을 (특히 월평과 연평의 형태로) 만만치 않게 수행했다는 사실 또한 간과되어서는 안 된다. 그렇다면 이렇듯 세대를 가리지 않은 무차별적 공격의 산물인 「우상의 파괴 —문학적 혁명기를 위하여—」에서 김동리, 이무영, 조향, 최일수는 구체적으로 어떻게 비판을 받고 있는가.[16]

먼저 이어령은 김동리를 "미몽(迷夢)의 우상"[17]이라고 규정한다. 비판의 초점은 김동리가 주창한 「네오 · 휴우마니즘」이 "인간 자체에 대한 철저한 미신과 우주에 대한 절대적 신비감에서부터 출발한 것이며 그 미신과 신비는 오로지 깨어나지 못한 그의 복(福)된 미몽 속에서 이루어"졌다는 데에 놓여 있다. 한마디로 김동리가 인간 현실과 동떨어진 주장을 펼치고 있다는 뜻이다. 이어서 이어령은 조향을 "사기사(詐欺師)

해체한 후 재구축해야 한다. 그러므로 해체는 첫 번째 단계일 따름이고 재구축이라는 두 번째 단계가 늘 따라붙어야만 한다. 이어령은 문단이라는 구성체를 단순히 부수는 데만 몰두하지 않았으며 새로 만드는 데도 깊이 고민하고 많은 노력을 기울였다.

16   이하 「우상의 파괴 —문학적 혁명기를 위하여—」와 관련된 본문, 인용문, 각주 등의 따옴표 친 인용 대목은 그 출처가 모두 이어령, 「우상의 파괴 —문학적 혁명기를 위하여—」, 《한국일보》, 1956.5.6, 2면.

17   그런데 챕터 제목은 "A—「미신(迷信)의 우상」"으로 잘못 표기되어 있다.

의 우상"[18]이라고 규정한다. 비판의 초점은 조향이 "기이한 단어와 외국어"로써 시를 쓴다는 데에 놓여 있다. 이는 조향에 대한 동시대 다른 이들의 비판과 크게 다르지 않다. 지금에 와서는 조향을 비롯한 후반기 동인들에 대한 재평가의 작업이 활발히 이루어지고 있지만, 그 당시만 해도 조향을 비롯한 후반기 동인들은 1930년대 모더니즘 시의 아류쯤으로 치부된 것이 사실이다. 더군다나 이어령은 이상에게 매료된 상태였으니, 이런 이어령에게 조향이 어떻게 비치었는지는 구태여 말을 더 보탤 필요가 없다.[19] 다음으로 이어령은 이무영을 "우매의 우상"이라고 규정한다. 비판의 초점은 이무영이 그린 "농촌은 그냥 단순한 시골 풍경일 뿐"이고, "농부는 일종의 부루조아지같이 아주 여유 있게 그려져 있"다는 데에 놓여 있다. 현실과 동떨어진 농촌, 농부를 형상화한 이무영의 소설이 함량 미달임을 지적하는 것이다. 끝으로 이어령은 최일수를 "영아(嬰兒)의 우상"이라고 규정한다. 비판의 초점은 최일수가 "책임 없는 글을 쓰"고 있다는 데에 놓여 있다. 구체적으로 외국어 번역을 문제 삼으면서 최일수의 수준을 의심하는 것이다.

이렇게 「우상의 파괴 ―문학적 혁명기를 위하여―」에 나타난 김동리, 조향, 이무영, 최일수 관련 비판 대목을 정리해보았거니와, 각각의 대상에 대한 분석은 상당히 소박한 편이다. 이는 제한된 지면에다가 네

---

18 이 또한 챕터 제목은 "B, 기사사(欺詐師)의 우상"으로 잘못 표기되어 있다.
19 부산 피난기 전시연합대학 시절에 이어령은 조향과 이미 한 번 부딪힌 적이 있었다. 이때 조향은 강사로 초빙되어 연단에서 제임스 조이스의 『율리시스』 이야기를 했다가 이어령의 질문에 진땀을 흘리며 퇴장했다고 한다. 「[이어령의 창조이력서]우상의 파괴 그리고 이상의 발굴」, 《주간조선》 2045, 2016.5, 35면 참고.

명의 대상을 한꺼번에 다루려다 보니 발생한 문제일 수도 있다. 하지만 논의 전개 과정을 볼 때, 네 명의 대상을 다른 데다가 견주는 비유가 계속해서 구사되며 이 부분이 적지 않은 분량을 차지하고 있는바, 이로써 「우상의 파괴 ―문학적 혁명기를 위하여―」는 애초부터 각각의 대상에 대한 구체적인 분석을 수행하는 것보다는 각각의 대상을 다른 데다가 견주는 풍부한 비유를 구사하는 것에, 그리하여 강한 인상을 남기는 것에 포커스가 더욱 맞춰진 글이었다고 판단된다. 그렇다면 각각의 대상은 어떻게 비유가 되고 있는가. 이에 해당하는 대목들을 제시하면 아래와 같다.

① 그는 일찍이 「한니발」 장군의 초상을 그리되 그 얼굴의 정면을 그리지 않았다 그리하여 그가 성한 눈의 편모(片貌)만을 그려 애꾸눈의 「한니발」 장군으로 하여금 불구의 추태를 면하게 한 그 탁월한 기지와 자비심에 대하여서마는 다 같이 경의를 표하지 않으면 안 될 것이다 그러나 한편 그 그림이 「한니발」의 얼굴이 아닌 것은 물론 그 아무의 초상도 아닌 허상의 소묘였다는 점에서 우리는 도리어 이 같은 불구의 초상을 그린 씨 자신의 옹졸한 「캬르드」에 동정(同情)과 함께 조소를 보내지 않을 수 없다/「한니발」의 눈 먼 부분의 편모만을 바라보던 과실과 동일한 또 하나의 오류를 범한 동리 씨의 편시벽(偏視癖)은 …(하략)…

② 그는 「네로」에 못지 않는 폭군인 것이다 단지 씨는 민중(독자)을 위하여 언어를 학대한 폭군이며 「네로」는 언어(시)를 위하여 「로마」에 불을 지른 폭군이라는 점만이 정반대일 뿐이다

③ 어쨌든 「마이다스」왕이 만지기만 하면 모든 물건이 황금으로 변한다고
하지만 씨가 소재로 하는 것이면 무엇이고 그 빛갈을 잃고 납덩이처럼
되어버린다

①~③은 순서대로 김동리, 조향, 이무영에 대한 비유의 언술이다. 이
어령은 한니발의 초상화, 네로의 방화, 마이다스의 손 등의 이야기를 가
지고 와서, 자연스레 그리고 순식간에, 김동리를 편향된 시선의 소유자
로, 조향을 언어의 폭군으로, 이무영을 납덩이의 창조자로 만들어버린
다.[20] 빗대어 표현했으나 엄청난 힐난이 아닐 수 없다. 그런 다음 이어령
은 "내가 이 순간 「우상들의 분노」를 생각하지 않는 것은 아니다 또한
이 거룩한 우상들에 의하여 푸로메디우스와 같은 모진 형벌을 받을 것
도 잘 알고 있다"라면서 자신을 프로메테우스와 연결 짓는다. 제우스로
부터 불을 훔친 프로메테우스. 그리하여 인류에게 불을 전해준 프로메
테우스. 그 때문에 영원한 형벌을 받게 된 프로메테우스. 곧, 이어령은
자신이 선지자(先知者)의 위치에 서서 계몽의 차원에서 불을 밝히듯이
몽매한 기성들과 신진 문인들을 모조리 비판했음을 독자들에게 주지시
키는 것이다.

물론 냉철한 입장에서 이어령이 구사한 비유가 의미상으로 얼마나
타당성을 갖추었느냐를 묻는다면 여기에는 많은 비판이 가해질 수 있
다. 애초부터 논리보다는 직관에 더 의존하는 서술 방법이 곧 비유인 까

---

20 한편, 최일수는 비유조차 없이 알파벳도 모르는 자격미달자라고 딱지를 붙여버린다. "씨는 보건대
M자와 W자 정도의 구별이라도 하고 외국문학을 논하는지 적이 의심스럽다 나는 씨에게서 요구하
고 싶은 것은 무엇보다 비평 태도에 있어서의 양심과 성실이다"

닭이다. 이러함에 이어령이 비유를 구사한 다음에 설명을 덧붙이는 방식을 취한 경우일지라도(혹은 설명을 한 후에 비유를 구사하는 방식을 취한 경우일지라도), 마음먹고 따진다면 의미상으로 허술한 연결고리는 어느 때고 이곳저곳에서 발견되기 십상이다. 결과적으로 이어령의 비유는 읽는 이가 참신하다는 느낌을 받게끔 한다는 긍정적인 점을 가지되, 읽는 이가 의미상의 타당성에 대한 문제를 언제든 제기할 수 있다는 부정적인 점을 동시에 가진다. 비유의 긍정적인 면이 부각될 때에는 카타르시스(catharsis)를 느끼게 하는 기발한, 통쾌한 언술의 결합체로 비춰지고, 반대로 비유의 부정적인 면이 부각될 때에는 알맹이가 없다고 생각되는 비논리적, 비약적 언술의 결합체로 비춰지는 것이다.

다행히도 그때의 많은 독자들은 비유의 긍정적인 면을 받아들였다.[21] 「우상의 파괴 —문학적 혁명기를 위하여—」는 독자들에게 강한 인상을 남겼거니와, 그 이유로는 기성들, 신진 문인들을 가리지 않고 비판했다는 내용의 파격성이 한몫을 차지했을 것이지만, 이보다도 한니발, 네로, 마이다스, 프로메테우스 등의 신선하면서도 공감이 가능한 비유를 활용했다는 표현의 파격성이 더욱 주요한 몫을 차지했을 것이다. 그렇다면 비유로써 논의를 전개하여 독자들의 동의를 얻어낸, 이와 같은 「우상의 파괴 —문학적 혁명기를 위하여—」를 두고서 그 성격, 유형이 어떠하다고 이해할 수 있을까.

---

21 이와 달리 후속세대(65년세대, 4·19세대)는 비유의 부정적인 면을 부각시켰다. 그래서 후속세대는 '구호비평'이란 에피셋을 붙이고 '저항의 깃발—화려한 수사—논리 부족'의 도식을 적용하는 방식으로 이어령을 공격한 것이다.

우리는 데리다가 말한 것, 즉 '탈구축'이라 불리는 사고법의 구체적 내실에 주된 관심을 기울일 수 있다. 이럴 경우 우리는 우선 그의 텍스트에 대한 정밀한 독해와 주석을 요구하게 될 것이다(칸스터티브한constative 독해). 그러나 다른 한편으로 우리는 그가 행한 것, '탈구축'을 다양한 지적 영역으로 전이시키고 확산시켜 마치 바이러스처럼 각 영역의 안쪽에서 좀먹는 데리다의 소크라테스적 실천에 관심을 집중시킬 수 있을 것이다. 이럴 경우 우리는 그의 주장 자체보다는 그것이 어떻게 오독되었는지, 또 그 오독에 담긴 생산성을 데리다 자신이 어떻게 이용했는지를 논해야 할 것이다(퍼포머티브한performative 독해).[22]

위와 같이 아즈마 히로키는 데리다의 텍스트에 대한 두 가지 독해 방법을 제시한다. 칸스터티브한 독해와 퍼포머티브한 독해가 바로 그것이다. 이는 데리다가 말한 것에 집중하느냐, 아니면 데리다가 행한 것에 집중하느냐에 따라서 데리다의 텍스트가 다르게 읽힐 수 있다고 보는 관점이다. 물론 아즈마 히로키는 어떤 것은 칸스터티브하게 읽어야 하고, 또, 어떤 것은 퍼포머티브하게 읽어야 한다는 식으로 데리다의 텍스트가 구분되는 것은 아니며, 어느 쪽으로든 읽어낼 수도, 혹은, 양쪽을 동시에 읽어낼 수도 있는 것이 바로 데리다의 텍스트라고 설명한다.[23]

---

22 아즈마 히로키, 조영일 역, 『존재론적, 우편적』, 도서출판b, 2015, 10~11면.
23 이 지점에서 좀 더 설명을 덧붙여둘 필요가 있다. 주지하다시피 진술(statement)이 칸스터티브 (내용)와 퍼포머티브(행위)로 나누어진다고 최초로 주장한 이는 오스틴이었다. 오스틴은 『말과 행위』를 통해 다분히 화용론의 측면에서 진술을 이렇게 두 가지로 구별했다. 오스틴은 제1강에서 칸스터티브와 퍼포머티브 간의 구별을 제시한 후, 제2강부터 제12강까지 칸스터티브와 퍼포머티브 간의 구별이 타당한지를 검증해나가는 순서를 취했다(제2강에서 제12강까지는 퍼포머티브를 계

그리고 사사키 아쓰이는 이러한 아즈마 히로키의 관점을 가져와서 약간 변환시킨 후, 이를 다시 아즈마 히로키에게로(더 나아가 일본의 사상 전반 에게로) 되돌려 적용한다.

필자가 애초에 〈일본의 사상〉은 사상의 '내용' 자체보다 오로지 그 사상의 '행위'에 의해 성립해 온 것이라고 생각한다는 데 있습니다. 행위를 영어로 하면 '퍼포먼스'입니다. 다시 말해 그 사상이 무엇을 말하고 있는가 이상으로 어떻게 말하고 있는가. 아니 그것을 그렇게 말함으로써 무엇을 어떻게 하(려 하)고 있는가가 훨씬 더 중요하다고 생각하기 때문입니다./ 말할 것도 없이(여기서 감히 '말할 것도 없이'라고 쓰는 것도 퍼포먼스의 일종입니다) 퍼포먼스라는 용어는 아즈마 히로키가 데뷔작 『존재론적, 우편적』에서 분석한, …(중략)… '콘스타티브(constative, 사실 확인적)'/'퍼포머티브 (performative, 행위 수행적)'라는 구별에 기초하고 있습니다. 이 '내용/ 행위'라는 이항 대립은 아즈마 히로키라는 '사상'가를 이해하는데, 그리고 〈 일본의 사상〉을 생각하는 데 아마 가장 중요한 포인트일 것입니다. 더 정확 하게 말하자면, 꼭 의식적이지 않은 경우까지 포함하여 내용에 비해 행위에 압도적인 중점이 놓여 있는 상태가 바로 〈일본의 사상〉의 특색이라고 저는

속해서 세분화시켜 나가는 작업에 특히 집중했다). 그래야만 칸스터티브와 퍼포머티브 간의 구별 이 명확해질 수 있다고 생각했기 때문이다(이상의 내용은 존 랭쇼 오스틴, 김영진 역, 『말과 행위』, 서광사, 1992를 개괄한 것이다). 한편 오스틴은 발화 상황을 대상으로 자신의 논의를 펼쳤지만, 아 즈마 히로키는 텍스트를 대상으로 오스틴의 논의를 도입하는 전용(轉用)을 보여주었다. 즉, 아즈마 히로키는 어떤 텍스트가 독자에 따라서 칸스터티브적인 성격의 글로, 혹은 퍼포머티브적인 성격의 글로, 혹은 칸스터티브적인 성격과 퍼포머티브적인 성격을 모두 지닌 글로 제각각 이해될 수 있다 는 입장을 내보인 것이다.

생각합니다.[24]

　이렇듯 사사키 아쓰이는, 데리다의 텍스트는 칸스터티브 독해와 퍼포머티브의 독해 둘 모두가 가능하다고 한 아즈마 히로키의 관점을 조금 바꾸어서, 칸스터티브와 퍼포머티브를 대립쌍으로 설정한 후, 아즈마 히로키의 텍스트는 이 중에서 후자인 퍼포머티브에 압도적인 중점이 놓여 있다고 정의한다. 물론 여기서는 사사키 아쓰이가 말한 대로 아즈마 히로키의 텍스트가 정말 그러했는지를 따져 물을 필요가 없다. 다만, 여기서는 칸스터티브와 퍼포머티브라는 대립쌍을 토대로 텍스트의 성격, 유형을 파악하려고 한 사사키 아쓰이의 관점만 받아들이면 충분하다. 즉, 칸스터티브와 퍼포머티브라는 대립쌍을 통한 접근 방식은 상당히 유용하다고 여겨지거니와, 이를 가져와 적용해본다면, 비유로써 논의를 전개하고, 또, 비유로써 독자들의 호응을 얻어낸 「우상의 파괴 ―문학적 혁명기를 위하여―」는 칸스터티브와 퍼포머티브 중에서 어느 쪽에 더 중점이 놓여 있다고 볼 수 있는가.

　「우상의 파괴 ―문학적 혁명기를 위하여―」에서 비유가 어떻게 쓰였는지를 다시금 확인해볼 필요가 있다. 논의를 펼쳐나감에 있어서 비유가 핵심 역할을 수행하느니만큼 비유가 칸스터티브와 퍼포머티브 중에서 어느 쪽과 연결되는지에 따라서 「우상의 파괴 ―문학적 혁명기를 위하여―」의 성격, 유형이 판단될 수 있기 때문이다. 그리고 이럴 때 「우상의 파괴 ―문학적 혁명기를 위하여―」에서 비유는 퍼포머티브와 관

24　사사키 아쓰이, 송태욱 역, 『현대일본사상』, 을유문화사, 2010, 18~19면.

련하여 활용되었다고 할 수 있다. 가령 김동리를 "미몽의 우상"이라고 명명한 행위 자체가 벌써 비유에 해당하거니와, 〈김동리는 과연 "미몽의 우상"인가〉라는 의문을 해명하는 데 있어서의 보조로써 '한니발의 초상화' 비유가 활용된 것이 아니라 〈김동리는 두말할 것도 없이 "미몽의 우상"이다〉라는 명제를 강조하는 데 있어서의 효과로써 '한니발의 초상화' 비유가 활용된 것임이 쉽게 확인된다.[25] 그리고 이러한 비유의 활용 양상은 이어지는 조향, 이무영의 경우에서도 동일하게 발견된다. 즉, '비유를 통한 명제 제시 및 명제 강화'의 패턴이 포착되는 것이며, 그리고 나면 자연스레 명제의 내용적 측면에서의 검증은 후면으로 밀려나고 명제의 행위적 측면에서의 효과가 전면으로 떠오르기 마련이다. 이에 따라 「우상의 파괴 ―문학적 혁명기를 위하여―」는 비유를 앞세우는 방식으로 김동리, 조향, 이무영을 우상이라고 선언하고 강조한 것 자체에 주안점이 놓이게 되는바, 결과적으로 문단 내외에 반향을 불러일으키고자 한 퍼포머티브에 중점을 두고 있는 글이라고 그 성격, 유형을 규정할 수 있는 것이다(덧붙여, 이어령은 "대학을 졸업하던 해 《한국일보》에 처음 기고한 〈우상의 파괴〉는 지금 읽어보아도 알 수 있듯이 문학 에세이도 시평도 매니페스토 manifesto(성명서;인용자)도 더더구나 무슨 문학 비평도 아니다. 일종의 선전 포고문이었던 것"[26]이라고 언급한 적이 있는데, 선전 포고문이야말

---

25 이 문장은 "비유에 대한 태도는 크게 두 가지로 나뉘어진다. 단순히 글이나 말을 아름답고 화려하게 꾸미는 장식으로 보려는 태도가 그 하나요, 진리를 좀 더 뚜렷하게 그리고 논리적으로 전달하는 도구로 보려는 태도가 다른 하나이다."라는 김욱동의 견해로부터 착상된 것이다. 김욱동, 『은유와 환유』, 민음사, 1999, 82면 참고.
26 이어령, 「외로움 속에 계속되는 문학적 저항」, 『(이어령 라이브러리)저항의 문학』, 문학사상사, 2003, 4면.

로 다른 어떤 장르보다 퍼포머티브에 집중한 글이라고 할 수 있다).

그리고 이어령은 「우상의 파괴 —문학적 혁명기를 위하여—」를 시작으로 이와 동궤에 속하는 글들을 더 발표한다. 그중에서 핵심이라고 여겨지는 것은 「화전민 지대 =신세대의 문학을 위한 각서=」(상, 하)(《경향신문》, 1957.1.11~12), 「우리 문화의 반성 —신화 없는 민족—」(상, 중, 하)《경향신문》, 1957.3.13~15), 「주어 없는 비극 —이 세대의 어둠을 향하여—」(상, 하)(《조선일보》, 1958.2.10~11)이다. 왜냐하면 「우상의 파괴 —문학적 혁명기를 위하여—」와 상기 세 편의 글은 모든 측면에서 전체적인 방향성이 합치되는 듯 보이기 때문이다.[27] 요컨대, 「우상의 파괴 —문학적 혁명기를 위하여—」가 문단 재구축을 위한 강렬한 선전 포고문이자 문단 내외에 반향을 불러일으키고자 한 퍼포머티브의 수행이었다면, 후속작인 「화전민 지대 =신세대의 문학을 위한 각서=」, 「우리 문화의 반성 —신화 없는 민족—」, 「주어 없는 비극 —이 세대의 어둠을 향하여—」은 선전 포고문의 속편이자 문단 내외에 반향을 더욱 증폭시키고자 한 퍼포머티브의 수행이었다고 할 수 있다. 그렇다면 「화전민 지대 =신세대의 문학을 위한 각서=」, 「우리 문화의 반성 —신화 없는 민족—」, 「주어 없는 비극 —이 세대의 어둠을 향하여—」은 구체적으로 어떠했는가.

---

27 참고로 이어령 역시 이 세 편의 글들을 「우상의 파괴 —문학적 혁명기를 위하여—」와 같은 성격, 유형으로 분류했음이 확인된다. 이어령의 첫 평론집인 『저항의 문학』(경지사, 1959)의 차례를 보면 "Ⅰ VARIETES", "Ⅱ CRITIQUES", "Ⅲ REVUES"의 3부로 구성이 나뉘어 있고, 다시, "Ⅰ VARIETES" 안에 이 세 편의 글들이 모두 배치되어 있음(「우상의 파괴 —문학적 혁명기를 위하여—」는 아예 수록되지 않았음)을 알 수 있다. 이때 'VARIETES'(버라이어티(variety))는 굳이 번역하자면 '흥행을 목적으로 한 글', '잡록' 정도가 되는바, 이로부터 이어령이 이 세 편의 글들의 성격, 유형을 어떤 식으로 여겼는지를 알 수 있다.

이어령은 「우상의 파괴 —문학적 혁명기를 위하여—」를 발표한 지 대략 6개월 후 「화전민 지대 =신세대의 문학을 위한 각서=」를 발표한 다.[28] 이미 「우상의 파괴 —문학적 혁명기를 위하여—」에서 비유의 방법을 통해 패기 넘치는 선전 포고의 퍼포머티브를 수행한 적이 있던 이어령은 「화전민 지대 =신세대의 문학을 위한 각서=」에서도 마찬가지로 비유의 방법을 통해 패기 넘치는 후속 선언의 퍼포머티브를 이어나간다. "불과 반역", "「메아리」를 위한 노래", "1950년대의 우화", "육지와 하늘의 환상"이라는 네 개의 챕터로 구성된 「화전민 지대 =신세대의 문학을 위한 각서=」는 처음부터 비유가 다짜고짜 펼쳐진다. 첫 번째 챕터인 "불과 반역"의 도입부를 가져와 제시하면 아래와 같다.

엉겅퀴와 가시나무 그리고 돌무덤이 있는 황요(荒寥)한 지평 위에 우리는 섰다 이 거센 지역을 찾아 우리는 참으로 많은 바람과 많은 어둠 속을 유랑해 왔다 저주받은 생애일랑 차라리 풍장(風葬)해버리자던 뼈저린 절망을 기억한다/ 손 마디마디와 발바닥에 흐르던 응혈(凝血)의 피 사지(四肢)에 감각마저 통하지 않던 수난의 성장을 기억한다/ 그러나 우리가 이대로 패배하기엔 너무나 많은 내일이 남아 있다 천치(天痴)와 같은 침묵을 깨치고 퇴색한 옥의(獄衣)를 벗어던지지 않고는 견딜 수 없는 유혹이 있다 그것은 이 황야 위에 불을 지르고 기름지게 밭과 밭을 갈아야 하는 야생의 작업이다 한 손으로 불어오는 바람을 막고 또한 손으로는 모래의 사태(沙汰)를 멎게 하

---

28   물론 이어령은 이 사이의 6개월 동안 공식등단을 완료하고, 일련의 이상론 중에서 한 편을 발표했으며, 그 밖에도 월평과 연평을 쓰는 등 왕성한 활동을 펼쳤다.

는 눈물의 투쟁이다/ 그리하여 우리는 화전민이다 우리들의 어린 곡물의 싹을 위하여 잡초와 불순물을 제거하는 ─그러한 불의 작업으로써 출발하는 화전민이다 새 세대 문학인이 항거하여야 할 정신이 바로 여기에 있다/ 항거는 불의 작업이며 불의 작업은 신개지를 개간하는 창조의 혼이다 저 잡초의 더미를 도리어 풍양(豊壤)한 땅의 자양(滋養)으로 치환하는 마술이 성실한 반역, 힘과 땀의 노동은 이 세대 문학인의 운명적인 출발이다[29]

우선 "우리"라는 복수형 1인칭 대명사의 단어가 인상적으로 다가온다. 그런데 "우리"는 누구누구를 의미하는가. 이어령은 당연히 포함될 것이지만 그 외에 누군가가 더 포함되는 것인가. 이렇게 따지고 보면 "우리"는 실체가 불투명한 단어임이 금방 드러난다. 그럼에도 불구하고 "우리"라는 단어를 쓴 효과는 상당한데, 이유인즉, 읽은 이에게마저 자신이 마치 "우리" 안에 속하는 게 아닌가 싶은 묘한 공동체감을 주기 때문이다. 이렇게 "우리"라는 단어를 주어로 설정하고서 "우리"가 갖은 고생, 수난 끝에 황무지에 다다랐다는 것과 "우리"가 이 황무지를 개척해야 할 소명을 지녔다는 것을 처음의 세 개 문단을 통해 강조한다. 그런 다음, 곧바로 "우리는 화전민이다"라는 강렬한 선언이 등장하고, 다시, 곧바로 화전민을 "새 세대 문학인"으로 치환해버리는 과정이 숨 돌릴 틈도 없이 이어진다. 이로써 이어령은 〈새로운 세대의 문학인(화전민)은 아무것도 없는 문단(황무지)을 새롭게 일구어내는 데에(신개지로 개간하

---

29 이어령, 「화전민 지대 =신세대의 문학을 위한 각서=」(상), 《경향신문》, 1957.1.11, 4면. 이하, 다른 서지사항을 제시하기 전까지 본문과 구분된 인용 대목 및 따옴표 친 인용 대목은 그 출처가 모두 동일함.

는 데에) 혼신의 힘을 쏟아야 한다〉는 명제를 금방 완성해버린다. 그야말로 일필휘지(一筆揮之)의 솜씨가 아닐 수 없다.

이렇게 명제를 만든 후 이어령은 기성들에게 문단의 형편이 왜 이리되었는가의 책임을 묻는다. 이어령은 "우리는 지난 세대의 문학인들에게 물어야 할 말이 있다"라며

> 당신들은 우리의 고국과 고국의 언어가 빼앗기려 할 때 무엇을 노래했느냐? 길가에 버려진 학살된 동해(童孩)들을 바라볼 때 당신들은 무엇을 노래했느냐? …(중략)… 그리하여 고향 폐허가 되고 생명은 죽음 앞에 화석(化石)할 때 그러한 시대가 인간을 괴롭힐 때 당신들은 어떠한 시를 쓰고 어떠한 이야기를 창작했느냐? 한마디로 말해서 당신들은 당신들의 세대와 당신의 생명에 대해서 성실했으며 또한 책임질 수 있다고 말할 수 있느냐?

라고 질문을 던지는 것이다. 하지만 이어령은 이내 "그러나 대답은 이미 공허할 것이다"라며 답변을 굳이 들을 필요가 없다는 태도를 내보인다. 작품이 모든 것을 보여주는바 "시는 표어에서 끝나고 소설은 야담에서 또한 평론은 정실(情實)과 파당(派黨)의 의전문(儀典文)으로 귀결된 이 정적(靜寂)한 한국 문단의 침체가 누구의 손에서 원인"했는지는 자명하다는 것이다. 물론 이렇게 이어지는 흐름 속에서 어떤 근거를 발견하기는 어렵다. 왜 시가 표어라고 생각하는지, 왜 소설이 야담이라고 생각하는지, 왜 평론이 정실과 파당의 의전문이라고 생각하는지에 대한 이유는 일언반구(一言半句)의 언급조차 없는 까닭이다(애초부터 논리를 따진다면 〈시, 소설, 비평이 이러저러해서 문제이다〉라는 식의 원인 파악이 이루어

진 다음 〈이로 인해 작금의 문단은 아무것도 없는 불모의 상태이다〉라는 식의
결과 제시가 이루어지는 순서였어야 한다). 그러나 이어령은 근거의 부재를
전혀 개의치 않으며 "그러기 때문에 이 세대의 문학인은 모두 화전민의
운명 속에 있다"라고 명제를 재차 강조하는 것으로 챕터를 곧장 마무리
해버린다.[30] 그러함에 여기서도 「우상의 파괴 ―문학적 혁명기를 위하
여―」와 마찬가지로 '비유를 통한 명제 제시 및 명제 강화'의 패턴만 나
타날 뿐인 것이다.

이렇게 〈새로운 세대의 문학인(화전민)은 아무것도 없는 문단(황무
지)을 새롭게 일구어내는 데에(신개지로 개간하는 데에) 혼신의 힘을 쏟아
야 한다〉는 명제를 확고하게 구축했으니 이제 이어령은 다음의 수순으
로 넘어간다. 두 번째 챕터인 "「메아리」를 위한 노래"를 통해 새로운 세
대의 문학인이 지향해야 할 문학에 대해 언급하는 것이다. 관련 대목을
제시하면 아래와 같다.

우리들은 우리들의 생명이 차압될 것이라는 위협을 받았다 그리하여 우리
들은 시를 썼다 시대가 우리의 행동을 구속했기 때문에 이 문명이 우리의
내일을 차단했기 때문에 우리는 시를 쓰고 산문을 썼다 침입하는 외적을 향
하여 총을 들 듯 언어의 무기를 든 것이 바로 문학이라는 우리들의 직(職)
이다 견딜 수 없는 분노, 헤어 나올 수 없는 체념, 그리고 모든 억압에서 해
방하려는 마음의 평화, 또한 자유 그것이 우리들의 숨은 언어들을 찾아내

---

30 여기서 이어령은 논증되어야 할 명제를 논증의 근거로 삼는 잘못된 논증, 즉, 순환논법에 빠진 오류
를 범하고 있다. 그렇지만 이어령에게 논리적 타당성의 확보는 우선순위가 아니었다. 애초부터 이
어령은 명제를 제시하고 강조하는 데에 주된 목적을 두었다.

라 한다 그러므로 써도 좋고 안 써도 좋은 그런 글을 새 세대의 문학인은 경계한다 …(중략)… 모든 것은 언어에 의하여 표현되어야 하고 그 표현은 하나의 「에고」를 가져야 한다 그러므로 우리는 우리의 현실을 그려 그 현실을 변환(變幻(sic;變換))시키려 하고 우리의 비극을 노래하여 그 비극에서 탈피하려 한다 「주어진 모든 것」을 받기만으로는 부족하다 「주어진 것을」 모두 가질 수 있는 것으로 만드는 그 노력이 중요하다

현실 변환 및 비극 탈피를 가능케 할 문학을 찾아 나서야 한다는 것이 핵심이다(무엇보다 이러한 문학을 메아리의 노래와 접붙이는 발상 자체가 탁월하다). 언뜻 보기에 문학의 사회적 효용성을 강조하는 듯 보인다. 하지만 좀 더 고찰이 필요하다. 위의 인용 대목의 "외적을 향하여 총을 들듯 언어의 무기를 든 것이 바로 문학"이라는 문구를 보면, 이어령은 문학이 '참여'의 영역에서 작동해야 한다는 입장을 지닌 것처럼 여겨진다. 그런 한편, "모든 것은 언어에 의하여 표현되어야 하고 그 표현은 하나의 「에고」를 가져야 한다"라는 문구를 보면, 이어령은 문학이 '순수'의 영역을 도외시해서는 안 된다는 입장을 지닌 것처럼 여겨진다. 그렇다면 무언가 상충되는 듯싶은 이와 같은 이어령의 문학과 관련된 입장은 대체 어떠한 것인가. 아쉽게도 애초부터 무언가를 상세히 설명하는 데에 목적을 두지 않고 무언가를 효과적으로 선포하는 데에 목적을 두고 있었으니만치 "「메아리」를 위한 노래"에서 제시된 정보만으로는 뚜렷한 파악이 불가능하다.

그런 관계로 이어령의 문학과 관련된 입장은 추후 다른 글들을 살피는 자리에서 상세히 다루기로 하고, 세 번째와 네 번째 챕터인 "1950

년대의 우화", "육지와 하늘의 환상"을 살펴보기로 하면, 이때부터 흐름이 다소 바뀌는 것을 확인할 수 있다. "1950년대의 우화", "육지와 하늘의 환상"을 묶어서 요약해보면 다음과 같다. 먼저 이어령은 「별주부전」의 우화를 제시하며 '자라의 등에 실려 바다로 간 토끼'를 '문명에 의해 본래의 고향을 일탈한 인간'으로 읽어낸다. 즉, "바다로 들어온 토끼가 이미 육지 위의 토끼가 아니듯 현대의 인간은 「메타모르포스(변태;인용자)」된 인간"이라는 것이다.[31] 바다가 토끼를 가두었듯이 문명은 인간을 수인(囚人)으로 만들었다.[32] 이러한 비극적 상황 아래서 인간에게 주어진 선택지란 문명의 방향을 틀어서 본래의 고향[33]으로 돌아가는 것밖에 없다. 그렇다면 이것이 어떻게 가능할 것인가. 여기서 이어령은 "환상에 의한 구제"만이 유일한 방법이라며 아래와 같이 말한다.

정말 현실을 대오(大悟)하고 각성한 인간은 이상스럽게도 숙명주의자다 그러나 형해(形骸)와 같은 숙명 앞에는 환상이 있다 현실의 습지에서 족생된 환상의 버섯이있다 문학이 신화의 창조라면 신화는 숙명의 인간에게 부여하는 환상의 창조다 그러므로 환상에 의한 구제는 신화에 의한 구제이

---

31 이어령, 「화전민 지대 =신세대의 문학을 위한 각서=」(하), 《경향신문》, 1957.1.12, 4면. 이하, 다른 서지사항을 제시하기 전까지 본문과 구분된 인용 대목 및 따옴표 친 인용 대목은 그 출처가 모두 동일함.

32 '수인(囚人)'은 비극적 상황에 놓인 인간을 비유한 단어로, 이 시기의 이어령이 쓴 어느 글에서건 심심찮게 찾아진다.

33 이어령은 '고향'이란 단어를 종종 사용했다. 이것이 하이데거의 '고향(상실)(heimatlosigkeit)'과 같은 맥락으로 구사되었던 것인지는 확실하지 않다. 다만, 제3장의 각주52번에서 언급했던 것처럼 이어령이 이상을 다루면서 하이데거의 고향 상실을 언급했다는 사실을 감안할 때, 또, 전체적인 문맥을 고려할 때, 이어령의 많은 글에서 발견되는 '고향'은 하이데거의 개념과 무관하지는 않았으리라고 여겨진다.

며 문학의 「마직크」에 의한 구제다 인간의 허무와 파멸이 의식의 내재적 변동에 의한 것이라 할 때 그 허무와 파멸의 구제도 역시 의식의 변환(變幻(sic;變換))으로써 가능해진다 그러한 이유로 우리는 하늘과 육지의 환상을 창조해야 될 것이다 그 환상은 수인이 해방되는 지역이며 모든 죄가 용사(容赦)되고 질환이 회복되는 자비로운 생의 정토(淨土)다

〈문학은 신화를 창조한다 → 신화는 인간에게 환상을 부여한다 → 환상은 인간을 구제한다〉로 도식적인 정리가 가능하며, 이로써 〈문학이 인간을 구제한다〉는 결과가 도출될 수 있다. 구체적으로 문학을 통한 "의식의 내재적 변동", "의식의 변환"을 도모함으로써 인간은 현재의 비극적 상황에서 벗어날 수 있다는 것이다. 그리고 이러한 문학은 「제1의 획손」이 아닌 「제2의 획손」이다. 그러니까 "가시(可視)의 현실을 구성하는 것"(겉으로 드러난 현실의 반영)이 아닌 "불가시(不可視)의 현실을 소재로 하는 것"(은밀히 감춰진 현실의 반영)이다. 그리고는 이어령은 문학이야말로 "우리 화전민들이 갖는 지고의 이상이며 새로운 결의가 될 것"이라면서 글을 마무리한다.

이제껏 「화전민 지대 =신세대의 문학을 위한 각서=」를 검토해보았거니와, 여기에는 두 가지의 관점이 병존해있음을 알 수 있다. 하나는 첫 번째, 두 번째 챕터에서의 '문단' 비판이고, 다른 하나는 세 번째, 네 번째 챕터에서의 '문명' 비판이다.[34] 그렇지만 문단의 문제도 문명의 문

---

34 안서현도 이러한 관점을 제시한 적이 있다. "요컨대 〈화전민 지역〉에서는 당대의 문학에 대한 비판과 함께 총체적인 지성 마비의 현실비판이 함께 이루어지고 있다." 안서현, 「호모 쿨투라의 초상 ― 《저항의 문학》」, 《문학사상》, 2014.6, 53면.

제도 그 해결책은 모두 '문학'으로써 마련되는데, 문단 현실의 쇄신을 위해서도 새로운 문학이 요구되고, 문명 위기의 극복을 위해서도 새로운 문학이 요구된다는 것이다. 이리하여 「화전민 지대 ＝신세대의 문학을 위한 각서＝」는 '화전민', '메아리의 노래', '자라', '토끼' 등의 비유를 통해 이어령이 스스로 지닌 바의 문단 그리고 문명에 대한 인식을 드러내고, 또, 이의 극복 방안으로 새 시대에 걸맞은 새로운 문학이 필요하다는 것을 피력하는 선언의 퍼포머티브로 그 성격, 유형이 이해될 수 있다.

이어서 「우리 문화의 반성 ―신화 없는 민족―」에서도 「주어 없는 비극 ―이 세대의 어둠을 향하여―」에서도 비슷한 방식으로 비슷한 내용이 펼쳐진다. 「우리 문화의 반성 ―신화 없는 민족―」의 첫 문장은 "한국에는 신화가 없다"이다. 그리고 두 번째 문단의 첫 문장은 "여기에 신화 없는 민족의 비애가 있다"이고, 세 번째 문단의 첫 문장은 "한국에 신화가 없다는 것은 한국의 민족이 민족적 「자아」를 소유하지 못했다는 슬픈 증거이며 또한 내적생활의 빈곤성과 무력성(無力性)을 방증하는 서글픈 현상이다"이다. 이런 식의 되풀이로 이어령은 〈신화 없는 슬픈 우리 민족〉이라는 명제를 제시하고 강화한다. 그러고서는 문화의 빈곤을 지적하는 단계로 나아가는데, 핵심은 우리 민족의 문화란 외세에 의해 늘 바뀌는 문화, 생활과 유리된 문화였다는 것이다. 그런 다음 "한국에는 신화가 없다 또한 한국에는 전통이 없다"라며 슬며시 전통의 부재를 언급한다.[35] "전통이라는 표준어"의 부재로 말미암아 세대 간의 갈등

---

35   이 문단 여기까지 따옴표 친 인용 대목은 이어령, 「우리 문화의 반성 ―신화 없는 민족―」(상), 《경향신문》, 1957.3.13, 4면.

이 발생했다는 내용이 펼쳐지고, "전통이라는 표준어"의 부재가 계속되는 이상 우리 민족의 문화는 언제까지고 "사이비적 문화의 요화(妖花)를 피울" 뿐이라는 내용이 이어진다.[36] 그렇다면 어떻게 해야 하는지는 자명하다. "다음 세대인을 향해서 신화를 창조해주는" 수밖에 없으며, 그리하여 다음 세대인에게 "우리의 자아를 확립시켜야" 하는 것이다.[37] 결국, 신화의 부재가 문화의 부재를, 문화의 부재가 전통의 부재를 초래했으므로, 연쇄 사태의 근원인 신화가 창조되어야 모든 문제가 해결된다는 주장이다. 그리고 방금 「화전민 지대 =신세대의 문학을 위한 각서 =」에서 살펴본 것처럼 이어령에게 신화의 창조는 곧 문학으로써 이루어지는 것이었다.[38] 그러니만큼 「우리 문화의 반성 —신화 없는 민족—」도 마찬가지로 새 시대에 걸맞은 새로운 문학의 필요성을 피력하는 선언의 퍼포머티브로 그 성격, 유형이 이해될 수 있다.

끝으로 「주어 없는 비극 —이 세대의 어둠을 향하여—」 역시 도입부에서 "우리는 확실히 어려운 세대에 태어났습니다"[39]라며 비극적인 상황을 우선 설정한다. 이어서 "우리들의 앞에서 하나의 문장이 끝났다"라며 앞 세대와의 단절을, "그래서 다음 문장은 우리들에게서부터 시작된다"

---

36 이 문장의 따옴표 친 인용 대목은 이어령, 「우리 문화의 반성 —신화 없는 민족—」(중),《경향신문》, 1957.3.14, 4면.

37 이 문장의 따옴표 친 인용 대목은 이어령, 「우리 문화의 반성 —신화 없는 민족—」(하),《경향신문》, 1957.3.15, 4면.

38 한편 "이어령에게 신화는 곧 문학이었던 것"이라며 "이어령의 문학관의 심층을 낱낱이 드러내기 위해서는 신화가 가지는 의미를 재삼 곱씹어볼 필요가 있다"고 주장한 논의로는 이도연, 「이어령 초기 문학 비평 연구」,『순천향 인문과학논총』 30, 인문학연구소, 2011, 23면이 있으니 이를 참조할 것.

39 이어령, 「주어 없는 비극 —이 세대의 어둠을 향하여—」(상),《조선일보》, 1958.2.10, 4면. 이하, 다른 서지사항을 제시하기 전까지 본문과 구분된 인용 대목 및 따옴표 친 인용 대목은 그 출처가 모두 동일함.

라며 지금 세대의 소명의식을 각각 강조한다. 「화전민 지대 =신세대의 문학을 위한 각서=」의 도입부, 곧, '황무지에 놓인 형편'과 동일한 현실 인식을 내보이는 것이다. 그렇다면 불의 작업으로 황무지를 개간하고자 한 것처럼 새로운 문장 쓰기의 작업으로 지금의 정황을 타파해나가야 할 것이다. 이 새로운 문장 쓰기의 작업은 바로 "역사의 긴 문장과 또 하나 짧은 우리 문장을 연결하는 접속사와 그다음에 올 주어를 찾는" 것이다. 이럴 때, 앞 세대와 지금 세대를 이어주는 연결고리(아무래도 역접(逆接)의 접속사가 자연스러울 것이다)를 찾는 것도 물론 긴요하지만, 지금 세대에 맞는 주어를 찾는 것이 훨씬 중요하다. "주어진 주어 밑에서 형용사라든가 감탄사라든가 강렬한 한 개의 동사를 선택했던 전(前) 시대인"과는 본질적으로 다른, "주어 없는 문장의 비극"을 극복해야 할, 바로 그러한 작업이 지금 세대에게 요청되는 것이다.

이렇게 '문장(의 성분)'으로 정황을 빗대어 표현한 후, "우리들의 구문(構文)에 대한 성실성과 그 책임을 가져야" 함을 강조하고, 또, 이제껏 "우리들은 너무나 게을렀"고 "안일한 정신"으로 살았음을 지적한다. 이어서 주어를 찾지 못한 채 쓰여지는 문장을 '낙서'라고 표현하고, 그러면서 이러한 낙서를 볼 때마다 "『인도로 간 한국인』" 이야기가 생각난다며 관련 내용을 펼쳐나가는데, 해당 대목을 제시하면 아래와 같다.

그것은 참으로 슬픈 이야깁니다. 몇 년 전 한국 전란이 휴전되고 그래서 숫한 전쟁포로들이 교환되었던 것을 우리는 잘 알고 있습니다 그때 포로들에겐 자기의 운명을 선택하는 기회 즉 「싸우스·코리어」냐? 「노오스·코리어」냐?의 물음에 대답해야만 되었읍니다 우리는 그들 중에서 하나의 선택

을 거부하고 자기들의 운명을 포기해버린 사람의 묘자(苗字)들을 보도(報
道)로써 읽었읍니다/ 그것은 다 중립국 인도로 간 한국인들입니다 그들은
「싸우스 · 코리어」냐?「노오스 · 코리어」냐? 하는 두 가지 물음에 모두「노」
(부(否))이라고 대답한 사람들입니다 어느 역사의 한쪽에도 서고 싶지 않다
고 대답한 사람들입니다 이들은 변명할 것입니다 나의「노」은 통곡이었다
고…내가「노」이라고 말한 것은 차라리 눈물이었다고… …(중략)… 그렇지만
그것이 이중의 더 큰 비극이었다는 것을—그들이 두 개의 역사를 향하여 모
두「노」이라고 대답한 그 말이 얼마나 처절한 모순인가를— 그들은 모르고 있
는 것입니다/ 역사의 어느 쪽에도 서기를 거부한 그들은 이 세기의 가장 이단
적인「피에로」요 도피자입니다 그들은 어느 한쪽에 서야만 했던 것입니다 아
무 쪽에도 서지 않겠다는 그들의 행동은 두말할 것 없이 역사에서 일탈하고
자기 자신의 존재를 포기하고 나 자신을 거부하는 즉 자기의 시대에서 도피
하려는 영원한 패자 영원한 그의 침묵을 뜻하는 것입니다 그것은 비굴입니다
그들은 눈물겨운 참으로 어처구니 없는 낙서를 하고 만 것입니다

남한도 북한도 모두 거부하고서 인도를 선택한 전쟁 포로들의 행위
가「피에로」, "도피자", "비굴", "낙서" 등의 단어와 연결된다. 인도를 선
택한 전쟁 포로에게는 참으로 강한 힐책이 아닐 수 없다. 그런데 전쟁
포로들의 인도 이송 문제는 6 · 25전쟁 이후부터 여러 지면에서 여러
차례 거론되었거니와,[40] 그 당시에는 대부분이 인도를 선택한 전쟁 포로

---

40 가령 신문의 경우에는 1952~1957년에 걸쳐서 관련한 기사들이 제법 쓰여졌음을 확인할 수 있다.
    이 기사들은 대체적으로 포로들의 인도 이송 문제, 포로들의 설득 문제, 포로들의 송환 문제 순으로
    전개되는 흐름을 보인다.

들에 대해 부정적인 입장을 내비쳤다. 포로들이 자유의사로 인도를 선택했다는 사실 자체를 의심하기도 했고, 인도를 선택했다는 사실 자체를 회피의 태도로 보아 비난하기가 일쑤였다. 이런 측면을 감안한다면 (인도를 선택한 전쟁 포로들을 이러한 시선으로 보는 것이 옳은지는 더 따져 물어야 하지만) 위의 인용 대목에서 드러난 이어령의 인식은 그 자신 독단적인 이해가 아니라 그 당시 일반적인 이해에 가까웠던 것이다.[41]

따라서 위의 인용 대목은 그 당시 읽는 이가 충분히 공감할 수 있는 서술이 되며, 이어령은 "『인도로 간 한국인』"을 통해 이쪽도 저쪽도 선택하지 못하는 도피는 책임을 상실한 나쁜 태도이며, 이러한 나쁜 태도는 주어의 부재로 인해 벌어졌다는 주장을 강화한 것이다. 그렇다면 해결을 요하는 근본 문제인 주어의 부재란 대체 어떻게 해야 극복이 가능한 것인가. 이에 대해 이어령은

> 인도로 간 한국인들 가혹한 말입니다마는 우리 세대인의 한 약점을 그들이 어쩌면 상징하고 있는 것이 아닐가 생각됩니다 우리들에겐 바로 말해서 인도로 간 한국인처럼 대결정신이 희박합니다

라면서 대결정신의 희박함을 우선 지적한다. "참다운 지성은 현실에서 도피하지 않는것, 자기운명을 비극을 은폐하지 않는 것, 따라서 자기의

---

41 권보드래, 「『광장』의 전쟁과 포로 - 한국전쟁의 포로 서사와 '중립'의 좌표」, 『한국현대문학연구』 53, 한국현대문학회, 2017, 제4장(174~185면) 참고. 권보드래는 인도를 선택한 전쟁 포로들과 관련하여 이어령의 「주어 없는 비극 —이 세대의 어둠을 향하여—」과 최인훈의 『광장』을 맞세운 후 최인훈의 『광장』이 이어령의 좌표를 전도시키는 데서 출발했다고 설명한다.

시대를 포기하지 않는 것, 그러한 의지와 책임 가운데 있는 것"인데, 이를 가능케 하는 대결정신이 우리 민족에게는 없다면서, 심지어는 "이조 (李朝)의 은둔사상이나 또는 비굴한 당쟁사를 유발한 원인"[42]까지가 이로부터 기인했다고 주장한다. 더하여, 해결해야 할 어떤 사건이 생기면 장갑을 벗어던지고 상대방을 마주하는 서구인의 결투정신에 비겨 "인도로 간 한국인—은사 풍의 이조 선비—외구(外寇)가 침입하면 나아가 싸울 생각은 하지 않고 산속에서 불경을 팠던 사람들—그들의 정신"은 얼마나 초라한지를 슬퍼하면서 "이 세대를 성실하게 살아가려면 역사적 정신의 주체인 「주어」를 탐색하려면—우리에겐 없던 결투정신, 그 대결의 혼이 있어야" 한다며 대결정신의 필요성을 주장하는 대로 나아간다.[43] 그렇다면 이러한 대결정신이란 무엇인가.

> 「나」의 신념과 「나」의 거점에 서서 끊임없이 계속하는 어둠의 시각과 대결하는 결투—그래서 외래 사조를 올바르게 취득하고 「나」의 소유를 뚜렷이 인식하면서 우리의 시대를 기록해야 된다는 것은 또한 우리의 양심입니다

---

42 이어령, 「주어 없는 비극 —이 세대의 어둠을 향하여—」(하),《조선일보》, 1958.2.11, 4면. 이하, 다른 서지사항을 제시하기 전까지 본문과 구분된 인용 대목 및 따옴표 친 인용 대목은 그 출처가 모두 동일함.

43 서구의 것을 높이고 우리의 것을 낮추는 문제적 시각의 이 내용은 후일에도 종종 발견된다. 한 사례로 『흙 속에 저 바람 속에』 중의 「군자의 싸움」을 들 수 있다. 구체적으로 이 글에서는 일본인과 서양인의 싸움이 '결투', 곧, "죽고 죽이는 싸움"이라고 제시된 다음, "그러나 결투의 야만적인 풍속이 없었음을 그저 기뻐해야만 할 것인가?"라며, "기왕 싸울 바에는 일생을 두고 눈을 흘기며 미지근하게 싸우는 것보다 단숨에 끝판을 내고 먼지를 터는 것이 어떠할까? 구경꾼의 눈치보다는 독립으로 싸움을 결단하는 태도가 아쉽지 않은가? 전쟁이 있기에 평화가 있는 것이고 평화를 위하기에 때로는 전쟁도 있는 것이 아닌가? 싸움도 평화도 아닌 오늘의 휴전상태만 하더라도 그렇지 않은가?/ 보슬비가 내리다 말다하는 지리한 장마철, 그것이 한국의 분위기다."라는 언술이 펼쳐졌음이 확인된다. 이어령, 『흙 속에 저 바람 속에 —이것이 한국이다』, 현암사, 1963, 62~66면 참고.

여기서 건질 수 있는 것이라고는 "외래 사조를 올바르게 취득하고"[44] 정도뿐이다. 그 외에는 추상적 어휘들의 나열일 뿐이다. 지금 세대에 맞는 주어("역사적 정신의 주체")를 찾자면서 대결정신을 강조하더니, 대결정신이란 게 「나」의 신념과 「나」의 거점에 서서 "어둠의 시각"과 싸우자는 것으로 설명된다. 이때 ("「나」의 소유를 뚜렷이 인식하"는 것은 차치하더라도) "외래 사조를 올바르게 취득하"는 것이 "우리의 시대를 기록"하는 데 있어서의 조건으로 삼아져 있음은 충분히 문제로 제기될 수 있거니와, 더 근본적으로 과연 "역사적 정신의 주체"가 부재한 상황에서 "「나」의 신념과 「나」의 거점에" 서는 것이 가능한가라는 문제가 제기될 수 있다. 이는 앞서와 마찬가지로 순환논법의 오류를 범한 것이기 때문이다. 그렇지만 논리적 타당성 확보가 우선순위가 아니었던바, 별다른 설명이 없이 글의 수순은 "우리들의 일은 이 세기의 심야 속에서 헐고 뜨기고 지리멸렬된 인간의 해체를 기워가는 일입니다 그렇게 해서 거기 황홀한 우리의 문장 우리 세대의 역사는 전개될 것입니다"라고 스케일을 더 키우는 구절을 지나서 "『우리는 우리의 세대를 성실하게 살았노라』고 부끄럽지 않게 말해야 됩니다 자신을 가지고 답변할 수 있도록 이 어둠을 성실하게 살아가야 합니다"[45]라는 마무리로 이어질 따름이다.

요컨대, 알맹이만 추려내면 〈주어를 찾으려면 부정적인 것들과 성

---

44   흥미로운 사실은 여기서의 '취득'이 『저항의 문학』(경지사, 1959)의 「주어 없는 비극 =오늘의 문학적 조건 B＝」에서는 '비판'으로 바뀌었다는 것이다. 대결정신을 가지고 외래 사조를 습득하자는 것과 대결정신을 가지고 외래 사조를 비판하자는 것은 의미가 상당히 다르다. 전자보다는 후자가 좀 더 주체적인 자세라고 할 것이고, 그래서 후자로 수정했다고 여겨진다.
45   앞서 일련의 이상론을 검토하면서 언급했듯이 이어령에게 '성실함'이란 현재의 세대가 지녀야 할 필수조건이었다.

실하게 대결해야 한다〉는 명제 외에는 남는 것이 없다(이때 대결의 수단
은 뚜렷하게 명기되지 않았지만 '새로운 문학'이 되어야 자연스러울 것이다).
앞서 살펴본 「화전민 지대 =신세대의 문학을 위한 각서=」, 「우리 문화
의 반성 —신화 없는 민족—」보다도 실질적인 내용이 더 부재한 것이다.
다만, "우리들의 앞에서 하나의 문장이 끝났다"라는 언술과 함께, "주어
진 주어 밑에서 형용사라든가 감탄사라든가 강렬한 한 개의 동사를 선
택했던 전 시대인"과의 질적 차이를 강조한 서론에 이어, 『인도로 간 한
국인』"의 이야기를 통해 우리 민족에게 없던 대결의식을 끌어내는 본론
에 이어, 이 대결의식을 가지고서 이제까지의 민족사와 단절하고 새로
운 역사를 기록해나가야 한다는 결론에 이르기까지의 흐름은, 읽는 이
로 하여금 "기존의 사상이 갱신된다/극복된다/종말을 선고받는다(경우
에 따라서는 끝나게 된다)고 생각하게"[46] 만들기가 충분하다. 그럼으로써
비록 "내용이라고 부를 수 있는 것이 거의 없는 경우"[47]에 해당할지라도
「주어 없는 비극 —이 세대의 어둠을 향하여—」은 새 시대에 걸맞은 새
로운 문학의 필요성을 피력하는 선언의 퍼포머티브로 그 성격, 유형이
간주되기에는 전혀 모자람이 없는 것이다.

　지금까지 「우상의 파괴 —문학적 혁명기를 위하여—」, 「화전민 지
대 =신세대의 문학을 위한 각서=」, 「우리 문화의 반성 —신화 없는 민
족—」, 「주어 없는 비극 —이 세대의 어둠을 향하여—」이라는 네 편의
글을 제법 상세하게 살펴보았다. 결국, 이 네 편의 글은 새 시대에 걸맞

46　사사키 아쓰이, 앞의 책, 20면.

47　위의 책, 19면.

은 새로운 문학의 필요성을 피력하는 선언의 퍼포머티브로 그 성격, 유형이 간주될 수 있다. 기실, 이어령의 문학비평들 가운데서 대표격으로 취급되고 있는 것들이 바로 이 네 편의 글이거니와, 이는 그만큼 강렬한 퍼포머티브가 이 네 편의 글에서 발산되었음을 방증하는 것이다.[48]

그리고 이 네 편의 글을 이처럼 퍼포머티브의 수행으로 파악한다면 (중간중간에 잠깐씩 언급했던 것과 같이) 여기서 논리적 타당성을 따지는 것은 그다지 효용이 없는 작업에 그칠 수 있다. 이유인즉, 칸스터티브는 진(眞)과 위(僞)를 따질 수 있으나 퍼포머티브는 진(眞)과 위(僞)를 따질 수 없기 때문이다. 대신에 퍼포머티브는 적절(happy)과 부적절(unhappy)로 특징지을 수 있는바, 이를 판별기준으로 삼아서 접근하는 것이 차라리 유효한 작업일 수 있다.[49] 즉, 이 네 편의 글을 놓고서 후속 세대의 주장처럼 '구호비평'이란 에피셋을 붙이고 '저항의 깃발―화려한 수사―논리 부족'의 도식을 적용하는 행위는, 퍼포머티브 자체가 지닌 바의 특성상 틀린 것은 아니되, 글의 성격, 유형을 참작하지 않은 처사이기도 하므로, 다른 쪽으로 방향을 돌려서 접근할 필요가 있는 것이다.[50] 가령 발표 의도를 정치하게 살피는 쪽에 초점을 맞춰서 접근하거

---

48 이 밖에도 이어령은 동일 부류에 속하는 「모래의 성을 밟지 마십시오 ―문단 선배들에게 말한다―」(《서울신문》, 1958.3.13), 「현대의 신라인들 =외국문학에 대한 우리 자세=」(상, 하)(《경향신문》, 1958.4.22~23), 「시련기의 「피의 밭」 =구세대의 문인과 성장하는 신인들의 대결=」(《연합신문》, 1958.6.22) 등을 계속해서 발표했다.

49 존 랭쇼 오스틴, 앞의 책, 33~40면 참고.

50 더불어, 이 네 편의 글과는 다른 계열에 속하는 글들(제2절, 제3절, 제4절에서 살펴볼 예정인 글들)에 '구호비평'이란 에피셋을 붙이고 '저항의 깃발―화려한 수사―논리 부족'의 도식을 적용하는 것은 더욱 옳지 못한 처사이다. 수사를 자제한 경우도 많고, 논리적인 전개를 보여주는 경우도 많기 때문이다. 분류상으로 제2절에서 제4절로 갈수록 수사가 차지하는 비중은 줄어들고 논리적인 전개가 강화되는 모양새를 보인다. 다르게 표현한다면 퍼포머티브에서 칸스터티브로 성격, 유형이 옮겨지

나, 혹은 독자에게 얼마나 어필했는지를 살피는 쪽에 초점을 맞춰서 접근하는 것이 의미 확보에 있어서 더욱 유용할 수 있다. 또한, 이러한 다양한 접근이 앞으로도 꾸준히 이루어져야만 이 네 편의 글이 지닌 바의의의가 지금보다 온전하게 드러날 수 있다.

2. 기성들을 향한 도전

이어령은 방금 살펴본 퍼포머티브의 수행과 연동되는 차원에서 기성들을 한 명씩 특정하여 여러 차례 도전장을 내밀었다. 도전의 방식은 기성들이 보여주는 행태를 질타하거나 기성들이 발표한 글에 트집을 잡는 것이었다. 이는 이어령을 어느 평론가가 일컬어 사용한 표현인 '문단 게릴라'에 꼭 맞는 면모였다.

이어령은 기성들 가운데서도 김동리, 서정주, 염상섭, 조연현을 대상으로 삼았다. 이들이 대상으로 삼아진 이유란, 무엇보다 이들이 발표한 글 혹은 이들이 내보인 행보가 이어령의 불만을 야기했기 때문일 것이지만, 이와 함께 그 당시 문단에서 이들만큼 막강한 영향력을 지닌 인물이 없었기 때문일 것이다. 원로인 염상섭과 '문협정통파'[51]인 김동리, 서정주, 조연현은 당대 문단의 핵심 인사들이었고, 그렇기에 이어령은 이

는 형국을 나타나는 것이다.

51   주지하다시피 김윤식이 고안한 이 용어는 이제 일반적으로 쓰이는 수준에 이르러서 별도의 부언이 필요 없을 듯하지만 그래도 관련 설명을 확인하고자 한다면, 김윤식,『한국근대문학사상연구2 ―문협정통파의 사상구조―』, 아세아문화사, 1994, i ~iii면 정도를 참조할 것.

들과 맞붙어서 이들을 꺾는다면 이들이 주도권을 쥐고 있는 문단을 재
구축하기가 용이할 것이라고 판단한 듯하다. 그렇다면 이어령과 이들
간의 공방(攻防)은 어떤 모습, 양상을 보여주었는가. 일단 그 경과를 나
열해보면 아래와 같다.

가. 조연현과의 논쟁
① 조연현, 「민족적 특성과 인류적 보편성 ─서정주와 김동리의 전통에 대
한 태도를 중심으로─」,《문학예술》, 1957.8. | ② 이어령, 「토인(土人)과 생
맥주 =전통의 『터어미노로지』=」(상, 중, 하),《연합신문》, 1958.1.10~12.

나. 염상섭과의 논쟁
① 염상섭, 「문학도 함께 늙는가?」(상, 하),《동아일보》, 1958.6.1~2. | ② 이
어령, 「문학과 「젊음」─"문학도 함께 늙는가?"를 읽고」(상, 하),《경향신문》,
1958.6.21~22. | ③ 염상섭, 「독나방 제1호」,《자유문학》, 1958.9.

다. 서정주와의 논쟁
① 이어령, 「조롱을 여시오 ◇시인 · 서정주 선생님께」,《경향신문》, 1958.10.15.
| ② 서정주, 「나와 시의 신인들 ◇이어령 씨에게」,《경향신문》, 1958.10.18.

라. 김동리와의 논쟁
① 이어령, 「1958년의 소설 총평」,《사상계》, 1958.12. | ② 김동리, 「본
격 작품의 풍작기 =불건전한 비평 태도의 지양 가기(可期)=」,《서울신
문》, 1959.1.9. | ③ 김우종, 「중간소설을 비판함─김동리 씨의 발언에 대

하여」,《조선일보》, 1959.1.23. | ④ 김동리, 「논쟁 조건과 좌표 문제 ─김우종 씨의 소론(所論)과 관련하여─」(상, 하),《조선일보》, 1959.2.1~2. | ⑤ 이어령, 「영원한 모순─김동리 씨에게 묻는다」(상, 하),《경향신문》, 1959.2.9~10. | ⑥ 원형갑,「금단의 무기 ─이어령 씨의 「영원한 모순」(상, 하),《연합신문》, 1959.2.14~15. | ⑦ 김동리, 「좌표 이전과 모래알과 = 이어령 씨에 답한다=」(상, 하),《경향신문》, 1959.2.18~19. | ⑧ 이어령, 「못 박힌 기독은 대답 없다 ⋯다시 김동리 씨에게⋯」(상, 하),《세계일보》, 1959.2.20~21. | ⑨ 이어령, 「논쟁의 초점 =다시 김동리 씨에게=」(상, 중, 하, 완),《경향신문》, 1959.2.25~28. | ⑩ 김동리, 「초점, 이탈치 말라 ─비평의 윤리와 논리적 책임」(상, 하),《경향신문》, 1959.3.5~6. | ⑪ 이어령, 「희극을 원하는가?」(상, 중, 하),《경향신문》, 1959.3.12~14. | ⑫ 김동리, 「「눈물」의 의미」(상, 중, 하),《경향신문》, 1959.3.20~22. | ⑬ 이철범, 「언쟁이냐 논쟁이냐 ⋯김동리 씨와 이어령 씨의 논쟁을 보고⋯」,《세계일보》, 1959.3.28. | ⑭ 임순철, 「서글픈 만용이 아니었기를─독자로서 김동리 · 이어령 양(兩) 씨에게 말한다」,《경향신문》, 1959.3.30.[52]

---

[52] 이상의 목록은 방민호, 「이어령 비평의 세대론적 의미」, 『한국 전후문학과 세대』, 향연, 2003, 23~24면에 정리된 부분을 옮긴 것이다. 다만, 방민호는 "나. 염상섭과의 논쟁"에서 "염상섭, 「소설과 인생─문학은 언제나 아름답고 젊어야 한다」,《서울신문》, 1958.7.14."까지를 표기했는데, 검토해본 결과, 염상섭의 이 글은 관련성이 떨어지는 것이라고 판단되어 옮기지 않았고, 그 대신 염상섭의 「독나방 제1호」(《자유문학》, 1958.9)가 유관성을 지니는 것이라고 판단되어 적어두었다. 또한, "다. 김동리와의 논쟁"에서 김동리의 「눈물의 의미」(상, 중, 하)(《경향신문》, 1959.3.20~22)가 누락되어 있어서 이를 추가로 부기했고, 원래 제시되어 있던 박영준의 「문학비평의 논리성 〈의식적인 개인감정을 버려라〉」(《동아일보》, 1959.3.20)는 제외했다(박영준의 이 글을 살펴보면, 원론적인 차원에서 작품에 대한 애정과 이해를 가지고 비평을 수행해야 함이 강조되고 있을 뿐, 김동리와 이어령 간의 논쟁은 직접적으로 언급되지 않았기 때문이다). 끝으로 원형갑의 「금단의 무기 ─이어령 씨의 「영원한 모순」을 읽고」가 게재된 날짜를 "1959.2.15~16"에서 "1959.2.14~15"로 바로잡았다.

그런데, 김동리만 이어령의 도전에 반응해주었고, 그 외에는 이어령의 도전에 반응해주지 않았음이 확인된다. 조연현은 침묵했다. 염상섭, 서정주는 대수롭지 않은 반응을 보였을 뿐이었다. 사실 김동리, 서정주, 염상섭, 조연현은 이어령을 굳이 상대해줄 필요가 없었다. 당시의 문단 내 입지를 고려했을 때, 애초부터 체급의 차이가 나는 상대였기 때문이다. 자신에 비해 상대가 한 체급이 떨어지는데, 굳이 자신이 상대와 같은 테이블에 나란히 앉아야 할 이유가 없다. 같은 테이블에 마주 앉는 순간, 오히려 자신과 상대가 동격이라는, 혹은 그 정도까지는 아니더라도 엇비슷한 위치라는 인식을 다른 사람들에게 심어줄 수 있다. 또한, 도전을 받아들여서 이긴다고 해도 소위 말하는 본전 이상이 될 수 없고, 반대로, 지기라도 하면 그야말로 막심한 손해가 아닐 수 없다. 그러므로 상대가 뭐라고 하든지 간에 고개를 돌려서 외면하거나 적당히 흘려넘기는 편이 차라리 현명한 태도라고 할 수 있고, 이 점에서 김동리를 제외하고는 다들 현명한 태도를 보인 것이다.[53] 그런 관계로 흔히들 '논쟁'이라는 표현을 사용하지만, 김동리와의 논쟁만이 이 표현에 걸맞을 뿐이며, 단발(單發)의 사건에 그친 서정주, 염상섭, 조연현과의 논쟁은 사실

---

[53]　관련하여 이어령은 「대화 정신의 상실 =최근의 필전을 보고=」을 통해 문단 내 의견이 다른 서로 간의 이야기가 제대로 주고받아지지 않는 현실을 꼬집은 바 있다. 도입부를 조금만 적어두기로 하면 다음과 같다. "대화가 시작되는 곳에 우리의 고독은 구제된다. 그리하여 고립된 섬(島)은 바다와 하늘과 그리고 피안(彼岸)의 바람들과 함께 어울릴 수가 있다. 대화는 그렇게 해서 『나』와 『너』의 의미를 성장시키고 『나』와 『너』의 관계를 발견케 하고 『나』와 『너』가 함께 있는 『우리』의 생명을 형성해간다./ 거꾸로 대화가 두절된 곳엔 영원한 침묵과 부재와 고립과 그리고 정숙(靜淑)의 그늘만이 있다. 그러기 때문에 『산문 예술은 대화의 훈련』으로부터 시작되고 비판 정신의 뿌리는 언제나 이 『대화 정신』의 토양 속에서 육성되어간다." 이어령, 「대화 정신의 상실 =최근의 필전을 보고=」, 《연합신문》, 1958.12.10, 4면.

상 논쟁이라고 부르기가 민망한 수준이다. 그나마 이 중에서는 조연현과의 논쟁이 나름의 중요성을 가진다고 할 것인데, 이유인즉, 당시 활발하게 펼쳐진 '전통론'의 맥락과 맞닿아 있는 까닭이다. 이에 경중(輕重)을 고려하여 염상섭, 서정주와의 논쟁을 다루고, 이어서 조연현과의 논쟁을 다루고, 끝으로 김동리와의 논쟁을 다루는 순서를 밟는 것이 효과적이라고 판단된다. 차례대로 살펴나가도록 한다.[54]

1) 염상섭, 서정주와의 논쟁

먼저 염상섭과의 논쟁을 보자. 염상섭은 「문학도 함께 늙는가?」를 통해, 비록 작가는 늙을지언정 문학은 늙지 않아야 한다고, 아니, 작가가

---

54 이 지점에서 몇 마디를 부연해두기로 하자. 지금부터 살펴볼 이어령의 글들 역시 퍼포머티브가 무시하지 못할 만큼의 비중을 차지하고 있다. 하지만 앞서 살펴본 「우상의 파괴 —문학적 혁명기를 위하여—」, 「화전민 지대 =신세대의 문학을 위한 각서=」, 「우리 문화의 반성 —신화 없는 민족」, 「주어 없는 비극 —이 세대의 어둠을 향하여—」만큼 그 비중이 퍼포머티브에 편향되어 있지는 않다. 이유인즉, 기성들에게 논쟁을 붙인다고 했을 때, 그 논쟁을 돋보이게 하는 일정 정도 이상의 퍼포머티브가 당연히 요구되지만, 그 논쟁을 실질적으로 뒷받침해주는 일정 정도 이상의 칸스터티브도 절대로 부재해서는 안 되기 때문이다. 물론 어느 글이 퍼포머티브와 칸스터티브 중에서 어디에 더 비중을 두었는지는 판별이 어렵다. 퍼포머티브와 칸스터티브가 막 섞여 있어서 판별이 곤란할 수도 있고, 읽는 이가 퍼포머티브와 칸스터티브 중에서 어떤 쪽에 더 집중하는가, 혹은 어떤 쪽으로부터 더 강한 인상을 받았는가에 따라서 판별이 각자 다를 수도 있기 때문이다(실제로 오스틴 역시 이 문제를 많이 고심했던 것으로 보인다. 오스틴이 언어 행위를 '발화 행위', '발화 내 행위', '발화 매개 행위' 등으로 분류한 이유가 바로 여기에 있다(가라타니 고진, 송태욱 역, 『탐구』1, 새물결, 1998, 85~89면 참고)). 다만, 여느 글이 대체로 그러하듯이 이어령의 글도 구조상으로 서론부와 결론부에서 퍼포머티브와 관련된 서술을 주로 수행하고 본론부에서 칸스터티브와 관련된 서술을 주로 수행하는 경향이 나타난다(이럴 때 강조점에 따라 각 부의 분량이 조절되는바, 해당 글의 성격이 어느 쪽이라고 판단할 근거가 어느 정도 마련된다). 가령 앞서 검토한 이어령의 일련의 이상론을 되짚어보아도 인상기의 어투 혹은 나르시스의 비유 등을 통한 퍼포머티브 관련 서술이 주(主)가 된 서론부, 이상의 작품을 분석하는 칸스터티브 관련 서술이 주가 된 본론부, 다시금 서론부를 환기시키는 퍼포머티브 관련 서술이 주가 된 결론부의 순으로 진행이 이루어졌음을 알 수 있다.

연륜이 쌓여 원숙의 경지에 다다른다면 문학이 더 정채(精彩)가 돌 것이라고 언급한다. 이어서 염상섭은 늙고 안 늙고의 척도로 쉽게 내세우는 것이 연애라며 "문학도 생리적 연령과 함께 늙는다고 우기고 나서거나 코웃음을 치는 사람이 있다면, 문학이 늙지 않는 실증으로 연애소설을 죽기 전에 한 편 쓰고야 말지도 모를 일"이라고 언급한다. 계속해서 염상섭은 젊음과 연애소설을 연관 지어 이야기를 이어나가다가, 실존주의와 관련된 내용을 덧붙이는 것으로 글을 마무리하는데, 이때의 핵심은 "실존주의가 들어오고, 불안이니 부조리니 하는 유행어가 범람"하여 리얼리즘이 홀대받는 현실을 비판하는 것과 실존주의가 배태된 프랑스와 '우리'의 사정은 여러모로 다르다는 것이다.[55]

이에 대해 이어령은 "존경하는 염상섭 선생님 나는 지금 악의 없는 하나의 글을 드리려 합니다"라는 첫 마디를 시작으로 반론을 펼쳐나간다. 우선 이어령은 염상섭이 생각하는 젊음과 오늘의 젊음은 너무나도 다르다는 것을, 그리고 젊음에 대한 세대 간의 입장이 너무나도 다르다는 것을 지적한다. 또한, 지금의 젊은 세대는 연애소설을 쓰려는 의욕 자체가 없는데, 이는 지금의 젊은 세대가 인간을 사랑하기 전에 인간을 죽이는 방법을 배우고, 희망을 품기도 전에 무수한 굴욕과 좌절을 겪었기 때문이라고 지적한다. 이어서 이어령은 염상섭이 글의 말미에서 언급한 실존주의 관련 대목에 대해서도 이의를 제기한다. 수천 년에 걸쳐 혹독한 서리를 맞아 왔고, 지금도 혹독한 서리 속에서 사는 '우리'야말로 프랑스보다도 더 불

---

55   이상의 내용은 염상섭, 「문학도 함께 늙는가?」(《동아일보》, 1958.6.11~12), 한기형·이혜령 편,
      『염상섭문장전집』III, 소명출판, 2014, 418~423면을 요약한 것임.

행한 현실에 놓여 있음이 자명한데, 젊은 세대가 불안과 절망을 이야기하는 것을 두고서 어찌 한갓 유행이라고 쉽게 치부할 수 있느냐는 비판이다. 그런 다음 이어령은 연령과 관계없이 "시대에 대한 동일한 양심과 책임을 느끼고 있다면 우리들의 문학은 다 같이 서로 젊을 수" 있다며 문학정신, 시대정신을 강조하고, 또, 염상섭에게 자신의 문학이 젊다는 것을 제대로 입증하라고 요청하는 것으로 글을 매듭짓는다.[56]

하지만 염상섭은 이어령에게 재반박하지 않았다. 그저 젊은이는 젊은이대로 늙은이는 늙은이대로 각자 할 일을 충실히 하면 그뿐이라는 식으로 이어령의 공격을 무심히 흘려넘길 따름이었다.[57] 이에 논쟁은 더 이상 확대되지 않고 종료된다.[58] 논쟁이 조기 종전된 탓에 여기서 건져

---

56   이상의 내용은 이어령, 「문학과 「젊음」―"문학도 함께 늙는가?"를 읽고」(상, 하), 《경향신문》, 1958.6.21~22, 4면을 요약한 것임.

57   "우연히 어제 저녁에 본 '학문의 젊음'이랄까 '학자의 젊음'이랄까 하는 문제가 머리에 떠오른다. 내가 월전에 쓴 '문학의 젊음'('문학도 함께 늙는가?」;인용자)인가 하는 글과 무슨 관련이나 있는 듯싶어, 일부러 거리에서 사 왔다는 것인데 밤눈에 대충 읽었지마는 수긍이 가는 점도 있고, 그럴까? 싶은 점도 있다. 나는 학계의 일은 모르니 아랑곳도 없거니와, 예술·문학의 한계에 있어서는 그리 연치(年齒)에 구니(拘泥)하지 않을 것이요, 나아가 좌우(左右)하거나, 선후배 관계라든지 늙은이 고집이 후진(後進)을 막을 리 없다. …(중략)… 새사람, 젊은 사람으로서 늙은 사람이 길을 막고 어치정거리거나 쌩이질을 한다고 새 길을 뚫고 나가면서 새것을 내세우지 못한대서야, 아직 새사람, 젊은 사람의 힘이 모자라서 그렇지나 않은 것인지 반성하여보아야 할 것이요, 늙은이는 늙은이대로, 자기 일에만 몰두하여야 할 것이며, 또 젊은이는 늙은이가 하는 일에 아랑곳없이 자기의 일에 매진하면 다 같이 순편(順便)이 나갈 수 있을 것이며, 조금이라도 보탬이 될 것인데, 어째서 말을 만들고 말썽이 되는 것인지 그 점도 좀 생각하여 보아야 할 일이다." 염상섭, 「독나방제1호」(《자유문학》), 1958.9), 한기형·이혜령 편, 앞의 책, 445면.

58   한편 이 논쟁을 보고 있던 이무영은 「50대 문학의 항변」(《동아일보》, 1958.7.5~10)을 4회에 걸쳐 게재(7, 8일 제외)하며 자기 나름대로 총평을 내리고, 또, 추가 의견을 개진한다. 이 글은 "노작가 염상섭 씨 대 30대의 젊은 평론가 이어령 군과의 대질은 우리한테 실로 많은 화제를 내포하고 있다." (이무영, 「50대 문학의 항변」, 《동아일보》, 1958.7.5, 4면)라고 서술이 시작된 이래, 초반을 지나면서는 염상섭을 옹호하는 쪽으로 서술이 되다가, 중반에 접어들면서는 신세대를 비판하는 쪽으로 서술이 되다가, 종반에 다다르면서는 구세대, 신세대를 막론하고 모두가 사상 부재의 문제를 겪고 있으며, 그러므로 모두가 이를 극복하기 위해 노력해야 한다는 식으로 서술이 된다.

낼 수 있는 유의미한 정보가 아쉽게도 별로 없다. 이어령이 지녔던 비극적인 상황 인식, 젊은 세대로서의 사명감, 그리고 실존주의에 대한 호감 정도가 전부이다.

다음으로 서정주와의 논쟁을 보자. 이번에는 이어령이 먼저 가만히 있는 서정주를 향해 「조롱(鳥籠)을 여시오 ◇시인·서정주 선생님께」라는 공격적인 제하(題下)의 글을 발표하며 포문을 열었다. "누구보다도 존경하는 서정주 선생님 그러면서 누구보다도 『원망스러운』 서정주 선생님—"[59]이라고 포문을 연 이어령은, 시종일관 경어체를 구사하며 차분하게 공세를 펼쳐나가는데, 이때의 핵심 대목을 가져와 제시하면 아래와 같다.

밖에는 전쟁이 있는데, 벌판에서는 학살된 어린아이들이 살아보지도 못한 앞날을 저주하는데, 동작동의 묘석은 침묵의 밤을 울어 새는데, 도시는 피로하였는데, 선생님은 국화꽃 그늘에서 순수한 주정에 취하셨읍니다 이 환상의 오찬에 초대된 선생님의 추천 시인들은 학의 목소리로 시를 읊고 신라의 거문고로 구름을 부르는데 어째서 우리의 마음은 이처럼 답답할가요? …(중략)… 선생님은 참 많은 『피노치오』를 만드셨읍니다 이제 풍류는 그만하면 되었읍니다 이역의 시인 『시트웰』도 눈 속에 잠든 한국의 어린이를 노래 불렀고 바다 건너의 『삐까소』도 『한국의 학살』이라는 비극의 씬을 그렸읍니다 그런데 정작 그 주인공인 우리가 침묵할 수가 있겠읍니까 우리의 현실을 꿈으로 덮을 수는 없읍니다

---

59   이어령, 「조롱을 여시오 ◇시인·서정주 선생님께」, 《경향신문》, 1958.10.15, 1면. 아래의 본문과 구분된 인용 대목도 출처가 동일함.

위의 인용 대목을 보면 이어령이 두 가지 문제를 지적하고 있음을 쉽게 알 수 있다. 첫째는 서정주의 시가 현실과 상관없는 순수를 지향할 뿐이라는 것이다. 둘째는 서정주가 추천한 많은 시인들의 시도 마찬가지로 현실과 상관없는 순수를 지향할 뿐이라는 것이다.[60] 그렇다면 서정주는 이에 대해 어떤 반응을 보였는가.

서정주는 「나와 시의 신인들 ◇이어령 씨에게」을 통해 이어령이 지적한 첫째 문제와 관련해서는 "내 자신의 문제에 관해서라면 그건 아무래도 내 자신에게 맡겨 주실밖에 없겠읍니다"라며 신경 쓰지 말라는 반응을 보였고, 이어령이 지적한 둘째 문제와 관련해서는 "선배 노름이란 어느 풍토에서나 『리어왕』 팔자가 고작이지 어디 조롱은 고사하고 정혼을 해놓았었던들 신인들이 거기 들기나 하나요?"라며 억울하다는 반응을 보였다.[61] 염상섭과 비슷한 정도의 대수롭지 않다는 반응을 서정주도 내보인 것이다. 이렇듯 서정주도 이어령의 공격을 무심히 흘려넘길 따름이었다. 이에 논쟁은 더 이상 확대되지 않고 종료된다. 그리하여 여기서도 건져낼 수 있는 유의미한 정보가 별로 없다. 이어령이 지녔던 비극적인 상황 인식을 확인할 수 있을 뿐이고, 그 밖에는 이어령이 지녔던 순수시에 대한 비판적인 입장 및 서정주의 유파 형성에 대한 부정적인

---

60 그런데, 서정주의 시에 대한 이어령의 평가는 일관되지 않는다. 이어령은 초창기에는 서정주의 시를 비판했지만 점차적으로 서정주의 시를 인정하는 방향으로 태도를 옮겨갔다. 관련하여 서정주도 "그(이어령;인용자)는 어느 사이엔가 나를 아끼는 내 옹호자들 중에서도 둘째 가라면 서러워할 만큼의 옹호자가 되어 있었"다고 말한 바 있다(서정주, 「문사 이어령」, 서정주 외, 『64가지 만남의 방식』, 김영사, 1993, 11면).

61 이 문단의 따옴표 친 인용 부분은 서정주, 「나와 시의 신인들 ◇이어령 씨에게」, 《경향신문》, 1958.10.18, 1면.

입장을 확인할 수 있을 뿐이다.

2) 조연현과의 논쟁

이번에는 조연현과의 논쟁을 보자. 논쟁의 시발점이 된 조연현의 「민족적 특성과 인류적 보편성 —서정주와 김동리의 전통에 대한 태도를 중심으로—」은 상당히 문제적인 글이다.[62] 이 글은 그 당시 전통을 둘러싼 여러 논자들의 견해가 분분한 가운데서 전통에 대한 문협정통파의 공식 입장을 표명한 것과 같은 의미를 지닌다.[63] 이 글은 그 제목 및 부제가 내용의 흐름을 대체적으로 알려주는바 민족적 특성과 인류적 보편성을 어떻게 이을 수 있을 것인가의 문제를 서정주와 김동리의 전통에 대한 태도를 매개로 삼아서 돌파해보고자 하는 의도로 쓰여졌다. 하지만 이 글은 안타깝게도 별다른 획기적인 전환점을 마련해주지 못했다. 이 글은 오히려 내적 논리의 심각한 결함을 노정했다. 일단 이 글의 전체적인 얼개를 확인해두기로 하면 다음과 같다.

(성공하지는 못했지만) 조연현은 이 글을 어쨌든 정립적인 방식으로, 그러니까 단계를 차근히 밟아나가는 방식으로 쓰고자 노력한 듯하다.

---

62 신두원은 조연현의 「민족적 특성과 인류적 보편성 —서정주와 김동리의 전통에 대한 태도를 중심으로—」이 이어령의 "구세대의 문학을 송두리째 부정하는 일련의 발언"(여기에는 전통부정론이 포함된다)으로부터 촉발되었다고 보았다. 신두원, 「전후 비평에서의 전통논의에 대한 시론」, 『민족문학사연구』 9, 민족문학사연구소, 1996, 264~265면 참고.

63 당시의 전통론과 관련해서는 신두원, 위의 논문; 전승주, 「1950년대 한국 문학비평 연구」, 서울대학교 박사학위논문, 2002, 112~141면; 한수영, 『한국현대비평의 이념과 성격』, 국학자료원, 2015, 104~129면 등을 참조할 것.

첫째, 현대사회에서 "전통적인 가치나 권위가 동요되고 있다"는 것을 지적한다. 그리고 그 이유를 현대사회가 "일종의 과도기"라는 데서 찾는다. 과도기에서는 "전통적인 가치나 권위에 대한 회의와 새로운 것에 대한 갈망"이 뒤섞이어 나타난다는 것이다. 그리하여 "전통적인 가치나 권위가 동요되고 있다"는 것을 극복하기 위해서는 "전통에 대한 가장 강렬한 반성"과 "새로운 전통에의 열열(熱熱)한 모색"이 요구된다는 주장이 뒤따른다. 둘째, 전통과 유물을 구분한다. 유물은 "객관적 직접적 고정적 소멸적인 물질적 형태의 전승"으로, 전통은 "주관적, 간접적, 변용적, 불멸적, 정신적인 형태의 전승"으로 각각 설명이 이루어진다. 그리고는 전통은 "단순한 과거의 유물이 아니다 과거를 지배해왔고, 현재에 작용되면서 미래를 다시 좌우할 힘으로서 변모해가는 불멸의 근원적 주체적인 역량"이라는 주장이 뒤따른다. 셋째, 전통이 "민족적인 특성 위에 그 기초를 둔다"라고 간주한다. 세 가지 이유를 드는데, 전통은 "집단적인 소산이기 때문이며", "민족은 인류를 형성하는 종족적 운명공동체적인 기본적 집단이기 때문이며", "이러한 민족적인 특성만이 전통의 구체적인 세력이며, 그 내용이기 때문"이라는 것이다. 넷째, "민족적인 특성과 인류적인 보편성"이 연결되어야 할 당위성을 제시한다. 민족적인 특성이 타민족과 구분되는 특수한 성질이긴 하지만, 타민족으로부터 전연 공감을 얻어내지 못한다면, 전 세계의 모든 민족이 소통하며 사는 세계화된 시대에서는 무가치할 따름이므로, 인류적인 보편성과 꼭 이어져야 한다는 것이다. 다섯째, 민족적인 특성과 인류적인 보편성이 연결되어 있다는 구체적인 사례로 서정주와 김동리를 제출한다. 서정주는 반전통적인 태도에서 전통적인 태도로 옮겨갔는데, 이러한 서정주의 태도 변화를 "전통의 재인식"이라고 긍정적으로 평가한다. 반면에, 김동리는 전통적인 태도에서 반전통적인 태도로 옮겨갔는데, 이러한 김동리의 태도 변화도 "인류적인 보편성 획득"이라고 긍정적으로 평가한다. 그러더니 「가장 민족적인 것은 가장 세계적인 것이며, 가장 세계적인 것은 가장 민족적인 것」"이라는 괴테의 말을 인용하며,

세계적인 것을 지향했던 서정주가 필연적으로 한국적 동양적인 세계로 결실되고, 한국적인 결실을 가지려 했던 김동리가 필연적으로 세계적인 것을 지향하게 된 것은 궤-테의 말처럼 민족적인 것만이 세계적인 것이 될 수 있고, 세계적인 것은 언제나 민족적인 것이었던 필연의 과정을 벗어날 수 없었기 까닭이다. 이렇게 볼때 서정주와 김동리는 그 문학적 출발에 있어서나 현재의 지향에 있어서나 서로 상반된 것이 아니라 동일한 노정 위에 있었던 것임을 알 수 있게 된다.

라는 주장을 개진한다. 여섯째, 김환기, 한국예술사절단, 영화 〈시집가는 날〉 등을 추가 사례로 제출한다. 구체적으로 "파리에서 개최된 김환기의 개인전이 서구 사람들에게 감동"을 주었고, "동남아세아를 순례한 한국예술사절단의 고전음악과 무용이 동남아의 각 민족에게 감격"을 주었고, "영화 「시집가는 날」이 동남아 예술제에서 입상되었다"는 것이다.[64]

---

64 이상의 내용 및 이하의 몇 개 인용 대목은 조연현, 「민족적 특성과 인류적 보편성 ―서정주와 김동리의 전통에 대한 태도를 중심으로―」,《문학예술》, 1957.8, 174~186면에서 발췌한 것임. 한편 조연현이 이 글에서 내보인 전통에 대한 입장은 자신의 이전 글인 「문학과 전통」(《문예》, 1949.9)에서 기술했던 전통에 대한 입장과 상반된다. 「문학과 전통」의 한 구절을 제시하면 다음과 같다. "우리

이렇게 첫째부터 여섯째까지 임의로 단락을 구분하여 요약해보았거니와, 언뜻 보아도 상당히 허술한 전개 양상인 것이 금방 드러난다. 어떤 부분이든 이의를 제기할 수 있지만, 그중에서도 특히 심각한 부분은 넷째, 다섯째, 여섯째의 무논리적인, 비논리적인 흐름이다. 민족적 특성

문단의 문학적 수준이, 빈곤하고 빈약한 우리의 문학 전통과 깊은 관련을 갖이고 있다는 것을 상정해 볼 때 조선문학에 대한 절망을 느끼지 않는 사람은 아마 한 사람도 없을 것이다. 사실 바른대로 말해서 우리가 안심하고 의거할 수 있는 어떠한 문학 전통을 갖었으며 해방된 오늘의 우리에게 세계문학과 어깨를 겨루어 볼 수 있는 어떠한 문학적 전통이 작용되고 있는가를 반성해 본다면 우리 문단의 현재의 문학적 수준이 이 이상으로 불만스럽다고 해도 그러한 현재의 우리 문학을 비난하거나 공격해 볼 용기는 이르나지 않을 것이다."(조연현, 「문학과 전통」, 《문예》, 1949.9, 191면) 그리고 이런 식으로 전통의 빈곤, 빈약을 인정하며 세계문학과의 격차를 실감하는 태도는 비슷한 시기의 김동리에게서도 나타난다. 김동리의 「정치적 감시를 소탕하라」(《백민》, 1948.5)의 한 구절을 제시하면 다음과 같다. "우리는 조선문학이라 일컫는 것을 이미 수십 년 내 가지고 온다. 그러나 그 내용이 지극히 빈약하다. 일반적 수준이 지극히 저조하다. 여기 대하여 우리는 누구나 다 대단히 불만을 품고 있는 것이다. 우리는 풍부한 내용과 높은 수준의 조선문학을 가지기를 누구나 다 희망하고 있는 것이다. 세계 각 국어로 번역이 되어서 세계 각 국민에게 감동을 줄 수 있는 조선문학이 되기를 원하고 있는 것이다./ 이러한 의미에서 조선문학의 재건이란 말을 해석한다면, 즉 지금까지의 빈약하고 저조한 조선문학을 세계문학의 수준에 도달할 수 있는 우수한 문학으로 향상시킬 방안을 묻는 것이라고 보아진다."(김동리, 「정치적 감시를 소탕하라」, 《백민》, 1948.5, 20면) 이처럼 김동리, 조연현 등은 40년대 후반 정도만 해도 오히려 전통을 인정하지 않는 입장에 더 가까웠던 것이다. 그러다가 김동리, 조연현 등은 1950년대 중반을 지나면서부터 전통을 중시하는 입장으로 돌아서는 면모를 보인다. 가령 조연현이 깊게 관여한 《현대문학》의 창간사를 보면 다음과 같은 문구가 확인되는 것이다. "본지는 이 『현대』라는 개념을 순간적인 시유나 지엽적인 첨단의식과는 엄격히 구별할 것이다. 본지는 현대라는 이 역사상의 한 시간과 공간을 언제나 전통의 주체성을 통해서만이 이해하고 인식할 것이다. 즉 과거는 언제나 새로이 해석되어야 하며 미래는 항상 전통의 결론임을 잊어버리지 않겠다는 것이 그것이다. 그러므로 아무리 빛난 문학적 유산이라 할지라도 본지는 아무 반성 없이 이에 복종함을 조심할 것이며 아무리 눈부신 새로운 문학적 경향이라 할지라도 아무 비판 없이 이에 맹종함을 경계할 것이다. 고전의 정당한 계승과 그것의 현대적인 지양만이 항상 본지의 구체적인 내용이며 방법이 될 것이다."(창간사, 《현대문학》, 1955.1, 13면) 그렇다면 김동리, 조연현 등이 이렇게 전통에 대한 입장을 바꾼 이유란 무엇인가. ("신세대에 대한 대타 의식에서 비롯된 것"(임승빈, 「1950년대 신세대론 연구」, 『새국어교육』 82, 한국국어교육학회, 2009, 656면)이라는 견해도 있지만) 이는 시간이 흐른 만큼, 또, 그러는 동안에 자신들이 문단의 중심 인사가 되어버린 만큼, 더 이상 전통은 빈곤, 빈약하고 여전히 세계문학과의 격차는 좁혀지지 않았다고 주장할 수가 없는 형편에 김동리, 조연현 등이 놓이게 되었기 때문이라고 생각된다. 이에 김동리, 조연현 등은 입장을 바꾸어 자신들이 전통의 계승자(혹은 전통의 산실)임을 자처하며, 자신들을 세계적인 수준에 위치시키는 작업을 전개해나간 것이다.

과 인류적 보편성은 멀리 떨어져 있는 두 항이어서 연결고리의 마련이 쉽지가 않고,[65] 이에 타당하고도 치밀한 논리가 수반되어야만 설득력이 확보될 수 있는데, 이 글은 전혀 그러하질 못했다.[66] 좀 더 상세히 말해 보자면 서정주가 반전통적인 태도에서 전통적인 태도로 옮겨간 것과 김 동리가 전통적인 태도에서 반전통적인 태도로 옮겨간 것[67]이 어찌하여 "「가장 민족적인 것은 가장 세계적인 것이며, 가장 세계적인 것은 가장 민족적인 것」"이라는 괴테의 말과 접맥될 수 있는지가 여러모로 석연치 않다. 일단 전통적인 태도와 반전통적인 태도가 "이곳에서 우리가 생각 할 수 있는 것은 정관(淨觀)적, 정신적, 윤리적, 도덕적인 것으로서 한국 이나 동양의 전통적인 요소와는 이질적인 것이며 반윤리적, 반도덕적인 것이 반전통적인 것임은 더 말할 것도 없다는 사실이다"와 같이 서술되 었는데, 이는 "민족주의 또는 국수주의에 경사되어 있다거나 이른바 오 리엔탈리즘의 편견을 합리화한 것으로 평가"[68]될 수 있으므로 문제가 아 닐 수 없다. 더불어, 이러한 서술도 문제이지만, 전통을 민족적인 것으로 반전통을 세계적인 것으로 대응시킬 수 있는지도 문제이다. 전통과 민 족적인 것의 등치는 글의 초반부부터 설명을 해온 터여서 별다른 항의

65　굳이 따지자면 '특수성'과 '보편성'이 대립되는 항은 아니다. 가라타니 고진, 들뢰즈 등의 설명을 따 를 때, '특수성'은 '일반성'과 대립항으로 짝지어지고, '보편성'은 '단독성(혹은 '독특성', '특이성')'과 대립항으로 짝지어진다. 이의 자세한 설명은 가라타니 고진, 권기돈 역, 『탐구』2, 새물결, 1998, 제1 부 고유명에 대하여(11~68면)를 참조할 것.

66　김세령, 『1950년대 한국 문학비평의 재조명』, 혜안, 2009, 236면 참고.

67　조해옥은 조연현이 제시한 서정주의 작품인 『화사집(花蛇集)』과 「상리과원(上理果園)」을 비교하 면서 서정주가 반전통적인 태도에서 전통적인 태도로 옮겨갔다는 주장부터가 잘못되었다고 지적 한 바 있다. 조해옥, 「조연현의 비평논리에 대한 일고찰」, 『우리어문연구』 23, 우리어문학회, 2004, 209면.

68　방민호, 「이어령 비평의 세대론적 의미」, 앞의 책(2003), 36면.

를 받지 않고 넘어갈 수 있을지언정, 반전통과 세계적인 것의 등치는 방금 인용한 서술만 보아도 알 수 있듯 충분한 보완의 작업이 요구되는데, 그럼에도 불구하고 이와 관련한 별다른 해명은 전혀 보태어지지 않은 것이다. 또 더불어, 상기의 문제들을 모두 차치하더라도 서정주, 김동리의 태도 변화를 괴테의 말과 부합하는 것으로 인정할 수 있느냐가 여전히 문제로 남는다. 문면에 적시되지는 않았지만, 아마도 〈서정주는 괴테의 말에서 앞부분에 해당하는 경우이고, 김동리는 괴테의 말에서 뒷부분에 해당하는 경우이다〉는 정도의 자의적인 이해가 배면에 깔려 있었던 것으로 추측되는데, 이렇게 앞부분과 뒷부분을 끊어서 각각에 맞는 유형을 대입하는 식으로 괴테의 말을 해석하는 것은 당연하게도 적절하지 못하다. 도식적으로 표현해보면 괴테의 말은 '민족적인 것=세계적인 것'이 된다. 한편, 서정주의 경우는 '민족적인 것(전통)←세계적인 것(반전통)'이 되고, 김동리의 경우는 '민족적인 것(전통)→세계적인 것(반전통)'이 되며, 이에 서정주의 경우와 김동리의 경우를 포개놓으면 '민족적인 것(전통)⇄세계적인 것(반전통)'이 된다. 그리고 이럴 때 (이 항과 저 항이 같다는 뜻을 지닌) '='과 (이 항에서 저 항으로, 또, 저 항에서 이 항으로 이동한다는 뜻을 지닌) '⇄'의 차이는 너무나도 명백해서 달리 말을 덧붙일 필요가 없다. 그런데도 '='과 '⇄'를 동일시한 심각한 오류가 여기서는 범해진 것이다. 여기에 덧붙여, 서정주, 김동리의 경우와 김환기, 한국예술사절단, 영화 〈시집가는 날〉 등의 추가 사례가 과연 동일한 범주로 취급될 수 있을지도 의문인 게 전자와 후자는 결이 한참 다르기 때문이다. 전자와 후자가 같은 범주로 묶이려면 서정주, 김동리가 태도를 바꾸어나갔다는 사실이 아니라 서정주, 김동리가 해외에서 충분히 통용될 만하다는 사실이 제시되어야 한다.

이처럼 이 글은 논리의 결점을 너무나도 잘 내보이고 있었다.[69] 그런 데다가 "함부로 전통적인 것을 무시하는 기계주의적인 진보주의자들이 사실은 얼마나 우리의 세계적인 진출을 막고 있는 것인가도 알 수 있게 된다"라는 (마치 이어령을 염두에 둔 듯한) 자극적인 문구까지를 말미에 곁들여놓았다. 그러니 이어령이 그냥 잠자코 있을 리 만무했다. 이어령은 「토인과 생맥주 =전통의 『터어미노로지』=」를 발표하며 즉각 공격에 나섰다. 도입부를 확인해두면 아래와 같다.

끝없이 되풀이하는 그 희극엔 이제 정말 염증을 느꼈다. 웃을만한 힘도 사실 없다. 그런데도 지금 한국의 문단에는 기상천외한 『쑈오』가 한창이다. 시인 소설가 평론가…거창한 『렛텔』을 붙인 『마리오네트』의 군상들이 제명도 없는 희극을 연출하느라고 좌충우돌 야단들이다. 버젓한 남자인 『쌘드 · 베에부』를 여사라고 한 번역가가 있는가 하면 『에로 · 그로』를 실존주의라고 생각하는 수상(殊常)한 평론가가 있다. 거기에 또 『간통문학론』 『애정비평

---

69 이쯤에서 조연현은 왜 이리도 엉성한 글을 쓰게 되었는가를 고민해보지 않을 수 없다. 그리고 이와 관련해서는 다음과 같은 남원진과 신두원의 설명이 설득력 있게 다가온다. "그(조연현:인용자)의 논의의 핵심이란 전통에 대한 '주체성'을 강조한 것 같지만, 사실 신세대의 전통 부정에 대해서 구세대인 서정주나 김동리의 문학이 현대적 성취를 훌륭하게 이룩했다는 주장에 있다. 결국 그의 주장이란 구세대의 권위 확인에 있다."(남원진, 『남북한의 비평 연구』, 역락, 2004, 119면), "…(상략)… 얼마나 논리적인 근거를 결여하고 있으며 얼마나 도식적이고, 민족적 특성과 인류적 보편성 사이의 매개를 무시한 기계론인가를 지적하기란 그다지 중요한 일이 아니다. 오히려, 그 뒤에 숨은 심층주제를 읽어내는 것이야말로 한층 중요한데, 이 글은 사실 이미 우리 문학에서, 특히 문협정통파인 서정주와 김동리의 문학세계에서 우리 문학의 현대적 성취가 이룩되어 있음을 주장하는 내용이 아닐 수 없다. …(중략)… 그리하여 이 글은 기존의 전통부정론과 아울러 전통긍정론에 대해서도 헤게모니적 압력을 행사하고 있다고 판단되는 것이다."(신두원, 앞의 글, 266면)

론』『범실존주의』와 같은 신안(新案)특허용어가 등장하고…그래서 우습다 못해 눈물겨운 정경이 전개된다.[70]

이름만 명시되지 않았을 뿐 김동리, 조연현 등이 비판되고 있다는 것을 모르기가 더 어렵다. 그리고 이렇게 날이 바짝 선 어조를 통해 김동리, 조연현 등을 공격의 대상으로 삼았음을 공표한 다음에는 아니나 다를까 특유의 재기발랄한 비유를 구사하며 읽는 이의 시선을 확 사로잡아버린다. 왜 제목이 "토인과 생맥주"로 붙여졌는지를 알게 해주는 그 해당 대목을 확인해두면 아래와 같다.

생맥주를 따른 『컵』에서 거품이 일어나는 것을 보고 몹시 놀라더라는 것은 어느 토인에 대한 이야기다. 그 주인인 맥주가 살아있다고 생각한다. 미개한 사고로써 볼 때 저절로 움직이는 것은 모두 생물이라는 결론이 생길 것이니까 남이 무어라 해도 그에게 있어 거품을 뿜는 생맥주는 훌륭한 하나의 짐승이다./ 이 일화는 그대로 우리나라의 몇몇 평론가와 문학인들에 적용된다. 어떠한 사상을 피상적으로만 이해하고 얼토당토한 자가(自家)류의 지식을 피력한다. 말하자면 미개한 주관적인 사고에 의하여 모든 것을 비판하고 또 그것을 그렇게 믿고 있는 것이다. 그래서 그들에겐 『샌드 · 부우부』가 여자일 수도 있고 실존주의가 『에로 · 그로』일 수도 있다. 그렇게 해서 희극은 시작되기 마련이다. 『생맥주』를 『생물』이라고 생각하듯이 유부녀의 간통

---

70 이어령, 「토인과 생맥주 =전통의 『터어미노로지』=」(상),《연합신문》, 1958.1.10, 4면. 이하, 다른 서지사항을 제시하기 전까지 본문과 구분된 인용 대목 및 따옴표 친 인용 대목은 그 출처가 모두 동일함.

사건이나 『아푸레』의 도색(桃色) 이야기를 실존주의 문학이라고 믿는다./ 그래서 『터어미노로지(개념어;인용자)』의 혼란이 생기고 모든 것은 자기 멋대로 해석한 주관의 그림자로서 부동(浮動)한다. 그들의 서가에는 다 각기 다른 자가류의 사전이 꽂혀있어서 하나의 용어의 의미가 십인십색으로 나타나기도 한다. …(중략)… 그래서 『장님』이 코끼리를 더듬듯이 서로의 편견을 가지고 해결 없는 싸움에 골몰하다 피로하면 『장유유서』라는 도덕률을 발휘시킨다. 즉 나는 너의 선배니까 내 말이 옳다고…. 나는 국토만 양단된 줄 알았더니 알고 보니 모든 용어의 의미에도 어쩌할 수 없는 삼팔선이 있는 모양이다.

생맥주를 생물로 여기는 토인의 "미개한 주관적인 사고"를 제시하더니 "이 일화는 그대로 우리나라의 몇몇 평론가와 문학인들에 적용된다" 라며 김동리, 조연현 등을 토인으로 만들어버린다. 이제 김동리, 조연현 등은 토인이 되었으므로 "미개한 주관적인 사고"밖에 하지 못한다. 그래서 김동리, 조연현 등은 개념어를 제멋대로 해석하여 오용할 따름이다. 그러다 보니 각자의 개념어가 담고 있는 의미가 달라져 필연적으로 혼란이 빚어질 수밖에 없는데, 이럴 때도 김동리, 조연현 등은 장유유서를 운운하는 식으로 선배의 권위를 앞세워서 자기식의 개념어가 옳다고 우기는 모습을 내보인다. 이와 같은 서술은 아주 인상적이지 않을 수 없다. 김동리, 조연현 등을 토인으로 규정함으로써 읽는 이로 하여금 김동리, 조연현 등을 하찮게 여기도록 유도했기 때문이다. 또, 그와 동시에 김동리, 조연현 등이 개념어를 그릇되게 이해하고 사용했다고 지적함으로써 읽는 이로 하여금 자신의 논지를 쉽게 수긍, 동의할 수 있도록 미리 기반을 닦아놓았기 때문이다.

이렇게 사전 작업을 완료한 후, 이어령은 "그들이 사용하고 있는 전통이라는 의미가 무엇이냐?"[71]라면서 전통이란 개념어를 본격적으로 문제 삼는다. 그러고서는 조연현의 「민족적 특성과 인류적 보편성 —서정주와 김동리의 전통에 대한 태도를 중심으로—」을 도마 위에 올린다. 조연현의 이 글이 얼마나 형편없는지를 밝히고, 또, 전통을 어떤 식으로 규정하고 있는지를 밝히는 것으로 공세는 시작된다.

문학적 전통의 의미를 향토성 내지는 그 나라의 풍속성으로 오인하고 있는 경우가 있다. 그 한 예로서 전통주의를 『로칼리즘』 혹은 『푸로빈시어리즘』으로 혼동하고 있는 조연현 씨의 『토속적 전통관』을 들 수 있다. 토인에게 있어서의 생맥주처럼 조연현 씨에게 있어서 전통이란 하나의 『향토성』으로 간단히 간주되었다. 지난 문학예술지 8월호에 실린 씨의 『민족적 특성과 인류적 보편성』이라는 평론은 용어의 혼란과 논리의 모순으로 하여 『로제파 · 스톤』의 금석문을 해독하기보다 어려웠다. 그래서 처음에는 조 씨의 전통관이 무엇인지 확실치 않아서 극히 당황했으나 『안개』(논리의 모순)를 제거하고 난 부분의 말만 종합해서 따져보니까 전통주의는 곧 『푸로빈시어리즘』이다라는 결론을 추인할 수 있어 몹시 반가웠다.

요컨대, 조연현의 글은 논리가 너무나도 엉성해서 해독하기 어렵지

---

71 이어령, 「토인과 생맥주 =전통의 『터어미노로지』=」(중), 《연합신문》, 1958.1.11, 4면. 이하, 다른 서지사항을 제시하기 전까지 본문과 구분된 인용 대목 및 따옴표 친 인용 대목은 그 출처가 모두 동일함.

만, 부분 부분을 이어 붙여서 추론해보니까, 여기서는 전통이 지방성, 풍속성, 향토성 등으로 설명되었음을 비로소 알 수 있었다는 내용이다. 그런데, 이어령이 생각하기로는 전통을 지방성, 풍속성, 향토성으로 보는 이러한 관점은 잘못된 것이었다. 이어령은 "문학에서 전통이 문제된다는 것은 언제나 『고전작품』이 문제되는 것이지 『지방색의 특성』이 논란되는 것이 아니라고", 다시 말해 "전통은 오히려 지방색 즉 『푸로빈시어리즘』을 부정하는 운동이라는 말이며 조 씨의 전통관은 사실 가장 비전통관이라"고 주장한다. 그러고서는 이의 타당성을 보장받고자 엘리엇의 전통론을 상세히 소개하는데,[72] 이때의 핵심 대목을 제시하면 아래와 같다.

『엘리웃트』가 주장하는 전통은 영문학이라든가 불문학이라든가 하는 일개 국 특유의 전통 ― 지방적인 것이 아니라 구주(歐洲)문화를 꿰뚫는 고전적 교양이다. …(중략)… 전통주의는 바로 대 『푸로맨시어리즘』(지방 감정)을 지향하는 운동임을 알 수 있다. 쉽게 말해서 전통이 문학에 있어 문제되는 것은 개인적 재능 또는 개인적 취미, 일정한 시대, 일정한 공간(지방)에 한 작가가 속박된다면 진정한 문학의 위대성을 발휘할 수 없게 되겠기 때문이다. …(중략)… 문학적 작품의 가치는 초시간적 초공간적인 것으로 규정되

---

72   잘 알려졌다시피 그 당시 문단에서 펼쳐진 여러 전통 논의들에는 엘리엇의 전통론(더 구체적으로는 1919년에 발표된 「전통과 개인적 재능」(*Tradition and The Individual Talent*))이 이론적 배경으로 삼아진 경우가 많았다. 1955년 7월호 《사상계》에 영문학자 한교석이 「전통과 문학 ―전통의식의 서론―」을 발표하면서 엘리엇의 전통론이 본격적으로 소개되었다(한교석은 1955년 8월호 《사상계》에도 「전통의식과 창작 ―근작 몇 편을 읽고―」을 연달아 게재한다). 이후 1956년 12월호 《자유문학》에 엘리엇의 「전통과 개인적 재능」이 양주동의 번역으로 실렸고, 1957년 5월호, 6월호, 8월호에 걸쳐 《현대문학》에도 엘리엇의 「전통과 개인적 재능」이 「고전론」이라는 제목을 달고 이창배의 번역으로 실렸다.

는 수밖게 없다. 환언하면 한 시대(시간)에만 읽히는 작품이라든가 하는 것
은 그 가치가 희박한 것이라 할 수 있다. 그것은 그만치 인생을 관찰하는 작
가정신이 비천했다는 것을 방증하는 말이다. 그래서 전통의식이란 고전적
작품에 접했을때만 생기게 된다. 고전적 작품이라는 것은 무수한 시대, 무
수한 공간을 꾀뚫고 확충하면서 오늘날까지 그 가치를 존속시켜온 작품을
뜻하는 것이기 때문이다.[73]

이처럼 엘리엇의 전통론을 따른다면 더 이상 전통은 지방성, 풍속성,
향토성과 연결될 수 없다. 오히려 그와 반대로 전통은 시대와 공간에 구
속되지 않는 보편성과 연결된다. 이에 서정주, 김동리의 문학은 시대와
공간을 초월하는 보편성을 담지하지 못했으므로 전통이란 이름에 값할
수 없다는 결론도 자연스레 도출된다. 또, 여기서 그치지 않고 더 나아
가 이어령은 "서구인이 동양에 관심을 갖듯이 동양인이 서구의 문화에
관심을 기울이는 것이 그러고 보면 진정한 전통주의의 종국적인 방법이
될 것"이라고 주장을 펼치고,[74] 계속해서 "전통성은 그래서 범인간의 동
일한 무리를 형성할 것이고 넓은 정신의 시야를 제공해줄 것이다"라고

---

73 이어령, 「토인과 생맥주 =전통의 『터어미노로지』=」(하), 《연합신문》, 1958.1.12, 4면. 이하, 다른
    서지사항을 제시하기 전까지 따옴표 친 인용 대목은 그 출처가 모두 동일함.
74 그런데, 곰곰이 생각해보면 이러한 주장은 제2장에서 살펴보았던 「동양의 하늘 ―현대문학의 위기
    와 그 출구―」에서 토인비의 견해를 거론한 대목과 그 성격이 본질적으로 같음을 알 수 있다. 서구
    인이 동양을 주목하니까 우리도 동양을 주목하자는 주장(「동양의 하늘 ―현대문학의 위기와 그 출
    구―」)과 서구인이 동양을 주목하니까 우리는 서양을 주목하자는 주장(본문의 인용 대목)은 모두가
    서구인의 입장을 기준으로 삼고 있으므로, 오리엔탈리즘의 시선을 내재화했다는 혐의로부터 자유
    로울 수 없기 때문이다.

입장을 표명하며 글을 마무리한다.[75]

　전체적으로 조연현의 글에 대한 효과적인 공박이 이루어졌다고 할 수 있다. 하지만 조연현이 재반박을 하지 않았으므로 이어령의 목소리는 그저 공허한 메아리에 그치고 만다. 아마도 조연현은 재반박을 시도하기가 쉽지 않았을 것이다. 이어령의 공격이 날카롭기도 했지만 근본적으로 자신의 글에 허점이 많았기 때문이다. 또한, 아마도 조연현은 재반박을 시도할 동기도 없었을 것이다. 반론을 펼치는 데에 공을 들여 봤자 얻을 수 있는 것이 별로 없었기 때문이다.[76]

75　이어령의 다른 문면들에서도 이 글과 동일한 견해, 그러니까 엘리엇의 전통론에 기반을 둔 듯한 견해가 종종 발견된다. 한 사례로 "결국 문학이라는 것도 우리들의 이 고유한 얼굴과 고유한 음성의 표현에 지나지 않습니다. 그러나 이 개성(민족적 특성)이 참된 개성이 되기 위해선 『지이드』의 말마따나 『범용해진다』는 데 있는 것입니다."와 같은 대목이 그러하다. 이어령, 「현대의 신라인들＝외국 문학에 대한 우리 자세＝」(상),《경향신문》, 1958.4.22, 4면.

76　한편 조연현을 대신하여 김우종이 반론을 펼친다. 김우종은 「문학과 전통」(《연합신문》, 1958.1.21)을 통해 이어령의 「토인과 생맥주＝전통의 『터어미노로지』＝」를 직접 거론하면서 여러 문제점을 지적했는데, 이의 주요 대목을 한번 나열해보면 다음과 같다(김우종의 이 글은 다른 논의들에서 제대로 소개된 적이 드물기에 조금 상세히 인용하기로 한다). "그것(이어령의 「토인과 생맥주＝전통의 『터어미노로지』＝」;인용자)은 시와 산문 또는 비평문학이 무엇인지도 모르는 논문이었을 뿐만 아니라 각 항이 전연 논리적인 연결들을 이루지 못했다. 문학이 개인의 산물이 아니라는 등 모든 개념 규정을 거꾸로 하고 있다. 이런 무질서한 논문은 전통의 개념을 말하면서도 수정을 가해볼 형편도 없이 되어있으므로 필자는 여기서 문학과 전통의 문제를 필자대로 다시 밝혀 놓으려한다. …(중략)… 이어령 씨가 지난 번의 논문에서 예로 든 고전으로서의 『쉑스피어』 문학은 그가 생각하는 전통주의처럼 서구인이 동양 것을 연구하여 합하고 나는 것은 아니고 해적질 시대나 20세기 식민지 반환 시대의 것도 아닌 바로 어느 한 순간 한 국한된 지역에 살던 그러한 인물만이 갖는 개성을 표현한 것이며 그것이 바로 보편성과 영원성으로 통해지는 것이다. 즉 그것은 초공간적 초시간적인 것을 표현 대상으로 삼은 것이 아니라 초공간일 수 있고 초시간일 수 있는 순간적인 일 지역의 산물을 대상으로 한 것이다. 『쉑스피어』 문학이 우수하다는 것은 그것이 이러한 전무후무의 일회성의 표현이 잘 되어있기 때문이며 그것이 고전일 수 있는 이유는 그 민족 그 지방에 국한된 그 시간의 구체적인 인간상을 통해서 그들만이 가질 수 있는 영원한 전통적인 생활감정을 그려 왔기 때문이다. …(중략)… 그런데 이어령 씨는 『서구인이 동양에 관심을 갖듯이 동양인이 서구의 문화에 관심을 기울이는 것이 그리고 보면 진정한 전통주의의 국극(局極(sic;궁극(窮極))적인 방법이 될 것이다』하며 그의 문체가 증명하듯이 우리 언어의 문장에다 『터미노로지 · 푸로빈 시어리즘 · 터(sic;

그렇기에 조연현과의 논쟁은 이 정도에서 마무리가 되거니와, 다만 몇몇 논자들이 지적한 문제, 그러니까 이어령이 엘리엇의 전통론을 빌려와 설명한 전통 개념이 이어령 자신의 이전 글에서 쓰였던 전통 개념과 상충된다는 문제에 대해서는 약간의 검토가 더 필요해 보인다. 이어령은 방금의 「토인과 생맥주 ＝전통의 『터어미노로지』＝」에서 전통을 "터(sic; 타)임레스, 스페이스레스"한 것이라고 규정했다. 그런 반면, 이어령은 이전의 「우리 문화의 반성 ―신화 없는 민족―」에서 "전통이라는 표준어"가 없다고 언급했다. 이럴 때 전통이 초시간적, 초공간적인 것과 전통이 부재한다는 것은 양립되지 않는 모순이라는 지적이다.[77] 다시 말해 이어령은 "유럽발의 모더니티에 의해 사상되어버린 전근대 한국의 고귀한 것들이라는 의미"의 일반적인 전통 개념과 엘리엇의 전통론으로부터 이끌어낸 전통 개념 사이에서 우왕좌왕하는 면모를 노정했

타)임레스 · 스페이스레스』 등 서구어를 마구 뒤섞어 놓는 혼합 정신을 전통주의로 이해하고 주장하고 있다. 한국인이 한국어로 표현하지 못하고 왜 이런 밸 빠진 문체를 쓰는지? 그런 사람들은 한국어에다 서구어를 섞으면 초공간적인 세계적인 문장이 되는 줄로 알지만 실상 이런 문장은 타국 문화에 정복당한 이 나라 일부 『인테리』의 노예 문장일 뿐이다./ 김치 깍두기는 김치 깍두기대로 발전시켜야 그것의 고유한 가치가 딴 모든 것과 대결될 수 있는 주체적인 가치를 지니는 것이지 만일 여기에 『빠타』와 『치-즈』를 범벅해 놓으면 이건 정말 괴상망측해서 아무에게도 쓸모가 없을 것이다."(김우종, 「문학과 전통」, 《연합신문》, 1958.1.21, 4면) 그리고 김우종의 반론에 대해서 이어령은 「바람과 구름과의 대화 ＝왜 문학논쟁이 불가능한가＝」(《문화시보》, 1958.10)로 재반론을 펼친다. 간단히만 적어둔다면 이어령은 도입부에서 조연현을 뻐꾸기로 김우종을 개개비로 비유하며, 조연현이 직접 나서지 않고 김우종이 대신 나선 것을 우선 비판한다. 그러고서는 김우종을 향해 본격적인 공격에 나서는데, 이때의 핵심은 김우종이 자신의 글을 제대로 이해하지 못해서, 또, 스스로 논리가 뒤엉켜서 모순적인 이야기를 펼쳤다는 것이다. 그런 다음, 상대방의 글을 제대로 해석조차 못하는 김우종과는 문학적인 논쟁이 성립하지 않음을 강조하는 것으로 끝을 맺는다. 이렇게 한 차례의 공방으로 김우종과 이어령 간의 논쟁은 마무리된다.

77　　신두원, 앞의 글, 267면 참고.

다는 지적이다.[78]

하지만 다른 각도로 접근해볼 가능성이 없지 않다. 「우리 문화의 반성 ―신화 없는민족―」을 찬찬히 되짚어보면, 중반부쯤의 "4천 년의 역사 가운데 일관하여 흘러 내려온 한국 민족의 정신―어느 시대 어느 사람에게도 통할 수 있는 그 문화의 전통"[79]과 같은 문구에서는 일반적인 전통 개념이 포착되지만, 그와 동시에 후반부쯤의 "우리 것을 가지고 세계의 문화권에 참여해야만 될 때다 그러기 위해서 우리가 해야 할 것은 지나간 세대의 사람 혹은 동세대의 청년들에게 아니라 사실 앞으로 올 다음 세대인을 향해서 신화를 창조해주는 것이다"[80]와 같은 문구에서는 엘리엇의 전통론으로부터 이끌어낸 전통 개념이 감지되는바,[81] 이처럼 「우리 문화의 반성 ―신화 없는 민족―」은 일반적인 전통 개념만을 담지한 글이 아니며, 엘리엇의 전통론으로부터 이끌어낸 전통 개념까지를 함께 담지한 글인 것을 알 수 있다.[82] 그리고 이로 보면 이어령이 여기서

---

78 서영채, 「민족, 주체, 전통―1950~60년대 전통 논의의 의미」, 『미메시스의 힘』, 문학동네, 2012, 338~340면 참고.

79 이어령, 「우리 문화의 반성 ―신화 없는 민족―」(중), 《경향신문》, 1957.3.14, 4면.

80 이어령, 「우리 문화의 반성 ―신화 없는 민족―」(하), 《경향신문》, 1957.3.15, 4면.

81 약간의 보충 설명을 덧붙여두기로 하면 다음과 같다. 「우리 문화의 반성 ―신화 없는 민족―」에서는 '신화 → 문화 → 전통'이라는 연쇄의 흐름이 나타났음을 다시금 상기할 필요가 있다. 더불어, 「화전민 지대 =신세대의 문학을 위한 각서=」에서는 신화의 창조가 곧 문학으로써 이루어진다고 했음을 다시금 상기할 필요가 있다. 이처럼 이어령에게 문학, 문화, 신화, 전통은 그 모두가 동일한 궤도에 놓여 있는, 그래서 치환이 가능한 일련의 것들이었다. 그러므로 "다음 세대인을 향해서 신화를 창조해주는" 것이란 엘리엇의 전통론에 의거한 초시간적, 초공간적인 고전적 작품을 만들어야 한다는 것과 같은 의미로 간주될 수 있다.

82 물론 전술한 것과 같이 「우리 문화의 반성 ―신화 없는 민족―」은 퍼포머티브의 수행에 치중한 글이므로 내용 전개에 있어 논리성, 유기성 등의 미흡함을 여러모로 보이는 것이 사실이다. 이런 사실이 충분히 감안되어야 함을 밝히며 「우리 문화의 반성 ―신화 없는 민족―」을 간단하게나마 재차 정리해보면, 여기서 이어령이 지녔던 기본적인 사유는 〈① 물려받은 것이 일절 없다. ② 그러니 지

는 이쪽의 뜻으로(즉, 「우리 문화의 반성 —신화 없는 민족—」에서는 일반적인 전통 개념으로) 저기서는 저쪽의 뜻으로(즉, 「토인과 생맥주 =전통의 『터어미노로지』=」에서는 엘리엇의 전통론으로부터 이끌어낸 전통 개념으로) 혼동해서 전통 개념을 구사했다고 판단하기보다는, 이어령이 두 개의 전통 개념을 제대로 인지하고 있었으되,[83] 다만, 병행하며 구사하는 과정에서 읽는 이로 하여금 헷갈리게끔 인식할 여지를 조금 주었다고 간주함이 옳으리라고 여겨진다(이어령의 글을 한 편씩 따로 보았을 때는, 일반적인 전통 개념과 엘리엇의 전통론으로부터 이끌어낸 전통 개념을 나름대로 구분해서 표현하고자 신경 썼음을 알 수 있다. 하지만 여러 편의 글들을 함께 보았을 때는 두 개의 전통 개념을 혼동했다는 식의 오해를 받을 만한 요인이 존재함을 알 수 있다).

금부터라도 새로운 것을 만들 필요가 있다. ③ 물론 이 새로운 것이란 시공간에 구애받지 않고 전 세대와 전 세계에 두루 통용되는 수준이어야 한다) 정도로 파악된다. 서구에서 온 것을 자양분으로 삼아 스스로 성장한 이어령에게 후진적인 상황을 극복하고 선진적인 차원에 도달하는 과정으로서의 ①, ②, ③은 당위 명제와 마찬가지였다. 그리고 이럴 때 ①의 '물려받은 것'은 일반적인 전통 개념으로 ②와 ③의 '새로운 것'은 엘리엇의 전통론으로부터 이끌어낸 전통 개념으로 각각 연결되는 모양새를 띠었다고 할 수 있다.

83 이어령이 두 개의 전통 개념을 인지하고 있었다는 사실은 다음과 같은 이어령의 발언을 통해 알 수 있다. "언어 속에 생명적인 혈맥의 흐름이 있는 이상 우리는 전통이 없다고 말해도 있는 것이고 있다고 말해도 있는 것입니다. 그러나 문학 특히 시를 말할 때 전통이란 문제가 이야기되지 않을 수 없는 것은 그런 의미에서의 전통론이 아니란 말씀입니다. 우리가 전통이라고 할 때는 몇 가지 개념의 테두리를 갖습니다. 문학에서 문제된 것부터가 서구적인 것입니다. 아니 해방 전만 하더라도 문학을 논하는데 전통이 문제되었던 일은 거의 없습니다. 민족문학의 개념을 가지고 전통을 말씀하시는데 이것은 배비프가 지적하고 있는 대로 다대한 혼동입니다. 문학에서 전통을 따지는 것은 낭만주의자가 아니라 고전주의자들이며, 개성이나 감정의 시가 아니라 비개성과 이성의 시에서입니다. 즉 1910년대의 엘리오트와 같은 네오 · 쿨래시즘에서 전통이란 문제가 생겨난 거지요. 우리가 어떠한 말을 쓸 때는 그 말이 생성되어 사용되어진 컬츄럴 · 콘텍스트를 따져보아야 합니다. 전통을 말하면서, 전통이란 용어가 어떻게 씌워 내려왔는지 하는 그 전통을 생각지 않는다는 것은 웃으운 것입니다."《토론》 단절이냐 접합이냐? —한국 현대시 50년이 남긴 제(諸)문제—」,《사상계》, 1962.5, 318면.

3) 김동리와의 논쟁

마지막으로 김동리와의 논쟁을 보자. 김동리와의 논쟁은 1~2회에
그치지 않고 수차례의 설전이 오갔기에 논쟁이라고 불릴 만한 자격이
충분히 주어진다고 할 수 있지만, 정작 이 논쟁이 종료된 다음에 덧붙여
진 당대의 세간평(世間評)들을 보노라면, 과연 이 논쟁에 어떠한 성과가
있었는가 하는 회의부터가 우선 들게 된다.

▲ 요즘 우리나라에서 각 방면에 걸쳐서 논쟁이 있었는데 그러나 문제의 핵
심을 토의하였다는 것보다도 오히려 지엽 말단에 흐르는 감이 있었고 심지
어는 인신공격까지 나와서 독자에게 불쾌감을 준 일까지 있었다 ▲ 그런데
김동리 씨와 이어령 씨의 논쟁도 이 범주에서 벗어나지 못한 것 같아서 유
감스럽다 문학에 대하여 논쟁을 하려면 얼마든지 좋은 논제가 있을 것이다
그런데 사소한 말끝의 트집을 잡아서 그것을 가지고 장광설을 하니 이와 같
은 논쟁이 대체 우리나라 문학에 얼마나 한 기여를 할 수 있단 말인가? …
(중략)… 적어도 논쟁을 한 번 치르면 그 방면에서 일대(一大) 박차(拍車)
가 있어야 할 것이다 그런데 우리나라에서는 논쟁을 여러 번 치르고 나도
결국 수확이라고는 아무것도 없는 것 같다 이와 같은 것도 논쟁이라고 할
수 있는지 모르겠다 ▲ 좀 더 건설적인 방향으로 논쟁을 전개해 주기를 바
란다[84]

---

84   「여적(餘滴)」,《경향신문》, 1959.3.22, 1면.

○…〈실존성〉인지 무언지가 꼭 있어야 그 작가의 작품이 훌륭하다고 할 것
은 아니지만…또 그런 것이 없다고 해서 작품이 나쁘다고 할 것도 아니며…
/ ○…하여튼 말쑥하게 생긴 한말숙 양은 김동리 · 이어령 양 씨의 논전에
그 작품이 오르내려 열심히 신문을 사 본다 귀가 하도 가려워 밤에 잠도 못
이룬다면서…/ ○…그날도 신문사에 문의까지 해서 그 논전이 실린 신문
을 사 보긴 사 보았으나 『여기도 내 얘기는 별로 없을 거야』고 이젠 군더더
기 말들만 늘어놓는 것이 대수롭지 않다는 정도로 귀여운 콧방귀… [애꾸
눈]⁸⁵

"인신공격까지 나와서", "사소한 말끝의 트집을 잡아서", "결국 수확
이라고는 아무것도 없는 것 같다 이와 같은 것도 논쟁이라고 할 수 있는
지 모르겠다", "군더더기 말들만 늘어놓는 것" 등의 표현은, 당시 김동리
와 이어령 간의 논쟁이 얼마나 무가치하게 받아들여졌는지를 잘 알려준
다. 그런데, 김동리와 이어령 간의 논쟁이 이렇게 취급되어버린 까닭은
무엇일까. 그 당시 김동리만큼이나 이름값 높은 문단 내 인사가 별로 없
고, 또, 그 당시 이어령만큼이나 촉망받는 문단 내 신인이 별로 없음에
도, 왜 이들은 생산적이지 못한 설전을 벌이는 수준에 그치고 말았을까.
김동리로부터 문제점을 찾아본다면, 이 시기의 김동리가 "이미 시대의
흐름을 따라가지 못하고 뒤떨어진 존재가 되고 말았"다는 사실을 제시
할 수 있다. 다시 말해 김동리는 과거의 기억(유진오와의 세대 논쟁 및 김
병규, 김동석과의 해방 직후 좌 · 우익 논쟁)을 "자못 화려한 추억으로 소중

---

85 「까실」, 《경향신문》, 1959.3.23, 4면.

하게 간직"하고 있던 까닭에 "달라진 상황을 허심탄회하게 받아들이며 거기에 제대로 적응해 나가는 자세를 갖추기 어려웠던" 것이다.[86] 반대로 이어령으로부터 문제점을 찾아본다면, 이 시점의 이어령이 그 누구보다도 기성들에 대한 강한 부정의식을 지니고 있었다는 사실을 제시할수 있다. 다시 말해 이어령은 기성들의 권력을 타파하고자 김동리와 논쟁을 감행한 것이었고, 이에 김동리가 어떠한 내용의 발언을 하든 간에 상관없이 전면적인 거부와 흠집 내기의 반론으로만 일관했을 뿐 대화의 자세가 전무했던 것이다.

하지만 김동리와 이어령 간의 논쟁이 "완전히 무시되어도 좋을 만큼 하잘것없는 것이라고는 결코 말할 수 없다." 김동리와 이어령 간의 논쟁이 "중진급의 소설가 겸 평론가를 한쪽 당사자로 하고", 또, "패기만만한 소장 평론가들 중 대표자"를 "다른쪽 당사자로 해서 벌어"졌다는 사실 및 "그 당시의 가장 첨예한 쟁점들을 주제로 삼고 벌어"졌다는 사실은 부정될 수 없는바, 김동리와 이어령 간의 논쟁을 살펴보아야 할 필요성은 이 두 가지 사실만으로도 충분히 주어지기 때문이다.[87] 그렇다면 김동리와 이어령 간의 논쟁은 구체적으로 어떤 양상을 보여주었는가.[88]

---

86   이동하, 「한국 비평의 재조명·3 — 김동리와 〈사회주의적 사실주의〉 논쟁 —」, 『한국문학과 비판적 지성』, 새문사, 1996, 85~86면 참고.
87   위의 글, 86면 참고.
88   흔히들 김동리와 이어령 간의 논쟁을 '실존(성, 주의) 논쟁'이라고 명명하지만, 본 논문에서는 이 명칭을 사용하지 않고자 한다. 자칫 이 논쟁에 대한 이해를 좁힐 우려가 있다고 판단한 까닭이다. 이 논쟁은 '실존(성, 주의)'이라는 요소와 함께 '극한의식', '지성(적)' 등의 요소들이 함께 맞물려 있다. 물론 넓은 측면에서 볼 때 '극한의식'이라는 요소는 '실존(성, 주의)'이라는 요소 안으로 포함될 수 있다는 견해가 제시될 수 있지만, 실제의 공방 과정에서 각각의 요소들은 분리되어 별개의 사안으로 취급되고 있다.

어느 논쟁이든 간에 인정투쟁의 성질을 기본적으로 지니고 있고, 그러므로 대립되는 의견이 교환되고 조정되어 긍정적인 절충안으로 승화되는 일은 드물다고 할 수 있지만, 김동리와 이어령 간의 논쟁은 일반적인 경우보다 훨씬 더 극단적인바, 대립되는 의견이 일절 모아지지 않은 채 시소의 운동처럼 한 끝과 다른 끝이 오르락내리락하는 부정의 언술들만이 교환되다가 조금씩 동력을 잃고 시들해지고 마는, 헛심 쓰기의 공허한 이전투구(泥田鬪狗)로 귀결되는 모양새임이 부정되기 어렵다. 이러함에 어느 쪽이 승자냐, 패자냐를 따진다거나 어느 쪽의 주장이 옳으냐, 그르냐를 따지기보다는 신구(新舊)를 대표하는 두 인물이 각각 지닌 바의 입장이 얼마나 상이한지를 확인하는 대로, 나아가 이러한 입장의 차이로 말미암아 필연적으로 벌어질 수밖에 없었던 문단 헤게모니(hegemonie) 다툼의 면모를 확인하는 대로 포커스가 자연히 맞춰져야 할 것이다. 시소를 움직인 최초의 사건은, 다시 말해 김동리와 이어령 간의 논쟁이 시발된 지점은 이어령의 「1958년의 소설 총평」으로 주어진다. 구체적으로 총평의 이름 아래 오상원의 「모반」을 대상으로 삼아서 다룬 부분이 문제시되었는데 그 요주의 대목을 제시하면 다음과 같다.

동인문학상 수상 작품의 꼬리표가 붙은 작품이다. 사상계에 다시 게재도 되었고 해서 금년의 작품평에 포함시켜 본다.[89]

89   이어령, 「1958년의 소설 총평」, 《사상계》, 1958.12, 344면.

그러나 난 현대의 휴매니스트가 운명하는 「어머니의 손」을 잡고 우는 것이라고는 믿기지 않는다. 그런 휴매니즘은 옛날에도 참으로 많았다. 빅타 상표에 그려져 있는 「개」도 그런 휴매니즘쯤(?)은 얼마든지 그의 주인에게 바쳤던 것이다. 또 「심청」이도. 씨(氏) 그가 말하는 「평범한 인간」이란 도대체 무엇인가? 선량한 아버지 선량한 아들 선량한 남편이 된다는 말일가? 좀 미심적다. 그리고 씨의 문장은 너무도 조잡해서 읽을 기력이 없다. 씨는 항변할지도 모른다. 「산문 문장이란 사상을 운반하는 「바퀴」와 같은 것이다. 중요한 것은 사상(주제)이다」 그러나 씨 역시 「기름 안 친 빽빽한 바퀴」는 원하지 않을 것이다. 일례를 들면 씨가 「미묘한 웃음」이라는 똑같은 말을 자꾸 되풀이해서 쓴다든가 (한 장에 서너 차례씩 나온다) 「한눈도 주지 않고」 「허공에 눈 주고 있다가」 「기사를 이리저리 눈 주어가다가」 등의 부자연한 말(나는 「허공을 바라보고 있다가」와 「허공에 눈 주고 있다가」와 어떻게 다른 것인지 잘 모른다. 하필 어색하게 본다는 말을 「눈 준다」고 하는 것인지 이해하기 어렵다)이라든가 「혼돈된 갈등」이라는 말에서처럼 동일한 의미를 중복해 쓴 것이라든가 (「갈등」 속에는 이미 혼돈이란 뜻이 내포되어있는 것이다. 씨는 「피리어드」에서도 「고요한 침연(沈然(sic;침묵(沈默))이 흘렀다」란 말을 쓰고 있는데 이 경우와 똑같은 예이다. 「정돈된 갈등」이 없는 이상 시끄러운 침묵이 없는 이상 굳이 같은 뜻을 겹쳐 쓸 필요가 어디 있을가) 그리고 또 「무기미」니 (이것은 일본말의 「무기미(無氣味)」를 우리나라 말로 그대로 쓴 것이다. 씨는 아내보고 「여방(女房)」이라고 할는지?)/ 「과연 진범은 누구? 체포된 피해자는 진범이 아닌 듯」 등의 해득하기 곤란한 말을 쓰는 것이라든가 「스쳐 지나가고 마저 있었다」 「깨물고 마저 있었다」 등의 외국말 비슷한 사투리(?)라든가⋯⋯. 까다롭기 짝이 없는 그 많은 어법은 기름치지 않은 바퀴처럼 빽빽하기만 하다. 그리고서야 어디 사상이래도 운반할 수 있을 것인가? 세련된 문장을 써 주었으면 (미문(美文)이란 뜻이 아니다) 피차에 고맙겠다. 문장력의 빈약함이 옥에 붙은 한 점의 티니까…….[90]

(첫 번째 인용문에서 언급된 내용을 조금 보완하여 서술하자면) 오상원의 「모반」은 1957년 11월호《현대문학》에 발표된 작품으로 1958년의 소설들을 평설하는 장소에 불려 나오기는 적절하지가 않으나, 1958년에 제3회 동인문학상을 수상하게 되면서 당해 10월호《사상계》에 다시 게재되는바, 그렇기에 이어령은 이 작품을 1958년의 소설 총평 자리로 호출하여 평가해보고자 한 것이다. (두 번째 인용문에서 길게 언급된 내용과 같이) 이어령이 내린 「모반」에 관한 평가는 상당히 박했는데, 휴머니즘이 너무 공소하게 그려졌다는 사실 및 문장 쓰기에 있어서 큰 약점이 노출된다는 사실이 특히 두드러진 약점으로 지적되었다.

그런데 이어령이 「모반」을 평가하면서 문제로 삼은 휴머니즘과 문장 쓰기라는 두 가지 요소는 이미 제3회 동인문학상 심사과정 중에서도 주요 안건이었으므로 주목을 요한다. 김동리, 박남수, 백철, 안수길, 황순원이 제3회 동인문학상의 심사위원으로 위촉되어, 1958년 8월부터 1958년 10월까지 몇 차례의 심사를 거쳐, 「모반」을 수상작으로 최종결정했던바, 이때의 각각 추천평을 간단히만 확인해두자면 아래와 같다.

---

90 위의 글, 345면. 이 대목을 길게 인용한 이유는, 이 대목이 김동리와 이어령 간의 논쟁이 벌어지게 된 일차적인 계기로 작용했기 때문이지만, 더불어, 이후 한창 설전이 벌어질 때도 이어령이 이 대목에 쓰여진 내용을 거의 그대로 반복하여 서술했기 때문이다. 기실 오상원에 대한(특히 오상원의 작품을 이루는 문장에 대한) 이어령의 평가는 이 대목으로부터 단 한 치도 달라지지 않는다.

언어에 대한 정확성, 문장의 간결성, 영화적인 「커트 · 빽」의 수법에 의한 이야기의 입체조화적인 발전과 심리적인 복선에 의한 새로운 구상 구성 등.[91]

이 작가의 특질이자 장점처럼 돼 있는, 허지만 내가 보기에는 결함의 하나인 관념적 어휘의 남용과 거기 따르는 추상적인 구성등이 이 「모반」에서는 퍽 가시어진 것도 사실이다. 그러나 아직 이 작품에 있어서도 군데군데 필요 이상의 흥분된 용어와 작자 취미의 과장된 대화등이 눈에 거슬림을 어찌할 수가 없다.[92]

첫째 단편다운 구성이 있다는 것과, 둘째 주인공의 행동적 기조에 휴매니티이가 있다는 점이다. 문장에 대해서는 왈가왈부가 있었지만 나로서는 역시 지성적인 문장으로 인정한다.[93]

오상원 씨의 「모반」은 정당 난립 좌우익의 혈투가 치렬했던 해방 1년 후의 한 시기를 포촉하여 정치적 테로리스트의 심중에 강력하게 살고 있는 휴매니티를 빈틈없는 구성에 조져 놓은 작품이다. …(중략)… 심사석상에서 논의된 문장에 대한 소견을 말한다면 씨의 문장은 군소리가 없는 직선적인 것이어서 스피트와 함께 박력으로 독자에게 애필해오나 자칫하면 침착성을 잃을 우려가 있고 무엇보다 우리말의 어휘가 부족하고 따라서 우리말로서의 어감의 미에 시련이 요망된다. 그러나 간결, 정확, 속도가 현대문학의 특색이며 이것이 산문 문장의 본도라고 한다면 씨의 문장은 그런 것을 지향하

---

91 백철, 「「모반」을 천(薦)함」, 《사상계》, 1958.10, 314면.
92 황순원, 「나의 의견」, 위의 잡지, 315면.
93 김동리, 「「모반」에 찬성」, 위의 잡지, 316면.

고 있다고 볼 수 있다.[94]

오상원 씨의 「모반」은 그 입체적인 구성의 묘미라든가 주제에서 풍긴 휴매니티를 높이 보기 때문에 이 작품이 수상된 데 대해서 이론이 있을 까닭이 없다. 그러나 다만 문장 면에 있어서 좀 더 설득력이 있는 방향에로 비약하기를 바란다.[95]

「모반」을 평가함에 있어서, 휴머니즘에 대해서는 대체로 긍정적인 의견이, 문장 쓰기에 대해서는 서로가 엇갈린 의견이 각각 개진되었음을 확인할 수 있다. 구체적으로, 문장 쓰기를 둘러싸고서 두 명(김동리, 백철)이 긍정의 입장을, 두 명(박남수, 황순원)이 부정의 입장을, 그리고 한 명(안수길)이 일부 긍정-일부 부정의 입장을 표명했던바, 각자의 의견을 종합해보면 〈문장이 간결하다는 점은 인정되나, 어휘 혹은 용어의 사용은 보완되어야 한다〉 정도가 되지만, 확실히 「모반」에서의 문장은 그냥 넘기기가 곤란한 '목에 걸린 가시' 같은 것으로 심사위원들에게 다분히 논란거리가 되었음을 알 수 있다(이때 김동리는 "나로서는 역시 지성적인 문장으로 인정한다."라고 자신의 입장을 단호하게 밝혔지만, '지성적인 문장'이 무엇인지에 대해서는 별다른 설명을 덧붙여놓지 않아서, 차후의 다툼 소재 중 하나를 스스로 제공한 셈이 된다).

이로 보면 이어령이 전년도에 발표된 「모반」을 굳이 가져와서 휴머니즘과 문장 쓰기를 약점으로 콕 집어 지적한 이유가 분명히 드러난

---

94 안수길, 「심사소감」, 위의 잡지, 316면.
95 박남수, 「상의 성격 · 기타」, 위의 잡지, 317면.

다. 즉, 이어령은 제3회 동인문학상의 심사위원들이 「모반」을 수상작으로 선정한 배경 자체를 송두리째 부정한 것이다.[96] 상기의 인용문을 통해 확인되었듯이 이어령은 긍정적 요인으로 간주되었던 휴머니즘부터를 인정하지 않았거니와, 애초부터 왈가왈부의 요인이었던 문장에 대해서는 작품 속 구절들을 세세히 따지면서 비판하는 자세까지를 보여주었다. 그리고 이어령의 이와 같은 뚜렷한 비동의 의사 표명은 근본적으로 문학상 자체의 정당성을 의심하는 데서 기인된 것으로 여겨진다. 그렇다면 이어령이 이러한 자세를 취한 이유란 무엇인가.

푸코가 언명한 바와 같이 '권력'이 비가시적으로 개개인에게 각인화, 내면화되는 것이라면, '문단(혹은 문학) 권력'이라는 실체가 불분명한 힘 또한 보이지는 않되 문단 구성원들에게 영향을 미쳐 그 행동, 행위의 양식을 암묵리에 규제, 통제하는 것으로 이해될 수 있다. 흔히들 문단 내 거두(巨頭)로 누구누구를 지목하여 그(들)의 막강한 권력을 문제로 삼곤 하지만, 막상 그렇게 지목된 당사자(들)가 어떤 권력을 지니고서 어떻게 권력을 휘둘렀는가를 실제적인 차원에서 파악해보고자 할 때는 상당한 모호함, 막연함의 감정을 느끼게 된다. 특정한 누군가(들)가 권력을 지녔다는 사실마저 부정될 수는 없지만, 그(들)가 지닌 권력은 여기저기에서 직접적으로 작용, 행사된다기보다는 그물망처럼 쫙 펼쳐져 있을 따름이며, 이와 같은 그물망 아래서 순종, 복종하는 신체들, 곧, 문단

---

96   홍기돈은 이어령이 「1958年의 소설 총평」에서 「모반」을 다루면서 비판하고자 했던 대상을 김동리로 한정하여 논의를 펼친 바 있다. 하지만 이 경우에는 좀 더 대상의 범위를 넓혀서 수상작 추천 이유에 대한 전반적인 회의의 입장을 내보인 것으로 여김이 타당하지 않을까 생각된다. 홍기돈, 『김동리연구』, 소명출판, 2010, 237~238면 참고.

구성원들이 포착될 뿐인 까닭이다.

다만, '문단(혹은 문학) 권력'이 간혹 실체화되는 돌출점 같은 것을 그
래도 한번 찾아본다면 '추천등단제'나 '문학상' 등의 제도적 장치가 지
목될 수 있다. 어느 구역 안으로 진입하기를 허가해준다는 것, 그리고
몇몇을 골라내어 상을 쥐어준다는 것 자체가 기득권층의 특권인 까닭
이다. 하지만 이러한 기득권층의 특권이 구성원 대다수에게 언젠가부
터 이례적으로 여겨지지 않고, 마치 규격, 규정화된 프로세스(process)
처럼 당위적으로 의식된다면(혹은 거부할 수 없는 통례의례로 인식된다면),
여기에는 어느새 '권위'라는 것이 덧씌워지는바(그러니까 '어느 잡지 출
신', '어느 문학상 수상자' 등의 레테르가 자랑스럽게 내세워져 모두에게 갈망,
욕망의 대상이 되는바), 이런 식(의 반복)으로 '문단(혹은 문학) 권력'의 기
반, 토대는 계속해서 굳건해지기 마련이다. 이처럼 '문단(혹은 문학) 권
력'을 유지, 확장시킨 핵심 요소 중 하나가 바로 '추천등단제'나 '문학상'
등의 제도적 장치라고 할 수 있거니와, 추천을 통해 등단한다는 이러한
방식이 얼마나 뚜렷하게 '문단(혹은 문학) 권력'을 공고화시켜주었는지
는 특별한 부연 설명이 구태여 필요치 않으며(가령, 일제 말기《문장》의 3
회 추천을 거친 등단 완료의 절차나 해방 후《문예》,《현대문학》의 신인추천제
를 떠올려볼 수 있다), 또한, 문학상을 제정하고 수상한다는 이러한 행위
가 얼마나 뚜렷하게 '문단(혹은 문학) 권력'을 공고화시켜주었는지도 특
별한 부연 설명이 구태여 필요치 않을 것이다(가령 지금도 종종 벌어지는
문학상을 둘러싼 각종 알력, 다툼을 떠올려볼 수 있다).[97]

97　앞서 이 장의 각주5번을 통해 추천등단제에 대해 이어령이 부정적인 입장을 지녔음을 살펴본 적 있

이런 측면에서 제3회 동인문학상 수상작 「모반」을 끌어내리는 작업은 '문단(혹은 문학) 권력'을 재구축하고자 쉬지 않고 동분서주하던 이어령에게 꼭 필요한 것임이 틀림없었다.[98] 1958년 10월에 수상작 선정 결과가 발표된 만큼 해를 넘기지 않으려면 조금 서둘러 반론이 개진되어야 했다. 이어령이 당해 12월에 자신에게 주어진 지면에서, 그러나 당해 발표된 소설들을 평가해야 하는 지면에서, 다소간의 어색함을 무릅쓰고서라도 전년도의 작품을 뒤늦게나마 불러와 두 달 전의 천거평(薦擧評)을 다분히 의식하면서 반박의 언술을 펼친 소이(所以)는 바로 여기에 있었다.

그리고 한 달 뒤 새해를 맞아 김동리의 「본격작품의 풍작기 =불건전한 비평 태도의 지양 가기= 」가 발표된다. 부제를 붙이는 이유가 보통

거니와, 이러한 서술과 관련되는 이어령의 발언을 추가로 제시하면 다음과 같다. "외국의 신인들은 대부분 독자의 지지를 얻어 나타나게 되지만, 우리 신인들은 기성 문단에 결재를 받아야 비로소 행세할 수가 있다. 기성 문단의 인준(낡은 가치관) 밑에서만 새로운 신인이 데뷔할 수 있다는 이 조건은 대부분의 신인이 곧 기성적인 문학에 동조하고 타협하지 않으면 안 될 현실을 만들어 놓은 것이다. 그렇지 않으면 곧 고립하게 된다."(이어령, 「패배한 신인들 —기성적인 문학에의 탈피」(하), 《동아일보》, 1959.7.1, 4면) 다만, 여느 글들을 보면 「패배한 신인들 —기성적인 문학에의 탈피」을 두고서, 말 그대로 이어령이 패배를 선언했다는 식으로 서술한 경우가 더러 발견되는데, 이는 재고가 필요하다. 이어령은 비록 현실적인 문단 조건을 당장 바꾸기는 어렵다고 해도 신인들의 정신, 태도는 얼마든지 바꿀 수 있다며, 신인들의 자성을 촉구하는 것으로 글을 마무리하고 있기 때문이다.

98 이어령은 오상원의 「모반」만이 아니라 유주현의 「언덕을 향하여」에 대해서도 마찬가지로 강하게 비판하고 나섰다. 구체적으로 이어령은 「언덕을 향하여」가 "자유아세아 문학상"을 수상하게 된 것에 대한 불만을 드러냈다. 차라리 작품집 『태양의 유산』을 대상으로 수상을 했다면 그나마 수긍을 할 수 있다지만, 어찌하여 한 개의 단편인 「언덕을 향하여」를 대상으로 수상을 했는지가 도무지 이해되지 않는다는 것이다. 「언덕을 향하여」가 여느 작품보다도 우수하다고 여겨지지 않는바, 어떤 비평적 규준이 작용했는지 전혀 알 수 없고, 그 결과 작가에게도 독자에게도 모두 독이 되어버린 상황이 만들어졌다는 것이다. 결국 「언덕을 향하여」가 문학상 수상에 걸맞은 작품인지를 따져 묻는 내용인바, 이어령은 이처럼 문학상 수상작을 선정하는 문제에 대해 계속해서 비판을 가했던 것이다(이상의 내용은 이어령, 「언덕을 향하여 —「문학상」과 유주현 씨의 작품을 중심으로」, 《부산일보》, 1959.2.4, 2면 및 이어령, 「문학상과 언덕을 향하여」, 《부산일보》, 1959.2.5, 2면을 요약한 것임).

은 제목을 보충하는 데 있음을 감안할 때, 제목과 부제가 상호 연관되지 않고 각각 의미를 발산하고 있다는 점에서 이 글은 일단 특징적이다. 이 글에서는 작년도에 문예작품이 풍성하게 발표되었다는 내용을 시작으로, 본격소설을 지향해나가야 한다는 내용과 시의 질적 수준의 제고(提高)를 바란다는 내용과 비평가의 무능과 무지를 지적하는 내용이 뒤이어서 나타난다. 이어령을 염두에 둔 것으로 추정되는 대목은 당연하게도 맨 마지막의 내용인바, 이를 확인해두자면 다음과 같다.

> 그러나 질적 수준에 있어서는 시나 소설에도 훨씬 미치지 못한 것이 또한 평단이 아닐까 생각된다 원칙론에 있어 이렇다 할 문장이 없는 것은 별도로 하더라도 시평이나 작품평의 졸렬성은 독자들의 빈축을 금할 수 없게 하였으니 그 가장 현저한 몇 가지 예를 들면 다음과 같다/ 첫째 월평이나 총평을 쓰는 경우 원칙적으로는 그달의 작품 그해의 작품 전체가 비판 대상이 되어야 하지만 지면 관계로 그것이 불가능하다고 하더라도 그것의 취사선택엔 어떤 원칙과 규준을 내세워야 할 터인데 아무런 전제도 없이 임의의 작품을 끌어내어 부당하게 깎이도 하고 추기기도 하니 이것은 완전히 깎이 위해서 끌어냈다거나 추기고 싶어서 끌어냈다는 말밖에 되지 않는 것이요 …(중략)… 가뜩이나 뒤떨어진 비평문학이 더구나 내일의 문단을 담당해야 될 신인들이 스스로 평단의 권위와 신뢰성을 이렇게 여지없이 짓밟고 있으니 이맛살이 찌푸러지지 않을 수 없다[99]

---

99   김동리, 「본격작품의 풍작기 =불건전한 비평 태도의 지양 가기=」, 《서울신문》, 1959.1.9, 4면.

"원칙과 규준" 없이 임의로 "작품을 끌어내어 부당하게 깎"은, "평단의 권위와 신뢰성을 이렇게 여지없이 짓밟"은 신인이란 대체 누구를 의미하는가. 이렇게 김동리는 이어령을 직접적으로 호명하지는 않았으되, 이어령이 애초부터 「모반」을 다룬 이유가 「모반」(의 수상 결정)을 "완전히 깎이 위해서"였음을, 그리고 이는 '불건전한 비평 태도'에 다름 아님을 꼬집은 것이다.

이렇게 이어령이 제3회 동인문학상의 정당성을 문제 삼아 선공을 펼치니, 다시, 제3회 동인문학상의 심사위원 중 한 명이었던 김동리가 나서서 이어령을 향해 반격을 펼친 셈이지만, 이 과정은 암시적으로 진행된 것이어서 본격적으로 논쟁이 발화될 만큼의 위험한 온도에는 미치지 못한 상태였다. 그런데, 뜬금없이 김우종이 목소리를 내어 김동리에게 문제를 제기하면서 국면은 갑작스레 전환된다. 김우종은 김동리가 「본격작품의 풍작기 =불건전한 비평 태도의 지양 가기=」에서 본격소설과 중간소설을 언급한 특정 대목에 대해 시비를 부쳤다. 「중간소설을 비판함―김동리 씨의 발언에 대하여」의 요지를 추려보면 이렇다. 김동리는 《소설계》나 《소설공원》 같은 월간지에 발표된 소설들을 좋게 보았고, 그래서 이 소설들에 '중간소설'이라는 명칭을 붙였지만, 사실 이 소설들은 너무나도 안이하게 쓰여졌을 뿐만 아니라, 중간소설은 "본격문학 또는 순문학에도 속하는 한편 대중들에게도 널리 이해된다는 대중성을 띠고 있는 것을 의미"[100]하므로, 이 소설을 지칭하는 단어로는 부적절하다는 것이다.

---

100 김우종, 「중간소설을 비판함―김동리 씨의 발언에 대하여」, 《조선일보》, 1959.1.23, 4면.

하지만 이러한 김우종의 비판은 오독으로 인한 그릇된 지적이었기에, 김동리로서는 반박하기가 별로 어렵지 않았다. 김동리는 「논쟁 조건과 좌표 문제 —김우종 씨의 소론과 관련하여—」를 통해 자신은 《소설계》나 《소설공원》 같은 월간지에 발표된 소설들이 통속소설의 독자를 본격소설의 독자로 끌어올리는 역할을 할 수 있으리라 기대한다는 발언을 했을 따름이라고 밝히며, 더불어, 이 소설들에 중간소설이라는 이름을 붙인 적이 전혀 없다고 밝히며, 사태를 아주 깔끔하게 정리해버린다. 이렇게 김동리와 김우종의 대립은 싱겁게 끝나버리지만, 김우종은 「중간소설을 비판함—김동리 씨의 발언에 대하여」의 말미에서

> 최근에 월평 총평 등은 이어령 씨나 윤병로 씨나 유정호(柳呈鎬(sic;유종호柳宗鎬)) 씨가 주로 담당했는데 동리 씨는 그들의 작품 선택이 어떤 일개 잡지에만 절대적인 비중을 두고 있다고 근거 없는 비난을 삼으시며 또한 국부적인 것을 과장하여 신진 평단 전체를 타락이라고 규정하시었다 아실 만한 분께서 이렇게 규정하시는 동기를 구태여 캐고 싶지는 않지만 어떤 작품을 「실존문학」이라고도 규정하고 「극한의식」이라고도 하고 이어령 씨가 정확히 지적한 것처럼 「우리말도 잘 모르는 문학」을 「지성적」이라고 하신 최근 얼마 동안의 그분의 경향을 살펴보면 나로서도 너무나 그분을 지금까지 존경해왔으니만큼 어떤 배신같은 데서 느끼는 설움도 너무나 큰 것이다.[101]

라고 말했던바, 이 발언은 비록 마무리 차원에서 이루어진 지엽적 사

---

101 위와 같음.

안의 환기 수준이었으나, 이어령의 이름이 직접적으로 거론되며, 또한, "「실존문학」", "「극한의식」", "「지성적」"이라는 핵심 키워드들이 직접적으로 거론되며, 김동리와 이어령 간의 논쟁을 수면 위로 끌어 올리는 기폭제로 작용하게 된다. 그렇다면 김우종의 이 발언을 김동리는 어떻게 반박했는가, 또, 김동리의 반박을 이어령은 어떻게 재반박했는가. 김동리의 것부터 확인해두자면 아래와 같다.

내가 그 작품에 〈실존성〉을 지적한 것은 한말숙 씨의 「신화의 단애」다 〈극한의식〉을 인정한 것은 추식 씨의 「인간제대」(작품집)와 유주현 씨의 「언덕을 향하여」에 대해서다 그리고 〈지성적〉 오상원 씨의 작풍을 두고 한 말이다 이것은 소설을 알고 이러한 용어들이 어의를 알고 여기 지적한 작품들을 읽은 사람이라면 나의 판단이 정확하고 정당하다는 것을 알게 될 것이다 …(중략)… 도대체 「우리말도 모르는」이란 무엇인가 이것은 때 벗지 못한 수사법의 과장일 것이다 〈우리말도 모르는〉 문장이란 것이 〈우리말도 서투른〉 또는 〈생경한 직역체의 문장〉을 의미한 것이라면 그것을 그렇게 말한 사람이나 그것을 〈정확한 지적〉이라고 하는 김우종 씨들이야말로 〈우리말도 모르는〉 평론가들일 것이다 왜 그러냐 하면 이 사람들의 문장에야말로 〈우리말도 서투른 생경한 직역체의〉 것이 얼마든지 수두룩 하기 때문이다 〈우리말도 모르는 문장〉으로 평론가도 된다면 〈우리말도 모르는 문장〉이 어째서 〈지성적〉일 수는 없단 말이냐 내가 보기에는 평론이야말로 보다 더 직접적으로 〈지성적〉에 관련된 것이다 그리고 또 내가 보기에는 한국의 어떠한 작가도 오늘의 이러한 신인평론가들만큼 〈우리말도 모르〉지는 않은 것 같다 〈우리말도 더 모르는 문장〉이 〈지성적〉의 심판관도 될 수 있다면 〈우리말도 덜 모르는 문장)이 〈지성적〉이어서 모순일 것은 없지 않은가 …(중략)… 내가 보기에는 정서적(작풍)인 작가와 지성적(작풍)인 작가를 가를 수 있다면 평균적으로 보아서 보다 더 우리말이 능숙한 사람은 오히려 전자에 속하며 지성적인 작가보다는 더 우리말이 서투른 사람은 〈지성적인 작가〉보다도 더 〈지성적〉을 본위로 해야 하는 평가(評家)에 속하고 있다 나는 이미 20여 년 전에 나의 모든 문학적 및 문단적 발언에 영구히 책임을 진다고 선언한 바 있지만 이 자리에서 또 한 번 이 말을 되풀이해두겠다 나는 내가 〈실존적〉 〈극한의식〉 〈지성적〉 등으로 그 작품의 주제나 작풍을 규정한 작가나 작품에 대해서 원한다면 구체적으로 그것을 입증해보일 용의를 가지고 있다[102]

김동리와 이어령 간의 논쟁에 있어서 본격적인 출발점이 되므로 다소 길게 인용했다. 여기서 김동리는 '실존성'은 한말숙의 「신화의 단애」와, '극한의식'은 추식의 『인간제대』(작품집) 및 유주현의 「언덕을 향하여」와, '지성적'은 오상원의 작풍과 각각 연결된다고 분명히 밝힌다. 그리고서는 각자가 이렇게 이어질 수 있는 근거를 들지 않고, 그저 "소설을 알고 이러한 용어들이 어의를 알고 여기 지적한 작품들을 읽은 사람이라면 나의 판단이 정확하고 정당하다는 것을 알게 될 것"이라고만, 또, "구체적으로 그것을 입증해보일 용의"가 있다고만 언급한다. 다만, 눈길을 끄는 것은 김동리가 '지성적'인 것은 오상원의 작풍과 이어진다고 해놓고서는 이와 관련해서 필요 이상의 상당한 흥분을 내비치고 있다는 점이다. 김

---

102 김동리, 「논쟁 조건과 좌표 문제 —김우종 씨의 소론과 관련하여—」(하), 《조선일보》, 1959.2.2, 4면.

동리는 '지성적'이란 무엇인가, 왜 오상원의 작품은 '지성적'일 수 있는가 등을 해명하기보다는 신인평론가들의 우리말 수준을 문제 삼으며, 오상원이 신인평론가들보다 우리말 구사 수준이 낮다는 식으로 감정적인 대응의 면모를 보여주는데, 그러다 보니 '문장'과 '작풍'과의 관계가 불분명해지면서 논점이 더 모호해지는 결과를 낳고 만다.

그리고, 이어령이 나서게 된다. 오상원의 「모반」에 대한 문제제기를 한 적이 있던 터였고, 한편으로 한말숙의 「신화의 단애」에 대해서도 문제제기를 한 적이 있던 터였던 이어령으로서는 기왕에 이렇게 만들어진 판을 (그 판에 서 있는 인물도 다름 아닌 김동리였으니) 마다할 이유가 없었다. 차라리 이어령에게는 더할 나위 없는 호재(好材)였다. 이어령은 "김동리 씨가 김우종 씨를 향해 발사한 산발탄의 한 파편이 나에게까지 날아왔다"라며 목소리를 내게 된 이유를 서두에서 간단히 밝힌 다음, 에돌지 않고, 오상원, 한말숙, 추식 순으로 김동리를 향한 반론을 곧바로 수행해나간다. 관련하여 「영원한 모순—김동리 씨에게 묻는다」의 주요 대목들을 추려내어 제시하면 아래와 같다.

오상원 씨의 문장은 과연 지성적인가? 또 그가 우리말을 모른다는 것이 지나친 과장인가?…나는 이 문제에 대해서 사상계 12월호에 이미 언급한 바 있다 지루하게 되풀이하지는 않겠다 씨가 상원 씨의 문장이 아직도 지성적인 것이라고 확신하는 그것에 대해서만 몇 마디 한다 한마디로 지성적인 문장이란 서술이 정확한 문장이다 언어의 『코노테이슌』이 아니라 『데노테이슌』에 있어서 말이다 그런데 상원 씨는 『그』라는 지시대명사도 옳게 사용하고 있지 않다 또 형용사나 관형사, 그리고 부사의 사용과 그 위치까지도 잘 모르고 있다 『나갔다』와 『나왔다』의 의미 차이도 모르고 있다 …(중략)… 그런데 동리 씨는 그것을 지적한 비평가의 글이 더 생경하다고 근거 없는 억설을 내세운다 …(중략)… 백 보 양보해서 동리 씨의 그러한 말을 시인해 두자 그렇다고 해도 도둑이 잡아다 준 도둑은 도둑이 아닌가? 누가 잡았든 도둑은 도둑이다 동리 씨는 비평도 빚처럼 서로 상쇄되는 것인 줄 아는 모양이다[103] …(중략)… 『정서적(작풍)인 작가와 지성적(작풍)인 작가를 가를 수 있다면 편(sic;평)균적으로 보아서 보다 더 우리말이 능숙한 사람은 오히려 전자에 속하며』 운운한 씨의 말은 또 무슨 이론이냐? 『리챠즈』는 언어의 기능을 『정서적 사용』과 『서술적 사용』으로 양분하고 있는데 씨의 능숙이란 말은 『언어의 정서적 사용』에다가만 표준을 두고 한 소리다 동리 씨는 언제나 자기가 한 소리에 책임을 진다고 하였다 오상원 씨의 문장은 서술적 사용에 있어서는 정확한가? 즉 지성적이냐? 다시 묻는다[104]

한말숙 씨의 「신화의 단애」에서 씨는 〈실존성〉을 인정한다고 하였다……이 문제도 나와 관련되어 있는 것이다 나는 두 차례에 걸쳐 동리 씨가 한말숙 씨의 전기(前記) 작품을 『실존주의』로 해석하고 있는 부당성을 지적한 일이 있었다 그런데 이 문제를 따지기 전에 먼저 김동리 씨의 〈실존성〉이란 말부터 물어보지 않으면 안 된다 나는 아직 『실재성』이라는 철학 용어를 들어본 일은 있어도 〈실존성〉이라는 용어는 동리 씨로부터 처음 들었기 때문이다 …(중략)… 『실존』 밑에 『성』을 붙일 수 있는가? 붙일 수 있다면 『원

103 이어령, 「영원한 모순─김동리 씨에게 묻는다」(상), 《경향신문》, 1959.2.9, 4면.
104 이어령, 「영원한 모순─김동리 씨에게 묻는다」(하), 《경향신문》, 1959.2.10, 4면. 이하, 두 개의 인용문도 출처가 동일함.

어』로는 어떻게 되느냐 구체적으로 제시해주기 바란다『실존』이란 개념은 (sic;을) 명확히 이해하지 못하고 있기 때문에『실존성』이라는 조작어를 만들 수 있는 것이며 한말숙 씨의 〈에로치즘〉을 아무 거리낌 없이 실존주의라고 날조할 수 있는 것이다

추식 씨의『인간제대』에서『극한의식』을 지적할 수 있다는데…….씨가 애용하는 〈좌표〉란 말과 같이 〈극한의식〉이란 것도 일종의 번역어다 …(중략)… 즉『극한의식』이라는 개념은 서구의 문화적 문맥 위에 서 있는 것이다 그러므로 씨는 이『극한의식』(Grenzsituation)이라는 말이 〈야스퍼스〉의 실존철학의 용어에서 비롯한 것임을 잘 알고 있을 것이다 인간의 궁극에 있어서 마주치는 하나의 벽(말하자면 죽음이라든가 무(無)라든가 하는 탈출 불가능의 근원적인 문제)을 의식하는 상황임을 알 것이다 어디까지나 그것은 형이상적 조건이며 또 그것은 객관적으로 파악하는 것이 아니라 존재에의 자각으로써만이 느낄 수 있는 문제다 …(중략)… 씨는 아무래도 극한의식이라는 것을 오해하고 있는 것 같다『부랑아』『인간제대』등의 작품을 더 자세히 보라 그러면 그게『말로』나『까뮈』의 극한의식이 아니라『삐에르·앙쁘』나『라뮈』가 쳐놓은 사회의『거미줄』과 같은 것임을 발견할 것이다 그리고 이러한『거미줄』은『극한의식』이라는 말과 상당한 차이가 있다는 것을 알게 될 것이다

매우 자신감에 차 있는 언술 양상이 아닐 수 없다. "도둑이 잡아다 준 도둑" 정도를 제외하면 비유를 활용한 화술도 잘 찾아지지 않는다. 오히려 알베르 까뮈, I. A. 리처즈, 앙드레 말로, 피에르 앙프, 칼 야스퍼

스 등 서구 지식인들이 호명되며, 자신은 그들의 이론을 이미 잘 알고 있으나, 상대방은 그렇지 못하다는 식의 '지적 과시' 같은 것이 감지된다.[105] 이렇게 다양하게 서구 지식인들을 불러와서 자신의 주장을 뒷받침하는 수사적 전략은 무엇보다 권위에 의한 설득력 확보를 가능하게 한다는 점에서 월등한 효과를 가지거니와, 한편으로 이전 세대인 김동리가 결코 지닐 수 없는 전후의 감각이라는 점에서 탁월한 효과를 가진다.[106]

구체적인 내용을 살펴볼 때, 이어령은 오상원과 관련해서는 '지성적'을 '문장'과 확실히 결부 지으면서 오상원의 문장은 정확하지 않은데 어찌하여 지성적일 수 있느냐고 지적하고, 한말숙과 관련해서는 이전에도 「신화의 단애」에 '실존주의' 운운하는 것을 문제 삼았다고 밝히면서 「신화의 단애」를 실존주의와 연결 짓는 것도 문제지만 우선은 '실존성'이라는 용어 자체가 어디 있느냐고 지적하고, 추식과 관련해서는 야스퍼스가 말한 '극한의식'의 의미를 제시하면서 추식의 「부랑아」 및 「인간제대」 등에서는 "『말로』나 『까뮈』의 극한의식이 아니라 『삐에르·앙쁘』나

---

105 박훈하 역시 "새롭게 전개되는 서구의 정보량"이라는 표현을 사용하며 이 점을 언급했다. 다만, 박훈하는 "비주체적인 담론", "서구적 보편성에로만 수렴" 등의 표현을 이어서 사용하며 이어령의 비평에 대한 문제점을 지적하는 방향으로 논의를 펼쳐나갔다. 박훈하, 「서구적 교양주의의 탄생과 몰락—이어령론」, 《오늘의 문예비평》 27, 1997.12, 258~260면 참조.

106 이 내용은 (유종호를 대상으로 펼친) 다음의 논의를 참고하여 작성한 것이다. "대학을 갓 졸업한 청년기 저자(유종호:인용자)의 손에 의해서 쓰였다고 믿기 어려울 만큼 그것은 대가들의 언술을 교묘하고도 능란하게 짜깁기하고 있다. 지식=언술=권력이라는 푸코적인 명제를 상기한다면 이 점은 금방 설명될 수 있다. 이 대가들의 음성을 빌어 저자는 스스로의 목소리에 대가의 위엄을 부여할 수 있었던 것이다. 지나치리만큼 단호한 그 문세의 어조 역시 독자들에게 목소리의 위압감을 주기에 일조했을 것이다. 지식에 목말라 하던 당시의 가난한 문예 청년들에게 이 같은 서구적 원류의 폭넓은 교양과 탁견은 신천지의 발견처럼이나 여겨졌을지 모르며, 당시 선두에 서 있던 지적 에세이스트들의 감응력의 힘은 이런 데서 나왔다. 홍사중, 정명환, 이어령 등의 비평가와 전형적인 안병욱의 글이 그랬다." 한기, 「전후 세대 비평가의 대가스런 표정 —강단 비평의 운명」, 정과리 편, 『유종호 깊이 읽기』, 민음사, 2006, 227~228면.

234 이어령, 우리 시대 비평의 이정표

『라뮈』가 쳐놓은 사회의 『거미줄』과 같은 것"이 발견될 따름이지 않느냐고 지적한다. 대체로 공감되고 수긍되는 선에서의 별다른 무리 없는 반박이라고 여겨지는데, 그렇다면 김동리는 서구적 지식을 다분히 과시하는 방법으로 이루어진 이러한 이어령의 반박을 어떤 식으로 되받아치는가.[107]

이제 김우종이 아니라 이어령을 향해서 붓대를 잡은 김동리는, 「좌표 이전과 모래알과 =이어령 씨에 답한다=」의 서두에서, 이전 글인 「논쟁 조건과 좌표 문제 —김우종 씨의 소론과 관련하여—」의 "나는 앞으로도 나에게 불만이나 비난을 표시하는 신인(평가(評家))의 문장으로

---

[107] 김동리가 재반박을 펼쳐지기에 앞서서 갑자기 원형갑이 「금단의 무기 —이어령 씨의 「영원한 모순」을 읽고」를 발표하며 이 논쟁에 끼어든다. 간단히만 소개하기로 하면 다음과 같다. 원형갑은 김동리를 옹호하는 태도를 보여준다. 원형갑은 서론에서 김동리의 무식을 질타하는 방식으로 이어령의 공격이 펼쳐졌음을 지적하면서, 이는 이어령이 인텔리들에게 가장 심한 욕을 한 것과 다름없는 금단의 무기를 휘두른 것이라고 평한다. 그런 다음 본론으로 넘어가 오상원의 경우와 관련해서는 "문장이 지성을 결정한다고는 비약할 수 없다"라고, 한말숙의 경우와 관련해서는 "Existenzialitat(실재성(實在性(sic:실존성(實存性)))) —하이덱가—의 어디선가에서 보았다고 기억된다"라고 한 동시에, 큰 틀에서 보아 「신화의 단애」는 실존주의에 속할 수 있는 작품이라고, 추식의 경우와 관련해서는 극한의식은 야스퍼스의 머리에서 나왔을지언정 그것은 "인간이 때때로 느끼는 보편적 의식"이라고 각각 언급한다(이 문장의 따옴표 친 인용 대목 중 첫 번째와 두 번째의 것은 원형갑, 「금단의 무기 —이어령 씨의 「영원한 모순」을 읽고」(상), 《연합신문》, 1959.2.14, 4면, 마지막의 것은 원형갑, 「금단의 무기 —이어령 씨의 「영원한 모순」을 읽고」(하), 《연합신문》, 1959.2.15, 4면). 이에 이어령은 「못 박힌 기독은 대답 없다 …다시 김동리 씨에게…」를 통해 반박에 나선다. 이어령은 서론에서 원형갑이 김동리를 대신하여 나선 것을 우선 비판한다. 그런 다음 본론으로 넘어가 오상원의 경우와 관련해서는 애초 논란거리가 문장이 지성적인지 아닌지의 여부였다고, 한말숙의 경우와 관련해서는 실존성을 "어디선가 본 기억이 있다는 정도"로는 대체로 답변이 될 수 없다고 한 동시에, 실존주의의 범위를 그렇게 넓힌다면 "어떠한 소설일지라도 다 실존주의라고 말해도 되는 것"이라고, 추식의 경우와 관련해서는 역시나 극한의식의 범주를 그렇게 설정한다면 "극한의식이 없는 작자란 한 사람도 있을 수 없다"고 각각 반문한다(이 문장의 따옴표 친 인용 대목 가운데 맨 앞의 것은 이어령, 「못 박힌 기독은 대답 없다 …다시 김동리 씨에게…」(상), 《세계일보》, 1959.2.20, 3면, 이어지는 두 개의 것은 이어령, 「못 박힌 기독은 대답 없다 …다시 김동리 씨에게…」(하), 《세계일보》, 1959.2.21, 3면).

서 논쟁의 〈좌표〉가 성립되거나 모래알만치라도 근거와 이치가 있다고 볼 때는 흔연히 응답의 붓을 들 것이다 그러나 나의 논지를 자의적으로 왜곡시켜놓고 거기다 근거 없는 자기류의 부정견(不定見)을 함부로 갖다 붙이고는 횡설수설하는 자에 대해서는 나는 그를 출세욕에 성급한 명예욕의 기갈자로 보고 종전과 같이 묵살을 계속할 것이다 〈좌표〉도 성립 안 되는 「까십」이나 부정견에 일일이 응수하기엔 나의 시간이 너무나 귀하기 때문이다"[108]라는 문구를 다시금 환기시킨다. 다음으로 김동리는, 이어령이 "과거 수 3년간 집회나 지상(紙上)을 통하여 쉴 사이 없이"[109] 자신을 향해 비판의 언설들을 펼쳐왔음에도 자신이 이를 그저 묵살로 일관한 까닭은 "그것이 〈모래알만 한 근거와 이치〉도 없는 좌표 이전의 까십, 부정견"일 뿐이었기 때문이고, 이번에도 마찬가지로 이어령의 반박은 논쟁의 좌표가 성립되기에는 거리가 멀지만, 어느 부분에서 모래알만 한 근거와 이치가 없지 않으므로 일단 대꾸해준다는 식의 반응을 내비친다. 이는 각자의 위치, 입지를 분명히 해두고 이야기를 시작하자는 김동리의 입장 표명, 혹은, 프레임 설정에 다름 아니다. 논쟁의 좌표가 성립하는지, 성립하지 않는지를 판별할 수 있는 주체로 스스로를 위치시키는 태도를 보면, 김동리 자신 이어령보다 한층 높은 수준의 인물이라는 의식을 지녔음을 짐작할 수 있고, 논쟁의 좌표가 성립하지 않지만 모래알만 한 근거와 이치가 없지 않으니 응수한다는 태도를 보

---

108 김동리, 「논쟁 조건과 좌표 문제 —김우종 씨의 소론과 관련하여—」(하), 《조선일보》, 1959.2.2, 4면.
109 김동리, 「좌표 이전과 모래알과 =이어령 씨에 답한다=」(상), 《경향신문》, 1959.2.18, 4면. 이하, 다른 서지사항을 제시하기 전까지 본문과 구분된 인용 대목 및 따옴표 친 인용 대목은 그 출처가 모두 동일함.

면, 김동리 자신 이어령과 같은 테이블에 앉아서 이야기를 주고받는 게 아니라 위에서 아래로 이야기를 전달할 뿐이라는 의식을 지녔음을 짐작할 수 있다.[110] 이런 식으로 김동리는 어떤 사안은 대답할 가치가 없고, 어떤 사안은 대답할 가치가 약간 있고를 운운하면서, 자신이 한 급 위의 존재라는 점을 뚜렷하게 부각시키는 데에 주의를 한껏 기울였다.

하지만 김동리는 왜 오상원, 한말숙에 대한 이어령의 반박은 '좌표 이전 문제'에 해당하는지, 왜 추식에 대한 이어령의 반박은 '모래알만 한 근거와 이치를 가진 문제'에 해당하는지, 그 이유에 대한 설명은 일절 해놓지 않았으며, 오히려 '좌표 이전 문제'를 놓고서 서술 분량을 더 많이 할애하는 아이로니컬한 면모조차 보인다. 오상원과 관계된 서술이 유독 장황하게 펼쳐지고, 한말숙과 관계된 서술이 다음으로 펼쳐지고, 추식과 관계된 서술이 마지막으로 펼쳐지는 순서이다. 차례대로 확인해 나가기로 한다. 먼저 〈오상원의 문장은 지성적이지 않다〉라는 이어령의 반박을, 김동리는 아래와 같이 재반박한다.

나는 오상원 씨의 작풍이 〈지성적〉이라고 말했다. 이에 대하여 씨는 오상원 씨의 작품 속에서 생경한(직역적인) 용어 몇 개를 찾아내 놓고 〈우리말도 모르는 문장〉을 어떻게 〈지성적〉이라고 하느냐고 나왔다. 그러나 씨가

---

110 앞서도 김동리는 「논쟁 조건과 좌표 문제 ─김우종 씨의 소론과 관련하여─」를 통해 김우종에게 반론을 펼치며, 김우종이 「중간소설을 비판함─김동리 씨의 발언에 대하여」에서 제기한 사안으로는 논쟁의 좌표가 성립되지 않으나, 김우종이 좌표에 준할 만한 예의를 갖추고자 노력했으므로 응답해준다는 태도를 내보인 바 있다. 이와 관련해서는 김우종이 "김동리의 권위에 이미 눌린 상태에서 논쟁에 나섰"고 김동리가 "이미 원로의 자리에서 그만한 대우를 원하고 있었"다는 홍기돈의 논의를 덧붙여둘 수 있다. 홍기돈, 앞의 책, 232~233면 참고.

정당한 평론을 하려면 이렇게 나와서는 안 된다. 그것은 일단 그것대로 두고 상원 씨의 작품이(또는 문장이) 〈지성적〉이냐 아니냐 하는 문제를 별도로 검토해봐야 하는 것이다. 왜 그러냐 하면 내가 논급한 문제가 거기 있었기 때문이다. 만약 씨의 말대로 직역적인 용어 몇 개가 섞였기 때문에 〈지성적〉이 아니라면 정서적일 수는 있는가. 또는 감각적일 수는 있는가. 그렇지도 못하다면 아무것도 아닌. 그래서 〈우리말도 모르는〉 외국인의 부적(符籍)이란 말인가.[111] …(중략)… 어째서 자기는 오상원 씨보다 더 〈우리말도 모르〉면서 〈지성적〉이 될 수 있고 자기보다 덜 〈모르는〉 오상원 씨는 〈지성적〉이 되어서 안 된단 말인가. 그렇지도 않다면 평론이란 도대체 〈지성적〉과는 인연도 없는 문학이란 말인가. 평가(評家)의 자격이란 작가를 아낄 줄 아는 데서부터 출발되는 것이라면 오상원 씨에 관한 씨의 문장엔 분명히 비평적인 것보다 중상(中傷)적인 것이 농후하다.

위의 언술은 논리적으로 아주 문제가 많다. 김동리는 〈오상원의 문장은 지성적이지 않다〉는 이어령의 반박을, 〈오상원의 작품은 지성적이다〉로 다시금 전환시키면서, 바른 문장의 여부로만 지성적인지 아닌지를 판단하는 것은 정당한 평론이 아니라고 지적하지만, 그 흐름을 세부적으로 살펴보면 "상원 씨의 작품이(또는 문장이) 〈지성적〉이냐 아니냐 하는 문제를 별도로 검토해봐야" 한다더니(이때 "또는 문장이"가 괄호 안에

---

111 여기까지의 인용 대목은 김동리, 「좌표 이전과 모래알과 ＝이어령 씨에 답한다＝」(상), 《경향신문》, 1959.2.18, 4면. 앞으로 이어질 인용 대목은 김동리, 「좌표 이전과 모래알과 ＝이어령 씨에 답한다＝」(하), 《경향신문》, 1959.2.18, 4면. 이하, 다른 서지사항을 제시하기 전까지 본문과 구분된 인용 대목 및 따옴표 친 인용 대목은 그 출처가 모두 동일함.

부기되는 바람에 논점이 작풍 쪽에 있는지 문장 쪽에 있는지 도리어 모호해진다), 이와 관련한 내용의 서술은 전혀 없이 갑자기 이어령이 쓴 옛날 글들("「사반나의 풍경」", "「녹색우화집」")을 대상으로 여기서의 부정확한 언어 구사를 힐책하는 서술로 나아가는바, 결국 앞서의 김우종에 대한 응수와 조금도 달라진 게 없는, 〈이어령의 문장보다 오상원의 문장이 낫다〉는 식의 감정적인 대응을 재차 표출하는 데에 그치고 마는 것이다. 애당초 제3회 동인문학상의 심사 자리에서 김동리는 (오상원의 「모반」을 두고서) "문장에 대해서는 왈가왈부가 있었지만 나로서는 역시 지성적인 문장으로 인정한다"라고 말하지 않았던가.[112] 그런 김동리가 이어령이 오상원의 부자연스러운 문장을 문제로 삼자, 자신은 오상원의 작풍을 지성적이라 평했다고 말을 바꾸고, 그런 한편 오상원의 작풍이 어찌하여 지성적인지는 전혀 논구하지 않은 채, 이어령이 이단공단(以短攻短)의 꼴이라는 투로 트집을 잡은 연유란 대체 어디에 있는가.

이어령의 경우가 그러했듯이, 김동리의 경우도 매한가지로, 여기에는 '문단(문학) 권력'의 문제가 깊이 결부되어 있기 때문일 거라고 여길 수밖에 달리 도리가 없다. 다만, 놓여 있는 상황은 반대였다. 당장 표면으로는 동인문학상 수상작의 정당성을 옹호하기 위한 문제가 걸려 있었다(이때 이면으로는 '문학상'이라는 제도적 장치로부터 기인되는 특권을 유지, 존속하기 위한 문제가 걸려 있었다). 그리고 범위를 좀 더 좁힌다면 김동리 자신 대가급 소설가로서의 위신을 지키기 위한 문제가 걸려 있었다. 한

---

112 (비록 원형갑에게 반론을 펼치는 도중이었지만) 이어령도 「못 박힌 기독은 대답 없다 …다시 김동리 씨에게…」에서 이 사실을 언급하며 문제틀을 분명히 설정해두고자 했다.

말숙, 추식의 논란거리('실존주의', '극한의식')에 비겨 오상원의 논란거리('문장')는 성질이 다소 달랐다. 한말숙, 추식의 논란거리가 개념어 적용의 적합성, 합당성을 묻는 것이어서 작품의 해석과 관계된다면 오상원의 논란거리는 문장 쓰임의 올바름, 적절함을 묻는 것이어서 작품의 제작과 관계된다. 그렇기에 김동리는 이 문제와 관련해서만큼은 특히나 더 예민한 반응을 보일 수밖에 없었다. 그 자신 뛰어난 소설가이기에 소설의 문장에 대해서 누구보다 기민한 감각을 지녔다고 보아도 무방한 이가 바로 김동리였다. 심지어 제대로 된 비평 공간, 비평 인력의 부재로 말미암아 일제 말기 때부터 해방 후까지, 아니, 1950년대 말 남짓까지도 비평 쓰기를 겸했던 이가 바로 김동리였다(주지하다시피 1930년대 말기 신세대론의 기수가 김동리였고, 해방 후 좌익계의 문학가동맹에 맞서 순수문학론을 주창한 선두주자가 김동리였다). 그런데, 자기가 괜찮다고 한 어느 소설(「모반」)의 문장을 두고서 한갓 일천한 경력의 신인평론가(이어령)가 나서서 이렇다 저렇다 하면서 잣대를 들이대니, 김동리의 입장에서 볼 때, 이는 비평 쓰기마저 통달한 소설가인 자신에 대한 무례한 도전으로 충분히 받아들여질 만했을 터이고, 자연히 반감을 가지기 않기가 힘들었을 것이다. 그런 까닭에 김동리는 감정적인 대응이지만(아마 김동리 자신은 추호도 이렇게 생각하지 않았을 것이다), 이어령이 제기한 문제를 이어령에게 되돌려주는 방법으로, 다시 말해 이어령이 쓴 이전 글에서의 문장을 지적하는 방법으로, 결코 이어령이 자신과 나란히 설 수 없음을 표명한 것이다.[113]

---

113 한편으로 여기에는 '지성'이라는 단어의 사용이 은연중에 문제로 인식되었을 수 있다. 그 당시 지성

다음으로 〈한말숙의 「신화의 단애」는 실존주의와 무관하며, 또, 실존성이라는 용어 자체가 생면부지의 것이다〉라는 이어령의 반박을, 김동리가 어떻게 재반박하는지를 살펴보기로 하면 그것은 아래와 같다.

〈실존성〉이란 말은 나의 조작어가 아니고 『하이덱가』의 주저(主著) 『존재와 시간』에 나오는 철학술어(術語)다. 독일어 원어로는 〈Existenzialität〉(Den Zusammhang dieser Strukturen nennen wir die Existen-zialität.—s.12.1935년판)라 하며 실존철학을 입에 담는 사람으로서 이 말이 있느니 없느니 한다면 어이가 없어서 그 사람의 얼굴을 뻔히 쳐다보게 된다. 이 말이 있는 것도 모르고서 실존의 구조를 안다는 것은 거짓말이며, 실존의 구조를 모르면서 실존을 운위한다는 것은 감나무에 올라가서 오징어를 잡아 왔다는 격이 될 수밖에 없기 때문이다. 〈인간의 존재 의미를 해석하려는 『하이덱가』의 실존론적 존재론은 인간존재의 적극적인 특징으로서 사실성과 실존성을 들고 이것이 생기하는 방식을 캐어 물었다.〉 이것은 사계(斯界)의 권위자의 한 사람인 조가경 교수의 일절을 빌린 것이다. …(중략)… 그 작품의 내용에서 자기는 어째서 실존성이 인정되지 않는다는 것을 구체적으로 제시하고 이에 대한 나의 견해를 물었어야 했을 것이다.

(담)론이 유행했음은 잘 알려진 사실이거니와, 특히나 이어령이 지성(인의 역할)을 강조했음도 잘 알려진 사실이다(이 때문에 이어령은 대중들과 함께 호흡하지 않고 제3자적인 입장(계도자(啓導者), 선각자의 자리)에서 대중들을 계몽시키려 했다는 식의 비판을 종종 받기도 했다). 그때의 지성(담)론과 관련해서는 정영진, 「1950년대 시 문학의 '지성' 담론 연구」, 건국대학교 박사학위논문, 2012; 김자은, 앞의 글, 17~21면 등을 참조할 것.

독일어 원어인 "Existenzialität"를 출처와 함께 제시하여, 이어령을 실존성이란 단어도 모르면서 실존주의를 운운한 거짓말쟁이로 만들어버린 후, 그 당시부터 벌써 실존주의의 대가로 인정받고 있던 조가경의 말까지를 가지고 와서 아예 쐐기를 박아버린다. 이는 '실존성'이란 단어가 어디 있느냐고 자신감에 찬 어투로 공격을 가했던 이어령을 한껏 무색하게 만드는 최고의 대답이 아닐 수 없다. 기실, 이어령은 자신이 밝힌 것처럼 이미 "두 차례에 걸쳐 동리 씨가 한말숙 씨의 전기(前記) 작품을 『실존주의』로 해석하고 있는 부당성을 지적한 일이 있었"으니, 이번에도 이와 관련해서만 시비를 붙이는 것이 더 손쉬웠을 것이다. 하지만 이어령은 조금 전에 본 것처럼 실존성이란 단어부터를 따져 물어야 한다며 공격의 방향을 틀어버렸다. 이는 이어령이 스스로 자충수를 둔 꼴이었는데 방금과 같이 김동리의 카운터 펀치를 정통으로 얻어맞게 된 결과를 초래했기 때문이다. 대체 이어령은 왜 그랬을까. 이와 관련해서는 김동리의 실존주의 이해 수준, 김동리와 한말숙의 관계, 김동리가 쓴 「신화의 단애」 천거평 등 여러 요인들을 자세히 살펴보면서 조금 에 돌아갈 필요가 있다.

「우상의 파괴 ─문학적 혁명기를 위하여─」에서부터 이어령은 "「피리를 불어도 춤을 추지 않는」 오늘의 인간들이 부동(浮動)하는 인간상의 피상만을 그린 「실존무(實存舞)」 정도의 작품을 읽고 무슨 감명과 실감을 느낄 수 있을 것인가?"[114]라고 언급하며, 김동리의 「실존무」(《문학과 예술》, 1955.6)에 대한 불만을 이미 드러낸 적 있거니와, 이 「실존무」

---

114 이어령, 「우상의 파괴 ─문학적 혁명기를 위하여─」, 《한국일보》, 1956.5.6, 2면.

는 실존주의에 대한 김동리의 견해를 암암리에 보여주므로 조금 상세히 살펴볼 필요가 주어진다. 대략적인 얼개는 이렇다. 「실존무」의 시간적 배경은 1951부터 1953년까지의 약 2년간이고 공간적 배경은 부산의 국제시장이다. 중심인물은 김진억, 장계숙, 그리고 이영구이다. 장계숙에게 꾸준히 추파를 던진, 심지어 청혼까지 한 이영구는 어느 날 갑자기 다른 여성과 결혼해버린다. 한편 장계숙은 이영구를 통해 알게 된 김진억과 가까워지고 어느새 결혼식만 치르지 않았을 뿐 아이를 낳는 등 실질적인 혼인 관계로까지 발전한다. 그러던 어느 날, 국제시장에 화재가 발생하여 김진억의 터전이 붕괴되고, 또, 북한에 남기고 온 김진억의 아내와 자식들이 김진억을 찾아오게 되면서, 상황은 파국으로 치닫는다. 결국 김진억은 정신을 잃고 쓰러져 병원에 입원을 하게 된다. 그런데, 다른 여성과 결혼을 했던, 그러나 이내 이혼을 해버린 이영구와 이제는 김진억과 애매한 관계가 되어버린 장계숙이, 김진억의 병실에서 블루스를 추는 기묘한 광경이 벌어진다. 그러면서 이영구는 이와 같은 상황이 모두 '실존'이라고 반복해서 말한다.

이처럼 「실존무」에서는 "실존주의에 대한 풍자이자 6 · 25를 휘덮고 있는 새로운 풍속도에 대한 해석"[115]이 그려진다. 그리고 이를 통해 김동리가 "기껏해야 니힐리즘이나 페시미즘"[116] 정도로 실존주의를 이해하고 있었음을 알 수 있다(이로써 이어령이 「실존무」를 향해 핏대를 세우며 소리를 지른 이유도 충분히 알 수 있다). 즉, 김동리는 실존주의와 관련하

---

115 김윤식, 앞의 책(1994), 180면.
116 위와 같음.

여 결코 높다고 할 수 없는 수준의 이해도를, 혹은 실존주의를 그리 가치 있는 것으로 취급하지 않는 태도를 지니고 있었던 것이다. 어느 후일담이 이 점을 잘 뒷받침해주는바, 김동리가 이어령으로부터 '실존성'이라는 말이 어디 있느냐는 공격을 받았을 때 가장 먼저 취했던 행동은 실존주의의 대가였던 조가경에게 "〈실존성〉이란 말을 썼는데 그 말이 있느냐라고 문의"한 일이었다고 한다. 그리고 조가경으로부터 그 말이 있다는 회답을 받자 김동리는 (앞의 인용 대목과 같이) "〈실존성〉이란 말은 처음 듣는다고 기초적인 사전 지식으로 공격하던 이어령을 반격"하고, 이와 더불어, "그 무렵 영국에 가 있는 제자 정종화에게 편지를 띄워 그것을 더욱 자신 있게 변명"했다고 한다.[117]

이런 정황들을 감안하면 김동리가 (비록 '실존성'의 원어를 호기롭게 제시했을지언정) 정작 실존주의에 대한 앎이 부족한 상태에서 손쉽게 한말숙의 「신화의 단애」에 실존주의라는 레테르를 손쉽게 붙인 것은 아닌지 충분히 의심이 가능하다. 그런데, 김동리가 한말숙의 「신화의 단애」에서 실존주의가 감지된다고 말한 지면은 다름 아닌 '소설천후기(小說薦後記)'였다. 그렇기에 실존주의를 하찮게 여긴 김동리가 어찌하여 그 자신 실존주의와 연결된다고 간주한 「신화의 단애」를 추천했는가 하는 의문

---

117 고은, 『1950년대』, 청하, 1989, 384면. 한편 이어령의 「희극을 원하는가?」를 보면 사실 관계가 조금 다르게 제시되고 있음을 알 수 있다. "(씨의 추천을 받은 정 모(某)에게 씨는 실존성이란 말이 원어로 있는가 조사해 달라고 부탁하였다.)"(이어령, 「희극을 원하는가?」(상), 《경향신문》, 1959.3.12, 4면) "정 모는 그래서 S대학 도서관으로 가고 실물을 찾아오듯이 『Existenzialität』란 말과 함께 거『하이뎃』(sic;『하이뎃거』)의 원문 파편을 제공해주었다. 그것을 씨는 마치 자기가 미리 알고나 있었던 것처럼 기세도 당당하게 내밀고 호령을 한다."(이어령, 「희극을 원하는가?」(중), 《경향신문》, 1959.3.13, 4면)

이 생기지 않을 수 없다. 그리고 이럴 때 김동리와 한말숙이 각별한 관계였다는 사실이 주목된다. 한말숙은 문면을 통해 자신이 김동리와 밀접한 사이였음을 종종 드러낸 바 있다. 관련 내용을 간단하게 추려보면, 언니 한무숙을 매개로 김동리와 만남을 가지게 되었다는 것, 부산 피난기 시절에 습작 두 편을 써서 김동리에게 보여주었더니 김동리가 이를 아주 긍정적으로 평가했다는 것, 1956년 늦봄에 소설을 잘 쓸 수 있을 텐데 왜 쓰지 않느냐는 김동리의 말을 지인으로부터 전달받아 본격적으로 소설을 쓰고자 결심했다는 것, 데뷔작 「별빛 속의 계절」을 쓰자마자 김동리에게 우송(郵送)했더니 1956년 12월호 《현대문학》에 추천작으로 싣는다는 연락을 받게 되었다는 것, 이에 김동리를 찾아가니 한 편을 더 써야 추천이 완료된다고 하여 「신화의 단애」를 쓰게 되었다는 것 정도가 된다.[118] 다시, 관련 내용을 한 마디로 줄인다면, 한말숙이 등단 과정에서 김동리의 도움을 많이 받았다는 것이다.[119] 이리하여 김동리는 한말숙의 「별빛 속의 계절」과 「신화의 단애」의 추천자로서 이 작품들에 관한 천거평을 자연히 도맡아 쓰게 되었는데, 「별빛 속의 계절」과 「신화의 단애」의 천거평을 모두 확인해두기로 하면 아래와 같다.

이 작품(「별빛 속의 계절」;인용자)의 자자 한 양은 일찍부터 내가 속망(屬望)을 가져오던 여자다. 그러나 5, 6년간 소식이 없기에 이제 아주 문학을 집어

---

118 한말숙, 「나의 문학수업」, 《현대문학》, 1960.1, 190면 참고; 한말숙, 「늘 즐거워하셨던 선생님」, 《현대문학》, 2005.6, 264~268면 참고.

119 이는 김동리의 '가부장제 의식'이, 혹은 '가족관리'의 면모가 강하게 드러난 사례로 이해될 수 있다. '가부장제 의식', '가족관리' 등은 김윤식이 고안한 표현으로 부산 피난기 시절부터 김동리의 마음속에 자리 잡은 사상을 일컫는 것이다. 김윤식, 『사반과의 대화』, 민음사, 1997, 306~321면 참고.

치었나 하고 있었더니 돌연히 이 작품을 가지고 왔다. 읽어보니 좋다. 대단히 진보했다. 이만하면 틀림없겠다 생각하고 이번 달 천(薦)에 넣는다. 「아프레」적인 취재인 듯 하나 결코 「아프레」에 떨어진 작품은 아니다. 청신한 감각과 생동하는 시정(詩情)은 이 작품의 예술적 품격을 확보시켰다.[120]

이 작품(「신화의 단애」;인용자)은 먼젓번에 「별빛 속의 계절」로서 많은 칭찬을 받은 한말숙 양의 두 번째 작품이다. 이로써 한 양은 내가 문단에 내보내는 세 사람째의 여류작가가 된다. 먼젓번의 「별빛 속의 계절」에 엿보이던 아프레적인 요소가 이번에는 실존주의라는 무장을 갖추고 나타났다. 내 자신의 욕심 같아서는 실존주의보다 더 완전한 것을 하라고 권하고 싶으나, 〈완전한 것〉보다 〈자극적인 것〉을 취하고자 하는 젊은이들에게 굳이 나의 시점을 강요하지도 않기로 한다. (일면으로 한번은 이런 것을 치르게 된다는 생각이기도 하지만) 지금 이 작품의 여주인공 「진영」의 실존은 멋쟁이쯤 된다. 다만 나는 한 양의 실존의식이 「진영」의 〈멋〉에서 「류우」(까뮤의 「페스트」의 주인공)의 〈성실〉쯤으로 하루바삐 전개되기를 충심으로 바란다고나 할까. 정진에 정진을 거듭하도록……[121]

「별빛 속의 계절」에 대해서는 아프레(après-guerre)적인 느낌을 풍기지만 아프레적으로 함몰되지 않고 "청신한 감각과 생동하는 시정"으로 "예술적 품격을 확보"했다는 다소간의 긍정적인 추천평이 이루어진

---

120 김동리, 「소설천후기」,《현대문학》, 1956.12, 159면.
121 김동리, 「소설천후기」,《현대문학》, 1957.6, 271면.

데 반해, 「신화의 단애」에 대해서는 "먼젓번의 「별빛 속의 계절」에 엿보이던 아프레적인 요소가 이번에는 실존주의라는 무장을 갖추고 나타났다"라며 "실존주의보다 더 완전한 것"을 권하고 싶지만 〈완전한 것〉보다 〈자극적인 것〉"을 원하는 젊은이들에게 이를 강권할 수는 없는 노릇이므로, 또, "일면으로 한번은 이런 것을 치르게" 되는 바람 같은 것을 구태여 막을 수도 없는 노릇이므로, 다만, 실존주의를 단순한 '멋' 이상의 것으로 다듬어나가길 바란다는 다소간의 부정적인 추천평이 이루어졌다. 정리하건대, 김동리가 「신화의 단애」에서 실존주의를 거론한 까닭은, 다름이 아니라 「신화의 단애」의 부족한 점, 아쉬운 점을 지적하고 한말숙이 앞으로 나아가야 할 창작 방향을 제시하기 위해서였던 것이다.

이렇듯 김동리가 「신화의 단애」를 평가함에 있어 실존주의는 아프레, 멋 등과 접맥되는 불완전한 것, 자극적인 것으로 간주되었음이 확인되거니와, 그렇다면 이어령은 바로 이 점을 뚜렷하게 지적해야만 했다. 다시 말해 아프레, 멋 등이 「신화의 단애」에서 찾아지는 것과는 별개로 아프레, 멋 등은 실존주의와 무관하다는 것을 밝히는 방향으로 반론을 제기해야만 했다. 하지만 이어령은 그러질 않고 굳이 실존성이라는 단어를 꼬투리 삼아서 이의 해명을 먼저 요구했다. 결국, 이는 자신은 실존주의를 잘 알고 있다는 자신감 표출과 더불어, 실존주의라는 '권력적 지식'을 이어령(을 위시한 신진 문인들)이 전유(專有)하려는 전략 때문으로 여겨진다.[122] 주지하다시피 당시에는 실존주의가 유행처럼 퍼져

---

[122] 이 대목은 실존주의를 권력적 지식으로 간주하고, 또, 이를 신세대가 독점했다고 보는 김건우의 논의를 참고하여 작성한 것이다(김건우, 「한국 전후세대 텍스트에 대한 서론적 고찰 —해석 공동체, 지식, 권력의 문제를 중심으로」, 『외국문학』 49, 1996겨울, 208~211면 특히 참고). 더불어, 김건

있었고, 그래서 조연현조차도 「실존주의 해의(解義)」(《문예》, 1954.3)와 같은 글을 발표하며 이러한 유행 현상에 발맞추지 않을 수 없었지만,[123] 한편으로 방금 김동리가 보여준 것처럼 실존주의는 그저 지나가고 말 바람처럼 인지되거나, 혹은 특유의 "무정형적(無定刑的) 성격"[124]으로 인해 니힐리즘(nihilism), 허무주의와 거의 동일한 것으로 파악되었던 바,[125] 이런 상황에서 이어령은 자신이 곧 실존주의의 대변자, 수호자인

우는 동인문학상 수상작들의 선정 배경을 검토하면서, 제3회 동인문학상에 「모반」이 뽑힌 이유를 '휴머니즘=실존주의'라는 틀이 작용한 결과라고 보았다. "오상원의 「모반」이 심사진에게 고평된 것은 '휴머니즘'이라는 주제 때문이라는 것이다. 그리고 이 '휴머니즘은 시대성(時代性)과 관련되어' 있기 때문에 특히 값지다는 것인데 그 시대란, '현대는 기계적인 집단, 정의라는 이름 밑에서 짓밟히는 인간의 신음소리가……절박한 문제'가 되는 시대라는 것에 의해 설명된다. 사실상 이러한 수상 이유는 1, 2회 수상작인 「바비도」나 「불꽃」의 수상 이유와 하등의 차이가 없는 것이라 할 수 있다. '시대성'과 관련되어 있는 '휴머니즘'이란 그들에게는 '실존주의'의 다른 이름이었을 것임은 말할 것도 없다."(같은 글, 207면) 이러한 김건우의 주장은 상당한 타당성을 가진다고 여겨진다. 참고로 이어령이 생각한 '휴머니즘'은 (앞에서 언급한 적이 있는) 「『아이커러스』의 패배 ─휴우매니즘의 의욕─」를 통해 알 수 있다. 이어령은 "인간의 역사적 변전(變轉)에 따라 『휴우매니즘』의 의미도 여러 가지로 달라질 수 있다"는 입장 아래, "인간을 아름다운 존재로 보든 악마와 동물과 같은 것으로 보든 인간의 능력을 긍정하든 부정하든 그것이 결국 인간의 생활방식을 모색하고 인간존재와 인간성의 사실을 추구하려는 정신에서 나온 사상이라면 그것은 하나의 『휴우매니즘』이라고 할 수 있다"라며, 휴머니즘을 아주 폭넓은 개념으로 이해했다(이어령, 「『아이커러스』의 패배 ─휴우매니즘의 의욕─」(상), 《서울신문》, 1956.11.22, 4면).

123 이런 사정을 알려주듯이 조연현의 「실존주의 해의」는 다음과 같은 도입부로 시작된다. "실존주의는 제2차대전 이후에 세계적인 화제가 되어 있는 가장 유력한 유행적인 사조의 하나다. 사람들은 제각기 실존주의를 말한다./ 오늘에 와서 실존주의는 그 정확한 개념에서나 그 부정확한 개념에서나 엇쨋든 누구의 입에서나 발언되고 있다. 실존주의란 말이 이렇게 누구에게서나 발언되고 있다는 이 사실은 실존주의가 정당히 이해되었던 잘못 해석되었던 이제는 누구도 이 문제에 관해서 무관심할 수 없게 되었다는 것을 의미하는 것이다."(조연현, 「실존주의 해의」, 《문예》, 1954.3, 175면) 더하여, 잘 알려졌다시피 이 글은 후일 정명환과의 실존주의 논쟁을 촉발시킨 단초가 된다.

124 조지 노바크, 김영숙 역, 『실존과 혁명』, 한울, 1983, 16면.

125 그런데, 사르트르가 실존주의를 주장하고 나섰던 초창기 시절의 프랑스에서도 사정은 이와 크게 다르지 않았다는 사실은 상당히 흥미롭다. 프랑스에서도 마찬가지로 젊은이들은 실존주의에 열광을, 기성들은 실존주의에 조소를 보내던 것이다. 이를 잘 드러내는 대목 하나를 가져와 적어두면 다음과 같다. "실존주의는, 젊고 반항적인 사람들에게 한층 매력적으로 느껴졌고 삶의 방식이나 최신 유행처럼 받아들여졌다. 1940년대 중반부터, '실존주의자'는 자유연애를 즐기고 재즈에 맞춰 춤을

것마냥 김동리를 향해 실존성이란 단어를 정확하게 규명하라고 의도적으로 목소리를 높였던 것이다.[126]

하지만 실존성이라는 역어(譯語), 용어가 버젓이 존재했고 (비록 자신이 찾은 것은 아닐지라도) 이를 김동리가 명확하게 제시했으니만큼, 이어령은 아주 궁색한 처지로 몰리고 말았다. 당시 실존주의라는 '권력적 지식'이 가진 큰 영향력을 고려할 때, 이어령은 이대로 주저앉을 수만도 없는 노릇이었다. 그래서 위의 인용 대목 중의 마지막 구절을 물고 늘어지는 방식으로, 즉, "그 작품의 내용에서" "실존성이 인정되지 않는다는 것을 구체적으로 제시하"는 방식으로, 이어령은 공격의 좌표를 수정하여 「신화의 단애」가 실존주의가 아님을 주장하는 단계로 나아가게 되지만, 당연하게도 이에 대한 김동리의 반응은 미지근하기가 그지없었다.

이제 추식의 경우를 검토하기로 하자. 〈추식의 「부랑아」, 「인간제대」 등에서는 야스퍼스가 말한 극한의식은 찾아지지 않으며, 차라리 앙프, 라뮈 등이 말한 사회의 거미줄 같은 것이 발견될 따름이다〉라는 이어령의 반박에 대해서 김동리는 어떤 식으로 반응했는가. 유일하게 이때에만 김

추며 밤을 새우며 노는 사람들을 일컫는 말이 되었다. …(중략)… 실존주의는 연장자들을 화나게 하거나 세상의 질서에 반항하는 것을 의미했다. 그것은 또한 다른 인종과 다른 계급들과 문란하게 섞이는 것을 의미하기도 했다. 기차를 타고 가던 철학자 가브리엘 마르셀에게 어떤 부인은 말했다. "선생님, 실존주의는 참 끔찍해요! 내 친구의 아들이 실존주의자라는데, 글쎄 그 애가 부엌에서 흑인 여자애랑 살고 있다네요!'" 사라 베이크웰, 조영 역, 『살구 칵테일을 마시는 철학자들』, 이론과실천, 2017, 26~27면(원 글의 인용 표기 및 각주는 생략했음).

126 이해의 편의를 위해 반복됨을 무릅쓰고 설명을 조금 덧붙여두기로 하면, 이어령은 자칫 실존주의라는 테두리 안에서 누구의 실존주의 이해가 옳으냐는 해석의 타당성 문제로 사태가 치환되는 것을 우려했던 듯하며, 그래서 차라리 김동리가 실존주의를 모른다는 점을 부각시켜 자신이 실존주의라는 개념을 오롯이 움켜쥐고자 했던 듯하다. 여기에는 푸코가 말한 '지식은 곧 권력'이라는 명제가 작동한다.

동리는 모래알만 한 근거가 있다고 했는데 그 까닭은 무엇이었는가.

미리 한마디 일러둘 것은 나는 추식 씨와 유주현 씨(『언덕을 향하여』)에 대하여 극한의식이 있다고 함께 말했는데 씨가 유 씨에 대하여 침묵을 지킨 것을 보면 유 씨에게서는 그것을 인정한 것으로 간주할 수밖에 없다는 점이다. 또 씨는 『야스파스』의 극한의식을 씨 류(氏流)대로 소개해놓고 그것을 『말로』와 『까뮈』에게 또한 씨 류대로 적용시킨 뒤, 추 씨의 경우에는 그런 식 적용도 안 되는 논법으로 나왔다. 그러나 그것은 너무나 기계주의다. …(중략)… 『야스파스』와 『말로』 사이에 『말로』와 『까뮈』 사이에 극한의식의 차이가 있는 것처럼 그보다 좀 더 추식 씨와의 사이엔 차이가 있어 마땅하다. 『부랑아』의 따라지 소년들이나 『인간제대』의 막다른 골목(나)은 씨의 말대로 직업이나 식량으로써 우선 해결될는지 모르나 그러한 극한적인 끝끝(따라지와 막다른 골목)에서 인생을 대결하는 추 씨의 내적 체험 속에 한국적인(유 씨의 경우 비슷하게) 그리고 추 씨적인 극한의식이 도사리고 있는 것이다.

위 인용 대목을 통해서는 김동리가 모래알만 한 근거가 있다고 판단한 이유를 알기 어렵다. 굳이 찾아서 말하라면, 이어령이 유주현의 「언덕을 향하여」에 대해서는 별다른 문제를 제기하지 않았고, 이에 김동리는 이어령이 자신의 견해에 일부 동의를 표했다고 여겼기 때문이 아닐까 짐작을 해볼 따름이다.[127] 김동리는 스스로가 쓴 극한의식이란 표현

---

127 그렇지만 이 장의 각주98번을 통해 이미 확인했듯이 이어령은 「언덕을 향하여」에 대해서도 다분히

이 어떤 개념의 것인가를 뚜렷이 밝히지 않는다. 다만, 김동리는 이어령의 논법이 기계주의라고 지적할 뿐이다. 구체적으로 야스퍼스의 극한의식이 있고, 말로의 극한의식이 있고, 까뮈의 극한의식이 있고, 그리고 추식의 극한의식이 있는데, 야스퍼스의 극한의식은 말로와 까뮈에게만 적용되고 추식에게는 적용되지 않는다는 이어령의 주장은 잘못되었다는 것이다.[128]

이어령이 야스퍼스의 극한의식을 가지고 온 이유는 자명하다. 이 단어는 서구 지식인의 용어이고 이러저러한 의미를 담고 있는 용어인데, 이와 같은 사실을 모르고서 이 용어를 함부로 구사하니까 적용의 오류가 발생한 게 아니냐는, 상대방의 무지를 타박하는 동시에, 자신의 지식을 과시하고자 하는 의도 아래 이루어진 것이다. 하지만 김동리는 극한의식이란 용어를 말 그대로 어느 개인이든 가질 수 있는, 그래서 각자마다 편차를 지니는 개념으로 확 퍼트려버린다. 정면대응을 하지 않고 교묘히 "논점을 흐리는 방식"[129]으로 넘어가 버린 것이다.

부정적인 입장을 내보였다.

128 김동리는 『인간제대』의 소개글에서도 극한의식을 언급한 바 있다. "「부랑아」에 나오는 윤락한 소년 소녀들이나 「인간제대」의 제대군인 「나」는 다 같이 씨가 말하는 소위 〈인간대열〉에서 〈제외〉된 군상들이요, 동시에 그것은 씨가 내포한 〈극한의식〉의 산물들인 것이다./ 이런 것을 가리켜 우리는 보통 현실사회의 암흑상을 그려서 어떤 사회적 반성을 촉구한 것이라고 해석하게 되지만, 그리고 그것도 틀릴 것은 없지만, 요컨대 그런 것은 어디까지나 이 작품들이 가지는 의의의 부차적 조건인 것이다. 왜 그러냐 하면 씨에게 있어 이러한 〈암흑상〉이란 시정 당국의 시책 여하로써 해결될 성질의 것이라고 믿어지기보다는 더 근본적인 〈인생의식〉에서 빚어지고 있는 것이기 때문이다. 다시 말하자면 씨의 보다 더 근본 의도는 대사회적 문제성을 야기시키는 일보다 오히려 〈대사회적 증언〉으로써 〈인생〉 그 자체를 고발하는 데 있는 것이다. 〈따라지 군상〉 이것이 바로 씨의 작품세계의 기조를 이루는 〈극한의식〉인 것이다."(김동리, 「『인간제대』에 기(寄)함」, 『인간제대』, 일신사, 1958, 페이지 표기 없음) "현실사회의 암흑상", "대사회적 문제성"의 대척점에 "근본적인 〈인생의식〉", "〈극한의식〉"이 놓여 있다는 내용이 확인되지만, 극한의식에 대한 설명은 여전히 부족한 느낌이다.

129 홍기돈, 앞의 책, 252면.

이상, 이어령의 반박에 대한 김동리의 재반박을 살펴보았다. 정리하
건대, 김동리는 이어령이 제기한 '지성적', '실존주의', '극한의식'이라는
세 가지 문제 중에서 '실존주의'와 관련해서만 명확히 답변했을 뿐, '지
성적'과 관련해서는 이어령의 이전 글들을 가져와 꼬투리를 잡는 방식
으로, '극한의식'과 관련해서는 용어가 지닌 바의 의미 범주를 넓히는
방식으로 각각 대처하는 자세를 보여주었다. 그런 관계로 '지성적', '극
한의식'의 문제는 더 이상 생산적이지 못한 변명과 힐난만이 이후 난무
하게 되거니와, '실존주의'의 문제도 김동리로서는 뒷말의 여지가 없는
답변을 내놓았기에, 이어령이 뭐라 하든 간에 이제 더 이상 맞대응을 할
필요가 없게 되어 이후 무가치한 설전만이 나타나게 된다. 즉, 김동리와
이어령 간의 논쟁은 몇 차례 더 이어지나, 사실상 이 지점으로부터 한
발짝도 더 나아가지 못하는 것이다(차라리 여기서 그치는 것이 모양새가 훨
씬 나았으리라 생각되지만, 한편으로 이미 진흙탕에 발을 담그게 되어버린 만
큼 자신이 마지막 발언을 차지해야 한다(그리하여 자신을 옹호하는 것으로 마
무리가 이루어져야 한다)는 자존심의 문제가 일견 작용했기 때문에, 이 논쟁은
불필요하게 더 이어지지 않았나 생각된다). [130]

---

[130] 이때 약간이나마 더 검토해볼 가치를 지니는 것은 실존주의와 관계된 문제이다. 조금 전 본문에서
약술했듯이, 김동리가 실존성이라는 단어를 제시함으로써 난처한 입장에 처하게 된 이어령은, 「논
쟁의 초점 =다시 김동리 씨에게=」을 통해 실존성이라는 단어가 있음은 인정하되 이 실존성이 어
찌하여 「신화의 단애」와 결부될 수 있는지를 따져 물으며 재대응에 나선다. "나의 고마운 무식 때문
에 씨가 말하는 실존의 좌표가 명확하게 밝혀졌다. A—신화의 단애는 실존주의 소설이다. B—이때
의 실존주의는 실존무(實存舞)적 실존주의(조작어)가 아니라 〈하이덱거〉의 철학을 배경으로 한 것
이다. 문제는 아주 좁아졌고 또 구체화되었다. 이제 씨에게 남은 마지막 문제는 한말숙 씨의 소설
〈신화의 단애〉에 〈하이덱거〉의 실존철학(하이덱거 자신은 『현상학적 존재론』이라고 부르지만)을
적용시키는 일이다 그런데 이렇게 하려면 아무래도 〈바그닷드〉의 요술이 필요할 것 같다."(이어령,
「논쟁의 초점 =다시 김동리 씨에게=」(중), 《경향신문》, 1959.2.26, 4면) 이렇게 운을 떼운 다음에

이렇게 김동리와 이어령 간의 논쟁은 서로 간의 힐책으로 변질되면서 흐지부지 마무리되거니와 자연히 이 논쟁을 주시하던 주변의 인물들도 다분히 부정적인 평가를 내리게 된다. "시시한 발단은 시시한 끝을 맺는다 그리하여 불미스러운 끝을 맺었다"라거나 "논쟁이 되지 않는 것을 가지고 한 달 동안이나 무엇을 했는가 「말싸움」을 한 것이다"라고 한

이어령은 「신화의 단애」를 본격적으로 분석하며, 여기서 주인공 진영은 "〈우려〉(Sorge─현존재가 일상계의 존재로서 표시되는)의 본래적 성격을 잃고 단순한 세인(世人)으로서 퇴락되어 있는 상태에 지나지 않는 것"이라고, 그래서 이 작품은 실존주의와 거리가 멀다고 주장한다(이어령, 「논쟁의 초점 =다시 김동리 씨에게=」(하),《경향신문》, 1959.2.28, 4면). 이와 같은 이어령의 언술은 자신이 김동리보다 하이데거(의 철학)를 더 잘 알고 있다는 입장 표명에 다름 아니다. 즉, 김동리의 「실존무」를 겨냥한 "실존무적 실존주의(조작어)"라는 표현도 또, 괄호 안에다가 "하이뎃거 자신은 『현상학적 존재론』이라고 부르지만"을 굳이 부기하거나 〈우려〉, "세인" 등의 용어를 명시하여 하이데거에 대한 앎을 내비치는 표현도, 모두가 실존주의라는 권력적 지식에 대한 소유권을 잃지 않으려는 의도에서 비롯되었다고 볼 수 있는 것이다. 어떻게든 이어령은 실존성이란 단어가 없다고 한 일전의 실수를 만회해보고자 노력했던 것이다. 더불어, 이어령은 김동리와의 논쟁이 마무리되는 시점쯤에 「실존주의 문학의 길」(《자유공론》, 1959.3)을 발표한다. 이 글의 도입부에는 "다행이도 오늘날 실존주의 문학은 천박한 유행성에서 해방되고 있는 눈치다. 이런 기회를 타서 다시 한번 냉철한 눈으로 실존주의 문학을 반성해 본다는 것은 그리 덧없는 일은 아닐 것"이라는 구절이 쓰여 있고, 이 글의 본론부에는 카프카, 말로, 생텍쥐페리, 사르트르, 카뮈를 개략적으로 소개하는 내용이 쓰여 있다(이어령, 「실존주의 문학의 길」, 『자유공론』, 1959.3, 254~255면). 이로 미루어 이어령은 이 글을 통해 "김동리에게 실존주의 문학이란 무엇인가를 가르치"(전기철, 「한국 전후 문예비평의 전개양상에 대한 고찰 ─불안의식의 내재화와 응전력을 중심으로」, 서울대학교 박사학위논문, 1992, 43면)고자 한 것이 아닌가 추측할 수 있다. 그리고 김동리는 이어령이 다시금 궤도를 수정하여 제기한 문제, 그러니까 실존주의와 「신화의 단애」가 실제로 접맥될 수 있는지를 묻는 공격에 제대로 답변하지 않았다(혹은 답변할 필요가 없었다). 그저 김동리는 자신이 이미 실존성이라는 단어가 있다는 것을 알려주지 않았느냐고 재차 강조하고, 이어서 이어령이 "나는 씨가 이 문제(실존성)에 대하여 깨끗한 태도를 취해주었다면 우리의 공동 목적인 한말숙 씨의 『신화의 단애』에 있어 실존성이 무엇인가를 구체적으로 증명해보이려 했던 것이다 『진영』이라는 현존재에 있어 〈던져진〉(사실성) 의미와 〈던지는〉(실존성) 의미가 무엇인지를 도식을 그리듯이 확연히 보여주려 했던 것이다(이 작품을 통하여 보여준 작자의 실존의식의 심도를 별 문제로 한다면 그것은 표본적인 실존성의 작품이었던 것이다)"라고만 답변할 뿐이었다(김동리, 「초점, 이탈치 말라 ─비평의 윤리와 논리적 책임」(하),《경향신문》, 1959.3.6, 4면). 끝으로 한 가지만 더 보태어두자면, 방민호는 이어령이 말하는 실존주의는 하이데거(의 철학)에 기반을 둔 것으로, 김동리가 말하는 실존주의는 사르트르(의 철학)와 연결 지을 수 있는 것으로 각각을 구분해서 보는 관점을 제시했다(방민호, 「전후의 이어령 비평과 하이데거적 실존주의」, 『이화어문논집』 44, 이화어문학회, 2018, 132~133면 참고).

이철범의 경우[131]와 "조작어가 아니냐, 독일어를 모르지 않느냐, 학생 시절에 발표한 것이란 거짓말이 아니냐, 초점을 뭉개는 병이 아니냐는 등등은 논쟁 이전의 것이요 오히려 귀중한 지면을 어느 때나 이런 것으로 장식한 것은 독자로서 퍽 유감스러운 일이었다"라고 한 임순철의 경우[132]가 바로 그것이다.

지금까지 이어령이 염상섭, 서정주, 조연현, 김동리과 벌인 논쟁들을 살펴보았다. 이는 (앞에서 이미 서술했던 것처럼) 일련의 퍼포머티브의 수행과 연동되는 행위로 문단의 재구축을 위한 것이었다. 하지만 객관적으로 보았을 때 이어령의 이와 같은 기성들을 향한 도전은 그리 높은 성과를 거두었다고 하기가 어렵다. 이어령의 개인적인 유명세가 (좋은 쪽이든 나쁜 쪽이든 간에) 더 높아졌다는 것 정도 외에는 별다른 반향을 불러일으키지 못했기 때문이다. 주위에서 관전한 이들로 하여금 기성들과 이어령 간의 입장 차이를 느끼게 해주는 선 정도에서 머물고 말았기 때문이다. 물론 이어령에게 전폭적인 지지를 보내는 이들도 소수이나마 있었으니만큼 이어령이 펼친 바의 이와 같은 기성들을 향한 도전이 전연 무의미했다고 볼 수는 없다. 작은 힘의 작용일지라도 여러 개가 모이다 보면, 또, 여러 번이 반복되다 보면 언젠가는 균열을 만들어낼 수 있는 까닭이다. 그런데, 세상의 만사는 늘 예측이 불가능한 법이어서, 살펴보았던 이어령의 마지막 논쟁, 그러니까 김동리와의 논쟁이 끝난 지 약 1년 후, 갑자기 사회에 큰 격동의 순간이 도래하여, 문단의 재구축은 의

131 이철범, 「언쟁이냐 논쟁이냐 …김동리 씨와 이어령 씨의 논쟁을 보고…」,《세계일보》, 1959.3.28, 5면.
132 임순철, 「서글픈 만용이 아니었기를—독자로서 김동리 · 이어령 양(兩) 씨에게 말한다」,《경향신문》, 1959.3.30, 4면.

외로 빠르게, 그러나 이어령이 예상하지 못한 방향으로 이루어지게 된다. 1960년의 4·19혁명이 바로 그것이다.

3. 새로운 문학(담)론의 모색

하지만 4·19혁명 이후의 시점에서 이어령이 어떤 행보를 보였는가를 살펴보기에는 타이밍이 조금 이르다. 아직은 지금까지 기술해온 바의 방향성을 유지한 상태에서 이어령이 내보였던 또 다른 '저항의 언술'들을 좀 더 살펴볼 필요가 있다. 제1절, 제2절에서 검토한 것처럼 이어령은 (새 시대에 걸맞은 새로운 문학의 필요성을 역설하는 차원에서, 문단의 재구축을 도모하는 차원에서) 일련의 퍼포머티브의 수행 및 기성들을 향한 도전을 꾸준히 전개했다. 그리고 이러한 이어령의 작업은 많은 이들에게 강렬한 인상을 남겼다. '우상 파괴', '화전민 의식', '김동리와의 논쟁' 등등과 같이 〈이어령〉 하면 대다수가 당장 떠올리게 되는 문학 관련 표상들 대부분이 여태껏 살펴본 내용을 바탕으로 형성되었다는 사실은 이를 방증한다.

그러다 보니 이어령의 글들에 대한 일반적인 평가들, 구체적으로 말해 '명쾌한 단언', '화려한 비유' 등의 장점과 '공허한 구호', '알맹이 없는 전개' 등의 단점이 이로부터 도출되었고, 또, 통용되었다. 문제는 이와 같은 장, 단점이 이어령의 어느 글에서건 대입될 수 있는 일종의 해석틀로 기능해왔던바, 어느새 이어령의 글들이 지닌 폭넓은 스펙트럼(spectrum)은 몰각되어버렸다는 것이다. 이어령은 범인(凡人)이 엄두를 내기 어려울 정도로 다작(多作)했다. 이에 상기의 장, 단점과는 거리가 먼 글들도 많이 발견됨은 당연하다. 여태껏 살펴보았던 두 가지 계열과 또 다른 부류에 속하는, 하지만 '저항'이라는 맥락에는 부합하는, 그와 같은 이어령의 글들을 추려내어 검토해야 할 필요성이 이로부터 주어진다.

앞서 살펴본 것들(특히 이 장의 제1절에서 살펴본 것들)을 다시금 떠올려 볼 때, 이어령은 과거와의 단절, 기성들 및 문단을 향한 거부, 문명에 대한 비판, 새로운 주체 찾기 등을 역설했고, 또, 이것들 모두를 해결할 수 있는 유일한 방책이 새로운 문학이라고 역설했다. 다만, 전술한 것처럼 이러한 역설의 과정에서는 목소리를 힘차게 울려 효과를 거두는 데에만 집중했으므로, 새로운 문학이 무엇인지를 상세히 석명하는 데에는 미흡함이 많았다. 이에 공염불에 그치지 않으려면 별도로라도 보충의 작업을 꼭 덧붙여야 했던바, 이어령은 잡지 게재의 방식을 활용하여 신문 게재의 방식보다 조금 더 긴 호흡을 확보한 후, 새로운 문학(담)론에 대해 차분히 모색해나갔다. 대표적인 글들을 꼽아본다면 「현대 작가의 책임」(《자유문학》, 1958.4), 「현대의 악마 =오늘의 문학과 그 근거 =」(《신군상》, 1958.12), 「작가와 저항 =HOP-FROG의 암시=」(《지성》, 1958겨울), 「작가의 현실참여」(《문학평론》, 1959.1) 등이다.

이 네 편의 글들은 당연하게도 앞서 살펴보았던 두 가지 계열에 해당하는 글들과 여러모로 다른 면모를 보여준다. 가장 큰 차이점이란 일련의 퍼포머티브의 수행 및 기성들을 향한 도전에 비겨 실질적인 의미를 보다 더 많이 담아내었다는 것이다(달리 표현한다면 글의 비중이 칸스터티브 쪽으로 옮겨져 있다는 것이다). 그리하여, 이어령의 언술 행위를 단순히 기존 체계, 체제에 대한 안티(anti)담론, 반(反)담론으로만 규정할 수 없는 일단의 근거가 바로 이 네 편의 글들로부터 주어진다고 할 수 있거니와,[133] 그렇다면, 이어령이 이 네 편의 글들에다가 담아낸 새로운 문학(담)론이란 구체적으로 어떤 것이었는가.

글의 제목만 보아도 당장 알 수 있듯이 이어령은 작가에게 초점을 맞추고 논의를 개진했다. 그 이유란 아마도 이어령은 작품을 생산하는 주체가 작가이니만큼 창작에 임하는 작가의 자세가 새로운 작품의 산출을 끌어내는 데 있어서 근본 동력이 된다고 여겼기 때문이 아닐까 추측된다. 따라서 이어령은 〈새로운 문학이란 바로 이런 것이다〉는 식으로 거창한 규정짓기를 시도하지는 않았다. 다만, 이어령은 〈작가는 문학을 통해 이렇게 해야 한다〉는 식으로 방향을 제시할 따름이었다. 개략적인 언급을 먼저 해두자면 이어령은 작가가 놓여 있는 비극적인 상황을 제시하고, 작가가 어떠한 책임을 부여받았는지를 제시하고, 작가가 문학으로써 무엇을 추구해나가야 하는지를 제시했다. 이 점을 염두에 두면서 지금부터 네 편의 글들을 꼼꼼히 검토해나갈 것인데「현대 작가의 책임」,「현대의 악마 =오늘의 문학과 그 근거=」,「작가의 현실참여」,「작가와 저항 =HOP-FROG의 암시=」순으로 살펴보도록 하자(발표 일자를 고려한다면「작가와 저항 =HOP-FROG의 암시=」이 두 번째 혹은 세 번째가 되어야 하지만, 각각의 글들이 지닌 성격을 고려할 때「작가와 저항 =

---

133 관련하여 이어령이 "새로운 세대의 담론"을 창출하려 했고, 이때 "새로운 담론의 근거"가 "저항의 논리"였으며, 다시 "저항의 논리"를 대표하는 평론들이 "「현대 작가의 책임」(《자유문학》, 1958.4),「작가와 저항」(《지성》, 1958 겨울),「현대의 악마」(《신군상》, 1958.12),「사회 참가의 문학」(《새벽》, 1960.5)"이었다고 설명한 남원진의 논의를 부기해둘 수 있다. 남원진, 앞의 책, 111면.

HOP-FROG의 암시=」은 다른 세 편에 비겨 조금 이질적이므로 차례를 마지막으로 조정했음을 밝혀둔다). [134]

> 인공위성이 수인(囚人)으로써 살아가는 우리에게 자유의 하늘 해방된 생명을 주기에는 너무나 무서운 모체를 가지고 있다. 즉 인공위성을 분만한 것은 평화의 여신이 아니라 실은 살육의 요녀였다는 의미다. 유도탄의 쌍아로써 탄생되었다는 것이다. …(중략)… 또한 우주시대가 도래하여 인간의 한계상황이 더 확대된다 하드라도 수인으로서의 운명은 끝나지 않을 것이다./ 우리를 감금하고 있는 지평은 밖에 있는 것이 아니라 바로 우리의 마음 그 의식 가운데 둘려져 있는 것이기 때문이다. [135]

위의 인용 대목은 「현대 작가의 책임」의 도입부에 해당한다. 이처럼 이어령은 문명의 발달이 오히려 인간에게 좋지 못한 결과를 가져다주었다고 강조하면서 글을 연다. 구체적으로 이어령은 인공위성이라는 과학 발전의 결과물을 "유도탄의 쌍아"라고 보았고, 또, 이의 연장선상에서 제

---

134 이 네 편의 글들 외에도 이어령이 성실히 발표한 월평, 연평을 주목할 필요가 있다. 실제적인 작품의 평가로써 평자가 꿈꾸는 이상적인 문학이 무엇인지를 (간접적으로, 은연중으로) 보여주는 것이 곧 월평, 연평인 까닭이다. 가령 누구를 고평했고 누구를 혹평했는가에 따라서 평자가 머릿속에 설정해놓은 바람직한 문학의 상이 파악될 수 있다는 것인데, 다만, 월평, 연평을 본격적으로 다뤄보기에는 '의미 생산성의 부족'이란 그 특유의 단점이 큰 애로사항으로 작용하는바, 세세한 분석의 시도가 여러모로 쉽지 않은 것이 사실이다. 그렇기에 여기서는 이어령이 월평, 연평을 통해서 대체로 어떤 이를 높게 평가했고, 어떤 이를 낮게 평가했는지를 간단히만 적어두기로 한다면, 염상섭, 황순원 등에 대해서는 시대에 뒤떨어졌다는 식으로 평가했음이 확인되고, 손창섭, 장용학 등에 대해서는 애정을 가지고 있되 한계도 많이 보인다는 식으로 평가했음이 확인되며, 선우휘 등에 대해서는 아쉬운 점도 있지만 긍정적인 측면이 많다는 식으로 평가했음이 확인된다. 대체로 이어령이 뒷세대에 가까울수록 호의의 시선을 보냈음이 발견되는 것이다.

135 이어령, 「현대 작가의 책임」, 《자유문학》, 1958.4, 203면.

아무리 문명의 발달이 이루어지더라도 이로써는 "수인"의 처지에서 벗어날 수 없다고 보았다. 이는 전후세대가 지녔던 바의 비극적인 상황 인식에서 비롯된 것이다. 이렇게 비참한 현실을 제시한 후, 이어령은 곧장,

> 여기에서 오늘의 작가들은 무엇을 할 것인가? 무엇을 쓸 것인가? 이러한 현실에서 도피할 것인가? 우리들에게 올 내일의 운명은 「인공위성」의 과학자에 맡기고 작가는 우화등선의 몽환적 세계만을 노래해도 좋을 것인가? 웃을 것인가? 꽃이 구름이 있다고 말할 것인가 그것을 남의 울음이라 할 것인가?/ 그러나 오늘의 작가는 하나의 태도를 결정해야 된다. 우리는 여기에서 그것을 함께 생각해보자 작가의 책임에 대해서 그 이유에 대해서 살펴보아야 한다. 따라서 작가의 작업이 수인의 옥벽(獄壁)을 부실 수 있을 것인가를 인간에 자유를 줄 수 있고 그것의 지평을 열어 줄 수 있는가를……. (204면)

과 같이 작가가 현 상황을 극복하는 데에 있어서 어떤 역할을 수행할 수 있는가를 고민해보자고 서술하며, 앞으로 펼쳐질 논의의 방향을 명확하게 설정한다. 하지만 이어령은 작가의 역할을 바로 기술하는 게 아니라 아래처럼 '본다는 것'을 최초 시작 지점으로 삼아 차근히 밑바탕을 그려 나가는 면모를 보여준다.

> 인간이 세상에 나올 때 보라는 그것 외로 미리 받은 명제란 아무것도 없다. 또 그러니까 이렇게 살아라, 저렇게 행하라 하는 어떤 「아푸리오리」한 율법도 최초에는 없었다./ 「본다는 것」 그것에서부터 모든 것이 생겨난다. 이것

의 결과가 이것의 종합이 인간이 「체험한 바의 내용」이다 동시에 이 내용을 거기에서 추인된 것을 우리는 사상이라 하고 또 「모랄」이라 한다. 우리가 다 아는 바와 같이 영어의 "see"는 「본다」는 의미와 더불어 「안다」 「경험한다」의 뜻으로 사용된다. 그런데 이 「본다」는 것은 타동사다. 타동사는 「목적물」을 필요로 한다. 「목적물」은 「나」 아닌 다른 객관적인 대상이이(sic; 이)다. 자기가 자기 얼굴을 보려고 할 때도 「거울」이라는 나 아닌 객관물을 일단 수단으로 사용해야 된다. 그래서 「나」를 이해한다는 것은 「나」를 객관화한다는 말이다. 그러므로 보는 것의 대상은 언제나 「남」이다 그러나 본다는 작용의 중심은 자기 위치다. 그래서 그 남은 자기와 관계 지워져 있는 주위의 사물, 주변의 사상들로써 있다./ 그러기 때문에 나의 체험이란 그 속에 「남」이 있는 것이고 「나」의 사상 「나」의 의미는 「남의 운명」과 함께 관계 지워져 있는 것이다./ 「마르로」의 「인간조건」에 나오는 주인공 「쳉」은 녹음된 자기 목소리를 듣고 그것이 자기 음성이라고 믿기지 않았다. 자기 음성을 자기 자신이 모르는 까닭은 사람이 자기 목소리를 귀로 듣지 않고 목구멍으로 듣기 때문이라고 한다. 자기 음색을 자기가 들을 수 없는 인간의 그 숙명처럼 「남」을 볼 수는 있어도 자기가 자기 자신을 보기는 어렵다. 그러한 의미에서 「본」다는 행위를 통하여 자기를 발견하고 자기를 형성해간다. (204~205면)

이러한 '본다는 것'에 관한 이어령의 사고는 사르트르의 타자 이론으로부터 연유되었다. 사르트르의 타자 이론에 따르면 인식과 세계의 지반인 주체는 사전에 존재하는 것이 아니라 타자의 시선을 통해 발생하는 것이라고 설명된다. 즉, '나'의 의식은 타자의 시선을 통해 '쳐다보여지고 있다'는 의식을 가짐으로써 성립하며, 그러함에 자연히 타자의 시선은 나의 객관화를 위한 필요조건이 된다는 것이다.[136] 이어령은 이러한 사르트르의 타자 이론을 빌려오되, 이를 자기 방식대로 풀어서 서술한 것이다. 이어령은 '본다는 것'으로부터 '나'와 '남'(여기에는 '주위의 사물'과 '주변의 사상'이 모두 포함된다)이 언제나 연결되어 있는 관계임을 도출해낸다. 또한, 이어령은 '본다는 것'으로부터 "자기를 발견하고 자기를 형성"할 수 있다는 사실까지를 도출해낸다. 요컨대, 이어령은 '본다는 것'으로부터 '나'도 파악할 수 있고, '나'를 둘러싼 모든 것, 곧, '상황'도 파악할 수 있다고 서술한 것이다. 그리고 이렇게 '본다는 것'과 관련된 내용을 나름대로 펼쳐낸 이어령은 비로소 작가를 호출하며 다음 단계로 나아간다.

그러므로 작가의 자아는 바로 대상적 자아 그것이다 이것이 또한 인간에 있어서의 나와 타자와의 관계다. 그러므로 작가가 사회에 대하여 관심을 갖게 된다는 것은 필연적인 행위다. 사회에서 일어나고 있는 모든 일 그것은 자기와 이미 관계되어져 있는 일이다. 그것은 자기의 생명이 목격되어져 있는 생명 그것 때문이다./ 그리하여 「내가 보았다는 것은 내가 행위한 것이다」 "Voila ce que je vu Voila Ce que je fait"라는 결론이 생긴다. 작가의 책임은—첫째 번의 가장 중요한 책임은 이렇게 모든 것을 「본다」는 데 있다. 「충실하게 본다」는 것은 「충실하게 썼다」는 것이요. 「널리 보았다」는 것

136 오은하, 「사르트르의 시선과 관계의 윤리」, 한국사르트르연구회 편, 『카페 사르트르』, 기파랑, 2014, 414면 참고.

은 「자기의 생활과 운명을 널리 기록하고 생각했다」는 것이다. 또한 역으로 말해서 작가가 쓴다는 것은 작가가 행동했다는 것이며 작가가 행동했다는 것은 바로 작가가 「보았다」는 것을 입증한다. (205면)

앞서 설명한 바를 토대로 이어령은 모든 인간의 자아('나')가 그러하듯이 "작가의 자아" 역시 "대상적 자아"임을 밝히고, 그러니만큼 "작가가 사회에 대하여 관심을 갖게 된다는 것은 필연적인 행위"라면서, 작가의 사회 반영(혹은 사회 참가)의 당위성을 강조한다. 또한, 곧이어서 "그리하여 「내가 보았다는 것은 내가 행위한 것이다」 "Voila ce que je vu Voila Ce que je fait"라는 결론"으로까지 치달아버린다.[137] 그러니까 "「충실하게 본다」는 것은 「충실하게 썼다」는 것"이라고 '보다'와 '쓰다'를 일단 묶더니, 다시 "작가가 쓴다는 것은 작가가 행동했다는 것"이라고 '쓰다'와 '행동한다'를 연달아 묶어서, 순식간에 '보다─쓰다─행동하다'를 한 쌍으로 만들어내고서는, 최종적으로 이러한 '보다─쓰다─행동하다'의 수행을 작가의 책임이라고 규정내리는 것이다. 하지만 설명

---

[137] 그런데, 여기에는 약간의 비약이 있다. 모든 인간의 자아('나')가 '본다는 것'으로부터 만들어진다고 했으니만큼 작가의 자아가 "대상적 자아 그것"이라는 것은 쉽게 수긍할 수 있다. 작가 역시 인간이기 때문이다. 하지만 작가의 자아가 대상적 자아라고 해서 "작가가 사회에 대하여 관심을 갖게 된다는 것"이 "필연적인 행위"라고 볼 수 있을지는 의문이다. "사회에서 일어나고 있는 모든 일 그것은 자기와 이미 관계되어져 있는 일"이라는 부연 문장이 따라붙었지만, 이를 감안할 때도 '그러므로 작가는 사회에 대하여 관심을 가져야 한다'는 식의 요청이 되는 것이 자연스럽지 "그러므로 작가가 사회에 대하여 관심을 갖게 된다"는 식의 확언이 되는 것은 부자연스럽다. 그리고 이어지는 문구인 '그리하여 「내가 보았다는 것은 내가 행위한 것이다」라는 결론 또한 중간 단계가 생략된 채 바로 제시된 느낌이다. 논리적 타당성을 갖추려면 적어도 두세 개의 문장이 추가되어야 하지 않을까 싶다. 그리고, 이러한 과격한 전개에 대해 독자들은 상반되는 반응을 보일 수 있다. 일부는 "단언적 문장의 힘"(조영복, 「수사, 동경 그리고 에세이」,《오늘의 문예비평》27, 1997.12, 230면)을 느끼는 한편, 다른 일부는 "단정의 오류"(서영채, 앞의 책, 340면의 각주13번)를 발견한다.

이 다소 부족하다거나 다소 빠르다고 판단했는지, 이어령은 '보다'가 '쓰다'로 전이되고 '쓰다'가 '행동하다'로 전이되는 이러한 일련의 수순을 재차 풀어서 아래와 같이 제시한다.

한 개인은 「본다」는 그것으로써 남과 관계 지워지고 그래서 결국은 「본다」는 그 작용을 통하여 자기가 그와 같이 한 사회적인 일원으로써 책임을 지게 마련되었다. 남을 본다는 것은 자기를 파악하고 인식하는 방법이기 때문에 그것은 남(사회)을 위한 것인 동시에 자기자신을 위한 것이다./ 그 사회적인 책임은 결국 자기에 대한 책임이며 나의 운명 나의 감정 안에 서서 스스로 울어나온 것이다. 그렇다면 사회적인 책임을 그대로 느끼고만 있어서도 안 된다. 작가는 두말할 것 없이 그것을 글로 쓴다. 그 사회적인 상황이 글로 씨어질 때 그것은 자연적으로 폭로되고 폭로된 상황은 그것으로 하여 변해진다. 언어에 의하여 「나」와 여러 다른 사람들 앞에 개시된 사상은 자유와 호응하고 그리하여 그 울림은 사멸되고 은폐된 또 다른 사물들의 목숨을 불러이르킬 것이다. (207~208면)

위의 인용문을 간단하게 정리해보면 〈작가는 본다. 그리고 작가는 본 것을 쓴다. 그러면 작가가 쓴 것에 의해 상황이 폭로되고 변하게 된다. 그렇다면 작가는 행동한 것과 다름 아니다〉 정도가 된다.[138] 그리고

---

138 이 글은 애당초 출발점에서부터 사르트르의 논의에 의존했던바, 상기의 핵심 대목이 사르트르의 논의(가령 한 예를 든다면 "『구속(參劃)』된 작가는 말이 즉 행동이라는 것을 알고 있다. 그는 드러내는(폭로하는) 것이 변화를 가져오는 것이며, 오직 변화를 꾀함으로써만 폭로할 수 있다는 것을 알수 있다."와 같은 대목)를 반영한 모양새인 것도 당연한 귀결이다. 장 폴 사르트르, 김붕구 역, 『문학

이어령은 이를 뒷받침하고자 몇 가지 사례를 제시하는데 그중에서 하나
만 가져와 확인해두기로 하면 아래와 같다. 사르트르의 '흑인의 압박'이
란 사례이다.

> 흑인의 압박이라는 것은 『흑인이 압박되고 있다』고 누가 말하지 않는 한 그
> 것은 없는 것과 마찬가지다. 그때까지는 아무도 그것을 느낄 수 없고 아마
> 도 흑인 자신들까지도 그것을 알지 못한다. 그러나 그것이 한마디 말해지기
> 만 하면 그것은 곧 의미를 지니게 된다.[139] (208면)

저 유명한 김춘수의 「꽃」(1952)의 1~2연인 "내가 그의 이름을 불러
주기 전에는/ 그는 다만/ 하나의 몸짓에 지나지 않았다.// 내가 그의 이
름을 불러 주었을 때/ 그는 나에게로 와서/ 꽃이 되었다."를 연상하게 만
드는 위의 인용문은, (여기서는 '말하기'로 되어 있지만) 쓰기 전의 상황과
쓴 후의 상황이 인식의 차원에서도 존재의 차원에서도 참으로 많이 달
라진다는 것을 잘 보여주는 아주 적절한 사례가 아닐 수 없다. 이런 식
으로 근거를 마련한 후, 이어령은 강조의 차원에서 앞서의 설명을 한 번
더 되풀이한다. 즉, 이어령은 작가란 모름지기 「정시(正視)」하기 위해
서 있는 사람", "그것에 이름을 짓기 위해서 있는 사람(곧, 쓰기 위해서 있
는 사람:인용자)", "그 이름진 것에 의하여 자기와 남을 즉 그들의 상황을
변화하도록 하는 사람(곧, 행동해나가는 사람:인용자)"(209면)이 되어야 한

이란 무엇인가』, 개정판: 문예출판사, 1994, 32면.
139 참고로 이 인용문은 이후에 쓰여진 「사회 참가의 문학 ─그 원리적인 문제─」,《새벽》, 1960.5, 280
    면에도 동일하게 실려 있다.

264 이어령, 우리 시대 비평의 이정표

다고 역설하는 것이다.

이렇게 이어령은 '보다―쓰다―행동하다'가 왜 묶이는지를, 그리고 '보다―쓰다―행동하다'의 수행이 어찌하여 작가의 책임인지를, 제법 긴 과정을 거치면서 나름 상세하게 제시했거니와, 그런 후에도 여전히 멈추지 않고서 다음의 지점을 향해 계속 나아갔다. 이어지는 이어령의 서술은 아래와 같다.

작가에게 남아 있는 최종의 일이 또 하나 있다./ 그것은 폭로된 상황 속에서 인간을 어떻게「행동시켜야 할 것인가」에 대해서다. 그것은 어떻게 역사를 만들어가야 할 것인가에 대해서며 어떻게 죽어가야 할 것인가를 말해주는 일이다./ 말하자면 작가의 책임은「모랄」의 제시에 의해서 완수된다. (210면)

이제 이어령은 "「모랄」의 제시"에 초점을 맞추고 고민을 이어나간다. 이어령은 위의 인용 대목에서 확인되는 것처럼 작품을 통해서 모랄을 제시하는 게 바로 작가의 책임을 완수하는 화룡점정의 행위라고 설명한다. 그런데, 이어령은 연달아『페스트』의 '류',『탈탄인의 황야』의 '조반니 · 드로그' 등을 예로 들면서 "모랄이 너무 강력하게 표면화될 때 예술은 끝난다. 혹은 종교 혹은 하나의 교리로써 그것은 변모된다"(210면)라고 지적하며 '예술성'의 확보가 도외시되어서는 안 된다고 설명한다. 이를 종합해보면 이어령의 주장이란〈작품에서 모랄을 담아내되, 다만, 이 모랄을 교술적("독자를「로고스」에 의하여 정복하는 것"(211면))이지 않고 예술적("「파토스」로써 움직이게 하는 것"(211면))으로 제시해야만 비로소 작가는 자신에게 주어진 책임을 다하는 것이다〉로 이해된다.

더불어, 이어령은 작가가 책임을 달성하기 위해서는 자연히 "무엇을 써야 할 것인가를 눈짓"(211면)하게 되는바, "개인 생활의 사소한 영탄에서 사회적인, 문명적인 사실로 눈을 돌려야만"(212면) 한다고 주장한 뒤,[140] 이제껏 상술한 내용을 토대로 총정리를 수행하면서 글을 매듭짓는데, 사실상 이 대목에 글의 요체가 모두 담겨 있다고 보아 무방하다. 확인해두기로 하면 아래와 같다.

작가란 어쨌던 실천적 행동이 아니라 언어 그것을 선택한 사람이기 때문에 커다란 의미에서 보면 문학 그것이 이미 도피라 볼 수 있다. 그러나 작가는 언어를 무기로 하여 싸울 수 있다. 그것을 가지고 인간성을 변형하고 인간의 의식을 변화시킬 수가 있다. 또한 모든 감정을……/ 그렇다면 멸망을 향해 묵묵히 수(遂(sic;추(墜))락하는 인간의 역사를 사회의 운명을 언어에 의한 호소 그 고발로써 조지(阻止)시킬 수 있다. 여기에 작가의 책임이 있고 사회 속의 문학 그 전망이 트이게 될 것이다. 그럴 때 문학은 「실천적 행동」 이상의 행동성을 발휘할 수 있을 것이다./ 그렇게 해사(sic;서) 인류애는 이상이 아니라 우리의 현실이 될 것이다. 한국전쟁에서 흘렸던 피 부다페스트에서의 마지막 절규 수용소에서 죽어간 어린 유태의 생명과 젊은이들— 또다시 그러한 살륙의 기도(企圖) 그것에 대해서 작가는 침묵해서는 안 된다./ 그것들은 모두 나의 죽음을 의미한다. 그리하여 이 눈에 보이지

---

140 그런 와중에도 "물론 예술성이 상실된 저열한 사회소설보다는 차라리 우수한 사소설을 쓰는 편이 좋을른지 모르(sic;른)다."(212면)라는 문구를 부기해놓았으므로, 이어령이 예술성의 확보를 얼마나 중요하게 생각하고 있었는지를 알 수 있다. 그리고 이렇게 예술성의 확보를 중시한 이어령의 입장은 그의 무척이나 긴 활동 기간 중에서도 단 한 번도 바뀐 적이 없었다.

않는 그 현대의 폭군과 합법적인 살인자와 미구(未久)에 나무(sic;부)낄 사회(死灰)를 향하여 작가는 발언해야 된다. 또한 그렇게 그것은 책임 지워져 있는 것이다.[141] (212면)

이상을 통해 이어령이 문학의 힘을 아주 높이 샀음을 알 수 있다. 이어령은 작가가 책임감을 가지고 문학을 창작한다면, 다시 말해 "사회의 운명을 언어"로써 고발하는 방식 아래 문학을 창작한다면, 그때의 문학은 「실천적 행동」 이상의 행동성을 발휘할 수 있"다고, 그에 따라 사회를 바꿀 수 있다고 진심으로 믿은 것이다(또한, 되풀이해서 밝혀두는바, 이때에는 전제조건이 있으니, 그 전제조건이란 해당 작품이 예술성을 확보한 상태여야 한다는 것이다). 그리고 이런 측면에서 이어령은 '순연한 문학주의자'였다. 이어령은 문학의 테두리 밖으로 발을 내딛지 않았다. 문학에서 촉발, 파급되는 방식을 통해서만 모든 일을 도모했고, 또, 추진했다. 물론 이어령의 이와 같은 입장은 문학이 그만큼 대단한 일을 과연 이루어낼 수 있을까 하는 의문을 불러일으키기에 여러모로 비판을 받을 수 있다. 가령 '정

---

141 한편 이 대목으로 말미암아 이어령은 '추상적인 역사의식'을 내비쳤다는 혐의를 받았다. 즉, 역사의 세부 맥락을 소거한 채 결이 서로 다른 것들을 등치시켜버렸다는 것이다. 구체적으로 "한국전쟁에서 흘렸던 피 부다페스트에서의 마지막 절규 수용소에서 죽어간 어린 유태의 생명과 젊은이들―"이라는 문구가 역사적 함의의 차이를 무시한 채 6·25전쟁을 다른 세계사적 비극과 동일선상에 놓는 이어령의 태도로부터 비롯되었다고 주장한 논의를 들 수 있다(이도연, 앞의 글, 21~22면 참고). 공감을 못 할 바는 아니되, 다만, 이에 대해서는 다른 각도에서의 접근도 가능해보인다. 당시의 지식인들에게 6·25전쟁은 세계 차원의 전쟁으로 여겨졌다. 그에 따라 당시의 지식인들은 6·25전쟁을 통해 '세계사적 동시성'이라는 감각을 형성할 수 있었다(당시의 지식인들이 지닌 이와 같은 인식을 당대 잡지들을 바탕으로 확인한 논의로는 김복순, 「'세계성'의 전유와 현대문학 상상의 인식장치」, 『어문연구』 43(1), 한국어문교육연구회, 2015, 154~159면을 참조할 것). 이런 관점에서 본다면, 상기의 문구는 '추상적인 역사의식'에서 비롯된 것이라기보다는 '세계사적 동시성'을 따른 것이라고도 볼 수 있다.

치성의 몰각'이니 '현실성의 부재'니 하는 지적들이 대표적인 실례에 해당한다. 하지만, 이어령은 일절 흔들리지 않고 자신의 입장을 초지일관 고수했다. 그러함에 지금부터 살펴볼 예정인 「현대의 악마 =오늘의 문학과 그 근거=」, 「작가의 현실참여」 등에서도 동일한 맥락의 언술들이 감지된다. 이를 유의하면서 「현대의 악마 =오늘의 문학과 그 근거=」를 먼저 살펴보기로 하자. 도입부는 아래와 같이 이루어져 있다.

오늘과 어제의 문학이 어떻게 다르냐고 묻는 사람이 있다면 나는 먼저 오늘의 인간과 어제의 인간이― 다시 말하면 오늘의 인간 조건과 어제의 인간 조건이 어떻게 달라졌는가? 라고 반문할 것이다. 「스타인」의 말대로 「시대에서 시대가 변화한 것은 아무것도 없다. 다만 사물을 보는 방법이 변했을 뿐이며 이것이 작법의 기초가 되는 것이다.」/ 사물을 보는 방법, 사물을 이해하는 정신― 그러한 것들의 변화는 인간이 놓여진 조건의 변동 위에서 생겨난다. 실존주의자들이 즐겨 쓰는 술어(術語)로 이야기한다면 「상황」을 통해서만 우리는 사물을 내다 볼 수가 있고 「상황」을 통해서만 우리는 우리들 자신(인간)을 인식할 수가 있다.[142]

"「상황」을 통해서만 우리는 사물을 내다 볼 수가 있고 「상황」을 통해서만 우리는 우리들 자신(인간)을 인식할 수가 있다."는 마지막 문장이 핵심이다. 상황을 떠나서는 그 어떤 것도 성립하지 않는다. 아 프리오리 (a priori)한 것은 있을 수 없다. 따라서 "우리는 어떠한 상황을 통해서만

---

142 이어령, 「현대의 악마 =오늘의 문학과 그 근거=」, 《신군상》, 1958.12, 84면.

비로소"(85면) 무언가를 이야기할 수 있다. 자연히 모든 것은 상황에 종속되기 마련이다. "19세기의 신과 원자(原子)시대의 신은 이미 다른 얼굴을 하고 있다."(85면) 19세기와 원자시대는 서로 상황이 다르기 때문이다. "어두운 감방에서 드리는 죄수의 기도와 달콤한 인간적인 감상에 사로잡힌 사춘기의 소녀가 드리는 기도가 서로 다르듯이 그 앞에 나타나는 신의 용모도 또한 다르다."(85면) 죄수와 사춘기의 소녀는 서로 상황이 다르기 때문이다. 그리고 이렇게 설명이 펼쳐진 후, 다음의 문구가 덧붙여진다.

> 우리는 통속적인 경지에서 인간의 조건(상황)과 그 대상(사물)과의 관계를 보아왔다. 결국 이상의 말에서 우리가 느낄 수 있는 것은 개인에는 개인이 놓여져 있는 조건이 있드시 시대에는 시대가 놓여져 있는 인간 전체의 조건이란 것이 있다는 것과 그러한 시대적인 조건이 사물을 보는 방법을 규정하고 있다는 사실이다./ 그러기 때문에 지난날의 인간 조건과 오늘날의 인간 조건을 살피면 옛 시대의 문학과 오늘의 문학에 대한 차이성이 자명케 될 것이며 또한 그것이 지금 우리가 모색하고 있는 새 문학의 거점이 될 것이다. (86면)

부연 문장이 사이사이에 추가되어야 흐름이 매끄러워질 것이라고 여겨지나, 전체적인 의미 파악이 어려울 정도는 아니다. 우선 "개인이 놓여져 있는 조건"에서 "인간 전체의 조건"으로 도약이 일어난다. 이어서 "인간 전체의 조건"은 바로 뒤의 "그러한 시대적인 조건"과 연결된다. 그리하여 "지난날의 인간 조건과 오늘날의 인간 조건"의 대비가 가능해진다. 그런 뒤에야 문학이란 단어가 비로소 등장한다. 문학 역시 상황의 산물이므로 "지난날의 인간 조건"에서 만들어진 "옛 시대의 문학"과 "오늘날의 인간 조건"에서 만들어진 "오늘의 문학"은 다를 수밖에 없다. 그리고 과거의 문학과 현재의 문학 간의 차이를 인식하는 것으로부터 "새 문학의 거점"은 마련된다. 이상의 서술로써 첫 번째 챕터가 마무리된다.

그런데, 두 번째 챕터의 도입 문구들은 첫 번째 챕터의 마지막 문구들과 잘 이어지지 않는다. 과거의 문학과 현재의 문학 간의 차이를 드러내는 내용으로 이루어져 있지 않은 것이다. 예상과 다르게 갑자기 "코와 팔과 무릎이 깨어진 석불의 한 상흔"(86면)을 거론하면서, 또, 미아리 공동묘지와 동작동 국립묘지를 거론하면서, 자연적인 죽음과 인위적인 죽음에 대한 설명을 펼쳐나가는 것이다.

> 대체로 미아리의 공동묘지는 「자연」이 인간을 사멸케 한 것이며 동작동의 국군묘지는 인간의 역사가─말하자면 인간 그것이 인간의 생명을 빼앗은 흔적으로 남아 있다. 죽는다는 것은 아무것도 아니다. 세월이 가고 육체가 노쇠하고 그러다가 죽음은 막을 수 없는 것이 된다. 이러한 죽음에 대해서는 아무러한 말도 우리는 할 수가 없다. 그러나 우리가 두려워해야 할 것은 「자연」이 우리의 생명을 빼앗아 간다는 그것이 아니라 인간이 인간의 생명에 상처를 내고 있다는 인위적인 학살인 것이다. 석불에 가한 역사의 일격은 자연이 가한 상처 그것보다, 더 강하고 더 추악하고 더욱 깊었다. 대부분 병원에서 침대에서 숨을 거둔 사람의 죽음보다는 전차의 「카타페라」 밑에서 포연 속에서 그리고 화염이 스쳐 지나간 어느 강기슭에서 철탄을 맡고 쓸어진 전장의 죽음이 보다 참혹한 것이다. 이러한 「죽음」은 인간 스스로가 꾸며낸 죽음

이며 인간 스스로가 생각해낸 살육의 방법이다. 그리고 또한 이러한 죽음은 자연사와는 달리 얼마라도 우리가 막을 수 있고 말할 수 있고 거부할 수 있고 저항할 수가 있다. 아니 그것보다는 그러한 「죽음」에 대하여 우리는 모두 책임을 지고 있는 것이다. 말하자면 역사가 인간을 살육하는 문명을 낳았다면 그 같은 역사를 만든 책임은 우리 인간이 져야 할 것이며 따라서 당연히 우리는 그러한 역사의 움직임에 대해서 저항하지 않을 수가 없다. (87면)

"전차의 「카타페라」", "포연", "화염" "철탄" 등은 전후세대의 비극적인 상황 인식을 고스란히 드러내는 단어들이거니와, 간단히 축약건대, 자연사와 다르게 인위적인 죽음은 말 그대로 인간이 스스로 만들어낸 것이어서 당연히 인간이 책임지고 막아야 하지만, 이것이 결코 쉽지 않다는 게 문제라는 내용이다. 그리고는 이유를 드는데 "우리는 지금 기계 문명을 거부하는 글이 「기계의 혜택」을 입고 「출판」되어 나온다는 「아이로니칼」한 현실에 살고 있"(88~89면)기 때문이고, 또, "「전쟁」을 거부하기 위해선 그 「전쟁」에 대비하는 또 하나의 「전쟁」을 생각하지 않으면 아니 되는"(89면) 현실에 살기 때문이다.[143] 이에 무작정 휴머니즘을

---

143 이와 같은 아이로니에 대해 이어령은 매우 고심을 했거니와, 동일 맥락의 서술이 김광식의 「213호 주택」에 대한 평가의 한 대목에서도 찾아진다. "지금 우리 사회가 「메카니즘」의 독소에 침모(侵冒) 당하고 있다는 것은 옳다 그런데도 불구하고 또 옳지 않다 대도시 서울 한복판에 아직도 원시적인 요분차(尿糞車)가 질주하고 수도전(水道栓)을 아무리 돌려도 물은 나오지 않는 형편이다/ 또한 촛불 혹은 등잔불을 켜고 정전된 암흑의 도시를 밝히는 것이 오늘의 현상이다 그뿐만이 아니다 화신(和信) 앞에는 마치 기적을 바라보는 군중들과 같이 「텔레비」를 구경하는 시민들이 매일 밤 인산(人山)을 이룬다 우리가 이렇게 기계의 혜택에 굶주리면서도 또한 「메카니즘」에 반항하지 않으면 아니 될 이 현상은 얼마나 처절한 모순이냐 생활감정과 관념의 세계가 이렇게 상위(相違)한 이 모순은 무엇을 의미하는가?"(이어령, 「우리 문화의 반성 —신화 없는 민족—」(상), 《경향신문》, 1957.3.13, 4면)

부르짖는다고 해서 달라지는 것은 없으며, 무엇보다 "우리의 「디램마」는 참으로 깊은 유곡에 갇혀 있"(89면)는 상태임을 분명히 인지하는 것이 요청된다. 다시 말해 "현실적 조건 위에 선 실제적인 태도"(89면)를 지니는 것이 긴요하다. 이상의 서술로써 두 번째 챕터가 마무리된다.

그런데, 이번에도 세 번째 챕터의 도입 문구들은 두 번째 챕터의 마지막 문구들과 잘 이어지지 않는다. "현실적 조건 위에 선 실제적인 태도"가 어떤 것인지를 구체적으로 밝혀주는 내용으로 이루어져 있지 않은 것이다. 예상과 다르게 갑자기 "그러므로 오늘날 작가가 무엇을 해야 될 것이라는 뚜렷한 신념이 생겨날 것이다."(89면)라는 문구를 시작으로 작가의 역할에 대한 내용이 아래처럼 펼쳐지는 것이다.

첫째는 역사에의 관심이며 그것에 대한 책임을 자각하려는 정신이다. 둘째는 인간이 인간을 사랑할 수 있도록 애정을 만들어 주어야 할 것이다. 셋째는 사람들로 하여금 그의 적과 그의 벗을 명확히 가리켜 주는 일이다. 그리하여 파문(破門)이 열리고 비둘기가 놀던 시계탑이 쏠어지는 날 나의 「목마」는 「기(旗)」가 되어야 한다. 그래서 작가들의 작품은 온갖 사람들의 머리 위에서 나부끼는 정신의 기, 그들에 하나의 신념을 주는 그들에 하나의 기대를 주는 기가 되어야 하는 것이다./ 인간의 패배를 다시금 아름답게 불어 일으키는 기이며 학살된 어린아이를 위로하는 기이며 하나의 항거이며 증거가 되는 기이며 인간에 대한 사랑의 기이다. (89~90면)

작가가 지녀야 할 세 가지 요소가 먼저 제시된 다음, 이러한 요소에 의거하여 산출된 작품이 어떤 것인지가 '깃발'의 비유를 통해 제시되고

있다. 다분히 추상적인 서술이어서 정확한 의미 파악은 힘들지만, 문학
은 인간에게 정신적인 변화를 주는 촉매제 같은 것이어야 한다는 내용
을 전개했다고 여겨진다. 이어서 "결국 이제 작가는 석불을 마멸시키는
비와 바람과 같은 「자연성」과 싸우는 것이 아니라 그것을 파괴하는 인
간 스스로의 「손」 그 인위성과 싸워야 한다."(90면)라는 문구가 제시되
며 글은 마무리된다.

　이처럼 세 개의 챕터는 유기적으로 연결된 모양새가 아니다. 하지만
매끄러운 내용 전개는 아닐지언정, 여태껏 개진된 굵직한 요목들을 모
아보면, 글의 흐름이 대략적으로나마 윤곽 지어진다. 그러니까 첫째, 상
황 속에 인간이 놓여 있다는 것, 둘째, 작금의 상황은 인간이 자초한 비
극화된 현실로 주어진다는 것, 셋째, 작가는 인간이 스스로 만들어낸 이
와 같은 문제적인 상황을 극복할 수 있게끔 정신의 변화를 끌어내는 작
품을 써야 한다는 것 순으로, 큰 틀에서 연결되는 의미망 아래에서 논지
를 구축해나갔음이 확인되는 것이다. 이로 미루어볼 때, 비록 「현대 작
가의 책임」보다 구성이 성글고 내용이 모자라지만, 「현대 작가의 책임」
과 같은 맥락의 언술이 「현대의 악마 ＝오늘의 문학과 그 근거＝」에서
도 펼쳐진 셈이다.

　그리고 이제부터 살펴볼 「작가의 현실참여」에서도 마찬가지로 동일
한 내용 양상이 나타나거니와, 자연히 겹치는 대목이 적지 않으므로 간
단히만 확인해두자면 다음과 같다. 이어령이 직접 경험했던 마리안 앤
더슨의 내한 공연 때의 일화[144]를 제시하면서 이 글은 시작된다. 청중들

144　이는 부산 피난기 전시연합대학 시절에 이어령이 겪었던 체험으로 보인다. 마리안 앤더슨은 미8군

이 운집하여 발 디딜 자리조차 없게 되자 한 사람이 자리를 넓혀볼 생각으로 의자를 집어서 다른 사람의 머리 위로 집어 던졌는데, 이 의자가 계속해서 이 사람의 머리 위에서 저 사람의 머리 위로 허공을 떠다녔다는 것이다. 이어령은 이렇게 "허공에 뜬 의자"[145]를 하나의 은유로 읽어내는바, 이제 '허공에 뜬 의자'는 과거에서부터 현재에 이르기까지 세대를 이어서 전가되어 온 "민족적인 부채(負債)"(45면)를 뜻하게 된다. 그런 후 이어령은 이와 같은 '민족적인 부채'를 다음 세대에게 물려주어서는 안 된다고 단호하게 주장하며, 논의의 범위를 「문학」이라는 특수한 영역으로 좁혀"(46면), "「세대에 대한 문학인의 책임」, 「세대에의 문학적 부채」"(46면)에 대한 논의를 본격적으로 펼쳐나간다. 그 출발의 대목을 조금 가져와 제시하면 아래와 같다.

물론 문학인은 현실에 대하여 정치인이나 은행가나 군인이나 또는 교육가처럼 그렇게 똑같은 방법으로 행동하거나 참여하지는 않을 것이다. 작가는 작가로서의 입장과 그 방법을 가지고 현실에 참여한다. 전쟁을 하는데 있어서도 각기 병과에 따라 싸움하는 방법이나 맡은 바의 책임이 다르듯 현실에 참여하는데 있어서도 그 직업에 따라 그 방법이나 기능이 서로 다른 것 임은 재언할 여지도 없다./ 작가는 정훈장교나 보도장교처럼 현실을 기록하는

의 요청으로 1953년 5월 28일 부산을 방문하여 공연을 펼친 것으로 기록되어 있다. 전란기였던지라 마땅한 공연장이 없어서 대청동 소재의 제3육군병원 앞뜰 야외에 가설무대를 세우고 공연을 진행했다고 한다. 또한, 무료로 진행된 탓에 1만 명이 넘는 인파가 모여 그야말로 인산인해를 이루었다고 한다. 마리안 앤더슨의 공연이 얼마나 인상 깊었는가에 대해서는 강인숙의 회고를 참조할 수 있다. 강인숙, 『어느 인문학자의 6.25』, 에피파니, 2017, 178~189면.
145 이어령, 「작가의 현실참여」(《문학평론》, 1959.1), 앞의 책(1959), 45면.

방법을 가지고 사회적 현실과 관계를 맺고 있는 사람이다./ 그것은 「실천적 행동」과는 달리 말하는 행동에 의하여 상황을 변전시키는 직능이며 그것으로서 새로운 현실을 불러 일으키는 기(旗)와 같은 역할을 하고 있는 것이다. (46~47면)

위의 인용 대목은 직군별로 행동 방식이 각각 다르며, 이럴 때 작가의 행동하기는 문학이란 '깃발'을 통해 상황을 바꾸어내는 것 정도로 요약이 가능하다. 「현대 작가의 책임」, 「현대의 악마 =오늘의 문학과 그 근거=」를 이미 살펴보았던 만큼 특별히 새로운 내용은 아니다. 이렇게 밑바탕을 그린 후, 이어령은 "한 세대의 작가들이 그 현실을 침묵으로 받아들이고 은둔의 고아(古雅)한 성(城)만을 쌓기 위하여 글을 지을 때, 하나의 부채는 생기고 그 부채는 다음 세대의 작가들에게 물려지는 것"(48면)이라고 설명한다. 또한, 관련된 예로 "지난날(일제시대)의 우리 문학"(48면)을 들면서 "지난 작가들은 「문학인으로서의 책임」을 이룩하지 못한 채 사소설의 「안방」 속에 집(sic;칩)거하였거나 기껏 그 책임을 진다는 것이 정치적 선전문 내지는 군가(軍歌)의 영역을 벗어나지 못한즉 문학 그 자체를 살해한 현실참여의 「오해의 가두」에서 방황했다"(49면)고 설명한다. 말미에 이르러서는 "아직 기수(旗手)는 나타나지 않았다. 문학적 현실참여의 올바른 방향을 이해한 그리고 기의 의미를 알고 있는 작가란 아직 우리들 주변에는 없다."(50면)고 밝히며 앞으로 이러한 작가가 나타나길 바란다는 발언으로 글을 매듭짓는다.

적지 않은 분량을 할애하며 지금껏 「현대 작가의 책임」, 「현대의 악마 =오늘의 문학과 그 근거=」, 「작가의 현실참여」를 검토해보았거니와, 이상의 세 편의 글들에서 이어령이 꾸준히 주장했던 핵심 내용을 표어로 만들어 제시해본다면, 그것은 〈작가는 문학으로써 현실을 바꾸어 나가야 한다〉가 된다. 이상의 세 편의 글들은 다분히 사르트르의 참여 문학론으로부터 영향을 받았음이 부정될 수 없는바, 이어령이 독자적인 문학(담)론을 창출했다고 볼 수는 없다.[146] 그렇지만 이어령이 사르트르의 생경한 용어들을 자기 방식으로 바꾸어 이야기를 풀어나갔다는 점만큼은 아주 인상적이지 않을 수 없다. 간혹 혹자는 이와 같은 이어령의 주장을 놓고서 당대의 한국 현실, 혹은 당대의 한국문학과의 거리감을 거론하며 이의를 제기한다. 그러나 이어령은 자신의 주장에 아주 철저했던 것으로 보인다. 월평, 연평 등을 통한 작품 분석이 그 증거로 삼아질 수 있다. (여기서 구체적으로 살펴보지는 못하지만) 이어령은 손창섭, 장용학 등의 작품들을 '보다—쓰다'에까지는 충실했으되(부조리한 사회상을 포착하여 언어로써 폭로하기까지는 했으되) '행동하다'에까지는 도달하지 못했다고 여겼기에(독자의 인식을 바꾸기에는 부족했다고 여겼기에) 이를 상당히 아쉬워했다. 또한, 이어령은 선우휘, 오상원 등의 작품들을 '보다—쓰다'에 충실하면서(부조리한 사회상을 포착하여 언어로써 폭로하면서) '행동하다'에 다다를 가능성이 높다고 여겼기에(독자의 인식을 바꿀

---

146 그렇기에 "아무리 정교한 이론적 외관을 부여한다 할지라도 상황의 논리에서 태어난 문학론이 보편적 문학 원론으로서 오랫동안 많은 사람의 동의를 받을 수는 없는 노릇이다. 전쟁의 경험이 멀어지고 서유럽이 풍요한 사회로 면모하면서 사르트르가 그렇게 열렬히 외친 사회주의 혁명에 대한 사람들의 열정이 식어간 것도 사실이다. 한때 세계 지성계의 뜨거운 관심의 대상이었고 많은 지지를 끌어모으기도 했던 사르트르의 문학론은 점차 잊혀져갔거나 비판에 둘러싸이게 되었다."(이동렬, 「참여 문학론의 의미」, 김치수·김현 편, 『사르트르의 문학적 세계』, 문학과지성사, 1989, 183면)라는 비판은 이어령에게도 고스란히 적용될 수 있다.

만큼 파토스를 자극하는 무엇이 있다고 여겼기에) 이를 상당히 높이 샀다.

물론 이어령은 상기의 세 편의 글들에서 구체적으로 작품을 분석하거나 표본이 될 만한 작품을 제시하지 않았다. 외국 작가, 작품을 간단히 사례로 제시한 정도였다. 그 탓에 관념적, 추상적이라는 혐의를 완전히 탈피하기가 어려운 것이 사실이다. 그러나 뒤집어서 생각해볼 때, 상세히 다뤄볼 만한 작품이 부재했기에, 혹은 전면에 내세워볼 만한 작품이 부재했기에, 그저 원론적인 차원에서 작가의 역할, 책임을 강조하는 형태를 취하며 앞으로 새로운 문학이 만들어지길 바란다는 식으로 논의를 꾸려나갈 수밖에 없었던 것이라고 볼 여지도 충분하다. 그리고 이를 방증하는 글이 바로 「작가와 저항 =HOP-FROG의 암시=」이다. (비록 서구에 경도된 자세를 드러내기는 하되) 한국문학이 아닌 외국문학이라면 그래도 분석의 대상 혹은 표본의 대상으로 삼아질 만한 작품이 없지 않았을 터이고, 이의 한 사례로서 「작가와 저항 =HOP-FROG의 암시=」이 제출될 수 있다는 것이다. 앞에서 「작가와 저항 =HOP-FROG의 암시=」이 다른 세 편의 글들과 결이 다르다고 말했던 이유가 바로 여기에 있다(이때 오해하지 말아야 할 것은, 이러한 결의 구분이란 원론비평에 가까운가 아니면 실제비평에 가까운가의 형식상의 차이로 주어질 뿐이며, 담겨져 있는 핵심 요목은 다른 세 편의 글들과 동일하다는 사실이다. 「작가와 저항 =HOP-FROG의 암시=」은 특정 작품을 분석함으로써 이로부터 현 시대의 작가에게 주어진 역할, 책임을 도출해낸 글이다). 이제부터 「작가와 저항 =HOP-FROG의 암시=」을 살펴보도록 하자.

「작가와 저항 =HOP-FROG의 암시=」은 (제목과 부제를 통해서 이미 제시된 것과 같이) 에드거 앨런 포의 *Hop-Frog*(1849)를 저항의 관점에서 읽어낸 글이다. 기실 *Hop-Frog*를 이렇게 해석하는 시도는 새로운 경우라기보다는 일반적인 경우라고 할 수 있다. 그러니까 포가 국내에서 널리 알려지기 이전 시점인 1958년에 벌써부터 *Hop-Frog*를 접하고, 나아가 *Hop-Frog*에 대한 평설까지 작성한 것 자체가 남들보다 앞선 감각을 여실히 보여주는 것이지만, *Hop-Frog*를 독해하는 방법은 포가 염두에 둔 창작 의도를 충실히 밝혀주는 정도에 머물고 있는 것이다.

포는 사람과 개구리, 사람과 원숭이 사이의 비유를 사용하면서, 다시 말해 진화 과정상에서 하등 단계로 추정되는 동물들을 재현하는 풍자의 전략을 활용하면서 자신의 목소리를 곧잘 펼쳐나갔다.[147] *Hop-Frog* 역시 예외가 아니었다. *Hop-Frog*에서는 주인공인 홉프로그가 '절름발이 개구리'로, 반동인물인 왕과 신하들이 '오랑우탄'으로 각각 설정되어 있다. 이럴 때 절름발이 개구리가 상징하는 바는 '불구자', '안쓰러운 약자'이며, 오랑우탄이 상징하는 바는 '권력자', '무자비한 강자'인바, 쉽게 예상할 수 있듯이 *Hop-Frog*는 피학대자인 홉프로그가 학대자인 왕과 신하들에게 반역을 도모한다는 내용을 골자로 한다. 그러니 비단 이어령이 아니더라도 많은 이들이 포의 창작 의도를 따라서 *Hop-Frog*를 반역(또는, 비슷한 의미의 단어들인 저항, 항거, 혁명 등등)의 맥락으로 읽어내었던 것이다. 오히려 이어령의 경우에는 *Hop-Frog*가 창작된 당시의 정황을 고려하지 않은 모양새이므로, 다른 이들의 경우에 비겨 협소한 분석이라고 평가될 여지마저 있다. 물론 이어령은 *Hop-Frog*를 정밀하게 해

---

147 Max L. Autrey, Edgar Allan Poe's Satiric View of Evolution, *Extrapolation* 18(2), 1977, p.188.

석하는 데에 목적을 두지 않았고, *Hop-Frog*를 경유하면서 작가의 역할, 책임을 설득력 있게 제시하는 데에 목적을 두었으니만큼, 굳이 *Hop-Frog*가 창작된 당시의 정황을 언급할 필요까지는 없다고 생각했을지 모른다. 하지만 *Hop-Frog*가 알레고리적인 작품으로 간주되느니만큼 그때의 현실에 대한 소개 및 이해가 보태어져서 나쁠 것은 없다. 그러니까 *Hop-Frog*는 1848년의 (유럽 전반에서 일어난) 혁명을 바탕으로 쓰여진 작품이라는 것, 그렇기에 홉프로그는 왕과 귀족의 전유물이었던 기존 정치 체제를 파괴한 혁명가로 간주될 수 있다는 것 정도의 배경지식 정도만이라도 담아내었더라면,[148] 이어령이 의도한 바가 독자들에게 더 효과적으로 전달되지 않았을까 여겨진다는 것이다.

이렇게 개략적으로 얼개를 그려두었거니와, 「작가와 저항 =HOP-FROG의 암시=」에서는 방금 기술한 내용, 즉, 홉프로그가 왕과 신하들에게 반역을 꾀하게 되는 일련의 과정이 마지막 챕터인 '5 작가와 그 저항'에 이르기 전까지 우선적으로 펼쳐지는바, 관련 대목들을 부분부분 뽑아내어 흐름에 맞게 순차적으로 제시해두자면 아래와 같다.

호프 · 푸로그—한마디로 말해서 그것은 인간의 모든 것을 상실한 그리고 박탈된 가장 어리석은 자의 이름(fool's name)이다. 그러므로 호프 · 푸로그는 일곱명의 현자(대신)를 거느린 왕의 그늘 속에서, 웃음 속에서, 권태 속에서, 그리고 그 희롱 속에서 살아간다. 움직이고 숨 쉬고 곡예를 한다. 그

---

148 Taylor Jonathan, His "Last Jest": On Edgar allan Poe, "Hop-Frog" and Laughter, *Poe Studies* 48, 2015, pp.70~71.

때 그에게 있어서의 왕이란 하나의 인간이 아니라 신이며 숙명적인 지배자며(sic;며) 죽음과 같이 생명과 같이, 제어할 수도 또는 탄원할 수도 없는 절대의 존재다. 왕이나 호프·푸로그는 이미 같은 인류의 이름으로 불리워질수 없는 두 개의 인간이다. 하나는 현명한 인간의 상징이요, 하나는 우자(愚者)의 상징이다. 하나는 웃는 사람이요, 하나는 웃김을 받는 사람이다. 하나는 박탈하는 사람이요, 하나는 박탈되는 사람이다.[149]

이와 같은 부단의 가역반응 속에서 호프·푸로그가 눈을 뜨기 시작한 것은, 그가 마멸되어버린 자기의 육신 속에서 아직도 꿈틀거리는 「인간의 정신」을 발견하게 된 것은, 그리하여 동물처럼 순응하며 짓밟히며 침묵 속에서 살아가던그 운명에 반역한 것은, 그 깊은 심연 속에서 다시 인간의 부르짖음을 들었던것은 은성(殷盛)한 궁정의 가장무도회를 앞둔 어느 날의 일이었다. (52면)

왕이 호프·푸로그를 그의 무릎 밑에 불러 술을 권하였을 때 반역의 첫 번째 점화가 붙은 것이다. 왕은 호프·푸로그가 술을 좋아하지 않는 것을 잘알고 있다. 술은 이 불쌍한 절름발이를 미치게 하는 것이었다. (53면)

다음으로 반역의 두 번째의 점화는 사고의 강요였다. 왕은 그에게 가장무도회 때 자기들의 배역이 되어 놀 수 있는 기발한 풀랜을 당장에 생각해내라는 것이다. 호프·푸로그가 그것을 생각하려고 애쓰는 중이라고 대답할 때왕은 분노하고 다시 그에게 술잔을 받으라 강요한다. 술이 모자라기 때문에

---

149 이어령, 「작가와 저항 =HOP-FROG의 암시=」, 《지성》, 1958겨울, 51면.

생각이 안 나는 것이라고 말하면서 단숨에 술을 들이키라는 왕의 권주는 곧 사고의 강요를 의미하는 것이다. 이때 주저하는 호프 · 푸로그 앞에 트립페타가 나서게 되고 그리하여 반역에의 마지막 세 번째 점화가 켜지고 만다./ 트립페타는, 불쌍한 트립페타는 불쌍한 호프 · 푸로그를 옹호하려고 하였던 것이다. 같은 고향의 상실자요, 같은 인간의 상실자인 트립페타는 호프 · 푸로그를 옹호하려고 했던 것이다. 그러나 왕의 분노는 한층 더해지고 술은 트립페타의 얼굴에 끼었어지고 그녀를 발길로 차 탁자 밑에 딩굴게 하였다. 그 순간 죽은 것 같은 침묵이 흘렀다. 가랑잎이 떨어져도 가벼운 털이 떨어져도 들릴 것 같은 그러한 침묵이 흘렀다. …(중략)… 침묵은 움직였다. 호프 · 푸로그는 이 침묵 속에서 눈을 뜬 것이다. 뚜렷한 결의, 뚜렷한 저항, 뚜렷한 반역에의 영혼이 침묵 속에서 분출된 것이다. (54~55면)

그리하여 호프 · 푸로그는 왕에게 가장무도회의 좋은 아이디어가 생각났다고 하면서 여덟 마리의 우랑우땅(ourang-outangs) 놀음을 이야기한다. 그 아이디어는 바로 왕이 트립페타의 얼굴에 술을 끼었고 밖에서 앵무새가 조롱(鳥籠)의 철사를 부리로 갈을 때 (사실은 자기가 이를 간 것) 생각난 것이라고 말했던 것이다. 그 아이디어란 다름 아닌 한 저항의 수단이며 복수의 방법이었으며 더 본질적으로 말하면 자기 행동의 발견, 자기 해방의 수단, 인간 환원의 결의, 그리고 저항 정신을 뜻하는 것이다. (56면)

장난을 좋아하고 인간을 괴롭히고 웃음 짓는 이 악마적 인간들은 인간의 탈을 빼앗아 써온 이 우랑우땅들은 말하자면 하나의 왕과 그렇게 한결같이 뚱뚱한 일곱 명의 현명한 대신들은, 쇠사슬에 묶인 우랑우땅이 되어 밀려온 관객을 놀래고 아우성치는 광경을 보고 축심(畜心)의 웃음을 웃을 때 호프·푸로그의 "Last Jest"는 있었다. 그의 반역은 끝나고 그의 저항은 이루어졌다. 호프·푸로그와 트립페타는 이제 그들의 운명을 지배하고 지시하고 징계한다. 별안간 쇠사슬이 허공으로 이끌리어 올라가고 괴로와서 꿈틀거리는 이 여덟 마리의 우랑우땅들에게 호프·푸로그의 횃불이 당겨졌다. 콜탈로 날개깃을 단 우랑우땅들은 화염에 싸였다. 이 화염 속에서 호프·푸로그는 현상을 향해 말한다—As for myself, I am simply Hop-Frog, the jester—and this is my last jest (57면)

결국 이러한 호프·푸로그는 오늘에도 있는 것이다. 수천 수만의 호프·푸로그가 우리들의 주변 어느 차디찬 지구의 한 모서리를 배회하고 있는 것이다./ 인간의 용모를 상실한—고향과 그 이름을 상실한 현대의 호프·푸로그들은 어느 철근 콩쿠리트 밑에서, 지하도에서, 목노(sic;로)주점에서, 항구의 기중기 밑에서 그의 다리를 절고 짐승처럼 살아가고 있다. 시베리아의 설원에는, 강제노동수용소에서는, 그리고 지저분한 탁아소의 입구에서는 집단적으로 도살된 호프·푸로그의 슬픈 눈물이 동결(凍結)해가고 있는 것이다. (58면)

이상, 길게 연달아서 일곱 개의 인용문을 제시했다. 매우 쉽게 매우 친절하게 서술이 이루어졌으므로, 이것들을 차례대로 읽어나가기만 하면, *Hop-Frog*의 줄거리를, 그리고 이어령이 *Hop-Frog*를 어떻게 해석했는지를 충분히 파악할 수 있다고 판단되는바, 별다른 설명을 덧붙이는 것이 오히려 사족이라고 생각된다. 그러함에 곧바로 다음 단계로 넘어가 「작가와 저항 =HOP-FROG의 암시=」의 핵심부에 해당하는 마지막 챕터 '5 작가와 그 저항'을 다루기로 하면, 기실 여기서도 구태여 상세한 설명은 필요치가 않아 보이는데, 이유인즉, 오늘의 작가는 홉프로그처럼 반역을 도모해야 한다는 식의 내용을 되풀이하며 강조하는 구조로 이루어져 있기 때문이다.

그리하여 오늘의 작가들은 눈뜬 호프·푸로그의 결의가 필요한 것이다. 그의 붓은 호프·푸로그가 가졌던 횃불의 구실을 한다. 왕과 일곱 명의 대신에게 우랑우땅의 옷을 입히는 것, 그리하여 호프·푸로그의 이지러진 육체를 벗겨서 아름다운 인간의 영혼을 보여주는 것, 그리하여 고향으로 돌아간 귀향자들의 고요한 합창을 들려주는 것, 이것이 오늘날의 작가가 글을 써야 하는 한 사명이다. (59면)

트립페트(sic;타)를 위하여 횃불을 든 호프·푸로그처럼, 오늘의 작가들이 하여야 할 일은 고향과 육체와 이름의 상실자들을 위하여 JOKER들의 정체를 여러 사람 앞에 폭로해 놓는 일인 것이다./ 그러므로 현대의 작가가 글을 쓴다는 것은 곧 호프·푸로그의 Last Jest와 같은 것이며 헐고 뜯기고 이지러진 그리하여 거기에서 인간다운 형체도 찾아볼 수조차 없는 오늘의 인간들에게 다시금 인간의 감정을 불러 일으켜 주게끔하는 것이다. (59~60면)

오늘의 작가들에게 필요한 것은 JOKER의 정체를 찾아내는 일이며, 트립페타의 존재를 인식하는 것이며, 우랑우땅의 기교를 발견하는 일이다./ 그래서 귀향자들의 고요한 합창은 모든 인간의 지역에서 울려올 것이다. 그것을 우리들은 우리들의 산문예술이라 부를 것이며, 그것을 우리들은 오늘의 작가정신이라고 명명할 것이다./ 그럼 정신작가(sic;작가정신)의 명칭을 아직도 애용하고 고집하는 작가에겐 영원히 눈뜨지 못한 난장이의 절름발이 개구리라는 이름을 그대로 주어라. (60면)

과연 동일한 내용을 반복해서 서술했음이 목도된다. 그리고 앞서 살펴보았던 세 편의 글들과 같은 결론을 내보이고 있음도 목도된다. 결국은 작가의 역할, 책임을 강조하는 것이고, 구체적으로 작가가 문학을 통해 현재의 비극적인 상황을 바꾸어야 한다고 역설하는 것이다. 이렇게 「작가와 저항 =HOP-FROG의 암시=」은 마무리되거니와, 다만, 이런 와중에서 눈에 띄는 부분이 한 가지 있으니, 그것은 마지막 인용 대목 중의 "산문예술"이라는 표현이다. 이어령은 그냥 '예술'이라고 쓰지 않고 굳이 '산문예술'이라고 쓴 것인데, 그 까닭은 이번에도 역시나 사르트르로부터의 영향 때문으로 보인다. 사르트르는 『문학이란 무엇인가』를 통해 시와 산문이 각각 수행할 수 있는 바가 다르다고 주장했거니와, 이럴 때 산문만을 참여문학론에 적합한 갈래로 한정시키고자 했다. 구체적으로 사르트르는 "시가 산문과 똑같은 방법으로 말을 사용하는 것은 아니다. 차라리 시는 전혀 말을 「사용」하지 않는다고 하는 편이 옳을 것이다. 오히려 시는 말에 「봉사한다」고 하고 싶다. 시인들은 언어를 「이용」하기를 거부하는 사람들이다."[150]라고 서술하며 시와 산문을 엄격히

---

150 장 폴 사르트르, 앞의 책, 15면. 참고로 여기서의 '구속'이란 단어는 'engage'의 번역어로, 최근의

구분했다. 시인들은 언어를 사용(혹은 이용)하지 않는다. 그래서 시인들에게 언어는 일종의 '사물'이라고 할 수 있다. 이와는 반대로 산문가들은 언어를 사용(혹은 이용)한다. 그래서 산문가들에게 언어는 일종의 '도구'라고 할 수 있다. 사물이 관조적으로 주어지는 것이라면, 도구는 "유용성과 목적성을 상정하는 것"[151]인바, 그러하므로 사르트르는 언어로써 상황의 변전을 이끌어내는 데에는, 다시 말해 참여문학론을 수행하는 데에는 산문만이 적합하다고 여겼던 것이다. 물론 시와 산문을 구별하는 이와 같은 사르트르의 언어관은 『문학이란 무엇인가』의 전체적인 논리 구조를 의심케 하는 큰 문제점이 되었다.[152] 이에 『문학이란 무엇인가』를 아예 "일정한 문학관에 기초한 하나의 문학적 주장"으로 보는 관점이 제시되기도 했다.[153] 그렇다면 사르트르의 언어관을 수용한 듯 보이는 「작가와 저항 =HOP-FROG의 암시=」(넓게 본다면 앞선 세 편의 글들까지도) 역시 이러한 결점으로부터 자유로울 수 없는 것이다.[154]

　지금까지 「현대 작가의 책임」, 「현대의 악마 =오늘의 문학과 그 근

번역본들에서는 '속박' 혹은 '참여'로 표기되어 있다.

151　변광배, 『사르트르의 『문학이란 무엇인가』 읽기』, 세창미디어, 2016, 39면.

152　이와 관련해서는 정명환, 「사르트르의 문학 참여론에 대한 비판적 고찰」, 《외국문학》, 1998봄호를 참조할 것.

153　이동렬, 「참여 문학론의 의미」, 앞의 책, 174면.

154　다만, 이어령은 산문만이 참여문학론에 적합하다는 사르트르의 입장을 무작정 수용한 것은 아닌 듯 보인다. 이어령은 다음과 같이 반대의 입장을 표출하기도 했다. "싸르트르(sic;사르트르)는 시가 언어를 한 대상으로 하여 그 이미지를 창조한 것이라는 이유에서 회화와 마찬가지로 그것을 사회참가에서 제외하고 있다. 그러나 이 오류는 후일에 다시 논급하겠다."(이어령, 「사회참가의 문학 —그 원리적인 문제—」, 앞의 잡지, 280~281면) 그런 한편 이어령은 김수영과의 논쟁에 이르면 (비록 비판의 발언 중이었으나) 참여문학을 수행하기에는 시보다 산문이 어울린다는 식의 발언을 다시금 펼친다. 이렇듯 이어령은 참여문학론에 시가 적합한지 적합하지 않은지에 대해서 다소 갈팡질팡하는 모습을 보여주었다.

거=」, 「작가의 현실참여」, 「작가와 저항 ＝HOP-FROG의 암시＝」을 검토해보았다. 네 편의 글들은 모두 한 지점으로 수렴되는바, 이를 통해서 이어령이 추구한 새로운 문학이 어떠한 것이었는가를 알 수 있었다. 작가의 뛰어난 언어 운용 솜씨로, 많은 이들의 기존 의식을 변화시키고 동시에 실천적 행동까지를 이끌어내어, 최종적으로는 비극적인 작금의 상황을 바꿀 수 있도록 만드는 문학……, 이어령은 바로 이러한 문학을 지향했던 것이다. 물론 이러한 문학은 사르트르의 자장 아래서 배태되었음이 부정될 수 없고, 또, 그러니만큼 여러 측면에서 한계를 지닌다는 사실도 부정될 수 없다. 그럼에도 불구하고 이어령을 옹호해본다면 이어령은 그 자신이 놓여 있는 암울한 당대의 상황에서 그 자신이 문학인으로서의 자각을 지니고서 그 자신이 생각한 최선의 문학적 대응책을 개진했던 게 아닌가 여겨진다.

4. 비평 방법에 대한 과학적 탐구

앞의 세 개의 절을 거치면서 이어령의 언설들을 꾸준히 검토해왔거니와 이 정도만 하더라도 이어령의 (4·19혁명 이전, 문학과 관계된) 대표적인 글들은 거의 다 다뤄보았다고 할 수 있다. 다만, 이어령은 여태까지 살핀 것과는 또 다른 계열의 글을 쓴 적이 있으니, 그것은 곧 이론 비평의 형태를 띠는 글이다. 이 계열의 글은 내용상으로 다시 두 가지로 대별된다. 하나는 '비평 방법'을 다룬 것이고, 다른 하나는 '수사법'을 다룬 것이다. 전자에는 「현대시의 UMGEBUNG와 UMWELT —시비평 · 방법서설―」(《문학예술》, 1956.10), 「기초문학 함수론 ―비평문학의 방법과 그 기준」(《사상계》, 1957.9) 등이 있고, 후자에는 「비유법 논고」 (상, 하)(《문학예술》, 1956.11~12), 「해학의 미적범주」(《사상계》, 1958.11) 등이 있다(더불어, '비평 방법'와 '수사법'을 함께 아우르는 「「카타르시스」문학론」(제1회~제5회)(《문학예술》, 1957.8~12)이 있다). 어느 쪽이든 간에 모두가 논문이라고 해도 무방할 정도로 깊이 있는 밀도 있는 설명을 펼쳐내고 있다. 심지어 (여느 지면들에서는 다른 글인 것처럼 소개되고 있지만) 「「카타르시스」문학론」(제1회~제5회)은 이어령의 석사학위논문인 「상징체계론 ＝「카타르시스」 이론을 중심으로＝」(1960)을 쪼개어 연재한 것이다(더 정확하게 표현한다면 먼저 연재하고 이후 합친 것이다).[155] 그러므로 이러한 계열의 글들은 앞선 세 가지 계열의 글들에 비겨 그 성격이 더욱 칸스터티브 쪽으로 경도되어 있다고 할 수 있고, 특히 첫 번째 계열의 글들(즉, 퍼포머티브의 수행에 해당하는 글들)과는 대극의 위치에 있다고 할 수 있다.

전부를 다 다룬다면 논의가 방만해질 수 있기에 여기서는 전자인

---

[155] 기실 논문과 비평을 어떻게 구분 짓느냐는 답변하기가 아주 어려운 문제이다. 현재에도 암묵적인 합의에 기초하여 관행적으로 논문과 비평을 나누고 있을 따름이다. 간혹 논문과 비평 간의 경계점을 획정하여 제시한 논구를 드물게 찾아볼 수 있긴 하지만, 대체로 도식적이거나 자의적이어서 이의 설득력은 상당히 떨어지는 편이다(그런 와중에서 권성우, 「비평의 새로운 역할 ―새로운 글쓰기를 위하여―」, 『한민족문화연구』 6, 한민족문화학회, 2000은 긍정적인 측면에서 상당히 인상적이다). 그러하니 1950년대 중 · 후반의 시점에서는 논문과 비평 간의 차이가 더 불분명하게, 더 애매모호하게 인식되었으리라고 여겨진다. 덧붙여, 학위논문을 잡지에 분재의 형식으로 싣는 것은 이어령만의 예외적인 경우가 아니라 다른 이들도 종종 그리한 적이 있는 일반적인 경우였다. 한 예로 고석규의 경우에도 그의 학위논문인 「시적 상상력 ―〈지성〉의 관여를 주로―」이 (비록 유고(遺稿)의 형식이지만) 1958년 6월부터 11월까지 6개월 동안 《현대문학》에 실렸다.

'비평 방법'을 다룬 글들만을 살펴보기로 한다.[156] 그중에서도 「현대시의 UMGEBUNG와 UMWELT —시비평·방법서설—」, 「기초문학 함수론 —비평문학의 방법과 그 기준」이라는 두 편만을 꼼꼼히 살펴보기로 한다. 「현대시의 UMGEBUNG와 UMWELT —시비평·방법서설—」은 이어령의 공식등단작이므로, 또, 「기초문학 함수론 —비평문학의 방법과 그 기준」은 「현대시의 UMGEBUNG와 UMWELT —시비평·방법서설—」과 내용상으로 밀접한 관련이 있으므로, 이 두 편은 충분한 가치를 지닌다. 이로써 (폭넓은 논의는 아니지만) 상세한 논의가 가능하리라고 여겨진다.

전반적인 개괄부터 우선 해두기로 하면 「현대시의 UMGEBUNG와 UMWELT —시비평·방법서설—」와 「기초문학 함수론 —비평문학의 방법과 그 기준」에 대해서는 여태까지의 논의들 대부분이 '신비평(new criticism)'의 맥락으로 접근하는 경향을 보여준다. 이의 원인으로는 여러 가지가 있을 것이지만, 그중에서도 "이 군의 비평방법 예를 들면 여기서 「환위(環圍)」와 「환계(環界)」 등의 신(新) 문구를 동물학에서 채용(採用)하고 대체로 그 수법이 분석 목적인 등 그의 비평은 확실히 온갖 과학 수법을 동원하고 있는 구미의 「신비평」의 테크닉은(sic;을) 복(sic;본)받은 것인지 모르지만"[157]이라는 백철의 추천사 한 대목이 큰 영향을 끼쳤던 듯하다. 백철이 말한 것과 같이 "온갖 과학 수법을 동원"하는 것

---

156 후자인 '수사법'은 원론적인 내용으로 전체가 이루어져 있다. 그런 관계로 '저항'의 언술에 속한다고 보기에도 다소 애매한 측면이 있다. 이에 논의의 대상에서 제외하기로 하고, 그 대신 전자인 '비평 방법'을 보다 상세하게 논구하기로 한다.

157 백철, 「평론천(薦)기」, 앞의 잡지(1956.10), 113면.

이 "구미의 「신비평」의 테크닉"인지가 의문이고, 또, 이어령이 「현대시의 UMGEBUNG와 UMWELT —시비평 · 방법서설—」와 「기초문학 함수론 —비평문학의 방법과 그 기준」을 과연 신비평의 범주에 속한다고 생각했을지도 의문이지만, 「현대시의 UMGEBUNG와 UMWELT —시비평 · 방법서설—」와 「기초문학 함수론 —비평문학의 방법과 그 기준」이 과학적인 체계성을 갖추고자 했다는 사실만큼은 부인될 수 없다. 구체적으로 「현대시의 UMGEBUNG와 UMWELT —시비평 · 방법서설—」는 생태학 이론을 원용하고, 「기초문학 함수론 —비평문학의 방법과 그 기준」은 정치학 이론을 원용하는 방식을 통해, 비평 방법을 설명하는 데 있어서 객관적인 엄밀성을 확보하려고 한 것이다. 그렇다면 「현대시의 UMGEBUNG와 UMWELT —시비평 · 방법서설—」와 「기초문학 함수론 —비평문학의 방법과 그 기준」은 어떤 내용을 담고 있는가.

「현대시의 UMGEBUNG와 UMWELT —시비평 · 방법서설—」부터 살펴보기로 하자. 몇 차례 전술한 것처럼 「현대시의 UMGEBUNG와 UMWELT —시비평 · 방법서설—」은 이어령의 공식등단작이다. 이미 문단 내외에 이름이 알려진 유명인사였던 이어령이지만, 또, 추천등단제에 대해 부정적인 견해를 내비쳤던 이어령이지만, 그럼에도 불구하고 「현대시의 UMGEBUNG와 UMWELT —시비평 · 방법서설—」가 공식등단작이라는 사실은 아예 무시될 수 없다. 비록 이어령이 그다지 의미를 부여하지는 않았을지언정, 공식적으로 문단 내 진입을 허가받아 그 경계선 안쪽으로 첫발을 내디딘 행위이므로, 나름대로 무게감, 상징성을 지닐 수밖에 없는 까닭이다. 그리고 이럴 때 「현대시의 UMGEBUNG와 UMWELT —시비평 · 방법서설—」의 주요 내용이 비평 방법에 관한 설명으로 이루어져 있음은 주목을 요한다. 이어령이 이러한 주제를 다루게 된 이유가 무엇인지를, 앞선 세 개의 절을 통해 살펴보았던 내용들과의 연관성 아래에서 유추해보자면, 이어령은 앞으로 문학을 어떻게 만들어야 하는지를 고민했던 동시에, 앞으로 문학을 어떻게 읽어내야 하는지를 고민했기 때문이라고 할 수 있다. 당시 문학(그리고 문단)의 새 틀, 새 판 짜기를 도모하는 차원에서 이어령이 '창작의 문제'와 '해석의 문제'를 같이 고심했던 것은 전혀 이상한 일이 아니다. 어느 한쪽만의 대책으로는 근본적인 해결이 어렵다는 점에서 이어령이 양쪽을 함께 고심했던 것은 차라리 자연스러운 일이다. 기실 그 당시 이어령에게 배격, 배척의 대상으로 주어졌던 것은 기존 문학만이 아니라 기존 비평까지였다. (비록 「현대시의 UMGEBUNG와 UMWELT —시비평 · 방법서설—」보다 한 달 늦은 시점에 발표되긴 했지만) 이럴 때 이어령이 기존 비평에 대해 어떻게 생각했는지를 잘 보여주는 글이 있으니 그것은 다름 아닌 「비평과 푸로파간다」《영문》, 1956.11)이다.[158] 이 글은 서론의 마지막에서 "최근 평단의 일병적(一病的) 증세로 되어있는 「푸로

---

158 이 글은 출처가 《영남》(1956.10)으로 잘못 표기된 경우가 많다. 심지어 이수향은 "「비평과 푸로파간다」에서도 정치성을 전면에 내세워 문학 자체의 응전력을 잃고, 선전 · 선동으로 전락한 카프 계열의 문인들을 비판하는 것으로 미루어 이어령의 '참여' 인식의 층위가 그다지 깊지는 않은 것임을 확인할 수 있다."라는 문구와 함께, 출처를 "《영남》, 1956.10."이라고 적어놓았는데, 이는 모두 틀린 것이다(이수향, 앞의 글, 60면). 확인해본 결과, 우선 이 글의 출처는 《영문(嶺文)》(1956.11)이다. 《영문》이 영남문학회에서 발행한 잡지였다는 점, 《영문》의 전신이 《영남문학》이었다는 점(참고로 《영남문학》 이전에는 《등불》이었다) 등의 원인에 따라서 《영문》이 《영남》으로 오기되었던 것으로 보인다. 다음으로 이 글의 내용은 카프에 대한 언급이 일언반구(一言半句)도 없다. 덧붙여, 이 글은 「비평계의 진단」《신문예》, 1959.1)의 원형 텍스트이다. 즉, 이어령은 이 글을 2년 반 남짓이 지난 시점에서 제목(및 챕터명)을 바꾸고, 내용을 축약, 변경하여 다른 잡지에 다시 수록한 것이다. 재수록의 이유는 불분명하지만, 1959년 1월쯤의 비평계의 사정이 1956년 11월쯤의 비평계의 사정과 별로 달라지지 않았다고 이어령이 인식했기 때문은 아닐까 추측해봄 직하다.

파간다」식 비평에 대해서만 몇 마디 언급하므로써 스스로 잃어버린 비평정신의 확립을 촉구하려는 것이다"[159]라면서 분명하게 의도를 드러낸다. 그런 다음 이 글은 문제로 삼은 '프로파간다 비평'을 세 가지로 유형화하여 제시한다. 요목만 뽑아서 제시하면 아래와 같다.

첫째 순수문학을 운운하는 편협 고루한 비평가의 경우다. …(중략)… 우리 친애하는 비평가 조연현 씨가 마치 김동리 선생님의 전속 「샌드윗치 · 맨」 같은 인상을 주는 것은 무슨 까닭일까?/ 조 씨는 과연 김 씨와 또 그 주위에 예속한 제 씨를 바라보는 눈에도 엄정성이 있었을 것인가?/ 조 씨의 시평 (時評) 하나만 보더라도 그것은 읽어볼 필요도 없이 김 씨의 작품이 항상 그달의 대표작으로 되어있지 않았던가? …(중략)… 조 씨가 김동리 씨 유파의 작품을 선전하는 「샌드윗치 · 맨」이 아니라면 대상을 있는 그대로 보려는 비평가적 양심이 있었다면 적어도 20년 전의 김동리 씨를 평한 것과 오늘의 씨를 평한 그 가치판단에 있어서 분명히 상위(相違)된 「무엇」이 있었어야만 했을 것이다. 주로 이 같은 현상은 경화된 사상의 망령에 의하여 지배되고 있는 구세대의 비평인에게서 많이 찾아볼 수 있다. (34~35면)

둘째는 신진 평론가들에게서 많이 벌어지고 있는 현상이다. 전자가 파당 (sic;당파)심에서 발생된 「푸로파간다」라면 후자는 순전한 자기 허영심에서 이루어진 「푸로파간다」다. 그들은 비평을 일개 「모던껄」에 있어서의 「핸드빽」처럼 오인하고 있는 모양이다. 한마디로 말해서 이 「샌드윗치 · 맨」들

159 이어령, 「비평과 푸로파간다」, 《영문》, 1956.11, 34면.

은 팔아야 서푼의 값어치 없는 천박한 「자기 지식」을 선전하기 위해서 비평을 쓰고 있는 것이다. …(중략)… 이 불성학(學(sic:실(實))한 허영 충족의 비평 혹은 체면 비평은 사실 자기의 강렬한 열등의식으로부터 생성된 허세요, 공허를 메꾸는 보상작용이다. (35~36면)

세째는 최근 유행품을 소개 선전하는 「마네킨·껄」과 같은 몇몇 「모더니스트」(?) 비평가 제 씨의 경우다. 두째 번의 성질과 류(類)을(sic:를) 애호하는 (이국정조)를 널리 「푸로파간다」하려는데 중요한 동기가 있다. 때로는 신간 일본 서적을 밀수하기도 하는 처절한 범죄를 저지르면서까지 새로운 유행물을 선전하는데 혈한(血汗)을 흘린다. 이들에게는 췌언(贅言)을 가하여 왈가왈부할 만한 의욕조차 느낄 수 없으니 도리여 연민의 정을 솟는다. (36면)

순수문학을 표방하되 당파적 논리에 따라 비평을 수행하는 구세대 평론가들, 지적 허영심에 따라서만 비평을 수행하는 신진 평론가들, 이국적 박래품(舶來品)을 의식 없이 수입하여 제시하는 데에만 혈안이 된 모더니스트 평론가들, 이렇게 세 부류의 평론가들이 비판의 대상으로 삼아졌음이 확인된다. 제대로 된 비평이 일절 없다는 인식에서 촉발된, '평론가'라는 직함을 달고 있는 모두를 비판한, 그야말로 강한 부정의 언술이 아닐 수 없다. 하지만 이렇게 당대의 프로파간다 비평을 세 가지로 나누어 제시하는 데에 주된 목적을 두다 보니, 그리하여 여기에 많은 분량을 할애하다 보니, 이를 타개할 방안에 대해서는 "비평은 어느 실생활의 목적을 위한 수단이거나 자기 감정 하의 노복(奴僕)이거나 해서는 안 된다. 「이성의 법규에 의하여 재단하고 편견이나 반기(斑氣)의 충동에는 의하지 않는 것이라야만 한다. 그러므로 비평정신을 망각하고 비천한 「샌드윗치·맨」으로 추락된 비평가를 마땅히 우리는 거부해야 될 것이다."(37면) 및 "신화에서 고전에서 현대물 「판푸레트」에서 혹은 한 편의 민요에서라도 좋다. 지금 있어야만 할 모든 존재의 의미를 살아저 버린 작품 속에서 앞으로 있을 작품 속에서 「누우드」처럼 개시하여야만 한다. 그것은 생명에의 비평이다."(37면) 정도의 추상적인 구절들을 조금 적어두는 데서 그치고 말았다. 이와 같은 마무리는 어느 정도 공감은 되나, 상당히 공허한 느낌을 주므로 충분치가 못하다. 구체적으로 비평을 어떻게 써야 하는가와 관련된 체계적인 서술이 부재하기 때문이다.

결과적으로 「비평과 푸로파간다」는 「현대시의 UMGEBUNG와 UMWELT —시비평·방법서설—」와 일종의 짝패 관계를 이룬다고 할 수 있다. 이유인즉, 「비평과 푸로파간다」가 당대의 비평에 대한 현실적인 문제를 제기한 것이라면 「현대시의 UMGEBUNG와 UMWELT —시비평·방법서설—」는 당대의 비평이 추구해야 할 이론적인 방법을 제시한 것이기에 그러하다. 이어령은 비평 실태에 대한 진단과 비평 방법에 대한 궁리를 아울러 한 것이다.

「현대시의 UMGEBUNG와 UMWELT —시비평·방법서설—」를 본격적으로 검토하고자 할 때, 가장 먼저 수행되어야 할 작업이란, 무엇보다 제목으로 삼아진 생소한 외국어 'UMGEBUNG'와 'UMWELT'가 대체 어떠한 의미로 쓰였는가를 제대로 파악하는 것이다. 이에 'UMGEBUNG'와 'UMWELT'가 설명된 해당 대목을 가져와 제시하면 아래와 같다.

『우리들은 2개의 상이한 세계가 있음을 안다. 하나는 위대한 객관적인 즉 이학자(理學者)가 여러 가지 장치를 가지고 계측하고 칭량(秤量)하는 세계이며 다른 또 하나의 세계는 생물의 감각에 의하여 도달 가능한 주체적인 세계다. 우리들이 환계(Umwelt)라고 부르는 그것이다. 만약 어느 생물에 대한 물리적 세계의 관계를 연구해 보려고 할 때는 무론(毋論) 그 생물을 에워싸고 있는 아주 좁은 구획의 장소만으로 족한 것이다. 이것을 우리들은 그 생물의 환위(Umgebung)라고 부른다. 「환위」에는 다종다양의 세력이 내포되어 있다. 명확히 삶을 영위하고 있는 생물에게 있어서는 그것이 동일한 장소에 생존하고 있는 한, 그 환위가 동일하다는 명제를 분명히 표현할 수가 있다. 그러나 환계의 경우는 정반대의 형상을 자아낸다. 첫째로 밝혀야 될 것은 환계는 환위처럼 조그만 일 구획에 지나지 않는다는 것이다. 환계는 항상 환위의 일부분에 지나지 않는다는 것에서 당연히 특정한 동물의 환계에 있어서도 결코 그것이 항상 동일할 수 없다는 것을 인식하게 될 것이다. 후조(候鳥)가 북방에서 「아푸리카」로 건너갈 때는 그 환위는 현저하게 변화하고 그와 더불어 그 환계도 또한 변한다. 그러나 그것보다 더 중요한 것은 동일한 환위에 있어서도 환계는 뚜렷이 동물의 기구(機構)에 의존히는 것 따라서 환계는 동물이 스스로 창조한 것임을 통찰할 수 있다. 모든 동물은 각기 타 동물의 것과 구별되는 자기 특유의 환계를 점유하고 있고 그것과 불가분의 관계로써 밀접하게 연결되어 있는 것이다./ 이것은 「붓덴브록크」(Buddenbrock)의 "DieWelt der Sinne, Eine gemeinverstandliche Einfuhrung in die Sinnesphysiologie(1932, Berlin)의 모두(冒頭)에서 인용한 것이다./ 대저 이상의 말에서 「환위」와 「환계」에 대한 개념이 명확해졌을 것이다. 특히 「환계」란 개개 동물이 자기 특유의 기구에 의존하여 「환위」 속에서 그 생존에 적당하도록 스스로 창조해낸 주체적인 세계라는 것과 환위가 변하면 자연히 환계도 따라서 달라지게 된다는 사실에 유의만 하면 될 것이다. 그러므로 「달팽이」에겐 「달팽이」의 환계가 있을 것이고 사람에겐 「사람」의 특유한 「환계」가 있을 것이다.[160]

위의 인용 대목을 한마디로 축약해보면, 환위는 '일반적인 세계'를 의미하는 듯하고, 환계는 '각 개체마다의 특유한 세계'를 의미하는 듯하다. 이렇게 세계를 나누어보는 관점이란 '포스트-모던(post-modern)'이라고 불리는 여러 사유들에서 심심찮게 제시된 적이 있으므로, 현재로서는 그리 생소하지 않다. 하지만 이 글이 발표된 시점인 1950년대 중·후반에서는 이러한 관점이 상당히 낯설게 다가왔을 것으로 보인다. 그렇기에 무엇보다 출처로 밝혀져 있는 부덴브로크(Buddenbrock)의 저서인 *Die Welt der Sinne: Eine Gemeinverständliche Einführung in die Sinnesphysiologie*를 이어령이 어떤 경로를 통해 접하게 되었는지가 새삼 궁금하지 않을 수 없다. 이와 관련해서는 다음과 같은 인터뷰의 한 대목을 참고할 수 있다.

저는 당시 미군 부대에서 흘러나온 과학 잡지에 소개된 유크스쿨의 이론을 읽고 그것을 문화비평에 적용하려고 한 것입니다.[161]

---

160 이어령, 「현대시의 UMGEBUNG와 UMWELT —시비평·방법서설—」, 《문학예술》, 1956.10, 174면.
161 이어령·이상갑, 「1950년대와 전후문학」, 《작가연구》 4, 1997, 186면.

위와 같이 이어령은 "미군 부대에서 흘러나온 과학 잡지에 소개된 유크스쿨의 이론"을 읽었다고 밝힌다(다만, 「현대시의 UMGEBUNG와 UMWELT —시비평·방법서설—」는 문화비평이 아니므로, 이어령이 어째서 "문화비평"이라고 말했는지는 의문이다). 그런데, 부덴브로크의 저서와 미군 부대에서 흘러나온 과학 잡지 간의 거리는 상당히 멀다. 그래서 두 가지 경우를 추측해볼 수 있다. 첫째, 이어령이 시일이 많이 흐른 뒤에 인터뷰를 한 것인 만큼 부덴브로크의 저서를 미군 부대에서 흘러나온 과학 잡지라고 착각했을 경우이다. 둘째, 이어령이 미군 부대에서 흘러나온 과학 잡지 속 어느 기사에 인용되어 있는 부덴브로크의 저서 일부분을 재인용했을 경우이다. 단정할 수는 없되, 두 번째 경우가 약간 더 높은 확률이지 않을까 생각되나, 어느 쪽이든 간에 외국어로 된 서적을 찾아 읽었을 정도로 이어령의 독서 범위가 넓었음을 알 수 있거니와, 더불어 새로운 이론을 금방 습득하여 다른 분야에 손쉽게 적용해버리는 이어령의 기지 넘침을 알 수 있다. 또한, 어느 쪽이든 간에 환위와 환계라는 용어가 본래는 윅스퀼(Uexküll)의 이론에서 제시된 것이라는 사실은 바뀌지 않으며, 오히려 이제부터는 이 점이 중요하게 다뤄져야 한다고 여겨진다. 윅스퀼은 현대 생태학의 창안자로 불린다. 한때 큰 유행이었던 들뢰즈의 이론에서(구체적으로 『디알로그』, 『천 개의 고원』 등에서) 윅스퀼의 관점이 종종 소개되었던 까닭에,[162] 현재에는 윅스퀼이 아주 낮

---

162 물론 들뢰즈는 윅스퀼을 상세하게 소개하거나 분석하지는 않았다. 들뢰즈는 윅스퀼의 언술 중에서 특히 '진드기'에 관한 대목을 인상 깊게 읽었던 것으로 보이며, 그런 이유에서 이 대목을 여러 곳에다가 되풀이 차용했던 것으로 보인다(지바 마사야, 김상운 역, 『너무 움직이지 마라』, 바다출판사, 2017, 379면 참고). 한 사례로 『천 개의 고원』에서의 대목을 옮겨보면 다음과 같다. "예컨대 〈진드

선 인물은 아니라고 할 수 있지만(엄밀히 따진다면 현재에도 윅스퀼이 절대적인 기준에서 높은 인지도의 인물은 아니다), 변변한 정보가 주어지지 않았던 1950년대 중·후반의 시점에서는 윅스퀼이 그야말로 생면부지의 인물과 다름없었다고 할 수 있다. 그렇다면 이어령이 이리도 생소한 윅스퀼의 이론을 (원서를 접하지 못했음에도 불구하고) 군이 활용하고자 한 이유가 무엇이었는지 자못 궁금해진다. 그리고 이와 관련해서도 다음과 같은 인터뷰의 한 대목을 참고할 수 있다.

한국 평단은 맑스주의적 비평가들처럼 환경(사회, 역사 등)을 기준으로 문학을 재단하는 외재적 비평과 그와는 반대로 인상주의 비평처럼 오로지 개인의 인상이나 상상력에만 의존하는 내재적 비평이 대립되어 왔지요. 이 깜깜한 쌍굴에서 빠져나가려고 몸부림칠 때 내 앞에 섬광처럼 나타난 것이 바로 생태학자 유크스퀼(Uexkull)의 새로운 환경론이었지요. 그는 외계의 모든 요인 가운데 생물의 주체성에 관여하는 요소만이 환경이라고 생각한 획기적인 이론을 발표했습니다. 그래서 그는 생물의 물리 화학적 외계를 환위(Umgebung)라고 했고 생물 주체가 지닌 기능 환경에 구속되는 환경을 환계(Umwelt)라고 구분했지요.[163]

기)는 빛에 이끌려 나뭇가지 첨점까지 오르고, 포유동물의 냄새를 맡으면 포유동물이 가지 밑을 지날 때 자신을 떨어뜨리고, 가능한 한 털이 적게 난 곳을 골라 피부 밑으로 파고 들어간다. 세 개의 변용태, 이것이 전부이다. …(하략)…"(질 들뢰즈·펠릭스 가타리, 김재인 역, 『천 개의 고원』, 새물결, 2003, 487면) 참고로 여기서 말하는 진드기의 "세 개의 변용태"가 바로 진드기의 환계인 것이다.
163 이어령·이상갑, 앞의 글, 185~186면.

이어령은 외재적 비평과 내재적 비평의 대립을 지양하고자 고심하던 때에 "섬광처럼 나타난 것이 바로" 윅스퀼의 이론이라고 밝히면서, 환위를 "생물의 물리 화학적 외계"라고, 환계를 "생물 주체가 지닌 기능 환경에 구속되는 환경"이라고 각각 설명한다. 그러니까 새로운 비평 방법을 모색하는 데 있어서 환위와 환계만큼 적절한, 적합한 개념이 달리 없었고, 그런고로 그것을 고집하게 되었다는 뜻인데, 그렇다면 이어령은 새로운 비평 방법을 구축해나가는 과정에서 환위와 환계를 어떤 식으로 활용했는가.

환위와 환계가 중요한 밑바탕이니만큼 예비 단계를 거쳐 조금 에돌아가기로 하자. 윅스퀼의 저서 및 윅스퀼 관련 참고 저서를 찾아보면서 환위와 환계를 좀 더 상세히 이해해두기로 하자. 윅스퀼은 그 당시에 주류 생물학이었던 "기계론적 생물학이나 생기론적 생물학에 반대하면서 "환계umwelt"라는 새로운 개념과 함께 생물학에 새로운 방향을 제시"[164]하고자 했다. 여기에는 "동물을 단지 대상으로서가 아니라 자기의 고유한 세계를 갖는 하나의 주체로 바라봄으로써 우리의 세계, 다시 말해, 인간과 인간의 고유한 환경에 대한 새로운 시각을"[165] 전달하려는 의도가 담겨 있다. 구체적으로 윅스퀼은 환계 이론의 근본적인 명제로 "가장 복잡한 동물 주체와 마찬가지로 가장 단순한 동물 주체는, 다시 말

---

164 야콥 폰 윅스퀼, 정지은 역, 『동물들의 세계와 인간의 세계』, 도서출판b, 2012, 255면. 인용문에서는 '환계'가 아닌 '환경세계'로 표기되어 있으나 혼선을 피하고자 고쳐 적었다. 이하, 마찬가지로 수정하여 인용하기로 한다.
165 위의 책, 256면.

해, 동물 주체 전부는 가장 완벽하게 그들의 환경에 맞게 조정된다."[166]
를 설정한다. 이는 인간을 비롯하여 그 어떤 동물이더라도 모두가 주체
성을 지니고 세계에 대응하고 있다는 의미이다. 그리고서는 '진드기'의
사례를 대표적으로 제시하는데, 이해의 편의를 위해 윅스퀼의 저서는
아니지만, 윅스퀼의 진드기 관련 서술을 잘 요약한 설명을 하나 가져와
보면 아래와 같다.

> 진드기는 '세 개의 정서'를 갖고 있다. 즉 세 종류의 타자에 반응할 수 있고
> 관계 맺을 수 있다는 것이다. 진드기의 세계에는 '빛', '포유류의 냄새', '포유
> 류의 체온'이 있다. 이 세계는 세 가지 스위치의 온/오프on/off, 혹은 온/오
> 프 사이의 '그라데이션'에 의해 성립한다.[167]

이렇게 세 가지의 정서만을 가지고 있는 진드기는 단지 '빛'의 유무,
'포유류의 냄새'의 유무, '포유류의 체온'의 유무에만 반응할 뿐, 그 외의
정서에는 반응하지 않는다. 다시 말해, 진드기에게 세 가지 정서에 걸려
들지 않는 것들은 '없음'과 진배없다는 의미이다. 한 번 더 다시 말해, 진
드기의 환계는 세 가지 정서에 걸려드는 것들로만 구성된다는 의미이
다. 그렇다면 진드기와 여타 동물들은 동일한 장소에 있을지언정 같은
세계에 있는 것이 아니다. 보다 엄밀하게 표현한다면 진드기와 여타 동
물들은 같은 환위에 있되 같은 환계에 있는 것이 아니다. 제각각이 지니

---

166 위의 책, 21면.
167 지바 마사야, 앞의 책, 380면.

고 있는 정서가 다른 까닭이다. 윅스퀼은 진드기의 사례에 연달아서 그 밖의 수많은 예시들을 가져와 제시하며 여러 동물들이 한 곳에 위치해 있을지라도 각자의 정서에 따라 인지하는 요소들이 얼마나 다른지를, 그리하여 각자의 환계가 얼마나 다르게 구성되어 있는지를 설명해나간다.[168] 그리고 이러한 윅스퀼의 설명은 같은 종의 동물이 같은 장소에 놓여 있을지라도 각자의 환계가 다르게 구성되어 있다는 데까지로 나아간다. 가령 어린아이와 어른의 환계가 다르고, 화학자와 물리학자의 환계가 다르고, 파동 전문가와 음악학자의 환계가 다르다는 것이다.

이렇게 윅스퀼의 저서 및 윅스퀼 관련 참고 저서를 주마간산 격으로 훑으면서 환위와 환계의 의미를 확인해보았다. 다음 단계로 넘어가 이어령이 새로운 비평 방법을 구축해나가는 과정에서 환위와 환계를 어

---

168 이를 한눈에 보여주는 예시가 바로 아래의 그림들이다. 앞의 두 개는 파리와 연체동물의 눈에 비친 이미지를 각각 형상화한 것이고, 뒤의 세 개는 인간, 개, 파리의 눈에 비친 이미지를 서로 다른 색으로 제시한 것이다. 야콥 폰 윅스퀼, 앞의 책, 40면 및 83~84면 참고.

⟨그림 9C⟩
파리의눈에 대한 동일 거리

⟨그림 9d⟩
연체동물의 눈에 대한 동일 거리

⟨그림 24a⟩ 인간의 방

⟨그림 24b⟩ 개의 방

⟨그림 24c⟩ 파리의 방

떤 식으로 활용했는지를 살펴보기로 하면, 이어령은 "「동물」에 있어서와 같이 시를 그 「환위」와 「환계」의 양면에서 고찰하고 비평한다는 것은 대단히 중요한 일"(174~175면)이라고 강조한 후, 이어서 다음과 같은 내용을 펼쳐나간다.

시의 「환위」라는 것은 모든 동물의 「환위」와 유사한 것이다. 즉 그것은 한 시인이 위치하고 있는 시공성(時空性)과 그 상황을 의미한다. 그 「환위」란 보다 넓은 의미로서의 「세계」이며 과학자나 정치가나 누구나 할 것 없이 모든 인류가 생존하고 있는 그 총체적 시공권(時空圈)을 통칭하는 말이다. 이러한 「환위」는 시간적인 것과 지역적인 것과의 양면에서 볼 수 있고 따라서 시적 「환위」도 역시 시간적 지역적 양면으로서의 변화를 가지게 된다. 또한 시인의 「환계」란 그러한 「시공성」의 상황 안에서 자기(시인) 특유한 개성과 기능 내지 의식의 차원에 의하여 즉 환위의 자극에 대한 조정(Regulation)력의 개적(個的) 특이성에 의해서 조성해낸 「시적 세계」를 의미한다. 그러므로 시적 환계란 시인이라는 종속적 특질로 구성된 그 「일반적 환계와 다시 시인 개개의 개성적 생리의 질서에 의하여 조성한 개체적 환계」의 두 가지로 볼 수 있다. …(중략)… 시인들이 느끼고 있는 세계(환계)도 그들이 위치하고 있는 여러 시공적 상황 중에서 특정한 그들 종속(정치가나 과학자나 사업가 등의 직업적 종별로써 구분되는)의 능력과 기구(機構)에 의해서 감지하고 창조해낸 일부분의 세계인 것이다. 그러나 다시 이 시인들의 환계는 개개 시인의 각기 다른 능력과 특이한 기구의 형질에 의하여 무수하게 분할 창조되어 간다./ 그러므로 우리가 어떠한 시를 비평하거나 또는 어떤 시대의 일반적 시의 경향에 대해서 연구하려 할 때 당

연히 그 환위와 환계의 두 상태 밑에 사려되어야 하며 분석 타진되어야 한다. (175~176면)

언뜻 매끄럽게 읽힌다. 하지만 쉽게 이해하기가 어려운 것이 사실이다. 시의 환위, 시적 환위, 시인의 환계, 시적 환계, 일반적 환계, 개체적 환계 등의 단어들이 난무하여 의미 파악이 어렵기 때문이다. 이에 간명한 이해를 위해 위 인용문의 핵심 내용을 도식화해보면 아래와 같다.

요컨대, 이어령은 환위와 환계 모두를 고려하여 시를 비평해야 한다는 주장을 펼친 셈이다. 즉, 환위의 측면에서 ① 특정 시가 언제 만들어졌는지(시간적인 것)와 ② 특정 시가 어디서 만들어졌는지(지역적인 것)를 감안하여 시 비평을 수행해야 한다고 주장하고, 환계의 측면에서 ① 시인 일반의 전반적 정서(일반적 환계)와 ② 시인 개개의 특유한 정서(개체적 환계)를 감안하여 시 비평을 수행해야 한다고 목소리를 높이는 것이다.[169] 가령 이상의 시를 비평한다고 할 때는 이상의 시가 쓰여진 시

---

169 환위의 측면에서 시간적인 것과 지역적인 것을 구분하여 시를 비평해야 한다는 이어령의 주장은 시의 창작 시점을 기준으로 놓느냐 아니면 시의 비평 시도 시점을 기준으로 놓느냐에 따라 다르게 이해될 수 있다. 그러니까 시의 창작 시점을 기준으로 한다면 본문에서 적은 것과 같이 이해될 수 있지만, 시의 비평 시도 시점을 기준으로 한다면 '① 특정 시를 언제 비평하는지(시간적인 것)와 ② 특

간, 이상의 시가 쓰여진 지역, 시인들 다수가 보여주었던 정서, 이상만이 보여주는 정서 등이 총합적으로 고찰되어야만 제대로 된 '이상 시 비평'에 값할 수 있다는 뜻이다. 여기에 더하여, 이어령은 여태까지 과거의 모든 시 비평들이 환위를 도외시하고 환계만 강조했거나(인상비평) 혹은 환계를 망각하고 환위만 분석했거나(객관비평) 하는 불균형한 태도를 보여준 탓에, 온전한 시 비평이 부재하게 되었다며 지금부터라도 환위와 환계를 함께 중시하는 입장을 지녀야 한다는 언술을 계속해서 역설한다.

결과적으로 환위의 측면에서 두 가지, 환계의 측면에서 두 가지, 도합 네 가지를 시 비평을 수행함에 있어서의 주요 요소들로 제시하면서 이러한 네 가지가 고루 참량, 참작되어야만 이상적인 시 비평이 이루어질 수 있다는 식의 설명이 펼쳐진 것이다. 이때 "시의 「환위」라는 것은 모든 동물의 「환위」와 유사한 것"이라는 구절을 제외하면 환위와 환계의 개념 적용 과정상에서 그 밖의 다른 연결고리가 찾아지지 않으므로, 생태학 쪽의 이론을 문학 쪽의 영역에다가 난폭하게 대입시켜버렸다는 흠을 노출하고 있지만, 이 정도가 크게 문제될 수준은 아니며, 전반적으로 납득, 수긍이 가능한 수준에서 전개가 이루어진 형국이다. 그리고 이

정 시를 어디서 비평하는지(지역적인 것)'로 바꾸어 이해될 수 있는 것이다. 대체로 전자에 기반을 둔 채 논의가 진행되지만, 뒷부분에서는 "그러므로 「워어즈 워어스」의 가치는 「워어즈 워어스」의 시대(환위) 밑에 규정지워져야 하며 「보오드레르」의 가치는 「보오드레르」의 시대(환위)에 의해서 가능하게 된다. 그러나 「가치의 문제성 작용성」이란 것이 대두될 때는 그 대상(시)을 비평하는 시간적 포지숀에서부터 가장 가까운 「환위」를 상대로 하여 (즉 현대에서는 「보오드레르」) 가치판단이 이루어지게 된다. 즉 시의 절대적 가치와 상대적 가치(시간적 가치)의 양면성이다."(178면)와 같은 서술도 발견되는바, 이어령은 양쪽 모두를 염두에 둔 것으로 여겨진다.

로써 시 비평 방법과 관련한 골자는 모자람이 없이 제시된바, 여기서 마무리가 지어졌어도 한 편의 글로서 충분했을 터이다. 하지만 이어령은 멈추지 않고 단순히 시 비평 방법을 알려주는 단계를 넘어서 점차적으로 시 창작 메커니즘을 설파하는 단계로까지 계속 나아간다.

그러므로 시를 그 「환위」와 「환계」와의 관련성 밑에서 생각하려는 것은 Logos(환위적인 면)와 Pathos(환계적인 것)의 양 정신이 상호융합하여 작용하는 지정(知情)적 비평인 동시에 인상비평과 재단(裁斷)비평의 상호 결합된 모순을 지양시킨 이상적 비평방법이 될 것이다. (176면)

그러므로 이러한 시 비평 방법의 정신에 있어서 불가변적인 절대 여건 즉 환위에 대해 검토하는 전체적 객관적 태도와 다시 가변 유동성 있는 개개 환계를 감식하는 개체적 주관적 태도. 그리고 궁극적으로는 환위와 환계와의 연관성을 문제로 하는 Ethos 혹은 Scense-data(sic;Sense-data)로서의 상태를 상실치 않아야 될 것은 중언할 필요도 없다. (176면)

그러므로 요는 시의 궁극적 문제는 환위에서 자기가 안주할 수 있는 (생명과 미학의 최고원리) 환계를 형성하려는 데 있을 것이다. 환위를 「환계」에 의하여 유지하려는 것은 시인 (모든 동물에 있어서도 마찬가지다)의 순수한 원망과 목적이며 그 결과에 있어선 시의 표현과 내용이 다 같이 공헌하고 있는 상태로 귀착케 될 것이다. 고로 특정한 어느 환위 속에 어떠한 방법으로 가장 적합한 「환계」를 창조했느냐는 문제 여하로 시적 가치는 결정될 것이다. (178면)

이어령은 자신의 목소리를 높여나갔으되, 그 과정에서 윅스퀼의 환위와 환계를 자의적으로 활용하여 애초의 원 의미로부터 거리가 점점 멀어지는 문제점을 노정해버리고 만다. 어느새 환위는 "Logos"로, 환계는 "Pathos"로 각각 치환된다. 어느새 환위에 대해 검토하는 태도는 "전체적 객관적 태도"로, 환계에 대해 검토하는 태도는 "개체적 주관적 태도"로 각각 치환된다. 그런데, 환위가 어찌하여 "Logos"와 연결될 수 있는지, 환위에 대해 검토하는 태도가 어찌하여 "전체적 객관적 태도"와 연결될 수 있는지 의문이다. 마찬가지로 환계가 어찌하여 "Pathos"와 연결될 수 있는지, 환계에 대해 검토하는 태도가 어찌하여 "개체적 주관적 태도"와 연결될 수 있는지 의문이다. 한편으로 환위와 환계가 변증법적인 지양이 가능한 것으로 보고 "Ethos 혹은 Scense-data(sic;Sense-data)로서의 상태"라는 표현을 구사하며 과감하게 설명을 개진했는데 이 역시 옳은지 의문이다. 더하여, 방금 언급한 여러 의문들을 차치하더라도 "시의 궁극적 문제는 환위에서 자기가 안주할 수 있는 (생명과 미학의 최고원리) 환계를 형성하려는 데 있을 것", "특정한 어느 환위 속에 어떠한 방법으로 가장 적합한 「환계」를 창조했느냐는 문제 여하로 시적 가치는 결정될 것" 등의 구절들만큼은 윅스퀼의 환위와 환계가 본래 지닌 바의 의미를 안중에 두지 않고 철저히 자의적으로 활용해버린 양상과 다름없으므로 모른 척 덮어두고 그냥 넘어가기가 어렵다.

윅스퀼이 주장한 환위, 환계는 이어령이 말하는 환위, 환계와 결이 다르다. 윅스퀼이 집중했던 것은 환위보다는 환계였다. 윅스퀼이 환계라는 개념을 창안한 이유는 그 어떤 동물이라도 개체 특유의 세계가 있다는 것을 밝히고자 했기 때문이었다. 그렇지만 윅스퀼은 환계를 형성한다거나 창조한다는 식의 입장을 취하지는 않았다. 윅스퀼은 각각의 동물이 지니고 있는 고유 기관들에 의해 환위가 천차만별로 다르게 파악되는 것을 환계라고 규정했다. 그렇다면 이어령이 말하는 바와 같이 환위에서 환계를 형성한다는 것 혹은 환위 속에 환계를 창조한다는 것은 대체 무엇을 의미하는가. 이어령이 펼쳐내는 문맥을 고스란히 따른다면 '주어진 상황에서의 최고로 알맞은 대응 같은 것'으로 이해될 수 있다. 이럴 때 주어진 상황이 바로 환위이고 최고로 알맞은 대응이 바로 환계의 형성, 창조이다. 그러니까 이어령은 우수한 시란 어느 시인이 공간적, 시대적 배경(주어진 상황—환위)을 염두에 두면서 이에 걸맞은 최선의 언어적 표현(최고로 알맞은 대응—환계의 형성, 창조)을 구사할 때 비로소 이루어지는 결정체라고 주장을 펼친 것이다. 다분히 실존주의적인 코드(code)로 환위와 환계를 변환시켰다고 할 수 있는데, 그런 관계로 실존주의의 용어를 사용하여 환위를 '기투(企投, entwurf)'로, 환계를 '피투(彼投, geworfenheit)'로 재차 변환시킨다고 하더라도 별다른 의미상의 달라짐이 없다. 기실 뒷부분에 다다르면 "현대의 환위란 그 기후도 토양도 풍경도 모두가 처절하게 고갈해 버린 황무지"(181면)라고, 또, "현대시의 「환계」는" "이 건조한 황무지 속에서 어떻게 그들의 꽃을 개화시키고 있는가?"(181~182면)라고 기술이 이루어지고 있는 바이며, 이는 여태껏 살펴보았던 이어령의 주장과 동일하다. 갈무리해보면 이어령은 자신의 일관된 주장을 여기서는 환위와 환계라는 개념을 활용하여 표현했을 따름인 것이다.

물론 아무리 엄밀하고자 노력한대도, 이론의 적용이란 언제나

〈A=A′〉의 형태를 감수할 수밖에 없으므로, 약간의 틈새가 발생하는 것은 어쩔 수 없는 노릇이다. 그러나 일정 수위를 넘어서서 아예 〈A=B〉의 형태처럼 되어버린다면 이는 약간의 틈새가 아니라 의미의 변질이 되므로 왜곡된 이론의 적용이거나 잘못된 이론의 적용이라고 할 것이다. 이처럼 이론을 도입하여 무언가를 밝히려는 시도는 한편으로 유용함을 주되 다른 한편으로 부담감이 뒤따른다. 그런데, 이럴 때 흥미로운 사실이 있으니, 결과적으로 보아 이어령은 왜곡된 이론의 적용 혹은 잘못된 이론의 적용을 범하고 말았지만, 애당초 이어령은 어떤 이론을 적용하는 데에 있어서 해당 이론의 본래적인 의미에 그다지 구애를 받지 않았다는 것이다.[170] 가령 이어령은 앞 장에서 K. A. 메닝거의 *THE HUMAN MIND*를 인용할 때도 자신의 주장에 필요한 부분들만 발췌하여 활용하는 면모를 보여주었다. 또한, 이어령은 방금 윅스퀼의 환위와 환계를 인용할 때도 자신의 주장에 맞게끔 의미를 변화시켜서 활용하는 면모를 보여주었다. 이밖에도 이어령에게서는 유사한 사례를 얼마든지 찾을 수

---

170 넓게 본다면 모든 독서가 오독을 내포한다고 언명한 폴 드 만의 견해를 여기서 떠올려볼 수 있다. 폴 드 만은 『독서의 알레고리』를 통해 오독의 가능성을 읽는 이에게 지속적으로 환기시킨다. '옮긴이 해설'의 한 대목이 이 사실을 잘 요약하여 설명해주고 있다. "우리는 '언어가 만든 가상 위에서 살고 있는지도 모른다' 혹은 '우리는 늘 오독한다'는 사실을 드 만의 이야기는 전체 책을 통해서 끊임없이 상기시킨다. 그러나 이 착란의 의미에 대해서 그것이 교정될 수 있는 어떤 것이거나, 주변적인 것이 아니라 "언어의 범례 자체"(제5장)라는 점에서 언어가 야기하는 비극은 더 근본적이다. 언어를 사용하는 한, 이 착란에서 벗어날 수는 없기 때문이다. 타인에 대해서, 신에 대해서, 세계에 대해서 우리가 이해하고 있다고 믿는 것은 과연 무엇인가? 그 자체, 곧이 곧대로의 사실이라고 믿는 것은 무엇인가? 거기에 규정적 사태는 어떤 규정 불가능한 부유상태로밖에 존재할 수 없다. 드 만의 독서는 그런 점에서 독서 가능성에 대한 근본적인 비판으로 자리하고 있다."(폴 드 만, 이창남 역, 『독서의 알레고리』, 문학과지성사, 2017, 414면) 하지만 폴 드 만의 이런 관점에 비춰보아도 이어령은 상당히 예외적이다. 이어령은 폴 드 만이 주장한 것과 같은 '벗어날 수 없는 오독'과 마주쳤다기보다 그 자신이 스스로 '적극적인 오독'을 수행했다고 할 수 있기 때문이다.

있다. 그렇다면 이러한 이어령의 모습, 즉, 특정 이론을 자의적으로 과감하게 변용해버리는 이어령의 면모는 어찌하여 나타나게 된 것인가. 이와 관련해서는 아래와 같은 구절들이 큰 시사점을 준다.

이어령은 지독한 독서광이다. 그의 독서법은 독특하다. 한 권의 책을 완독하는 경우는 드물다. 책을 훌훌 넘기면서 새로운 정보를 얻는다. 이런 방식을 랜덤 액세스Random Access라고 하는데 내가 원하는 정보를 찾아보는 인터넷 검색과는 다르다. 책을 훑어보다 문득 나타나는 예기지 않은 우연성에서 우리는 더 많은 것을 발견할 수 있다.[171]

─세상 사람들이 다음에 장관님을 뭘로 기억해주기를 원하십니까?/『작가들한테 물어보면 똑같은 대답이 나올 텐데, 그 사람이 아니었으면 이런 글은 안 나왔을 것이다. 이런 말은 안 나왔을 것이다 하는 유일자(Uniqueness)로 기억해 주기를 바라지요. 너는 너의 너가 돼라. 그게 목표죠. 대개 남을 닮아 가려고 그러지만 나는 독특한 나가 되는 게 유일한 생존 이유예요./ 남하고 똑 같은 사람이 된다면 내가 이 세상에 살아 있을 이유가 없잖아요. 내가 누구의 세컨드라든가 누구의 5위쯤 되는 사람이라든가, 이런 건 난 못 견뎌요. 난 베스트 원(가장 뛰어난 사람)보다는 온리 원(독특한 사람)이 되고 싶다는 거죠.』[172]

---

171 스리체어스 편집부, 『바이오그래피 매거진(Biography Magazine) ISSUE. 1: 이어령』, 스리체어스, 2014, 119면.

172 이어령·오효진, 「오효진의 인간탐험 「마지막 수업」 예고한 「말의 천재」 이어령의 마지막 인터뷰」, 《월간조선》 256, 2001.7, 190면.

이어령이 "책을 완독"하지 않고 "훌훌 넘기면서 새로운 정보를 얻는" "랜덤 액세스"의 독서법을 언제부터 활용했는지는 불분명하다. 다만, 이어령의 방대한 독서량을 미루어 헤아릴 때, 아마도 일찍부터 이런 방식으로 독서를 하지 않았을까 추측이 가능하다. 더하여, 이어령은 독창성, 창조성에 대한 강한 애착, 집착을 보여주었다. 자신은 남들과 다른 말을 한다는 자부심이 이어령을 지탱하는 기축이었다. 수차례의 인터뷰들에서 언제나 독창성, 창조성 등의 어사가 발견되는 것은 이 사실을 뒷받침한다. 그리고 이런 점들로 보면, 이어령은 누구보다 많은 책들을 읽었으되, 수용의 마음이 아닌 재창조의 마음으로 독서를 수행했다고 추측할 수 있다. 해럴드 블룸의 말을 빌리자면 이어령은 '영향에 대한 불안'을 강하게 느끼는 상태에서 '독창성에 대한 추구'를 고민했던 것이다.[173] 특정 이론을 자기 방식으로 바꾸어 적용하는 이어령의 면모는 바로 이로부터 기인한 것인바, 결과적으로 이어령은 그릇된 활용의 위험성과 창의적 활용의 가능성 사이에서 늘 유동하고 있었던 셈이다.

「현대시의 UMGEBUNG와 UMWELT —시비평 · 방법서설—」에 대한 검토는 이 정도로 매듭짓고, 「기초문학 함수론 —비평문학의 방법과 그 기준」을 살펴보기로 하자. 「기초문학 함수론 —비평문학의 방법

---

173 물론 해럴드 블룸은 시인들의 영향 관계에 대한 집중적인 탐사의 과정에서 '영향에 대한 불안'이라는 표현을 사용했다. 다만, 독창적인 시의 창작은 '영향에 대한 불안'을 극복하는 데서 주어지는 것이 아니라 오히려 '영향에 대한 불안' 그 자체로부터 주어지는 것이라는 해럴드 블룸의 관점은, 비록 시인은 아니었을지언정, 이어령의 경우에도 충분히 적용될 수 있을 듯하다. 과감히 말하건대, 이어령은 그 누구보다도 더 '영향에 대한 불안'을 느끼며 '독창성에 대한 추구'를 고민했기 때문이다. 이상의 관련 내용은 해럴드 블룸, 양석원 역, 『영향에 대한 불안』, 문학과지성사, 2012, 서문(9~60면) 및 옮긴이 해설(256~287면)을 특히 참고.

과 그 기준」은 「현대시의 UMGEBUNG와 UMWELT —시비평·방법 서설—」보다 약 1년 후에 나온 글이지만, 비슷한 내용을 펼쳐내고 있는 데다가 비슷한 이론 적용의 방식까지 보여주고 있다. 「기초문학 함수론 —비평문학의 방법과 그 기준」은 도입부에서 곧바로 글 전체를 이끌어 나갈 이론을 제시하는바, 이를 옮겨와 보면 아래와 같다.

> Lasswell은 Kaplan과의 공저 Power and Society에서 인간의 행위 R(Response)을 그것의 환경 E(Environment)와 행위자 자체 내의 특질 P(Predisposition)와의 함수 관계에 있다고 본다./『인간의 행위를 연구 하는 방법을 발견한다는 것은 민주주의적 인격과 민주주의적 실천을 발전 시키는 데 장애가 되는 방해물을 제거하는 길이다』(Analysis of Political Behaviour P.11)라는 주장을 가지고 P와 E의 함수 관계로써 R(행위-반 응)을 구명하는 것으로 그는 모든 정치 현상을 비평하였고 사회학적 발전 의 방법을 삼았다./ 그러므로 Lasswell은 인간 행위(R)를 그의 천성질(天 性質) 소인(P)의 반응으로서만 구하는 Hobbes의 R=Pn승(承) 의견를 (sic;을) 반박하였고 동시에 경제적 조건 즉 객관적 외부 환경 E만으로써 R(인간 행위)을 표시하는 (R=En승) Marx의 방법을 부인하였다. 그리하여 그는 어디까지나 인간의 행위를 인성(P)과 환경(E)이 상호연관된 그 정황 (Situation) 밑에서 천명하였다. 말하자면 그는 R=Pn승·En승의 정의로 써 그의 사회 정치학적 기준을 정립하였다. 그러므로 어느 환경과 어느 인 성은 하나의 행위를 성격 지워주는 요소가 되고 다시 그렇게 해서 성격 지 워진 행위는 다음에 오는 환경과 인성의 특질을 낳게 된다. 이와 같은 R와

P · E · 의 함수는 무한히 계속된다.[174]

정치학자 라스웰의 *Power and Society*와 *Analysis of Political Behaviour*이 함께 인용되고 있거니와, 전반적인 내용은 *Power and Society*의 것을 나름 충실하게 소개하고 있는 모양새이다.[175] 그렇지만 상기의 서술은 라스웰의 이론 중에서는 단지 일부에 불과한바,[176] 이를 감안한다면 이번에도 이어령이 필요한 부분만을 발췌독(拔萃讀)했을 것이라는 혐의가 농후하다. 즉, 라스웰이 본래 무엇을 말하고 싶었는가와는 무관하게 이어령은 'E(Environment)', 'P(Predisposition)', 'R(Response)' 간의 함수 관계 부분만을 가져와 자신의 구미에 맞게끔 이용하면 그뿐이라는 생각을 가졌지 않았을까 추리된다는 것이다. 과연 이어령은 "이 관계의 이해를 보다 쉽게 하기 위하여 우리는 이와 같은 도식을 생각할 수 있다"(163면)면서, 라스웰의 저서에서는 볼 수 없는 다음의 〈표〉(164면)를 제시하며, 본격적으로 자신의 언술을 개진해나가기 위한 준비에 들어간다.

---

174 이어령, 「기초문학 함수론 —비평문학의 방법과 그 기준」, 《사상계》, 1957.9, 163면.

175 위의 인용문과 관계된 대목을 *Power and Society*에서 짧게 가져오면 다음과 같다(번역본을 참고했다). "환경이나 성향 가운데 어느 하나가(※예컨대 성향이) 일정불변일 경우 반응의 변화는 다른 것(※환경)의 변화의 함수이다. 이것을 편리하게 축소해서 말하면 R(※Response-반응)은 E(Environment-환경)와 P(Predisposition-성향)의 함수이다." 해럴드 라스웰·에이브러햄 캐플런, 김하룡 역, 『권력과 사회』(상), 사상계사출판부, 1963, 50면.

176 라스웰의 *Power and Society*에서는 정치 과정의 기본 단위를 소개하면서 순서대로 여러 개의 정의를 내렸는데, 상기의 서술은 그 가운데서 초반부에 위치한 하나의 정의일 뿐으로 확인된다.

$$\begin{aligned}
&\frac{E}{P}>R=(E+P)<\genfrac{}{}{0pt}{}{E='(E+P)}{P='(P+E)}>R'=(E'+P'<\genfrac{}{}{0pt}{}{E''=(E'+P')}{P''=(P'+E')}\cdots\cdots\cdots\\
&\frac{E^n}{P^n}>Rn<\genfrac{}{}{0pt}{}{E^{n+1}=(E^n+P^n)}{P^n+1=(P^n+E^n)}>R^{n+1}\cdots\to R=f(E\cdot P)
\end{aligned}$$

$(E=\text{Environment},\ P=\text{Predisposition},$

$R=\text{Response})$

〈표〉는 복잡하게 그려졌으나 내용은 간단하다.[177] 환경(E) 하나만으로 행위(R)는 제대로 설명되지 않으며, 또, 성향(P) 하나만으로 행위(R)는 제대로 설명되지 않는다. 환경(E)와 성향(P)의 상호연관으로 행위(R)는 제대로 설명된다. 명쾌하여 분명하다는 느낌을 주는 한편, 소박하여 단순하다는 느낌도 준다. 이렇게 개략적으로 툴(tool)을 마련한 이어령은

이상(以上)과 같은 Lasswell의 방법을 문학비평의 방법에 응용한다면 매우 재미있는 현상을 추출할 것이고 거기에서 스스로 비평 기준의 객관적인 정립에 커다란 도움을 입게 될 것이다. 말하자면 「민주주의적 인격과 민주주의적 실천을 발전시키는데 장해가 되는 방해물을 제거하려는 그 방법을 「문학의 현대적 성격과 그 실천을 발전시키는데 장해가 되는 방해물을 제

---

177 한편 다소 난잡한 위의 표는 이후 「기초문학 함수론 —비평문학의 방법과 그 기준」이 「비평의 기준」으로 제목이 바뀌어 『저항의 문학』(경지사, 1959)에 수록되는 과정에서 조금 더 눈에 잘 들어오게끔 단순하게 수정된다. 아래에 제시된 것이 바로 바뀐 표(183면)이다.

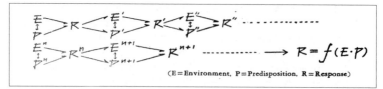

(E = Environment, P = Predisposition, R = Response)

거하는」그 방법으로 옮겨볼 수 있기 때문이다. (164면)

와 같이 말하며 아무런 거리낌 없이 정치학의 이론을 문학비평의 영역
안으로 끌어들인다. 그러고서는 자신의 목소리를 선명히 드러내는바,
이제부터 문학비평의 영역 내로 옮겨진 환경(E), 성향(P), 행위(R) 등은
이어령의 방식대로 운용되기 시작한다.[178] $R = P^n$ 그러니까 성향(P)만을
중시하는 경우는 순수문학을 최우선에 놓는 것이고, 이럴 때 순수문학
이 아닌 부류들은 자연히 평가절하되기 마련이다. $R = E^n$ 그러니까 환경
(E)만을 중시하는 경우는 사회주의 리얼리즘 문학 또는 모더니즘 문학
을 최우선에 놓는 것이고, 이럴 때 사회주의 리얼리즘 문학 또는 모더니
즘 문학이 아닌 부류들은 자연히 평가절하되기 마련이다. 이처럼 특정
부류의 문학만을 이상적인 것으로 간주하는 비평적 기준은 바람직하지
못하다. 또한, 이미 앞에서 살펴본 것과 같이 순수문학도, 사회주의 리얼
리즘 문학도, 모더니즘 문학도, 모두가 다 이어령이 바라는 새로운 문학
과는 거리가 먼 부류들이다. 그래서 $R = P^n$ 및 $R = E^n$과 같은 비평 기준은
조정이 요구된다. $R = P^n \cdot E^n$ 그러니까 성향(P)와 환경(E)를 함께 중시하
는 경우가 요청되며, 이럴 때야 비로소 제대로 된 작품의 평가가 이루어
질 수 있는 것이다.[179]

---

178 덧붙여, 완전히 동일하지는 않지만 이와 같은 환경(E), 성향(P), 행위(R)의 세 개 항을 통한 방법 제
시는 「「카타르시스」문학론」(그리고 당연히 「상징체계론 =「카타르시스」 이론을 중심으로=」)에서
도 이루어졌다. 이어령, 「「카타르시스」문학론」(제5회), 《문학예술》, 1957.12, 197~209면 및 이어
령, 「상징체계론 =「카타르시스」 이론을 중심으로=」, 서울대학교 석사학위논문, 1960, 90~112면
참고.
179 맥락은 다르지만, 일찍이 김병익은 이어령이 라스웰의 이론을 통해 구축한 방법적인 틀을 정작 실

이렇게 「기초문학 함수론 ―비평문학의 방법과 그 기준」을 살펴보 았거니와, 끝으로 특별히 덧붙여둘 사항은 "나는 이와 비슷한 비평의 방 법론을 현대시의 "Umgebung"와 "Vmwelt(sic:Umwelt)"라는 글에서 (문학예술 1956년 10월호) 언급한 일이 있었다"(164면)라고 이어령이 스 스로 밝힌 것처럼 「기초문학 함수론 ―비평문학의 방법과 그 기준」의 기본적인 틀이 「현대시의 UMGEBUNG와 UMWELT ―시비평・방법 서설―」와 많이 겹친다는 점이다. 구체적으로 현재의 비평 방법에 대한 불만으로부터 동기가 주어졌다는 사실 및 환경(E)은 환위로, 성향(P)은 환계로, 행위(R)는 환위와 환계의 변증법적 지양으로 각각 대응될 수 있 을 정도로 개념 운용 구조가 유사하다는 사실이 바로 그것이다.[180] 그런 데, 곰곰이 생각해보면 이와 같은 개념 운용 구조의 비슷함이란, 앞 장 에서 살펴보았던 이어령이 K. A. 메닝거의 이론을 활용한 대목에도 마 찬가지로 감지되는바, 이때의 개성, 상황, 순응(혹은 재순응)은 성향(P), 환경(E), 행위(R)로 각각 연결이 가능한 것이다. 결과적으로 이어령은 두 개의 항을 제시한 다음, 이 두 개의 항이 종합되는 것을 일관되게 추

제적인 작품의 비평에 제대로 적용하지 못했다고 지적한 바 있다. "이어령은 인간 행위란 인성과 환 경의 함수란 라스웰의 공식($R^n=P^n \cdot E^n$)을 도입, 비평가는 모더니티라는 $E^n \cdot P^n=R^n$ 관계를 통찰하 고 이 함수 관계에 대하여 올바른 수치(數値)을(sic;를) 부여할 수 있다면 한 작품의 존재 가치의 비중을 능히 구명할 수 있을 것으로 주장했다. 이 올바른 기준에 의해 그는 우리나라 작가들이 현 실 혹은 사회문제를 그리는 데 실패하는 이유를 작가들이 인성(P)을 상실하고 있다는 데서 찾고 있 다. 그러나 이어령은 실재적인 작품비평에서는 그 같은 공리를 준용했다고 보기 어렵다. 그의 레뷰 는 김동리 황순원 등 소위 전전파(戰前派)에 대한 〈우상파괴〉 작업으로 바치면서 전후파들에게 깊 은 애정과 이해를 보이고 있는데 이러한 태도는 그가 제시한 공식대로 따른다면 전전파 작가에게는 E에 대한 인식을 요구하는 한편 P의 장점을 외면하고 전후 작가들에게는 강렬한 E의 효과로 P의 위약성을 이해해주는 부당한 입장을 취하고 있는 것이다." 김병익, 「60년대 문학의 가능성」, 김병익 외,『현대한국문학의 이론』, 민음사, 1972, 263면.

180 이도연, 앞의 글, 25면 참고.

구한 셈인데, 이러한 메커니즘은 '상황'에 놓여진 '주체'라는 실존주의의 기초 바탕으로부터 주어진 것이라고 할 여지가 충분하고, 또, 이어령 특유의 이항대립적 사고로부터 주어진 것(더하여, 이어령이 향후 이항대립적 사고에서 탈피할 실마리를 미리부터 내장하고 있었기도 한 것)이라고 할 여지가 충분하다.

이상, "'저항의 문학'의 네 가지 계열들"이란 제하(題下)에서 이에 걸맞은 이어령의 글들을 검토해보았다. 이어령의 글들을 네 가지 계열로 유형화한 후 각 계열에 속하는 대표적인 글들을 몇 편씩만 선별하여 다루는 방식을 취했던지라 아쉽게도 그 과정에서 상당한 중요성을 지님에도 미처 다루지 못한 글이 있었을 것이라고 여겨진다. 과감히 축약해보면 이어령의 관련 글들은 네 가지 계열로 나누어지되, 이어령이 말하고자 한 궁극적인 주제는 하나로 수렴이 되는바, 그것은 〈전후의 시기에서 어떻게 하면 새로운 문학(그리고 문단)을 만들 수 있는가〉라는 물음을 둘러싼 다양한 해답 찾기였다. 다만, 이와 같은 부단한 노력에도 불구하고, 시간이 지남에 따라서 조금씩, 또, 4·19혁명으로 인하여 순식간에, 황무지와 같던 상황이 달라짐으로써, 이어령은 자신의 입장을 재조정하지 않을 수 없게 되었다. 자신이 밟고 있는 지반이 변화했기 때문에 더 이상 동일한 패턴으로 의견을 개진하기가 어렵게 된 것이다. 그렇다면 이어령은 어떤 변화를 보이게 되는가. 다음 장에서 살펴보기로 하자.

V. 4 · 19혁명 이후의 변화 양상

4 · 19혁명이 일어난 다음, 이어령은 여러 측면에서 이제까지와는 다른 입장을 취해야만 했다. 사회의 대대적인 변화와 맞물려 당연히 문단도 대대적인 변화를 맞이하게 되었고, 이에 이어령 역시 기존과 동일한 입장을 계속해서 유지해나갈 수 없었기 때문이다. 문단의 가장 큰 변화는 김동리, 조연현 등의 기성들이 여태껏 지녔던 영향력이 많이 약화되었다는 점이다. 물론 하루아침에 기성들이 권력, 권위를 모조리 상실하고 일선에서 배제되었다는 의미는 아니다.[1] 4 · 19혁명 이후에도 여전히 기성들은 문단의 한 축이었다. 다만, 4 · 19혁명과 연동되어, '젊음'의 기운이 승하게 되었고, 또, 이어지는 맥락에서, 문학의 언어도 더 이상 '순수'의 영역에만 머물러서는 곤란하며 '참여'의 영역으로 발을 내디뎌야 한다는 분위기가 매우 성하게 되었던바, 자연히 순수 쪽을 지향하던 기성들은 문단의 중심부에서 조금씩 밀려나는 형편에 처하게 되었다는 것이다. 그런 관계로 이어령 또한 여태껏 기성들을 타파하자고 외쳐왔지만, 4 · 19혁명 이후부터는 그런 목소리를 낼 이유가 사라져

---

1   오히려 '전국문화단체총연합회 → 문화단체협의회 → 한국문인협회 → 한국예술문화단체총연합회'
    로 이어지는 해방기부터 5 · 16군사정변까지의 문단 핵심 단체 변천사를 염두에 둔다면, 비록 수차
    례 와해하였다가 탄생하기를 계속했을언정, 기성들이 지닌 권력, 권위는 계속 유지되었다고도 볼
    수 있다.

버렸다. 선언의 퍼포머티브를 수행하는 것도, 또, 기성들을 향해 도전하는 것도, 또, '보다─쓰다─행동하다'를 한 쌍으로 하는 새로운 문학(담)론을 모색하는 것도, 또, 새로운 문학을 읽어내기 위한 과학적인 비평 방법을 탐구하는 것도, 그 모두가 예전만큼의 의미를 지니지 못하게 되었다. 극단적으로 표현한다면 이어령이 꾸준히 제기해온 주장들은 시효가 만료된 공허한 메아리와 다름없게 되어버린 것이다.

그런 한편 4 · 19혁명을 전후로 이어령의 뒤를 잇는 후속세대가 본격적으로 대두하기 시작했다. 훗날 스스로를 4 · 19세대라고 명명한 이후속세대는, 마치 이어령이 기성들을 상대로 펼친 여러 행위들을 모방이라도 하듯이, 이어령을 전적으로 거부하고 나섰다. 이 후속세대는 〈배운 것도, 얻은 것도 전혀 없다. 그러니, 지금부터 새롭게 출발해야 한다〉라는 이어령의 도식을 차용해와서, 이를 고스란히 이어령에게 재적용해 버리는 자세를 보여주었던 것이다. 특히 김현, 김병익, 염무웅 등이 앞장서서 목소리를 높였거니와, 이들이 보여준 이어령에 대한 비판은 그야말로 신랄했던바, 이어령이 보여준 김동리, 조연현 등에 대한 비판과 견주어볼 때도 그 신랄함의 정도는 절대 모자라지 않았다.[2]

이렇게 4 · 19혁명 이후 이어령은 기성들을 완전히 제쳐서 자신만

2　이와 관련해서는 권성우의 다음과 같은 발언을 참고할 수 있다. "이러한 비판(이어령에 대한 비판; 인용자)의 담론은, 텍스트의 내부로 들어가 그 텍스트의 의미를 증폭시키는 이른바 공감의 비평, 살림의 비평의 대가인 김현의 비평문치고는, 대단히 신랄한 문체로 씌어져 있다. 이러한 점은 김현이 이전 세대 비평가들을 비판하는 작업에 얼마나 열정과 관심을 기울였는가, 하는 점을 여실히 보여준다. 요컨대, 김현 비평의 새로움과 현대성은 이전 세대를 문학사의 창고 속으로 밀어 넣으면서, 그들의 한계를 다소 신랄하게 짚어내는 방식을 통해 전개되었던 것이다." 권성우, 「1960년대 비평에 나타난 '현대성' 연구」, 『한국학보』 25(3), 일지사, 1999, 18면.

의 독보적인(혹은 독자적인) 자리를 온전히 획득한 것도 아니고, 후속세
대로부터 환영을 받는 처지도 아닌(오히려 반감만 잔뜩 받는 처지가 된) 일
종의 끼인 상태에 처하게 되었다. 이는 이어령에게 있어서 그야말로 진
퇴유곡의 상황이 아닐 수 없었다. 그러므로 이어령은 하릴없이 자신이
놓여 있는 위치를 재점검하고, 또, 자신이 나아갈 방향을 재설정하는 변
화의 도정을 밟아나가야만 했다.[3] 그렇다면 이어령은 어떠한 전환의 면
모를 보여주었는가. 지금부터 이를 찬찬히 확인해나가기로 한다.

1. 칼럼니스트, 에세이스트, 그리고 편집자로서의 성가(聲價)

우선 이어령이 4·19혁명을 기점으로 활동의 범위를 확대해나갔
다는 사실이 가장 먼저 눈에 들어온다. 이어령은 문학비평의 영역을 넘
어서서 에세이의 영역으로, 칼럼의 영역으로 자신의 글쓰기를 점차적으
로 확장시켰다. 더불어, 이어령은 필자에만 그치지 않고, 편집자까지 도
맡으면서 자신의 역할을 점차적으로 확장시켰다. 이어령이 내보인 이
와 같은 전신(轉身)은 이어령의 전 생애에 걸쳐서 가장 의미가 큰 결절

---

3   김윤식은 이어령의 이러한 상황을 특유의 문체로 다음과 같이 표현했다. "'저항의 문학'이란 그러니
까 이 '시적 현실'의 다른 명칭이었다. 그런데, 어떤 현상도 그러하듯 이 '시적 현상'도 유효기간이 있
는 법. 6·25의 초토화가 현실로 주변에 버티고 있었다는 것이, 그 직접성, 절박성이 그것이다. 그
런데 화전민이 뿌린 씨앗이 제법 자라고 꽃 피워 열매를 맺을 무렵이면 그 시효는 사라진다. 왜냐면
이미 화전은 옥토로 변해 가는 도중이니까. 아무도 화전민일 수 없는 시점이 필시 오게 마련인 것."
김윤식, 「불온시 논쟁에서 얻은 것과 잃은 것: 김수영과 이어령의 경우」, 『문학사의 라이벌 의식』, 그
린비, 2013, 68면.

점으로 작용했다고 여겨지는바, 여기서 세세한 언설까지를 살펴볼 수는 없더라도 주요 경로만큼은 조금 쫓아가볼 필요성이 있다. 그리고 이를 위해 이어령의 발언을 하나 가져와 보면 그것은 아래와 같다.

4·19 직후 자유당이 붕괴하고 새로운 정부가 들어서게 되자 언론인 석천 昔泉 오종식 선생님이 《서울신문》을 맡았다. 그때 선생님으로부터 논설위원으로 들어와 칼럼을 전담하지 않겠느냐는 부탁을 받게 되었다. 나와 동갑내기들이 아직 신문사 견습기자로 일하고 있는 처지에 논설위원이라니 말도 안 되는 파격적인 인사였다. …(중략)… 그런데도 나는 그때까지 칼럼을 써본 적이 없었고 언론인이 아니라 문필가와 대학교수를 꿈꾸고 있을 때여서 쉽게 석천 선생의 제의에 답하지 못했다. 그러나 내 평문들이 대학교수로 있는 문인들의 비위를 건드리는 일이 많아, 좀처럼 대학에서 자리를 얻는다는 것이 쉽지만은 않은 일이었다. 그때 형편으로는 아카데미즘보다는 저널리즘 쪽이 훨씬 개방적이고 자신의 실력만 발휘할 수 있다면 별 장애 없이 내 뜻을 펼 수 있다는 판단이 내려졌다. 그래서 약관 20대의 나이로 고색창연한 논설위원이라는 자리에 앉아 칼럼니스트로서 첫발을 딛게 된 것이다. 칼럼 이름을 삼각주三角洲라고 짓고(글머리에 역삼각형의 약물을 붙였기 때문에 그 모양을 따서 지은 이름이다) 매일 하루도 거르지 않고 시평을 써갔다. 대체로 그 칼럼 형식은 고사나 일화를 통해서 현실의 정치, 사회 그리고 문화를 비평한 것으로 누구나 쉽게 읽고 감동을 받을 수 있는 아폴리즘도 구사했다. …(중략)… 《서울신문》이 경영난으로 거의 신문의 명맥을 유지하기 어렵게 되었을 무렵 《한국일보》의 장기영 사장으로부터 당시 홍승면 씨가 써오던 인기 칼럼 〈메아리〉의 필자로 스카우트된다. 이렇게 해

서 본의 아닌 칼럼니스트로서의 언론인 생활이 시작되고 대학교수가 된 뒤에도 겸임으로 줄곧 《경향신문》의 〈여적〉, 《중앙일보》의 〈분수대〉, 《조선일보》의 〈만물상〉의 담당자로서 칼럼을 써오게 된 것이다.[4]

위 인용문을 통해 이어령이 신문 칼럼니스트로서 활동하게 된 계기 및 활동한 궤적을 한꺼번에 알 수 있다. 요약해보면 4 · 19혁명 이후 《서울신문》의 사장을 맡게 된 오종식으로부터 칼럼 쓰기를 제안받았다는 것, 문필가 혹은 대학교수를 꿈꾸었으되 여의치 않다고 판단되어 칼럼니스트로 첫발을 내딛고자 마음먹었다는 것, 그렇게 「삼각주」를 맡은 이후 여러 신문사를 옮겨 다니며 칼럼니스트 활동을 계속했다는 것 정도가 된다.[5] 이십 대의 나이에 신문사의 칼럼니스트가 되었다는 사실 자체로부터 이어령이 얼마만큼 뛰어난 글재주를 지닌 문사였는지를 알 수 있거니와, 그때부터 이곳저곳에서 러브콜을 받으며 고정란을 지속적으로 제공 받아 칼럼 쓰기를 꾸준히 이어왔다는 것은 이어령의 칼럼에 대한 독자들의 수요가 그만큼 컸다는 것을 방증한다.[6]

---

4   이어령, 「스푼으로 떠낸 하루하루의 사상」, 『(이어령 라이브러리)차 한 잔의 사상』, 문학사상사, 2003, 4~5면. 비슷한 내용이 다음의 인터뷰에도 실려 있다. 이어령 · 오효진, 「오효진의 인간탐험 「마지막 수업」 예고한 「말의 천재」 이어령의 마지막 인터뷰」, 《월간조선》 256, 2001.7, 184~185면.

5   4 · 19혁명 당시 분노한 민중들은 광복 이후 여당의 기관지 역할을 해온 것으로 여겨진 《서울신문》의 사옥을 불태워 버린다. 이 사건이 벌어진 다음 다시금 진영을 정비하여 복간된 1960년 7월 27일자 《서울신문》을 보면, 제1면에서 「복간사」와 함께 가장 하단의 위치한 「삼각주」가 확인된다.

6   이때 《경향신문》의 〈여적〉과 관련해서는 몇 가지 내용을 덧붙여둘 수 있다. 이어령은 1962년부터 《경향신문》으로 적(籍)을 옮겨서 〈여적〉을 썼다. 그러다가 1964년 6 · 3계엄이 선포된 후 〈여적〉에 실린 글 백여 편이 도마 위에 올라서 이어령은 중앙정보부로부터 취조를 받게 된다. 이후 이어령은 《중앙일보》의 〈분수대〉, 《조선일보》의 〈만물상〉을 집필하다가, 1971년 《경향신문》으로 돌아와 〈여적〉을 다시 연재하게 된다(박주연(정리), 「[경향사람들](1) 28세 때 논설위원 입사 이어령」, 《경향신문》, 2016.1.1, 5면 참고). 또한, 이어령은 "여적만 전담한 논설위원으로는 정지용 시인 이후 유

그리고 이렇게 지속적인 칼럼니스트 활동을 유지해나가는 도중에도 (구체적으로 《경향신문》에 〈여적〉을 연재하던 도중에도), 이어령은 전혀 지치는 기색이 없이 에세이 연재까지를 병행하는 왕성한 의욕을 자랑했다. 이어령은 1963년 8월 12일부터 1963년 10월 24일까지 《경향신문》의 3면에 〈흙 속에 저 바람 속에〉를 연재하게 되거니와,[7] 이 〈흙 속에 저 바람 속에〉는 같은 해에 같은 제목의 『흙 속에 저 바람 속에』로 현암사에서 발간되어 공전의 대히트를 치게 된다(한편 〈흙 속에 저 바람 속에〉의 연재에 앞서, 이어령은 1963년 3월 25일부터 1963년 5월 25일까지 《경향신문》에 〈오늘을 사는 세대〉를 연재한 적이 있고, 이 역시 같은 해에 같은 제목의 책으로 발간되어 많은 인기를 끌었다. 또한, 〈오늘을 사는 세대〉와 〈흙 속에 저 바람 속에〉의 잇따른 성공에 힘입어, 이어령은 1964년 9월 7일부터 1964년 12월 7일까지 이번에도 《경향신문》에 〈바람이 불어오는 곳 — 이것이 서양이다〉를 연재했고, 이 또한 마찬가지로 같은 제목의 책으로 발간되어 많은 이들에게 사랑을 받았다).[8]

일하"며, 〈여적〉은 "대부분 그가 썼지만 가끔 한두 편씩 경향신문 사장을 지낸 최종률이 집필했다." (경향신문사, 『여적』, 2판: 경향신문사, 2012, 32면 참고)

7　원래는 〈이것이 한국이다〉라는 제목으로 연재를 하려고 했으나, 오랜 구상 끝에 〈흙 속에 저 바람 속에〉가 제목으로, 〈이것이 한국이다〉는 부제로 연재가 이루어지게 되었다고 한다(「〈이어령 씨의 연재 에세이〉 흙 속에 저 바람 속에 =이것이 한국이다=」, 《경향신문》, 1963.8.10, 3면 참고). 더불어, 지면 사정 등으로 3면이 아닌 곳에 연재된 경우도, 또, 하루씩 휴재된 경우도 간혹 있었다.

8　〈흙 속에 저 바람 속에〉는 "연재가 되는 동안 많은 공감과 화제를 불러일으"켰으나, 의외로 "연재가 끝난 후 어떤 출판사로부터도 출판 교섭이 없었다"고 한다. "우여곡절 끝에 현암사에서 출판을 맡았고", 연재본만으로는 분량이 모자라서 그 무렵에 쓴 다른 에세이들까지를 묶어 총 3부 구성으로 내놓게 되었다고 한다(이임자, 『한국 출판과 베스트셀러, 1883~1996』, 경인문화사, 1998, 269면 참고). 그러나 책으로 나온 다음부터는 그야말로 승승장구였다. 『흙 속에 저 바람 속에』는 "단행본으로 나온 뒤 1년 동안 국내에서만 10만 부가 판매되었고 해외에서도 베스트셀러가 되는 진기록을 세웠으며, 7개 국어로 번역되고 컬럼비아대학교에서는 동양학 연구 자료로 채택하는 등 국내외에서 큰 호응을 받았다."(이근미, 『우리시대의 스테디셀러』, 이다북스, 2018, 70면) 한편 『흙 속에 저

〈흙 속에 저 바람 속에〉는 '한국문화론' 및 '동·서양문명비교론'으로 지칭되는 이어령의 지속적인 탐사에 시초가 되는 에세이로, 이에 대해서는 여러 가지 호불호의 입장들이 제출되어 있는 상태이지만, 논리의 정당성, 타당성과 같은 옳고 그름의 문제가 아니라 독자들에게 끼치는 감정적 울림의 문제를 가장 우선순위에 놓고서 접근한다면, 이만큼이나 호소력 짙은 글도 달리 찾기가 어려우며, 그렇기에 지금의 시점에서야 잘 실감, 체감이 되지 않을지언정, 그 당시에는 정말로 많은 이들에게 선풍적인 인기를 얻은 베스트셀러 중의 베스트셀러였다.[9] 그리고 이 〈흙 속에 저 바람 속에〉로 인해 이어령은 명실공히 에세이스트로 널리 인정을 받게 된다.

한편으로 대학 시절 이미 《문리대학보》의 편집에 깊이 관여하여 뛰어난 실력을 자랑한 적이 있던 이어령은, 1950년대 후반부터 종합(교양)지의 편집을 맡아 여전히 녹슬지 않은 실력을 유감없이 발휘했다. 구

바람 속에』의 흥행은 기본적으로 담겨진 내용이 많은 이들의 공감을 샀기 때문일 것이지만, 더불어, 매우 공격적인 홍보 전략이 뒷받침되었기 때문일 것이라고 할 수 있다. 『흙 속에 저 바람 속에』는 출간되기 전부터 신문에 큼직한 광고를 몇 차례 실었고, 출간된 후에도 큼직한 광고를 몇 차례 더 실었다(아래의 광고는 출간되기 이전 시점의 것이다(《경향신문》, 1963.12.6, 1면)). 이는 당시 현암사의 편집부장인 최해운의 솜씨와 무관하지 않을 것인데, 앞서 제2장의 각주26번을 통해 최해운이 출판인, 편집인으로서 상당히 뛰어난 감각을 지녔다는 사실을 이미 언급한 적이 있다.

9 〈흙 속에 저 바람 속에〉의 선풍적인 인기를 설명한 기사를 하나 소개해두자면 「흘러간 만인의 사조 베스트셀러⑤ 이어령 수필집 『흙 속에 저 바람 속에』」, 《경향신문》, 1973.3.10, 5면이 있으니, 이를 참조할 것.

체적으로 이어령은 《새벽》과 《세대》의 편집자로 초빙, 추천되어서 이 잡지들의 지면 구성에 큰 영향력을 행사한 것이다. 먼저 《새벽》과 관련해서는 아직까지 이 잡지에 관한 연구가 미비한 형편이다. 대략적으로 소개하면 《새벽》은 "1926년에 창간되어 1932년에 종간된 『동광』의 복간지"이다. 《동광》이 "수양동우회의 기관지적인 성격을" 띠고 있다는 사실 및 주요한이 《새벽》의 간행을 "흥사단의 대외사업이라고 밝혔다"는 사실을 감안할 때, 《새벽》은 "흥사단의 정신적 지향과 연결"됨을 알 수 있다.[10] 또한, "《새벽》의 편집진은 주요한을 중심으로 초기에 김주홍, 김용재, 그 뒤에 김재순, 박동운, 신동문 등이었던 것으로 파악된다."[11] 그리고 김재순이 주간을 맡게 된 1958년쯤 혹은 1959년쯤부터 이어령은 《새벽》과 관계하여 활동을 펼친 것으로 추정된다.[12] 김재순이 강력하게 이어령을 추천했기 때문이며, 이러한 사실은 김재순의 다음과 같은 인터뷰를 통해서 알 수 있다.

〈새벽〉 잡지 주간을 맡으며 겪은 일화를 소개하죠. 주간을 맡으면서 가장 신경을 쓴 것이 필자 초빙이었습니다. 한국에서 새벽 잡지를 쓸 만한 자를 섭외하기 위해 신문을 보고, 글 잘 쓰는 기자를 섭렵하였죠. 어느 날 서점에서 이어령 씨의 글을 접했는데 이 사람이구나 싶었습니다. 당시 이어령 씨가 경기고 교사로 있었을 때, 학교로 연락하여 통화했죠. 이어령 씨는 당장

---

10 김효재, 「1960년대 종합지 《새벽》의 정신적 지향(1)」, 『한국현대문학연구』 46, 한국현대문학회, 2015, 248면 참고.
11 위의 논문, 251면.
12 이때쯤부터, 더 구체적으로는 혁신호인 1959년 10월호 《새벽》부터 "종합지로서의 규모를 갖추고 문예란이 대거 정비된 반면, 흥사단이라는 색채는 약화되는 측면"을 보여준다. 위의 논문, 257면.

이라도 뛰어오겠다고 이야기할 정도로 원고 청탁에 대단히 기뻐했어요.[13]

위의 인용 대목에서는 김재순이 이어령에게 원고를 청탁했다는 내용 정도만 발견된다. 하지만, 이어령은 《새벽》에 원고를 게재한 필자에 그치지 않는다. 어느 특집 기사를 보면 "김재순 주간이 이어령에게 편집에 대한 전권을 넘겼"다고 기술되어 있거니와,[14] 김재순이 주간에서 물러난 뒤에도 이어령은 신동문과 합을 맞추어서 편집자의 역할을 이어갔다.[15] 그런 가운데서 1959년 11월호 《새벽》에 제2차대전 후의 폴란드를 배경으로 아그네시카와 피에트레크의 우울한 나날을 그린 마레크 플라스코의 『제8요일』을 무려 62페이지(183면~245면)에 걸쳐 연재하는 파격적인 편성을 내보이기도 했고, 또, 1960년 11월호 《새벽》에 저 유명한 최인훈의 『광장』을 게재하는 아주 큰 업적을 남기기도 했다(공교롭게도 재정난에 시달리던 《새벽》은 1960년 11월호를 끝으로 폐간되었다).[16]

---

13 이대형(인터뷰 및 정리), 「원로단우를 만나러 갑니다-김재순 단우편」, 홍사단 홈페이지, 2015.5.4. 《http://yka.or.kr/html/info/column.asp?no=12418》(2019.3.24.) 이 자료의 존재도 위의 논문, 275면을 통해 알게 되었음.
14 「[이어령의 창조이력서]역사의 뒤안길을 창조한 보이지 않는 손」, 《주간조선》 2049, 2016.5, 29면.
15 이어령은 신동문과 아주 호흡이 잘 맞았다. 그렇기에 이어령은 차후에도 계속해서 신동문과 짝을 이루어서 잡지 및 전집 발간 작업을 수행했다. 이어령과 신동문의 파트너십에 대해서는 이종호, 「1960년대 〈세계전후문학전집〉의 발간과 전위적 독서주체의 기획」, 『한국학연구』 41, 인하대학교 한국학연구소, 2016, 84~87면을 참조할 것.
16 이와 관련된 김재순의 언급을 제시해두면 다음과 같다. "안병훈: 1960년 11월호에 실린 최인훈崔仁勳의 『광장』도 〈새벽〉이 발굴한 큰 성과입니다. 『광장』이 한국 현대문학사에서 차지하는 비중은 거의 기념비적인 수준입니다./ 김재순: 그때는 제가 국회의원에 당선된 이후라 편집에 적극적으로 참여하진 않았지만 저를 이어 주간을 맡았던 신동문辛東門씨가 받은 원고입니다. 경기고 교사로 재직 중이던 이어령李御寧씨도 〈새벽〉 편집위원이었습니다. 물론 제가 직접 전화를 걸어 모셔 왔지요. 주요한 선생도 천재지만 이어령 선생 또한 세상이 다 아는 천재가 아닙니까? …(중략)… 이

이어서 《세대》와 관련해서도 마찬가지로 이 잡지에 관한 연구가 그리 많지 않은 형편이다. 일단 1963년 6월에 창간호를 발행한 《세대》의 구체적인 탄생 경위부터 확인해두는 것이 효과적이라고 여겨진다. 정리가 잘 이루어진 관련 대목을 가져와 제시하면 아래와 같다.

4·19혁명 직후 한국 사회는 정치 만능시대였다. 웬만한 이슈들은 정치 분야로 수렴됐고, 각 분야 명망가들은 하나둘 정치인이 돼갔다. 하지만 이어령은 정치와 거리를 두었다. 문학과 문화의 본령에서 사회를 이야기하고 창조를 모색했다. 1963년 군사정권 아래서 탄생한 잡지 '세대' 창간의 중축이 된 이가 이어령이었다. 역사의 아이러니는 도처에 나타난다. 군사혁명 직후의 상황에서 언론 자유가 보장된 매체가 태어날 수 있을까. 어용지가 아니면 어려운 일이다. '세대'는 태생적으로 군사정권 세력과 무관할 수 없다./ 당시 정권과 친분이 있는 이광훈(전 경향신문 논설위원)이 잡지를 창간하게 되었다며 이어령에게 손길을 내밀었고, 문단의 선배이자 이광훈을 비평가로 추천한 이어령은 그 손을 맞잡았다. 그렇게 탄생한 잡지가 바로 '세대'다. 이어령은 이런 상황을 모를 리 없었다. 수십 년 전을 회고하던 이어령은 "트로이 전술을 구사한 거지"라고 말을 보탰다. 자신의 신분을 위장해 적진

어령 선생 같은 분이 〈새벽〉에 계셨으니 이 잡지가 얼마나 좋은 책이었겠습니까. 제가 창간호부터 폐간호까지 다 모아둘 만큼 〈새벽〉 잡지는 제 젊은 날의 초상이라고 할 수 있습니다."(김재순·안병훈, 『어느 노 정객과의 시간 여행 : 우암(友巖) 김재순이 말하는 한국 근현대사』, 기파랑, 2016, 152~153면) 정규웅의 회고에 의하면 『광장』은 이어령의 역할보다는 신동문의 결심에 의해서 빛을 볼 수 있었다. 최인훈이 신동문에게 『광장』의 원고를 넘겼고, 이를 읽은 신동문은 한동안 고민을 했으나 결국 싣는 것이 옳다고 판단하여, 편집 마감이 임박한 한밤중에 원고를 가지고 혼자 인쇄소를 찾아가 조판을 부탁했다는 것이다(정규웅, 『글동네에서 생긴 일』, 문학세계사, 1999, 83~84면 참고).

의 한가운데에 틈입하는 전술. 이어령은 어용의 길을 걷지 않았다. 창간호
의 권두언부터 정체성을 분명히 했다. 그 제목만 봐도 섬뜩하다. '지성의 등
화관제(燈火管制)'. 이 글에서 이어령은 한국의 문화계를 병영화 시대의
밀리터리 캠프에 비유하면서, 지성의 촛불이 꺼질 듯 흔들리는 풍전등화의
상황을 의식의 척추를 찌르는 비수 같은 언어로 담아냈다. 그러면서도 현실
정치에 대해서는 거리를 두었다. 그의 대상은 법과 제도가 지배하는 세상이
아니라 생명과 문화가 지배하는 지열(地熱)의 세계였다.[17]

위의 인용 대목은 이어령의 입장에서 이루어진 서술이라는 점을 참
작할 필요가 있되,《세대》가 어떻게 만들어졌는지, 또,《세대》가 무엇을
지향했는지를 간명하게 보여주고 있다.《세대》가 이광훈과 이어령을 주
축으로 창간되었다는 사실,《세대》가 현실의 정치와는 거리를 두면서
문화계를 챙기려 했다는 사실, 그리고《세대》의 정체성은 권두 논문인
「지성의 등화관제 ―우리는 무엇을 믿을 것인가―」에서 분명히 드러난
다는 사실 등이 중요하게 포착된다(참고로《세대》의 발행인은 오종식으로
표기되어 있다). 이에《세대》가 나아가고자 한 방향이란 과연 무엇이었는
지를 「지성의 등화관제 ―우리는 무엇을 믿을 것인가―」를 통해 개략적
으로나마 파악해두기로 하면, 우선 이 글은 서론의 마지막 대목에서

지성을 짓밟히우고 그 호흡이 끊기어 가고 있어도, 참으로 그것을 아파하고

---

17   「[이어령의 창조이력서]역사의 뒤안길을 창조한 보이지 않는 손」,《주간조선》2049, 2016.5,
     29~30면.

그 아픔 속에서 창조의 씨앗을 길러내고 있는 지지인들이 우리 주변에는 없다. 오늘도 여전히 저 「구호」와 「깃발」과 「프라카드」가 우리 정신을 지배하고 있다. 아무 데를 보아도, 어느 곳을 가도 지성을 드리울 땅이 없고 지성을 행동할 광장이 없다. 지성의 대화조차 불가능하다. 지성의 교환태(交換台)가 없는 까닭이다. 그렇다면 대체 우리가 그 「아픔」 속에서 찾아내야 할 지성은 무엇인가? 그 지성을 병들게 한 것은 무엇이며 그 고통마저도 상실하게 된 이유는 무엇인가. 이러한 물음에 대해서 우리는 말하지 않으면 안 된다.[18]

와 같이 지성이 병들게 된 원인을 탐사할 것이라고 분명히 문제를 제기한 다음, 이어서 대체 지성이 의미하는 바란 무엇인지, 또, "정치적인 폭력, 문명의 폭풍"(47면) 아래에서 지성이 얼마만큼 통제를 받아왔는지를 제시하는 순서로 진행이 이루어진다. 그러면서 "전제 군주 시대의 과거나 식민지 시대나 그리고 민주주의의 바람을 쏘인 2차대전 후의 우리 사회라 할지라도 등화관제는 해제되어 있지 않다"(47면)고, 그렇기에 "자기를 구하고 나라를 구하는 합리적 애국, 좀 더 평화로운 사회참여가"(48면) 불가능했다는 내용이 뒤따른다. 그렇다면 자연히 지성의 등화관제를 해제하는 방법으로 화제가 모아져야 하는바, 계속해서 지성의 등화관제란 "위정자의 무자비"(49면)로부터도 기인한 것이지만, 한편으로 "지식인의 소심"(49면)으로부터도 나오는 것이어서, 양쪽 모두에서 해결이 이루어져야 결국 지성의 등화관제가 해제될 수 있다는 내용이 전개된다. 그런 뒤, 둘 중에서 후자 쪽으로 초점이 맞춰지며, 비록 많이

---

18 이어령, 「지성의 등화관제 —우리는 무엇을 믿을 것인가—」, 《세대》, 1963.6, 41면.

고통스러울 것이나, 지식인이 자기 내부를 재점검함으로써, 자기를 돌아보고 반성함으로써, 소심함을 해소해야 한다는 다소 추상적인 내용으로 마무리가 이루어진다.[19]

이렇게 「지성의 등화관제 —우리는 무엇을 믿을 것인가—」를 개괄해보았거니와, 기실 여기서 펼쳐진 내용은 관점에 따라서 위험하기가 그지없다. 비판적으로 접근한다면, 현실 정치의 막강한 위압성을 모르지 않으면서도, 다른 쪽으로 고개를 돌려 외면하는 형국이라고 여겨질 수 있기 때문이다. 물론 이어령은 앞 장에서도 언급했듯이 실천하는 방식의 참여로 절대 나가지 않았으며, 다만, 문학의 힘을 믿으며 개개인의 정신적인 각성을 도모하는 방식의 참여를 보여주었을 따름이었다. 그러므로 「지성의 등화관제 —우리는 무엇을 믿을 것인가—」는 이러한 이어령의 입장이 고스란히 유지, 반영된 것이라고 보아도 틀리지 않을 것인데, 그렇다면 앞서와 동일하게 개개인의 의식이 변전된다고 해서 얼마만큼 세상이 바뀔 수 있는지가 의문시될 수 있다. 어쨌거나 「지성의 등화관제 —우리는 무엇을 믿을 것인가—」에서 펼쳐진 내용에 대해 어떠한 판단 내리기는 일단 차치하고서, 그저 문면에서 제시된 바를 그대로 따른다면 이어령은 암울한 시대적, 정치적 상황 밑에서 지식인의 자기비판을 촉구하는 입장을 지닌 채로《세대》를 편집했다고 할 수 있다. 그리고《세대》에 수록된 여러 글들은 이와 같은 이어령의 입장이 제법 잘 반영되어 있음을 대체로 증거해준다. (여기서 구체적으로 살펴보기는 어렵

---

19 이러한 '지식인의 소심—지식인의 자기반성'이라는 틀은, 뒤에서 살펴볼 예정인 김수영과의 논쟁에서도 동일하게 발견된다.

지만)《세대》에서는 사회 비판의 목소리를 내는 언설들 및 지식인의 각성을 요구하는 언설들이 다수 발견되는 것이다.[20]

《새벽》,《세대》에 이은 또 다른 시도로, 이어령은 종합(교양)지가 아닌 (순)문예지를 계획하고 추진해본 적도 있었다. 1966년 2월에 창간호가 나온《한국문학》이 바로 그것이다.[21]《한국문학》은 18명의 문인들이 힘을 모은 동인계간지로 소개되며,[22] 현암사가 스폰서 역할을 한 것

---

20 한편 1964년 11월호《세대》는 '현대민주주의의 제양상'이라는 특집을 꾸렸는데, 그 가운데서의 한 편인 황용주의 「강력한 통일정부에의 의지─민족적 민주주의론─」가 문제로 삼아져, 이른바《세대》필화사건'을 겪게 된다. 다만, 이 시점에서의《세대》편집위원 명단에는 이어령의 이름이 빠져있으므로, 이어령이 얼마만큼 깊이 관여하고 있었는지는 불분명하다. 이와 관련된 자세한 사항은 이완범, 「1965년 세대지 필화사건과 황용주(1918~2001) ─사회주의 전력자까지 색출해낸 반공주의 매카시즘(McCarthyism)」, 『21세기정치학회보』 25(1), 21세기정치학회, 2015를 참조할 것.

21 《한국문학》과 관련된 서술은 안서현, 「1960년대 이어령 문학에 나타난 세대의식 연구」, 『한국현대문학연구』 56, 한국현대문학회, 2018, 13~18면에서 도움을 받은 바 크다.

22 구체적으로 김구용, 김수영, 김춘수, 박성룡, 신동문, 전봉건(이상, 시인), 강신재, 박경리, 서기원, 선우휘, 유주현, 이범선, 이호철, 장용학, 최인훈(이상, 소설가), 유종호, 이어령, 홍사중(이상, 평론가)이《한국문학》에 동인으로 참여했다(「동인 계간지『한국문학』 발간」, 『동아일보』, 1965.8.19, 5면 참고). 그리고 이후의 기사들부터는 동인들의 명단이 신동문을 제외한 17명으로 제시된다. 또한, 동인들의 명단을 보면, 다수가 전후문학인협회에서 활동한 적이 있던 문인들임을 알 수 있다. 구체적으로 전후문학인협회의 구성원은 서기원, 오상원, 이호철, 최상규, 송병수, 김동립, 최인훈, 신동문, 구자운, 박성룡, 성찬경, 박희진, 고은, 민재식, 홍사중, 이어령, 유종호였는데, 이 중에서 서기원, 이호철, 최인훈, 신동문, 박성룡, 홍사중, 이어령, 유종호가《한국문학》에도 참여한 것이다. 전후문학인협회는 "전후문단에 「데뷰」한 젊은 문학인들이 과거의 정신적인 위축성에서 탈피하고 문단 파쟁이나 문단 정치를 불식지양하여 순수한 문학활동을 함으로써 범문단적인 새로운 결속을 촉(促)하고자"(「문단 정치를 지양 전후문학인협회 창립」, 『경향신문』, 1960.6.25, 4면) 결성되었으며, "다음과 같은 3개 조항"에 따라서 활동했다. "1. 민족문학 확립을 위해 보다 적극적 작품 활동을 한다. 따라서 각기 문학 이념에 의한 순수한 동인 활동도 인정한다. 2. 국민으로서 보장받아야 할 권익을 박탈하거나 이용하려는 모든 집단기관에 대하여 결속된 주장과 항거를 한다. 3. 현문단은 물론 각 분야에서 자파(自派) 세력의 부식(扶植)과 야합으로 독선적 주도권 장악을 획책하는 반민주적 정파나 단체 관료적인 기관 또는 그에 편승하는 자를 배척하고 문학인의 통속적인 타락을 자계(自戒)한다."(「전후문학회를 창립 오상원 씨 등 16명 젊은 작가들」, 『동아일보』, 1960.5.27, 4면) 전후문학인협회는 기존 문단의 혁신을 위한 네 개 조항을 제의했는데, 구체적으로 그것은 〈첫째, 문단 정화는 보다 과감해야 한다. 둘째, 한국문협은 해체되어야 한다. 셋째, 신인추천제는 시정되어야 한다. 넷째, 원고료의 기본수절을 올려야 한다.〉였다(「시급한 문단의 혁신 전후문협서 결의코 제의」,《조선

으로 소개된다.[23]《한국문학》은 "①상업성에 반발한다. ②충실한 자료를 엮는다. ③작품 합평을 언제나 각주(脚注)로 삼는다."라는 세 가지 의도 아래 발간되었다.[24] 또한,《한국문학》은 "대부분 전후의 문단에 나와 지금까지 활약하고 있는 17명의 소설가·시인 및 평론가를 집필회원으로 하고 매호마다 이들의 작품과 이들의 합의에 의해 선정된 초대 원고를 싣게 될 동지(同誌)는 『세대의 증인으로서 역사를 저울질하는 저울추가 될 것』을 목표로 하고 있다."라는 문구에서 확인되듯이 동인들의 합의를 통해 지면을 구성했다.[25] 그러나《한국문학》은 오래 지속되지 못한 채 1966년 한 해 동안만 발간되고 이내 막을 내리고 말았다. 2월의 춘(春)호(창간호), 6월의 하(夏)호, 그리고 11월의 추동(秋冬)합본호 등 총 세 차례 발행이 전부였던 것이다. 같은 시기에 창간된《창작과비평》과 비교한다면 초라하기 그지없는 마무리가 아닐 수 없다.《한국문학》추동(秋冬)합본호의 광고가 1967년 1월 6일자《경향신문》의 1면 하단에서 큼직하게 발견되는 것으로 보아《한국문학》의 종간 사유가 경영난 때문인 것은 아닌 듯 여겨진다. 그보다는 추(秋)호와 동(冬)호를 각각 발간하지 못하고 추동(秋冬)합본호로 묶어서 발간한 사실이 직·간접적으로

일보》, 1960.7.4, 4면;「한국문단의 혁신을 위하여」,《경향신문》, 1960.7.5, 4면) 전후문학인협회는 정기총회를 개최하고 정기적으로 문학강연회를 개최하는 등의 활동을 펼쳤다. 또한, (곧 살펴볼 예정인) 〈세계전후문학전집〉에도 전후문학인협회 구성원들의 여러 작품이 많이 선정되었던바, 이들은 "작가는 말한다"라는 지면을 통해 자신이 전후문학인협회 회원임을 드러냈다. 그러나 전후문학인협회는 짧은 활동 기간을 끝으로 1961년 6월 군사정권의 포고령 제6호에 의해 해산된 것으로 보인다. 그리고 세월이 흐른 후, 전후문학인협회의 구성원 중 다수가《한국문학》으로 다시 모인 것이다.
23 「계간 한국문학 발간」,《경향신문》, 1965.8.21, 6면.
24 「새 문학지 탄생 『창작과 비평』 『한국문학』」,《중앙일보》, 1966.1.8, 5면.
25 「계간 문예지 『한국문학』 창간」,《동아일보》, 1966.3.1, 5면.

보여주듯이 17명의 동인들이 잡지 간행을 위해 꾸준하게 힘을 쏟기가 여의치 않게 되었기 때문이 아닐까 추측된다.[26]

《한국문학》은 별도의 권두언이나 편집후기가 없으므로, 구체적인 목표 같은 것을 찾기가 어렵다. 다만,《한국문학》춘(春)호(창간호)에 이어령으로 추정되는 'R'이 짧은 단상(斷想)을 첫 페이지에 기록해두었으므로 부족하나마 이를 참고하여《한국문학》이 무엇을 지향했는지를 조금 추측해볼 수 있다.[27]

우리는 〈예수〉처럼 위대하지 않다. 그러나 그와 똑같은 하나의 상처를 갖

---

26 《한국문학》춘(春)호의 필자는 강신재, 박경리, 서기원, 선우휘, 유주현, 이범선, 이호철, 최인훈, 장용학(이상, 소설가), 김구용, 김수영, 김춘수, 박성룡, 전봉건(이상, 시인), 유종호, 이어령, 홍사중(이상, 평론가)이다(김수영은 알베르 카뮈의 글을 하나 번역하기도 했다). 더불어, 자료로 "1965년 국내외 중요작품 목록"을 실었다.《한국문학》하(夏)호의 필자는 강신재, 박경리, 유주현, 이범선, 이호철, 최인훈(이상, 소설가), 김수영, 김춘수, 박성룡, 전봉건(이상, 시인), 홍사중(이상, 평론가)이다(김수영은 스티븐 마커스의 글을 하나 번역하기도 했다). 그리고 "아세아 · 아프리카(阿弗利加) 문학"이라는 특집으로 여러 해외 작가들의 작품 및 이어령의 관련 평론을 실었다. 또한, "최근 해외 문제작"을 소개했다. 이로 보면 "집필진은 고정회원들에만 국한되는 것이 아니라, 수시로 회원들의 동의를 받아 초대 원고도 청탁, 게재한다"(「세련된 편집체제 「한국문학」 창간」,《조선일보》, 1966.2.24, 5면)라는 본래 의도가 무색하게《한국문학》춘(春)호와 하(夏)호는 철저히 동인 위주로 필자를 구성했음을 알 수 있다. 그런데,《한국문학》추동(秋冬)합본호에서는 필자 구성, 편집 체계 등이 여러모로 달라진다. "한국문학과 근대인"이라는 특집으로 백철의 평론, 김현, 염무웅, 이광훈, 조동일, 천승준 등의 공동과제, 고영복, 이철범, 이어령, 지명관, 홍사중 등의 세미나, 유치환, 박남수, 김춘수, 김수영, 신동집의 앙케이트가 실렸고, "창작"으로 김구용, 박희진, 박성룡, 안수길, 박영준, 박경리, 이호철, 홍사중, 이어령 등의 작품이 실렸다. 이제야 동인들에게만 한정되지 않고 다른 문인들에게도 문호를 개방한 면모를 내보인 것인데, 이는 다양성, 확장성의 측면에서는 긍정적일 수 있지만, 한편으로는 동인들의 결속력, 의지력이 느슨해진 결과로 보이며, 그에 따라《한국문학》은 차호(次號)가 출판되지 못한 게 아닌가 생각된다.

27 안서현은 'R'이라는 필명을 이상과 결부시킨다. 이상 역시《朝鮮と建築》의 편집후기에서 'R'이라는 필명을 썼다는 것이다. 이어령이 이상에게 지대한 관심을 가졌다는 점을 고려할 때, 이것을 마냥 그르다고는 할 수 없지만, 한편으로 과도한 연결 짓기가 아닌가 여겨진다. 안서현, 앞의 글(2016), 23면 참고.

고 있다. 손바닥에 찍힌 못자국과 옆구리에 찔린 창검이 혈흔 임리(淋漓)한 채로 남아 있다./ 우리는 〈예수〉처럼 부활할 수는 없다. 그러나 그와 똑같이 「빛나는 상처의 가능성」을 찾아서 헤매인다. 우리들의 그 상흔에서 꽃이 피는 가능성을 찾아 절망의 분묘(墳墓)를 떠난다. 부활, 그것은 우리들의 언어이다. 〈R〉[28]

위의 인용문은 과장적, 추상적 수사로 치장되어 있다. 우선 "우리"는 《한국문학》의 동인을 의미하는 것일 테고, "우리"가 마치 예수와 "똑같은 하나의 상처를 갖고 있다."라는 서술은 전후세대가 겪은 상처를 의미하는 것일 테다. 그러면서 "우리"는 예수와 "똑같이 「빛나는 상처의 가능

---

28 「빛나는 상처의 가능성」, 《한국문학》 춘(春), 1966.2, 페이지 표기 없음. 한편 판권표지란에는 "고정 집필회원이란 결코 벽이 아니고 또 다른 발전적인 결속을 의미한다. 한층 더 비약하기 위해서 다만 동의를 필요로 하는 것일 따름이다. 그리하여 메마른 창작 풍토를 더욱 고취하고 보다 넓은 광장을 마련하는 의도에서 각 분야별로 집필회원 이외 저력있는 작가들의 초대 작품을 수록하기도 한다." 와 같은 문구가 적혀 있다. 또한, 《한국문학》 하(夏)호 및 《한국문학》 추동(秋冬)합본호에는 각각 다음과 같은 R의 단상이 마찬가지로 첫 페이지에 실려 있다(이로써 이어령이 《한국문학》에 관여한 여타의 동인들보다 주도적인 위치에 있었다는 사실을 알 수 있다). "망각 속에 묻혀 있던 오늘 하나의 소리가 들려 오고 있음을…, 가난하고 억울하고 슬프게 살았지만 마치 태아가 태어나듯이 건강한 목소리로 터져 나오고 있는 절규, 그것은 우리처럼 얼굴색이 희지 않는 사람들, 그리고 태양과 숲과 강과 혹은 사랑하는 아세아 · 아프리카의 대지에서 들려오는 합창 소리다. 〈R〉"("대지에서 들려오는 합창」, 《한국문학》 하(夏), 1966.6, 페이지 표기 없음), "깃발 같은 인간, 암흑 속에서 문득 나타난 별과도 같은 인간, 잠들어 있는 자리에서 혼자 일어나 기상나팔을 부는 나팔수 같은 인간, 새로운 역사와 운명을 예고하는 근대 인간의 탄생을 위해서 우리는 몇 줄의 시를 쓴다. 〈R〉"("근대 인간의 탄생을 위해」, 《한국문학》 추 · 동(秋 · 冬), 1966.11, 페이지 표기 없음). 《한국문학》 하(夏)호의 특집이 "아세아 · 아프리카(阿弗利加) 문학"이고, 《한국문학》 추동(秋冬)합본호의 특집이 "한국문학과 근대인"이라는 것을 고려할 때, 《한국문학》 하(夏)호와 《한국문학》 추동(秋冬)합본호에 기록된 R의 단상은 각 특집에 대한 소개글이라고 할 수 있다(더군다나, 《한국문학》 하(夏)호의 경우, 판권표지란에는 〈아아(亞阿)문학 특집에 대해〉 거리와 풍속의 차이는 있지만 비슷한 고난. 비슷한 전통의 근세사를 지닌 아세아 · 아프리카. 그들은 어떤 언어와 어떤 시선과 어떤 테에마를 가지고 있는가? 백색이 아니라 유색의 입장에서, 그들의 미지의 표정에 깃든 공동의 대화를 찾아 본다."와 같은 문구가 적혀 있기도 하다).

성」을 찾아서 헤매"인다더니, "우리들의 그 상흔에서 꽃이 피는 가능성"은 "우리들의 언어"에서 주어진다고 귀결이 지어지는데, 이는 곧 '언어=문학'을 통한 상처 덮기 혹은 새살 돋기로 이해될 수 있다. 요컨대, 이어령은 동인들의 대표로서 전후세대가 가득 안은 시대적 아픔을 문학으로 승화시켜보고자 한다는 강한 의지를 표명한 것이다. 이로 보아《한국문학》은 1960년대 중반의 시점에서 상당히 애매한 위치, 입지에 놓여 있었던 전후세대가 하나의 결속체로 뭉쳐 자신들의 문학을 한번 발휘해보고자 추구한 결과로 배태된 산물이라고 규정할 수 있다.

끝으로 이어령은 신구문화사에서 〈세계전후문학전집〉을 내는 데까지 깊이 관여했다. 〈세계전후문학전집〉과 관련해서는 여러 인물들의 회고를 인용하는 방식으로 서술을 펼쳐나가는 것이 효과적일 듯하다.[29] 먼저 이어령은 〈세계전후문학전집〉이 세상에 나오게 된 계기를 아래와 같이 밝힌 적이 있다.

그러니까 4·19 혁명이 일어나던 때이다. 데모 군중이 이승만 대통령의 하야를 외치며 종로 거리로 밀려들고 있을 때, 나는 관철동(신구문화사가 자리해 있던) 뒷골목의 작은 다방에 앉아 이종익 사장과 한창 흥분해서 떠들어대고 있었다. …(중략)… 이승만 시대로 상징되던 해방 후와 전후 시대가 끝났다는 거였다. 새로운 세대 — 지금 길거리에서 함성을 지르는 젊은 세

---

29 〈세계전후문학전집〉에 대한 자세한 분석으로는 이종호, 「1960년대 일본번역문학의 수용과 전집의 발간 —신구문화사 『일본전후문제작품집』을 중심으로」, 『대중서사연구』 21 (2), 대중서사학회, 2015 및 이종호, 앞의 글(2016) 등이 있으니 이를 참조할 것. 더불어, 이제부터 제시되는 〈세계전후문학전집〉에 대한 여러 인물들의 회고들도 이종호의 두 개 논문을 통해 알게 되었음.

대들의 시대가 열리고 있다는 것, 그리고 우리는 지금 그 역사가 돌아가고 있는 그 모서리를 직접 눈으로 바라보고 있다고 말했다./ "저 세대들에게 사장은 무엇을 주실 수 있겠소?"/ "새로운 정신이지요. 뜨거운 피만 가지고 되겠어요."/ "장사가 안 돼도?"/ "돈만 벌려고 든다면 지금 이 출판 하겠어요?"/ "좋아요. 그렇다면 몇십 권밖에 나가지 않는다 하더라도 꼭 필요한 책들, 꼭 읽어야 할 책들이 있다면 내시겠어요?"/ "좋아요! 하지만 읽게도 만들어야지요."/ 그때까지 일반 도서 출판을 거의 손대지 않았던 신구문화사의 성격으로 보아서는 일대 영단이 아닐 수 없었다. 그것은 한두 권이 아니라 그때 당시의 출판사 형편으로서는 거의 엄두도 내지 못할 10여 권의 전집 기획, 그것도 대중성이란 거의 찾아볼 수 없는 전문 서적과 다름없는 작품들로만 엮어진 전집을.[30]

〈세계전후문학전집〉이 4 · 19혁명의 "역사적 현장 속에서 '탄생'했다는" 이어령의 회고는 "다소 극적이며 낭만적으로 구성"되어 있음이 부정될 수 없다.[31] 그러나 〈세계전후문학전집〉 제1권에 해당하는 『한국전후문제작품집』의 머리말에서

제1공화국의 음산했던 그 겨울은 지나갔다. 지금 새로운 풍경이 활짝 열어젖힌 창가로 다가서고 있다. 그러므로 새로운 계절 속에서 자신의 생을 그

---

30   이어령, 「이종익 사장과 세계전후문학전집」, 우촌이종익추모문집간행위원회, 앞의 책, 145면. 더불어, 이어령의 다른 인터뷰에서도 비슷한 내용을 확인할 수 있다. 이어령 · 방민호, 「"살아있는 것은 물결을 거슬러 올라가야 한다"— 이어령 선생님과의 만남」, 《대산문화》, 2017가을호, 17면.

31   이종호, 앞의 글(2016), 82면.

리고 자신의 사색을 새로이 꽃피우기 위하여 지난날을 이해하고 또 반성할
수 있는 조용한 시각이 필요하다./ 그러므로 여기 이 조용한 시각에 바쳐지
는 조그만 책자를 엮은 것이다. 해방후 15년 간의 모든 문제작을 조감할 수
있는, 그래서 우리가 아쉬워하고 서러워하고 또 모색해오던 생활의 파편과
단면을 찾아볼 수 있는 그 정신적인 풍속도를 제시하고자 한 것이다./ 따라
서 이것은 일종의 문학적 청산이다.[32]

라는 대목이 찾아지는 것으로 보아, 이어령의 회고가 다소간의 과잉 진
술은 있되 아예 없던 일을 지어내지는 않았음을 할 수 있다. 그리고 이
어령이 의도한 바와 같이 〈세계전후문학전집〉이 후속세대에게 큰 영향
을 끼쳤음은 분명한 사실로 주어진다. 〈세계전후문학전집〉은 "소금장수
얘기에 지쳐 있던 문학청년들에겐 복음서"였다. "서기원의 표현을 빌리
면 김동리 · 황순원으로 대표되는 진술한 우리말이 세계어와 마주치는
길목이었다".[33] 〈세계전후문학전집〉은 "1960년대에 문학청년 시절을
보낸 사람치고" "한두 권을 읽지 않은 사람은 없을" 정도였으며, "문학도
뿐만 아니라 일반인에게도" "전후세대의 새로운 사상과 문학을 소개하
는 지적 자극제"로 여겨졌다.[34] 〈세계전후문학전집〉은 "프랑스의 누보로
망, 독일의 4 · 7그룹, 영국의 앵그리 영 맨, 미국의 비트족, 일본의 태양
족(太陽族) 등 이른바 전후 세대의 사고 양식과 행동 방식을 담은 세계

32 편집위원, 「이 책을 읽는 분에게」, 신구문화사 편, 『한국전후문제작품집』, 신구문화사, 1960, 3면.
33 김윤식, 「퇴폐미학의 근원을 찾아서 ―한수산의 다자이 오사무론 비판」, 《현대문학》, 1991.7,
   341~342면.
34 염무웅, 「신동문과 그의 동시대인들」, 『문학과 시대현실』, 창비, 2010, 122면.

의 문학을 최초로 우리 나라에 소개한 것"이었다.[35] 〈세계전후문학전집〉
은 처음에는 전 7권으로 계획되었으며, 1960년 7월에 첫째 권이 발간
된 것을 시작으로 하여 이듬해 6권까지 출간되었는데, 반응이 좋아서
전 10권으로 늘려 1962년 3월에 완간되었다.[36] 이처럼 〈세계전후문학
전집〉은 1960년대의 "문화생산의 장에서 새로운 상징자본"[37]으로 작동
한 것이다.

지금껏 4 · 19혁명을 전후로 하여 1960년대 중 · 후반에 이르기까
지 이어령이 내보인 여러 활동을 살펴보았다. 이어령은 칼럼니스트, 에
세이스트로 활약하며 『오늘을 사는 세대』, 『흙 속에 저 바람 속에』 등의
저서를 펴내어 낙양의 지가(紙價)를 올린 한편, 편집자로 활약하며 《새
벽》, 《세대》, 《한국문학》 등의 잡지 및 〈세계전후문학전집〉의 발간에 지
대한 영향력을 끼쳤다. 이어령은 참으로 다방면에서 전방위적인 활동을
펼친 것이다. 그리고 이어령은 이렇게 궤도를 변경한 이후 그 궤도를 계
속해서 유지한다. 이어령은 1970년대, 1980년대, 1990년대, 2000년
대, 그리고 지금에 이르기까지 칼럼 쓰기, 에세이 쓰기, 잡지(혹은 기획시
리즈) 편집하기 등을 쉬지 않고 수행해온 것이다. 무수히 많은 칼럼집,
에세이집 그리고 장수(長壽) (순)문예지 《문학사상》 등이 바로 그 증거
들로 모두의 눈앞에 놓여 있으며, 이 정도로 풍성한 결과물을 내놓은 인
물이란 문단사(혹은 문학사)를 통틀어서도 이어령 외에는 희귀하다. 그

---

35 김치수, 「현대세계문학전집을 간행할 무렵」, 우촌이종익추모문집간행위원회, 앞의 책, 184면.
36 염무웅, 「이종익 선생의 인품과 업적 ─신구문화사 시절의 추억을 중심으로」, 위의 책, 26~27면 참고.
37 이종호, 앞의 글(2016), 99면.

리하여 이어령은 '문인'을 넘어서서 '문화생산자'로 거듭나고 인정받기에 이르는 것이다.

2. 세대의 재설정 및 문학에 대한 입장 변화

이제 4 · 19혁명 이후 이어령이 마주하게 된 문학 내적인 문제들과 이에 대한 이어령의 대응 방식을 본격적으로 검토하도록 하자. 우선 주목할 것은 후속세대의 등장으로 말미암아 이어령이 문단을 구세대(전전(戰前)세대)와 신세대(전후세대)로 이분(二分)하여 바라보는 관점을 더 이상 유지할 수 없게 되었다는 사실이다. 이는 신세대의 입장에서 구세대에 대한 비판을 여태껏 펼쳐온 이어령에게 큰 문제가 아닐 수 없었다.

이어령은 (김동리와의 논쟁이 마무리되고 얼마 지나지 않은 시점인) 1959년 7월에 여태껏 자신이 발표했던 글들을 모아 경지사(耕智社)에서 『저항의 문학』을 발간했다. "사랑하는 그리고 증오하는 모든 사람들에게"라는 단 한 줄의 머리말은 이어령의 자부심을 보여주는 동시에, 이어령의 피아식별(彼我識別)이 확실했음을 보여준다. 또한, 이어령은 1960년대로 접어들면서 「불란서의 「앙띠 · 로망」〈새로운 소설 형식의 탐구〉」(《새벽》, 1960.1), 「비트 · 제네레이슌―기계 속의 개성―」(《새벽》, 1960.1), 「20세기의 인간상」(《새벽》, 1960.2), 「푸로메떼 · 사슬을 풀라」(《새벽》, 1960.4), 「무엇에 대한 노여움인가?」(《새벽》, 1960.6) 등의 글들을 지속적으로 발표했다. "앙띠 · 로망", "비트 · 제네레이슌" 등의 제목에서 드러나듯이 서구의 신세대가 내보인 경향을 충실하게 소개한 것이고, 또, 그밖에는 도리언 그레이, 라프까디오, 콜린 윌슨 등이 내보였던 도전적인, 모험적인 인생을 충실하게 소개한 것이다. 이어령이 이러한 글들을 꾸준히 발표한 이유는 '같은 전후세대'로서 자신의 세대가 서구의 신세대와 닮은 점이 많았다고 생각했기 때문이다.[38] 이처럼 4·19혁명이 발발하기 직전까지도 이어령은 신세대(전후세대)의 입장에 서서 구세대(전전세대)인 기성들을 겨누는 언술을 전개하고 있었다.

그렇지만 4·19혁명이 일어난 다음 이어령은 자신의 후속세대를 금방 느끼게 되었다.[39] 가령 앞 절에 소개했던 「삼각주」의 첫 시작 대목을 살펴보아도 이어령이 후속세대가 등장했다는 것을 인지하게 되었음을 알 수 있다.

▲ 사람들은 살고 있다. 강물처럼 흐르며 살고 있다. 혹은 노여움으로 굽이치기도 하고 혹은 즐거움으로 파도치기도 하면서 인생의 강하는 끝없이 흘러가고 있다. 하나의 세대가 가고 또 하나의 새로운 세대가 오는 것처럼 물은 흘러가고 또 흘러오기도 한다. ▲그것은 역사의 흐름인 것이다. 탁수(濁

---

38 관련하여 (현대평론가협회를 소개하면서 언급한 적이 있는)《문학평론》제1집을 보면, 여기의 '후기'에서 이어령으로 추정되는 'R'이라는 필자가 "남의 잠자리에 기대어 하던 우리들의 문학활동이 이제 우리의 영토에서 부자유를 느낌이 없이 활동할 수가 있게 되었다. 「앙그리·제네레이슌」이나 「비트 제네레이슌」은 아니지만 그들의 패기나 저항 정신에 있어서는 비슷한 바가 있을 것이다."라고 말한 것이 확인된다. 「후기」,《문학평론》1, 1959.1, 103면.

39 '세대'와 관련하여 서술될 내용은 안서현, 앞의 글(2018), 제2장 및 제3장으로부터 도움 받은 바 크다. 다만, "제3세대론을 통하여 이어령은 '뿌리' 즉 확고한 주체성을 지닌 새로운 세대 문학인의 등장을 강력하게 지지하였다."(같은 논문, 36면)라는 안서현의 주장에는 동의하지 않는다. 곧 서술될 것이지만, 이어령은 "새로운 세대 문학인의 등장을 강력하게 지지"했다기보다는 새로운 세대 문학인의 등장을 인정하면서도 자신의 세대 문학인이 지녔던 위상을 계속해서 유지하고자 했다는 게 본 논문의 관점이다.

水)로 흐릴 때가 있는가 하면 청수로 한없이 푸를 때도 있다. 소용돌이치는 때가 있는가 하면 거울처럼 잔잔할 때도 있고 폭포를 이루다가 여울져 흐를 때도 있다. 이것이 곧 수시로 변화하는 시대의 의미이며 사회의 풍속이며 모든 인간의 생활감정이기도 한 것이다.[40]

이어령은 강물이 흐르듯이 "하나의 세대가 가고 또 하나의 새로운 세대가 오는 것"을 바로 "역사의 흐름"이라고 서술했다. 더불어, 방금 앞 절에 인용했던 〈세계전후문학전집〉의 발간 경위 대목을 되짚어보아도 이어령이 후속세대가 등장했다는 것을 인지하게 되었음을 알 수 있다.

이승만 시대로 상징되던 해방 후와 전후 시대가 끝났다는 거였다. 새로운 세대 ― 지금 길거리에서 함성을 지르는 젊은 세대들의 시대가 열리고 있다 는 것, 그리고 우리는 지금 그 역사가 돌아가고 있는 그 모서리를 직접 눈으 로 바라보고 있다고 말했다.[41]

회고인 까닭에 다소간의 기억 보정이 있을 것으로 여겨지나, 이어령 은 "해방 후와 전후 시대"가 끝나고 "새로운 세대"가 등장했다는 사실을 강하게 체감했다. 이렇듯 이어령은 4·19혁명을 기점으로 후속세대가 등장하게 되었다는 것을 거스를 수 없는 시대적인 흐름으로 받아들이고 있었다.

---

40 「삼각주」,《서울신문》, 1960.7.27, 1면.
41 이어령, 「이종익 사장과 세계전후문학전집」, 우촌이종익추모문집간행위원회, 앞의 책, 145면.

그리고 1960년대 초반만 해도 이어령은 후속세대에게 다분히 긍정적인 견해를 지녔던 것으로 보인다. 이어령이 자신의 후속세대에게 새로운 정신을 제공하고자 〈세계전후문학전집〉을 기획했다고 밝힌 것이 이를 증거한다. 또한, 이어령이 황석영, 송영 등과 가까이 지냈고, 김현이《자유문학》에 평론 추천을 받는 데 관여했으며, 김승옥, 김치수, 염무웅 등과 자신의 집에서 문학 담론을 많이 나누었다고 밝힌 것이 이를 증거한다.[42] 이어령은 선배로서의 계몽의식을 가졌던 것이다. 다시 말해 이어령은 후속세대를 이끌어주어야 한다는 사명감, 의무감을 지녔던 것이다.

그렇지만 1960년대 중반으로 접어들면서부터 이어령과 후속세대 간의 거리는 조금씩 벌어진다. 이어령의 세대인 전후세대가 별다른 구심점을 만들지 못했던 데 반해, 후속세대는 자신들끼리 결집하여 집단적인 목소리를 내기 시작했다. 1962~1970년까지 이어지는《산문시대》,《사계》,《68문학》,《문학과지성》의 점진적 탄생, 1966년《창작과비평》의 창간, 1967년 청년문학가협회의 발족 등은 후속세대가 규합한 대표적인 사건들에 해당한다. 이렇듯 후속세대는 스스로 뭉치면서 이어령을 위시한 전후세대와의 선 긋기를 시도했으며, 나아가 이어령을 위시한 전후세대를 강하게 배척하고 나섰다.[43]

---

42 이어령·이상갑, 「1950년대와 전후문학」, 《작가연구》 4, 1997, 192~193면 참고.
43 이와 관련해서는 서론에서 염무웅의 언술을 이미 제시한 바 있되, 여기서는 김현, 김병걸의 언술을 소개해두기로 한다. 김현, 김병걸이 자기 세대의 위상 확보를 위해 이어령을 얼마나 노골적으로 공격했는지가 여실히 드러나는 해당 대목은 다음과 같다. "이어령에게 내재해 있는 것은 인간에 대한 상당한 신뢰이다. 그는 인간의 이지러진 몰골 속에 〈그 아름다운 인간의 영혼〉이 숨어 있다는 것을 믿는다. 그 영혼은 그것을 나타나지 못하게 하는 놀이꾼들 때문에 매몰되어 있지만, 반드시 나타나게 마련이다. 그 매몰된 정신을 밝혀내는 것이 작가의 참여라고 그는 생각한다. 이러한 진술은 당시의 세대를 크게 감동시킨 것 중의 하나이다. 인간을 붙잡고 있어야 한다는 이 지상의 과제는 그

이에 이어령을 비롯한 전후세대는 대응을 해야만 했다. 다만, 후속세대의 등장은 시대적인 흐름에 따른 것이었기 때문에, 또, 후속세대의 결속력은 상당히 막강했기 때문에, 이어령을 비롯한 전후세대는 후속세대를 전면적으로 거부하고 부정할 수 없었다. 더군다나, 1960년대 초·중반부터는 어느 분야를 막론하고 '세대교체'의 바람이 강하게 불기까지 했다.[44] 그래서 이어령을 비롯한 전후세대는 후속세대를 의식하고 인정하는 가운데서 자신들의 위치를 재설정하는 방법을 취할 수밖에 없었다. 이로부터 나온 것이 바로 '제2세대'라는 개념이다. 제2세대라는 개념은 조금 전에 살펴본 《한국문학》의 창간과도 연계된다. 관련하여 《한국문학》의 창간 기사 중에서 다음과 같은 대목을 확인할 수 있다.

러나 그 인간이 지극히 추상적이며 서구적이라는 의미에서 그 자신의 표현을 빌리면 공중에 뜬 의자와 비슷하다. 그는 도처에서 우리세대의 현실을 말하고 있지만 그 현실은 지극히 개괄적이고 아무런 내포도 가지고 있지 못하다는 점에서 상당히 추상적이다."(김현, 「한국비평의 가능성」, 《68문학》, 1969.1), 김병익 외, 『현대한국문학의 이론』, 민음사, 1972, 190면), "헌데 그의 「병영화 시대의 예술가」 속에는 열띤 언어들이 마치 노도처럼 분기(奮起)하고, 그리고 '타이스'의 춤처럼 현혹적이지만, 그러나 유감스럽게도 그 이상의 어떤 의미, 이를테면 보다 지성적인 독자의 욕구를 충족해 줄 만한 의미를 제공하지 못하고 있다. 다시 말해서 차원이 높은 문제에 대한 진지성이 갖추어져 있지 않다. 주제에 대한 그의 줄기찬 제창에도 불구하고, 그리고 그토록 열변 같은 도도한 문장에도 불구하고, 그가 구사하는 언어들은 따지고 보면 허울 좋은 개살구 격이다. …(중략)… 여기에 그의 프런티어 정신의 약점이 있는 것이다. 그토록 열렬하면서도 알맹이 없는 그의 글은 솔직히 말해서 '존재의 언어'와는 너무나 거리가 먼, 상식의 세계에서 지적 시장에서 호기심으로 거래되는 성질의 언어로 구성되어 있다."(김병익, 「이어령의 언어 장난」, 《월간시》, 1970.4), 『격동기의 문학』, 일월서각, 2000, 158~159면)

44 이어령이 편집자로서 깊이 관여했다는 《세대》의 창간사 역시 "요즘 세대 교체하면 유행어처럼 되어 있다. 유행이란 것은 부평같이 뿌리를 박지 못하고 표류하다 사라지고 말기가 일쑤다. 세대교체란 명제가 그러한 유행 현상에 그치지 않고 우리 사회에 있어서 절실한 요청이라면 그것은 뿌리를 박아서 성장하고 결실하여야 할 것이다."와 같은 구절로 시작하고 있음이 확인된다(「새 세대의 역사적 사명과 자각 ─획기적인 시대정신으로 세계 사조의 광장에 나아가자─」, 《세대》, 1963.6, 24면). 이때의 초점은 세대 교체가 한낱 유행처럼 이루어져서는 안 되며 제대로 된 의식 아래서 이루어져야 한다는 것을 강조하는 데에 놓여 있다.

한 「멤버」는 세대적인 동인들끼리 모인 의도를 이렇게 말한다. 『우리 사회에는 세대가 없다. 혼전이 있을 뿐이다. 우리는 세대 의식을 건설하려고 한다. 제2세대를 확립해야 제3세대, 아니 모든 세대가 확립된다』[45]

(아마도 이어령이 아닐까 추측되는) "한 「멤버」는" "우리 사회에는 세대가 없"어서 "혼전이 있을 뿐"이라고 단정한 뒤, "제2세대가 확립해야 제3세대, 아니 모든 세대가 확립된다"고 주장한다. 전후세대가 하나의 결속체로 뭉쳐 자신들의 문학을 한번 발휘해보고자 추구한 결과로 배태된 산물이 곧《한국문학》이었다고 앞서 설명한 적이 있거니와, 그렇다면 여기서 제2세대란 당연하게도 전후세대를 일컫는 것이다. 결국, 위의 인용 대목은 전후세대를 제2세대로 규정하면서 '구세대(전전세대) | 신세대(전후세대)'의 이분법적인 도식을, '제1세대(전전세대) | 제2세대(전후세대) | 제3세대(후속세대)'의 삼분법적인 도식으로 치환한 뒤, 여기서 가운데에 위치한 '제2세대(전후세대)'의 중요성을 피력하고자 한 의도를 내보인 것이라고 이해가 가능하다.

그렇다면 제2세대(전후세대)와 제3세대(후속세대)가 구별되는 지점은 어디인가. 분기점으로 삼아질 수 있는 사건은 물론 4·19혁명일 터이다. 하지만 이것만으로 세대가 나뉜다고 할 수는 없다. 같은 세대라고 묶을 수 있는 공통의 성질이 필요하고, 다른 세대라고 나뉠 수 있는 차이의 성질이 필요하다. 이와 관련된 설명이 없다면 세대 구분은 설득력이 확보되지 않는다. 관련하여 이어령은 위의《한국문학》의 창간 기사에 3일

---

45 「새 문학지 탄생 『창작과 비평』『한국문학』」,《중앙일보》, 1966.1.8, 5면.

앞서 「제3세대」를 발표한 바 있다. 여기서 이어령은 각 세대가 어떻게 구별되는지를 나름의 기준에 근거하여 상세히 설명했다. 그러므로, 이 글을 조금 따라가 보기로 하면, 먼저 이어령은 제1세대(전전세대)와 제2세대(전후세대)가 어떻게 다른지를 설명하는 데에 많은 분량을 할애한다.

물론 세대를 구별 짓는다는 것은 도마 위에 생선을 놓고 토막을 치는 일과 같아서 자의적인 데로 치우치기 쉽다. 그러나, 6·25동란을 중심으로 이 땅에는 분명히 두 세대의 의식이 맞바람을 일으켰던 것을 부정할 수는 없을 것이다. 우선 「인사이더」와 「아웃사이더」라는, 역사에 위치하는 그 태도의 차이가 있었다. 언어(교육)만 보더라도 동란 전의 기성세대(이것을 편의상 제1세대라고 부르자)는 「한어(漢語)세대」아니면 「일어(日語)세대」로서 좋든 궂든 하나의 뿌리를 가지고 있었다. 그리고 역사에 대한 반응도 명확한 한계를 갖고 있었다. 식민지 역사에 반항하여 망명이나 감옥으로든지, 그렇지 않으면 친일적인 식민지인으로서 순응하든지 어쨌든 자기 몸을 투신할 수 있는 선택이란 것이 있었다. …(중략)… 그러나 제2세대(전쟁 직후의 20대들)은 일어도 서툴렀고 제 나라말도 서툴렀고, 또 한자에 대해서도 아는 것이 없었다. 어중간한 허공에 매달린 역사의 기아 같은 존재였다. 그들은 소속되어 있지 않았다. 뿌리가 없었다. 1차대전 후의 미국 「로스트·제네레이션」과 같은 의미에 있어서의 「아웃사이더」였던 것이다. …(중략)… 전쟁 속에서 자란 젊음이기 때문에 그랬던 것만은 아니다./ 그 세대를 키운 역사가 사기를 했기 때문이다. 어려서는 진심으로 천황폐하에게 배례를 하였는데 해방이 되자 그것이 우리의 적이라고 했다. 그리고 민주주의와 첫선을 볼 때 어른들의 한 말이 전부 거짓이라는 것을 알았다. 얼떨결에 겪은 전쟁도 그 의미를 미처 몰랐었다./ 이러한 이력을 가진 세대의 문화는 역사의 「아웃사이더」가 지니고 있는 부정, 자조, 기피, 불신의 언어를 만들어냈던 것이다. 제1세대 앞에서 청개구리 노릇을 하는 역설의 곡예가 지성을 대신 했던 시대이고, 무국적자와같은 역사에서의 기피가 「휴머니즘」이라는 「코스모폴리터니즘」의 대용물로 나타났던 때이다./ 제2세대가 펼쳐놓은 것은 역사의 종기와도 같은 통증의 문화, 부정의 문화, 환멸과 기분적인 반역의 문화였었다.[46]

우선 제1세대와 제2세대를 가르는 사건은 6·25전쟁이라고 설명된다. 그러나 세부적인 설명으로 들어가면 6·25전쟁보다는 해방 전 세대와 해방 후 세대의 차이라고 불러야 옳을 것들이 제시된다(이는 이어령을 비롯한 전후세대가 지녔던 세계사적 동시성의 감각(즉, 세계대전과 6·25전쟁을 하나로 잇는 감각)과 실제로 주어진 현실 간의 간극이 포착되는 지점이다). 제1세대는 "「한어세대」 아니면 「일어세대」"로서 언어적 뿌리가 있는 반면, 제2세대는 한자도, 일어도, 우리말도 모두 서툴러서 언어적 뿌리가 없다는 '언어에 대한 감각의 차이'가 제시된다. 연달아서, 제1세대는 항일이든 친일이든 선택권이 있는 상황이었지만, 제2세대는 아무것도 선택할 것이 없는 소외의 상황이었다는 '역사에 대한 반응의 차이'가 제시된다. 이렇게 제1세와 제2세대는 '언어에 대한 감각의 차이'와 '역사에 대한 반응의 차이'로써 세대가 구분된다는 설명인 것이다. 그런 다음, 이어령은 제2세대(전후세대)와 제3세대(후속세대)가 어떻게

---

46   이어령, 「제3세대」, 《중앙일보》, 1966.1.5, 5면.

다른지를 설명하는 대로 나아간다.

이러한 제2세대가 이제는 우리 문화계에서 10년 가까운 경력을 쌓아 중견이라는 점잖은 「라벨」을 달고 다닐 만큼 되었다. 제1세대의 퇴조와 함께 전후세대의 성장은 날로 사회적인 높은 비중을 차지하게 된 것이다. …(중략)… 전후파인 그 제2세대는 벌써 「새로운 세대」의 그 휘장에 녹이 슬어가고 있는 것을 자랑하게끔 되었다. 필연적으로 제3세대라고 말할 수 있는 신인들이 진출하게 될 시대가 기상나팔을 울리기 시작한 것이다./ 상이군인… 전후의 상처를 팔던 제2세대의 감각은 시대에 맞지 않는 것으로 조금씩 후퇴되고 전후 기질(器質)은 이륙단계에 들어서고 있다는 것을 우리는 여러 가지 징후에서 찾아볼 수 있게 되었다./ 지금 새롭게 등장하고 있는 제3세대란 국민학교 때부터 제 나라말을 제대로 배웠던 사람들이며 일어를 읽을 수도 없고, 식민지의 역사는 체험조차 해보지 못한 순수한 이 땅의 아이들, 형식적으로는 민주헌법의 아이들로서 성장한 계층들임을 잊어서는 안 된다./ 그들은 대학에서 4·19의 「데모」로 역사를 바꾼 경력의 소유자들이고 남루하나마 제 나라 제 민족의 운명이 바로 자기들 행동과 밀접하게 얽혀있다는 자신(自信) 속에서 살아왔다. 제2세대처럼 위사(僞史)를 정사(正史)로 배우라고 강요된 일도 없었고, 제1세대 같은 역사의 범죄자도 아니었다. …(중략)… 그러기 때문에 지금 제3세대로서 사회에 두각을 나타내기 시작한 세대들은 부정, 불신처럼 뿌리를 제거하는 작업이 아니라 뿌리를 찾고 그것을 내리려는 적극성이 엿보인다. 그들은 제2세대와 같은 무국적자의 「무드」를 「카무플라지」한 국제주의적 성격에서 「내셔널리스틱」한 면으로 이행되어가고 있고 행동의 거세에서 행동의 창조로, 「기분」에서 좀 더 싸늘한 합리주의적인 「이성」으로 사물을 사고하기 시작한 것 같다. …(중략)…
이들은 작든 크든 제2세대의 영향 밑에서 컸다. 전쟁의 상흔 속에서 돋아
난 「새살」인 것이다. 그러기 때문에 그들의 민족의식은 결코 제2세대에 의
해 부정당한 전(前) 세대의 「쇼비니즘」이나 식민지 시기의 민족사상을 그
대로 되풀이 하지는 않고 있다./ 다만 자기가 자리한 뿌리를 강렬하게 의식
하고 있다는 점이며, 전쟁이 아니라 4 · 19의 체험을 몸소 주인으로서 겪었
던 주체성을 지닌 시민들이라는 점이다./ 식민지교육을 받지 않았고, 전쟁
체험을 몸소 겪지 않았고, 제1세대의 곰팡내에 직접 구역을 느끼지 않고 장
년기에 들어선 제3세대의 「턴」은 여러 가지 면에서 우리에게는 「새로운 차
원」의 음악을 들려줄 가능을 지니고 있는 것이다./ 제2세대는 구약과 신약
이 끝나는 중간인 「요한」적 역할을 했다고 한다면 제3세대는 신약의 시대,
즉 식민지 문명에서 탈피한 새로운 시대의 문화 앞에 서 있다고 가정할 수
있다. 그러니까 전후세대였던 오늘의 30대는 구시대의 마지막이며 또한 새
로운 시대의 첫머리이기도 한 「교량(橋梁)의 세대」「조율의 세대」라고 할
수 있다. 또 우리는 그렇게 되기를 원한다. …(중략)… 제2세대에 머물러있
던 관심을 이제 제3의 세대로 돌려야 할 때가 온 것 같다.[47]

우선 제2세대와 제3세대를 가르는 사건은 두 번에 걸쳐 언급된
4 · 19혁명이라고 할 수 있다. 그리고 조금 전과 같게 '언어에 대한 감
각의 차이'와 '역사에 대한 반응의 차이'로써 세대가 구분된다는 설명
방식이 재차 활용되고 있다. 먼저 시간이 흘러서 제2세대가 중견의 위

---

47 위와 같음.

치를 차지하게 되었지만, 벌써 「새로운 세대」의 그 휘장에 녹이 슬어가"
게 되어, 또다시 다음 세대인 제3세대가 요구되는 형편에 이르렀다는
상황 설명이 이루어진다. 그런 뒤 제2세대가 한자, 일어, 우리말의 어느
쪽에도 뿌리를 내리지 못했던 데 반해, 제3세대는 한자, 일어는 모르되
어린 시절부터 우리말을 제대로 배웠다고 '언어에 대한 감각의 차이'가
제시된다.[48] 또한, 제2세대가 "부정, 불신처럼 뿌리를 제거하는 작업"에
치중했다면 제3세대는 "뿌리를 찾고 그것을 내리려는 적극성"을 보인다
고 '역사에 대한 반응의 차이'가 제시된다. 이렇게 제1세대와 제2세대
가 달랐듯이 제2세대와 제3세대도 '언어에 대한 감각의 차이'와 '역사
에 대한 반응의 차이'가 나타난다는 설명인 것이다. 이상, 이어령이 '제1
세대 | 제2세대 | 제3세대'의 구분을 어떻게 했는지를 간명하게 〈표〉로
제시하면 다음과 같다.

	제1세대	→	제2세대	→	제3세대
언어에 대한 감각	한자 세대 혹은 일본어 세대	6·25 전쟁	한자, 일본어, 우리말이 모두 미숙한 세대	4·19 혁명	우리말 세대
역사에 대한 반응	항일 혹은 친일의 선택지가 주어진 상태		어떠한 선택지도 주어지지 않은 무국적의 상태		4·19혁명을 몸소 겪으며 주인의식을 지닌 상태

---

48 이러한 '언어에 대한 감각의 차이'를 이어령은 다음과 같이 밝힌 바 있다. "김현과 나는 나이 차이는
    그렇게 많지 않아도 세대 차이는 분명히 있었지요. …(중략)… 단순하게 비교하자면 결국 나에게 있
    어 언어는 '에테르'(존재론적인 것)인 데 비해서, 김현은 '아부와르'(소유론적인 것)의 세계라고 할
    수 있을 것입니다. 물론 나도 김현도 궁극적으로 언어를 '드브니르'(생성적인 것)로 향하는 것으로
    보았지만 그 과정이 달라요." 이어령·이상갑, 앞의 글, 193~194면.

그리고 여태껏 살펴본 내용에 따르면, 제3세대에 대한 설명이 마지막에 이루어지면서 제3세대가 상당히 긍정적으로 파악되고 있는바, 언뜻 보기에 「제3세대」는 제3세대의 가능성을 상찬하고자 쓰여진 글로 읽힌다. 제3세대야말로 "우리에게는 「새로운 차원」의 음악을 들려줄 가능을 지니고 있는 것이다."라는 문장도 "제2세대에 머물러있던 관심을 이제 제3의 세대로 돌려야 할 때가 온 것 같다."라는 문장도 이를 뒷받침한다. 그러나 꼼꼼히 읽어본다면 「제3세대」는 제3세대의 가능성보다는 제2세대의 역할이 새삼 강조되고 있는 글이라고 할 수 있다. 그러니까 「제3세대」는 더 이상 제2세대는 새로운 세대가 아니며, 또, 제2세대의 감각은 시대와 맞지 않는 면모를 점차 많이 보여주고 있다는 내용을 담긴 했지만, 그럼에도 불구하고 "이들은 작든 크든 제2세대의 영향 밑에서 컸다. 전쟁의 상흔 속에서 돋아난 「새살」인 것이다."라는 표현 및 "전후세대였던 오늘의 30대는 구시대의 마지막이며 또한 새로운 시대의 첫머리이기도 한 「교량의 세대」「조율의 세대」라고 할 수 있다. 또 우리는 그렇게 되기를 원한다."라는 표현에서 확실히 감지되듯이, 제3세대가 탄생하는 데에는 제2세대가 산파 역할을 톡톡히 했다는 점을 중요하게 환기하고 있는 것이다(심지어 제2세대는 '요한'에 비견되고 있다). 제2세대가 있었기에, 제3세대는 제1세대로부터 부정적인 영향을 받지 않고 자라날 수 있었다. 제2세대가 있었기에, 제3세대는 새로운 시대의 문화 앞에 서 있을 수 있게 되었다. 이처럼 이어령은 제3세대를 거부하고 부정할 수 없는 상황에서 '제1세대 | 제2세대 | 제3세대'의 삼분법적인 도식을 활용하여, 제3세대를 인정하면서도 제2세대를 부각시키는,

이와 같은 해법을 「제3세대」에서 도출해낸 것이다.[49]

한편으로 이어령은 이런 식으로 문단 내에서 자신이 속한 세대의 위치를 재설정하는 작업과 더불어서 문학에 대한 입장을 여태까지와 달리하는 작업을 수행해야만 했다. 이유인즉, 4·19혁명과 함께 사회의 큰 변화가 도래했고, 이에 따라 문단 내에서도 많은 이들이 문학을 통한 사회참여에 동의를 표하는 상황이 되었지만, 그런 까닭에 오히려 문학이 사회참여만 강조하는 플래카드로 전락하게 되는 모습조차 나타나게 되었던바, 이제 이어령은 제1세대(전전세대)의 순수문학적 경향을 겨냥하면서 사르트르의 참여문학론을 밑바탕으로 삼아 마련한 〈작가는 문학을 통해 사회를 바꿀 수 있다〉는 식의 주장을 그대로 이어가기가 곤란한 형편에 처하게 되었기 때문이다.

4·19혁명 이후 이어령은 더 이상 전후의 시기만큼 활발하게 문학비평을 생산하지 않는다. 앞 절에서 살펴본 것처럼 이어령은 다른 영역에 힘을 더 많이 쏟는 면모를 보여주었다. 다만, 그런 와중에서도 이어령이 내보인 문학비평을 모아서 살펴보면, 이전과는 달라진 특징들이 여럿 감지된다. 물론 큰 틀에서 보자면 〈이어령은 참여문학에서 순수문학으로 방향전환을 했다〉라는 한 마디의 문구로 정리될 수 있다.[50] 그리

---

49 물론 후속세대가 이러한 세대 구분 도식을 순순히 따를 리 만무했다. 후속세대는 '제3세대'라는 용어를 대신할 다른 용어를 만들었다. 우선 김현이 '65년 세대'라는 용어를 만들었고, 이어서 김병익이 '4·19세대'라는 용어를 만들었다. 그리고 연도를 내세운 김현의 '65년 세대'보다는 사건을 부각시킨 김병익의 '4·19세대'가 점차적으로 통용되기 시작하여 현재에 이른 것이다. 송은영, 「김병익의 초기 대중문화론과 4·19 세대의 문화민주주의」, 『대중서사연구』 20(3), 대중서사학회, 2014, 311면의 각주2번 참고.

50 이어령은 스스로가 "순수문학이 문단을 지배할 때 나는 반순수문학 이른바 참여문학을 주창했고, 거꾸로 민중이나 참여가 대세를 이룰 때 나는 그와 정반대되는 문학의 순수성을 위한 이론을 폈다"

고 이러한 이어령의 문학에 대한 입장 변화를 놓고서 많은 논자들이 비판을 가한 것도 잘 알려진 사실이다.[51] 그렇지만 큰 틀에서의 변화를 인정하는 가운데서 세부적으로 살펴나갈 대목들이 적지 않다고 판단된다. 우선 이어령 스스로가 어찌하여 참여문학에서 순수문학으로 이동하게 되었는지를 밝힌 대목부터 확인해두도록 하자. 여러 지면에서 비슷한 내용으로 인터뷰를 한 것이 되풀이 확인되는데, 그 가운데서 두 개만 가져와 보면 아래와 같다.

> 4·19가 일어났을 때 저는 사르트르의 말대로 언어를 총탄과 같은 것이라고 생각했고 글을 쓰는 발화 행위 자체가 바로 표적을 향해 방아쇠를 당기는 것과 같은 것이라고 믿었지요. 그러나 나는 전후의 평화를 평화로 생각하지 않았던 것처럼 4·19의 혁명에 대해서도 새로운 회의를 품게 되었지요. 4·19 후 '만송족(晚松族)'이니 뭐니 하는 또하나의 폭력을 목격하였기 때문이지요. 지금까지 침묵하던 문인들이 때를 만났다는 듯이 '저항의 언어'는 '폭력의 언어'로 타락되어 갔습니다. 그렇지요. 어떤 가혹한 독재도 문학을 죽이지 못한다고 했습니다. 하지만 문인들 스스로가 문학을 죽이는 경우는 많지요. 당시에 쓰여진 "이승만의 사진을 찢어다가 밑씻개를 하자"는 시들에서 나는 시의 자유가 아니라 시의 무덤을 보았던 것입니다.[52]

라고 기술한 바 있다(이어령, 「외로움 속에 계속되는 문학적 저항」, 『(이어령 라이브러리)저항의 문학』, 문학사상사, 2003, 5면).

51 그중에서도 가장 강한 비판은 이어령이 정권과 결탁한 혹은 정권에 예속된 까닭에 사회성, 정치성이 탈각된 순수문학을 지향하게 되었다는 것이다.

52 이어령·이상갑, 앞의 글, 187~188면.

4·19를 전후해 내 글과 문학론에 큰 변동이 옵니다. 그것은 마치 사르트르에서 카뮈 쪽으로 옮겨가는 것과 같은 거예요. 4·19시점까지 나는 저항문학, 참여문학의 선두에 서서 젊은이의 기수노릇을 했어요. …(중략)… 4·19 이후 같이 싸우던 정치가, 문인 중 많은 수가 권력지향적이 된 거예요. 시류에 편승하려는 사람들이 나타나고 각종 정치단체가 난립하고 과격한 시위와 소요로 사회는 혼란스럽고. 그렇게 순수하던 4·19정신이 특정 정치세력에 이용되고 왜곡되는 것을 보면서 정치에 깊은 회의와 실의를 느끼게 됐어요. 혁명이란 것, 역사결정론이라는 것은 이래서 안 되겠구나, 권력의 언어로는 아무것도 안 되겠구나. 권력으로 뭘 바꾼다는 건 '미라잡이가 미라가 되는' 악순환이구나. 내가 믿을 건 천년의 역사라도 이미지네이션으로 창조된 세계, 인공낙원의 그 세계이겠구나. 그래서 학생 모임이나 여러 사회단체에서 무슨 제의가 와도 모두 뿌리치고 문학이 정치로부터 자유로워야 한다는 신념을 구축하게 된 거지요.[53]

여기에서 핵심은 4·19혁명을 기점으로 문학이 "폭력의 언어"로 타락되어 갔다는 것, 문학이 "권력지향적"인 "정치의 언어"로 변질되어 갔다는 것, 그리하여 문학이 예술성을 잃어버리게 되어버렸다는 것이다. 풀어서 말해보면 이어령은 이렇게 예술성을 상실한 그릇된 참여문학이 횡행하는 판국이었으므로, 마땅히 방향을 틀어 예술성을 강조하는 순수문학을 지향하지 않을 수 없었다는 식의 발언을 되풀이 회술하면서, 자

---

53 이어령·이나리, 「레토릭으로 현실을 산 지적 돈 후안 이어령」, 이나리, 『열정과 결핍』, 웅진닷컴, 2003, 192면.

신의 문학에 대한 입장 변화가 충분한 당위성을 지닌다고 강조한 것이다. 그리고 이는 이미 이어령이 (제4장의 각주140번에서 밝힌 것처럼) 사르트르의 참여문학론을 빌려와 문학을 통한 사회참여를 강조하는 와중에서도 "물론 예술성이 상실된 저열한 사회소설보다는 차라리 우수한 사소설을 쓰는 편이 좋을른지 모르(sic;른)다."[54]라면서 예술성에 대한 중요성을 언급한 적이 있던 만큼, 그래서 이어령을 '순연한 문학주의자'라고 볼 수 있다고 했던 만큼, 나름의 설득력이 주어진다.

그런데, 이어령이 참여문학에서 순수문학으로 옮겨갔다고는 으레 말하되, 방향전환의 과정을 구체적으로 탐색한 사례는 드물다.[55] 그렇다면 대체 이어령은 어떤 단계를 거치면서 참여문학에서 순수문학으로 방향을 전환하게 된 것인가. 더불어, 순수문학이라고 했을 때, 이것이 김동리, 서정주 등의 제1세대(전전세대)가 늘 입에 올렸던 순수문학과는 성질이 다를 게 자명할 터인데, 그렇다면 대체 이어령은 어떠한 순수문학을 지향한 것인가.

이러한 물음을 해결하기 위해서는 4·19혁명 이후 이어령이 생산한 문학비평을 발표된 순서대로 따라가 볼 필요가 있다. 이때 가장 첫머리에 오는 것이 「사회참가의 문학 —그 원리적인 문제—」(《새벽》, 1960.5)이다. 「사회참가의 문학 —그 원리적인 문제—」은 그 제목에서 금방 유

---

54 이어령, 「현대 작가의 책임」, 《자유문학》, 1958.4, 212면.
55 한 예로 「문학과 역사적 사건 —4·19를 예로—」(《한국문학》, 1966.2)을 "실제 비평에 나타난 참여 문학론의 양상"이라는 제목 아래 분석한 이도연의 논의를 가져와 볼 수 있다(이도연, 「이어령 초기 문학 비평 연구」, 『순천향 인문과학논총』 30, 인문학연구소, 2011, 14면). 이도연의 논의를 그대로 따른다면, 이어령은 1966년까지도 참여문학을 주장하는 입장에 서 있었던 것이 되는데, 과연 이 시점까지도 이어령이 그러했는지는 의문이 드는 것이다.

추가 가능하듯이 예전의 글들(제4장 제3절에서 다룬 네 편의 글들)과 동일하게 여전히 사르트르의 '참여문학론'을 바탕으로 삼고 있다. 4·19혁명으로부터 한 달 뒤에 발표된 글이니만큼 기존의 논조가 이어진 것이다. 그러나 한편으로 「사회참가의 문학 ―그 원리적인 문제―」은 이어령의 문학에 대한 입장 변화를 느끼게 해주는 대목들도 조금 담고 있다. 초점은 그 달라짐의 대목들을 파악하는 데로 맞춰져야 할 것이다.

구체적으로 「사회참가의 문학 ―그 원리적인 문제―」은 전체적인 진행 과정이 앞 장에서 살펴본 「현대 작가의 책임」과 대체로 비슷하다. 「현대 작가의 책임」이 다소 생경하게 여겨질 수 있는 이론 설명 부분을 가공 없이 제시하여 읽는 이가 거부감을 느낄 수 있었던 데 반해, 「사회참가의 문학 ―그 원리적인 문제―」은 쉬운 비유를 구사하면서 읽는 이가 쉽게 받아들일 수 있도록 많은 공을 들였다는 차이가 있다. 또한, 「현대 작가의 책임」에 비겨 「사회참가의 문학 ―그 원리적인 문제―」은 '참가의 문학'이 어떤 것인지를 다른 유형의 문학과 대비시키면서 한층 더 뚜렷이 강조하는바, 해당 문면들을 제시하면 아래와 같다.

그러므로 참가는 의사 「류」의 경우처럼 윤리적인 성격을 떠우고 나타난다./ 그러나 그 윤리는 자기의 개성과 주체를 상실한 타인 지향의 또는 타율적이고 교리적인 윤리와는 다르다. 오히려 그러한 기성적 윤리관을 파괴하는 윤리다. 그러니까 하는 수 없이 따라야 하는 그런 윤리가 아니라 자기 내부의 소리에 의해서 자연스럽게 꾸며진 윤리다./ 여기에 「선전의 문학」과 「참가의 문학」이 구별되는 중요한 건늘목이 있다./ 「사회참가의 문학」을 「선전문학」과 혼돈(sic;혼동)한다는 것은 앞서 말한 그 행동성과 윤리성을 이해하지 못한 데서 오는 착란이다./「선전문학」이라고 하는 것은(더 쉽게 말하자면) 「당의 문학」이라든가 「민족주의문학」이라든가 또는 일정한 목적을 위해서 문학을 한 선전도구로 사용하는 그 일환의 공리적 문학을 뜻하는 말이다./ 선전문학은 주체성 또는 개인을 상실한 문학이며 철저한 타인 지향의 문학이다. 그들은 미리 정해져 있는 어떤 상태에 속박되려고 한다. 그에게 주어진 상황을 변화시키기 위해서가 아니라 도리어 그것을 영속시키고 또 그렇게 고착시키기 위해서 글을 쓴다. 여기에서 등장하게 되는 윤리나 사회성은 개인을 희생시켰을 때만 비로소 구현될 수 있는 성질의 것이다./ 과거의 우리 민족문학(항일문학)이나 또는 비(非) 자유 진영에 있어서의 문학들이 그렇다.[56]

더 정확하고 엄밀하게 말하자면 작가의 사회참가는 작가로서 참가하는 그것도 아닌 것이다. 드레퓌스 사건이 일어났을 때 졸라는 이렇게 선언하고 그 사건에 참가했던 것이다. 『나는 단순한 한 시인이다.』/ 그러나 이 말은 이렇게 고쳐져야 한다. 「나는 단순한 인간이다.」/ 그 이유는 내가 사회에 참가할 때 당원으로서, 민족주의자로서 또는 시인으로서 자기 존재를 한정한다면 자기 존재 그 자체의 자유를 다른 본질 밑에 구속시키는 것이 되기 때문이다. 우리는 인간으로서—시인의 자유가 아니라 인간의 자유로서 사회에 참가한다. 시인의 입장에서 사회에 참가한다면 소위 그 병적인 도피의 문학 · 순수문학이 생겨날 우려가 있다. (278~279면)

---

56   이어령, 「사회참가의 문학 —그 원리적인 문제—」, 《새벽》, 1960.5, 277면.

참가의 문학은 "주어진 상황을 변화시키기 위"한 것이지만, 선전문학은 주어진 상황을 "영속시키고 또 그렇게 고착시키기 위"한 것이므로, 서로가 결코 혼동되어서는 안 된다(물론 그 과정에서 "민족문학(항일문학)이나 또는 비 자유 진영에 있어서의 문학들"을 모두 '선전문학'으로 묶어버린 것은 과장이 지나친 나머지 발생한 오류라고 할 것이다). 또한, 참가의 문학은 "자기 존재 그 자체의 자유"를 바탕으로 하는 것이지만, 순수문학은 자기 존재가 "다른 본질 밑에 구속"되어 있는 것이므로, 서로가 결코 혼동되어서는 안 된다. 이처럼 이어령은 두 개의 인용 대목을 통해 참가의 문학이 '선전문학'도 아니고 '순수문학'도 아니라는 점을 십분 강조했다. 요컨대, 이어령은 참가의 문학을 선전문학과 순수문학의 "한 가운데 존재하고 있"(279면)는 것으로 여기며, 양자 모두로부터 일정 정도의 거리를 확보한 영역에 위치시키고자 했던 것이다.

그런 다음 이어령은 참가의 문학을 「문학을 위한 문학」도 아니며 「사회를 위한 문학」도 아니다. 그것은 「자기 존재를 위한 문학」이다." (279면)라고 언급했다. 또한, 이어령은 참가의 문학을 "휴매니스트의 문학"(280면)이라고도 명명했다. 이처럼 이어령은 '참가'라는 접어(接語)가 의미하는 바를 "자기 존재를 위한", "휴매니스트" 등으로 규정지은 것이다(물론, 이어령은 곧바로 사르트르를 호명하면서 '참여문학론'에 대한 설명을 이어나가는 것으로 글을 전개해버리긴 했다).

그리고 선전문학과 순수문학을 모두 비판하는 이와 같은 인식은 「우리 문학의 지점」(《새벽》, 1960.9)에서도 마찬가지로 이어진다. 「우리 문학의 지점」에서 이어령은 우선 해방 후부터 6·25전쟁 이전까지의 시기를 논하면서 "이 시기의 문학을 「오해한 시대」 혹은 「착오의 문학」

이라고 부를 수가 있다"[57]라며 다음과 같이 서술을 전개해나간다.

첫째로 이러한 행운의 시대를 가장 착오하고 악용한 문학인이 바로 좌경작가, 즉 「문동」의 캄뮤니즘 문학인들이었다. 일본제국에 저항하는 하나의 방법이었던 「캄뮤니즘」을 그들은 문학인의 유일한 사회참여라고 오해하고 있었던 것뿐만 아니라, 일제의 암운이 걷힌 그 후에 있어서도 이것이 가장 새로운 문학정신이라고 오인하고들 있었던 것이다. 문학 자체를 살해한 그들의 사회참여는 단지 「삐라」「격문」 내지는 「폭력적인 지령문」밖에 될 수 없었다는 의미에서도 그들은 이미 문학 그 밖에 서 있는 「적색 데(sic;테)로리스트」에 불과했던 것이다. (79면)

한편 「문협」과 「청문협」의 「민족주의문학」과 「순수문학」이란 것도 (전기한 캄뮤니스트로부터 우리 문학을 수호하기 위하여 투쟁한 공적은 컸지만) 역시 그때의 역사적 신전기(新轉機)를 올바로 이해하고 있었다고는 믿을 수 없다. …(중략)… 씨(김동리;인용자)가 말하는 「순수」는 문학정신의 「순수」(「발래리」나 「말라르메」적인) 즉 자존 자율의 사적 세계관, 또는 사회나 사물의 조응 관계로서의 언어를 절대 언어로 (음악적 삼(sic;상)태) 순수화시키는 그런 의미에서가 아니라 문학의 그 자체의 공리성을 배제한다는 의미에 있어서의 순수였던 것이다. …(중략)… 그러면 이때의 순수문학이란 역시 모든 가능성이 박탈된 일제시이(sic;기) 사회로부터 은둔하려던 그 식민지인의 병적 문학관에 불과한 것이며, 역사에 사회에 무관심한 신비주의문

57   이어령, 「우리 문학의 지점」, 《새벽》, 1960.9, 79면.

학과 오십보 백보의 문학관이었음을 숨길 수 없다. (79~80면)

위의 인용 대목에서 이어령은 문학가동맹의 문학도, 청년문학가협회의 문학도, 모두 부정적으로 보고 있다. 구체적으로 「캄뮤니즘」」을 기반으로 한 문학은 삐라, 격문, 지령문과 다를 게 없고, 반대로 "공리성을 배제한" 문학은 식민지인의 은둔 문학과 다를 게 없다는 서술이 제시된다. 이는 전자의 선전문학도 후자의 순수문학도 모두 지양해야 한다는 「사회참가의 문학 ―그 원리적인 문제―」과 동일한 문제의식을 이어령이 재차 내보인 것으로 이해가 가능하다.[58]

이렇게 「사회참가의 문학 ―그 원리적인 문제―」과 「우리 문학의 지점」을 살펴보았다. 이어령은 전후의 시기에서 새로운 문학을 설명하는

---

58 「우리 문학의 지점」에 대해 조금만 더 첨언을 해두기로 하자. 「우리 문학의 지점」은 해방 후부터 6·25전쟁 이전까지의 시기를 논한 다음, 계속해서 6·25전쟁 이후의 시기에 관한 서술을 전개해 나간다. 이럴 때 흥미로운 사실은, 선전문학과 순수문학의 문제점을 깨닫고 새로운 문학을 지향한 시기를, 다름 아닌 6·25전쟁 이후의 시기로 설정하고 있다는 점이다. "이런 때 6·25 동란이 발생했다. …(중략)… 「캄뮤니즘」이 무엇인가를 따라서 「자유주의」가 무엇인가를 눈으로 육체로 피로 이해하였으며 자신의 행동이 자신이 선택한 길이요, 사회와 또한 모든 인간의 운명이며 현실이라는 귀중한 철리(哲理)를 배웠다. 또 문인들은 「이 세상에는 무엇이나 상상만으로 되는 것은 없고」 「아무리 보잘것없는 것이라도 상상만으로 되는 것이 하나도 없다」는 것을 알게 된 것도 이때이며 하나의 역사적인 체험을 통해서만 새로운 문학정신이 비평정신이 싹튼다는 신념을 얻은 것도 이때다./ 8·15의 해방과 그 의미를 현대적인 관점에서 파악할 수 있게 된 것도 또이 6·25의 동란을 계기로 해서다. 그래서 「착오의 문학」으로부터 이들은 서서히 선탈(蟬脫)하기 시작해 갔다."(82면) 그리고 위의 인용 대목에 더하여, 전후의 시기에 등장한 신인들의 작품이 실제 사례로 제시되면서 근거 확보 작업이 이루어진다(물론 전후의 시기에 등장한 신인들의 작품만 상찬하고 있지는 않다. 이와 함께 전후의 시기에 여전히 활동을 지속해나간 기성들의 작품을 비판하고 있다. 그러면서 두 개의 상이한 군이 공존하고 있음을 "기묘한 대류(對流)현상,"(84면)이라고 표현했다). 해방 후부터 6·25전쟁 이전까지의 문학들을 전면적으로 부정하고, 전후의 시기를 실질적인 문학의 출발 지점으로 설정한, 이와 같은 이어령의 태도는 '제2세대」제3세대'에 대한 뚜렷한 구별의식은 아직 마련되어 있지 않았으되, 그래도 4·19혁명 이후의 시점에서 자신의 세대가 지닌 위상을 강조하고자 한 의도가 어느 정도 작용한 것이라고 볼 수 있다.

데 있어 크게 의존했던 사르트르의 '참여문학론'을 여전히 중요한 기틀로 삼고 있었다. 하지만 그와 함께 이어령은 참여문학의 양옆에 선전문학과 순수문학을 배치하며, 참여문학은 가운뎃길로 가야 할 뿐, 양 갈래 중에서 어느 한쪽으로도 경사가 되어서는 안 된다는 것을 특별히 강조했다.[59] 더불어, 이어령은 그 일환에서 참여문학이란 명칭을 대신할 수 있는 「자기 존재를 위한 문학」, "휴머니스트의 문학"이라는 명칭을 가져왔다.

그리고 「현실과 문학인의 위치 …오늘의 작가에게 말한다…」(《동아일보》, 1961.2.14)에 이르면 사르트르의 '참여문학론'의 흔적은 거의 사라지게 된다. 「현실과 문학인의 위치」는 이어령 스스로가 "왜 내가 처음의 저항문학, 참여문학의 기치를 내리고 신비평이나 기호학 등의 순수분석비평으로 눈을 돌렸는지를 암시해 주는 랜드마크landmark와 같은 글"[60]이라고 밝힌 만큼 상당한 중요성을 지닌다. 「현실과 문학인의 위치 …오늘의 작가에게 말한다…」에서는 '어려운 시대'를 전제로 하여

---

59 이와 동일한 인식을 이어령, 「문학은 워크냐 플레이냐」, 『지성의 오솔길』, 동양출판사, 1960, 197~202면에서도 찾을 수 있다.

60 이어령, 앞의 책(2003), 5면. 참고로 「현실과 문학인의 위치 …오늘의 작가에게 말한다…」는 『(이어령 라이브러리)저항의 문학』(문학사상사, 2003)에 이르러서야 비로소 「저항문학의 종언: 4·19 이후 문인들에게 주는 글」이라는 제목으로 실리게 된다. 한편 『저항의 문학』은 (재판을 제외하고) 1959년(경지사), 1965년(예문관), 1966년(삼중당), 1969년(동화출판공사), 1986년(기린원), 2003년(문학사상사) 등 수차례 출판사를 바꿔서 수정, 증보 출판이 이루어졌다(1966년판은 『통금시대의 문학』으로 발간되었다). 구성상의 변화를 대략적으로 제시하면 다음과 같다. ① 1959년판과 1965년판은 챕터명이 바뀐 것 외에는 크게 차이가 없다. ② 1965년판에서 1966년판으로 넘어갈 때에는 「4월의 문학론」(원제: 「문학과 역사적 사건 ─4·19를 예로─」)이란 글이 추가되었다. ③ 1966년판에서 1969년판으로 넘어갈 때 "병영화 시대의 예술가"라는 챕터가 새롭게 추가되었다(단, 「4월의 문학론」은 빠졌다). ④ 1969년판의 편집체제가 2003년판까지 꾸준히 유지되면서 소수의 글들이 빠지거나 더해졌다. 그리고 이런 식으로 1959년판에서 2003년판에 이르기까지 '저항의 문학'이 지닌 의미는 변주 혹은 확장되었음을 알 수 있다.

'문학인의 자기희생, 순교'가 강조되고, 연관되는 맥락으로 '휴머니즘'이 부각된다. 이로 보면 〈암담한 현실 제시 → 문학인의 역할, 책임 제시〉라는 기본 도식 자체가 바뀐 것은 아님을 알 수 있다. 다만, '참여'라는 이름 아래 '상황'을 바꿔야 한다는 적극성이 나타나지 않게 되었을 따름이다. 차라리 기다림을 강조하는 자세가 나타나게 되었을 따름이다. 이는 앞선 인터뷰들이 보여주었듯이 자칫 문학이 정치에 봉사하는 꼴이 될 수 있음을 이어령이 우려하게 된 데서 기인한 변화라고 할 수 있다.

구체적으로 「현실과 문학인의 위치 …오늘의 작가에게 말한다…」는 "까스또르"[61]를 호명하며, 까스또르에게 말을 건네는 방식을 취한 글이다. 「현실과 문학인의 위치 …오늘의 작가에게 말한다…」는 추상적인 언어로 내용이 구축되어 있어서 뚜렷한 의미를 획정하여 제시하기가 어려우나 무엇을 드러내고자 했는지는 충분히 파악이 가능한 글이다. 가장 핵심이 되는 내용을 담은 것으로 여겨지는 대목을 찾아서 제시하면 아래와 같다.

슬픈 까스또르여― 그대는 또한 정치적인 혁명을 믿어서는 안 된다. 그것은 마치 빙산을 향해 터지는 「다이나마이트」에 지나지 않기 때문이다. 까스또르여― 그대는 4월이 가려던 포도(鋪道), 그 포도 위에서 총성과 연막탄 속에서 죽어간 젊은 영혼을 생각하고 울 것이다. 그러나 슬픈 까스또르여, 그들의 죽음은 곧 또 다른 손에 의해서 매장되고 헐리고 이용되고 하는 그 운

---

61 이때 까스또르는 "자기와 동류의 인간들 즉 여기에서는 같은 문학에 종사하는 동료를 뜻하는 말이다."(이어령, 「현실과 문학인의 위치 …오늘의 작가에게 말한다…」, 《동아일보》, 1961.2.14, 4면) 이하, 다른 서지사항을 제시하기 전까지 인용 대목은 그 출처가 동일함.

명을 울어야 한다. 빙산은 다이나마이트에 의해서 뻐개졌지만 다시 그 모진 한파는 또 다른 그리고 보다 견고한 빙산을 만든다는 것을 잊어서는 안 된다. 까스또르여— 가난한 나라의 까스또르여— 그 일시적인 파괴적인 비약(?)을 믿어서는 안 된다. 빙산을 녹이기 위해서는 전체적인, 그리고 눈에 뜨이지 않는 훈기의 바람이 불어야 한다./ 까스또르여— 이 계절의 이행이 그 해빙기가 결코 정치나 직접적인 파괴로 이루어지지 않는다는 것을 믿어야 한다./ 그것이 지루하고 아무리 더딘 것이라 할지라도 계절의 변화를 기다릴 수밖에 없다. 그리고 그 계절의 변화는 행복한 까스또르여 그대의 호흡, 그대의 상흔, 말하자면 그대의 금(金)·언어(어(語)와 대문(對文))에 의해서 서서히 형성되고있다.

"정치적인 혁명"은 "일시적인 파괴적인 비약"과 같으므로 근본적인 해결책이 될 수 없다는 게 골자이다. 그리고 이것은 '빙산'의 비유를 통해 설명된다. 빙산을 부쉈다고 한들 한파의 계절에서는 또 다른, 더 견고한 빙산이 만들어질 뿐이다. 그래서 빙산을 부수는 작업이 아닌 빙산을 녹이는 작업을 수행해야 한다. 곧, 계절을 따뜻하게 바꾸는 것이다. 이때 계절은 문학인의 "호흡", "상흔", "금·언어(어와 대문)", 그러니까 문학을 통해 서서히 따뜻하게 바뀔 수 있다. 그러나 여기서 계절을 바꾸는 문학이 어떤 것인지를 알려주는 대목은 찾아지지 않는다. 이어령은 까스또르가 문학으로 계절의 변화를 이끌어내길 바란다는 명제를 제시했을 뿐이다. 다시 말해 이어령은 4·19혁명에 대한 회의감(더 명확히는 4·19혁명을 기점으로 산출되기 시작한 문학에 대한 회의감) 아래서, 문학을 통한 더욱 근원적인 차원에서의 영구혁명을 강조하는 행위에 우선 치중했던바, 자연히 내용상의 알맹이는 부족할 수밖에 없었다는 것이다. 한 번 더 다시 말해 이어령은 기존의 '참여문학'에서 탈각하고자 한 의도는 분명히 드러냈으되, 어떤 '순수문학'을 지향해나갈지는 아직 제대로 드러내지 못했던 것이다.

「현실과 문학인의 위치 …오늘의 작가에게 말한다…」 이후 이어령은 일련의 소설론을 연달아 발표한다. 이를 통해 이어령은 소설 이론에 대한 검토 및 한국소설의 문제점 진단 등을 수행한다. 텍스트를 기반으로 한 분석비평을 보여준 것이다.[62] 그러다가 이어령은 「한국의 순수문학은 어디까지 왔는가?」(《대학신문》, 1965.3.22)를 발표한다. '순수문학'이라는 단어가 제목에 포함된 이 글은 『춘향전』과 오늘날의 순수문학을 견주어보는 방식을 활용하여, 오늘날의 순수문학이 지닌 특징을 제시한다(이때 오늘날의 순수문학으로는 최인훈의 『광장』, 장용학의 「요한시집」, 박경리의 『시장과 전장』, 현진건의 「술 권하는 사회」, 염상섭의 「두 파산」, 한무숙의 「감정이 있는 심연」, 이호철의 「파열구」, 이범선의 「오발탄」 등이 사례로 삼아졌다). 구체적으로 「한국의 순수문학은 어디까지 왔는가?」에서는 다음과 같은 네 가지 사항을 중심으로 내용이 펼쳐진다.

고대소설에 있어서 「인간의 만남」은 하나의 「연분」으로 되어있다. 이도령과 춘향이가 만나는 광한루는 「연분의 자리」이다. …(중략)… 그러나 오늘

---

62 이어령은 일련의 소설론을 발표한 다음 1966년에 이르자 「장군의 수염」, 「무익조」, 「암살자」, 「전쟁 데카메론」 등의 소설들을 연달아 발표한다. (비록 이 자리에서 검토해볼 여력은 없으나) 일련의 소설론과 실제로 창작된 소설들을 연결해보는 작업은 유의미할 것이라고 여겨진다. 다만, 한 가지 언급해두고 넘어가야 할 사실은 이어령의 소설들이 그 당시 아주 혹평을 받았다는 것이다(「소설가 이어령의 도로(徒勞)」, 《청맥》, 1966.7; 「최악의 졸작—이어령 작 전쟁 데카메론」, 《청맥》, 1966.10).

날의 소설에서 인간이 만나는 자리는 「역사의 자리」로 바뀌어진 것이다. …
(중략)… 그들의 만남을 가능케 한 것은 개인적인 운명이 아니라 역사나 사
회의 한 현장이었다. 그러므로 그들의 만남에는 운명과 성격의 여감(予感)
이 아니라 항상 시대의식이란 것이 선행하게 된다. 소설의 출발점부터가 달
라진 셈이다.[63]

옛날 소설에 등장하는 악은 모두가 그와 같은 「인격악(人格惡)」이다. 장
화홍련전이나 흥부놀부전이나 모두가 예외일 수 없다. 「변사또」는 나쁜 관
리일 뿐이다. …(중략)… 「변사또」와 같은 인격악이 춘원의 시대에만 이르
러도 사회악으로 변모하게 된다. …(중략)… 그런데 우리가 지금 핵분열의
「에너지」 시대에 살고 있는 것과 같이 소설에 있어서도 「분열악(分裂惡)」
이라는 「에너지」에 의존되고 있다는 사실을 발견할 수 있다. …(중략)… 어
느 것이 선이고 어느 것이 악인지 선악 판단의 가치규준이 분열되어 버린
우화 속에서 살고 있는 것이다. …(중략)… 그러니까 「악을 어떻게 피했을
가」 「악이란 어디서 오는 것이냐」 그리고 결국 이는 「무엇이 악인가?」로 문
제의식이 바뀌어 온 것이다.

옛날의 소설은 「외전시대(外戰時代)」 속에서 전개되었지만 지금의 한국소
설은 「내전시대(內戰時代)」에 이르렀다. 춘향은 싸워야 할 대상이 밖에 있
다. …(중략)… 현대의 춘향극은 바로 춘향이가 자기 회의를 겪는 지점에 이

---

63 이어령, 「한국의 순수문학은 어디까지 왔는가?」, 《대학신문》, 1965.3.22, 4면. 이하, 다른 서지사항
    을 제시하기 전까지 인용 대목은 그 출처가 동일함.

르렀다. …(중략)… 오늘날의 한국작가들은 4·50년 전의 작가에 비해서 무력한 듯이 보인다./ 사회를 개조한다든지 민족적인 불행을 극복하려는 그 노력에 있어서 뒤떨어지고 있는 것 같다. 춘향처럼 매에 견디는 의지는 없다. 그러나 거기에 바로 현대작가로서의 운명이 있다고 말할 수 있다. 그들은 외적보다도 지금 안에 있는 적, 즉 내란을 치루는데 더 급한 까닭이다. …(중략)… 따라서 사회를 개조하기보다는 사회를 개조하려고 나서는 자기 자신에의 물음이 그들을 괴롭힌다./ 말하자면 한국 소설의 「드라마」는 외전의 시대가 내전의 시대로 들어선 것이다.

현대작가들은 이도령이 마패를 들고 춘향이의 형장에 나타나는 것은 그리지 않는다. 왜냐하면 소설의 결론은 인생의 결론이 아니라는 것을 아니 소설의 결론은 하나의 해결이 아니라 「물음」이라는 것을 알고 있기 때문이다./ 형장에서 피를 토하고 쓰러진 춘향이가 어떻게 구제될 것이냐 하는 관심보다도 왜 그녀는 형장에서 수난을 겪고 있느냐의 원인에 더 많은 흥미를 가지고 있기 때문이다.

이상의 네 가지 인용 대목을 통해서 이어령이 생각한 오늘날의 순수문학이 어떤 것이었는지를 추측할 수 있거니와, 이 중에서 특히 주목할 부분은 세 번째이다. 세 번째에서는 오늘날의 한국작가들은 "사회를 개조한다든지 민족적인 불행을 극복하려는 그 노력에 있어서 뒤떨어지고 있는 것 같"다는 내용이 먼저 언급된다. 하지만 비판을 가하기 위함은 아니다. 곧이어서 한국소설이 "사회를 개조하기보다는 사회를 개조하려고 나서는 자기 자신에의 물음"에 집중하게 되었다는 점을 강조하는 방향으로 나아가기 때문이다. 이는 이어령이 사르트르의 '참여문학론'에 기반하여 목소리를 내었을 때와는 자못 달라진 면모를 보여준 것이 아닐 수 없다. 이는 「현실과 문학인의 위치 …오늘의 작가에게 말한다…」보다 한발 더 나아간 것이기도 하다. 이제 이어령은 '인간의 내적의식'으로 뚜렷이 주안점을 옮겨온 것이고, 또, 이를 담아낸 문학을 '순수문학'이라고 이름 붙이기에 이른 것이다.

그렇다면 이어령이 지향한 '인간의 내적의식'을 탐구하는 '순수문학'은 어떤 것인가. 잠깐 「현실과 문학인의 위치 …오늘의 작가에게 말한다…」로 되돌아가 보면, 이어령은 이미 이 글에서 예전과는 달라진 현실인식을 내비쳤었다. 그러니까 전후의 시기에 등장하여 '불의 작업', '화전민', '황무지' 등의 표어를 활용하면서, 아무것도 주어지지 않은 피폐한 현실을 일구어야 한다고 외쳤던 이어령은, 이 글의 도입부를 아래와 같이 구성함으로써 1960년대로 접어든 다음부터의 그 자신 달라진 현실 인식을 드러낸바 있었던 것이다.

까스또르여./ 지금은 어려운 시대다. 더구나 이런 시대에 태어나서 한 줄의 글을 쓴다는 것은 얼마나 괴롭고 또 얼마나 어려운 일인지 모르겠다. 모든 사람은 우리들 곁에 머물러있기를 거부하고 있다. 그들이 말하고 있는 것은 투표장의 숫자(數字)이며 임금의 액수이며 오늘 저녁 식탁에 오를 그 「메뉴」에 관한 것이다. 그들은 모든 것을 숫자(數字)로 환산하려고 한다. 돈과 권력과 직접적인 쾌락 이외는 아무것도 생각하고 있지 않다. 그것은 필요한 것이냐 그것은 편리한 것이냐 그것은 안락한 것이냐 하는 판단이 이 시대의 모든 가치 모든 선악 모든 사랑을 대신하고 있다. 말하자면 생활의 외피―

항시 유동하고 있는 그 해면의 굴곡밖에는 보지 않고 있다. 해저의 어두운 정밀(靜謐), 그 깊숙한 생명의 내류(內流)를 탐색하기 위해서 사색이라는 무거운 잠수복을 입기를 누구나가 다 꺼려하고 있는 시대다. 그러기에 오늘의 인간들은 사색 대신 「가이가」기(器)를 메고 살아간다.[64]

물론 이 글이 1961년에 쓰여진 만큼, 위 인용 대목 속에 담긴 내용은 다소 어색한 느낌을 준다. 그러니까 저 유럽이나 미국의 1961년 실상이라면 몰라도 한국의 1961년 실상이라기에는 좀 앞선 것이 아닌가 하는 의문이 든다는 것이다. 일단은 문면에 적혀 있는 대로 따라가 본다면 사람들은 "돈과 권력과 직접적인 쾌락 이외는 아무것도 생각하고 있지 않다." 사람들은 편리성을 기준으로 "이 시대의 모든 가치 모든 선악 모든 사랑을 대신하고 있다." 사람들은 "사색이라는 무거운 잠수복을 입기를" 꺼린다. 요컨대, 이어령은 물질적 가치가 최우선으로 삼아지는 현실을 꼬집으며 비인간화의 문제를 지적하는 것이다. 그리고 이와 같은 이어령의 달라진 현실 인식은 1960년대 중·후반의 도시화, 산업화를 거치면서 더욱 공고해진 듯하다. 이를 잘 보여주는 글이 바로 「병영화시대의 예술가 ＝「수단의 언어」와 「목적의 언어」」(《조선일보》, 1968.5.16)이다.

이것이 바로 오늘날 우리가 목격하고있는 「세계의 시장화」와 「세계의 병영화」이다. 현대 사회는 거대한 밀리터리 캠퍼스와 슈퍼마케트로 바뀌어져 간

---

64   이어령, 「현실과 문학인의 위치 …오늘의 작가에게 말한다…」, 《동아일보》, 1961.2.14, 4면.

다는 뜻이다. 자본과 기술의 지배 하에 있는 경제정책은 하이데거의 말대로 「인간의 인간다운 면, 사물의 사물다운 면」을 계산된 시장의 교역 가치로 해소시켜 가고 있는 것이다./ 그리하여 모든 존재자는 계산이라는 행위 속으로 말려 들어가고 있다. 이와 같은 인간 생활의 시장화는 권력과 조직의 지배 하에 있는 정치 현상에서는 「병영화」로 나타나게 된다. 오늘날엔 군복을 입은 사람이든 평복을 입은 사람이든 규격화하고 조직화한 하나의 병영 속에서 살고 있는 것이다.[65]

위의 인용 대목에서는 세계의 시장화, 병영화가 문제로 삼아진다. 하이데거의 말이 인용되면서 '현존재'가 '도구적 존재'로만 취급되는 세태가 비판된다. "20세기의 유행어처럼 되어버린 인간 상실이나 방향감각의 해체 과정"도 이로부터 생겨난 것이라고 언급된다. 이렇게 현실 인식이 달라졌으니 이의 대응 수단인 문학도 달라질 수밖에 없다. 이제 황무지를 개간하는 문학이 아니라 비인간화를 해결하는 문학이 요청되는 것이다.

계속해서 글의 흐름은 "수단의 언어는 살쪄가고 목적의 언어는 야위어가는" 상태를 지적하면서 작가와 지성인은 목적의 언어를 선택해야 한다고 지적하는 대로 나아간다. 그런 다음 목적의 언어가 어떤 의미인지를 상세히 기술하는데, 비록 '순수문학'이라는 단어는 쓰여지지 않았지만, 이 대목들을 통해서 이어령이 지향한 순수문학이 어떤 것이었는

---

65 이어령, 「병영화시대의 예술가 =「수단의 언어」와 「목적의 언어」」, 《조선일보》, 1968.5.16, 5면. 이하, 다른 서지사항을 제시하기 전까지 인용 대목은 그 출처가 동일함.

지를 파악할 수 있다. 목적의 언어는 다음과 같은 세 가지로 정의된다. 첫째, '고향의 언어'이다. 그러니까 "상실한 존재의 고향을 이 야영(野營)과 시장 속에 투사(投射)해 주"는 언어이며, "본질적인 참여와 개조의 언어"라는 것이다. 둘째, '물음의 언어'이다. 그러니까 "참가시에 있어서 고발의 언어는" "물음이 아니라 또 하나의 수단의 언어에 지나지 않"으므로, "시인이 참으로 이 사회에 참가하려면 「어떻게…」라는 수단의 언어들에 「그것은 무엇인가!」의 물음의 언어를 던"져야 한다는 것이다. 셋째, '종합의 언어'이다. 그러니까 "모순과 혼합을 종합시키지 않고 배제하고 제거해버리는 「제거의 언어」 속에서 존재는 왜곡"되는데, "사이비 참가시는 이러한 제거의 언어로 점철되어 있"는바, 이를 지양하고 반대편의 것을 취해야 한다는 것이다. 그리고, 고향의 언어, 물음의 언어, 종합의 언어로써 "정신적 문법 자체의 개혁"이 가능하다는 설명과 함께 글은 매듭이 지어진다. 이상을 통해 이어령이 염두에 둔 순수문학은 하이데거의 철학으로부터 차용해온 부분이 많음을 알 수 있다. 또, 이어령이 염두에 둔 순수문학은 (사이비) 참가문학과 분명히 선을 긋는 것이었음을 알 수 있다. 결과적으로 이어령이 염두에 둔 순수문학이란 사회적 효용성을 추구하기보다는 인간 본질을 탐구하는 데로 초점이 맞춰진 것이었음을 알 수 있다.

이렇게 4·19혁명 이후 이어령이 발표한 문학비평을 순서대로 살펴보았다.[66] 이에 따라 이어령은 4·19혁명이 일어난 지 한 달 뒤의 시

---

66 이 과정에서 매끄러운 글의 전개를 위해 실제비평에 속하는 「문학과 역사적 사건 —4·19를 예로—」(《한국문학》, 1966.2)에 대한 검토는 생략했다. 그러나 「문학과 역사적 사건 —4·19를 예로—」이 지니는 의의는 절대 적지 않으며, 각주로나마 설명을 해둘 필요가 있다. 「문학과 역사적 사

1부 이어령의 문학비평 367

점부터 문학에 대한 입장 변화의 조짐을 보였다는 것을 알 수 있었고, 또, 1960년대 중·후반에 이르러 문학에 대한 입장 변화의 완료를 이루었다는 것을 알 수 있었다.[67] 즉, 전후의 시기에서 사르트르의 '참여문

───────

건 ―4·19를 예로―」은 4·19혁명으로부터 약 5년이 흐른 뒤의 시점에서 쓰여졌으므로, 4·19 혁명으로부터 1년이 채 안 된 시점에서 쓰여진 「현실과 문학인의 위치 …오늘의 작가에게 말한 다…」와는 다르게 좀 더 객관적인 시각에서 서술이 이루어지고 있다는 느낌을 준다. 즉, 「현실과 문학인의 위치 …오늘의 작가에게 말한다…」가 4·19혁명(혹은 4·19혁명 뒤에 산출된 문학)에 회의적인 시선을 내비치는 데 그쳤다면, 「문학과 역사적 사건 ―4·19를 예로―」은 4·19혁명(혹은 4·19혁명 뒤에 산출된 문학)을 두고서 인정할 부분은 인정하고 비판할 부분은 비판하는 입장을 취했다는 것이다. 「문학과 역사적 사건 ―4·19를 예로―」에서의 핵심 내용을 한마디로 표현하자면 4·19혁명에 대한 적절한 만장(挽章)의 언어(문학)를 아직 마련하지 못했다는 것 정도가 된다. 4·19혁명을 '만장'이라고 표현한 것으로부터 이어령이 4·19혁명을 종결태로 간주했음을 유추할 수 있다고 지적한 논의도 있으나, 그보다는 이어령이 4·19혁명을 제대로 형상화한 문학이 부재하다는 인식을 내보였음에 주목할 필요가 있다. 구체적으로 이어령은 (살펴왔던 것과 같은 문제의식 아래서) 그릇된 참여문학을 꼬집었다. 이어령은 다음과 같이 서술한 것이다. "4·19 전(前) 문화의 동태를 보면 이렇게 새로운 혁명의 소리를 유도한 것이 아니라 거꾸로 그 소리를 말살하는 부패 세력과 야합했다는 사실이다. 그리고 직접적인 문학활동에 있어서도 대부분의 작가들은 6·25 동란의 전후(戰後)적인 허탈감과 허무의식에 사로잡혀서 패배주의적 경향으로 나가고 있었다. 비록 사회참여 이론이 등장하고 사회악을 비판하는 고발문학들이 쏟아져 나왔다 하더라도 참신한 사회적 감각이나 역사의식보다는 대부분이 관념적인 것들이었다. 단적으로 말하자면 4·19혁명의 인간상을 게시할 수 있는 예언적 인물을 한국의 작가들은 창조하지 못했다는 것이다."(이어령, 「문학과 역사적 사건 ―4·19를 예로―」, 《한국문학》, 1966.2, 212면) 더하여, 「문학과 역사적 사건 ―4·19를 예로―」의 구체적인 내용은 이수향과 이도연의 논의(이수향, 「이어령 문학 비평 연구」, 서울대학교 석사학위논문, 2010, 64~68면; 이도연, 앞의 글, 14~20면)에서 상세히 소개되었으니 이를 참조할 것(단, 이 장의 각주55번에서 언급했듯이 「문학과 역사적 사건 ―4·19를 예로―」을 참여문학론의 일환으로 보는 이도연의 관점에는 동의하지 않는다).

67 여기서 다음의 내용을 강조해둘 필요가 있다. (되풀이 언급하는바) 근본적인 입장에서 이어령은 '순연한 문학주의자'였다. 이에 '참여문학'이 아니라 '참여문학'이 되는 사태로부터 문학에 대한 입장 변화가 추동되었다는 사실을, 그리고 그 도달점도 '순수문학'이 아니라 '순수문학'이었다는 사실을 놓쳐서는 안 된다. 곧, 어느 경우이든 간에, '문학'에 방점이 찍혀있었다는 사실을 놓쳐서는 안 된다. 과감하게 말한다면, 이어령에게 '문학' 앞의 접사(接辭)는 그저 당시의 정황에 가장 알맞은(혹은 당시의 정황에 가장 어필(appeal)할 수 있는) 대응책으로 마련된 것이었을 뿐이며, 그래서 실정이 변화한다면 이에 따라서 언제든지 바뀔 수 있는 가변적인 것이었을 뿐이다. 이런 측면에서 이어령은 랑시에르의 다음과 같은 언급에 걸맞은 입장을 지닌 인물이었다고 할 수 있다. "문학의 정치는 작가의 정치가 아니다. 그것은 작가가 자신이 사는 시대에서 정치적 또는 사회적 투쟁을 몸소 실천하는 참여를 의미하지 않는다. 그렇다고 작가가 저술을 통해 사회구조, 정치적 운동들, 또는 다양한 정체성들을 표상하는 방식을 의미하는 것도 아니다. "문학의 정치"라는 표현은 문학이 그 자체로 정치행

학론'을 바탕으로 한 사회 참가 문학을 지향하던 이어령은, 4·19혁명을 기점으로 조금씩 다른 방향으로 옮겨가,[68] 1960년대 중·후반에 이르면 하이데거의 '예술론'을 바탕으로 은폐된 현존재의 근원적 존재의 미를 탈-은폐하는 식의 순수문학을 지향하기에 이르는 것이다.[69]

―――――――――

위를 수행하는 것을 함축한다. 따라서 이 표현은 '작가가 정치적 참여를 해야 하느냐' 또는 '예술의 순수성에 전념해야 하느냐' 하는 문제로 제기되지 않는다. 이 순수성 자체도 사실 정치와 무관한 것이 아니다. 문학의 정치는 특정한 집단적 실천형태로서의 정치와 글쓰기 기교로 규정된 실천으로서의 문학, 이 양자 간에 어떤 본질적 관계가 있음을 전제로 한다."(자크 랑시에르, 유재홍 역, 『문학의 정치』, 인간사랑, 2011, 9면) 한편 랑시에르의 견해가 김수영을 이해하는 한 통로로 많이 이용되고 있다는 점을 감안할 때, 이어령과 랑시에르를 연결시키려는 이러한 주장은 모순적이라고 여겨질 수 있다. 곧 살필 예정이지만, 이어령과 김수영은 '정치권력', '불온' 등의 화제를 가지고서 첨예하게 대립했기 때문이다. 그러나 미리 언급해둔다면, 랑시에르는 '치안(la police)'과 '정치적인 것(le politique)'을 구분했거니와, 이때의 '정치적인 것(le politique)'은 김수영과 이어령 모두에게 적용될 수 있고, 다만, '치안(la police)'이 지닌 영향력을 어느 정도로 생각했느냐(혹은 체감했느냐)의 차이가 김수영과 이어령에게는 존재했다고 볼 수 있다. 더불어, 이와 연관된 맥락에서 '참여'도 '순수'도 모두가 하나의 계파적 입장표명으로 환원되어버리는, 그리하여 '문학'에다가 어떠한 접사를 붙인다고 해도 마땅찮게 되어버리는, 그와 같은 1970년대로 접어들게 되면서 이어령은 더 이상 '어떤 문학'을 언급하지 않고 '문학 내적 영역'으로 관심을 옮겨와 본격적으로 '기호학' 이론을 도입, 활용한 것이 아닌가 추측해볼 수 있다.

68 이럴 때 흥미로운 사실은 1960년대에 들어서면서부터 사르트르에게도 문학에 대한 입장 변화가 나타났다는 것이다. "1960년 안팎에 이르면 싸르트르의 문학관은 급격스러운 변화를 나타내게 된다. …(중략)… 첫째는 참여의 개념에 관한 것이다. 앞서 지적한 대로 싸르트르는 작가에 대해서 역사적, 사회적 존재로서의 자신의 모습을 강렬하게 의식하고 구체적 현실의 초극과 직결될 수 있는 작품을 생산하도록 종용해 왔다. 그리고 이러한 사회참가의 당위성을 심지어 산문문학 이외의 분야에서도 암시하기까지 했다. 그러나 이렇게 외곬을 향해서 극대화되어 가던 참여의 개념이 이제는 확산되고 마는 것이다. …(중략)… 참여는 협의로는 정치적 참여를, 광의로는 작품 창조에 생명을 내리는 행위를 의미하게 될 것이다. 그러니까 싸르트르가 비교적 호의적으로 대하는 19세기의 작가와 마찬가지로 그가 그렇게도 증오하고 고발하는 보들레르, 플로베르, 또는 프루스트 역시 넓은 의미에서는 참여작가라고 부를 수 있게 된다. 다시 말하면 그는 아직도 작가의 정치적 참여의 가치를 고집하면서도 그의 문학관을 넓혀 과거에 부정하던 문학적 표현을 참여라는 이름 아래서 긍정적으로 받아들이려는 것이다."(싸르트르, 이휘영·원윤수 역, 「해설」, 『(세계문학전집·29)구토, 말외』, 13판: 삼성출판사, 1977, 487면)

69 일찍이 김병걸은 이와 같은 사실을 선취하여 다음과 같이 서술한 바 있다. "한편 이어령 씨는 묘한 줄타기를 하고 있다. 한때는 현실참여의 진로를 개척한답시고 분망하던 분이 근년에 와서는 그것과 대결하는 입장을 취하고 있는 것이다. 이철범 씨가 지적하고 있는 바와 같이, 그는 〈앙가주망의 입장〉에서 〈데가주망의 입장〉으로 변모했다. 이어령 씨의 그와 같은 변모는 그의 다혈적인 활기가 가

3. 불온시 논쟁과 전후세대 비평(가)의 퇴장

1960년대에 들어서 이어령은 두 개의 논쟁을 벌이게 된다. 하나는 《현대문학》을 통해 정태용, 이형기와 벌인 논쟁이며, 다른 하나는《사상계》와《조선일보》를 오가면서 김수영과 벌인 논쟁이다. 전자는 거의 알려지지 않은 데 반해, 후자는 너무나도 유명하다.[70] 이는 정태용, 이형기가 비기기 어려울 정도로 김수영이 높은 이름값을 지녔다는 사실과는 별개의 문제로, 애초부터 논쟁의 질적 수준에서 격차가 있었다는 사실에 기인한다. 그러니까 전자 쪽보다 후자 쪽이 훨씬 더 논쟁다운 논쟁, 논쟁에 값하는 논쟁이었다는 의미이다(물론 후자가 생산적인 논쟁이었느냐를 따져 묻는다면 꼭 그렇다고 대답하기도 애매하다. 조금 후 살펴볼 것이지만 이어령과 김수영은 맞놓아진 평행선을 달리는 모양새였다).

시기상으로 전자는 1963년에 일어났고 후자는 1968년에 일어났다. 고작 5년의 시차가 날 뿐이다. 하지만 이 사이에 이어령(을 비롯한 전

신 때문인지, 또는 정신적 세계가 달관 지경에 닿은 탓인지, 그렇지 않으면 그의 문제와 더불어 그의 사상이 시류적인 가동성 때문인지, 우리가 앞으로 주시해볼 문제이다./ 그러나 이 씨 자신은 결코 자기의 입장을 「참여」와 결별한즉 참여의 반정립이라고 생각하는 것 같지 않다. 왜냐하면〈고향의 언어, 상실한 존재의 고향을 이 야합과 시장(세속의 뜻–필자 주(註))속에 투사해주지 않으면 안 된다. 이것은 기피의 언어가 아니라, 보다 본질적인 참여와 개조의 언어인 것이다.」(「병영화시대의 예술가」–조선일보 68년 5월 16일) 이렇게 씨는 주장하고 있기 때문이다. 허지만 어쨌든 그가 오래전에 김동리 씨나 서정주 씨를 공박하던 때의 그 사르뜨르적인 무장을 해제하고 지금은 원형갑 씨와 대동소이한 입장에서 하이덱거의 존재론에 힘입어 고향상실(Heimatlosigkeit)의 회복을 획책하고 있는 것만은 분명하다." 김병걸, 「참여론 백서」,《현대문학》, 1968.12, 103면.

70 찾아본 선에서 이어령과 정태용, 이형기 간의 논쟁에 주목한 논의는 한 편이 전부이다(홍성식, 「이어령의 문학비평과 그 한계」, 『새국어교육』 56, 한국국어교육학회, 1998, 376~380면). 그마저도 한 챕터로 구성되었으며, 또, 다음의 구절에서 잘 드러나듯이 평가가 상당히 박했다. "이어령과 정태용, 이형기의 논쟁은 각자의 정당한 문제 제기에도 불구하고, 논쟁 외적인 악화로 당대 비평의 미성숙만을 드러내 주었을 뿐이다."(같은 논문, 380면)

후세대)의 처지는 많이 바뀌었다. 이어령은 조금씩 에세이스트, 칼럼니스트, 잡지 편집자로 운신의 폭을 넓혀가는 형편이었거니와, 이를 뒤집어 본다면 이어령은 조금씩 문학의 영역에서는 뒤쪽으로 밀려나고 있는 형편이었다. 그리고 이어령을 대신하여 문단에서 앞자리를 차지한 이들은 4·19세대라고 스스로를 지칭한 후속세대였다. 이어령은 전전세대(제1세대)와 후속세대(제3세대) 사이에 자신의 세대인 전후세대(제2세대)를 위치시키면서 문단 내에서의 자리 마련 혹은 자리 보존을 위한 나름의 노력을 기울였지만, 안타깝게도 그러한 노력에 상응하는 대가를 획득할 수 없었다. 특히 후속세대가《창작과비평》,《문학과지성》등을 창간하면서 활동 기반을 튼튼히 구축한 것과 대조되게, 이어령(을 위시한 전후세대)은《한국문학》을 창간하는 데에 관여했으되,《한국문학》은 한 해를 넘기지 못하고 마침표를 찍게 되었던바, 이와 같은 사실은 1960년대 중반을 지나면서부터 이어령(을 위시한 전후세대)의 문학사적 수명이 거의 다하고 말았다는 일종의 표징으로 읽힌다. 그래서 1963년에 벌어진 정태용, 이형기와의 논쟁이 그래도 전후세대가 건재할 때 벌어진 것이었다면, 1968년에 벌어진 김수영과의 논쟁은 전후세대가 확연히 저물 때 벌어진 것이었다고 할 수 있다. 또한, 1963년의 정태용, 이형기와의 논쟁이 전전세대에 대한 전후세대 간의 온도 차이로부터 촉발된 것이었다면, 1968년의 김수영과의 논쟁은 후속세대에게 지지를 받는 자(김수영)와 후속세대에게 배척을 받는 자(이어령) 간의 좌표 차이에서 비롯된 것이었다고 할 수 있다.[71]

---

71   아래의 구절들은 김수영, 후속세대,《창작과비평》,《한국문학》의 여러 관계들을 보여주므로 참고해

여기서 1963년에 벌어진 정태용, 이형기와의 논쟁까지를 살펴볼
여유는 없다. 일어나게 된 계기를 따져볼 때도, 결과로 주어지는 생산성
등을 따져볼 때도, 그것은 큰 가치를 지닌다고 할 수 없기 때문이다.[72]

둘 만하다. "김수영이 젊은 문인들, 염무웅, 김현, 김치수, 김주연, 황동규, 김영태 등과 자주 어울리게
된 것도 그 즈음이었다. 신구문화사에 나오면 만나게 되는 그들과 자연스레 이야기가 나누어졌고,
술을 마시게 되었고, 그러다가 보니까 퇴영적이며 유미주의적인 그의 나이 또래의 문인들보다 젊고
활력에 넘친 젊은이들과의 만남이 즐거웠다. 적어도 그들에게는 김수영 연배와 같은 정치에 대한
소심증이 없었다. 미숙하기는 하지만 그들은 서정주나 김동리의 단순 차원을 넘어서서 보다 역동적
인 어떤 것으로 그들의 문학을 성취시키고자 했으며 어느 정도 비판적인 태도까지도 견지하고 있었
다. '이런 걸 쓰면 걸리지 않을까' 하고 두려워하는 김이석이나 시 월평에 대해 '그놈이 나한테 이럴
줄 몰랐는데'라고 감정적으로 받아들이는 소위 시단의 중견들과는 달랐다."(최하림, 『김수영 평전』,
실천문학사, 2018, 365면), "『창작과비평』이 창간된 것은 그 즈음이었다. 계간인 이 잡지는 문학 속
에서 문학을 보아온 이전의 문학지와는 다르게 사회 속에서 문학을 보려 하는 것 같았다. 그 점이
김수영의 마음에 들었으며, 편집진도 필진도 전부 30대 전후라는 것이 신선한 자극을 주었다. 적어
도 그곳에는 김동리나 서정주 청록파의 내음이 없었다. 여러 면에서 이어령이 주도했던 계간 『한국
문학』과도 구별되었다. 『한국문학』이 김춘수, 김수영, 박경리, 이범선, 이어령, 유종호 등이 동인으로
참가하여, 동인들의 작품만 싣는 순수문학지였다면 『창작과비평』은 젊은 세대에게 문이 열려 있음
은 물론 정치, 경제, 사회에 관한 발언을 강화하고 있었다."(같은 책, 385면), "김수영과 백낙청이 처
음 만난 것은 1966년 봄의 어느날이다. 『창작과비평』과 『한국문학』이 창간된 후의 어느 출판기념
회 자리였다. 소설가 한남철의 소개로 김수영과 인사한 백낙청은 김수영이 그 자신 발행에 관여하
기도 한 『한국문학』을 제쳐두고 『창작과비평』을 상찬하는 모습에 깊이 고무되었다. 김수영은 엄지
손가락을 치켜세우며 '만년필은 파카, 라이터는 론손, 잡지는 창작과비평'이라고 소리쳤다. 당시에
는 기존의 한국문인협회 중심 인맥이 『현대문학』으로 포진하고 있었고, 그 문협의 주류에서 비켜난
문인들이 현암사에서 발행한 이어령 주관의 계간지 『한국문학』으로 결집되었으며, 이제 막 목소리
를 내기 시작한 한글세대가 자신들의 문학동인지로 모여들고 있었다."(박수연, 「운명적 반어와 그것
의 극복」, 창비 50년사 편찬위원회, 『한결같되 날로 새롭게: 창비 50년사』, 창비, 2016, 63면)

[72] 정태용, 이형기와의 논쟁이 발발하게 된 원인만 적어두기로 하자. 보통은 논쟁의 주요 화제를 본뜨
는 방식으로 논쟁의 이름을 붙이곤 한다. 하지만 정태용, 이형기와의 논쟁은 화제가 하나로 모아지
지 않고 여러 가지로 분산된 탓에 논쟁의 이름으로 삼아질 뚜렷한 단어를 떠올리기가 쉽지 않다. 이
어령은 정태용, 이형기와의 논쟁을 "조연현 씨를 에워싼 논쟁"이라고 이름을 붙였지만(『(이어령 라
이브러리)장미밭의 전쟁』(문학사상사, 2003)에서 이렇게 이름을 붙여놓았음이 확인된다), 이는 논
쟁의 특정 부면만 대표할 뿐이며, 논쟁의 전체 면을 대표하지 못하므로, 완전히 적합하다고 하기가
어렵다. 차라리 '비평(가)의 수준, 자질 논쟁' 정도가 적당하지 않을까 싶기도 하지만, 이 역시 딱 들
어맞는 이름이라고는 생각되지 않는다. 정태용, 이형기는 이어령의 글들에서 조금이나마 트집을 잡
을 만한 요소가 보이면 바로바로 지적에 나섰으며, 이에 대응하여 이어령은 단 한 치의 물러섬도 없
이 이것저것 다 대꾸함과 동시에 상대편을 향한 힐난까지를 구사했다. 자연히 산만한 흐름을 보일
수밖에 없었던바, 테이블 위에 올려진 화제들이 전연 무가치한 것은 아니었으되, 생산적인 의견 교

하지만 김수영과의 논쟁은 꼼꼼히 살펴보아야 한다. 비록 김수영과 이어령이라는 두 참여자가 상충되는 의견을 번갈아 개진한 형국에 그쳤다고 해도 그것은 김수영과 이어령 모두에게 전환의 계기로 작용했기 때문이다.[73] 구체적으로 김수영은 이후 「시여, 침을 뱉어라」(1968.4)를 발

환이 이루어지지는 못했다고 할 수 있다. 이제껏 정태용, 이형기와의 논쟁이 좀체 부각되지 못했던 핵심 원인이 바로 여기에 있다고 해도 과언이 아니다. 논쟁의 시발점은 정태용의 「사이비 지성의 결산」(《현대문학》, 1963.5)과 이형기의 「문단'인상'파론」(《현대문학》, 1963.5)이다. 이때 두 편이 모두 1963년 5월호《현대문학》에 게재되었다는 점은 눈길을 끌기에 충분하다. 정태용과 이형기는 같은 시기에 같은 지면을 빌어, 이어령에 대한 일제 사격을 퍼부은 것인데, 이는 제법 이례적, 이색적인 경우라고 할 것이다. 그렇다면 어찌하여 이런 사태가 벌어지게 되었는가. 정태용이 문제로 삼은 이어령의 글은 「현대예술은 왜 고독한가」(『현대인 강좌3 학문과 예술』, 박우사, 1962), 「한국소설의 맹점 ―리얼리티의 문제를 중심으로―」(《사상계》, 1962.11), 「오해와 모순의 여울목 ―그 역사와 특성―」(《사상계》, 1963.3), 「이론과 실제의 불협화음 ―한국 문학평론 반세기의 금석(今昔)―」(《사상계》, 1963.3) 등이었고(여기서 「오해와 모순의 여울목 ―그 역사와 특성―」과 「이론과 실제의 불협화음 ―한국 문학평론 반세기의 금석―」은 《사상계》 1963년 3월호의 "문학쎔포지움 ③" 아래 수록된 글들이다. 또한, 「이론과 실제의 불협화음 ―한국 문학평론 반세기의 금석―」은 토론을 정리한 글로 여기에는 김용권(사회), 백철, 유종호, 이어령, 홍사중이 참여했다), 이형기가 문제로 삼은 이어령의 글은 「한국소설의 맹점 ―리얼리티의 문제를 중심으로―」, 「오해와 모순의 여울목 ―그 역사와 특성―」, 「이론과 실제의 불협화음 ―한국 문학평론 반세기의 금석―」이었다. 결국 1963년 3월호《사상계》에 실린 두 편의 글이 논쟁의 발발을 초래한 핵심 요인으로 여겨지는데, 이 두 편의 글에서 펼쳐진 내용이란, 한국의 비평사를 되짚으면서 이어령(혹은 여러 논자들)이 반성, 전망 등의 의견을 개진(혹은 교환)하는 것으로 주어진다. 다만, 그 과정에서 기성들(주로 조연현)에 대한 강한 비판의 언사가 동반되었던 것이 문제였다. 이어령은 「오해와 모순의 여울목 ―그 역사와 특성―」에서 한국의 비평사를 개괄하면서 특히 조연현을 강하게 비판했다. 그리고 토론인 「이론과 실제의 불협화음 ―한국 문학평론 반세기의 금석―」에서도 마찬가지의 양상이 나타났는데, 이유인즉, 이어령이 그러했던 것처럼, 그 외의 토론자인 유종호, 홍사중 또한 전후의 시대에 등장한 도전적인 비평가로 기성들에 대해 별반 호감을 갖고 있지 않았고, 이런 인물들이 한 군데에 모여 한국의 비평사에 관한 이야기를 나누다 보니, 특정 대목에 이르러, 특히 조연현을 가열하게 비판하는 대목이 여과 없이 펼쳐지게 된 것이다(이 과정에서 또 다른 토론자인 백철은 이어령, 유종호, 홍사중의 강한 과거 부정 발언에 대해 종종 반대의 목소리를 내었지만, 백철로서도 자신과 대척점에 서 있었던 조연현까지를 굳이 옹호할 이유는 없었다). 그렇기에 이로부터 두 달 뒤 조연현의 막강한 영향력 아래 있었던《현대문학》에서, 조연현의 비호 아래 활동하던 정태용과 서정주의 추천으로 등단한 이형기가, 마치 약속이라도 한 것처럼 이어령을 향해 공격의 화살을 날리게 된 것이다.

73 한편으로 이어령은 김수영과의 논쟁이 벌어질 당시에도 김수영과는 적대적인 관계가 아니었으며 차라리 우호적인 관계였다는 식의 발언을 여러 인터뷰를 통해 반복적으로 했거니와, 최근의 김수영 50주기 기념 책자에도 "서로 누운 자리는 달랐어도 우리는 같은 꿈을 꾸고 있었을 것이라고"라는

표하면서 '온몸의 시학'으로 한발을 더 뻗었고, 반대로 이어령은 이후 일선에서 물러나면서 (문학적 활동만으로 국한할 때)《문학사상》의 창간 및 문학 작품에 관한 기호학적 연구 등으로 방향을 틀었다. 김수영이 승리자도 이어령이 패배자도 아니었지만, 시대의 흐름은 두 인물을 상반된 길로 인도한 것이다. 더욱이 김수영은 1968년 6월 16일에 버스 사고를 당하여 급작스러운 죽음을 맞이하게 되면서, 아이로니컬하게도 더욱 거대한 존재로 승화되기에 이른다. 그러나 이어령은 후속세대가 주도하는 문단의 판도 속에서, 당연하게도 "고독의 그늘을 거느"[74]릴 수밖에 없었다. 이렇게 김수영과의 논쟁은 불멸의 생명력을 획득하게 된 김수영을 낳은 한편, 비평이 갖는 당대적 의미를 상실하게 된 이어령을 낳은 것이다.

김수영과의 논쟁은 대체 어떠했는가. 기존에 제출된 논의들을 보노라면 김수영과의 논쟁은 그동안 정당하게 다뤄지지 못했다는 인상을 강하게 받게 된다. 그러니까 평자의 기준 잣대가 김수영 쪽으로 기울어진 모양새를 내보이는 경우가 빈번하다는 것이다. 물론 어떤 논쟁이든 더 타당성을 지닌다고 여겨지는 쪽이 있을 수 있다. 하지만 그렇다고 해서 더 타당성을 지닌다고 여겨지는 쪽의 입장에 철저히 경도된 형태로

구절로 끝이 나는 김수영 관련 산문을 실었다. 이어령, 「맨발의 시학」 그리고 '짝짝이 신'의 사소한 은유들」, 염무웅 외, 『시는 나의 닻이다』, 창비, 2018, 63~82면.

74 이동하, 「영광의 길, 고독의 길」, 김윤식 외, 『한국 현대 비평가 연구』, 강, 1996, 289면. 이 글에서 이동하는 '고독'을 "내가 말하는 고독은 물론 단순한 외관상의 그것이 아니다. 외관상으로만 보면 오히려 그는 1972년에 『문학사상』을 창간하면서 전보다 더 많은 수의 작가·시인들에게 에워싸이게 되었다고 할 수 있다. 여기서 내가 말하는 고독은 당대의 문학계, 그 중에서도 특히 평론계의 주류가 어떤 방향으로 나아가게 되었는가를 문제 삼는 자리에서 이야기될 수 있는 좀 더 심층적인 의미에서의 고독이다"(같은 글, 284면)와 같이 규정했거니와, 본 논문은 이 관점을 그대로 수용한다.

논의를 전개해서는 곤란하다. 그래서는 올바른 분석, 해석에 값할 수 없다.[75] 아래와 같은 실례들은 김수영과의 논쟁을 살핌에 있어서의 기준선이 얼마나 김수영에게로 편향되어 있는지를 너무나도 잘 알려준다.

한국전쟁 이후 당대의 문학지평을 '화전민 의식'이란 수사로 치장하면서 새로운 비평의 목소리로 주목받아온 그로서는, 이제 또다시 무엇인가 새로운 화젯거리를 준비해야 했다. 가장 손쉬운 것은 당대의 주류를 극단적으로 부정함으로써 논쟁을 이끌어내고, 논쟁의 한복판을 종횡무진 가로지르는 행보이다. 이때 중요한 관심사는 스포트라이트를 집중적으로 받는 일이다. 바로 스타가 되어야 하며, 스타가 되는 조건을 스스로 조작해내어야 한다. 그리하여 나르시시즘을 만끽해야 한다. 이쯤이면 논쟁의 생명인 비판적 지성은 온데간데 없이 소멸된 채 비난과 험담으로 채워지는 것은 자명하다. 이와 같은 면모는 '참여문학=어용문학'이란 관점을 제기하며, 참여에 대한 김수영의 본질적 쟁점을 붙잡지 못한 채 단순히 종래의 순수문학에 대한 입장을 재생산하는 것으로 자족할 뿐이다. 즉 참여의 입장이 1960년대를 관통해오면서 무엇 때문에 그토록 자신의 논리를 구축시키고 있는지에 대한 심

---

75   조금 전에 김수영과 이어령이 어긋나는 각자의 의견을 교차로 펼친 모양새라고 언급한 적 있거니와, 그래서 김수영과의 논쟁은 리오타르가 말한 '쟁론'의 성격을 지닌 것으로 볼 수 있고, 이에 김수영에게로 치우친 여러 견해들은 다음의 구절에 의해서 비판될 여지가 충분하다. "쟁론différend은, 두 가지 논의 모두에 적용될 수 없는 판단 규칙의 결여로 인해 공정하게 해결될 수 없는, (적어도) 두 당사자 사이에서 발생하는 갈등의 한 경우일 것이다. 이 경우에 한쪽이 정당하다légitime고 해서 다른 쪽이 정당하지 않은 것은 아니다. 하지만 만약 이러한 쟁론을 계쟁인 양 간주하여 동일한 판단 규칙을 양쪽에 적용한다면, 둘 중 (적어도) 한 쪽에 대해 잘못tort을 범한 게 된다(만약 두 당사자 모두 이러한 규칙을 인정하지 않는다면, 두 쪽 모두에 대해 잘못을 범한 게 된다)." 장 프랑수아 리오타르, 진태원 역, 『쟁론』, 경성대학교 출판부, 2015, 9면.

도 있는 인식에 이르지 못한 비평적 한계를 드러낸다.[76]

결국 이어령은 계몽주의자답게 민주주의 사회의 다양성과 복잡성을 혐오하고 있었던 것이다. 일제강점기나 이승만 독재 시절처럼 획일적인 질서가 지배했을 때 사생아처럼 탄생한 순수문학을 너무 좋아했던 탓일까, 아니면 더 깊은 정치적 복선이 있었던 것일까. 최소한 문학에서만큼은 민주주의보다는 전체주의가 더 좋다는 엽기적인 주장을 그는 주저하지 않는다. …(중략)… 지금 억압적 정치 상황에서 이어령은 "질서는 위대한 예술이다"라고 주장하며 유신독재로 성장할 권위적 정권에 날개를 달아주고 있는 것이다.[77]

위의 인용 대목들은 당대의 이어령에 대한 몰이해와 당대의 정황에 대한 몰이해가 합쳐져서 초래된 그야말로 틀린 서술이 아닐 수 없다. 모든 구절이 독단(獨斷)이므로 굳이 반박할 필요조차 느끼기 어렵다. 물론 위의 인용 대목들은 가장 극단적인 경우이므로, 이 밖의 다른 논의들은 이렇게까지 심한 편은 아니라고 할 것이지만, 그럼에도 불구하고 대체로 입각점이 김수영 쪽으로 두세 발 더 가까이 놓여 있음은 부정되기 어렵다. 명확한 이어령의 발언은 사태를 얕게 본 데서 기인했다고 치부되는 반면, 두루뭉술한 김수영의 발언은 다른 글을 찾는 수고마저 감내하면서 사실은 이러한 뜻을 담고자 했다고 옹호되는 것이다. 이어령에게

---

76   고명철, 「문학과 정치권력의 역학관계 —이어령/김수영의 〈불온성〉 논쟁」, 《문학과창작》 6(1), 2000.1, 142면.

77   강신주, 「문학은 순수한가? 이어령 VS 김수영」, 『철학 VS 철학』, 개정판; 그린비, 2016, 1282~1283면.

는 마치 '재판관'의 태도를 취하는 듯하고, 김수영에게는 마치 '변사(辯士)'의 태도를 취하는 듯하는 모양새이다.

이에 여기서는 무엇보다 가운데에 서는 중립의 입장을 강조하면서 김수영과의 논쟁을 검토하려고 한다. 다시 말해 섣부르게 누구의 손을 들어주지 않으며 각자의 배경을 두루 고려하는 태도를 견지하면서 김수영과의 논쟁을 검토하려고 한다. 그래야만 폭넓은 이해의 지평이 비로소 열릴 수 있으리라고 생각된다. 우선 전체적인 경과를 나열해보면 아래와 같다.

① 이어령, 「「에비」가 지배하는 문화」, 《조선일보》, 1967.12.28. | ② 김수영, 「지식인의 사회참여 —일간신문의 최근 논설을 중심으로—」, 《사상계》, 1968.1. | ③ 이어령, 「누가 그 조종(弔鐘)을 울리는가?」, 《조선일보》, 1968.2.20. | ④ 이어령, 「서랍 속에 든 「불온시」를 분석한다」, 《사상계》, 1968.3. | ⑤ 김수영, 「실험적인 문학과 정치적 자유」, 《조선일보》, 1968.2.27. | ⑥ 이어령, 「문학은 권력이나 정치이념의 시녀가 아니다」, 《조선일보》, 1968.3.10. | ⑦ 김수영, 「불온성에 대한 비과학적인 억측」, 《조선일보》, 1968.3.26. | ⑧ 이어령, 「논리의 현장검증 똑똑히 해보자」, 《조선일보》, 1968.3.26.

이렇게 이어령이 총 다섯 번에 걸쳐 글을 발표하고, 그리고 김수영이 총 세 번에 걸쳐 글을 발표하는 것으로 김수영과의 논쟁은 진행되었다. 이때의 특이사항은 ②에 대한 반박으로 ③, ④가 연달아 펼쳐졌다는 것(다만, ④가 잡지에 게재된 관계로 ⑤보다 늦게 발표되었다)과 ⑦과 ⑧은 같은 날에 발표되었으나 김수영이 ⑦을 먼저 쓴 후 이를 읽은 이어령이 ⑧을 쓰는 단계적인 과정이 이루어졌다는 것이다.[78]

한편 김수영과의 논쟁은 '불온시 논쟁'이라고 명명되어 있다. 이유인즉, 몇몇 글의 제목에서 '불온시', '불온'이란 단어가 발견되거니와, 붙여진 명칭 그대로 '불온시'라는 개념을 둘러싸고서 김수영과 이어령이 첨예하게 이견을 보였기 때문이다. 기실 '불온'이라는 단어는 단순히 사전적 정의로만 설명되기 어렵다. 상황과 맥락에 따라서 상당히 다채롭게 사용될 수 있고, 또, 사용되어왔기 때문이다.[79] 이에 김수영이 염두에 둔 '불온'의 의미와 이어령이 염두에 둔 '불온'의 의미를 섬세하게 파악하는 작업이 여기서도 핵심으로 삼아질 수밖에 없을 터이지만, 이럴 때 유의할 사항이 있으니, 그것은 '옳다-그르다'를 판별하는 관점은 곤란하며, 그보다는 양자 간의 간극을 확인하는 관점이 긴요하다는 점이다. 이 정도면 기본적인 얼개는 거의 다 그려둔 듯하다. ①~⑧을 단계적으로 검토하는 방식을 취하여 공방(攻防)의 양상을 구체적으로 확인해나가기로 하자.

논쟁 발발의 단초가 된 이어령의 「「에비」가 지배하는 문화」는 한국문화의 위기가 무엇 때문에 초래된 것인지를 진단하고, 나아가 한국문

---

78 리영희는 불온시 논쟁이 김수영에게 불리하게 진행되었다고 회고한 바 있다. 리영희는 그때 《조선일보》 편집국장으로 재직 중이었던 선우휘가 김수영에게 원고 가운데 표현 몇 개를 고치라고 요구하는 등의 행위를 했다고 밝혔다. 그러나 이어령은 이에 대해 사실무근(事實無根)이라는 입장을 내비쳤다(리영희·임헌영, 『대화』, 한길사, 2005, 391~395면 참고; 이어령·강창래, 『유쾌한 창조』, 알마, 2010, 100~109면 참고).

79 '불온'의 개념과 계보에 대해서는 임유경, 「1960년대 '불온'의 문화 정치와 문학의 불화」, 연세대학교 박사학위논문, 2014, 제2장('불온'의 개념과 계보학)에 자세히 서술되어 있으니, 이를 참조할 것.

화의 위기를 어떻게 극복할 수 있을 것인지를 모색해본 글이다. 에돌지 않고 자신이 파악하고 있는 현재의 문제적인 상황을 '에비'라는 단어와 함께 첫머리에서 곧장 드러내고 있다.

「에비」란 말은 유아언어에 속한다. 애들이 울 때 어른들은 「에비가 온다」고 말한다. 그러나 그 말을 사용하는 어른도, 그 말을 듣고 울음을 멈추는 애들도, 「에비」가 과연 어떻게 생겼는지는 모르고 있다. 즉 「에비」란 말은 어떤 구체적인 대상을 가리키는 명사가 아니다. 그것이 지시하고 있는 의미는 막연한 두려움이며 꼬집어 말할 수 없는 불안 그리고 가상적인 어떤 금제의 힘을 통칭한다. 어렸을 때와 마찬가지로 인간들은 복면을 쓴 공포, 분위기로만 전달되는 그 위협의 금제적 감정에 지배되는 경우가 많다./ 67년도의 문화계, 좀 더 정확히 말한다면 그 문화적 분위기를 한마디로 설명할 수 있는 편리한 단어가 있다면, 그것이야말로 바로 그 「에비」라는 유아언어가 아닐까 싶다.[80]

'에비'란 무엇인가. 그것은 "어떤 구체적인 대상을 가리키는 명사"가 아니다. 그것은 "막연한 두려움이며 꼬집어 말할 수 없는 불안"이자 "가상적인 어떤 금제의 힘"이다. 요컨대, '에비'는 실체가 불분명한 작용 같은 것이다. 그리고 이렇게 '에비'의 의미를 정의한 후, 이어령은 1967년의 문화계가 '에비'에 의해 한껏 움츠러든 면모를 전반적으로 보여주

---

80 이어령, 「「에비」가 지배하는 문화」, 《조선일보》, 1967.12.28, 5면. 이하, 다른 서지사항을 제시하기 전까지 인용 대목은 그 출처가 동일함.

었다고 설명한다. 구체적으로 이어령은 '에비'가 '정치권력', '상업주의', '비속화된 대중'이라는 세 가지 영역에서 강하게 힘을 발휘했다고 주장한다. 그렇지만 정작 이어령이 강조하고자 했던 것은 '에비'의 강력함 따위가 아니었다. 그와 반대로 이어령은 '에비'를 과도하게 의식하는 문화인의 실태를 지적하고 싶었다.

학원(學園)을 비롯하여 오늘날의 정치권력이 점차 문화의 독자적 기능과 그 차원을 침해하는 경향이 있다 할지라도 「문화의 침묵」은 문화인 자신들의 소심증에 더 많은 책임이 있는 것이다. 어린애들처럼 존재하지도 않는 막연한 「에비」를 멋대로 상상하고 스스로 창조의 자유를 제한하고 있다.

「문화의 밀렵자」들보다도 상업주의 문화에 스스로 백기를 드는 문화인 자신의 타락일 것이다. 문화기업자에게 이용만 당했지 거꾸로 이용을 하는 슬기와 능동적인 힘이 부족하다.

이런 현상과 야합해서 생겨난 것이 뻔뻔스런 말과 상말을 써서 출판계를 휩쓸고 있는 몇 가지 베스트셀러물이라고 할 수 있다./ 대중의 힘 역시 「에비」로 보고 겁을 집어먹고 있다.

자연히 이어령은 '에비'를 극복하려면 문화인이 태도를 바꾸는 수밖에 없다고 촉구하는 대로 나아간다. 그러니까 문화인은 "에비의 가면을 벗기고 복자(伏字) 뒤의 의미를 명백하게 인식해두는 길"을 걸어야 한다는 것이다. 다시 말해 문화인은 "그 치졸한 유아언어의 「에비」라는 상상적 강박관념에서 벗어나 다시 성인들의 냉철한 언어로 예언의 소리를 전달해야 할 시대와 대면"해야 한다는 것이다.

상술한 내용이 「「에비」가 지배하는 문화」의 요지이다. 기실 이어령은 문화인의 소극적인 태도를 지적한 다음에 이의 변화를 요청하는 식의 논지를 약 4년 전인 「지성의 등화관제 ─우리는 무엇을 믿을 것인가─」를 쓸 때부터 이미 내보인 적이 있었다(이 장의 각주19번을 통해 언급한 바 있다). 그리고 이어령은 동일한 논지를 약 4년 후인 「「에비」가 지배하는 문화」에서도 그대로 내보였다. 곧, 이어령은 논지의 변화가 없는 한결같은 뜻을 고수해온 셈이다. 이로부터 알 수 있는 사실은 이어령이 암울한 상황에서의 탈피를 도모하기 위한 제일 요소로 언제나 문화인의 내적 각성을 생각했다는 것이다. 더하여, 그런 맥락에서 이어령은 '에비'라는 비유를 활용했다고 여겨진다. 그러니까 이어령은 '에비'란 그저 어린아이들에게나 통하는 '유아언어'일 뿐이며 어른들에게는 전혀 통하지 않는 터무니없는 엄포에 불과하다는 실생활에서의 용법을 토대로 하여, '어린아이=미숙한 문화인 | 어른=성숙한 문화인'이라는 도식을 세우고는 '어른-되기', '성숙한 문화인-되기'를 지향해야 한다고 주장을 펼친 셈인데, 바로 이러한 메커니즘을 통해서 암울한 상황이 주는 압박, 억압은 수면 아래로 내려가 버리고, 어른답게, 문화인답게 인식하고 행동하느냐의 여부만 전면으로 두드러지는 효과가 거두어지는 것이다. 그리고 이를 따른 결과로써 마침내 "그 치졸한 유아언어의 「에비」라는 상상적 강박관념에서 벗어나 다시 성인들의 냉철한 언어로 예언의 소리를 전달해야 할 시대와 대면"해야 한다는 마지막 문구는 다른 여지가 없이 〈성숙한 어른, 성숙한 문화인이라면 어떤 상황에서도 제대로 된 예술작품

을 창작하는 데에 우선 매진함이 마땅하다)로 읽히기에 이른다(이때 "냉철한 언어"는 '논리적인 언어'를 염두에 둔 표현이라기보다는 '유아언어'에 대비되는 표현으로 여겨진다. 또한, 곧바로 이어지는 "예언의 소리"는 다분히 하이데거로부터 연유된 표현으로 여겨진다. 이의 근거는 앞 절에서 언급한 것처럼 1960년대 중·후반의 시점에서 이어령이 하이데거의 '예술론'을 지향하는 면모를 내비쳤다는 데서 주어진다. 하이데거는 시인이 예언자 역할을 한다고 보았다. 즉, 하이데거는 시인이 "꿰뚫어 봄으로써 인간에게 드리워진 운명을 '초월'할 수 있게 해"[81]준다고 보았다. 그런데, 김수영도 이 시기쯤에는 하이데거에게 깊은 관심을 보였던바,[82] 이러한 사실은 상당히 인상적이라고 할 것이다).

물론 '정치권력', '상업주의', '비속화된 대중'이라는 세 가지 영역 중에서, 특히 '정치권력'과 관련해서는 여러모로 반추의 여지가 크다. 실제로 1967년에는 큰 정치적인 사건들(동백림사건, 부정선거, 그리고 범위를 좁힌다면 「분지」 필화사건)이 벌어져 문화계에까지 다대한 영향을 미쳤음을 고려할 때, '정치권력'을 '에비'라는 실체가 불분명한 작용 같은 것으로 간주해버린, 그리하여 성숙한 문화인이라면 쉽사리 극복할 수 있는 것처럼 치부해버린, 이러한 이어령의 입장에 대해서는 분명히 회의 어

---

81 이은정, 「예언자의 언어와 두 갈래의 시간 — 언어와 시간에 대한 하이데거와 레비나스의 사유」, 『인문과학』 95, 연세대학교 인문학연구원, 2012, 192면. 덧붙여, 시인의 예언자 역할에 대한 더 자세한 설명은 같은 논문, 189~194면을 참조할 것.
82 가령 "요즘의 강적은 하이데거의 「릴케론」이다. 이 논문의 일역판을 거의 안 보고 외울 만큼 샅샅이 진단해 보았다. 여기서도 빠져나갈 구멍은 있을 텐데 아직은 오리무중이다. 그러나 뚫고 나가고 난 뒤보다는 뚫고 나가기 전이 더 아슬아슬하고 재미있다."와 같은 문구를 들 수 있다(김수영, 「반시론」 (1968), 『김수영전집』 2, 2판; 민음사, 2011, 410면). 물론 김수영은 훨씬 전부터 하이데거를 알고 있었다. 한 예로 1959년의 「모리배」에서의 다음과 같은 구절을 들 수 있다. "나는 그들을 생각하면서 하이덱거를 읽고 또 그들을 사랑한다"(김수영, 「모리배」, 『김수영전집』 I, 민음사, 1981, 120면)

린 시선이 가해질 수 있다.[83] 김수영이 바로 그러했다. 김수영은 이어령의 논지를 도무지 받아들일 수 없었다. 김수영은 이어령이 "맹꽁이 같은 소리를 하고 있"[84]다고 생각했다. 김수영은 '정치권력'을 "가상적이고 추상적인 것이 아니라 구체적인 것", 가령 "38선이라든지 5·16 같은 것"으로 보았으며,[85] 그런 까닭에 문화계 위축 현상의 귀책 사유를 문화인의 소심증에서 찾으려는 이어령을 이해할 수 없었다.[86] 그리하여 김수영은 「지식인의 사회참여 —일간신문의 최근 논설을 중심으로—」를 통해 일간신문의 최근 논설을 전반적으로 품평하면서 각각에 내재한 문제점들을 지적한 다음, 이어령의 글을 마지막으로 언급하며 다음과 같이 꼬집었다.

---

83 그러나 이어령이 '정치권력'에 결탁하거나 혹은 종속되거나 하여 문화계 위축 현상의 책임소재를 문화인에게로 돌리며 거시적인 측면에서 '문화의 정치성 탈각 행위'를 알게 모르게 수행했다고 보는 일각의 비판에는 선뜻 동의를 표하기가 어렵다. 「분지」 필화사건으로 재판이 열릴 당시, 여러 문인들이 증인으로 나서기를 난감해하며 마다하는 가운데서, 개인적 친분이 없음에도 불구하고, 남정현을 변호하고자 법정에 선 이가 바로 이어령이었음을 참작한다면, 차라리 이어령은 그 누구보다도 '정치권력'에 맞서서 예술작품의 자기보존여건을 수호하고자 노력했다고 볼 수 있다(이와 관련해서는 남정현, 「분지 사건과 이어령의 용언술」, 서정주 외, 『64가지 만남의 방식』, 김영사, 1993, 46~54면 참고; 한승헌, 「법정 증언을 통한 문학의 옹호」, 같은 책, 55~67면 참고; 호영송, 『창조의 아이콘, 이어령 평전』, 문학세계사, 2013, 90~102면 참고). 그렇기에 이어령이 지닌 입장이란 제아무리 '정치권력'이 압박, 억압을 가해오더라도 문화인은 이를 타파해나가는 자세를 가져야지 더욱 수그리고 마는 자세를 가져서는 안 된다는 식의 일관된 것이었다고 할 수 있다.
84 최하림, 앞의 책(2018), 384면.
85 위와 같음.
86 다만, 김수영이 「히프레스 문학론」(1964)에서는 "나하고 호형호제하는 사이에 있는 어떤 소설가가 군사혁명 때에 나를 보고 〈일제시대의 교련 선생이 심하게 굴던 이야기를 쓰려고 하는데 아무 일 없을까?〉 하는 말을 묻기에, 나는 아무리 군정이라고 하지만 자유당 때니 마음놓고 쓰라고 격려한 일이 있었다. 우리나라의 글쓰는 사람들의 소심증은 일제의 군국주의 시대에서부터 물려받은 연면한 전통을 가진 뿌리 깊은 것이기는 하지만, 그리고 아직까지도 〈자유〉의 언어보다도 〈노예〉의 언어가 더 많이 통용되고 있는 비참한 시대이기는 하지만, 적어도 작가라면 이런 소리를 해서는 아니 된다."라면서 작가의 소심함을 문제로 삼았다는 사실은 눈길을 끈다. 김수영, 「히프레스 문학론」(1964), 앞의 책, 281면.

지난 연말에, 『우리 문화의 방향』이 실려진 같은 신문에 게재된 『〈에비〉가 지배하는 문화』(이어령)라는 시론(時論)은 우리나라의 문화인의 이러한 무지각과 타성을 매우 따끔하게 꼬집어 준 재미있는 글이다. 그런데 이 글은, 어느 편인가 하면, 창조의 자유가 억압되는 원인을 지나치게 문화인 자신의 책임으로만 돌리고 있는 것 같은 감을 주는 것이 불쾌하다. 물론 우리 나라의 문화인이 허약하고 비겁한 것은 사실이지만, 그들을 그렇게 만든 더 큰 원인으로 근대화해가는 자본주의의 고도한 위협의 복잡하고 거대하고 민첩하고 조용한 파괴작업을 이 글은 아무래도 지나치게 과소평가하고 있는 것 같다. 내가 생각하기에는 오늘날의 「문화의 침묵」은 문화인의 소심증과 무능에서보다도 유상무상의 정치권력의 탄압에 더 큰 원인이 있다. 그리고 그 괴수 앞에서는 개개인으로서의 문화인은커녕 매스 메디어의 거대한 집단들도 감히 이것을 대항하지 못하고 있는 것이 현 실정이다. …(중략)… 오늘날의 우리들의 〈에비〉는 결코 「구체적인 대상을 가리키는 명사가 아닌」 「가상적인 어떤 금제의 힘」이 아니다. 그것은 가장 명확한 「금제의 힘」이다. 8·15 직후의 2, 3년과 4·19 후의 1년 동안을 회상해 보면 누구나 다 당장에 알 수 있는 일이다. 물론 이 필자가 강조하려고 하는 점이 우리나라의 문화인들의 실제 이상의 과대한 공포증과 비지성적인 퇴영성을 나무라고 독려하려는 데 있다는 것을 모르는 바가 아니다. 그러나 이 필자의 말대로 「이러한 반문화성이 대두되고 있는 풍토 속에서 한국의 문화인들이 창조의 그림자를 미래의 벌판을 향해 던지기 위해서」, 「그 에비의 가면을 벗기고 복자 뒤의 의미를」 아무리 「명백하게 인식해」 보았대야 역시 거기에는 복자의 필요가 있고 벽이 있다. 그리고 이 마지막의 복자와 벽을 문화인도 매스 메디어도 뒤엎지 못하기 때문에, 일이 있을 때마다 번번히 학생들이 들고

일어나는 것이다.[87]

김수영은 "오늘날의 「문화의 침묵」"이 벌어지게 된 주요 이유를 "유상무상의 정치권력의 탄압"에서 찾았다. 더불어, "유상무상의 정치권력의 탄압"이 너무나도 강한 관계로, 개개의 문화인은 물론이고 언론 집단조차 대항하기가 버거운 것이 곧 현재의 상황이라고 보았다. 이처럼 김수영은 "유상무상의 정치권력의 탄압"을 크게 체감하고 있었던바, 자연히 '에비'라는 비유에 대해서도 공감을 할 수 없었다. 이에 김수영은 '에비'를 "가상적인 어떤 금제의 힘"이 아닌 "가장 명확한 「금제의 힘」"으로 교정했다. 다만, 김수영이 주장하는 것과 같이 "유상무상의 정치권력의 탄압"으로부터 벗어나기가 힘들어서 개개인의 문화인도 언론 집단도 불가항력적으로 굴복할 수밖에 달리 도리가 없는 것이라면 이런 현실에서 벗어날 방도란 전혀 없지 않으냐는 의문이 들 수 있다. 한마디로 축약한다면 페시미즘적 사고가 아니냐는 의문이 들 수 있다.[88] 실제로 김수영은 마지막에 "번번히 학생들이 들고 일어나는 것"이라고 앞으로 현황이 바뀔 수 있는(혹은 여태껏 현황이 바뀌어진) 유일한 경우를 제시했으되, 이는 문화계 내부에서 촉발되는 힘이 아니라 문화계 외부에서 유입되는 힘에 의존하는 모양새이기에, 결국 제대로 된 대응책, 해결책을 꺼내었다고 보기가 어렵다(그렇다면 이어령의 논법에 따라서 김수영도 소심

---

87 김수영, 「지식인의 사회참여 ―일간신문의 최근 논설을 중심으로―」, 《사상계》, 1968.1, 93~94면.
88 이하, 이와 연관된 서술은 이동하, 「1960년대 말의 '참여'논쟁에 관한 고찰 ―이어령 · 김수영 논쟁 및 선우휘를 중심으로 한 논쟁」, 『한국문학 속의 도시와 이데올로기』, 태학사, 1999, 195~198면 참고.

증을 내보인 것이 아닌가). 그러므로 김수영은 "유상무상의 정치권력의 탄압"이라는 거대한 그림자 아래서 불만을 강하게 느낄 뿐 극복 방안이 뚜렷하지 않은 상태에 놓여 있었다고 할 수 있거니와, 또한, 김수영의 이러한 상태로부터 아래와 같은 낙관적 희망과 비관적 절망이 뒤섞인 기묘한 결말이 연유되었다고 할 수 있다.

사실은 나는 이 글을 쓰면서, 최근에 써 놓기만 하고 발표를 하지 못하고 있는 작품을 생각하며 고무를 받고 있다. 또한 신문사의 「신춘문예」의 응모 작품 속에 끼어있던 「불온한」 내용의 시도 생각이 난다. 나의 상식으로는 내 작품이나 「불온한」 그 응모작품이 아무 거리낌 없이 발표될 수 있는 사회가 되어야만 현대 사회라고 할 수 있을 것 같고, 그런 영광된 사회가 반드시 머지 않아 올 거라고 굳게 믿고 있다. 그러나 나를 괴롭히는 것은 신문사의 응모에도 응해 오지 않는 보이지 않는 「불온한」 작품들이다. 이런 작품이 나의 「상상적 강박관념」에서 볼 때는 땅을 덮고 하늘을 덮을 만큼 많다. 그리고 그 안에 대문호와 대시인의 씨앗이 숨어 있다. 이렇게 생각할 때 위기는 아득한 미래의 70년대에 있는 것이 아니라, 지금 당장 이 순간에 있다. 이런, 어찌 보면 병적인 위기의식이 나로 하여금 또한 뜻하지 않은, 엄청나게 투박한 이 글을 쓰게 했다. 역시 비평은 나에게는 영원히 분에 겨운 남의 일이다.[89]

위의 인용 대목에서 '불온'이란 단어가 최초로 제시되었고, 그래서 이후부터 '불온'이 중심 화제로 부상하게 되지만, 일단 주목해야 할 사

---

89 김수영, 앞의 글, 94면.

실은 "그런 영광된 사회가 반드시 머지 않아 올 거라고 굳게 믿고 있다."
는 낙관적 희망과 "위기는 아득한 미래의 70년대에 있는 것이 아니라,
지금 당장 이 순간에 있다."는 비관적 절망이 한 문단 안에서 공존하고
있다는 점이다. 위기가 "지금 당장 이 순간에 있"는데 이러한 위기를 타
개할 방책도 없으면서 "영광된 사회가 반드시 머지않아 올 거"라는 믿음
은 어째서 가능한 것인가. 여기에 대한 고민을 도저히 찾을 수 없다. '보
이지 않는 불온한 작품들'에서 무언가의 기대를 걸고 있는 듯한 뉘앙스
가 풍기되, 명료하게 포착되는 알맹이는 없다. 그저 엉겁결에 "이런, 어
찌 보면 병적인 위기의식이 나로 하여금 또한 뜻하지 않은, 엄청나게 투
박한 이 글을 쓰게 했다. 역시 비평은 나에게는 영원히 분에 겨운 남의
일이다."라는 겸양의 표현과 함께 글이 황급히 마무리되는 것을 목도하
게 될 따름이다.

　김수영의 반론을 두고서 이어령이 가만히 있을 리 만무했다. 이어령
은 두 차례나 펜을 들어 재반박에 나섰다. 「누가 그 조종을 울리는가?」
와 「서랍 속에 든 「불온시」를 분석한다」가 바로 그것들이다. 이어령이
「누가 그 조종을 울리는가?」에서 특히 초점을 맞춘 것은 '정치적 자유'
와 '문학' 간의 상관관계였다. 물론 이는 8·15해방 직후 및 4·19혁명
직후를 떠올리면 정치권력이 문학을 금제한 실제적인 힘이었다는 사실
을 금방 알 수 있다고 한 김수영을 비판하기 위해서였다.

　　정치권력으로부터 배급받은 자유의 양만으로 창조의 기갈이 채워질 수 없
　　다는 것도 또한 우리는 알고 있다. 그러나 참된 문화의 위협은 자유의 구속
　　보다도 자유를 부여받고 누리는 그 순간에 더욱 증대된다는 역설이다./ 실

상 자유란 것은 천지개벽 초하룻날부터 완제품으로 만들어진 것은 아니다. 그리고 그것은 남들이 축복해주기 위해서 자신에게 선사하는 「버스데이 케이크」와 같은 것은 더구나 아니다. 때로는 속박이 예술 창조에 있어서는 전독위약(轉毒爲藥)의 필요악일 수도 있다. 이솝의 우화는 권력자의 비위를 직접적으로 거슬리지 않기 위해서 정치의 이야기를 「늑대」와 「양」의 이야기로 바꿔 썼다. 그러나 그 우화의 형식은 비단 문화검열자의 눈을 속이기 위한 불편한 표현으로서가 아니라 결과적으로는 도리어 풍부한 문학적 심상의 창조가 되었던 것이다./ 그에게 무한한 자유가 허락되어 직접적 서술로 하나하나의 폭력자를 고발해왔다면, (적어도 문학에 관한 한) 그것은 고전의 하나로 오늘날까지 읽혀지지는 않았을 것이다.[90]

두 가지의 내용이 담겨 있다. 하나는 (정치적) 자유는 남들이 주는 선물이 아니라는 것이고, 다른 하나는 (정치적) 속박으로부터 오히려 "풍부한 문학적 심상의 창조"가 가능했다는 것이다. 이 둘은 연결되는 맥락이되, 더 강조하고 싶었던 쪽은 후자이다. 그런데, 가만히 보면 후자는 상당히 위험한 발상이 아닐 수 없다. 그리고 이에 대해서는 이미 아래와 같은 비판이 제기된 바 있다.

권력자를 마음 놓고 비판할 수 있는 자유가 허용되었더라면 이솝은 굳이 에둘러 표현하는 〈우화〉의 형식을 개발하지 않았을 것이고, 결과적으로 그의

---

90 이어령, 「누가 그 조종을 울리는가?」, 《조선일보》, 1968.2.20, 5면. 이하, 다른 서지사항을 제시하기 전까지 인용 대목은 그 출처가 동일함.

작품은 고전이 되지 못하였을 것이라는 주장에서 지적될 수 있는 것은 다음과 같은 것이다. 창작의 자유가 주어졌을 때 가능한 것이 어째서 권력자를 직접(직설적으로) 비판하는 일만이겠는가 하는 점이다. 권력자를 마음 놓고 비판할 수 있는 상황이 되면 이어령이 의미하는 〈사회참여론자들〉조차도 그런 작품은 쓰지 않을 것이다.[91]

충분히 공감이 가능한 비판이다. "그에게 무한한 자유가 허락"되는 것과 "직접적 서술로 하나하나의 폭력자를 고발"하는 것은 별개의 사안인 까닭이다. 그렇다면 어찌하여 이어령은 이렇게 무리한 판단을 내리게 되었는가. 그것은 이어령의 실감이 반영되었기 때문이다. 그러니까 이어령이 경험하기로는 8·15해방 직후 및 4·19혁명 직후야말로 제대로 된 문학이 일절 부재한 시기였다. 그래서 이어령은 앞 절에서 살펴본 것처럼 「우리 문학의 지점」과 「문학과 역사적 사건 ─4·19를 예로─」을 통해 해방기 때와 4·19혁명기 때에 산출된 문학을 강하게 비판한 것이다. 더불어, 이어령은 역시나 앞 절에서 살펴본 것처럼 ""이승만의 사진을 찢어다가 밑씻개를 하자"는 시들에서 나는 시의 자유가 아

---

91 강웅식, 「전체주의적 반공주의와 순수·참여 논쟁 ─이어령과 김수영의 〈불온시〉 논쟁을 중심으로」, 『상허학보』 15, 상허학회, 2005, 208면. 참고로 강웅식은 위의 인용 대목에 곧이어 김수영이 타당했음을 밝히는 식으로 논조를 전개해간다. "이어령은 협소한 의미의 〈참여문학〉(그 자신의 용어로 말하자면 〈오해된 사회참여론자〉)에 한정해서 생각하기 때문에 정치적 억압이 제거된 상황에서 가능할 수 있는 많은 것들에 대해서는 전혀 고려하지 못하였다. 〈권력을 가진 관의 검열자〉를 쉽사리 알아볼 수 있고 그렇기 때문에 어렵지 않게 대처할 수 있다는 주장 역시 설득력이 없다. 권력의 검열은 김수영의 말처럼 〈유상무상〉으로 작용함으로써 사회의 모든 시스템에 전파되고 그 속에서 우리는 그러한 검열의 기준을 내면화하게 된다."(같은 논문, 같은 면)

니라 시의 무덤을 보았던 것"[92]이라고 밝힌 것이다(김수영의 「우선 그놈의 사진을 떼어서 밑씻개로 하자」(1960)를 보면, 그 제목과 같이 '이승만의 사진'이 아니라 '그놈의 사진'으로 되어있으되, 이어령에게 문제로 삼아진 것은 이러한 세부적인 표현이 아니라 노골적인 어조로 이루어진 시 전체였다). 그리하여 이러한 입장을 지녔던 만큼 이어령에게 (정치적) 자유는 차라리 문학을 '팸플릿(pamphlet)'으로 전락시키는데 일조할 뿐이었던 것이다.

그리고 이어령은 (정치적) 자유가 주어졌을 때 문학이 오히려 문학답지 않게 되어버리는 이유를 '보이는 검열자'(정치권력)는 없어졌으되, '보이지 않는 검열자'(대중)를 의식하게 되었기 때문으로 여겼다. 즉, 눈에 띈다면 대책을 강구하기 쉽지만, 눈에 띄지 않는다면 대책을 강구하기 어렵다는 것이고, 그래서 자신도 모르는 새에 '보이지 않는 검열자'(대중)에게로 이끌리어 변변치 못한 문학이 생산되고 만다는 것이다. 지금껏 서술한 내용에 해당하는 구절을 직접 확인해두기로 하면 아래와 같다.

문화의 위기는 자유 속에 내던져지는 순간이 더욱 무서운 것이다. 그때 문화인들은 눈으로 볼 수 없는 자각조차 할 수 없는 「숨어 있는 또 다른 검열자」와 만나게 된다. …(중략)… 그 증거로 우리는 어느 진보적인 중견 시인 한 분이 해방 직후와 4·19 직후를 한국문예의 황금기였다고 고백한 그 미신 속에서 찾아볼 수 있는 것이다. (사상계 1월호 지식인의 참여)/ 비단 이 시인뿐만 아니라 이러한 의견은 이 땅의 문화인들을 거의 지배하고 있는 통

---

92   이어령·이상갑, 앞의 글, 188면.

넘이다. 그러나 사실은 한국의 문화인이 그때처럼 비굴하고 추악하고, 또 그토록 무비판적이며 창조적인 기능을 송두리째 거세당했던 적도 별로 없었다. 그것을 문화의 황금기라고 부르기보다는 울 안에 갇힌 창경원의 사자를 쏘아죽인 사람을 용감한 명포수라고 부르는 편이 더 어울릴 것 같다. … (중략)… 일본의 식민정책이 끝나고 이승만 씨의 독재정치가 끝났을 때 그들의 저항은 시작되었다. 문화인들이 자유당 정권의 비호를 받아가며 만송(晩松) 예찬을 했던 것이 참으로 쉽고 편하고 수지맞는 일이었듯이, 대중들의 박수를 받아 가면서 무너진 구정권을 욕하고 좌경적인 발언을 하여 그들의 구미에 맞추는 일, 또한 그렇게 쉽고 편하고 수지맞는 일일 것이다. … (중략)… 적어도 창조의 언어와, 참여의 언어는 시체에 던지는 돌은 아니다. 해방 직후와 4 · 19 직후는 이 땅의 작가들이 가장많은 자유를 누리던 때이다. 그렇다고 해서 그것이 문예의 황금기라는 동의어로 쓰일 수 있었는가! 그들이 이양 받은 그 자유를 가지고 무엇을 했는가가 더 중요한 일이다. 「용감한 동물원의 사냥꾼」들은 맹목적인 대중들의 환심을 사기 위해서 이번에 숨어 있는 「대중의 검열자」에게 무릎을 꿇었던 것이다./ 왜냐하면 관의 검열자보다도 눈에 보이지 않는 대중의 검열자가 몇 배나 더 문화인의 주체성과 그 창조적 상상력을 구속할 수 있는 힘이있었던 탓이다./ 대중의 검열자 앞에서는 구속감이나 그 위기의식마저도 제대로 느낄 수가 없는 탓이다. 맹목화한 대중들은 때로 도둑과 예수를 같은 언덕의 십자가에 매달아 놓고 돌질을 할 수도 있는 과오를 범한다. 맹목의 대중들이 손가락질하는 것과 반대쪽의 언어를 선택할 만한 용기와 성실성을 가지고 있을 때, 문화는 비로소 역사의 앞바퀴 노릇을 할 수 있는데 그때의 참여론자들은 그 뒤를 따라다니는 뒷바퀴노릇만 했다.

8 · 15해방 직후와 4 · 19혁명 직후 (정치적) 자유가 주어졌을 때, 작가들이 한 일이란 그저 대중들의 호감을 얻기 위한 행동밖에 없었다는 비판이 제시되었다.[93] '맹목'이란 단어가 '대중'에게 접붙여있는 것으로 보아, 이어령에게는 '지식인'이 '대중'을 이끌어야 한다는 식의 엘리트 의식에 기반한 '계몽주의적 사고'가 내재하여 있었다고 할 수 있다. 하지만 안타깝게도 이어령은 '참여론자'라고 하는 이들이 오히려 '대중'에게 끌려다니는, 그러면서도 끌려다닌다는 사실조차 제대로 인식, 인지하지 못하는 전도(顚倒) 현상을 목격할 따름이었다.[94] 그러니만큼 이어령은 반성을 촉구할 수밖에 없었으며, 그리하여

문화를 정치 수단의 일부로 생각하고 문화적 가치를 곧 정치사회적인 이데

---

93 다만, 김수영은 8 · 15해방 직후 및 4 · 19혁명 직후가 "한국문예의 황금기였다고 고백"하지는 않았다. '에비'라는 '가장 명확한 금제의 힘'이 8 · 15해방 직후 및 4 · 19혁명 직후 때에는 상대적으로 약했다는 뉘앙스의 서술을 했을 따름이었다.

94 조금 다른 맥락이지만, 이어령은 4 · 19혁명이 일어난 지 1년 정도 지난 시점에서 어찌하여 대중과 예술 간의 괴리가 생겼는지를 고민해본 적이 있다. 관련 대목들을 조금 발췌하여 제시해두자면 이어령은 "현대의 대중들이 예술을 버렸는가? 현대의 예술가들이 대중을 망각하였는가? 이러한 물음에 대해서 우리는 그 어느 한쪽도 선택할 수 없다. 적어도 현대예술의 고립은 어느 한쪽의 이유 때문이 아닌 것이다. 대중이 예술을 버렸고 예술도 또한 대중을 버렸다. 그것은 일방적인 괴리가 아니라 쌍방의 합의로 이루어진 이혼 같은 것이다. 그러므로 왜 「현대예술이 고독한가」를 해명하기 위해서는 그 답이 두 개로 나오는 이차방정식 같은 수식을 갖는다."(이어령, 「현대예술은 왜 고독한가」, 『현대인 강좌3 학문과 예술』, 박우사, 1962, 218면)라고 말한 뒤, 대중이 예술을 버린 이유는 "세속적인 욕망이 최대한도로 팽창되어버린 「매커니즘」의 사회" 혹은 "개인이란 것이 완전히 말살되어버린 전체주의 사회"(같은 글, 223면) 때문으로, 예술이 대중을 버린 이유는 "생활 대중과의 공동적인 체험 속에서 등장한 것이 아니라, 자기 밀실의 미적 체험을 기저로 한 것이기 때문에 예술은 스스로 대중과의 「커뮤니케이션」을 단절시키고 만"(같은 글, 229면) 때문으로 각각 파악했다. 그런 다음 이어령은 "현대의 예술이 《플라톤》의 시대처럼 고독한 것만은 사실이며 몇 세기 전의 〈필립 시드니〉처럼 《시의 옹호》를 써야 할 입장에 우리가 놓여져 있다는 것은 감출 수 없다"(같은 글, 230면)라는 다소 막연한 구절로 글을 마무리했다.

올로기로 평가하는 오늘의 오도된 사회참여론자들이야말로 스스로 예술 본래의 창조적 생명에 조종을 울리는 사람들이다. 당장 눈 앞에 있는 팥죽 한 그릇이 아쉬워 장자의 기업을 야곱에게 팔아버린 「에서」와 같이 지금 우리는 일시적인 사회의 효용성을 추구하려다가, 영원한 문예의 상속권을 정치적 이데올로기에 팔아넘기는 어리석음을 경계하여야 된다. 문화를 정치사회의 이데올로기와 동일시하는 문화인 자신의 문예관이 부당한 정치권력으로부터 받고 있는 그 문화의 위협보다도 몇 배나 더 위험한 일이기 때문이다.

라는 발언을 펼치기에 이른다. 그런데, 이때의 문제는 '정치수단', '정치사회적인 이데올로기', '사회의 효용성', '정치적 이데올로기' 등의 단어들이 갑작스레 전면으로 부상했으며, 이것이 의미하는 바가 다소 불분명하다는 점이다. 뜻을 이해하는 게 어렵지는 않다. 위의 인용 대목 그대로 문화인이 문화를 정치수단으로, 또는 정치사회적인 이데올로기로, 또는 사회적 효용성을 추구하는 것으로, 또는 정치적 이데올로기로 간주하는 자세가, 문화인이 정치권력으로부터 받는 억압보다 훨씬 더 위험하다는 것이다. 다만, 정치수단, 정치사회적인 이데올로기, 사회의 효용성, 정치적 이데올로기 등의 단어들이 여태껏 펼쳐온 '대중의 검열자' 관련 맥락과 어떤 상관성을 지니는가가 애매모호하다. 큰 틀에서 접근한다면 〈대중의 검열자에 의해 통어를 당함 → 사회적 효용성만 추구하게 됨 → 문화가 정치수단, 정치사회적인 이데올로기로 전락함〉 정도의 메커니즘이 작용하지 않았을까 생각되나, 그렇다고 해도 중간 단계에서의 비약 혹은 생략이 일어난 형태라고 간주할 수밖에 없다. 요컨대, 「누가 그 조종을 울리는가?」는 김수영을 비판하는 데에만 너무 몰두한 나머지 논리성이 전체적으로 부족한 모양새를 내보인 것이다.

연달아 제출된 「서랍 속에 든 「불온시」를 분석한다」는 「누가 그 조종을 울리는가?」에 비겨 더 많은 내용을 담고 있다. 「서랍 속에 든 「불온시」를 분석한다」는 그 제목처럼 '불온'이란 단어에 초점이 맞춰져 있다. 이어령은 도입부에서부터 곧장 '불온'이란 단어가 제시되었던 김수영의 「지식인의 사회참여 ―일간신문의 최근 논설을 중심으로―」 속 해당 구절을 제시하며, 불온한 시가 발표되지 못하는 상태라면 어느 시인이든 간에 그 시인에 대한 제대로 된 논구는 불가능한 것이 아니냐는 비판을 펼쳐낸다. 그런 다음 이어령은 더욱 근본적인 차원으로 접근하여 대체 불온시는 언제 발표될 수 있느냐는 비판을 다음과 같이 제기한다.

> 그러나 내가 지금 궁금하게 생각하고 있는 것은 우리 시문학사에서 영영 햇볕을 보지 못하게 될지도 모르는 김수영 씨의 그 「서랍 속의 시」가 아니다. 그 고무적인 명시보다도 몇 배나 더 알고 싶은 것은, 그리고 김수영 씨에게 더 묻고 싶은 것은 어떻게 해야 그 불온시들이 발표될 수 있는 현대 사회가 올 수 있느냐 하는 것이다. 씨는 「그런 영광된 사회가 반드시 머지않아 올 거」라고, 뜨거운 말투로 예언하고 있지만, 그 방법에 대해선 일언반구도 없다.[95]

탄압의 힘이 거대하고 민첩해서 옴짝달싹 못하겠다는 사람이 어떻게 한 옆에서는 그 영광된 사회가 반드시 올 것이라고 기대하는가? 하기야 외부의

---

95   이어령, 「서랍 속에 든 「불온시」를 분석한다」, 《사상계》, 1968.3, 251면.

선물처럼 늘 정권이 바뀌고 시대가 바뀌었으니까 그것을 믿어 보자는 속셈인지는 몰라도 그렇다면 무엇을 하자고 참여론을 내세우는지 궁금하다. 참여론자는 「영광된 사회」가 와서 서랍 속에 보류된 자신의 불온한 시를 해방시켜줄 것을 원하고 있는, 예술이 아니라 거꾸로 그 「불온한 시」가 영광된 사회」를 이루도록 행사시키는 데서 그 의의를 발견하는 일종의 전사인 것이다. 그러므로 「영광된 사회」가 왔을 때는 이미 그러한 불온시는 발표되지 않아도 좋을 것이다. 발표가 허락될 순간, 이미 발표할 만한 가치를 상실해버리는 것이 바로 「참여시의 운명」이기도 하다. 참여의 시가 「시공을 초월한 영원성」을 부정하는 것도 바로 그 점에 있다.[96]

앞서 김수영의 페시미즘적 사고와 그에 따른 낙관적 희망과 비관적 절망이 뒤섞인 기묘한 결말에 대해서 언급한 바 있거니와, 이어령은 바로 이 점을 지적한 것이다. 또한, 이와 더불어서 불온시가 발표되지 못한다면 아무도 알 수가 없는 까닭에 전혀 가치가 없고, 불온시가 발표된다면 아무도 알 필요가 없는 까닭에 전혀 가치가 없다는 패러독스(paradox)까지를 이어령은 포착해낸 것이다.

그런데, 이 과정에서 이어령은 불온시를 '참여시'라고 자연스레 연결해버리면서 '참여시'에 대한 부정적인 인식까지를 내비쳤으나, 김수영은 한 번도 '참여시'란 단어를 꺼낸 적이 없다(제목이 '지식인의 사회참여'였으되, 이는 여러 논설들을 다루면서 펼친 내용을 총칭할 수 있는 적절한 문구에 불과했다). 김수영은 "최근에 써 놓기만 하고 발표를 하지 못하고 있

---

96 위의 글, 252~253면.

는 작품", "「불온한」 내용의 시", "「불온한」 그 응모작품", "「불온한」 작품들" 등의 표현을 사용했을 뿐이다. 김수영은 더군다나 "「불온한」"이 어떤 뜻인지조차 뚜렷이 명시해두지 않았다. 다만, "「불온한」 내용"이라는 표현으로부터 "「불온한」"은 형식적 수준이라기보다는 내용적 수준을 염두에 둔 것임을 추측할 수 있으며, 또, 이를 토대로 "용공, 중립화(neutralization) 및 중립주의(neutralism), 반미, 계급사상, 사회(민주)주의, 반전(反戰)사상, 자본주의 적대시, 성장주의(발전주의) 비판 등"[97]의 의미를 담아낸(혹은 의미로 읽힐 소지가 있는) 시가 곧 불온시라고 볼 여지를 획득할 수 있을 따름이다. 그러므로 넓게 보아 이어령이 불온시를 '참여시'로 간주한 것은 용인될 수 있는 정도의 접맥 시도이긴 하되, 엄밀히 따졌을 때 이어령이 불온시를 '참여시'와 동일개념으로 묶은 진짜 이유는 따로 있었으니, 그것은 차후 '참여시', '참여파 시인들'을 공박하기 위한 기반 닦아놓기였다.

불온시=명시라는 도식적인 비평기준이 최근 1·2년 동안 한국시단의 자리를 찬탈하려고 했다. 그리고 그 찬탈자들은 으레 사회참여의 군기를 앞세우고 있다./ 신문지상에 발표된 시 월평란 중에는 그것이 사회의 가난을, 정치적 폭력을 그리고 민족주체성의 상실을 정면에서 고발했기 때문에 훌륭한 시라는 논법을 많이 찾아볼 수 있다. 반면에 그 시는 심미적이고 전원적이고 역사와 관계없는 것을 노래 불렀기 때문에 단순한 언어의 희롱이며 이를

---

97 이봉범, 「불온과 외설 -1960년대 문학예술의 존재방식」, 『반교어문연구』 36, 반교어문학회, 2014, 449면.

테면 현실에서 도피한 시라고 붉은 줄을 치고 있다. 이와 같은 참여론자의 횡포야말로 관의 검열자보다도 훨씬 시 그 자체를 본질적으로 위협하고 있는 경향이다.[98]

시의 언어를 사회와 역사를 뜯어고치고 개혁하는 무슨 망치나 무슨 불도져나 무슨 다이나마이트 같은 연장으로 생각하고 있다. 좀 더 어려운 말로 고쳐 말하자면 일부 참여파 시인들은 시적 진술을 산문의 진술과 동일시하고 있는 것이다.[99]

---

98 이어령, 앞의 글(1968.3), 254면.

99 위의 글, 254~255면. 한편 여기서의 "일부 참여파 시인들은 시적 진술을 산문의 진술과 동일시하고 있는 것"이라는 진술은, 끝자락에서의 "즉 시인이 언어를 다루는 태도는 산문가가 다루고 있는 그것과 같은가? 싸르트르는 그렇지 않다고 했다. 산문의 언어는 전달을 목적으로 한 도구로서의 언어이요, 시의 언어는 대상언어, 즉 사물로 화한 오브제 랑가쥬라고 했다. 당신들은 어느 쪽인가? 도구와 같은 언어라면 당신들은 왜 산문을 쓰지 않고 시를 쓰는가? 목적이 참여에 있다면 왜 소설을 통해서, 저널리즘을 통해서, 조직을 통해서 참여하지 않고 「시」라는 장르를 통해서 하는가? 그리고 그것은 다른 수단을 사용한 참여와 어떻게 다른가?"(같은 글, 258면)라는 진술로까지 나아간다. 제4장의 각주154번을 통해, 이어령이 참여문학론에 시가 적합한지 적합하지 않은지에 대해서 다소 갈팡질팡하는 모습을 보여주었다고 지적한 적이 있거니와, 내친김에 시에 대한 이어령의 전반적인 입장이 어떠했는지를 조금 추적해보면 다음과 같다. 내용을 전부 제시할 수는 없지만, 「시의 「오부제」에 대하여」(상, 하)(《평화신문》, 1957.1.18~19), 「시인을 위한 아포리즘」(《자유신문》, 1957.7.1), 「시와 속박」(《현대시》, 1958.9), 「전후시에 대한 노오트 2장」(신구문화사 편, 『한국전후문제시집』, 신구문화사, 1961)에 이르기까지 이어령은 이 모두에서 시를 사회참여와 연결 짓는 뉘앙스를 내보이고 있다. 그런데, 「전후시에 대한 노오트 2장」을 마지막으로 별다른 시론(詩論)을 발표하지 않다가, 「서랍 속에 든 「불온시」를 분석한다」에 이르러서 갑자기 싸르트르의 '참여문학론'을 거론하면서 시는 사회참여에 적합하지 않다고 이어령은 주장하는 것이다. 심지어 참여문학으로부터 거리를 둔 시점에서 다시금 싸르트르의 '참여문학론'을 활용하는 모양새이므로, 이와 같은 이어령의 태도를 어떻게 해석해야 할지가 상당히 난감하지 않을 수 없다. 다만, 이어령은 시를 가지고서는 사회참여를 하지 못한다는 입장이 아니라, 기왕에 사회참여를 하려면, 어설프게 시를 써서 예술성이 확보되지 않는 문학을 생산하지 말고, 차라리 사회참여에 용이한 소설을 쓰는 것이 예술성을 확보한 문학을 생산하는 데 있어서 도움이 되지 않느냐는 식의 마음가짐을 지니고 있었던 게 아닌가 추측해볼 수 있다.

첫 번째 인용 대목에서는 "불온시=명시"라는 도식적인 비평기준이 제시된 다음 "사회참여의 군기를 앞세우고 있다"는 진술이 제시된다. 곧 이어서 "사회의 가난을, 정치적 폭력을 그리고 민족주체성의 상실을 정면에서 고발했기 때문에 훌륭한 시"라는 실례가 제시된다. 마지막으로 "참여론자의 횡포"라는 명제가 제시된다. 이 한 구절에서 불온시는 사회참여론자들이 원하는 내용을 충실히 담아낸 시로 금방 치환되는 것이다. 그러다가 두 번째 인용 대목에 이르면 불온시는 "사회와 역사를 뜯어 고치고 개혁하는 무슨 망치나 무슨 불도져나 무슨 다이나마이트같은 연장"으로까지 이해되기에 이른다. 이로써 불온시에 대한 의혹은, 참여시의 가치에 대한 의혹으로 확대되고, 나아가 참여파 시인들의 시작관(詩作觀)에 대한 의혹으로 확대되는 것이다. 상당히 과감한 전개가 아닐 수 없되, 이어령은 여기서 멈추지 않고, 다음과 같은 명확한 정의내리기까지를 감행한다.

오늘의 이 상황 속에서 직접 발표하기를 꺼리는 시라면 즉 검열자의 눈치를 정면에서 살펴봐야만 하는 시라면 첫째, 그것은 산문적인 형식으로 쓰여진 시라는 것과 둘째 시사성을 띠운 것이라는 것과 세째, 오늘의 빤하기 짝이 없는 그 문화검열자의 마음을 뒤집어 놓은 내용이라는 점이다. 즉 정치사회 시평과 가장 유사한 서술방법을 택한 시일 것이 분명하다. 그래서 그 시의 어휘들은 신문사설이나, 학생들의 웅변대회 원고에 사용된 그런 언어처럼 음영이 없는 단순하고 평면적인 것일는지도 모른다. 비록 그것은 숨겨져 있다 하드라도 이미 그 언어의 지형들은 우리 눈앞에 있다. 서랍속의 불온시를 알려면 오늘날의 정치사회의 현실이라는 그 지형을 들여다 보면 된다.

단 지형의 글자는 도장과 마찬가지로 반대로 새겨진 문자이므로, 불온시를 알려면 그 글자를 뒤집어서 보면 된다. 그들의 시는 독자적인 자기문법 밑에서 쓰여진 것이 아니라 정치적 정황과 대면해 있기 때문에, 시의 지형 역시 정치와 사회문제의 그 외부에 보관되어 있다.[100]

하지만, 문제가 있으니 그것은 이쯤에 이르면 이미 김수영이 말한 '불온한 시'는 없어지고, 이어령이 구축해낸 김수영의 '불온시=참여시'만 남아 있는 상태라는 점이다. 김수영이 비록 '불온'에 대한 명확한 입장을 내보이지 않은 채로 글을 마무리했다손 치더라도, 그렇다면 이어령은 '불온'에 대해 주어진 제한적인 정보 내에서 유추하고, 또, 비판하는 정도로 멈추어야 했는데, 그러질 않고 이어령은 그 한도를 훨씬 넘겨 자기식으로 김수영의 '불온시=참여시'를 만들어내며 세 가지 특성까지를 운운해버린 것이다. 그 결과, 역효과가 발생하여 과연 이어령이 펼친 바처럼 김수영이 생각했을까 하는 강한 의문이 초래되기에 이른다.

김수영은 이어령이 한껏 비판하고 있는 '참여파 시인들'과는 결이 달랐다. 몇몇 논의들이 이 점을 이미 언급한 적 있으므로,[101] 아래와 같은 김수영의 발언 몇 개를 가져오는 것으로 간단히만 예증해두기로 하자.

내가 생각하는 시의 뉴 프런티어, 그것은 내가 생각하는 무한한 꿈이다. 계급문학을 주장하고 노동조합이나 협동조합의 문화센터 운동을 생경하게

---

100 이어령, 앞의 글(1968.3), 255면.
101 이와 관련해서는 강웅식, 앞의 글, 211~212면 및 이동하, 앞의 책(1999), 209~210면 등을 참조할 것.

부르짖을 만큼 필자는 유치하지 않다. 그러나 언론자유의 〈넘쳐흐르는〉 보장과 사회제도의 어떠한 변화가 있어야 할 것이라는 것은 필자도 바보가 아닌 바에야 〈상식적으로〉 느끼고 있으며, 계급문학이니 앵그리문학이니 개똥문학이니 하기 전에 우선 작품이 되어야 한다고 나는 천만 번이라도 역설하고 싶다.[102]

나는 우선은 우리 시단이 해야 할 일은 현재의 유파의 한계 내에서라도 좋으니 작품다운 작품을 하나라도 더 많이 내놓는 일이라고 생각한다. 김춘수의 부르주아적인 것도 좋고, 장호의 서민적 경향도 좋고, 김구용의 실험실적 경향도 좋고, 마종기의 경향도 좋고, 유경환의 경향도 좋다. 《한양》지의 평론가가 말하는 것 같은, 반드시 사회참여적인 것이나 민족주의적인 것이 아니라도 좋다. 나의 소원으로는 최소한도 작품다운 작품이라도 많았으면 좋겠는데, 지난 1년의 작품을 훑어보아도 그런 작품이 실로 미미하다.[103]

지난 1년 동안의 월평이나 시론 같은 것을 살펴볼 때 〈참여파〉와 〈예술파〉의 싸움은 사실상 혼돈과 공전으로 흐지부지하게 되고 만 것 같다. 〈참여파〉의 평자(조동일, 구중서 등)들은 현실 극복을 주장하는 데까지는 좋으나 우리 사회의 암(癌)인 언론자유가 없다는 것을 과소평가하고 있고, 〈예술파〉의 전위(前衛)들(전봉건, 정진규, 김춘수 등)은 작품에서의 〈내용〉 제거만을 내세우지, 작품상으로나 이론상으로 자기들의 새로운 미학을 제시하지

102 김수영, 「시의 〈뉴 프런티어〉」(1961.3), 앞의 책, 240면.
103 김수영, 「생활현실과 시」(1964.10), 위의 책, 260면.

못하고 있다. 이런 싸움이나 주장에서는 성장이 아닌 혼돈만을 자아내는 결과밖에 나오지 않는다. 시작품도 그렇고 시론도 그렇고 〈문맥이 통하는〉 단계에서 〈작품이 되는〉 단계로 옮겨 서야 한다.[104]

진정한 참여시에 있어서는 초현실주의 시에서 의식이 무의식의 증인이 될수 없듯이, 참여의식이 정치 이념의 증인이 될 수 없는 것이 원칙이다. 그것은 행동주의자들의 시인 것이다.[105]

1961년의 글부터 1967년의 글까지를 순서대로 나열해보았거니와, 김수영은 이어령이 행한 상기의 비판에 해당하지 않는 인물이었음을 금방 알 수 있다. 위의 네 개 인용 대목을 한마디로 축약한다면 〈김수영은 '참여'를 지지했다기보다 "작품다운 작품"을 추구했다〉 정도가 된다. 그리고 아이로니컬하게도 이러한 김수영의 입장은 '순연한 문학주의자'였던 이어령의 입장과 너무나도 닮았다. 이어령이 무엇보다 제대로 된 문학, 문학다운 문학을 강조했다는 것은 앞에서부터 꾸준히 확인해온 주지의 사실이다. 그런데도 양자는 이렇게 어긋나는 주장들을 펼치게 된 것인데, 그 까닭은 아무래도 각자에게 주어진 처지가 달랐기 때문으로 여겨진다. 그러니까 서로의 문학관은 같았으되, '비평가/시인', '제2세대의 대표에 해당하는 자/제3세대로부터 지지를 받는 자' 등의 위치가 다름으로 말미암아 주위의 여건, 상황에 대한 인식의 차이가 필연적으로 나

---

104 김수영, 「변한 것과 변하지 않은 것 —1966년의 시」(1966.12), 위의 책, 365면.
105 김수영, 「참여시의 정리」(1967), 위의 책, 389면.

타날 수밖에 없었고, 이에 각각은 평행선을 달리게 된 것이다.[106]

이처럼 이어령은 「누가 그 조종을 울리는가?」, 「서랍 속에 든 「불온시」를 분석한다」를 연달아 발표하면서 김수영을 거세게 타박했다. '정치 권력'과 관련해서도 '불온'과 관련해서도 그 어느 쪽도 빠지지 않고 비판의 언술이 개진되었던바, 이는 전면적인 부정에 다름이 아니었다. 그러니 김수영도 가만히 있을 수 없었다. 김수영은 곧장 「실험적인 문학과 정치적 자유」를 발표하며 반격에 나섰다. 다만, 김수영은 「누가 그 조종을 울리는가?」에 대해서만 반론을 펼쳤다.[107] 김수영은 모두(冒頭)에서 '전위'라는 단어를 새로 도입하여 '전위문학'과 '불온'을 결합시킨다. 그러는 동시에 이를 바탕으로 이어령에 대한 비판을 수행한다.

> 그가 지난 연말에 역시 본지의 「문화시론(時論)」난의 「〈에비〉가 지배하는 문화」 이래로 주장하는 「정치적 자유를 참된 문화적인 창조로 전환시킬 줄 모르는」, 「한국문화의 약점과 그 위기」에 대한 힐난은 그것이 우리나라의 문화인들의 무능과 무력을 진심으로 격려하기 위한 것이라면 우선 현대에 있어서의 문학의 전위성과 정치적 자유의 문제가 얼마나 밀착된 유기적인 관계를 가진 것인가 하는 좀 더 이해 있는 전제나 규정이 있어야 했을 것이

---

106 김윤식은 (비록 다른 맥락으로 내용을 전개한 것이지만) 김수영과 이어령이 같은 좌표 위에 서 있었다고 언급한 적이 있다. "불온시 논쟁을 관전하는 독자 측에서 볼 때 흥미의 초점은 두 사람이 놓인 좌표가 너무나 같았음에서 왔다. 말을 바꾸면 같은 좌표 위에 서 있지만 제발 좀 어긋나 보라. 제발 거짓이라도 좋으니, 어긋난 척하는 포즈라도 취해 보라는 곳에 있었다." 김윤식, 앞의 책(2013), 61면.

107 김수영이 왜 「누가 그 조종을 울리는가?」에 대해서만 반론을 펼치고 「서랍 속에 든 「불온시」를 분석한다」에 대해서는 반론을 펼치지 않았는가에 관한 내용은 이동하, 앞의 책(1999), 210~212면에 제시되어 있으니, 이를 참조할 것.

다./ 다시 말하자면 그는 모든 진정한 새로운 문학은 그것이 내향적인 것이될 때는—즉 내적 자유를 추구하는 경우에는—기존의 문화형식에 대한 위협이 되고, 외향적인 것이 될 때에는 기성사회의 질서에 대한 불가피한 위협이 된다는, 문학과 예술의 영원한 철칙을 소홀히 하고 있거나, 혹은 일방적으로 적용하려 들고 있다. 얼마 전에 내한한 프랑스의 앙띠 로망의 작가인 뷔또르도 말했듯이 모든 실험적인 문학은 필연적으로는 완전한 세계의구현을 목표로하는 진보의 편에 서지 않을 수 없게 되는 것이다. 모든 전위문학은 불온하다. 그리고 모든 살아있는 문화는 본질적으로 불온한 것이다.그것은 두말할 것도 없이 문화의 본질이 꿈을 추구하는 것이고, 불가능을추구하는 것이기 때문이다. 그런데 「오늘의 한국문화를 위협하는 것」의 필자의 논지는, 그것을 다듬어 보자면, 문학의 형식면에서만은 실험적인 것은좋지만 정치사회적인 이데올로기의 평가는 안 된다는 것이다.[108]

여기서 김수영은 문학의 내적인 측면과 외적인 측면을 동시에 아우르면서, 새로운 문학이 어떤 역할을 수행하는지에 관해, 내적인 측면에주목한다면 "기존의 문화형식에 대한 위협"이 되고, 외적인 측면에 주목한다면 "기성사회의 질서에 대한 불가피한 위협"이 된다고 설명한다. 또한, 이를 바탕으로 어느 쪽이든 기존의 것, 기성의 것을 뒤엎는다는 점에서 그것은 '전위'이고 '불온'이며, 그리하여 '전위문학은 불온하다.', 나아가 '모든 살아있는 문화는 본질적으로 불온한 것이다.'라는 명제로까

---

108 김수영, 「실험적인 문학과 정치적 자유」,《조선일보》, 1968.2.27, 5면. 이하, 다른 서지사항을 제시하기 전까지 인용 대목은 그 출처가 동일함.

지 나아간다. 이상의 대목은 크게 흠잡을 곳이 없다. 다만, 문제는 이 대목이 왜 갑작스럽게 제시되었는지를 알기가 어렵다는 것이다. 특히 "그런데 「오늘의 한국문화를 위협하는 것」의 필자의 논지는, 그것을 다듬어 보자면, 문학의 형식면에서만은 실험적인 것은 좋지만 정치사회적인 이데올로기의 평가는 안 된다는 것이다."라는 마지막 문장은 어떻게 도출되었는지를 도통 파악할 수 없다. 이 문장을 조금 더 풀어본다면 〈① 이어령은 문학을 형식과 내용으로 구분했다. ② 이어령은 문학이 실험적인 형식으로 이루어져도 괜찮다고 생각했다. ③ 이어령은 문학이 정치사회적인 이데올로기를 평가하는 내용을 담아서는 안 된다고 생각했다〉 정도가 된다. 그런데, 이어령이 「누가 그 조종을 울리는가?」에서 정말 이렇게 서술했느냐를 따져본다면 그렇지가 않다. ①, ②는 사실무근이고 ③은 '이어령은 문학이 정치사회적인 이데올로기와 동일시되어서는 안 된다고 생각했다'로 교정되어야 자연스럽다.[109]

　　기실 도입부의 이 대목을 제외하면 그 밖의 나머지 대목들은 「누가 그 조종을 울리는가?」에 대한 적합한 반론이라고 여겨진다. 구체적으로 "8·15 후도, 4·19 직후도 실정은 좀 더 복잡한 것"이어서 "그 당시의 문학이 정치 비라의 남발 같은 인상을 주었다"고 인정을 하되, 다만 그 책임을 정치적 자유나 문화인에게만 돌리는 견해는 "소아병적인 단견"이라는 주장도, "오도된 참여론자들"은 교정이 될 수 있지만 "일단 상실

109　이후 김수영이 이어령을 비판하는 도중에 "그 책임이 그 당시의 정치적 자유에 있다고 생각거나, 일부의 「문화를 정치사회의 이데올로기와 동일시하는 문화인」에게만 있다고 생각하고"라는 표현을 사용했으므로, "정치사회적인 이데올로기의 평가는 안 된다"라는 문구가 무엇을 의미하는지는 더욱 파악이 어렵다.

된 정치적 자유는 그렇게 쉽사리 회복"되지 않는다는 주장도, 그 모두가 「지식인의 사회참여 —일간신문의 최근 논설을 중심으로—」에서 김수영이 내보인 기존 생각, 그러니까 '정치권력'의 억압을 강하게 인식하는 생각과 무리 없이 이어지는 주장인 것이다. 더불어, 한발 더 나아가 정치적 자유가 주어졌을 때도 제대로 된 문학이 산출되지 못한 원인을 탐사하면서 "내가 생각하기에는 오늘날의 우리들의 두려워해야 할 「숨어 있는 검열자」는 그가 말하는 「대중의 검열자」라기보다도 획일주의가 강요하는 대제도의 유형무형의 문화기관의 「에이전트」들의 검열인 것이다. 단 하나의 이데올로기를 대행하는 것이 이들이고, 이들의 검열제도가 바로 「대중의 검열자」를 자극하는 거대한 테제가 되고 있는 것이다."와 같이 한층 더 큰 수준에서의 검열자를 제시하는 주장을 펼친 것도 나름대로 충분한 설득력을 갖추었다고 이해된다.

이로 보면 위의 인용 대목은 차라리 없는 것이 흐름상으로 더 깔끔하다. 「서랍 속에 든 「불온시」를 분석한다」에 대한 반론으로 위의 인용 대목이 제출되었더라면, 그나마 이해를 해볼 만한 구석이 있을 것인데, 그것도 아니니만큼 뜬금없다는 생각을 지울 수 없다. 물론 김수영은 이쯤에서 자신이 추구하는 문학이 어떤 것인지를 제대로 설정해두는 작업이 필요하다고 판단했을 수 있다. 이전 글에서 '불온'을 충분히 설명하지 못했던바, 현재 글에서 '불온'을 상세히 설명하여 오해의 발생 소지를 줄이고자 했을 수 있다. 그러나 이럴 때도 위의 인용 대목에서 밝히고 있는 '불온'이 이전의 '불온(한 내용)'과 결이 달라졌다는 점은 문제가 아닐 수 없다. 이번의 '불온'은 내용상으로도 형식상으로도 모두 기존의 것에 반(反)한다는 개념을 담고 있다. 그러니 이어령을 포함한 여타의 읽는 이들로서는 가뜩이나 화제가 이리저리 변화되는 마당에 당연히 이해의 어려움을 겪기 마련이다. 이에 김수영은 불필요한 오해가 오히려 더 많이 쌓이는 결과를 초래하고 만 것이다.[110]

다시 이어령은 「문학은 권력이나 정치이념의 시녀가 아니다」를 발표하며 김수영에게 응수한다. 여기서 이어령은 여태껏 자신이 펼쳐온 주장을 토대로 김수영을 밀어붙인다. 그런 관계로 '불온'에 대한 양자 간의 견해 차이가 확실히 드러나게 되는바, 해당 구절을 확인해두자면 아래와 같다.

> 최근 1, 2년 동안 김수영 씨와 비슷한 생각을 가지고 있는 문학비평가들은 참여라는 이름 밑에 문학 자체의 그 창조적 의미를 제거해버렸다. 그 대신 문학의 그 빈자리에 진보적 정치사회의 이데올로기라는 「푸로크라테스의 침대」를 들어 앉히려 했던 것이다./『모든 전위문학은 불온하다. 그리고 모든 살아 있는 문화는 본질적으로 불온한 것이다』라고 표현한 김수영 씨의 용어법 하나만을 분석해보더라도 그가 얼마나 「관의 검열자」와 닮은 데가

---

110 참고로 그 당시에는(또한, 지금에서도) 김수영과의 논쟁이 사람들에게 잘 이해되지 않는 형편이었다. 최하림의 회고는 이를 잘 보여준다. "이 논쟁은 문단의 대화제가 되어 젊은 문인들이 모이는 곳이면 김이 옳다, 이가 옳다고 다툼이 벌어졌다. 그들의 논지가 무엇인지 정확하게 모르는 사람들도 저마다 그 논쟁을 화제로 삼았다. 고백하지만 그때 나도 그들의 논지를 잘 이해하지 못한 편이었다. 특히 김수영의 전위(불온)의 개념은 아리송하여, 어느 날 평론가 김현에게 그 의미와 그들의 논쟁점 승패 등을 물어보았을 정도였다."(최하림, 『자유인의 초상』, 문학세계사, 1981, 243면) 더불어, 사소한 첨언이지만 최하림의 회고는 이후의 개정판에서 다음과 같이 달라진다. "당시 이 논쟁은 문학을 하는 사람들이 두세 명 모이는 다방이나 술집에서 크나큰 화제거리가 되었다. 반론이 새로 나올 적이면, 문학인들은 가판을 사서 읽으며 '드물게 정치(精緻-편집자)한 논리다' '역시 이어령이다' '꽃을 꽃으로 볼 줄 아는 유일한, 그리고 최종적인 증인'이라고 탄성을 질렀다. '불온성'이라는 말에 어리둥절한 문인들도 있었다. 당시 나도 '불온성'을 잘 이해할 수 없어, 어느 평론가에게 불온성의 개념과 논쟁의 승패여부를 물어보았을 정도였다."(최하림, 앞의 책(2018), 395면)

많은가를 알 수 있을 것이다./ 언뜻 보기에 김수영 씨는 정치권력과 정반대의 위치에 서 있는 것 같지만 실은 그들과 동일한 도마 위에서 문학을 칼질하고 있는 사람이다./ 불온하니까 그 작품이 나쁘다고 말하는 사람이나, 불온하니까 그 작품이 좋다고 말하는 사람은 다만 그 주장과 판단이 다를 뿐 문학작품을 문학작품으로 읽지 않으려는 태도에 있어선 서로 일치한다. 실상 이런 논평으로 따져가면 가장 우수한 문학비평가는 가장 유능한 정부의 기관원이라는 이상한 모순에 도달한다. 왜냐하면 작품의 불온성 유무를 누구보다도 잘 민감하게 식별해 낼 수 있는 사람이야말로 바로「관의 검열원」들이기 때문이다.[111]

여기서 이어령은 김수영이 말한 내용상으로도 형식상으로도 모두 기존의 것에 반(反)한다는 개념의 '불온'을 염두에 두고 있지 않다. 여전히 이어령은 「서랍 속에 든「불온시」를 분석한다」와 같은 입장에서 '불온'을 '불온한 내용' 정도로 이해하고 있다. 그래서 이어령은 문학에 대한 제일의 판단기준은 '예술성'이어야 하지 '불온(한 내용)'의 유무여서는 안 된다고 비판하는 것이다. 그런 다음 이어령은 이의 연장선상에서 '전위', '불온' 등과 관련한 자신의 견해를 다음과 같이 좀 더 펼쳐낸다.

『왜 하필 당신은 하고많은 꽃 가운데 불온해 보이는「붉은 꽃」을 그렸읍니까?』라고 어느 무지한 관헌이 질문을 할 때 예술가는 무어라고 대답할 것인

---

111 이어령, 「문학은 권력이나 정치이념의 시녀가 아니다」, 《조선일보》, 1968.3.10, 5면. 이하, 다른 서지사항을 제시하기 전까지 인용 대목은 그 출처가 동일함.

가. 거꾸로 어느 진보적인 비평가가 『당신이 그린 붉은 꽃은 불온해 보여서 전위성이 있습니다』라고 칭찬을 한다면 그 예술가는 또 무어라고 대답할 것인가? 그들은 이미 꽃을 꽃으로 바라볼 것을 그만둔 사람들이다./ 그들이 바라보고 있는 것은 꽃이 아니라 꽃에 씌운 이데올로기라는 그림자의 편견이다.

'불온(한 내용)'을 '전위성'과 동격으로 취급한다. 그리고 '붉은 꽃'의 비유를 통해 '불온(한 내용)=전위성'이 우선시되는 사태를 지적한다. '불온(한 내용)=전위성'을 우선순위에 놓는 태도는 문학을 이데올로기로 여기는 잘못된 이해에 불과하다는 것이다. 조금 전에 자신이 수행했던 비판을 재차 풀어서 설명한 셈이다. 그런 다음 한 발 더 내디뎌서 자신이 생각하는 문학에 대한 올바른 접근방식을 아래처럼 기술한다.

하나의 꽃을 꽃으로 바라볼 줄 아는 사람은 결코 그것을 보수라고도 생각지 않으며 진보라고도 부르지 않는다. 문화의 창조적 자유와 진정한 전위성은 역사의 진보성을 추구하는 데 있는 것이 아니라 바로 인생과 역사, 그것을 보수와 진보의 두 토막으로 칼질해놓은 고정관념과 도식화된 이데올로기의 그 편견으로부터 벗어나는 데서 시작된다. 그런 사람만이 또한 정치사회에 대하여 참된 참여를 할 수 있는 작가의 자격이 있다.

'보수'와 '진보'라는 단어가 제시된 후, 이 둘의 구분이 중요한 것이 아니라 이 둘이 나누어져 대립한다는 관념에서 벗어나는 것이 중요하다는 내용이 제시된다. 곧바로 그래야만 "참된 참여를 할 수 있는 작가의 자격"이 주어진다는 내용이 뒤따라붙는다. 그런데, 이와 같은 내용은 앞서 확인한 적이 있는 김수영의 입장과 크게 다르지 않다. 김수영 또한 어떤 유 파이든 간에 〈참여파〉든 〈예술파〉든 상관없이 일단 작품이 되어야 한다 는 것을 강조했고, 또, 참여의식이 정치 이념의 발현과 동일시되지 말아 야 한다는 것을 강조했다. 그렇지만 이어령은 김수영을 '보수'와 '진보'를 나누고, 이 중에서 '진보'를 택하여, '사회참여'의 이데올로기만을 부각하 려는 인물이라고 간주했다. 이 지점에서 다음의 서술이 보태어지는바, 이 서술로부터 일종의 세대 간 대립의식이 암암리에 깔려 있음이 간취된다.

김수영 씨의 그 글은 「진보」가 곧 「불온」이고, 「불온」은 곧 「전위적」이고, 전 위적인 것은 곧 훌륭한 예술이라는 산술적인 이데올로기의 편견에 가득 차 있다. 이러한 편견은 그 자신이 스스로 말했듯이 예술가에게 「하나의 이데 올로기」만을 강요하는 결과를 가져온다. 그 증거로 김수영 씨의 추종자이기 도 한 60년대의 젊은 비평가들이 「오로지 문학은 진보 편에 서야 한다」는 「하나의 이데올로기만」을 모든 문학작품에 강요하고 있는 현상이다.

'진보 → 불온(한 내용) → 전위 → 훌륭한 예술 → 이데올로기의 편 견 → 하나의 이데올로기 강요'라는 흐름은 이어령이 어떤 매커니즘 으로 김수영을 공격했는지를 잘 드러낸다. 더 흥미로운 것은 김수영을 1960년대의 젊은 비평가들, 곧, 제3세대와 한데 묶어버리는 마지막 문 장이다. 이렇게 이어령은 김수영이 제3세대와 한배를 탄 것이라고 인식 했다. 그렇다면 이어령이 「서랍 속에 든 「불온시」를 분석한다」에서 다소 무리하게 불온시를 '참여시'와 동일개념으로 묶은 것도, 그리하여 '참여 시', '참여파 시인들'을 공박한 것도 바로 제3세대를 염두에 두었기 때문으로 해석될 수 있다. 그리고 이어령은 4·19혁명과 그에 이은 제3세대의 등장으로 말미암아 참여문학에서 순수문학으로 옮아가게 된 자신의 입장이 구체적으로 어떠한 것이었는지를 이참에 분명히 밝혀두는 것으로 글을 마무리하기에 이른다. 기존의 순수를 비판하며, 새로운 순수를 제시하는 그 대목은 아래와 같다.

> 작가는 작가로서의 순수한 입장에서 참여를 할 때만이 강하다./ 지금까지 문학의 순수성이 정치로부터 도망치는 데 이용되었다 해서 순수성 그 자체를 부정해선 안 된다. 오늘의 과제와 우리의 사명은 문학의 순수성을 파괴하는 데 있는 것이 아니라, 그 순수성을 여하히 이 역사에 참여시키는가에 있다. 정치화되고 공리화된 사회에서 꽃을 꽃으로 볼 줄 아는 유일한, 그리고 최종의 증인들이 바로 그 예술가이다. 그 순수성이 있으니 의길이(sic; 순수성의 길이 있으니) 비로소 그 왜곡된 역사를 향한 발언과 참여의 길이 값이 있는 것이다. 또한 강력히 요청되는 것이다. 그렇지 않다면 문학인으로서 참여하기보다 하나의 정치가나 경제가 그리고 사회과학자가 되어 역사와 사회의 제도를 뜯어고치는 편이 훨씬 더 능률적일 것이다. 「제도적 활동」과 「창조적 활동」을 혼동 못 하는(sic;문맥상으로 '혼동하는'이 자연스러움) 문인이 많을수록 그 문화의 위협, 역시 증대된다.

그리고 이런 식의 공방을 주고받으며 양자가 계속해서 평행선을 달리자 《조선일보》는 1968년 3월 26일자 신문에 두 논자의 글을 함께 실으며 "이 문제에 대한 일단락을 짓"[112]고자 했다. "이어령 씨와 김수영 씨의 「자유」 대 「불온」의 논쟁"이라는 거창한 큰 제목 아래, 김수영의 「불온성에 대한 비과학적인 억측」과 이어령의 「논리의 현장검증 똑똑히 해보자」를 좌, 우에 나란히 실은 것이다.

먼저 김수영은 「불온성에 대한 비과학적인 억측」이란 제목처럼 자신이 말한 '불온'을 이어령이 잘못 이해했다는 식으로 논의를 전개했다. 우선 김수영은 이어령이 "불온성을 정치적인 불온성으로만 고의적으로 좁혀 규정하면서, 본인의 지론을 이데올로기에 봉사하는 전체주의의 동조자 정도의 것으로 몰아버"렸다고 운을 뗀다. 그런 다음 김수영은 다시금 자신의 '불온'을 설명한다.

전위적인 문화가 불온하다고 할때, 우리의 머리에 떠오르는 것은 재즈 음악, 비트족, 그리고 60년대의 무수한 앤티 예술들이다. 우리들은 재즈 음악이 소련에 도입될 초기에 얼마나 불온시 당했던가를 알고 있고, 추상미술에 대한 흐루시초프의 유명한 발언을 알고 있다. 그리고 또한 암스트롱이나 베니 굿맨을 비롯한 전위적인 재즈 맨들이 모던 재즈의 초창기에 자유국가라는 미국에서 얼마나 이단자 취급을 받고 구박을 받았는가를 알고 있다./ 그리고 이런 재즈의 전위적 불온성이 새로운 음악의 꿈의 추구의 표현이었다는 것을 알고 있다. 이러한 예는 재즈에만 한한 것이 아닌 것은 물론이다. 베토벤이 그랬고, 소크라테스가 그랬고, 세잔느가 그랬고, 고흐가 그랬고, 키에

---

112 편집자, 「이어령 씨와 김수영 씨의 「자유」 대 「불온」의 논쟁」, 《조선일보》, 1968.3.26, 5면. 이하, 다른 서지사항을 제시하기 전까지 인용 대목은 그 출처가 모두 《조선일보》, 1968.3.26, 5면임.

르케고르가 그랬고, 마르크스가 그랬고, 아이젠하워가 해석하는 사르트르가 그랬고, 에디슨이 그랬다./ 이러한 불온성은 예술과 문화의 원동력이 되는 것이고, 인류의 문화사와 예술사가 바로 이 불온의 수난의 역사가 되는 것이다. 이런 간단한 문화의 이치를 이어령 씨 같은 평론가가 모를 리가 없다고 생각된다. 그렇기 때문에 나는 그의 오해를 고의적인 것이라고 생각하지 않을 수 없다.

여기서 김수영은 재즈 음악, 비트족, 그리고 유명 인사들의 이름을 여럿 거론하면서, 내용상으로도 형식상으로도 모두 기존의 것에 반(反)한다는 개념의 '불온'을 설명하고자 했다. 실례가 적절하게 제시되었느냐를 따져 물을 때 아쉬운 점이 없지 않으나 이 정도의 서술이라면 읽는 이가 김수영이 염두에 둔 '불온'이 어떤 것인지를 미루어 짐작할 수준은 된다고 할 수 있다. 다만, 뒤이어서 펼쳐지는 서술이 기껏 해놓은 '불온'에 대한 설명과 아귀가 잘 맞지 않으면서 또다시 김수영이 말하는 '불온'은 대체 무엇인가 하는 의문을 자아내는바, 일단 해당 구절을 확인해 두기로 하면 아래와 같다.

그는 「문학은 권력이나 정치이념의 시녀가 아니다」의 서두서부터 「문학작품을 문학작품으로 읽으려 하지 않는 태도, 그것이 바로 문학을 가장 직접적으로 위협하고 있는 형편이다」라고 비난하고 있는데, 이런 비난은 누구의 어떤 발언이나, 작품이나, 태도에 근거를 두고 한 말인지 알 수가 없다. … (중략)… 혹시 그는 내가 말한 나의 발표할 수 없는 시를 가리켜서 말하는 것인지 모르지만, 내가 발표할 수 없다고 한 나의 작품은 나로서는 조금도 불온하지 않다고 생각하고 있는 작품이다./ 다만 그것은 불온하다는 의혹을 받을 수 있는 작품이기 때문에 발표를 꺼리고 있는 것이지, 나의 문학적 이성으로는 추호도 불온하지 않다. 그러니까 이어령 씨는, 내가 불온하다고 보여질 우려가 있어서 발표하지 못하고 있는 작품을 「불온하다」고 낙인을 찍으려면, 우선 그 작품을 보고 나서 말을 해야 할 것이다. 그런데 그는 나의 불온하다고 「보여질 우려가 있는」 작품을 보지도 않고, 「불온하다」로 비약을 해서 단정을 하고 있는 것이다.

위 인용 대목에서의 '불온'은 아무리 보아도 내용상으로도 형식상으로도 모두 기존의 것에 반(反)한다는 개념의 '불온'과는 다른 의미로 사용되었다고 여길 수밖에 없다. 위 인용 대목에서의 '불온'은 '불온한 내용'으로 해석되는 것이 자연스럽다. 이로 보면 최초 지점에서의 '불온', 그러니까 「지식인의 사회참여 ─일간신문의 최근 논설을 중심으로─」에서의 '불온'으로 되돌아간 셈이다.[113] 이처럼 김수영은 '불온'을 수차례 언급했지만, 그때마다 계속해서 혼란을 배가시키는 결과만 불러일으키는 데 그쳤다.

한편 김수영이 이렇게 '불온'에 대해 갈팡질팡하는 면모를 보이니 이어령으로서는 이를 지적해주기만 하면 되었다. 과연 이어령은 「논리의 현장검증 똑똑히 해보자」의 전체 내용을 김수영이 '불온'에 대해 이랬다저랬다 하면서 자의적으로 활용했다고 지적하는 데에 할애했다. 그 가운데서의 일부 대목만 가져와 보면 아래와 같다.

---

113 이동하, 앞의 책(1999), 231면 참고.

이렇게 씨의 「불온성」이 좁은 의미로 해석되는 까닭은 씨가 주장하는 것 같은 「고의적」 편견이 아니라 바로 「문맥적」 필연성 때문이다. 왜냐하면 재즈와 비트의 그런 전위성의 불온이라면 문화검열이 운운되는 정치적 자유 문제와는 아무런 관련이 없을 것이기 때문이다./ 그가 말한 정치적 자유는 구체적인 한국의 정치현상을 두고 한 소리며, 그것에 의해서 제약받는 전위성, 즉 그 불온성이었던 것은 뻔한 일이다. 말이란 자기가 했다 해도 자기 멋대로 광의로 늘렸다, 협의로 줄였다 하는 편리한 고무줄이 아닌 것이다./ 그것은 문장의 문맥이나 상황적 의미에 의해서 필연적으로, 그리고 객관적으로 한정되게 마련이다./ 특히 대화인 논쟁문에선 더욱 그렇다. 씨는 문화가 꿈을 추구하고 불가능을 추구한다는 단서가 붙어있었기 때문에 그것은 재즈나 비트족을 포함한 광의의 예술적 불온성이라고 주장한다./ 그러나 바로 그 말을 일러 「…그런데 필자(이어령)의 논지는 문학의 형식면에서만은 실험적인 것이 좋지만 정치사회적인 이데올로기의 평가는 안 된다는 것이다」라고 나의 시평(時評)을 요약 비판했다. 결국 그가 말하고 싶어하는 꿈과 불가능의 추구란 것도 그러고 보면 문학의 형식적인 실험이 아니라 정치사회적인 이데올로기의 추구에 말뚝을 박아놓은 것임을 알 수 있다./ 아규먼트의 방법으로 봐서 그가 내세운 전위성(불온성)은 A(재즈와 비트로 상징되는 예술적 실험의 불온성)가 아니라 B(정치사회 이데올로기로 평가되는 불온성)이라는 움직일 수 없는 결론이 나온다.

이로써 김수영과 이어령 사이에서 벌어진 논쟁은 매듭이 지어진다. 기실 이 논쟁은 '순수-참여 논쟁'의 일환으로 여겨지고 있지만, 꼼꼼히 검토해본 결과, 이 논쟁은 '순수'와 '참여'의 대립쌍으로는 좀체 파악되지 않는다. 그저 이어령이 김수영을 (제대로 된 문학을 추구하지 않고 정치 이념만 표방하려는 그릇된) '참여' 쪽으로 내모는 한편, 자신은 (그와 반대되는 개념의, 문학을 문학으로 취급하는) '순수' 쪽이라고 조금 거론했을 따름이다. 이 논쟁은 그 당시의 정치권력이 알게 모르게 주는 압력을 각자가 얼마만큼 체감하고 있었느냐의 차이로부터 발발 계기가 주어졌고, 그 이후부터는 조금씩 화제가 옮겨지며 계속해서 각자가 지닌 관점이 상반된다는 사실을 확인, 재확인하는 데로 머무는 모양새를 보일 뿐이었다. 그렇지만 (이 절의 도입부에서 언급했던 것처럼) 얼핏 무의미하게 보이는 이 논쟁은 각자에게 상반된 결과를 주었다. 김수영은 「시여, 침을 뱉어라」의 단계로, '온 몸의 시학'으로 나아가는 성과를 얻었다. 더불어, 김수영은 이후 민중(민족)문학론의 부상과 함께 제3세대로부터 폭발적인 지지를 받게 된다. 그러나 이어령은 별다른 성과를 얻지 못했다. 더불어, 이어령은 이후 민중(민족)문학론의 부상으로 인하여 주류로부터 거리가 멀어지게 된다. 혹자는 이어령이 민중(민족)문학론을 수용하는 식으로 타협하면 되지 않았느냐고 생각할 수 있다. 또한, 혹자는 이어령이 전후의 시대에서 소리 높여 외친 사회 참가 문학과 민중(민족)문학론이 제법 비슷하지 않느냐고 생각할 수 있다. 하지만 이어령이 생각하기에 민중(민족)문학론은 잘못된 것이었다. '민중(민족)'에 방점이 찍혀있지 '문학'에 방점이 찍혀있지 않기 때문이다.[114] 그리하여 이제 이어령은

---

114 이와 관련하여 김수영과의 논쟁이 끝난 뒤 이어령이 어느 좌담회에서 행한 발언을 덧붙여둘 수 있다. "2년 동안의 월평이라는 것이 심히 우려할 정도로 되었어요. 왜냐하면 우리가 사회참여를 내세울 때만 해도 그렇게까지 목적론적이거나 공리론적이 아니었읍니다. 심지어 문학비평의 문제가 지금은 리얼리즘의 가능성이 있다. 이것만이 우리 문학을 할 길이다. 그것이 무엇이냐. 빈곤의 극대화,

문단의 기린아(麒麟兒)였던 저 전후의 시대를 지나, 조금씩 문단 내 위상을 잃어버린 저 1960년대를 지나, "자신에게 고독을 강요"[115]하는 저 1970년대를 향하여 묵묵히 걸어가게 된다. 이로써 전후세대 비평(가)의 퇴장은 완료된다.

남북통일, 권력의 폭력—월평을 보니까 이렇게 되어 있어요. 가령 일례로 부정선거를 규탄한다고 할 때 작가라는 것은 부정선거를 소재로 안 쓰고도, 부정선거의 규탄을 얼마든지 할 수 있다고 봅니다. 그러니까 결국 이 사람들이 근래 1, 2년 동안에 심지어 뭐라고 했느냐 하면 모 일간지에 박모 씨의 시를 가지고 조모 씨라는 비평가가 시는 되어먹지 않았으나 한국의 더러운 것에 대하여 내뱉듯이 쓴 점에는 몇 배 공감을 느낀다고 했는데 그러면 엽서에다가 빌어먹을, 때려라, 죽여라 해도, 그것이 시가 된다는 얘기입니까? 이것은 거꾸로 얘기했어야 돼요. 발상은 좋았으나 이것은 시가 아니다, 이래야 될 텐데 이것은 시가 아니나 내용이 그러니까 잘 되어 있다 이런 월평이 1, 2년 동안에 굉장히 나왔어요. 이것은 사회참여도 순수문학도 아니예요."(「사회사상에 휘말린 문학론」, 《신동아》, 1968.8, 405면) 물론 민중(민족)문학론이 대두하기 이전의 발언이지만, 그 내용으로 미루어볼 때 이어령이 민중(민족)문학론을 어떻게 여겼을지는 굳이 물어볼 필요조차 없을 것이다.

115 이동하, 앞의 책(1996), 289면.

VI. 결론

본 논문은 전후의 시기에 펼쳐진 이어령의 문학비평을 대상으로 그 성격과 특질을 살펴보았다. 한국 문학사를 통틀어서 이어령만큼 중요한 비평적 존재도 많지 않다고 판단되지만, 아이로니컬하게도 지금까지는 이어령에 대한 깊은 관심이 주어지지 않았다. 일단 연구의 수가 적다. 더하여, 연구의 대다수가 〈'저항'이라는 표어를 강조함 → 이를 돋보이게 하는 화려한 수사를 구사함 → 하지만 논리적인 측면은 여러모로 부족함〉이라는 특정한 해석틀에 제한된 면모를 보여주었다. 이러한 한계를 넘어서기 위해 본 논문은 전후의 시기에 펼쳐진 이어령의 문학비평을 최대한 깊고 넓게 살펴보고자 시도했다. 본 논문은 전후의 시기에 펼쳐진 이어령의 문학비평을 하나의 방법론으로 일괄하는 방식이 아니라 실증적인 작업을 중심에 놓되 그때그때 필요한 방법론을 도입하는 방식을 취했다. 이 과정에서 본 논문은 무엇보다 객관적인 거리를 확보하고자 노력하는 한편, 실증주의가 유행이던 당시의 시대적 상황을 고려하고, 또, 세대의식을 강조한 이어령의 전략을 염두에 두었다.

제2장에서는 전후의 문단 사정이 어떠했는지를 살펴보고, 또, 초기 소설에 담긴 내면풍경 및 문학비평으로의 전환 계기를 살펴보았다. 먼저 전후의 문단 사정이 어떠했는지는 다음과 같다. 해방기와 6·25전쟁기를 거치면서 월북한(그리고 납북된) 문인들이 많이 발생했고, 이에

문단은 문인 부족 현상에 시달리게 되었다. 특히 가뜩이나 숫자가 부족했던 비평계는 더 말할 것이 없었다. 그런데, 6·25전쟁기 이후부터는 여러 신문, 잡지 등이 재발간되거나 창간되면서 오히려 시, 소설, 비평 등을 원하는 지면이 증가했다. 이러한 조건이 형성됨에 따라 이어령을 위시한 수많은 신진 문인들은 손쉽게 문단 내로 진입할 수 있었다. 그리고 이렇게 문단 내로 진입한 여러 신인 문인들 가운데서는 기성들의 비호를 받고자 하는 축도 있었고, 이와는 반대로 기성들의 권위를 타파하고자 하는 축도 있었다. 당연하게도 이어령의 경우는 후자였다. 이어령은 과감하게 기성들을 비판했으며, 그 결과, 전후의 시기에서 전후세대를 대표하는 비평가로 떠오를 수 있었다. 다음으로 초기 소설에 담긴 내면풍경이 어떠했는지, 문학비평으로의 전환 계기는 무엇이었는지는 다음과 같다. 이어령의 최초 문학활동은 시, 소설 쓰기였다. 이어령은 대학에 입학한 이후부터 특히 소설을 꾸준히 발표했다. 물론 이어령이 생산한 일련의 소설들은 높은 성취를 이루지는 못했으며, 차라리 미숙하다고 평가하는 게 옳다. 그러나 이어령이 생산한 일련의 소설들은 역설적으로 미숙한 탓에 그 당시 이어령의 내면풍경을 파악하는 데 있어 긴요한 역할을 한다. 구체적으로 「환」, 「환상곡 —배반과 범죄—」이라는 두 편을 선택하여 상세히 검토했다. 이를 통해 파악한 이어령의 내면풍경은 '현실의 윤리조차 무너진 비극적인 전후의 상황 아래서, 자기존재의 근거가 확보되지 않은 불안감을 느끼며, 서구에서 온 것을 습득하는 방법으로, 현재를 극복해보고자 마음먹은 상태' 정도로 정리가 된다. 그리고 이와 같은 이어령의 내면풍경은 이내 문학비평으로 발현되는데, 이와 관련해서는 두 가지 사실을 제시할 수 있다. 하나는 1950년대 중반쯤부터 대학을 통한 아카데미즘의 활성화와 함께 비평의 전문화가 일어났고, 이에 이어령 역시 전문화된 비평을 점차적으로 자각하게 되었다는 사실이다. 다른 하나는 표층에 드러난 것이 아닌 심층에 묻혀 있는 것을 캐내고 싶다는 이어령의 욕망은 시, 소설 쓰기보다는 비평 쓰기로서 충족될 수 있다는 사실이다.

제3장에서는 이어령이 쓴 일련의 이상(李箱)론을 살펴보았다. 이어령이 한 대상에 대해 지속적인 관심을 내비친 유일한 사례라는 점에서 이어령이 쓴 일련의 이상론은 중요한 가치를 지닌다. 먼저 전후의 시기에서 이상이 크게 인기를 끈 이유를 주목했다. 이상이 여태껏 논외의 대상이었다는 점, 이상이 해석상 개척 가능한 영토가 넉넉한 대상이었다는 점, 그리고 무엇보다 이상이 이어령을 위시한 신진 문인들이 지니고 있었던 방법론, 분석틀을 적용해보기에 너무나도 적합한 대상이었다는 점 등이 바로 이상이 당시 유행한 이유였다. 다음으로 이상에 대한 다른 관점들을 주목했다. 여기서는 김기림과 임종국의 경우만을 선별해서 살펴보았다. 김기림에게서는 『이상선집』을 발간하고, 이상에게 나르시스 이미지를 최초로 씌운 사실이 주목되었다. 구체적으로 김기림은 이상을 어두운 현실에 저항하는 모더니스트라는 이미지로 표상했다. 이는 김기림이 바라 마지않던 이미지였다. 김기림에게 이상은 자신이 그렇게 되기를 꿈꾸는 인물이었다. 요컨대, 김기림에게 이상은 이상화된 '나'였다. 임종국에게서는 『이상전집』을 발간하고, 이상을 꼼꼼히 분석했다는 사실이 주목되었다. 구체적으로 임종국은 이상을 박제가 되어버린 천재라는 이미지로 부각시켰다. 이는 임종국이 생각한 자신과 겹쳐지는 이미지였다. 임종국에게 이상은 자신과 동일한 처지의 인물이었다. 요컨대,

임종국에게 이상은 또 다른 '나'였다. 그런 다음 마지막으로 이어령이 쓴 일련의 이상론을 본격적으로 검토했다. 「이상론(1) —「순수의식」의 뇌성과 그 파벽—」 및 「「나르시스」의 학살 —이상의 시와 그 난해성—」, 「「나르시스」의 학살(중) —이상의 시와 그 난해성—」, 「속·「나르시스」의 학살 —이상의 시와 그 난해성—」을 주된 검토의 대상으로 삼았다. 글에 담긴 내용을 충실히 해석하고 글이 이루어진 메커니즘을 파악하는 방식으로 접근을 시도했거니와, 이를 통해 일련의 이상론에서는 자신의 현재 위치를 설정해주고, 또, 자신의 미래 위치를 설정해주는 존재(비유컨대, 디딤돌, 주춧돌과 같은 존재)로서의 이상이 강조되고 있는 모양새임을 확인할 수 있었다. 즉, 이어령은 일련의 이상론을 통해 이상을 토대로 이상을 넘어서는 자세를 가져야 함을 제시했던 것이다. 다시 말해 이어령은 일련의 이상론을 통해 자신의 주체성을 형성해나갔던 것이다.

제4장에서는 기성들을 부정하고 문단의 재구축을 도모하려는 의도에 따라 발표된 일련의 문학비평들을 살펴보았다. 각각이 지닌 성격을 기준으로 네 가지 계열로 구분하여 접근했다. 첫째, 우상의 파괴, 화전민 의식 등의 표어로 잘 알려진 문학비평을 살펴보았다. 이 계열의 문학비평은 보통 수사만이 앞세워져 있을 뿐 논리가 부족하다는 비판을 받고 있지만, 사실 애초부터 이 계열의 문학비평은 퍼포머티브의 수행이 주목적이라는 것을 밝히는 데에 특히 많은 노력을 기울였다. 둘째, 기성들과 대결하기 위한 목적으로 발표된 문학비평을 살펴보았다. 이어령은 원로인 염상섭과 문협정통파인 서정주, 조연현, 김동리에게 도전장을 내밀었다. 염상섭, 서정주의 경우는 단발성에 그쳤기에 큰 의미를 부여하기가 어렵지만, 조연현, 김동리의 경우는 그래도 제법 의미를 부여

할 수 있다. 이어령과 조연현은 '전통'에 대한 입장 차이로 논쟁을 벌였다. 조연현이 제시한 전통 개념에 이어령이 반론을 제기하는 형태였다. 구체적으로 이어령은 조연현이 말하는 전통은 그저 지방성, 풍속성, 향토성을 뜻하는 것에 불과하다고 비판했거니와, 엘리엇의 전통론을 바탕으로 전통과 보편성을 잇고자 했다. 그러나 조연현으로부터 별다른 대답이 없었기에 이 논쟁은 더 이상 진행되지 못하고 종결되고 말았다. 한편 이어령과 김동리는 세 가지 화제를 두고서 논쟁을 벌였다. 오상원의 '문장'이 지성적인가, 한말숙의 「신화의 단애」에 '실존주의'를 붙일 수 있는가, 추식의 『인간제대』에서는 '극한의식'이 발견되는가가 바로 그것이다. 그러나 세 가지 화제 모두 만족할 만한 전개가 이루어진 형국은 아니었다. 오상원의 '문장'이 지성적인가의 문제는 김동리가 오상원의 '문장'이 아닌 '작풍'이 지성적이라고 말을 바꾸면서 서로 간의 문장지적으로 변질되고 말았다. 한말숙의 「신화의 단애」에 '실존주의'를 붙일 수 있는가의 문제는 이어령이 갑자기 '실존성'이라는 단어가 있느냐를 따지기 시작하면서 원래의 틀에서 벗어나고 말았다. 추식의 『인간제대』에서는 '극한의식'이 발견되는가의 문제는 김동리가 극한의식을 일반적인 개념으로 확장시키면서 논점이 흐려지고 말았다. 셋째, 새로운 문학(담)론을 모색하고자 시도한 문학비평을 살펴보았다. 「현대작가의 책임」을 비롯한 네 편의 글을 독해해보았는데, 모든 글에서 다분히 사르트르의 '참여문학론'에 기반한 사유가 펼쳐지는 것을 확인할 수 있었다. 구체적으로 작가는 문학을 통해 사람들의 의식을 바꿀 수 있고, 그에 따라 사회까지도 바꿀 수 있다는 내용이 발견되는 것이다. 물론 이때에도 이어령은 문학의 영역을 절대로 벗어나지 않았으며, 또한, '제대로 된 문학'을 가장 우선순위에 놓는 모습을 보여주었다. 넷째, 비평 방법에 대한 과학적인 탐구를 수행하고자 한 문학비평을 살펴보았다. 상세한 분석을 위해 「현대시의 UMGEBUNG와 UMWELT」, 「기초문학 함수론」 두 편만을 대상으로 삼았다. 이 두 편은 서로 밀접한 연관성을 지니거니와, 이어령이 이 두 편을 쓴 이유는 외재적 비평과 내재적 비평의 대립을 지양하고자 했기 때문이다. 그리하여 「현대시의 UMGEBUNG와 UMWELT」에서는 환위와 환계라는 개념을 토대로, 「기초문학 함수론」에서는 성향(P), 환경(E), 행위(R)라는 개념을 토대로 각각 비평 방법에 대한 과학적인 탐구가 펼쳐졌다. 그런데, 이 과정에서 이어령은 특정 이론을 자기 방식대로 운용하는 면모를 노정했다.

제5장은 4 · 19혁명 이후 이어령이 어떠한 변화를 보여주었는지를 살펴보았다. 우선 에세이스트, 칼럼니스트, 잡지 편집자 등으로 활동 범위를 확장해나간 이어령의 면모를 개략적으로 좇아가보았다. 그런 다음 세대의 재설정 문제 및 문학에 대한 입장 변화를 확인해보았다. 이어령은 후속세대가 등장하자 기존의 '전전세대 | 전후세대'라는 틀을 버리고 새로이 '제1세대(전전세대) | 제2세대(전후세대) | 제3세대(후속세대)'라는 틀을 만든다. 이어서 제3세대에게 끼친 제2세대의 영향력을 강조했다. 한편 4 · 19혁명 이후 참여에 대한 의식이 강해져서 오히려 그릇된 참여문학이 많이 산출되자 이어령은 그와는 반대 방향으로 나아갔다. 1960년대 초반에는 여전히 사르트르의 참여문학론을 기반으로 하되, 이를 약간 보완하는 방식으로 그릇된 참여문학과의 구분을 시도했다. 그러나 1960년대 중 · 후반으로 갈수록 참여문학에 대한 회의감을 더 많이 피력하면서 순수 쪽으로 태도를 점차 옮겨와 종내에는 하이데

거의 '고향의 언어'를 언급하기에 이른다. 이렇게 참여에서 순수로 이어령은 옮겨간 것이지만, 어느 접사를 붙이든 간에 상관없이 이어령이 가장 중요하게 생각했던 것은 '문학' 그 자체였다. 끝으로 김수영과의 논쟁을 살펴보았다. 이 논쟁은 제2세대(전후세대)의 대표자와 제3세대(후속세대)로부터 지지를 받는 자 간의 대립이라는 점에서 주목된다. 이 논쟁은 여태껏 김수영 쪽으로 무게추가 기울어진 상태에서 많이 다뤄졌거니와, 자연히 어느 한 편으로 기울어지지 않고 가운데 자리에다가 무게추를 둔 상태로 해석을 시도하고자 많은 신경을 쏟았다. 이 논쟁은 부분부분 중요한 생각거리를 남기지만, 전체적인 경과를 따지자면, 의견이 교환되는 중에 화제가 조금씩 다른 곳으로 옮겨지고 가장 중심 화제였던 '불온'에 대한 혼란이 발생하면서, 최초의 치열함이 무색하게끔 흐지부지 마무리가 되어버린 형국을 보여주었다. 그러나 양자에게 주어진 결과는 사뭇 달랐다. 김수영은 이후 자신의 사유를 발전시키는 한편, 문단 내에서 더욱 지지를 얻게 되었다. 반면, 이어령은 별다른 소득이 없이, 문단의 주류로부터 거리가 멀어지게 되었다. 이렇게 1960년대 후반을 기점으로 전후세대 비평가로서 이어령이 지닌 비평적 생명력은 다하게 된다.

이상, 본 논문의 주요 내용들을 요약해보았다. 이로써 전후의 시기에 펼쳐진 이어령의 문학비평은 단면체가 아니라 다면체였음을 알 수 있었다. 이때, 절대로 오해하지 말아야 할 사실이 있으니, 전후의 시기에 펼쳐진 이어령의 문학비평은 이 방향으로도 나아가보고 저 방향으로도 나아가보는 여러 가지 다양한 시도를 보여주었으되 아무렇게나 무작정 발산되지는 않았다는 것이다. 전후의 시기에 펼쳐진 이어령의 문학비평은 큰 틀에서의 목표가 하나의 지점으로 수렴되는바, 그것은 〈전후의 시기에서 어떻게 하면 새로운 문학(그리고 문단)을 만들 수 있는가〉라는 물음에 대한 해답 찾기였다. 1950년대 중반부터 1960년대 후반까지의 짧지 않은 기간 동안, 비록 대결의 대상이 달라졌고, 또, 대결의 방식이 달라졌으되, 이어령은 초지일관 그 자신 목표한 방향으로 걸어갔던 것이다. 그런 까닭에, 전후의 시기에 펼쳐진 이어령의 문학비평은 척박한 시대를 문학을 통해 극복하고자 치열하게 고투를 벌인 어느 전후세대 비평가의 시대적 대응으로 이해될 필요가 있다. 그래야만 전후의 시기에 펼쳐진 이어령의 문학비평은 지금보다 더 온전한, 온당한 평가를 받을 수 있다.

전체를 마무리하면서 한마디만 더 덧붙이자면, 본 논문은 전후의 시기에 펼쳐진 이어령의 문학비평을 검토한 것이되, 그 이후에도 이어령은 오랫동안 계속해서 활동을 펼쳤던바, 자연히 이어령의 특정 면모만을 다루었다는 한계를 지닌다. 이어령은 자신의 궤적을 '프로메테우스의 언어', '헤르메스의 언어', '오르페우스의 피리'로 삼분하여 스스로 제시했다. 이를 기준으로 삼는다면, 본 논문은 겨우 '프로메테우스의 언어'를 다뤄본 것에 불과한 셈이다.[1] 주지하다시피 이어령은 1960년대 말

---

1 "내 자신의 언어를 최초로 가꾸어 온 것은 프로메테우스의 언어였다. 내 심연 속에 저장해 둔 우물, 그리고 내 존재의 갈증을 채워준 최초의 언어들은 프로메테우스와 같은 불의 언어였다. 그 언어는 가차 없이 모든 것을 태우고 준엄하게 분리해서 대립해 놓는 일이었다. 하늘과 땅을 가르는 극화의 작업이요, 저항의 투쟁이었다./ 그러나 삼십대에 이르러서는 헤르메스의 언어를 발견했다. 서양을 동양에, 동양을 서양에, 그리고 시를 산문에, 산문을 시에……분할의 땅을 넘나들었다. 너무 바쁘게 뛰어다닌 헤르메스의 시대. 국민학교 시절 1백 미터를 14초로 뛴 기록밖에는 없었고, 한 번도 운동회에서 상장을 타본 기억이 없는 내가 헤르메스를 흉내낸다는 것은 너무 숨 가쁜 일이었다./ 이제 내가 원하는 것은 세 번째 언어, 오르페우스의 피리다./ 대립에서 교통으로 교통에서 화합으로, 말

쯤부터 전후세대 비평가로서의 생명력이 다했을지언정, 오히려 그 이후부터는 더욱더 화려한 길을 걸어 나갔다. 잘 알려진 대로, 그리고 중간중간 언급했던 대로, 이어령은 1960년부터 에세이스트, 칼럼니스트로 왕성하게 활약하기 시작했다. 1970년대에는 장수(長壽) (순)문예지《문학사상》을 창간했고, 또, 고전문학 연구서(대표적으로 『한국인의 신화』(서문당, 1972))를 발간했다. 1980년대에도 멈추지 않고 기호학 연구(대표적으로 「문학공간의 기호론적 연구 : 청마의 시를 모형으로 한 이론과 분석」(단국대학교 박사학위논문, 1986)), 일본 문학 및 문화 연구(대표적으로 『축소지향의 일본인』(갑인출판사, 1982), 『하이꾸 문학의 연구』(홍성사, 1986)) 등을 활발하게 수행했다. 더하여, 1980년대를 지나 1990년대로 넘어오게 되면, 이어령에게는 서울 올림픽 기획자, 문화부 장관 등의 이력까지가 덧붙여진다. 그리하여 이어령은 유일무이한 '문화의 아이콘(icon)'으로 널리 인정받기에 이르는 것이다.

1960년대 초 · 중반부터 오늘날까지 펼쳐진 이어령의 언술, 행적에 대한 논의들이 조금씩 제출되고 있는 형편이되, 아직까지는 양적으로도 질적으로도 부족함이 적지 않으므로, 더욱더 활성화가 이루어질 필요가 있다.[2] 본 논문 역시 이에 대해 깊은 아쉬움을 느끼는바 이를 추후의 과

하자면 프로메테우스로부터 헤르메스로, 헤르메스에서 다시 오르페우스로. 이러한 전신(轉身)과 언어의 성장이, 내가 사막을 건너는 낙타의 혹이 될 것이며 선인장의 샘이 될 것이다." 이어령, 「오르페우스의 언어」, 『나를 찾는 술래잡기』, 문학사상사, 1994, 165~166면.

2 간단한 소개의 차원에서 여기에 해당하는 논의들을 별다른 구별 없이 나열해두기로 하면 다음과 같다. 강현모, 「나쓰메 소세키(夏目漱石)와 이어령이 추구한 패러독스의 세계 ─『나는 고양이로소이다』『풀베개』『가위바위보 문명론』을 중심으로─」, 『일본문화학보』 55, 한국일본문화학회, 2012; 권보드래 · 천정환, 『1960년을 묻다』, 천년의상상, 2012, 6장 3절('문화적 종족본질론과 이어령의 한국문화론'); 권임정, 「'와(和)'의 고찰 - 이어령의 『축소지향의 일본인』을 중심으로」, 충남대학

제로 남겨 후고(後考)를 기약하기로 한다.

교 석사학위논문, 2004; 김미영, 「1960~70년대에 간행된 한국 지식인들의 기행산문」, 『외국문학연구』 50, 외국문학연구소, 2013; 김미영, 「이어령 에세이에서의 '유럽'이란 심상지리」, 『인문논총』 57, 인문과학연구소, 2013; 김민정, 「이어령 수필문학의 근대성과 탈근대성」, 충북대학교 석사학위논문, 2005; 김우필, 「한국 대중문화의 기원과 성격 연구: 사회문화적 담론의 변천을 중심으로」, 경희대학교 박사학위논문, 2014, Ⅲ-3('포퓰리즘과 포퓰러 컬처의 등장 : 1960-70년대); 안수민, 「1960년대 에세이즘 연구」, 연세대학고 석사학위논문, 2015; 오혜진, 「카뮈, 마르크스, 이어령」, 『한국학논집』 51, 계명대학교 한국학연구원, 2013; 조형래, 「'디지로그'의 개념적 검토와 비판—아날로그와 디지털의 개념적 관련성을 중심으로」, 『대중서사연구』 22(1), 대중서사학회, 2016; 한승억, 「이어령의 제국주의 시각과 서양 문헌에 나타난 한국 문화 비교」, 『우리어문연구』 25, 우리어문학회, 2005; 한형구, 「문화 개혁(혹은 혁명?)을 위한 비평적 언설 실천 -- 이어령의 『흙 속에 저 바람 속에』가 거느린 담론사적 혹은 문화사적 의의」, 『비평 에스프리의 영웅들, 혹은 그 퇴행』, 역락, 2019; 황호덕, 「일본, 그럼에도 여전히, 세계의 입구 — 『축소지향의 일본인』으로 읽는 한 후기식민 지인의 초상」, 『일본비평』 3, 서울대학교 일본연구소, 2010 등.

2부
이어령의 문화비평

전후세대 지식인의 눈에 비친 '현대(세대) – 한국(인) – 서양'

: 이어령의 《경향신문》 연재 에세이 〈오늘을 사는 세대〉, 〈흙 속에 저 바람 속에〉, 〈바람이 불어오는 곳〉을 대상으로

1. 서론

이어령은 상당히 예외적인 존재이다. 주지하다시피, 이어령은 김동리, 서정주, 조연현 등이 실권을 쥐고 있던 당대 문단을 그 특유의 화술(가령, '우상의 파괴'라든지 '화전민 지대'라든지 하는 비유적 표현)로 신랄하게 비판하면서 혜성처럼 등장했거니와, 이 밖에도 문학(담)론 소개하기, 비평 방법 모색하기 등과 같은 여러 부류의 평설적 글쓰기를 병행하면서 활발하게 활동했다. 특히, 이어령은 1950년대 중반부터 1960년대 초반까지 쉴 새 없이 폭발적으로 문학비평(과 관련한 결과물)을 생산했는데, 이것들 가운데서의 대다수가 많은 이들에게 공감, 동의, 지지를 얻음으로써, 빠른 시일 내에 전후세대를 대표하는 비평가로 자리매김할 수 있었다. 한편으로 이어령은 1960년대로 접어들면서부터 문학비평의 자리가 아닌 문화비평의 자리로 주 무대를 옮겨, 《서울신문》, 《경향신문》, 《중앙일보》를 비롯한 여러 신문사를 넘나들면서 에세이, 칼럼 등을 게재하기 시작했다. 이십 대의 젊은 나이에 주요 신문들의 핵심 논객으로 발탁되었다는 사실이 일단 인상적으로 다가올뿐더러, 신문지상에 실려진 일련의 글들이 어느 것 하나 빠짐없이 대중들로부터 큰 인기를

얻었다는 사실도 만만치 않게 인상적으로 다가온다. 이후로도 이어령은 멈추지 않은 채 분야를 가리지 않는 전방위적인 활약을 계속해서 보여주었다. 관련하여, 이어령이 문화비평은 물론이고, 범위를 더 넓혀 문명비평에 해당하는 글들을 근자에 이르기까지 꾸준히 발표해왔다는 사실을 언급해둘 수 있는 동시에, 1970년대에는 『문학사상』의 창간자라는 직함이, 1980년대에는 88서울올림픽의 기획자라는 직함이, 1990년대에는 초대 문화부장관이라는 직함이 이어령에게 따라붙었다는 사실을 또한 언급해둘 수 있다. 이렇듯 이어령은 그 오른편에 놓일 만한 인물이 달리 없다고 해도 과언이 아닐 정도로 오랫동안 유명세를 유지하면서 쭉 활동을 펼쳐온 희귀한 인물이다.

그런데, 아이로니컬하게도 이어령에 대한 학적 형태의 관심은 여태껏 그리 높지 않았다. 물론, 세간의 명성이 꼭 학적 형태의 관심을 많이 불러일으켜야 할 필수 조건은 아닐 것이다. 하지만, 세간의 명성에 비겨 학적 형태의 관심이 이토록 저조한 경우란 이어령 외에는 좀체 찾아보기가 쉽지 않다. 이어령과 관련한 연구가 어느 정도로 이뤄졌는지 그 현황을 간략하게나마 기술해두면 다음과 같다. (앞서 잠깐 언급했던 것처럼) 이어령의 활동 궤적은 1950년대 중반쯤부터 1960년대 초반쯤까지 펼쳐진 문학비평 시기와 1960년대 초반 이후부터 현재에 이르기까지 지속, 확장되고 있는 문화비평(혹은, 문명비평) 시기로 크게 나눠볼 수 있는데, 그 어느 쪽도 아직은 충분히 논구되지 못한 형편이다. 그나마 전자에 대해서는 간헐적으로나마 연구가 수행되었음이 목도된다. 이쪽에 초점을 맞춘 연구로는 이어령의 문학비평이 지닌 전반적인 특질을 살핀 연구를 비롯하여, 이어령의 이상론(李箱論)을 살핀 연구, 이어령-김동리 간의 논쟁을 살핀 연구, 이어령-김수영 간의 논쟁을 살핀 연구 등을 들 수 있다. 이러한 사정이기에, 후자에 관한 연구의 미미함이 아무래도 더 큰 아쉬움을 남긴다고 할 것인데, 이쪽에 초점을 맞춘 연구도 일절 부재한 상태는 당연히 아니나, 그 편수가 많지 않은 데다가(더하여, 몇몇 대표적인 글들에만 집중된 데다가) 대체로 부정적인 관점으로 접근한 사례가 많아서, 그 타당성의 정도는 각각의 연구마다 차이를 보이되, 거칠게 표현한다면 이어령의 문화비평(혹은, 문명비평)은 '일종의 결함투성이'로 규정되고 마는 경향이 다분했다.

지금껏 상술한 내용에 의거하여, 본 연구는 이어령을, 그중에서도 이어령의 문화비평(혹은, 문명비평)을 주목하고자 한다. 당연하게도 본 연구는 선행연구를 마냥 부정하려는 태도에서 쓰여지는 것도 아니고, 이어령의 문화비평(혹은, 문명비평)을 마냥 상찬하려는 의도에서 쓰여지는 것도 아니다. 이어령의 문화비평(혹은, 문명비평)에 붙어 있는 기존의 에피셋(epithet)을 경계하고 주의하는 가운데서, 수용할 부분은 수용하고 비판할 부분은 비판하며, 이어령의 문화비평(혹은, 문명비평)을 가능한 한 깊고 넓게 살펴보고자 쓰여지는 것이다. 구체적으로, 본 연구는 이어령이 1963~1964년 동안《경향신문》에 연재한 세 편의 에세이 〈오늘을 사는 세대〉(1963.3.25~1963.5.25), 〈흙 속에 저 바람 속에〉(1963.8.12~1963.10.24), 〈바람이 불어오는 곳〉(1964.9.7~1964.12.7)[1]을 대상으로 삼아 이의 성격과 특성을 찬찬히

---

1 〈바람이 불어오는 곳〉은 중간에 연재가 중단되었다. 신문에는 '한국—홍콩—터키—그리스—이탈리아'로 이어지는 기행 및 서양의 문화적 요소, 현상에 대한 단상이 몇 편 실려 있을 뿐이다. 이후, 책으로 발간되면서 신문에 연재된 기존의 기행에서 일부분이 추가되었고, 또, 프랑스, 스위스, 오스트

고찰하는 데에 목적을 둔다.[2] 〈오늘을 사는 세대〉, 〈흙 속에 저 바람 속에〉, 〈바람이 불어오는 곳〉을 선택한 까닭이란 이 세 편의 에세이가 이어령의 문화비평(혹은, 문명비평)에 있어서 본격적인 출발점에 해당하기 때문이다.[3] 어느 것이든 시작이 어떠했는지를 파악하는 작업은 상당한 무게를 지닌다. 특히, 이어령의 문화비평(혹은, 문명비평)은 다루는 대상, 범위가 점차 커지는 면모를 보여주긴 하되, 근본적인 핵자는 변함없이 이어졌다고 할 수 있는바, 이 세 편의 에세이를 탐사해보려는 시도는 적지 않은 중요성을 지닌다고 여겨진다. 여기에 더해, 본 연구가 〈오늘을 사는 세대〉, 〈흙 속에 저 바람 속에〉, 〈바람이 불어오는 곳〉을 굳이 한 자

리아 등의 기행이 추가되었으며, 서양의 문화적 요소, 현상에 대한 단상도 몇 편 추가되었다. 당시 광고에 수록된 문구는 다음과 같다. "경향신문에 연재 중 필자의 사정으로 아쉬움 속에서 중단되었던 서양문명의 비판서(批判書). 그러나 만 1년 동안 거기에 신고(新稿) 1000여 매를 완성시켜 드디어 독서계에 극적으로 출간된 대망서(待望書)."(《경향신문》, 1965.12.17, 1면)

2   세 편의 에세이는 모두 같은 제목의 책으로 발간되어 큰 인기를 끌었다. 신문에 연재한 칼럼, 에세이 등을 엮어 단행본으로 출간하는 패턴은 당시의 칼럼니스트들, 에세이스트들 다수가 취했던 것이었다. 본 연구는 세 편의 에세이를 인용할 시 초판본을 활용하고자 한다. 편의상의 이유도 있고 〈바람이 불어오는 곳〉의 경우는 (바로 위의 각주에서 언급했듯이) 책으로 발간되면서 비로소 완성되었기 때문이다(다만, 책에서도 우선 1부만 내보낸다는 문구가 끝에 붙어있는바, 여전히 채워야 할 부분이 남아있었음을 알려준다).

3   이어령은 세 편의 에세이를 발표하기 이전에도 신문 및 잡지에 게재한 글들을 중심으로 『지성의 오솔길』(동양출판사, 1960)과 『고독한 군중』(경지사, 1962)을 묶어낸 바 있다(주지하다시피, 최초의 저서는 문학평론집인 『저항의 문학』(경지사, 1959)이다). 이 두 저서에 수록된 글들 역시 분류상으로는 문학비평이라기보다 문화비평(혹은, 문명비평)이라고 볼 수 있다. 하지만, 『지성의 오솔길』은 그 서문에서 "조금 슬프다는 이유로, 조금 괴롭다는 이유로, 조금 심심하다는 이유로 사람들은 가끔 흰 종이 위에 낙서를 한다./ 그것이 때로는 소설이 되기도 하고 시가 되기도 한다. 그러나 그런 이름조차 붙이기 어려운 글들이 있다. 그래서 사람들은 수상(隨想)이라는, 좀 애매하고도 또 편리한 말을 발견해 낸 것이다./ 일찍이 수상이라는 편리한 말이 있었기 때문에 나는 여기 30여 편의 글을 묶어 한 책을 꾸밀 수 있었다. 참 고마운 일이다."(이어령, 『지성의 오솔길』, 동양출판사, 1960, 1면)라고 명시되어 있는 것처럼, 하나의 통일된 시야로 구성된 결과물이 아니다. 마찬가지로 『고독한 군중』도 칼럼을 중심으로 한 단편적인 글들의 취합인 까닭에, 일관된 관점이 잘 확보되지 않는다. 따라서, 본 연구는 동일 주제 아래 여러 회가 순차적으로 전개되는 세 편의 에세이를 문화비평(혹은, 문명비평)의 본격적인 출발점으로 설정한 것이다.

리에서 다루려는 이유까지를 밝혀둔다면, 이 세 편의 에세이는 '현대(세대) – 한국(인) – 서양'을 각각 중심 소재로 삼고 있고, 다시, 이것들은 독립된 항이라기보다는 연계된 항으로 작동하는바, 따라서, 함께 묶어서 접근하는 편이 이어령의 인식과 전망을 파악하는데 더 효과적이리라고 판단했기 때문이다. 먼저 전체적인 배경을 살펴본 다음, 이어서 세 편의 에세이를 발표된 순서에 맞춰 살펴보도록 하자.

2. 퍼블릭 코멘테이터(public commentator)[4]로의 전신(轉身)

1960년대 초반 무렵, 이어령은 한창 몰두하던 문학비평 쓰기로부터 서서히 이탈하여, 문화비평(혹은, 문명비평) 쓰기에 점차 집중하기 시작한다. 주된 활동 무대도 (순)문예지 쪽에서 신문 쪽으로 옮겨진다. 물론, 데뷔 때부터 이어령은 다방면에 걸쳐 관심을 내보였고, 또, 아카데미즘만이 아니라 저널리즘과도 친연성을 내비쳤다. 그렇기에, 전혀 예측이 안 되거나 이해가 안 되는 행보는 아니었다. 하지만, 일생의 가장 큰 전환점이 되어버린 이러한 궤도 변경이 무언가 갑작스럽게 이뤄져 버렸

---

4   이는 강상중의 표현을 빌린 것이다. 강상중은 미디어를 통해 사회적인 발언을 펼치는 자신을 두고서 평론가라는 직함보다는 퍼블릭 코멘테이터라는 직함이 더 적합하다고 밝힌 바 있다(강상중, 고정애 역, 『재일 강상중』, 삶과 꿈, 2004, 174~175면 참고). (1960년대 시점부터의) 이어령을 지칭할 때도 퍼블릭 코멘테이터라는 단어가 상당히 적절한 듯 판단된다. 평론가, 칼럼니스트, 에세이스트 등의 명칭은 이어령이 지닌 특정 부면만을 알려줄 따름이거니와, 이의 대안으로써 퍼블릭 코멘테이터는 이어령의 지향점을 명시하는 동시에 이어령의 여러 가지 활동들까지 포괄할 수 있기 때문이다.

다는 인상은 지울 수 없다. 대체 이유란 무엇이었는가. 아래의 인용문은 이어령의 이행이 어떤 계기로 인해 주어졌는지를 알려준다.

4·19 직후 자유당이 붕괴하고 새로운 정부가 들어서게 되자 언론인 석천(昔泉) 오종식 선생님이 《서울신문》을 맡았다. 그때 선생님으로부터 논설위원으로 들어와 칼럼을 전담하지 않겠느냐는 부탁을 받게 되었다. 나와 동갑내기들이 아직 신문사 견습기자로 일하고 있는 처지에 논설위원이라니 말도 안 되는 파격적인 인사였다. …(중략)… 그런데도 나는 그때까지 칼럼을 써본 적이 없었고 언론인이 아니라 문필가와 대학교수를 꿈꾸고 있을 때여서 쉽게 석천 선생의 제의에 답하지 못했다. 그러나 내 평문들이 대학교수로 있는 문인들의 비위를 건드리는 일이 많아, 좀처럼 대학에서 자리를 얻는다는 것이 쉽지만은 않은 일이었다. 그때 형편으로는 아카데미즘보다는 저널리즘 쪽이 훨씬 개방적이고 자신의 실력만 발휘할 수 있다면 별 장애 없이 내 뜻을 펼 수 있다는 판단이 내려졌다. 그래서 약관 20대의 나이로 고색창연한 논설위원이라는 자리에 앉아 칼럼니스트로서 첫발을 딛게된 것이다. 칼럼 이름을 삼각주(三角洲)라고 짓고(글머리에 역삼각형의 약물을 붙였기 때문에 그 모양을 따서 지은 이름이다) 매일 하루도 거르지 않고 시평을 써갔다. 대체로 그 칼럼 형식은 고사나 일화를 통해서 현실의 정치, 사회 그리고 문화를 비평한 것으로 누구나 쉽게 읽고 감동을 받을 수 있는 아폴리즘도 구사했다. …(중략)… 《서울신문》이 경영난으로 거의 신문의 명맥을 유지하기 어렵게 되었을 무렵 《한국일보》의 장기영 사장으로부터 당시 홍승면 씨가 써오던 인기 칼럼 〈메아리〉의 필자로 스카우트된다. 이렇게 해서 본의 아닌 칼럼니스트로서의 언론인 생활이 시작되고 대학교수가

된 뒤에도 겸임으로 줄곧《경향신문》의 〈여적〉,《중앙일보》의 〈분수대〉,《조선일보》의 〈만물상〉의 담당자로서 칼럼을 써오게 된 것이다.[5]

정리해보면, ① 4·19혁명 이후 오종식으로부터《서울신문》의 논설위원 자리를 제안받았는데, ② 그간 발표한 평문들로 미루어볼 때 대학에서 자리를 얻는 것이 여의치 않다고 판단되었을 뿐만 아니라, ③ 자신의 포부를 펼치기에도 아카데미즘 쪽보다는 저널리즘 쪽이 더 용이하다고 판단되었던바, ④ 〈삼각주〉를 시작으로 칼럼 쓰기를 개시하게 되었고, ⑤ 그 이후로도 주요 신문사를 옮겨가며 칼럼 쓰기를 계속하게 되었다는 내용이다. 동갑내기들이 수습기자이던 시점에서 벌써 논설위원이 되었다는 사실로부터 이어령이 얼마나 뛰어난 글재주의 소유자였는지를 짐작할 수 있거니와, 이곳저곳에서 스카우트를 받으며 꾸준히 칼럼을 써왔다는 사실로부터 이어령이 얼마나 독자들에게 큰 호응을 받았는지를 추측할 수 있다.

그리고, 1960년대 초반쯤의 이어령은 신문사 논설위원 자격으로 고정된 지면에다가 칼럼 쓰기를 매일같이 수행해나가는 동시에, (이어령의 칼럼에 대한 독자들의 열띤 반응을 본 신문사 편집국의 요청을 받아) 〈오늘을 사는 세대〉, 〈흙 속에 저 바람 속에〉, 〈바람이 불어오는 곳〉이라는 세 편의 에세이 쓰기를 단계적, 정기적으로 수행해나갔다. 신문지상에서 진행되었다는 점은 같았으나, 칼럼은 그때그때의 단상을 기록하는 방식

---

5   이어령, 『(이어령 라이브러리)차 한 잔의 사상』, 문학사상사, 2003, 4~5면. 비슷한 내용의 발언을, 이어령 · 오효진, 「오효진의 인간탐험 「마지막 수업」 예고한 「말의 천재」 이어령의 마지막 인터뷰」, 《월간조선》 256, 2001.7, 184~185면에서도 찾아볼 수 있다.

이었고, 에세이는 하나의 주제를 긴 호흡으로 연재하는 방식이었다. 그러니까, 이어령은 좀체 지치는 기색이 없이 사뭇 성격이 다른 부류의 글들을 함께 써나갔던 셈인데, 이는 실력과 의욕이 모두 뒷받침되어야만 가능한 작업이었다.

1960년대는 이른바 '에세이 붐'이 일어났던 시기였다. 언론인, 문인, 철학자 등 다양한 직군의 수많은 이들이 다수의 에세이를 발표했다. 각종 지면에서는 에세이만 취급하는 고정란을 마련했고, 또, 이러한 고정란을 통해 연재된 에세이가 단행본으로 발간되면 곧장 베스트셀러로 부상하는 경우가 많았다. 에세이가 대중들의 마음을 사로잡을 수 있었던 이유란, 전문적이고 체계적인 '학문'의 수준은 아니되, 그리 어렵지 않으면서도 어느 만큼 지적 확장을 담보해주는 '교양'의 차원으로 두루 받아들여졌기 때문이다. 그런데, 이때만 해도 에세이는 "수필/수상/수기/일기/서간류" 등을 "총칭하는 이름이기도" 했고, "이들과 구분되는 고유한 성질을 지닌 특정 양식을 지칭하는 말이기도 했"[6]다. 뚜렷하게 정의가 내려지지 않았던 셈인데, 그 까닭으로는 출판 마케팅의 일환으로 에세이란 표현이 여기저기에서 아무렇게나 남발되었던 탓을 들 수도 있고, 실제로 어떤 형식의 글쓰기를 에세이라고 간주해야 하는지에 대한 합의가 아직 이루어지지 않았던 탓을 들 수도 있다.[7]

이러한 형편을 감안할 때, 다른 이들에 비겨 대중들로부터 압도적인 인기를 받았던 이어령은, 에세이 붐을 이끈 선구자(이자 수혜자)로서 더

---

6   오혜진, 「카뮈, 마르크스, 이어령」, 『한국학논집』 51, 계명대학교 한국학연구원, 2013, 142면.
7   안수민, 「1960년대 에세이즘 연구」, 연세대학교 석사학위논문, 2015, 17~18면 참고.

욱 돌올하게 부각된다. 이어령이 연재한 세 편의 에세이는 "신변잡기적 서술에 가까웠던 당대의 수필, 수상록과 구분되는 독보적인 사례"[8]였다. 다시 말해, "이전의 비허구적인 산문들과 구별되는 속성을 가"[9]짐으로써 에세이에 관한 일반적인 관념을 형성시킨 본보기였다. 또한, 그럼으로써 이어령이 연재한 세 편의 에세이는 의도했든 의도하지 않았든 간에 "당대 지식계가 열정적으로 추진한 '교양의 대중화'"[10]를 성공적으로 이끄는 데 있어 큰 몫을 담당했다.[11]

한편으로, 이어령이 연재한 세 편의 에세이(를 비롯한 1960년대에 발표된 대다수의 에세이)는 학문과 구별된다는 측면에서는 유사하되, 루카치가 말한 바의 '영혼(곧, 삶의 근원을 찾으려는 내면적 성찰)을 제시하는 글쓰기'라든가[12] (루카치의 맥락을 이어받은) 아도르노가 말한 바의 '정신적 경험을 통해 현실의 풍요로움을 길러내려는 글쓰기', '비개념적인 것을 구제해보려는 글쓰기'라든가[13] 하는 규정과는 제법 거리가 있었다. '지성의 양식', '사색의 양식'과 같은 수사가 붙기도 했고, 인생에 대한 성찰을 담아내었다는 평가를 받기도 했지만, 기실, 그보다는 가벼운 내용, 형식의 글쓰기 정도로 인식되었다.[14] 저자들도 독자의 수준과 청탁

---

8   위의 논문, 19면의 각주 31번.
9   위의 논문, 19면.
10 오혜진, 앞의 글, 141면.
11 관련하여, 1969년 4월 29일자 《조선일보》 1면에 실린 이어령의 책 광고에서는 "아직도 못읽으시고 교양인을 자부하십니까"라는 문구가 내세워지고 있어서 상당히 인상적이다.
12 게오르그 루카치, 반성완·심희섭 역, 『영혼과 형식』, 심설당, 1998, 5~34면 참고.
13 성미영, 「아도르노 철학에서 언어, 형세Konstellation, 에세이」, 『동서철학연구』 60, 한국동서철학회, 2011, 282~284면 참고.
14 이와 관련해서는, 대학생들도 "몇 권의 교양서적을 빼놓고는 의외에도 「에세이」류가 압도적으로 되어 있"는 현상을 비판하면서, "고교생 이하나 일반인이 읽는 책인 줄 알았다", "엣세이류라고 나쁘다

자의 요청을 고려하여 편한 스타일로 썼다고 (책의 서문 등에서) 밝힌 경우가 빈번히 발견되는 데서 알 수 있듯이, 차라리 (잘 팔려야 하는) 적당한 난이도의 읽을거리쯤으로 취급되는 게 실상에 더 가까웠다. 이와 같은 괴리를 가능태(potentiality)와 현실태(actuality)라는 관점으로 설명해보고자 한 시도도 찾아진다.[15] 결과적으로, 이어령이 연재한 세 편의 에세이(를 비롯한 1960년대에 발표된 다수의 에세이)는, 가능태가 아니라 현실태인 한에서 (개별 간의 정도 차이는 있었을지언정) 실제적인 제반 조건을 따라 "독자층으로 대변되는 취향의 공동체"[16]를 염두에 둘 수밖에 없는 글쓰기였던 것이고, 그렇기에, 너무 기초적이지도 너무 현학적이지도 않게끔 내용, 형식을 고민할 수밖에 없는 글쓰기였던 것이다.

상기의 사정을 고려한다면, 공통감각(common sense), 곧, 상식을 어떻게 다루느냐가 에세이의 성패 여부를 결정짓는 관건으로 삼아질 수 있다.[17] 이때의 상식에는 '사회 통념으로서의 상식'이 포함되지만, 그보다는 '풍부한 지혜로서의 상식'이 주목된다. 정상적으로 사회생활을 해나가는 데 있어 기초가 되는, 다시 말해, 널리 공유된 공통감각에 기반해 있는 사회 통념으로서의 상식을 환기시켜주는 정도에서 그친다면,

---

는 법이야 없겠지만 흥미본위가 많은 숫자를 차지하는 현실에서 좀…"이라고 한 김태길(서울대 철학과 교수)의 인터뷰를 제시할 수 있다. 「대학가의 베스트 · 셀러」, 《경향신문》, 1996.6.1, 5면.

15 안수민, 앞의 글, 30면 참고.

16 소영현, 「교양론과 출판문화―교양의 제도화와 출판문화로 본 교양붐」, 『현대문학의 연구』 42, 한국문학연구학회, 2010, 12면.

17 이때의 공통감각이란, "사회 속에서 사람들이 공통(common)으로 지니고 있는 정상적인 판단력(sense)이라는 의미"와 더불어, "오감(시각, 청각, 후각, 미각, 촉각)과 서로 관련되면서 그것들을 통합하는 종합적이고 전체적인 감득력(센스)"을 함께 의미한다. 나카무라 유지로, 양일모 · 고동호 역, 『공통감각론』, 민음사, 2003, 13면.

대중들은 이로부터 별다른 매력을 느끼기가 어려울 것이다. 그러니 한발 더 나아가, 사회 통념으로서의 상식에 문제를 제기하고 타파하려는 시도를 통해, 다시 말해, 관습화된 공통감각을 새로운 공통감각으로 재구성하려는 시도를 통해 풍부한 지혜로서의 상식을 제시해주어야만, 대중들은 비로소 다각적이고 통찰력 있는 지식을 전달받았다고 체감할 수 있는 것이다.[18]

　　그리고, [사회 통념으로서의 상식을 뛰어넘어 풍부한 지혜로서의 상식을 알려준다]를 핵심 명제로 인정할 때, 이와 같은 핵심 명제를 수행하는 데 있어 이어령이 다른 이들에 비겨 우수한, 충실한 면모를 내보였다는 사실은 부정되지 못할 듯싶다. 더하여, 이어령이 연재한 세 편의 에세이가 같은 시기에 발표된 다른 에세이에 비겨 유달리 각광 받은 이유 중 하나가 이로부터 주어졌다는 사실도 부정되지 못할 듯싶다. 그런데, 사회 통념으로서의 상식에서 풍부한 지혜로서의 상식으로 변증법적인 지양을 도모해나가려면, 기존의 합의를 향해, 곧, 고정화되고 타성화되어있는 공통감각을 향해 의문을 품는 행위가 선행되어야 한다. 하지만, (말 그대로 합의의 상태, 고정화·타성화의 상태에 놓여 있기에) 막상 이러한 출발부터가 절대 쉽지 않다. 어찌하여 이어령은 다른 이들보다 더 뛰어날 수 있었던 것일까. 글쓰기 기법과 같은 현상적인 측면이 아니라 인간학과 같은 근원적인 측면에서 생각해본다면, "가르침에 의한 것이 아니라 주체의 자연적인 소질에 달려 있는 인식능력의 탁월성"이란 것,

---

18　위의 책, 7~17면 및 28~36면 참고.

곧 "재능(천품/천부의 자질)"이라는 것을 떠올려봄 직하다.[19]

기지는 **비교하는** 기지(比較하는 機智)이거나 논증하는 기지(論證的 機智)이다. 기지는, 흔히 상상력의 (연합의) 법칙에 따라 서로 멀리 떨어져 있는 이질적인 표상들을 **짝 맞춘다**(동화시킨다). 그리고 기지는 대상들을 유 아래에 포섭하는 한에서 (보편적인 것의 인식능력인) 지성에 속하는바, 특유의 동류화 능력이다. 특수한 것을 보편적인 것 아래서 규정하고, 사고능력을 인식을 위해 사용하기 위해서 기지는 나중에 판단력을 필요로 한다. ─(말하기와 글쓰기에서) **기지** 있음은 학교의 기제나 강제에 의해 학습될 수 있는 것이 아니라, 특수한 재능으로서, 교호적인 사상전달에서의 기질의 **관대성**에 속한다. (우리는 서로 好意를 주고 請한다.) 즉 그것은 지성 일반의 설명하기 어려운 한 성질 ─이를테면 지성의 **적의성**─에 속하는 것이거니와, 이 성질은 보편적인 것을 특수한 것에(유개념을 종개념에) 적용함에 있어 판단력(分別的 判斷)의 엄격성과 대조를 이룬다. 동화의 능력과 동화로의 성벽을 **제한하는** 엄격성 말이다.[20]

이종적인 사물들 사이에서 유사성들을 발견하고, 그리하여 기지가 행한 바를, 개념들을 보편적으로 만들기 위해, 지성에게 재료로 제공하는 일은 유쾌하고 호감이 가고, 명랑한 것이다. 그에 반해 개념들을 제한하고, 개념들을 확장하기보다는 개념들을 바로잡는 데 기여하는 판단력은 존경받고 추

---

19   임마뉴엘 칸트, 백종현 역, 『실용적 관점에서의 인간학』, 아카넷, 2014, 263면. 원문의 각주는 생략
      했다(이하, 동일함).
20   위와 같음. 다만, 원문의 각주 중에서 '적의성'의 원어로 Gefälligkeit가 표기되어 있음을 밝혀둔다.

장되기는 하지만, 그러나 진지하고 엄격하며, 사고의 자유에 관하여 제한을 가하고, 바로 그 때문에 호감을 얻지 못한다. 비교하는 기지의 행위가 차라리 유희라면, 판단력의 행위는 차라리 업무이다. — 전자가 한껏 청년의 꽃이라면, 후자는 차라리 노년의 익은 과실이다. — 어떤 정신적 산물에서 이 양자를 최고도로 결합하는 이는 **재치**(炯眼) 있는 것이다.[21]

한 편에 '기지'가 있고, 다른 한 편에 '판단력'이 있다. "기지는, 흔히 상상력의 (연합의) 법칙에 따라 서로 멀리 떨어져 있는 이질적인 표상들을 짝 맞"추는 능력이라고 기술된다. 판단력은 "개념들을 제한하고" "개념들을 바로잡는 데 기여하는" 능력이라고 기술된다. 또한, 서로 반대편에 위치한 기지와 판단력을 "최고도로 결합하는" 것이 '재치'라고 기술된다. 이러한 설명을 따를 때, 다른 이들이 쉽게 떠올리지 못하는 시야를 늘 제시한 이어령이 탁월한 기지의 소유자였음은 부정되기 어렵다. 다만, 이어령이 기지가 넘쳤던 만큼 판단도 탁월했느냐에 대해서는 견해가 분분할 수 있고, 그래서, 이어령을 재치의 인간으로 규정할 수 있는지를 두고서도 입장이 다를 수 있다. 판단력이 결여된 상태에서 말놀이로 하는 기지란 천박하고 변덕스러운 유희일 뿐이거니와,[22] 신선함에 현혹되지 않고 찬찬히 뜯어보면 이어령은 그저 이 지점에서 맴돌고 있었을 뿐이었다는 식의 비판을 여러 군데서 마주할 수 있기 때문이다.

하지만, 사물 간의 무리한 접맥이 종종 발견되어 의아심을 자아낼지

---

21   위의 책, 264면.
22   위의 책, 265면 참고.

언정, 말놀이로 하는 기지라고 단순히 치부해버리기에는 이어령이 불러일으킨 파급력이 너무나도 크다. 시대적 분위기와 맞아떨어지는 소재 및 주제의 선정, 다양한 참고문헌의 활용 등을 밑바탕으로 삼고, 다시, 이를 기반으로 세간의 인정을 자아낼 만한 적합한 표상을 발견, 제시했다는 데서 (비록 "진실하고 중요한 원칙들을 문장으로 표현하는 기지", "천금의 무게를 갖는 기지"라고[23] 무턱대고 간주하기에는 모자란 점이 드물지 않게 찾아질지언정) 그저 말놀이로 하는 기지라고 볼 만한 수준은 뛰어넘는 이어령만의 고유한 가치가 구축되었으리라고 여겨지고, 이로써 이어령은 퍼블릭 코멘테이터로서의 위상을 명실공히 확보하게 되었으리라고 판단된다.[24]

그렇다면, 구체적인 세면은 어떠했는가. 전체적인 배경을 소개했으니, 이제부터 이어령이 연재한 세 편의 에세이를 본격적으로 살펴보기로 하자. 이때의 초점은 (기존 논의들이 보여준 방식과 같이) 문면에서 기지 넘침(가령, 독특한 전개, 탁월한 발상 등)을 포착하여 긍정적인 평가를 한다거

---

23 위의 책, 266면.
24 이에 대해서는 〈흙 속에 저 바람 속에〉를 대상으로 한 어느 기사의 다음과 같은 평가를 부기해둘 수 있다. "이렇게 관찰력 깊은 비유와 재치 있는 글로써 지성과 문명, 사랑과 인간, 사회와 민족 등을 비평해가고 있어 힘들여 대학이나 고전에서 인생을 풀고 해답을 찾다 지친 젊은층이나 복잡한 사회 여건에서 이러한 해답을 구할 수 없었던 성인들에게 손쉽게 읽힐 수 있다는데서 이 씨의 수상물(隨想物)이 큰 환영을 받을 수 있다는 풀이가 된다./ 또한 「이것이 한국이다」라는 신문적인 부제에 대한 독자층의 반응과 시대 배경을 연결시킬 수 있다. 64년에서 65년까지는 한일협정에 대한 찬반으로 여론이 비등했고 이와 함께 주체성과 한국적인 것을 연구 분석하고 추구하는 학계의 활동이 활발해 일반의 관심이 높아진 시기였다./ 따라서 서구일변도적인 영향과 사고가 유행했던 젊은층에 한국적인 것이 어떤 것이냐 하는 비판 분석을 하면서 전문적인 것이 아니고 읽기에 부담을 느끼지 않는 내용의 책이 없던 차에 「이것이 한국이다」라고 표방하고 나온 「흙 속에 저 바람 속에」가 자연 인기를 끌게 되었다고 볼 수 있다." 「홀러간 만인(萬人)의 사조 베스트셀러⑤ 이어령 수필집 『흙 속에 저 바람 속에』」, 《경향신문》, 1973.3.10, 5면. 다만, 이 기사에는 〈흙 속에 저 바람 속에〉의 출판일이 '1964년 10월'이라고 오기되어 있다.

나, 혹은, (더 빈번한 경우로) 그 반대편에 서서 부정적인 평가를 한다는 데에 놓여 있지 않다. 이런 식의 접근을 전연 도외시하지는 않되, 소재 및 주제의 선택, 표상의 형성, 그리고, 이의 배면에 놓여 있는 이어령의 의식 등을 함께 주목하여 포괄적인 탐구를 도모해보고자 한다.

3. 서양의 전후세대를 거쳐 한국의 전후세대에 다가가기, 혹은, 세대론을 통한 자기 정위(正位) 찾기의 모색 — 〈오늘을 사는 세대〉의 경우

〈오늘을 사는 세대〉를 관통하는 핵심 키워드는 '현대'이다. '현대'에 다가서는 방법은 각자가 지닌 바의 관점과 입장에 따라 참으로 다양할 것이다. 가령, 과거가 어떠했는지를 바탕으로 '현대'를 해명해볼 수도 있고, 현재가 어떠한지를 기준으로 '현대'를 해명해볼 수도 있다. 그런데, 다소 특이하게도 이어령은 "현대의 「푸로필」을 그리고 싶었다"라는 서문의 제목에서 직접적으로 표명되어있듯이 '현대'에 접근하고자 프로필(profile), 곧, 사전적 의미와 같이 '옆얼굴'을 그리는 방식을 취했다. 과거도 현재도 아닌 "과거에서 미래로 뻗은 과도적인 그 얼굴, 반쪽난 얼굴의 그 윤곽"을 그려냄으로써 '현대'를 이해해보고자 한 것이다. 이어령이 '현대'의 옆얼굴을 주목한 이유는 차라리 이로부터 더 "많은 가능성을 찾아볼 수 있"다고 생각했기 때문이자 (겸손의 표현인지는 모르나) "정면에서 현대를 파헤치거나 그렇지 않으면 과거의 시대를 송두리째 결산해 버리는 본격적인 논문"을 쓸 능력이 스스로에겐 아직 없다고 생

각했기 때문이다.[25]

그리고, '현대'의 옆얼굴을 소묘하고자 이어령이 시도한 구체적인 방법이란 표제 그대로 '오늘을 사는 세대'를 살피는 것이었다. 이때, '오늘을 사는 세대'는 서양의 전후세대와 한국의 전후세대를 뜻하는 것으로 파악된다. 〈오늘을 사는 세대〉의 전체적인 흐름을 좇아보면 ① 세대 개념에 대한 소개 및 전후세대 전반에 대한 개괄 설명으로 시작되어, ② 미국의 비트 제네레이션(beat generation)에 대한 묘사, ③ 영국의 앵그리 영 맨(angry young men)에 대한 묘사, ④ 프랑스의 J3(및 기타 그룹)에 대한 묘사, ⑤ 독일의 PS에 대한 묘사를 거쳐, ⑥ 한국의 전후세대에 대한 스케치로 마무리되고 있음이 확인되는 까닭이다(분량으로 따질 때는 서양의 전후세대 쪽이 한국의 전후세대 쪽에 비겨 압도적으로 더 많고, 그중에서도 특히 미국의 비트 제네레이션 부분이 제일 많은 분량을 차지한다).

먼저, 〈오늘의 사는 세대〉 중의 ②~⑤에 해당하는 서양의 전후세대에 관한 대목들에 눈길을 주도록 하자. 기실, 비트 제네레이션, 앵그리 영 맨 등은 그때의 대중들에게 그리 낯설지 않은 표현이었다. 특히, 비트 제네레이션은 상당히 유행한 단어였을뿐더러, 그런 연유에서 차라리 친숙한 단어였다고 할 수 있다. 1950년대 중반 무렵부터 미국 젊은이들 사이에서 본격적으로 유행했다는 비트 제네레이션은, 처음에는 앙티로망(anti roman) 이후의 문예사조 같은 것으로 취급되면서 상당히 빠르게 수입되어 유통되기 시작했다. 대략 1958~1959년쯤에 이미 상당

---

25   이 문단의 따옴표 친 부분은 이어령, 「서(序)」, 『오늘을 사는 세대』, 신태양출판사, 1963, 페이지 표기 없음에서 인용한 것임. 이하, 이 책을 인용할 시에는 ⑨라는 약어와 해당 면수만 표기토록 한다.

수의 관련 기사, 논평 등이 발견되거니와, 그런 와중에서 백철이 역시나 다른 이들보다 한발 앞서 재바르게 비트 제네레이션을 소개하는 모습이 확인된다.[26] 1960년대로 접어들면서 비트 제네레이션은 문학, 영화, 그리고 일상에 이르기까지 여러 방면에서 두루 쓰이는 표현으로 금세 자리 잡았으며, 한편으로, 이러한 급격한 수용 속에서 비트 제네레이션이 지닌 바의 함의를 얼마나 제대로 알고 있는가 하는 우려의 목소리도 벌써 제기되기에 이르렀다(더하여, 1961년에는 비트 제네레이션이 이미 미국 본토에서는 쇠퇴하고 있다는 기사가 실리기도 했다).[27] 비트 제네레이션은 1950년대 중·후반부터 미국의 문화예술계에서 두각을 나타내기 시작한 일군의 그룹을 뜻하는 단어였다. 대표적인 인물로는 긴즈버그, 케루악 등이 손꼽힌다. 비트 제네레이션은 기존 문학은 물론이고, 나아가, 기존 질서(가족제도, 교육제도 등)까지를 거부했다. 그 대신 비트 제네레이션은 마리화나를 피우고, 모던 재즈를 듣고, 섹스를 탐닉하는 동시에, 동양의 선불교, 요가 등에도 관심을 기울이며, 나름대로 대항문화(counter culture)를 형성해보고자 했다. 다만, 비트 제네레이션이 저항의 차원에서 사회적 금기를 깨트리고자 시도한 일련의 행위들은, 겉으로만 보았을 시 그저 쾌락을 추종하는 자세와도 어렵지 않게 연결되는바, 이에 따

---

26 백철, 「비트·제네레이슌」소고」, 《조선일보》, 1959.2.14, 4면; 백철, 「영미(英美)의 젊은 세대와 한국의 젊은 세대」(상, 중, 하), 《조선일보》, 1959.3.15~17, 4면; 「외국문학 강연회 펜·클럽 한국 본부에서」, 《조선일보》, 1959.12.1, 4면; 백철, 「앵그리·영맨」에 대하여」, 《새벽》, 1960.1 등.

27 "실존주의가 우리나라에 들어온 것에 비하면 앤티·로만은 꽤 빠르게 수입된 셈이다. 아마 비트·제네레이슌의 문제도 비슷하다고 본다./ 그 어느 것을 막론하고 작품보담 간단한 멧세지가 소개되곤 하였다. 하여튼 이제 우리의 문학에도 「이즘」에 관한 한 없는 것이란 아무것도 없으니 되지 않았느냐고 묻는다면 우선 「예스」라 해놓고 그런데 목차만 있는 것은 아닌지? 의아심을 가질 것이다." 이철범, 「비평문학의 방법과 태도」(상), 《동아일보》, 1960.6.16, 4면.

라 당시의 언론들에서는, 젊은이들의 자유분방한 생태를 지칭할 때도,
또, 청소년 일탈 문제, 성 풍속 문제 등과 같은 사회 전반의 퇴폐적인 경
향을 지칭할 때도, 이 모두를 비트 제네레이션이라고 손쉽게 언표해버
리는 경향을 띠었다.[28]

이러한 당시의 상황에 발맞추어 이어령은 〈오늘을 사는 세대〉를 연재
한 셈이다. 그런데, (백철과 마찬가지로) 다른 이들보다 한 박자 빠르게 시
류를 좇아가는 기민함이 이어령에게도 있었던바, 〈오늘을 사는 세대〉 이
전부터 이미 이어령은, 비트 제네레이션, 앵그리 영 맨 등을 위시한 서
양의 전후세대와 관련하여, 문학전집을 기획하고, 또, 수차례 글을 발표
한 적이 있었다. 이어령은 1960년부터 신구문화사에서 발간된 〈세계
전후문학전집〉을 기획하는 데 있어 큰 역할을 담당했다.[29] 〈세계전후문
학전집〉은 총 10권이었으며, "프랑스의 누보로망, 독일의 4 · 7그룹, 영

---

28 비트 제네레이션과 관련한 설명은, 이동연, 『문화부족의 사회』, 책세상, 2005, 97~103면; 장정훈,
『미국문학의 근원과 프레임』, 동인, 2019, 281~297면 등을 참고.

29 이어령은 〈세계전후문학전집〉을 소위 4 · 19세대를 위해 기획했다고 밝혔다. "그러니까 4 · 19 혁
명이 일어나던 때이다. 데모 군중이 이승만 대통령의 하야를 외치며 종로 거리로 밀려들고 있을 때,
나는 관철동(신구문화사가 자리해 있던) 뒷골목의 작은 다방에 앉아 이종익 사장과 한창 흥분해서
떠들어대고 있었다. …(중략)… 이승만 시대로 상징되던 해방 후와 전후 시대가 끝났다는 거였다.
새로운 세대—지금 길거리에서 함성을 지르는 젊은 세대들의 시대가 열리고 있다는 것, 그리고 우
리는 지금 그 역사가 돌아가고 있는 그 모서리를 직접 눈으로 바라보고 있다고 말했다./ "저 세대들
에게 사장은 무엇을 주실 수 있겠소?"/ "새로운 정신이지요. 뜨거운 피만 가지고 되겠어요."/ "장사가
안 돼도?"/ "돈만 벌려고 든다면 지금 이 출판 하겠어요?"/ "좋아요. 그렇다면 몇십 권밖에 나가지 않
는다 하더라도 꼭 필요한 책들, 꼭 읽어야 할 책들이 있다면 내시겠어요?"/ "좋아요! 하지만 읽게도
만들어야지요."/ 그때까지 일반 도서 출판을 거의 손대지 않았던 신구문화사의 성격으로 보아서는
일대 영단이 아닐 수 없었다. 그것은 한두 권이 아니라 그때 당시의 출판사 형편으로서는 거의 엄두
도 내지 못할 10여 권의 전집 기획, 그것도 대중성이란 거의 찾아볼 수 없는 전문 서적과 다름없는
작품들로만 엮어진 전집을." 이어령, 「이종익 사장과 세계전후문학전집」, 우촌이종익추모문집간행
위원회, 『출판과 교육에 바친 열정』, 우촌기념사업회출판부, 1992, 145면.

국의 앵그리 영 맨, 미국의 비트족, 일본의 태양족(太陽族) 등 이른바 전후세대의 사고 양식과 행동 방식을 담은"[30] 문학작품을 선별한 것이었다.[31] 더불어, 이어령은 「비트 · 제네레이슌 —기계 속의 개성—」(《새벽》, 1960.1),[32] 「20세기의 인간상」(《새벽》, 1960.2), 「푸로메떼 · 사슬을 풀라」(《새벽》, 1960.4), 《무엇에 대한 노여움인가?》(《새벽》, 1960.6) 등의 글들을 연달아 발표했다. 이 글들은 서양의 전후세대(를 대표하는 작가)가 내보인 성향을 해설하는 데 목적을 둔 것이었다.

결과적으로 〈오늘을 사는 세대〉의 기획은 시대적 분위기 속에서 이루어진 것이자, 자신이 펼쳐온 상기 작업의 연장선상에서 이루어진 것으로 볼 수 있다. 다만, 앞선 일련의 작업이 (내용을 보아서도 매체를 보아서도) 지식인을 주된 독자로 상정한 것이었다면, 〈오늘을 사는 세대〉는 (신문 연재의 방식이므로) 대중들을 주된 독자로 상정한 것이었다.[33] 따라서, 〈오늘을 사는 세대〉는 주된 독자를 참작하여 앞선 일련의 작업에 비겨 더욱 평이한 더욱 친절한 어조로 구축되어 있다. 〈오늘을 사는 세대〉에 나타난 인상적인 기술 양상을 몇 가지 제시해보면, [A는 이러하고 B

---

30 김치수, 「현대세계문학전집을 간행할 무렵」, 위의 책, 184면.

31 1권인 『한국전후문제작품집』과 8권인 『한국전후문제시집』의 경우는 한국의 전후세대가 발표한 문학작품 중에서 문제작을 선별하여 수록한 것이다. 〈세계전후문학전집〉과 관련한 자세한 내용은 이종호, 「1960년대 〈세계전후문학전집〉의 발간과 전위적 독서주체의 기획」, 『한국학연구』 41, 인하대학교 한국학연구소, 2016을 참고할 것.

32 「비트 · 제네레이슌—기계 속의 개성—」이 《새벽》(1960.1)에 수록될 당시에는 저자가 '노주(盧洲)'로 표기되어 있었다. 어느 대담에서 이어령은 '노주'가 자신의 필명임을 밝힌 적이 있다(이어령 · 이상갑, 「1950년대와 전후문학」, 《작가연구》 4, 1997, 167면). 또한, 이 글은 이어령의 저서에도 (제목이 바뀌어서) 여기저기 수록되어 있다.

33 애당초 정기적으로 기고하는 칼럼(《여적(餘滴)》)이 대중들로부터 큰 인기를 얻은 바에 힘입어, 내친김에 에세이도 한번 연재해보는 게 어떻겠냐는 제안을 받아 출발한 것이 〈오늘을 사는 세대〉였다.

는 이러하고 C는 이러한데, 내가 말하려는 D는 A, B, C와 다르다]는 식으로, 우선 A, B, C를 제시함으로써 자신의 박학다식함을 드러낸 다음에, 곧바로 D를 제시함으로써 A, B, C와 변별되는 D만의 독특함을 확보하는 패턴이 종종 포착된다. 더불어, 해당 주제와 관련되는 유명 문구를 제사(題詞)로 활용하면서 시작하는 패턴, 흥미 있는 일화를 서두에 배치하며 앞으로 전개될 이야기에 쉽게 몰입할 수 있도록 만드는 패턴, 기발한 비유와 함께 구사되곤 하는 이항 대립을 통한 비교 · 대조의 패턴 등도 즐겨 활용되었음을 알 수 있다.[34] 이러한 수사적 기법들은 어찌하여 이어령이 대중들로부터 유독 큰 인기를 얻을 수 있었는가를 알게 해주는 하나의 요소이자 다른 이들은 쉽게 흉내 내기 어려운 이어령만의 트레이드 마크(trade mark)이다.[35] 또한, 앞선 일련의 작업과 견줄 때, 〈오늘을 사는 세대〉에서 훨씬 도드라지게 나타나는 특징이다. 하지만, 서양의 전후세대에 대한 설명 자체만 놓고 본다면,

「비트」의 세대가 구하고 있는 행복이란 것도 다름 아닌 생의 광열(狂熱)과 그 도취인 듯이 보인다. 이 도취의 순간을 그들은 「녹색의 시간」이라고 부르고 있다. …(중략)… 이 마취된 황홀경 속에서 인생의 의미를, 그 실존을,

---

34 물론, 이러한 패턴은 이어령을 '이어령이게끔' 만들어주는 핵심 인자 중 하나로서, 당연히 〈오늘을 사는 세대〉에만 국한되는 것이 아니며, 〈흙 속에 저 바람 속에〉, 〈바람이 불어오는 곳〉 등을 비롯한 수많은 글들에서도 공통적으로 발견되는 것이다.

35 관련하여, 주례사적인 단평이긴 하지만 "이 저서엔 고리타분한 도승(道僧)적 구제의식이나 계몽의식이 번득거리는 데는 한 군데도 없다. 시 같은 문장이 냉철한 이성과 화려한 지성으로 구사되어 있다. 동서고금의 날씬한 일화, 우화, 날카로운 비유와 해학이 샘물 모양 거침없이 흘러나오고 있다."를 덧붙여볼 수 있다. 선우휘, 「내가 읽은 신간」,《조선일보》, 1963.10.21, 5면.

그 비극을 긍정하고 이해하려고 든다. 「비트」란 말 자체가 그런 것이다. …
(중략)… 그러나 「비트」의 진정한 목적은 생애의 도취에 있는 것이 아니라
그 도취 속에서 무엇인가 자기를 형성시키려는 데 있다./ 말하자면 「도취」
는 하나의 활주로일 뿐이지 해결은 아니다. 여기에 「비트」의 양심이 있고
「휴머니티」와의 약속이 있다. 『현재 즉 과거도 미래도 계획된 의도도 추억
도 아무것도 없는 그 거대한 현재 속에서 사람이 생존을 계속하는 그 경험
의 영역을 탐구해보자는 것이다.』 (⦅오⦆, 55~56면)

「나」는 없다. 아무리 큰 소리로 통곡하고 아무리 큰 소리로 웃어대도 저 거
대한 사회의 물결엔 파문이 일지 않는 것이다. …(중략)… 이러한 대중사회
에 있어서 「나」의 존재를 그 개성을 드러낸다는 것은 곧 「폭력」이며 「자살」
이다. 자기표현이 대사회적으로 나타난 것이 「폭력」이고 자기 내부로 향한
것이 「자살」인 것이다./ 「앵그리 · 영 맨」은 「삼손」의 머리를 깎은 「델릴라」
가 바로 이 타인지향적 (미국적) 대중사회라고 믿고 있다. 그래서 그들의 분
노는 그 대중사회의 풍속으로 향한다. 더 구체적으로 말하면 주체성을 잃은
「개인」과 그 「사회」에의 분노다. (⦅오⦆, 76~77면)

이러한 「무관심의 철학」이 전후파의 젊음들이 갖는 「관심」이다. 「무관심의
관심」 — 「까뮈」의 「이방인」이 전후세대들에게 인기를 끈 것도 그 주인공
「뮈르소」의 그 초연한 무관심 때문이라고 말하는 비평가가 있다. 「어머니」
가 죽은 것이 「어제」인지 「오늘」인지, 혹은 연인과의 결혼이 좋은 것인지 나
쁜 것인지, 심지어 「뮈르소」는 살인까지도 무관심 속에서 자행하고 있다. 폭
양 속에서 응시하는 「J3」의 시선은 회색 바탕의 자기 내면이다. 그들은 인

생을 사는 방법을 「영(零)」의 벌판에서 시작하고 있다. (오), 109면)

「PS」의 독일 젊은이들은 그들과 마찬가지로 정치에 무관심하다. 독일이 분할국가의 상태에 있는 것도 「베를린」이 붉은 바다에 떠 있는 고도적(孤島的)인 존재라는 것도 거의 안중에 없다. …(중략)… 그들은 그런 골치 아픈일에 간섭하려 들지 않는다. 그들이 열광하는 것은 「카니발」, 축제 같은 것이다. (오), 104면)

와 같이 (간간이 비유, 예시 등을 활용했으나) 개인적인 해석을 되도록 자제한 채 일반적인 관점에 상당히 충실했다는 인상을 준다. 더하여, 전체적인 흐름을 보아도, 큰 틀에서는 참된 삶을 추구하기 위해 기존의 제도, 체제에 머물기를 거부, 저항한다는 범주로써 서양의 전후세대를 설명하되, 세부적으로는 각 대상의 탄생 배경, 주요 특징 등을 기술하고, 또, 다음 대상으로 넘어가는 시점에서 서로 간의 공통점과 차이점을 기술하는 순서를 따르고 있어, 무엇보다 정보를 제공하는 데에 집중한 모양새였음이 확인된다. 따라서, 이어령이 〈오늘을 사는 세대〉 중의 ②~⑤를 연재하는 과정에서 가장 크게 염두에 두었던 취지란, 대중들로 하여금 서양의 전후세대에 관해서 재미를 놓치지 않으면서도 오해나 편견이 없이 온전히 이해할 수 있도록 유도하는 것이었다고 파악된다.

그런데, 〈오늘을 사는 세대〉 중의 ②~⑤에서 쓰인 일부 문구들은, 일찍이 이형기가 "「오늘을 사는 세대」의 참고서적 중에는 「새로운 문학」과 「미국의 젊은이들」 「불란서의 젊은이들」 등이 열거되어 있지만 「참고」하는 것과 마구 베끼는 것과는 엄연히 다릅니다. 그런 구별을 모호하게 만드는 것이 이어령 씨의 연막전술인 것도 같으나, 불초 이 아무 개 진정으로 충고합니다. 전도양양(前途洋洋)한 분이 그러면 못써요, 못 써."[36]와 같이 지적한 것처럼, 표절 의혹에서 자유롭지 못하다는 문제가 있다.[37] 이에 맞서서 이어령은,

형기 씨는 내가 남의 글을 표절 복사했다는 것으로 「PS족의 생태」, 앵그 리·영 맨이 반항하는 「에스타브리슈멘트」의 뜻, 그리고 「J3」 등을 예로 들 고 있읍니다. 그러나 좀 주의 깊은 독자들은 「PS」의 생태나 「에스타브리슈 멘트」 그리고 「J3」의 용어해석 그리고 앙케트에 나타난 통계 등은 모두 개 인의 독창적인 의견이 아니라는 것을 (창작물이 아니라는 것을) 알았을 것 입니다. 순전히 그것은 「객관적인 역사적 사실」이며 현실 그대로의 뉴스입

---

36 이형기, 「우정 있는 반환」, 《현대문학》, 1963.8, 260면. 구체적으로 이형기는 「새로운 문학」, 「미국 의 젊은이들」, 「불란서의 젊은이들」 등에서의 문구를 직접 번역한 다음, 이어령의 〈오늘을 사는 세 대〉 속 문구와 나란히 제시하는 방식으로 비판을 가했다. 하나만 예시로 가져와 보면 다음과 같다. "『최근 영국의 잡지나 신문을 읽으면 정관사(定冠詞)에 대문자로 시작되는 「에스타블리쉬멘트」라 는 단어가 자주 나온다. 사전에는 영국국교회라는 정도의 뜻으로 나와 있지만 대부분의 경우 문맥 으로 말해서 그것이 「기성사회」라는 의미로 쓰여지는 것은 분명하다.』/ 『영국을 지배하고 있는 것은 정관사에 근엄한 대문자로 표기되고 있는 「에스타블리쉬멘트」다. 그것은 국교란 뜻이지만 보통은 『기성사회』의 의미로 쓰이고 있는 말이다.』/ 역시 앞엣것은 「새로운 문학」의 35페이지 종반부(「노 (怒)한 젊은이들」 교구(橋口) 씀=형기)」에서, 뒤엣것은 이 씨의 「오늘을 사는 세대」의 22회분에서 각각 따온 것입니다."(같은 글, 258면) 더하여, 이형기가 원출처에서 번역하여 제시한 문구는 별다 른 왜곡이 없어 보인다. "きいきんのイギリスの雑誌や新聞を読んでいると、定冠詞をつけ大文 字で始まる〈エスタブリッシュメント〉という単語がよくでてくる。辞書には英国国教会と いった意味しかでていないが、たいていの場合の文脈から言って、それが〈既成社会〉という 意味でつかわれていることは明らかである。"(佐佰彰一 等, 『新しい文學』, 東京: 會社思想研 究會出版部, 1961, 35面)

37 이는 이어령과 정태용, 이형기 간의 논쟁에서 제기된 것이다. 별로 주목되지 않은 해당 논쟁에 대 해서는 (그리 자세히 다루고 있지는 않으나) 홍성식, 「이어령의 문학비평과 그 한계」, 『새국어교육』 56, 한국국어교육학회, 1998을 참조할 것.

니다. 비평에서는 그것을 「머테리얼」(자료)이라고 부릅니다./ 나는 그 글에서 그와 같은 자료 아닌 개인의 창작물이나 독자적인 의견은 일일이 작자의 이름을 밝혔고, 「인용부(引用符)」를 질러 놓았습니다. 그러나 「객관적인 사실」 「뉴스」 「에피소드」 등은 사실에 충실하기 위해서 그대로 따다 쓰고 다만 「머테리얼 · 소스」(출전)만을 그 에세이 최종회에서 밝혀 두었습니다.[38]

입장을 밝히며 자신의 정당성을 입증하고자 했다. "개인의 창작물이나 독창적인 의견"에 대해서는 원출처를 밝혔거니와, "「머테리얼」(자료)"에 해당하는 "「객관적인 사실」 「뉴스」 「에피소드」 등은 사실에 충실하기 위해서 그대로 따다" 썼되, 마지막 회에 출전을 제시했으니 그다지 문제시될 게 없다는 반론이다.[39] (어떤 것이 개인의 창작물이나 독창적인 의견이고, 어떤 것이 머티리얼(material, 자료)인지가 논란거리로 삼아질 수 있으나) 현재 시점에서 이를 두고 표절이었느냐 표절이 아니었느냐를 판정하는 것은 크게 의미가 없을 듯하다. 다만, 전술한 것처럼 〈오늘을 사는 세대〉 중의 ②~⑤에서는 그 주안점이 대중들의 눈높이에 맞춰 서양의 전후세대를 상세히 안내하는 데에 놓여 있었으니만큼, (이어령 고유의 솜씨가 중간중간 가미되긴 했을지언정) 주요 대목들에서의 여러 군데가 타문헌을 옮겨온 경우에 해당한다는 사실은, 비록 서술 전체의 거부, 부정으로 번질 만한 사안까지는 아니더라도 서술 전반의 새로움을 상실시키는 요인으로 작용한다.

---

38 이어령, 「「부메랑」의 언어들」, 《현대문학》, 1963.9, 230면.
39 〈오늘의 사는 세대〉의 마지막 회를 확인해보면 이형기가 지적한 세 편 외에도 다수의 도서명이 함께 출전으로 기록되어 있다.

사정이 이러한바, 〈오늘을 사는 세대〉에서 이어령의 목소리가 더욱 직접적으로 드러나는 대목은, 그래서, 좀 더 주의 깊게 살펴보아야 할 대목은, 서양의 전후세대에 관한 ②~⑤가 아니라 한국의 전후세대를 탐사하고 있는 ⑥이라고 여겨진다. 비록 분량은 적으나 ⑥이 보태어졌기에 〈오늘을 사는 세대〉는 서양의 전후세대를 그저 소개하는 데서 머물지 않고 보다 큰 의의를 지닐 수 있다. 그렇다면, ⑥에 해당하는 한국의 전후세대에 관한 대목들은 구체적으로 어떻게 이루어져 있는가. 시선을 ⑥으로 옮겨갈 때, 여기서 펼쳐지는 내용이란 예전부터 이어령이 꾸준히 내어왔던 목소리, 그러니까 (김윤식의 유명한 표현을 그대로 가져온다면) 이른바 '화전민 의식'이란 것과 맥이 맞닿아있음이 목도된다. 먼저, 이어령은 "외세의 변화 그것이 곧 세대를 구분 짓는 변화처럼 되어있다"면서 "중국문화 속에서 자란 세대가 지나면 이번에는 일본문화에서 큰 세대가 나타나게 되고 그것이 다시 사라지게 되자, 미국문화에 눈을 뜬 또 다른 세대가 움튼다"는 식으로 "한국 세대의 특수성"을 거론한다 (⑤, 155면). 그리고, 자신이 속한 전후세대는 미국문화로 대표되는 서구의 문화를 "눈치껏 배워온"(⑤, 157면) 세대로 규정한다. 이렇게 한국의 세대적 특징 및 자신이 속한 전후세대에 대해서 대략적인 설명을 수행한 후, 이어령은 곧바로 이어지는 회차를 통해 자신의 앞세대를 「배낭의 세대」 「귀환의 세대」"(⑤, 158면)라고 지칭하며 부정적으로 평가하기 시작한다. 이 과정에서 제시된 "오늘의 40대 이상은 서성거리다가 인생을 낭비한 사람들이며 소문이나 퍼뜨리면서 살아가던 세대라 할 수 있다.", "자기해체의 과정을 밟지 못하고 오로지 자기보존에만 급급하였기 때문에 실존적인 개인의 자유, 일상적 생의 초출(超出)을 찾아낼 수 없었다." 등의 극단적인 발언(오, 160면)은 자신의 앞세대에 대한 이어령의 반감이 어느 정도였는지를 여실히 보여주는 실례이다. 그러고서는 '저항', '반동자', '초토(焦土)', '화신(火燼)' 등의 (소위 '이어령'이라고 하면 금방 머릿속에 떠올려지는) 키워드들을 통해 자신이 속한 전후세대가 앞선 세대와 완전히 단절했음을 아래와 같이 드러낸다.

> 권선징악이라든지 틀에 박힌 애국 애족이라는 낡은 환상이 깨지고 있음을 보고 들었다. 그들은 「배낭」을 집어던졌다. 고물상에서 매매되던 「모랄」과 서(署) 상대로 단련된 허위의 교양과 결별하고 초토 속에서 머리를 든 것이다./「GI문화」와 「배낭의 문화」 저항의 반동자로서 오늘을 사는 세대는 화신 위에 자기 초상화를 그린다. (오, 161면)

이어령은 멈추지 않은 채 계속해서 자신이 속한 전후세대에 대한 설명을 이어나간다. 이때, 눈여겨보아야 할 것은 이어령이 전후세대 내에서도 삼십 대와 이십 대를 구별하고 있다는 사실이다(방금 보았듯이 이어령은 자신의 앞세대를 사십 대 이상으로 규정했다). 우선, 삼십 대는 "풍선을 띄우는 세대"(오, 162면)라고 명명된다. 자신의 이전 저서인 『지성의 오솔길』에서의 특정 문구 "풍선이 날아가 버린 하늘을 향해서 목놓아 울던 소년이 있었다."』(오, 162면)를 제사(題詞)로 내세우면서 삼십 대가 어떠한지를 이야기하는데, 이들은 전쟁의 참호 속에 놓여 있었다는 것, 이러한 절망적인 혼돈 속에서 "생의 의미를 말소해갔다"(오, 164면)는 것, 그러나, 자살은 불가능했기에 그저 「허공」(無)을 향해서" "텅 빈 생의 풍선을 날려 보내는 무의미의 되풀이"(오, 164면)를 할 수밖에 없었다는 것으로 전체적인 맥락이 구성되는바, 곧, 삼십 대의 젊음은 "실의, 허탈, 공허, 무의미……"(오, 165면)로 귀결되고 말았으며, 또, "무(無)의 고공(高空) 속에서" 소진되고 말았다는 것이다. 반면, 같은 전후세대에 속할지라도 이십 대는 삼십 대에 비겨 사뭇 다르게 그려진다. 이십 대는 "「사보텐」의 세대"(오, 166면)라고 명명된다. 마찬가지로 자신의 이전 저서인 『지성의 오솔길』에서의 특정 문구 "『완구를 잃은 소년은 한 포기의 용설란이다. 가시 돋친 「사보텐」—적갈색의 구름, 이슬도 그늘도 없이 저 혼자 자라나는 용설란은 녹지를 건너 오는 바람만을 듣는다. 끈끈한 타액마저 증발해 버린 미친 것 같은 갈증이 물을 찾는다.』"(오, 166면)가 제사로 앞세워져 있는바, 이것만 보아도 '사보텐의 세대'가 어떤 의미로 쓰였는지를 대강 짐작할 수 있다. 이십 대는 "생명의 갈증 속에서 외롭게 자라"(오, 167면)났다는 것이고, 그래서, "비정(非情)적이고 거칠고 메말라 있다"(오, 169면)는 것이다. 하지만, 이십 대는 비록 부정적인 환경 속에서 성장했음에도 긍정적인 미래를 담지한다고 그려진다. "「가시」와 「갈증」을 갖고 혼자 살아가는 20대의 그 세대는 무(無)의 벌판에서 「사보텐」처럼 서 있다. 모랫바람이 부는 먼 지평을 발돋움하면서 자신이 스스로 그 신화를 만들어 간다. 그리하여 「사보텐」에게도 꽃은 핀다."(오, 169면)와 같은 말미의 문구가 대표적인바, 이는 이십 대를 향한 기대감이 분명히 표명된 것이다.

　이어령은 1934년 1월 15일생으로 1963년 당시에는 한국식 나이 셈법으로 30살이었다(호적상의 출생 연월일이 아니라 실제의 출생 연월일인 1933년 12월 29일을 기준으로 삼는다면 31살이었다). 그렇지만, 이어령은 (삼십 대인) '풍선을 띄우는 세대'가 아니라 (이십 대인) '사보텐의 세대'로 스스로를 인식하고 있었다.[40] 제사로 쓰인 『지성의 오솔길』에서의 특정 문구를 통해 사보텐의 비유가 일찌감치 구사되었음을 알 수 있거 니와, 이의 원래 출처는 「녹색우화집─「아레고리」에 의한 시대비평」(《문 학》, 1957.7) 중의 "5. 용설란지역"으로, 이어령은 초창기부터 자신을, 혹 은, 자신이 속한 전후세대를 형용하는 과정에서 사보텐의 비유를 활용 해왔기 때문이다.[41] 그렇다면, 도움 없이 혼자 자란 사보텐, 가시가 돋친

---

40   이어령은 삼십 대를 설명하는 도중에 신동문의 「풍선과 제3포복」(1956)을 제시한 적이 있다. 이 로 미루어보면, 정확한 10년 단위의 구획은 아니지만, 이어령은 대략적으로나마 1910년대생(가 령, 김동리, 서정주 등)은 '전전(戰前)세대'로, 1920년대생(가령, 신동문 등)은 '앞선 전후세대'로, 1930년대생(가령, 이어령 등)은 '지금 전후세대'로 세대를 나누고 있었으리라고 추측된다. 그리고, (다소 과장된 해석일지 모르나) 이렇게 세대를 나눈 것은 전략적 태도로 여겨지는데, '지금 전후세 대' 속에다가 자신을 위시한 1930년대 초반생뿐만 아니라 소위 4·19세대라고 불리는 1930년대 후반생 및 1940년대 초반생까지를 함께 묶어낼 수 있다는 기대효과를 가지기 때문이다.

41   이때, '저항 코스모폴리타니즘'이라는 명제로 이어령의 초기 에세이에 다가서고자 한 윤재민의 논 의는 상당히 인상적이다. 윤재민은 이어령이 구사한 사보텐의 비유를 분석하는 가운데서, 이를 이 시하라 신타로와 연결 짓는 방식을 취했다. 구체적으로 이어령은 자기 세대의 정체성을 구성하는 과정에서 사보텐의 비유를 내세웠다는 것이고, 다시, 이 사보텐의 비유는 이시하라 신타로의 「태양 의 계절」로부터 준용되었다는 것이다. 사보텐의 비유는 비트 제네레이션의 기조를 수용한 표현이 라고도 해석되고, 실존주의에 바탕을 둔 문화적 토대로서 미국화 시대의 동아시아 체제를 암시하 는 표현이라고도 해석된다(윤재민, 「초창기 한국 냉전문화와 유행의 신체 1954~1964」, 동국대 학교 박사학위논문, 2021, 112~145면 참고). 다만, 윤재민의 논의는 두 가지 대목에서 사실관계 를 바로 잡을 필요가 있다. ① "60대에 초대 문화부 장관으로 영전하기까지 했다."(같은 논문, 112 면) 이어령은 1990년 1월 3일에 초대 문화부 장관에 취임했다. 호적상 1934년생(실제 1933년 생)인 이어령은 이때 당시 50대였다. ② "그는 한국의 전통과 무관한 동시대 서구 청년 주체의 문 화 현상들을 적극적으로 1950년대 한국 담론장에 아로새기는 작업에 힘썼다. 앞서 언급한 잭 케루 악을 비롯한 미국의 비트족을 소개하며 저항 실천에 대한 문화적 의의를 역설하거나, 같은 선상에 서 영국의 '앵그리 영 맨'의 기수 콜린 윌슨의 『방외인(The outsiders)』과 『패배의 시대(The Age of Defeat)』를 소개한다."(같은 논문, 139~140면) 이 대목에서 사례로 삼아진 두 편의 글은 (해 당 부분의 각주 279번과 각주 280번을 통해 알 수 있듯이) 「비트 제네레이션 점묘: 기계와 조직 속 의 개념」와 「앵그리 영 맨과 분노의 의미 : 콜린 윌슨의 경우」이며, 모두 『거부하는 몸짓으로 이 젊 음을』(동화출판공사, 1986)이 출전으로 명기되어 있다. 그러나, 「비트 제네레이션 점묘 : 기계와 조 직 속의 개념」는 본래 「비트·제네레이슌─기계 속의 개성」(《새벽》, 1960.1)으로 발표되었던 글 이고, 「앵그리 영 맨과 분노의 의미: 콜린 윌슨의 경우」는 본래 「무엇에 대한 노여움인가?」(《새벽》, 1960.6)로 발표되었던 글이다. 따라서, 두 편의 글 모두 1960년대에 발표되었기에 "1950년대 한

사보텐, 곧 지금의 전후세대인 이십 대는 어떻게 신화를 만들 수 있는 가, 어떻게 꽃을 피울 수 있는가.

아쉽게도 여기서 더 파고들지 못한 채 〈오늘의 사는 세대〉는 마무 리되고 만다. '신화를 만든다', '꽃을 피운다' 등은, 아직 구체적인 방안 이 마련되지 않았기에 동원된 수사였다고도 할 수 있다. 이어지는 종반 의 세 개 회차에서는, 서양의 전후세대에 비겨 지금의 전후세대가 얼마 나 더 어려운 여건에 놓여 있는지를 제시한 다음([젊음의 조건]),[42] 오히

국 담론장에 아로새기는 작업"이라는 표현은 올바르지 않다. 덧붙여, 윤재민의 논의에서는 이어령 이 이시하라 신타로를 참고했다는 직접적인 증거는 제시되지 않은 채 정황상 일찌감치 인지했을 가 능성이 높다는 정도로만 기술이 이루어지고 있어서(같은 논문, 278면) 이 역시 좀 더 엄격한 검증 이 필요하지 않을까 싶다. 일단, 비유 자체가 사보텐이 지닌 특성을 본떠서 대입하는 단순한 방식 이어서 수용 관계라고 보기에 적합한 정도인지가 고민될뿐더러, 시기상으로도 참고했다기에는 조 금 이른 감이 있기 때문이다(이시하라 신타로는 1955년 7월 《문학계(文學界)》에 「태양의 계절」 을 발표한다. 「태양의 계절」은 1955년 후반기 문학계신인상(文學界新人賞)을 수상하고, 다음 해 인 1956년 1월 23일 아쿠타가와상(芥川賞を受賞)을 수상한다. 그리고, 1956년 3월 15일 신조 사(新潮社)에서 단행본이 간행된다. 한편, 이어령은 「소년과 계절」에서 사보텐의 비유를 최초로 사 용했다. 「소년과 계절」은 1956년 5월 7일자 《대학신문》 4면에 발표되었다. "무지개를 보아도 다시 뛰지 못하는 소년의 가슴에 선인장과 같은 까시가 돋고 계절을 잃어버린 쓰디쓴 우슴이 아스팔트 위에 떨어져 철(鐵)병에 깃밟혀서 진다./ 동화책에서 살던 요정들은 쫓겨가고 어쩌다가 핀 요화(妖 花)의 독한(毒汗)이 소년의 손등에 묻어 부풀어 올른다.").

42 지금의 전후세대는 서양의 전후세대와 여러모로 사정이 다르다. 비트 제네레이션이나 PS처럼 차 를 몰고 달리는 일은 있을 수 없다. "우선 차가 없고, 우선 그렇게 달릴 「하이·웨이」가 없고 우선 그 렇게 광활한 대지가 없"(Ⓞ, 171~172면)기 때문이다. J3처럼 사랑을 할 수도 없다. "산은 입산 금 지의 말뚝이 꽂혀 있고, 남녀가 자유롭게 산책할 「길」도 「공원」도 「로큰롤」에 도취할 지하 「카페」도 없"(Ⓞ, 172면)기 때문이다. 앵그리 영 맨처럼 과거를 향해 분노할 프라이드도 변변치 않다. "역사 책은 누더기와 피와 눈물로 젖어 있"(Ⓞ, 172면)기 때문이다. 애당초 흙에 얽매여 사는 형편이니 문명에 대한 반발심 같은 걸 내세우기에도 적합하지 않다. 심지어, 구세대의 관습을 부정하면 부도 덕한 것으로 치부된다. 그런 관계로 지금의 전후세대는 서양의 전후세대보다 "한결 어렵고 고통스 럽다."(Ⓞ, 173면) 다만, 그럼에도 불구하고, 지금의 전후세대는 서양의 전후세대와 연결된다. "금 제된 젊음을 탈환하는 용기는 지금 시작되어 가고 있다. 4월의 분노와 행동은 단지 정치적인 것만 은 아니다./ 개인의식, 순응에의 거부, 열정과 분노의 표정, 그리고 행동의 모험, 반항—비록 지역과 조건은 달라도 외국의 그 젊은 세대의 정신의 호흡과 통하는 곳이 있다."(Ⓞ, 173면)

려 범위를 키워서 기성의 모든 것을 거부하는 목소리라는 대전제로 서양의 전후세대와 아시아 및 아프리카의 전후세대를 묶어서 병렬적으로 맞세우더니([두 개의 소리]),[43] 끝내는 [오늘을 사는 세대는 ○○한다]는 잠언의 반복으로 매듭짓는([결론을 위한 몇 개의 「아포리즘」]),[44] 그러니까, 지금의 전후세대만이 지니는 특수성에 주목하는가 싶더니 다시금 전 세계의 전후세대 모두가 지니는 보편(성)을 강조하는 흐름으로 회귀해버렸기 때문이다.

당시만 해도 전통이라는 이름 아래 '애늙은이의 문화'가 판을 치던 때이고 그 의식은 우물 안 개구리와 다름없는 폐쇄적 사회였다. 그랬기 때문에 나는 한국이라는 정체성 이전에 젊은이라는 정체성을 먼저 생각하지 않을 수 없었다. 그것이 바로 미국의 비트 제너레이션(beat generation), 영국의 앵그리 영 맨(angry young men) 그리고 생제레맹 데 프레를 배회하는 프랑스의 젊은이들을 전면 배치하고 한국의 전후 세대론을 펼쳤다. 그것이 바로 〈흙 속에 저 바람 속에〉보다 1년 앞서 신문에 연재한 연재 에세이 〈오늘을 사는 세대〉이다.[45]

---

43 "지금 두 개의 소리가 들려오고 있다."(⊙, 174면) 하나는 유럽의 젊은이가 외치는 목소리고 다른 하나는 아시아와 아프리카의 젊은이가 외치는 목소리이다. "이 두 목소리는 서로 다르면서도 하나의 비장한 어조로 통일되어 가고 있다."(⊙, 174면) "그 두 「목소리」는 다 같이 인간의 심장에서부터 울려 나오는 것"(⊙, 177면)이며, "숫자나, 제도나, 낡은 수신책(修身冊)으로는 표현될 수 없는 실존하는 생명 그것의 부르짖음인 것이다."(⊙, 177면) "일체의 것을 부정하고 일체의 것을 단절하고 「○」으로부터 출발하는, 「참된 인간의 역사」가 시작되는 개막의 서곡이다."(⊙, 177면)

44 여기서 '○○'에 들어가는 단어는 두 갈래로 하나는 기성의 모든 것을 배척하려는 '거부', '경멸', '부정'이며, 다른 하나는 새로운 가치를 추구하려는 '사랑', '옹호', '발견'이다.

45 이어령, 「젊은이라는 정체성」, 『(이어령 라이브러리)거부하는 몸짓으로 이 젊음을』, 문학사상사, 2003, 4면.

이어령은 (한국의) 젊은이라는 정체성을 먼저 생각하지 않을 수 없었다고 말한다. (한국의) 젊은이는 (한국의) 전후세대를 달리 표현한 것일 따름이다. 서양의 전후세대를 "전면에 배치하고 한국의 전후 세대론을 펼"친 까닭은, 서양의 전후세대와의 비교·대조 아래 한국의 전후세대가 선명히 드러나는 효과를 얻고자 한 의도에서일 것이다. 그러나, 한국의 전후세대에 관한 탐사가 부족한 상태에서 마무리가 되다 보니, "한국의 젊은이나 사조와는 거리가 먼 글이어서 사대주의적"[46]이라는 평가를 받기도 했거니와, 무엇보다 처음 염두에 두었던 (한국의) "젊은이라는 정체성"을 얼마만큼 잘 찾았는지가 애매해져 버렸다는 한계를 가지게 되었다.

결과적으로 (한국의) 전후세대에 관한 정체성 찾기는, (전전세대와 앞선 전후세대가 가지지 못했던) 오로지 지금 전후세대만이 지니는 가능성을 강조하는 가운데서, 비록 주어진 조건은 다를지언정, 서양의 전후세대를 따라 [기성의 모든 것을 배척하고 새로운 가치를 추구해야 한다]는 정도의 것으로 그 대답이 주어지고 말았고, 기실, 이는 이어령이 데뷔 때부터 내세워왔던 주장의 반복이라고 보아도 별로 틀림이 없다. 따라서, 〈오늘을 사는 세대〉는 무언가를 새롭게 발견하는 단계로 나아갔다기보다 재차 확인하는 단계에 머무르고 만 형국이다. 아니라면, 전후세대에 뒤이어 4·19세대가 등장함으로써 '전전세대/전후세대'라는 세대 구분이 '전전세대/전후세대/4·19세대'라는 세대 구분으로 조정되어야 할 조짐이 싹튼 1960년대 초엽의 시점에서 (저널리즘의 언설이긴

---

46 이임자, 『한국 출판과 베스트셀러, 1883~1996』, 경인문화사, 1998, 268면.

하더라도) 〈오늘을 사는 세대〉를 연재함으로써 이어령은 이렇듯 자신만의 세대 구분을 통해 한 번 더 자기 위치를 점검해두려는 의식을 품었던 것으로 파악된다.[47] 그러니까, '세대'를 거친 '현대'의 파악은 자기 정위(定位) 찾기의 한 방법으로 귀결되었던 셈이다.

4. 한국의 순수한 자화상 그리기, 혹은, 한국의 문화 개선을 위한 반성적 성찰 — 〈흙 속에 저 바람 속에〉의 경우

「에세이」『오늘을 사는 세대』를 본지에 연재하여 세계 각국의 젊은 세대들의 생태를 묘파(描破)하여 많은 지성 독자들의 절찬을 받았던 이어령 씨는 다시 붓을 가다듬어 이번에는 그 시점을 우리 자신의 내부로 돌려 속담, 설화, 민요, 민속, 고전에 얽힌 한국적 유산을 비평하는 「에세이」『이것이 한국이다』를 연재하기로 했습니다. 우리들 주변에 버려져 있는 하잘것없는 기와쪽 하나에서도 한국적인 정서와 지혜와 운명을 명상하고 비평하는 씨의 독특한 수상이 독자에게 많은 감명을 주리라고 기대합니다.[48]

예고를 통하여 「이것이 한국이다」로 알려진 이어령 씨의 「에세이」는 오랜 구상 끝에 본제(本題)를 「흙 속에 저 바람 속에」로 하고 「이것이 한국이다」

---

47   이는 안서현이 〈오늘을 사는 세대〉를 두고서 "자기 세대 즉 전후세대의 자기 인식의 총결산을 수행하고 있는 글"이라고 평가한 것과 어느 정도 궤를 함께한다. 안서현, 「1960년대 이어령 문학에서 나타난 세대의식 연구」, 『한국현대문학연구』 56, 한국현대문학회, 2018, 13면의 각주 13번.
48   「이것이 한국이다」, 《경향신문》, 1963.7.25, 3면. 동일한 연재 예고가 7.30, 8.6에도 실려 있다.

를 부제로 정하여 드디어 오는 월요일부터 연재하기로 되었습니다.[49]

『경향신문이 부수가 제일 많은 최고 신문이었어요. 이준구라는 분이 또 나를 파격적으로 데려갔어요. 거기서 「여적」을 썼어요. 잘 쓴다고 화제가 되니까 나보고 뭘 좀 더 써보라고 해서 「오늘을 사는 세대」라는 걸 썼는데, 아주 고급한 산문시처럼 썼는데도 이게 히트한 겁니다. / 그랬더니 사람들이 외국 걸 베꼈다고 시비를 해요. 그런 식으로 나가면 순수한 한국 걸 써 보마. 그래서 쓴 게 「흙 속에 저 바람 속에」요. 제목도 그래요. 「한국의 순수한 풍토 속에서」를 「풍토」 또는 「풍토 속에서」로 하지 않고 「흙 속에 저 바람 속에」로 한 거요. 風(풍)은 바람이고, 土(토)는 흙 아니요!』[50]

〈흙 속에 저 바람 속에〉의 기획은 〈오늘을 사는 세대〉의 성공에 힘입어서, 또, 〈오늘을 사는 세대〉에 대한 항간의 비판에 맞서 이뤄진 것이다. 우리 자신의 내부, 곧, 한국으로 시점을 돌려, 속담, 설화, 민요, 민속, 고전 등의 한국적 유산은 물론이고, 주변의 하잘것없는 기왓장에서조차도 한국적인 정서, 지혜, 운명을 포착하겠다는 것이 〈흙 속에 저 바람 속에〉의 목적이자 목표였다. "순수한 한국"을 묘파하려는 시도는 여기에 걸맞은 제목을 찾는 데서부터 숙고의 흔적을 드러냈다. "이것이 한국이다"라는 직접적인 선언 형태의 제목에서, "한국의 순수한 풍토 속에서"라는 환경에 맞게 문화가 움튼다는 식의 연계적인 사고를 반영한 제

---

49   「〈이어령 씨의 연재 에세이〉 흙 속에 저 바람 속에 =이것이 한국이다=」, 《경향신문》, 1963.8.10, 3면.
50   이어령·오효진, 앞의 글, 185면.

목으로,[51] 다시, 한자어 '풍토'를 한글로 푼 다음에 순서를 도치시켜 '흙과 바람'을 만들고 여기에다가 '저'라는 단어를 끼워 넣음으로써 마침내 "흙 속에 저 바람 속에"라는 제목이 되기까지, 이렇게 점차적 변환 과정이 확인되는 것이다. 한 방송에서 이어령은 〈흙 속에 저 바람 속에〉가 많이 팔린 이유를 한글로 된 제목 덕분이었다고 밝힌 바 있다.[52] 당시 대중들의 마음에 더욱더 인상적으로 다가서게 된 요인으로 작용했다는 것이다.[53] '흙과 바람'은 기후와 토양(으로부터 형성된 문화적 요소들)을 뜻하는 것으로 우선 읽히거니와, '바람' 앞에 '저'라는 지시대명사가 붙은 까닭으로 인해, '흙'은 한국의 고유한 문화적 요소들을 뜻하는 것으로 '저 바람'은 서양에서 한국으로 불어온 문화적 요소들을 뜻하는 것으로 폭넓게 읽히기도 한다. 〈흙 속에 저 바람 속에〉가 한국과 서양 간의 비교·대조를 중심으로 전개되었다는 점, 또, 후속작인 서양 여행기를 〈바람이 불어오는 곳〉이라고 이름 붙여 연재했다는 점은 후자 쪽으로 제목의 의미를 읽어내도 될 가능성을 높여준다.[54]

〈흙 속에 저 바람 속에〉는 "연재가 되는 동안 많은 공감과 화제를 불러일으"켰다. 그런데, 의아하게도 "연재가 끝난 후 어떤 출판사로부터도 출판 교섭이 없었다." "우여곡절 끝에 현암사에서 출판을 맡았고", 연재

---

51 다른 지면에서 이어령은 "신문사 편집국에서 제안한 제목은 '한국문화의 풍토'였"다고 밝힌 적이 있다. 이어령, 『(이어령 라이브러리)흙 속에 저 바람 속에』, 문학사상사, 2002, 278면.

52 2015년 8월 29일 KBS 1TV에서 방영된 〈이어령의 100년 서재〉 2회차 참고.

53 이때, 이어령은 이인직의 『혈의 누』, 최남선의 『해에게서 소년에게』 등과 같은 한자어 제목을 대비의 사례로 들었다.

54 〈흙 속에 저 바람 속에〉의 제목과 관련해서는 김민희, 『이어령, 80년 생각』, 위즈덤하우스, 2021, 102~105면 및 2003년 1월 9일자 KBS 1TV에서 방영된 〈TV 책을 말하다〉 등을 참조할 것.

한 것만으로는 분량이 모자라서 그 무렵에 쓴 여타의 에세이까지를 묶어 총 3부 구성으로 내놓게 되었다.[55] 하지만, 책이 발간된 이후로는 그야말로 승승장구였다. "책이 얼마나 놀랍게 팔려나가는지 부속실의 아가씨가 아예 출근하자마자 인지 찍기를 맡았다. 그런데, 날마다 출판사에서 건네주는 인지를 찍어내기가 바쁠 정도로 책이 팔렸다."[56] 또한, "1년 동안 국내에서만 10만 부가 판매되었고 해외에서도 베스트셀러가 되는 진기록을 세웠으며, 7개 국어로 번역되고 컬럼비아대학교에서는 동양학 연구 자료로 채택하는 등 국내외에서 큰 호응을 받았다."[57]

그렇지만, 〈흙 속에 저 바람 속에〉는 ① "내면화된 오리엔탈리즘"이 "처음부터 공공연한 기본 방법론으로 채택"되어 있다는 점,[58] ② "사용된 '비교문화론적' 또는 기호론적(?) 방법"이 "자의적"이라는 점[59] 등이 대표적인 한계로 지적된다.[60] 우선, ①과 관련한 문제는 이어령 스스로가 후

---

55 이임자, 앞의 책, 269면 참고. 좀 더 구체적인 경위를 적어두면 다음과 같다. "그러나 이 책이 그 당시 별로 출판사들의 이목을 끌지 못한 것도 흥미 있는 일이었다. 요즘 같으면 사고(社告)만 나가도 출판 계약을 하고 졸라댈 것이나, 연재가 다 끝나도 출판사 측에서는 아무런 교섭이 없었다. …(중략)… 결국 출판을 맡은 곳은, 이 씨의 친구인 최해운(崔海雲) 씨가 일하던 현암사(玄岩社)였다. 〈흙 속에…〉만으로는 양이 모자라 이 씨가 그 무렵에 쓴 다른 에세이들을 묶은,〈우울한 스케치북〉과 그의 본격적인 문학평론인 〈한국문학의 저변〉 등을 곁들여 3부로 내놓았다./ 4×6판 325페이지에 250원 정가의 이 책이 나온 것은 그해 12월 28일." 양평, 「문화의 저변을 파헤친 에세이의 진수」, 이어령, 『흙 속에 저 바람 속에』, 문학사상사, 1986, 361면.

56 김용직, 「페가서스의 날개, 또는 제패의 비평─이어령론」,《오늘의 문예비평》 27, 1997.12, 216면.

57 이근미, 『우리시대의 스테디셀러』, 이다북스, 2018, 70면.

58 권보드래·천정환, 『1960년을 묻다』, 천년의 상상, 2012, 298면.

59 위의 책, 299면.

60 ①, ②와 관련해서는 다음과 같은 원론적인 비판을 부기해둘 수 있다. "'진정한 토착민'에게 매료된 가운데 우리는 실제로 아우라에 상응하는 것을 탐색하고 있다는 사실을 알게 된다. 하지만 그 탐색 과정 자체는 우리를 '오리지널'의 정체성에서 점점 더 멀리 떼어놓는다. …(중략)… 계속 대상을 바꾸고 상이한 '로컬' 문화를 훑어보는 과정에서, 우리는 무수히 많은 '토착민'을 생산한다. 이 토착민 들은 모두 판박이 같은 자동인형의 특질을 부여받을 것이라 짐작할 수 있는데, 그 결과 서양의 헤게

일 "내가 이 글을 쓸 때에는 역사에 눈을 뜨는 근대화 바람을 갈구하던 때이고 가난에서 벗어나려고 서구적인 합리주의를 동경하던 때이다."[61] 라고 밝힌 적이 있기에 전연 부정되기 어렵다.[62] 더불어, 이어령은 애당초 〈흙 속에 저 바람 속에〉의 후기([어느 벗에게])에서도

위선이나 허영이나 자위는 잠시 여인의 화장대 위에 진열해 두고 우리는 알몸으로 우리의 슬픔과 직면해되야(sic;해야 되)겠읍니다. 설영 그것이 아무리 비참하고 흉칙한 것이라 할지라도 자기 상처를 감춰서는 안 됩니다./ 나는 여기에서 한국의 자화상을 그려 보았읍니다. 서툰 솜씨에 가뜩이나 그것은 추악하게 이지러져 있읍니다. 어둡고 살벌하고 답답합니다./ 그것을 보고 너무 탓해서는 안 됩니다. 건강한 한국, 아름다운 한국, 밝은 한국 — 그러한 한국의 모습을 그리지 못한 나의 작업에 너무 성내서는 안 됩니다. 애정이 클수록 절망도 크고, 자존심이 높을수록 자기 환멸도 높기 마련입니다./ 부정적인 면에서만 한국을 보자는 것이 아니라 옛날 그 앵무새처럼, 상처를 핥는 야생의 짐승처럼 그렇게 내 나라를 보고 싶었기 때문입니다.[63]

모니를 뒤흔들어놓는다기보다는, 무한하게 변신하면서 타자를 배제하는 서양의 능력을 확인시켜줄 따름이다." 레이 초우, 장수현 · 김우영 역, 『디아스포라의 지식인』, 이산, 2005, 75~76면.
61 이어령, 『흙 속에 저 바람 속에』, 문학사상사, 1986, 페이지 표기 없음.
62 물론, 엄밀히 따진다면, 서구 지향성이 강했다는 것과 오리엔탈리즘을 내면화했다는 것은 구분이 필요하다. 전자의 정도가 높아지면 후자의 상태로 이어질 것이다. 그런데, 이어령이 전자의 정도가 셌음은 분명하나, 그 세기가 후자의 상태였다고 간주해도 될 만큼이었느냐는 딱 잘라 판단하기가 어렵다. 여기서는 '강한 서구 지향성'이란 의미를 포괄하는 차원에서 '내면화된 오리엔탈리즘'이란 표현을 일단 받아들이도록 한다.
63 이어령, 『흙 속에 저 바람 속에』, 현암사, 1963, 274면. 이하, 이 책을 인용할 시에는 ⓧ(흙)이라는 약어와 해당 면수만 표기토록 한다. 더하여, 『흙 속에 저 바람 속에』는 출판사가 바뀌면서 꾸준히 출판되어오고 있는데, 특정 판본부터 후기에서 서지정보를 제시하며 〈흙 속에 저 바람 속에〉가 《경향신문》에 1962년 8월 12일부터 10월 24일까지 연재되었다고 1963년을 1962년으로 착각한 정보를

라고 심경을 토로했었는데, 여기서 한국은 건강함, 아름다움, 밝음과 같은 이미지가 아니라 "슬픔", "비참하고 흉칙한 것", "자기 상처"와 같은 이미지와 연결되고 있는바, 이어령이 한국을 비판적으로 보고 있었음을, 서양을 암묵리에 판단의 준거로 삼고 있었음을 간취할 수 있게 해준다. 사실, 이러한 이어령의 사고는 〈흙 속에 저 바람 속에〉의 [서·풍경 뒤에 있는 것]에서부터 이미 예정된 것이었다. 해당 글의 일부를 조금 길게 옮겨오면 다음과 같다.

그것은 지도에도 없는 시골길이었다. 국도에서 조금만 들어가면 한국의 어느 시골에서나 볼 수 있는 그런 길이었다. 황토와 자갈과 그리고 이따금 하얀 질경이꽃들이 피어 있었다./ 붉은 산모롱이를 끼고 굽어 돌아가는 그 길목은 인적도 없이 그렇게 슬픈 곡선을 그리며 뻗어 있었다.(시골 사람들은 보통 그러한 길을 「마차길」이라고 부른다)/ 그때 나는 그 길을 「지프」로 달리고 있었다. 두 뼘 남짓한 운전대의 유리창 너머로 내다본 나의 조국은 그리고 그 고향은 한결같이 평범하고 좁고 쓸쓸하고 가난한 것이었다. …(중략)… 「지프」가 사태진 언덕길을 꺾어 내리받이길로 접어들었을 때 나는 그러한 모든 것을 보았던 것이다./ 사건이라고도 부를 수 없는 사소한 일 또 흔히 있을 수 있는 일이었지만 그것은 가장 강렬한 인상을 가지고 가슴 속으로 스며들었다./ 앞에서 걸어가고 있던 늙은 부부였다. 「클랙슨」 소리

표기하기 시작했다. 이러한 오류는 지금껏 정정되지 않고 있거니와, 오히려 『(이어령 라이브러리)흙 속에 저 바람 속에』(문학사상사, 2002) 이후부터는 "1962년 12월 이어령"이라는 서명까지가 말미에 부기되어 더욱 심각해진 상태이다. 각종 기사들에서도, 더군다나 일부 선행연구에서도 이와 같은 오류를 그대로 따라 쓴 사례가 발견되는바, 조속히 바로잡을 필요가 있다.

에 놀란 그들은 곧 몸을 피하려고는 했지만 너무나도 놀랐었던 것 같다. 그들은 갑자기 서로 손을 부둥켜 쥐고 뒤뚱거리며 곧장 앞으로만 뛰어 달아나는 것이다./ 고무신이 벗겨지자 그것을 다시 잡으려고 뒷걸음친다. 하마터면 그때 차는 그들을 칠 뻔했던 것이다. 이것이 그때 일어났던 이야기의 전부다/ 불과 수십 초 동안의 광경이었고 차는 다시 아무 일도 없이 그들을 뒤에 두고 달리고 있었다. 운전사는 그들의 거동에 처음엔 웃었고 다음에는 화를 냈다. 그러나 그것도 순간이었다./ 이제는 아무 표정도 없이 차를 몰고만 있었을 뿐이다. 그러나 나는 모든 것을 역력히 기억할 수 있었다. 그리고 그 잔영이 좀처럼 눈앞에서 사라지질 않았다./ 누렇게 들뜬 검버섯의 그 얼굴, 공포와 당혹의 표정, 마치 가축처럼 무딘 몸짓으로 뒤뚱거리며 쫓겨가던 그 뒷모습, 그리고……그리고 그 위급 속에서도 서로 놓지 않으려고 꼭 부여잡은 매마른 두 손……북어 대가리가 꿰져 나온 남루한 봇짐을 틀어잡은 또 하나의 손……벗겨진 고무신짝을 잡으려던 그 또 하나의 손……떨리던 손……/ 나는 한국인을 보았다. 천년을 그렇게 살아 온 나의 할아버지와 할머니의 뒷모습과 만난 것이다. 쫓기는 자의 뒷모습을. 그것은 여유 있게 차를 비키는 「아스팔트」 위의 이방인처럼 세련되어 있지 않다. 운전수가 뜻없이 웃었던 것처럼 그들의 도망치는 모습은 꼭 길가에서 놀던 닭이나 오리떼가 차가 달려왔을 때 날개를 퍼덕거리며 앞으로 달려가는 그것과 다름없는 것이었다./ 악운과 가난과 횡포와 그 많은 불의의 재난들이 소리 없이 엄습해 왔을 때에 그들은 언제나 가축의 몸짓으로 쫓겨가야만 했던 것일까? 그러한 표정으로 그러한 손길로 몸을 피하지 않으면 아니 되었던가?/ 우리의 피부빛과 똑같은 그 흙 속에 저 바람 속에 우리의 비밀, 우리의 마음이 있다. (흙), 15~17면)

이어령은 "한국의 어느 시골에서나 볼 수 있는 그런 길"을 「지프」로 달리고 있었다." 이 시골길은 이어령의 고향인 충남 온양에 위치한 '청당이고개'로 도시에 가기 위해서는 지나야 하는 길목이었다.[64] 이어령은 지프 안에서 "유리창 너머로" "평범하고 좁고 쓸쓸하고 가난한" 고향(조국)의 풍경을 본다. 그리고, 지프가 경적을 울리자 어쩔 줄 모르고 허둥대는 늙은 부부에게서 "강렬한 인상"을 받는다. 지프를 피하고자 "서로 손을 부둥켜 쥐고 뒤뚱거리며 곧장 앞으로만 뛰어 달아나는", 그 모양새가 "가축의 몸짓"과 다를 바 없게 비치는 늙은 부부는 "천년을 그렇게 살아 온 나의 할아버지와 할머니"라고 언표된다. 이렇게 늙은 부부는 한국인을 대표하는 상징으로 순식간에 자리 잡고, 한국인의 이미지도 서글픔과 같은 것으로 자연스레 고착화가 이뤄진다.[65]

이어령이 지프를 탄 상태에서 밖을 바라보았다는 것은 여타의 일반

---

64 "외갓집에 가려면 장승이 서 있는 서낭당고개를 지나야 하지만 아버지를 따라가는 도시 나들이는 청당이고개를 넘어가야 한다.《흙 속에 저 바람 속에》의 맨 첫 장에 나오는 그 장면을 기억하는 사람들은 이 고갯길의 의미를 알 것이다."(이어령, 『너 어디에서 왔니』, 파람북, 2020, 314면) 이렇듯 〈흙 속에 저 바람 속에〉는 [서·풍경 뒤에 있는 것]을 통해 아버지와 함께 도시로 향하던 공간인 '청당이고개'를 제시하면서 그 막을 열었음이 확인되거니와, 이와 대조적(혹은, 대칭적)이게끔 [결어, 서낭당 고개에 서서]를 통해 어머니와 함께 외갓집으로 향하던 공간인 '서낭당고개(성황당고개)'를 제시하면서 그 막을 닫고 있음도 확인된다. "외갓집이라야 자동차나 기차를 타고 갈 만큼 먼 곳에 있는 것도 아니었다. 들판으로 난 신작로를 따라 산골로 한 십 리쯤 더 들어가면 거기에 나의 외가집이 있다. 그러나 이렇게 가까와도 나에게 있어 장승이 서 있는 성황당고개를 넘어야 하고 또 어쩌다 장마라도 지면 발을 벗고 작은 개울을 건너야 하는 그 외가집길은 이역(異域)으로 가는 멀고 후미진 길이었다." (이어령, 『지성채집』, 나남, 1986, 30면)
65 지프는 박래품으로 서양의 표상이었다. 그러니, 지프에서 내다보는 이상에야 전경화된 고향(조국)도, 초점화된 우리(한국인)도 모두 긍정적인 상이 될 수 없음은 자명했다. 그럼에도 불구하고, 한국의 모든 면을 제대로 살피기 위해서는 서양인의 시선이 필요했다는 게 당시의 이어령이 내린 판단이었다. 이어령, 앞의 책(2002), 280~282면 참고.

한국인과 차별화된 위치에 그 자신을 놓고 있었음을 뜻한다.[66] 하지만, 늙은 부부를 향해서 웃다가 화냈다가 무관심해지는 운전사와는 입장이 또 달랐는데, 늙은 부부를 바라보며 이어령은 같은 피부를 가짐으로써 같은 풍토에서 살아감으로써 빚어지는 '우리'라는 동질감을 깊이 느끼기 때문이다. 이로 보면, 이방인의 시선에서 타자를 대하듯이 관찰하고자 한 행위는 분명히 아니었다. 그렇다고 해서, 자국인의 시선에서 스스로를 드러내 보이려는 행위도 분명히 아니었다. 위치상으로는 외부를 지향했으되, 심정적으로는 내부를 간과할 수 없었다. 이러한 교차점에서 이어령은 (서장의 제목처럼) 풍경 뒤에 있는 것을, 곧, 고향(조국)의 수많은 현상/형상 아래 감춰져 있는 우리(한국인)의 비밀을, 마음을 끄집어내고자 했던 것이다.

하지만, 외부에 서고자 하는 순간이면 내부가 한없이 초라하게 비친다는 게 문제였다. 이럴 때, 외부와 내부는 대등 관계가 아닌 우열 관계로 설정되어버린다. '외부〉내부'라는 부등호가 쳐지는 것이다. 당장 "여유 있게 차를 비키는 「아스팔트」 위의 이방인"과 "길가에서 놀던 닭이나 오리 떼"에 비유되는 늙은 부부는 틀림없는 대조를 이루고 있다. 이미 전자 쪽에 가치정향성이 두어져 있는바, 자연스레 후자 쪽은 안쓰러운, 안타까운 시선으로 포착되는 귀결일 수밖에 없다. 그리고, 이러한 프레임은 〈흙 속에 저 바람 속에〉의 이곳저곳에서 손쉽게 발견된다. 즉, 외부 대 내부라는 이항 대립의 도식은, '외부〉내부'의 전제에 충실한 채로, 의식주를 비롯한 문학, 신앙, 언어, 인물 등의 수많은 문화적 요소들에 적

---

66 김민정, 「이어령 수필문학의 근대성과 탈근대성」, 충북대학교 석사학위논문, 2005, 20~21면 참고.

용되어, 마치 외부는 좋고 내부는 나쁘다는 식의 뉘앙스를 이끌어내는 것이다.

한편, ②와 관련한 문제 역시 마냥 아니라고는 할 수 없다. 이런 부류의 문화론, 그러니까, 일종의 민족지학(ethnography)이 늘 맞닥뜨리게 되는 난점이긴 하지만, 이어령의 경우도 마찬가지로 문화를 비교한다는 논리를 표방했으되, 한 걸음 더 깊게 파고 들어가 보면, 객관성과 엄정성을 담보하지 못한 사례가 빈번하게 찾아지는 것이다. 가령, 서장에 바로 이어지는 [울음에 대하여]를 놓고 보아도, "우리는 절로 소리나는 것이면 무엇이나 다 「운다」고 했다."(흙, 18면)라는 주장은, (ㄱ) '새가 운다'와 'birds sing(새가 노래한다)'의 비교를 통해 만들어진 "똑같은 새소리였지만 서양인들은 그것을 즐거운 노래 소리로 들었고 우리는 슬픈 울음으로 들었"(흙, 18면)다는 식의 언술로 우선 뒷받침되고, (ㄴ) 그 이후에도 우리의 일상생활 속에서 발견되는 '운다'의 몇 가지 용례가 마치 귀납적 논리인 양 덧붙여진 끝에, (ㄷ) 마침내 "대체 무엇 때문에 우리는 그렇게 울지 않으면 아니 되었던가. 그리고 어떻게 그 「눈물」을 미화하였으며, 생활화하였으며 또 어떻게 그 울음 속에서 우리의 「모럴」을 빚어 만들어 내었던가? 우리의 예술과 문화가 이미 수정알 같은 눈물에서 싹터 그 눈물에서 자라난 것이라고 말할 수도 있겠다."(흙, 20면)라는 결론으로 치닫기에 이르는바, 이와 같은 과감한 흐름에 휩싸이지 않고서 (ㄱ)의 정합 여부, (ㄴ)의 반례 여부, 그리고 (ㄷ)의 성립 여부를 차분하게 따져볼 때는, 그 전체가 다분히 회의적으로 다가올 수밖에 없다. 이뿐만이 아니다. [기침과 「노크」], [김유신과 나폴레옹], [춘향과 헬렌], [「피라미드」와 신라오릉] 등에서는 그 장 제목과 같이 상이한 배경의 두 개 대상을 견주어서 무언가의 결론을 도출해내고 있는데, 대체 왜 이런 방식이 취해져야 하는지를 의문 삼는다면, 이어령 스스로가 미리 설정해둔 도달점으로 나아가는 데 있어서 호출된 두 개 대상이 가장 아귀가 잘 맞기 때문이라는 대답을 할 수 있을 뿐, 그 밖에는 합당한 이유를 떠올리기가 어렵다.

이처럼 〈흙 속에 저 바람 속에〉는 이어령이 강한 서구 지향성을 지닌 상태(①)에서 한국(문화)과 서양(문화)을 억지로 대립시키는 식의 다소 무리한 유비(analogy)를 통해 도출한 내용(②)으로 많은 부분이 채워져 있다. 그렇지만, 〈흙 속에 저 바람 속에〉를 마냥 무시하거나 폄하해서도 곤란하다. 한국(문화)에 다가서기 위해서는 개별 대상의 보편화, 일반화가 필수적임을, 또, 판단을 위한 비교 잣대가 요구됨을 감안한다면, 더 나아가, 이렇게 보편화, 일반화를 통해서, 또, 비교 잣대를 통해서 도출해낸 여러 가지 표상들이 대중들이든 지식인이든 가리지 않고 대다수에게 '바로 이것이 한국(문화)이다'라는 공감을 획득했음을 참작한다면, 〈흙 속에 저 바람 속에〉를 그저 '그릇된 관계적 사유의 집합물'로만 여길 수는 없어 보이는 까닭이다.

나도 신문에서 보았으나 책을 받아들자 다시 일독하지 않을 수 없다고 생각하였다. 이것은 저자도 후기에서 말하고 있지만 여기에 한국 즉 나의 모습이 너무나도 여실하게 그려져 있기 때문이다. 그래도 그것에 대한 날카로운 비판이 아름다운 문장 속에 스며들어 있기 때문이다. 이 나라와 나의 오늘을 우리는 못마땅하게 생각한다. 우리가 지닌 상처는 어디에서 온 것이며 어떻게 치료할 것인가. 우리의 가난한 사유와 문화의 앞날에 대한 어떠한

전망이 가능할 것인가.[67]

많은 사람들이 「한국적」이라는 말을 자주 입에 올린다. 하지만 정작 그것이 무엇을 의미하는지에 관해서는 의외로 알려져 있는 것이 없다./ 또 알려고 하는 관심이나 노력도 적다. 이것은 우리 민족에게 특히 지식인에게는 하나의 수치가 아닐 수 없다./ 제 나라, 제 민족, 자기가 살고 있는 사회에 대해서는 관심이 적고 아는 것도 없으면서 먼 외국의 문물에 관해서는 지식욕에 불타있는 것이 우리 젊은 세대의 통폐(通弊)가 아닌가 한다. 아마 우리 사회의 일반적 경향이라고도 할 수 있을 것이다. 이어령 씨의 『흙 속에 저 바람속에』는 확실히 이러한 한국사회에 던져진 자기반성의 한 거탄(巨彈)이다. 부재지주(不在地主)적인 한국 지식층에 주어진 하나의 경종일 것이다./ 무엇보다 〈유려〉하고 재치 있는 문장이 매혹적이다. 소설처럼 재미있게 읽을 수 있는 것이 이 「에세이」의 특색이다. 그러나 이 저(著)는 말이 「에세이」지 한국을 전문적으로 연구하는 사람에게도 적지 않은 문제점을 제시해주고 있다. 지금까지 한국을 연구한다는 인사들을 보면 추상적이거나 문헌 위주거나 무미(無味)한 자료 나열이 고작이어서 일반사람에게는 거의 소용이 없는 것들이 대부분이다./ 이러한에서도 이 형의 이번 저(著)는 타의 추종을 불허한다./ 요즘 침체한 독서계가 얻은 아마 가장 큰 수확일 것이다.[68]

이 문집은 이 씨가 말할 것을 많이 가지고 있고 또 그것을(「사대(事大)」니

67   지명관, 「내가 읽은 신간에서」, 《경향신문》, 1963.12.30, 5면.
68   송건호, 「한국지식층에의 경종 이어령 저 흙 속에 저 바람 속에」, 《조선일보》, 1964.1.14, 5면.

「피상(皮相)」이니 하고, 그에게 자주 퍼부어지는 비방을 물리치고) 개화되고, 지적 자극이 있는 「스타일」 속에 담아내는 재주를 지닌 드문 「칼럼니스트」임을 보여준다. 이것은 어디까지나 「칼럼니스트」가 쓴 「칼럼」을 모은 것이기 때문에 독자는 그 속에서 어떤 경륜이나 철학을 찾아서는 안 된다. 그렇다고 주제가 없는 것은 아니다. 우리는 얼마나 옹졸하고 궁하고 늘 품수가 없이, 오랜 세월을 살아왔는가 하는 것을 저자가 붙인 표제를 빌면, 한국과 한국인을 그린 「우울한 스케취·북」이다. 저자가 문학도이기에 동서의 문학에서 많은 것을 옮기고 따왔다. 특히 한국어와 서구어의 언어관습을 대비해서 국민성이나 생활감정을 논하고 있는 수많은 대목의 대부분이 수긍할 수 있는 재치 있는 관찰이다. 어원을 따지는 것이 반드시 진리에 도달하는 길이 아니듯이 언어관습에서 국민성이나 생활감정을 연역(演繹)한다는 것이 자칫하면 속해어원(俗解語源)식 오류를 낳기 쉽다는 것을 모두가 염두에 두고 읽으면 이 문집은 우리가 바랄 수 있는 제일급의 「저널리즘」의 보기이다.[69]

세 개의 당대평은 〈흙 속에 저 바람 속에〉가 보여준 바의 한국(문화)에 대한 관찰이 충분한 가치를 지닌다는 정도로 그 내용이 범박하게 요약된다. 이어령의 문체에 대한 칭찬이 공통적으로 발견되거니와, 한국(문화)에 무관심했던, 혹은, 한국(문화)론이랍시고 내놓은 게 "추상적이거나 문헌 위주거나 무미(無味)한 자료 나열이 고작"이었던 지식층을 비판하면서 〈흙 속에 저 바람 속에〉의 성과를 연구에 비견될 만큼으로

---

69   「우울한 스케치·북 일급 『저널리즘』의 보기 〈흙 속에 저 바람 속에〉」, 《동아일보》, 1964.3.12,5면.

간주하기도 하고, 반대로, 저널리즘의 한계("경륜이나 철학을 찾아서는 안
된다", "속해어원(俗解語源)식 오류를 낳기 쉽다")를 지적하며 〈흙 속에 저
바람 속에〉의 성취를 저널리즘의 범주 내로만 한정하기도 한다. 이때,
〈흙 속에 저 바람 속에〉가 어느 쪽에 해당하느냐를 따지는 행위보다는
〈흙 속에 저 바람 속에〉가 가진 의의만큼은 어느 쪽이건 인정했다는 사
실이 더 중요해 보인다. 그 당시 학술영역에서 제출된 한국(문화)론이
보여준 수준이란 게 〈흙 속에 저 바람 속에〉에 비겨 그리 우수하다고 할
수 없는 형편이고 보면, 좀 더 상세히 말해서, 학술적 담론 형태의 언어
로 치장했느냐 아니냐를 제외하고는 분석에 있어서의 방법론이 별반 다
를 게 없는 형편이고 보면,[70] 지금에서야 자명하게 보이는 〈흙 속에 저
바람 속에〉의 ①, ②와 같은 문제점은 이때만 해도 그렇게 티가 날 만큼
의 눈에 띄는 요소가 아니었을 수 있다. 더하여, 학술적 담론 형태의 언
어를 방금 언급했으되, 로고스적인 글쓰기가 꼭 좋은 글쓰기라고는 단
정할 수 없다. 에토스적인, 파토스적인 글쓰기가 설득을 끌어내고 감동
을 일으키는 데에 더 뛰어난 효과를 발휘하는 경우도 많다. 〈흙 속에 저
바람 속에〉 역시 이러한 사례에 속한다는 것은 두 말이 필요 없다.[71] 그

70　1960년대 학술영역에서 제출된 한국(문화)론에 대해서는 반재영, 「후진국민의 정신분석 ―1960
년대 냉전 행동과학(behavioral science)의 수용과 민족개조론의 변전」, 『상허학보』 59, 상허학
회, 2020을 참조할 것.

71　이쯤에서 〈흙 속에 저 바람 속에〉가 〈오늘을 사는 세대〉와 동일한 방식으로 쓰여졌다는 사실을 언
급해둘 필요가 있다. 그러니까, 〈오늘을 사는 세대〉의 표절 논란 과정에서 이어령이 해명한 내용처
럼, 〈흙 속에 저 바람 속에〉도 '머티리얼(자료)'에 해당하는 것은 본문에서 특별히 출처를 밝히지 않
고 마지막의 참고문헌에서 '머티리얼 소스(출전)'를 밝혀두는 방식이었던 것이다. 마지막의 참고문
헌에는 이기문이 편집한 『속담사전』, 최남선이 쓴 『조선의 상식』, 앙드레 모로아가 쓴 『불란서와 불
란인』, 야네기 무네요시가 쓴 『조선의 예술』 등 총 열 편이 제시되어 있다(흙, 194면). 다만, 동일한
방식으로 쓰여졌음에도 〈흙 속에 저 바람 속에〉가 〈오늘을 사는 세대〉에 비겨 좀 더 발전된 부분이

런 관계로, 〈흙 속에 저 바람 속에〉는 ①, ②와 같은 문제점에도 불구하고 '자기 비하'라는 비판보다는 '자기 연민'이라는 공감대를 자아낼 수 있었고,[72] 근 60년에 달하는 동안 한국(문화)의 위상이 참으로 달라졌음에도 불구하고, '그땐 그랬지'라는, 혹은, '예전에는 이랬는데 지금에는 이렇게 되었구나'라는 느낌으로 여전히 '자기 연민'이라는 공감대를 유지한 채, 시간의 시련을 견디며 그 명성을 줄곧 발휘해올 수 있었던 것이다. 이때, 어느 평론가의 아래와 같은 솔직한 감상은 좋은 참고가 된다.

이 글을 보면서 필자는 먼저 감탄할 수 없었다는 사정을 우선 고백해둘 필요가 있겠다. 필자가 지금껏 읽고 쓴 어떤 글보다도 이 대목의 이 글이 우선 감동으로 다가왔던 것이다. 하나의 에세이 문장을 읽으며, '감동'을 경험한다는 것은 분명 희귀한 일이다.[73]

많은 수사가, 문장가들이 있지만, 독자들에게 감동까지 불러일으키는 경우란 좀처럼 드물다. 한갓 수사로 이러한 독서 체험, 감동 체험을 안기기란 쉽지 않은 것이다. 그러니까 이러한 감동 체험이란 가슴 밑바닥에 무엇인가

있다면, 그것은 〈오늘을 사는 세대〉처럼 머티리얼(자료)을 소개하는 선에서 그치지 않고, 머티리얼(자료)을 기반 삼아 자신의 해석으로까지(혹은, 그 만큼에는 미치지 못하더라도 적절한 한국(문화)의 사례를 대입시키는 데까지) 나아가는 모습을 보여준다는 점이다. 이는 다루는 대상의 차이 때문이라고 이해할 수도 있고, 이러한 방식의 글쓰기에 대한 숙련도가 한층 높아졌기 때문이라고 이해할 수도 있다.

72 물론, 당대에도 신랄한 비판이 없었던 것은 아니었다. 대표적으로 전완길, 「지식인의 편견 의식―「흙 속에 저 바람 속에」를 평언(評言)한다」, 《정경연구》 48, 한국정경연구소, 1969.1을 들 수 있다.

73 한형구, 「문화 개혁(혹은 혁명?)을 위한 비평적 언설 실천」, 『비평 에스프리의 영웅들, 혹은 그 퇴행』, 역락, 2019, 20면.

뭉클한 공감 체험과 함께 주어지는 것이 되지 않으면 안 된다. 이러한 경우에 우리가 쓸 수 있는 말이 곧 '연민', 즉 '자기 연민'의 감정이 되는 것이다. …(중략)… 다만 일종의 민족적 지식인으로서 '약소민족'이라는 말이 지시될 때, 그것이 불러일으켰을 애국적 감정, 혹은 비애의 감정 같은 것을 생각해 볼 필요는 있다. …(중략)… 당대, 그러니까 6·25전쟁 후의 지식인들 일반에 의해 이 언어 표상이 보편적으로 공유되었다고 말하기는 어려울지 몰라도 지극히 패배주의적이었다고 해도 상관없을 당시 지식인들 다수에 의해서 이 '약소민족'이라는 민족적 자기 표상이 널리 받아들여지고 공감되었으리라는 것은 대개 인정할 수 있다.[74]

그리고, 방향을 조금 돌려보면 〈흙 속에 저 바람 속에〉는 ①, ②와 같은 문제점을 지닌 내용으로만 전체가 구성되어 있지도 않다. ①, ②와 같은 문제점과는 다소 거리를 두는 부분이 존재한다. 이어령은 〈흙 속에 저 바람 속에〉를 쓰는 과정에서 오히려 자신의 맹목적인 애국심이 작용했다고 회술했거니와,[75] 이를 바탕으로 〈흙 속에 저 바람 속에〉를 다시 읽어보면, 과연 한국(문화)에 대한 비판만이 아니라 한국(문화)에 대한 애정까지가 부분부분 담겨 있음이 목도된다. 크게 보아 두 가지 형태를 띠는데, 하나는 서양(문화)에 비겨 모자란 한국(문화)이지만, 그래도 이런 점은 긍정적이라는 한두 마디 서술이 대부분 장에서 빠지지 않는다

---

74 위의 책, 20~21면.
75 "에세이 「흙 속에 저 바람 속에」를 통해서 그는 『현상에 대한 편견이나 주관 없이 논리적 중용(中庸)을 피하고 극단의 비판의식』을 살리려고 했으나 결과적으로는 오히려 맹목적 애국심이 약간 작용됐다고 그의 작후(作後) 소감을 밝혔다." 「작가와 독자와의 대화」, 《조선일보》, 1968.10.3, 5면.

는 것이고, 다른 하나는 더욱 적극적인 형태로 아예 한국(문화)에서 제3
의 가능성을 찾아내는 것이다. 이 중에서 후자는 부연이 필요하리라고
판단되는바, 가령, '돌담'과 '한복'에 대해 서술한 다음의 대목을 대표적
인 예시로 제시할 수 있다.[76]

중국의 담벽은 집보다도 높은 것이다. 아무리 발돋움 쳐도 그 내부를 들여
다볼 수가 없다. 완전히 폐쇄적인 것이며, 외계와의 단절을 의미하는 완전
한 성벽을 지니고 산다. / 한편 우리의 돌담은 일본의 그것보다는 높고 크다.
「와라부끼」(초가)에는 숫제 담이란 것이 없고 설령 담이 있다 하더라도 내
부가 환히 보이는 「이께가끼」(생원(生垣))이다. 그것은 개방되어 있는 것과
다름이 없다. 성곽을 제외한 개인의 집들은 서구의 경우와 마찬가지로 「담」
이란 것이 조금도 강조되어 있지 않은 것이다. / 우리 돌담은 바로 폐쇄와 개
방의 중간측에 위치해 있다. 밖에서 들여다 보면 그 내부가 반쯤 들여다 보
인다. (「흙」, 49~50면)

그것은 「너」와 「나」의 분열과 대립을 위한 것이 아니라 그저 허전하기에 금

---

76 〈흙 속에 저 바람 속에〉에서의 '한복'과 관련된 대목을 근거로 삼아 김우필은 "한복에 대한 이어령의
시각"이 "민족주의 신화나 서구중심의 오리엔탈리즘에 노출된 내면의식의 발현이라고 보기"는 어렵
다면서, 또, 이후의 저작인 『한국인의 신화』에서도 이어령은 "무의식과 상상의 원형 속에서 민족적
정체성을 한국문화의 보편성과 차이성으로 구명하고자 했다"면서, 결과적으로 "민족주의와 오리엔
탈리즘을 극복하는 새로운 서사"를 이어령은 기획했다는 주장을 펼친 바 있다(김우필, 「한국 대중
문화의 기원과 성격 연구: 사회문화적 담론의 변천을 중심으로」, 경희대학교 박사학위논문, 2014,
152면 참고). 설득력이 없지 않으나, 김우필은 〈흙 속에 저 바람 속에〉에서 오직 한복 하나만을 사
례로 제시하고 있기에, 다른 사례를 풍부하게 제시하지 못하는 이상에야, 이러한 해석은 과하다는
인상을 지우기 어렵다. 한복의 경우에는 제3의 가능성만 제시된 게 아니라 실용성의 차원에서 여러
가지 비판도 가해지고 있기에 더더욱 그러하다.

을 그어놓은 그 정도의 것에 불과하다. 담은 있어도 결코 담의 그 반발적인 그 고립적인 그런 「이미지」는 주지 않는다./ 이 돌담의 반(半)개방성―그 것은 분열이면서도 통일이며 고립이면서도 결합이며 폐쇄이면서도 동시에 개방을 뜻하는 것이다. 이 어렴풋한 돌담의 경계선…말하자면 「성벽의 문명」과 「숲의 문명」의 중간인 「돌담의 문명」 속에서 한국의 문화는 어렴풋이 자라났던 것이다. (흙), 50~51면)

그러면서도 오늘날 한국에 중국옷과도 다르고 서양옷과도 다른 그 고유의 의상이 있는 데는 놀라지 않을 수 없다./ 수없는 압박과 침략 속에서도 제 나라의 언어와 제 나라의 생활양식을 잃지 않은 기적 같은 비밀이 우리의 옷에도 있다. (흙), 72면)

전문가의 말을 들어보면 우리나라의 옷은 북방적인 폐쇄성과 남방적인 개 방성이 한데 어울려 이상적인 조화를 이루고 있다는 것이다. …(중략)… 그 러나 한국의 경우에 있어서는 의상미와 육체미가 각기 분리되어 있는 것이 아니라 서로 융합되어 비로소 하나의 미를 꾸민다./ 그 증거로서 서양옷은 벗어 놓아도 의상 자체의 독립된 입체성을 나타내고 있다. 그러나 한국의 치마는 벗으면 하나의 보자기와 다를 것이 없다. 몸에 감아야 비로소 입체 성을 드러낸다. 그러므로 서양옷은 「걸어 두고」 한국옷은 「개어 두는」 것이 다. (흙), 74~75면)

분열이면서도 통일인 것, 고립이면서도 결합인 것, 폐쇄이면서도 개 방인 것. 돌담의 특성은 이렇게 설명된다. 폐쇄성과 개방성이 한데 어울린 것, 의상미와 육체미가 융합된 것. 한복의 특성은 이렇게 설명된다. 사실상 돌담과 한복이 같은 특성으로 파악된 셈이고, 여기서 한 번 더 도약이 감행되어 한국(문화)이 곧 '이쪽과 저쪽의 중간이라는 특성'을 가진다는 데로 이어진다. 이처럼 양극단 사이의 점이지대로부터 가능성을 모색하는 시선[77]은 후일 이어령이 강조한 '그레이 존'(gray zone)이란 개념과 고스란히 이어진다는 점에서 상당히 의의가 깊다.[78] 그레이 존이란 무엇인가. 쉬운 이해를 위해 대화체의 구절을 가져와 보면 아래와 같다.

내가 이렇게 콕 찍어서 말해줘서 새롭게 느끼는 것 같지만 사실은 한국 사람들의 의식 속에는 이런 그레이 존이 펄펄 살아 있네. 한국 사람들이 쓰는 말을 보자고. '병아리 떼 종종종 봄나들이 갑니다'라는 동요에서 나들이는 영어로 그대로 옮길 수가 없어. 나들이는 쌍방향으로 구성되어 있는 말이거든. '나가다'와 '들어오다'가 하나로 된 말이잖아. 영어로는 고잉 아웃going out이라고 할 수밖에 없을 텐데, 그건 나간다는 말이지. 가출이나 먼 여행

---

[77] 덧붙이자면, 〈흙 속에 저 바람 속에〉보다 조금 앞서 발표된 「한국적 휴머니즘의 발굴」(《신사조》, 1962.11)에서도 이와 같은 관점은 확인된다. '특집 「한국적」인 것의 재발견'의 일환이었던 이 글은, 기계문명 속에서 질식해가고 있는 서양의 휴머니즘도 아니고, 매너리즘에 빠진 동양의 기존 유교도 아닌, 새로운 시대에 걸맞게 채색된 유교를 취해야 한다고 다음과 같이 주장한다. "한국적 「휴머니즘」이란 결국, 이러한 유교정신 속에 깃들어 있는 것으로 보아야 한다. 서구의 「휴머니즘」이 병든 기계문명을 낳고 조화를 상실한 비생명적 문화 속에서 질식해가고 있음을 우리는 목도한다. 낡은 유교의 「만네리즘」은 단연코 배제되어야 하지만 그 「휴머니즘」의 정신(「문(文)」과 「질(質)」를(sic;을) 겸비한)은 새로운 시대적인 각광(脚光) 밑에서 새로히 채색되어야 한다. …(중략)… 그와 마찬가지로 「문」에도 「질」에도 다 같이 뉘우치지 않는 「휴머니티」 속에 우리의 행복이 있는 것이 아닐까?" 이어령, 「한국적 휴머니즘의 발굴」, 《신사조》, 1962.11, 221면.

[78] 이 사실은 「흙 속에 그 후 40년 Q&A」에서 "…돌담의 의미나 달빛의 문화에서도 조금씩 언급한 것으로 아는데 한국의 문화가 바로 그레이 존(gray zone)의 중간 문화를 가지고 있고, 그것이 반도 문화의 특성이라고 한다면 그 장점은 무엇인가. 혹은 단점으로 작용할 수 있는 면은 없을까."와 같이 제시되어 있기도 하다. 이어령, 앞의 책(2002), 345면.

이 아니라 곧 돌아올 것인데도 그들의 말로 보면 들어오지 않는 거야.[79]

이런 여러 가지 것들을 잘 생각해보면 이 세상은 두 토막으로 빠질 수 있는 장작개비가 아니라는 것을 알 수가 있어. 손등과 손바닥처럼 둘이면서 하나인 것이 더 많아. 둘 중 하나가 아니라 둘 다both and를 볼 수 있는 공간이 그레이 존이고, 한국 사람들에게는 아주 익숙한 생각 방식이지.[80]

'둘이면서 하나', '둘 다'를 강조하는 이와 같은 사고는 2000년대 중반 무렵부터 한창 이어령이 힘주어 말한 바의 '디지로그(digilog)'와도 일맥상통한다. 마찬가지로 2000년대 중반 무렵부터 한창 이어령이 동아시아 삼국의 지정학적 위치를 강조하면서 한국의 경우는 대륙도 섬도 아닌 그 중간의 반도이기에 이편의 것도 저편의 것도 다 취할 수 있다고 주장해온 사실과도 일정 부분 접맥한다.[81] 마찬가지로 2010년대 초반

---

79 이어령·강창래, 『유쾌한 창조』, 알마, 2006, 180~181면.
80 위의 책, 181~182면.
81 그런데, 이어령은 〈흙 속에 저 바람 속에〉를 쓸 당시만 해도 '이쪽과 저쪽의 중간이라는 특성'을 마냥 긍정적으로 인식하지만은 않았던 것으로 보인다. 관련하여, 앞선 각주에서도 한복에 대한 비판이 확인된다고 언급한 적이 있거니와 「돌담의 의미」에서도 지적한 대로 우리의 문화는 완전한 폐쇄도, 완전한 개방도 아닌 어중간한 지대에서 싹텄다./ 뜨겁지도 않고 차갑지도 않으며 밝지도 않고 어둡지도 않은 몽롱한 반(半)투명체 그것이 한국인이 지닌 마음의 본질이었던 게다. …(중략)… 그 반개방성이나 반투명성이 예술이나 정적인 면으로 흐르면 「기침 소리」와 같은 혹은 「아리랑」 가락과 같은 그윽하고 아름답고 향내를 풍기게 되지만 정치나 현실 면에 잘못 나타나게 되면 음모, 책략, 소극적인 만성(慢性) 압제와 같은, 이승만 씨의 그 민주주의를 가장한 독재주의 같은 그런 황혼의 위악과 위선을 빚어낸다는 것이다."(흙, 60~61면)와 같은 문구는 이를 잘 보여주는 또 다른 예시이다. '반도'라는 지정학적 위치와 관련해서도, 침략과 억압을 초래한 조건이자 자국 문화를 꽃피우지 못하게 만든 불행한 조건(흙, 10시, 27~30면)이라는 설명이 펼쳐졌음을 들 수 있다. '반도'처럼 같은 대상을 두고서 다른 해석이 벌어진 이유란, 여러 가지 중에서도 한국의 위상 변화, 곧, 40여 년의 세월 동안 한국의 경제적 수준이 후진국의 상태에서 선진국에 맞먹는 상태로까지 상승했기 때문

에 주창된 '생명자본주의'(vita capitalism)도 그 연장선상에 놓여 있다. 이렇듯 〈흙 속에 저 바람 속에〉에서의 특정 부분은, 만년의 이어령이 내보이게 될 사유를 미리 보여주는바, (여기에 대해서도 논리적 정합성, 타당성을 따져 물을 수는 있을 터이나) 일종의 맹아적 가치를 지니므로 챙겨볼 만한 가치를 충분히 지닌다.

이상, 여러 가지 측면에서 〈흙 속에 저 바람 속에〉를 검토해보았거니와, 마지막으로 경제적 측면과 문화적 측면을 결부 짓는 이어령의 시선에 대해 조금 더 살펴봄으로써, 〈흙 속에 저 바람 속에〉와 그 이후에도 계속해서 이어령이 써나간 한국(문화)과 관련된 여러 저술 간의 관계를 간단하게나마 점검해두기로 하자. 앞서 인용한 이어령의 발언 중에서 "근대화 바람을 갈구하던 때", "가난에서 벗어나려고 서구적인 합리주의를 동경하던 때" 〈흙 속에 저 바람 속에〉를 썼다고 밝힌 대목은, 더하여, 다른 지면에서도 이어령이 〈흙 속에 저 바람 속에〉를 놓고서 "솔직히 말하면 우리 전통적인 농경사회에 대한 비판이었죠. 우리 의식주에 깔려 있는 우리 정서와 문화의 특이성을 얘기하면서, 거기에서 벗어나서 새로운 한국을 만들어야겠다는 거였죠."[82]라고 언급한 대목은, 이어령이 강한 서구 지향성을 지녔다는 사실에서 더욱 나아가, 이어령이 경제적 측면과 문화적 측면을 한 쌍으로 바라보았다는 사실을 알려준다. 다시 말해, ["가난"한 "전통적인 농경사회"(전근대)에서 "서구적인 합리주의"로 무장한 "새로운 한국"(근대)으로 나아가려면 "우리 정서와 문

<hr />

이 가장 컸으리라고 짐작된다.
82 이어령·오효진, 앞의 글, 185면.

화의 특이성"이 바뀌어야 한다] 정도로 종합되는 이어령의 판단은, "경제 발전과 문화적 가치의 상관관계"[83]를 인정하는 것으로, 당대의 경제학자, 사회과학자 일군이 내세운 주장을 수용한 측면이 있어 보인다.

하지만, 이런 식의 관점을 취하게 되면, 이어령과 같은 개발도상국/약소국/후진국 지식인의 처지에서는 의식적이건 무의식적이건 간에, 경제 발전을 이미 이룩한 서양 문화는 우수하다는 태도 및 "경제 발전에 걸림돌이 되는"[84] 우리 문화는 열등하다는 태도가 세워지기 마련이라는 게 문제이다. 경제 수준에 따라 문화 수준도 그 등급이 매겨지는 것이다. 그리고, 이처럼 표본이 되는 서양 문화, 즉, 에드워드 사이드가 말한 바의 '제국주의 문화'가 눈앞에 놓인 상태일 때면, 우리 문화를 향해서는 국수주의, 복고주의의 자세를 취하거나 하루빨리 미달태에서 벗어나 따라잡아야 한다(catch up)는 자세를 취하거나 하는 두 가지 선택지가 대체로 주어지게 되는바, 이런 측면에서 〈흙 속에 저 바람 속에〉는 후자 쪽의 의도 아래 배태된 소산으로, 이른바 '문화 근대화'의 필요성을 역설한 작업으로 귀결이 지어지는 셈이다.[85]

이와 같은 '문화 근대화'의 입장이 얼마만큼 타당성을 가지느냐는

---

83 노명우, 「문화와 경제의 불협화음: 문화산업에 대한 재해석」, 『게임산업저널』 12, 2005겨울, 69면.
84 올랜도 패터슨, 「문화의 구조와 아프리카계 미국인의 실례」, 새뮤얼 P. 헌팅턴 · 로렌스 E. 해리슨 공편, 이종인 역, 『문화가 중요하다』, 김영사, 2001, 344면.
85 그렇기에, 새뮤얼 헌팅턴의 「문화가 정말 중요하다」(위의 책, 서문)를 인용하는 방식으로 내용을 전개하면서, 약소민족을 향해 "대중적 문화 개혁(혹은, 혁명)을 위한 비평적 언설"이 바로 〈흙 속에 저 바람 속에〉였고, 다시, 이런 특성으로 말미암아 〈흙 속에 저 바람 속에〉는 "당대 예상치의 수준을 뛰어넘는, 열광적인 독자의 환영 현상"을 누릴 수 있었다고 주장한 논의는 상당히 적확한 듯 여겨진다. 한형구, 앞의 책, 특히 3장 참고.

견해가 분분할 것이다.[86] 또한, 시대에 따라서 대세를 이루는 의견은 바뀔 수 있을 것이다. 다만, 〈흙 속에 저 바람 속에〉에서 발견되는 이와 같은 '문화 근대화'의 입장을 이어령은 적어도 1990년대 중반쯤의 시점까지는 견지하고 있었던 것으로 파악된다. 여러 대담, 인터뷰에서 이어령은 '농경사회→산업사회→지식정보사회(혹은, 정보화사회)'라는 발전 모형을 누차 거론한 적이 있기 때문이고, 더하여, 그 자신은 여기에 맞게끔 문화비평(혹은, 문명비평)을 써왔다고 누차 밝힌 적이 있기 때문이다.[87] 이어령은 농경사회에서 산업사회로 옮겨가는 시점에서 〈흙 속에 저 바람 속에〉를 내보인 것이고, 산업사회가 한창 펼쳐지는 시점에서 『신한국인』(1986), 『그래도 바람개비는 돈다』(1992) 등을 내보인 것이다. 그리고, 〈흙 속에 저 바람 속에〉가 대체로 부정의 목소리로 구성되었던 데 반해, 『신한국인』, 『그대로 바람개비는 돈다』 등이 상대적으로 긍정의 목소리를 크게 낼 수 있었던 데에는,[88] 농경사회에서 산업사회로 이행되고, 또, 산업사회가 본격적으로 진행되는 과정에서, 한국의 경제가 서양의 경제와의 격차를 꾸준히 좁혀나갔던 바의 사정이 다른 무엇

---

86 관련하여, 경제와 문화를 비례 관계로 간주할 수 없다는 입장의 근거를 제시하면 다음과 같다. 애당초 "문화의 어떤 측면이 경제 진보를 지탱해 주는지 알아내는" 것부터가 사실상 불가능한 일이다. 덧붙여, 이를 알아낼 수 있더라도 "모든 문화들이 동등한 가치를 지니고 있다고 한다면, 경제 발전을 제약하는 문화적 특징에 개입하여 그것을 변화시키기 위해 어떠한 정당성을 내세워야 할"지, "개입을 위한" 명분은 무엇"일지, "게다가 문화를 변화시키기 위해 어떻게 개입해야 할지, 또는 집단의 문화에서 어떠한 측면을 변화시켜야 할지" 그 모두가 "불확실"할 따름이다. 올랜도 패터슨, 앞의 글, 새뮤얼 P. 헌팅턴 · 로렌스 E. 해리슨 공편, 앞의 책, 345면.

87 이어령 · 오효진, 앞의 글, 184면; 이어령 · 김진애, 「기업과 문화가 만나는 마당」, 이어령, 『(이어령 라이브러리)나, 너 그리고 나눔』, 문학사상사, 2006, 231면; 「특별대담/내달 고별강연' 이어령 · 김윤식 교수」, 《조선일보》, 2001.8.30, 16면 등을 참고.

88 이동하, 「영광의 길, 고독의 길」, 김윤식 외, 『한국 현대 비평가 연구』, 강, 1996, 294면 참고.

보다 크게 작용했다고 할 수 있다.

한편으로, 이어령은 빠르면 1990년대 중반 늦어도 2000년을 전후한 시점 정도부터 '문화 근대화'의 입장에서 점차 탈피하게 된다. '농경사회→산업사회→지식정보사회(혹은, 정보화사회)'라는 발전 모형에서의 마지막 단계인 지식정보사회(혹은, 정보화사회)에 진입했다고 판단할 수 있는 시기가 이맘때였고, 월드컵 개최, 한류 열풍 등으로 한국이 더 이상 세계의 변방이 아니라고 판단할 수 있는 시기가 이맘때였다. 한국의 경제가 서양의 경제에 비겨 별로 모자람이 없는 수준으로까지 성장했다고 판단할 수 있는 시점이 바로 이쯤이었다. 관련하여, 이어령이 "미군용 카키색 지프차를 개조한 자동차를 타고는 더 이상 한국과 한국 문화를 바라볼 수 없다는 것을 오래전부터 깨달았습니다. 내 생애의 그 총체적인 문명 체험에서 마지막 도달한 것은 나물 바구니도 초가삼간도 그리고 지프차도 아닌 바로 정자亭子였던 것입니다./ 농경사회에서 산업사회로 향하는 그때 나에게 필요했던 것이 지프의 시점이었다면 산업사회에서 지식정보사회로 향하는 이 시대에 무엇보다 필요한 것은 정자공간이라고 한마디로 압축할 수 있습니다."[89]라고 밝힌 대목은 주목을 요한다. 이는 옛날의 관점으로 한국(문화)을 읽어내는 것은 불가능해졌으므로 이제는 갱신된 관점이 요구된다는 뜻을 직접적으로 밝힌 것이기 때문이다. 그리하여, 이어령은 빠르면 1990년대 중반 늦어도 2000년을 전후한 시점 정도부터, 새롭게 나타난 한국의 문화적 요소, 현상들을 한 박자 빠르게 해설하는 동시에, 옛날부터 이어져 온 한국의 문화적 요

---

89   이어령, 앞의 책(2002), 286면.

소, 현상들을 (과거에 분석한 적이 있는 것이든, 분석한 적이 없는 것이든) 다시 읽어내는 작업을 꾸준히 수행했는데, 이는 (서양이라는) 보편성을 추구하는 시선에서 벗어나 (서양이라는) 보편성과 (우리만의) 특수성을 연결 짓는 방식을 취함으로써, 한국(문화)이 지닌 가능성을 챙기려는 면모를 본격적으로 보여주는 작업에 해당하는 것이었다.[90] 『한국인의 손, 한국인의 마음』(디자인하우스, 1994),[91] 『문화코드』(문학사상사, 2006),[92] 그리고 가장 근작으로는 『너 어디에서 왔니』(파람북, 2020)를 위시한 '한국인 이야기' 시리즈 등을 손꼽을 수 있다.

이로 보면, 한국(문화)와 관련한 저술일지언정 〈흙 속에 저 바람 속에〉와 이후의 여러 결과물은, '문화적 근대화'의 입장이 어떠했는지의 여하에 따라서 대체적으로는 긍정이냐 부정이냐로, 세부적으로는 긍정과 부정 사이의 스펙트럼 양상으로, 그 성격이 구분된다고 할 것이다. 하지만, 얼마나 동질성을 가지는지, 얼마나 이질성을 가지는지, 어느 쪽으로 접근하든 간에, 이후의 여러 결과물의 시원, 혹은, 원류로서 〈흙 속에 저 바람 속에〉가 자리 잡고 있다는 사실은 부정되기 어렵다. 〈흙 속에 저 바람 속에〉가 여전히 문제작으로 남는 이유이다.

---

90 결과론적으로 이어령의 독법은 그때그때 한국의 경제에 맞추어 그때그때 한국의 문화를 적절하게 읽어내는 것으로 비칠 소지도 없지 않다.

91 이후 이 책은 『우리문화 박물지』(디자인하우스, 2007)로 재발간된다.

92 『붉은 악마의 문화 코드로 읽는 21세기』(중앙M&B, 2002)를 1부로, 그 밖의 《중앙일보》 연재물을 2부, 3부, 4부로 구성한 책이다.

5. 환상이 아닌 실제의 서양 찾아 나서기, 혹은, 기행을 통한 참고점 제시의 양상 — 〈바람이 불어오는 곳〉의 경우

〈흙 속에 저 바람 속에〉의 성공에 따른 보상으로 1964년 5월 14일부터 같은 해 8월 20일까지 약 3개월 동안 유럽 및 미국 여행을 다녀온 이어령은 이를 바탕으로 〈바람이 불어오는 곳〉을 연재하기에 이른다. 제목을 이렇게 붙인 이유는 "『흙 속에 저 바람 속에―이것이 한국이다』라는" "「에세이」를 뒷받침하고 한국에 서구 물결을 안겨준 바람의 근원을 추적, 보다 「리얼」하게 서양의 풍물과 현실의 차이를 이해하자는 의도"에서였다.[93] 그러나, 〈바람이 불어오는 곳〉은 (앞선 각주에서 밝힌 것처럼) 연재가 도중에 중단되고 말았으며, 이후, 책으로 발간되긴 했으되 이는 "우선 1부만을 내보낸"[94] 것이었다. "독일, 스칸디나비아, 화란, 벨기에, 영국, 미국, 등지는 2부에서 완결할 것"(바), 370면)이라며 후일을 기약하는 문구를 달아두었으나, 어떤 사정인지는 몰라도 2부는 발간되지 않은 것으로 확인된다. 〈바람이 불어오는 곳〉에서는 '서울→홍콩→터키→그리스→이탈리아→프랑스→스위스→오스트리아' 순으로 여정이 펼쳐진다. 그리고, 서양의 문화적 요소, 현상들에 대한 단상을 담은 [유럽-사·에·라]라는 장이 마지막을 장식한다.[95] 각 나라에서 몸소 겪은 체

---

93 이상의 내용은 이어령, 「세계의 바람을 타고」, 『(이어령 라이브러리)바람이 불어오는 곳』, 문학사상사, 2003, 4면 및 《경향신문》, 1964.9.5, 1면의 연재 예고 등을 참고.

94 이어령, 『바람이 불어오는 곳』, 현암사, 1965, 370면. 이하, 이 책을 인용할 시에는 (바)라는 약어와 해당 면수만 표기토록 한다.

95 '사·에·라'는 불어 'Ça et là'를 표기한 것으로 '이곳저곳'의 뜻을 가지고 있다. 이 장은 여행기라고 보기에는 애매한 측면이 있기에 이 자리에서는 다루지 않고자 한다.

험과 각 나라에 대한 해박한 지식이 아우러진 서술은, 해외여행 자체가 힘들었던 당시의 대중들에게 대리충족감을 주기에 모자람이 없어 보인다.[96]

　〈바람이 불어오는 곳〉을 시작하면서 이어령은 자신의 마음속에는 누이의 '프랑스 인형'으로 상징되는 매혹적인 서양과 동네의 '선교사 부인'으로 상징되는 제국주의적인 서양이 공존하고 있었던바, "그러한 이미지를 깨뜨리고 새로운, 그리고 통일된 제3의 영상을 찾고 싶었다"(바, 29~30면)라는 뜻을 밝혔다. 이와 비슷한 내용은 후일 〈바람이 불어오는 곳〉을 『서양의 유혹』(1986)으로 재간행하는 과정에서 붙여진 짧은 머리글에서도 "좋던 궂던 서양은 우리가 통과해야 할 어두운 굴이요, 동시에 빛나는 푸른 언덕이기도 하다. 그러기 위해서는 오늘의 젊음들도 사춘기 때의 이성(異性) 체험처럼 우선 그 서양의 유혹을 받을 줄 알아야 할 것이다.", "사대주의 문화에 놀랜 나머지 그 반작용으로 고루한 국수주의가 서양으로 가는 길목을 막아서는 안 된다."[97]와 같이 발견된다. 요컨대, 이어령은 서양이 지닌 명과 암을 모두 인정하는 가운데서 객관적으로 서양을 이해해보고자 했던 것이다.

96　1960~70년대에는 세계여행기가 많이 제출된 시기였다. 관련 논의로는 김미영, 「1960~70년대에 간행된 한국 지식인들의 기행산문」, 『외국문학연구』 50, 외국문학연구소, 2013; 김미영, 「이어령 에세이에서의 '유럽'이란 심상지리」, 『인문논총』 57, 인문과학연구소, 2013; 차선일, 「탈식민기 세계여행기 개관—단행본 세계여행기와 시기별 변화 양상을 중심으로」, 『한국문학논총』 79, 한국문학회, 2018 등이 있다. 다만, 김미영의 논의는 이어령과 관련한 서지사항에서 오류를 많이 드러낸다. 출간 연도를 기입하는 과정에서 초판본이 아닌 경우를 적었다고 볼 수도 있으나, 그럴 때도 『저 물레에서 운명의 실이』의 출간 연도를 1959년으로 적은 것과 『디지로그』의 출간 연도를 1990년으로 적은 것은 명백한 실수이다.

97　이어령, 『서양의 유혹』, 기린원, 1986, 페이지 표기 없음.

그렇지만, 스스로가 "그리하여, 환상은 부서졌던가. 부서졌다면 새로운 제3의 입상(立像)은 나타났던가. 나타났다면 그 입상은 어떠한 모습이었던가."(⑭, 30면)라고 의문형의 서술을 덧붙여둔 것처럼, 본래 의도대로 서양을 그려낼 수 있었는지는 의문이다. 후기([몇 가지 노우트])에서도 이어령은,

해외를 여행한다는 것은 곧 자기 자신의 내면을 여행하는 것이라는 역설을 이해해주기 바란다. 밖으로 나간다는 것은 실은 끝없이 자기 안으로 들어간다는 것을 나는 실제로 체험하였다. 서양에 가면 비로소 한국이 어떻다는 것을 뼈저리게 느낄 수 있다. 샹제리제나 부로드웨이를 걸으면서, 내가 새롭게 발견한 것은 서울의 종로이며 시골길이었다. 이민족의 언어를 듣고 이해한 것은 다름 아닌 내 자신의 모국어였다. 100층이 넘는 엠파이어스테이트 빌딩을 바라보던 내 망막이 가르쳐 준 것은 한국의 그 초가삼간의 의미였다./ 해외를 여행한다는 것은 뜻밖에도, 한국 그것을 여행하는 것임을 나는 알았다. 그러므로 이 글은 서양의 기행문이 아니라 한국의 한 고백이라고 하는 것이 정확할 것이다. (⑭, 366면)

와 같이, 서양을 여행한다는 것은 자기 자신의 내면(곧, 한국)을 여행한다는 것이라는 입장을 드러냈는데, 이는 시작할 때 제시한 목적과 어울리지 않고 어긋난 듯싶은 인상을 준다. 객관적으로 서양을 본다는 행위와 자기 자신의 내면으로 들어간다는 행위는 그 간격이 결코 좁을 수 없기 때문이다. 서양의 언어에서도 모국어를 떠올리고, 서양의 정경에서도 종로, 시골길, 초가삼간을 떠올렸다는 고백이란, "타자와의 만남과 외

부의 낯선 장소를 대면함으로써 자기 정체성을 재구성"[98]했음을 뜻한다.
'재구성'보다는 '재확인'이 차라리 더 적절한 표현일 수 있다. 근대화된
서양 풍경과 전근대적인 한국 풍경 간의 대비 구도는 〈흙 속에 저 바람
속에〉와 고스란히 이어지는 맥락인 까닭이다. 이처럼 개발도상국/약소
국/후진국 지식인의 처지에서 서양을 재차 바라보았다는 사실은 당시
이어령의 인식 체계에 있어서 주요한 핵자가 무엇이었는지를 알려준다.
더하여, 기본 입장이 같았으니만큼 〈흙 속에 저 바람 속에〉와 유사한 문
제가 〈바람이 불어오는 곳〉에서도 발견되기 마련인바, 서양을 있는 그
대로 바라보려는 태도가 줄곧 유지되지 못하고, 경제 발전을 이미 이룩
한 서양 문화는 우수하다는 태도가 알게 모르게 그 자리를 대신하게 되
는 것이다. 과연, 〈바람이 불어오는 곳〉에서 식민주의적, 친서양주의적
시선으로 묘사된 대목을 찾아보기란 어렵지 않다. 이처럼 의식과 행동
의 괴리를 자아내는 역학 구조는 아주 강력했다.[99] 서양을 "근대적인 것
의 본향"으로 간주한 상태에서는, 서양이라는 "하나의 특수가 보편의 장
소"를 차지한 상태에서는,[100] 이러한 사고방식 자체에 대한 근본적인 회
의가 수반되지 않는 이상에야, 어떤 형태의 시도로도 실제의 서양에는
닿을 수 없고 그저 환상의 서양을 접하는 데에 그칠 뿐이다.

하지만, 이와 같은 한계에도 불구하고, 〈바람이 불어오는 곳〉이 식민
주의적, 친서양주의적 시선의 집합체 정도로만 치부되고 말 것은 아니라
고 여겨진다. 시대의 분위기나 인식소(episteme)를 고려하면서 〈바람이

---

98   차선일, 앞의 글, 427면.

99   사카이 나오키, 후지이 다케시 역, 『번역과 주체』, 이산, 2005, 234면 참고.

100 디페시 차크라바르티, 김택현·안준범 역, 『유럽을 지방화하기』, 그린비, 2014, 18~19면 참고.

불어오는 곳〉에 접근한다면, "한국을 어떻게 하면 살찌게 하느냐 하는" "근원적인 자세"[101]가 인정될 수 있고, 또, "기행을 단순히 기행으로서 보지 않으려는 저자의 노력"과 "관광의 태도를 벗어나려는 정열"[102]도 인정될 수 있다. 그렇기에, 비록 편향성의 문제로부터 자유로울 수는 없을지언정, "외국을 처음 여행하는 사람으로서는 갖기 힘든 비판안(批判眼)"[103]을 지니고서, 서양의 각 나라에서 개개의 특징을 포착해내어 이를 한국의 성장 동력으로 삼고자 한 의도가 어떻게 펼쳐졌는지에 대해서만큼은, 그 구체적인 면면을 살펴볼 만한 가치가 충분히 주어진다고 판단된다. 그렇다면, "개화기 이래 우리 생활을 압도하고 압도하는 바람, 늘 우리의 마음이나 모습을 변하게 하는 그 서양 바람의 현장"[104]으로 직접 뛰어든 이어령은 그곳에서 무엇을 배우고자 했던 것인가.[105]

순서대로 따라가는 방식을 취하기로 하자.[106] 〈바람이 불어오는 곳〉

---

101 「이어령 저 바람이 불어오는 곳」, 《중앙일보》, 1966.2.1, 5면.
102 「이어령 저 『바람이 불어오는 곳』」, 《경향신문》, 1966.2.2, 5면.
103 위와 같음.
104 이어령, 「세계의 바람을 타고」, 앞의 책(2003), 4~5면.
105 물론, 〈바람이 불어오는 곳〉은 서양 문화에 대한 선망으로만 모든 내용이 채워져 있지 않다. 이어령은 각 나라마다의 부족한 점, 아쉬운 점을 간간이 서술하고 있거니와, 무엇보다 서양 문화의 양면성을 일관성 있게 서술하고 있다. 비행기를 보면서 "기도와 같은 순수한 원망 속에서 탄생한 비행기가 악마와 같은 사악한 간계에 의해서 양육된 것, 그것이 오늘의 이 비행기다. 「천사가 낳아서 악마가 기른 것」, 여기에 혹시 서양문명의 단서가 있는 것이 아닐까?"(바, 33면)라고 생각한다든지, 아크로폴리스 옆에 위치한 소크라테스의 석굴을 보면서 "서양의 문명은 바로 이 「대낮 속의 어둠」에 자리해 있는 것 같았다. 표면을 보면 서양은 아름답고 환하고 즐겁고 행복해 보인다. 그러나 그 이면에는 소크라테스가 독배를 기울여야만 했던 그 어둠이 깔리고 있는 것이다"(바, 71면)라고 생각한다든지, 콜로세움을 보면서 "이것이 바로 콜로세움의 모순이며 서양문명의 특질이기도 한 것이다. 콜로세움은 가장 문명적이고 가장 아름다운 것이지만 그 내부에서는 가장 야만하고 가장 잔인한 일들이 벌어지고 있었다. 한 손으로는 그토록 아름다운 비너스의 여신상을 만들고 한 손으로는 그토록 잔인한 투검사의 투기를 창안해 낸 것이다"(바, 102면)라는 생각한다든지 등이 바로 그것이다.
106 다만, 오스트리아와 관련한 대목에 대해서는 미리 언급해두는 편이 좋을 듯하다. 오스트리아는 〈바

은 서양에 도착하기 전의 과정에서 인도, 홍콩, 터키 등과 관련한 에피소드를 먼저 펼쳐내고 있다. 비서양(곧, 동양)과 마주할 적에도 이어령은 준거 기준을 서양에다가 두는 면모를 내비치지만, 이때의 서술은 단순하지 않은 양상으로 전개된다.

홍콩은 아름답다. 그러나 그 아름다움을 찾아온 관광객이 아니라 물건을 사러 온 관상객(観商客)(?)들만이 우글거리는 도시다. …(중략)… 녹용, 카메라, 비단, 보석의 그 허영의 행렬. 말하자면 홍콩은 겉과 속이 완전히 다른 도시다. 겉은 아름답고 속은 추악하다. 겉은 희고(서양) 속은 노랗다(동양). …(중략)… 완벽할 정도로 겉모양은 서구화되어 있다. 그러나 속은 런던이 아니다. 내면은 아직도 수박씨나 까먹고 아편이나 빨고 있는 중국의 정체

람이 불어오는 곳)에서의 마지막 여행지이다. 그런데, 오스트리아는 "비엔나라고 하면 어쩐지 역사의 제단에 켜 놓은 향불 같은 기분이 든다.", "비엔나는 잠을 자고 있듯이 가라앉아 있다. 고대 동물의 화석 같다."(Ba, 323)와 같이 대체로 부정적인 이미지가 주조를 이룬다. 이러한 인상은 다음과 같은 오스트리아의 불안한 입지로 말미암아 초래된 것이다. "독일의 나찌즘과 이태리의 파쇼 지배하에서 곤욕을 치르지 않으면 안 되었었고 2차대전 후에는 오늘의 베를린과 마찬가지로, 4개국의 연합군에 분할 점령되었던 곳이다. 지금은 영세 중립 국가이지만 스위스의 중립처럼 안정감을 주고 있지 않다. 동서 양 진영의 세력권 속에서 아슬아슬하게 걷고 있는 불안한 발걸음이다. 어딘가 차고 어두운 구석이 있다."(Ba, 323~324면) 물론, 이어령은 "오스트리아가 좌경한 중립국"은 아니라는 걸 알고 있다. 하지만, 이어령은 "중립이란 보는 사람의 마음에 따라 좌경한 것도 같고 우경한 것도 같다"면서 "그만큼 오늘날의 정치풍토에 있어 중립을 지키기란 어려운 일"이라는 다소 이해하기 어려운 전개를 내보이더니, 더 나아가, 이러한 "선입견 때문인지는 몰라도" 오스트리아에서는 "기분이 언짢을 일을 겪었다"라는 전개로까지 내달려버린다(Ba, 324면). 언짢을 일이란 대학생에게 영어로 길을 물었더니 야유가 쏟아졌다는 것이다. 이어령이 오스트리아를 왜 이렇게 그렸는가의 원인을 찾는다면, 오스트리아란 지도에서는 서양이되, 이어령의 심상지리에서는 서양이라기에 애매한 곳, 그러니까 "바로 옆에 동(東)구라파의 공산국가들이 있"는 곳(Ba, 325면)이기 때문이다. 이는 반공 이데올로기가 대상의 해석을 결정 지어버린 것이기에 문제가 아닐 수 없다. 따라서, 시대적인 한계를 감안하더라도 오스트리아와 관련한 대목은 서양에 대한 "통일된 제3의 영상"을 찾아보고자 한다던 원래 계획과 가장 동떨어진 사례라고 판단된다. 그리하여, 챙겨볼 만한 요소로는 그저 음악 하나가 거론되었을 뿐인 오스트리아는 〈바람이 불어오는 곳〉에서 가장 아쉬운 대목으로 남겨진 셈이다.

(停滯)가 깊이 잠들어 있는 곳이다. (⑭), 40면)

집 없는 사람들이 길거리에 쓰러져 자고 아직도 쇠똥을 말려 연료 대신 쓰고 있는 놈들이 인도가 없으면 세계가 멸망할 것처럼 안하무인으로 호언하는 건 대체 어디서 꿔 온 과대망상이냐./ 하기야 얼굴 생긴 것부터가 희지도 않고 노랗지도 않고 검지도 않으니 인도가 세계 제3의 길이란 말도 거짓말은 아닐 것 같구나. (⑭), 42면)

그러면서도 그들은 자기 분수를 모르고 있는 것 같았다. 그들은 코리어라고 하니까, 6·25 때 참전했다는 관록 때문인지, 우월감을 가지고 제법 선진국 행세를 하려고 덤벼드는 것이었다./ 서비스를 하던 「건방진 터어키인」 하나는 나에게 선풍기는 법을 아느냐고 하면서 시범까지 해 보였다. 선풍기가 돌아가는 것을 신기한 눈초리로 바라보는 체 해 주었더니 안하무인 격으로 뻐기는 것이다. 그래서 나는 시치미를 떼고 이렇게 말해 주었다.『그것 참, 신기하군요. 직접 바람이 나오다니……우리나라에선 이런 것은 없고 보턴을 누르면 방 안 공기 전체가 싸늘하게 되는 에어·콘디션이란 게 있는데……』(⑭), 46~47면)

홍콩의 겉 다르고 속 다름을 지적하고, 인도의 낙후성을 지적하고, 터키의 분수 모름을 지적하는 가운데서, 이어령이 "서양의 일원인 양 매우 우월한 위치"[107]에 있었다고 간주하기는 어렵다. 위의 세 개 인용문을

---

107 김민정, 앞의 글, 33면.

두고서 오리엔탈리스트(orientalist)가 행한 발화로 단순히 여기기에는 개발도상국/약소국/후진국 지식인으로서의 자의식이 많이 묻어있기 때문이다. 홍콩의 이면에 대한 과도한 폄하라든지, 인도보다는 사정이 낫다는 우월의식이라든지, 터키에 비겨 모자랄 게 일절 없다는 자신감이라든지 등은 우위를 점하기 위한 수단으로 읽히는 동시에, 열등감을 감추기 위한 수단으로 읽힌다. 그러면서도 이어령은 상기의 마지막 인용문에 곧 이어서, 서양에서 불어온 바람으로 말미암아 빚어진 비서양(곧, 동양)의 공통적인 문제를 제시함으로써, 비서양(곧, 동양)에 대한 동질감을 또한 보여준다. "과거와 현재가, 개인과 사회가, 그리고 내용과 표현이, 따로따로 해체되어" 있다는 것을 "아세아의 어느 곳에서도 볼 수 있는 비극"(바, 47면)이라고 표출한 것이다. 이로 보면, 이어령은 비서양(곧, 동양)이라는 범주를 인정하는 가운데서, 그 밖으로 나가고 싶은 욕망, 혹은, 그 안에서라면 으뜸이 되어야 한다는 욕망을 품고 있었던 셈이다. 그리고, 이러한 욕망은 서양에 도착한 이래, 각 나라별로 문화의 융성을 가능케 한 요소를 찾아내는, 더 나아가, 이런 요소가 한국에서는 존재하지 못했음을 지적하고, 또, 이런 요소를 배워야만 한국도 힘을 얻을 수 있다는 주장을 펼치는 행위로 이어지게 된다.

이어령이 서양에서의 첫발은 내디딘 곳은 그리스의 아테네이다. 그리스는 "한국처럼 가난한 나라"이자 "유럽의 여러 나라 가운데 국민소득이 제일 낮은 나라"로 소개된다(바, 52면). 또한, "우리의 경우와 마찬가지로" "이민족인 터어키인의 압제를 받아 오다가 겨우 독립을 얻은 나라"로 소개된다(바, 52면). 그런데, 동병상련의 처지임에도 불구하고 그리스는 "우리와 달리 그렇게 이지러진 데가 없고 어두운 구석이 없"(바,

53면)다고 전제된다. 그런 다음에는 "빈곤 속에서도 그들은 어떻게 빛을 가지고 살며, 고난 속에서도 그들은 어떻게 한숨을 모르고 살 수 있으며, 오랜 역사 속에서도 그들은 어떻게 마음의 주름살 없이 그처럼 젊을 수 있는가?"(ꀈ), 53면)라는 질문과 "오늘도 아직 서 있는 아크로폴리스의 신전과 폐허 속에서도 살아 있는 그 아골라와 디오니소스의 노천극장, 그리고 저 일광(日光)과 저 에게해의 푸른 바다 속에 혹시 그 비밀이 있는 것은 아닐까, 나는 생각했다."(ꀈ), 53면)라는 답변을 동시에 제시하며, 읽는 이가 의문을 품을 만한 약간의 틈조차 주지 않고, 앞으로의 서술 방향을 순식간에 결정지어버린다.

아크로폴리스의 신전, 아고라, 디오니소스의 노천극장 등에서 이어령이 발견한 것은, 다름 아닌 시민 정신과 이를 가능케 하는 광장이 지닌 중요성이었다.[108] 시민 정신과 이를 가능케 하는 광장은 과거에서부터 이어져 내려온 유산이자 지금도 그리스를 빛나게 하는 요소로 설명된다. 그리스를 넘어서 서양 전역으로 뻗어나간, 그리하여, 서양 문화를 이끈 동력이라고도 설명된다. 하지만, 한국에서는 이러한 시민 정신과 이를 가능케 하는 광장이 존재하지 않았다. 그저 위에서부터의 억압이 있었을 따름이다. 이어령은 양국 간의 차이를 문물의 대비로써 드러내

---

108 한편, 이어령은 피레우스 항구의 창녀에게서 '건강한 에로티시즘'을 발견하기도 한다. 건강한 에로티시즘은 서양 문화를 움직여온 또 하나의 원동력으로까지 격상된다. 또한, 이는 시민의 힘과 마찬가지로 한국에서는 부재했던 요소로 설명된다. 한국은 '대낮의 성'이 아니라 '한밤의 성'이 있었을 뿐이며, 그런 까닭에, 한국은 생명의 근원적인 아름다움을 찾지 못한 채 육체를 상실한 문명이 이뤄질 수밖에 없었다는 것이다(ꀈ), 61~64면 참고). 그렇지만, 이러한 서술은 상대적으로 과하다는 인상을 준다. 이어령 스스로가 후일에 밝힌 바의 "시대착오적인 대목들도 많고 각주구검같이 황당한 기록도 많다"는 사례 중 하나로 보아야 할 것이 아닌가 생각된다(이어령, 「세계의 바람을 타고」, 앞의 책(2003), 4면).

보이는데, 이는 〈흙 속에 저 바람 속에〉와 동일한 발상이자 기법이 아닐 수 없다. 해당 대목은 아래와 같다.

분명 그것은 「기둥의 아름다움」이다. 기둥이란 무엇인가? 그것은 떠받치는 힘, 혼자가 아니라 한 개 한 개가 모여서 하늘을 떠받치는 공간의 힘이다. 한 국인이 발견한 것은 기둥이 아니라 「지붕의 미」였다. 지붕은 떠받치는 것이 아니라 내리누르는 것이며, 시민의 힘이 아니라 왕과 같이 군림하는 절대자 의 영상이다. (⑭), 56면)

이제 아고라의 웅변을 버스 속에서나 듣게 되었다고 서러워할 것은 없다. 왜냐하면 오늘날 아테네의 도처엔 현대화된 광장이 있고, 거기엔 수천 명이 앉을 수 있는 오픈·카페의 벤치가 놓여 있다. 여기에서 그들은 매일 밤 만 담과 노래를 들으며 서늘한 남구의 밤을 즐기고 있다. 희랍뿐이 아니다. 어 느 도시를 가나 서양에는 시민들이 모여 놀 수 있는 광장들이 많다. …(중 략)… 우리에겐 광장이 없었다. 광장을 중심으로 도시가 발달해 간 것이 아 니라 어느 몇몇 사람의 권력을 중심으로 그것은 존재하고 있었다. 서울을 보라. 왕들이 놀다 간 뜰이 아니면 철책을 두른 관공서 앞마당이 있을 뿐이 다. / 아고라의 문명은 「시민의 문명」이며 말(토의)의 문명이다. 폭력자들에 쫓기며 벙어리처럼 살아 온 우리에겐 역사상 광장이란 것을 가져 본 일이 없었다. 대체 누구의 도시이기에 우리에겐 광장이 없었느냐. (⑭), 60면)

시민 정신과 이를 가능케 하는 광장이 서양으로부터 본받아야 할 것 들 중에서 맨 처음 제시되었던 이유란, 무엇보다 서양 문화를 이룩한 근간에 해당하기 때문이었을 것이나(또, 최초 여행지인 그리스가 민주주의의 발상지였다는 역사적 배경도 있었을 것이나), 한편으로는 1964년을 앞뒤로 한 한국의 정치적 상황과도 무관하지 않았을 것으로 판단된다. 관련하여, 1960년의 4·19혁명, 1961년의 5·16군사정변, 그리고, 제3공화국의 성립으로 이어지는 한국 현대사의 흐름을 떠올릴 수 있고, 여기에 더해, 이어령이 서양을 여행하고 있던 시점에서도 박정희 정권이 6·3 계엄령을 선포하여 한일회담 반대 시위를 강제로 진압하는 등 독재, 압제의 움직임을 유지, 강화해나가는 면모를 보여주었음을 떠올릴 수 있다. 이렇듯 시민 정신과 이를 가능케 하는 광장은 어느 면에서 보아도 첫머리에서 다뤄질 만한 자격이 있었던 것이다.[109]

이탈리아의 로마로 넘어간 이어령은 그곳에서 ① 창조적 모방과 ② 신구 조화를 발견해낸다.[110] 둘 모두가 일개의 대상으로부터 국가의 특성까지를 도출해내는 일필휘지의 솜씨로 펼쳐진다. ①은 스파게티를 먹으면서 떠올린 특성이다. 그 전개는 [스파게티는 애초에 외국에서 건너왔다는 것→그러나, 이를 자기의 방식으로 바꿔낸 데에 바로 위대성이

---

109 이어령은 이탈리아에서도 시민 정신과 이를 가능케 하는 광장을 한 차례 더 강조한다. 포로 로마노를 보면서 다음과 같은 소회를 밝히고 있는 것이다. "르네상스나, 오늘날 로마에서 거행하고 있는 「반(反)독재20주년」기념식이나, 그것은 모두 인간과 자유와 시민정신이라는 투명지가 뒷받침을 하고 있다. / 폐허 위에 그것을 갖다 대면, 광장은 다시 살아난다. 그것이 그들의 전통이다. 시이저나 히틀러나 무솔리니나 그들은 그 투명지 위에 그려진 광장의 잔상을 지울 수는 없었다. / 그러나 우리에겐 투명지가 없다. 아니 깨어진 광장도 없다. 그들이 광장의 복원도를 만들 때 우리는 광장의 청사진을 빌어 와야 되는 것이다."(⒃, 99면 참고)
110 이 밖에도 이어령은 플로렌스에서 예술품을 바라보며 예술가들의 "「싸움의 의지」,「비극과 모순」을 받아들임으로써 그것을 뛰어넘는 치열한 현실 의지"(⒃, 149면)를 발견하기도 피사에서 사탑을 바라보며 "고정관념을 부수고 새로운 가능성의 이미지를 시험해 본 그 모험"(⒃, 153면)의 정신을 발견하기도 했다.

있다는 것→사실, 이탈리아는 그리스에서 시(詩)도, 신화도, 전법도, 심지어는 아크로폴리스와 아고라까지도 가져왔으되, 이와 같은 거대한 외래문화를 충분히 소화해내었다는 것→그토록 박해하던 기독교까지 종국엔 받아들였다는 것]이라는 식으로 단숨에 이뤄진다(바), 88면). ②는 로마역을 바라보면서 떠올린 특성이다. 현대식 건축물인 로마역과 그 왼편에 있는 기원전 4세기의 건축물인 셀비스 왕의 성벽이 "잘 어울려서 멋진 풍경을 자아내고 있"다는 데서 "과거와 현재가 함께 호흡하고 있는" "로마의 아름다움"을 발견해내는 것이다(바), 90면). 그리고, 여기에다가 "고궁과 시가(市街)가 서로 외면하고 있는 서울 거리의 풍경이 유난히 비참하게 생각되었다./ 시청 앞 광장에서 덕수궁과 시청과 그리고 뉴코리어·호텔을 바라다보는 기분은 거의 고문에 가까운 것이다." (바), 90~91면)라는 한탄이 따라붙는다. 로마처럼 한국도 개발되어야 한다는 생각을 암암리에 드러낸 것이다. 기실, ①과 ②는 서양을 받아들이는 과정, 곧, 근대화의 단계에서 한국이 놓치고 있는 게 무엇인지, 그리하여, 한국이 챙겨야 할 게 무엇인지를 알려주려는 의도에서 기인했다. 그리스를 수용하되 답습하지 않은 로마의 태도를, 현대에서도 전통과 단절하지 않고 전통을 계승하고 있는 로마의 태도를 한국 역시도 취해야 한다는 생각의 표출인 셈이다.[111]

---

111 한편, 이탈리아에서는 가난 문제와 관련한 대목을 주목해볼 수 있다. 이어령은 가난 문제에 관한 생각을 룸펜을 통해 펼쳐낸다. "내가 보기엔 공산주의자로 자처하는 「들고양이족」의 룸펜들은 천성이 낙천적이고 게으른 탓이라고 본다. 그러면서도 정부는, 그리고 사회는 자기 생활을 보장해야만 된다고 믿고 있으니 얼마나 사치한 인생관일까./ 로마에는 들고양이들이 많다. 그러나 그 고양이들은 살이 쪄 있고 기름이 흐르고 태평하다. 같은 룸펜이라 하더라도 파고다공원의 그들과는 다르다. 그들은 우리의 룸펜처럼 초췌해 보이지도 않고 풀이 죽어 보이지도 않는다. 그들의 「가난」은 성격에

프랑스의 파리에 도착한 이어령은 "타인에의 무관심이나 자기 일은 자기가 알아서 처리하려는 철저한 개인주의"((바), 162면)를 경험하면서 무척 당혹스러워한다. 이와 관련된 자신의 일화를 부정적인 듯한 뉘앙스로 서술해나간다. 그러나, 이와 같은 입장은 이내 바뀌고 만다. 개인주의가 긍정적으로 인식되는 것이다.

그러나 짧은 기일이었지만 파리를 호흡하고 그들의 생활을 이해함에 따라서 점점 정이 들기 시작한 것이다. …(중략)… 불란서 관리들의 그 합리적이고 기지 있는 일 처리가 도리어 한국의 나그네를 놀라게 한 것뿐이었다./ 관리란 덮어 놓고 까다롭고 귀찮게만 구는 존재라는 내 편견이 잘못이었다. …(중략)… 불친절하다는 것도 실은 친절의 개념이 다른 것뿐이다./ 「타인의 일에 간섭하지 않는 것」이 바로 그들의 친절이다. ((바), 164면)

이것만으로는 모자랐는지 개인주의에 대한 오해를 불식시켜주고자

서 온 것인지 모른다."((바), 120~121면) 이탈리아의 룸펜은 "놀고먹기를 좋아"하고, "낙천적이고 게으"르다. 그러한 기질, 성격 탓으로 가난하다. 그렇지만, 이탈리아의 룸펜은 "살이 쪄 있고 기름이 흐르고 태평하다." 저 옛날부터 군주, 정부, 사회 등이 어느 정도 생활을 보장해주었기 때문이다. 한국의 룸펜은 이와 대조적이다. 애당초 "한국 사람들은 부지런한 편"((바), 120면)이다. 그러나, 이와는 무관하게 가난하다. 또한, 파고다 공원에 가면 볼 수 있는 한국의 룸펜은 "초췌"하고 "풀이 죽어" 있다. 저 옛날부터 군주, 정부, 사회 등이 책임져주는 것 없이 "어느 누구의 보호도 받지 않고 이렇게 오늘날까지 살아"왔을 따름이다((바), 120면). 요컨대, 이탈리아의 룸펜은 '기질, 성격'이라는 개인적 차원의 문제로 가난한 것이고, 한국의 룸펜은 '구조'라는 사회적 차원의 문제로 가난한 것이다. 이러한 양국의 룸펜 간 차이는 이어령에게 중요한 현안이 아닐 수 없었다. 부지런하게 살아왔는데도 가난하다면 어째야 하는가의 문제 앞에서는 사회를 개혁하여 구조를 바꿔야 한다는 대답이 도출될 수밖에 없다. 사회를 개혁하여 구조를 바꾼다는 것은 생활양식의 변화로부터 시작하는 것이고, 다시, 생활양식의 변화를 이끌어내려면 문화적 요소, 현상들의 재인식이 수반될 필요가 있다. 그리고, 문화적 요소, 현상들의 재인식을 위해서는 자연히 앞서 있는 서양이라는 표준을 참고할 수밖에 없기 마련이다. 이처럼 가난 문제에는 이어령이 지녔던 바의 서양에 대한 입장 전체가 감춰져 있었다.

추가적인 설명을 덧붙인다. 앞선 경우와 마찬가지로 한국과의 대비를 통해 부연은 이뤄진다. 제대로 된 프랑스식 개인주의와 뭔가 잘못된 한국식 개인주의 간의 차이를 알려주는 것이다. 먼 데서 사례를 찾지 않아도 된다. 일상의 줄서기만 보아도 프랑스식 개인주의와 한국식 개인주의가 얼마나 다른지를 금방 알 수 있다. "개인주의자들이지만 어디를 가나" 프랑스인은 줄을 서는 반면, "개인플레이로 앞을 다"투는 한국인은 끼어들기가 일쑤이다(ⓑ, 176면). 줄서기는 "서로 남을 침해하지 않는데서" "완벽을 이루고 있다"는 설명으로 확장되고, 다시, "의무와 질서와 분별 의식"으로, "문화창조의 원천"으로까지 확장된다(ⓑ, 177면). 그러니, "혼란을 일으키지 않고 합리적으로 살아가는 불란서의 한 비밀이 거기에 있는 것"(ⓑ, 177~178면)은 차라리 당연하다. 에돌아왔으되, 이어령은 프랑스처럼 되려면 프랑스식 개인주의를 지향해야 한다는 의견을 표방한 셈이다.[112]

이어령에게 깊은 인상을 남긴 것은 개인주의 외에도 세 가지가 더 있었다. 이어령은 에펠탑을 통해 문화주의(곧, 순수한 문화 정신)를 떠올리고, 순교자의 언덕을 통해 종교적 전통을 떠올리며, 개선문을 통해 애국심을 떠올린다. 그런 다음, 문화주의, 종교적 전통, 애국심은 "불란서 정신의 세 기둥"(ⓑ, 226면)인바, "이러한 세 개의 이질적인 마음을 잘 빚어서 만든 것이 바로 파리요, 불란서"(ⓑ, 227면)라는 식으로 귀결을 짓는다. 물론, 문화주의, 종교적 전통, 애국심은 한국에서 전혀 찾아볼

---

112 그리고, 이어령은 개인주의에서 파생된 랑데부를 "사생활을 침해당하지 않는다는 것과 시간을 능률적으로 쓰고자 하는 합리적 생활방식의 소산"(ⓑ, 180면)이라고 연달아서 설명한다.

수 없는 요소가 아니긴 하다. 하지만, 한창 에펠이 근대 과학 기술로 세상을 놀라게 할 무렵에 한국은 흥선대원군과 명성황후가 다투고 있었다는 아쉬움의 언술이 확인되고, 또, 애국심이 영광스러운 조국에 족보를 두고 있느냐 치욕의 조국에 족보를 두고 있느냐 하는 차이가 있었다는 아쉬움의 언술이 확인된다. 이로 보면, 문화주의, 종교적 전통, 애국심도 역시나 한국에서는 모자랐던 요소로 이어령에게 여겨졌던 셈이다.[113]

이어령은 프랑스에서 스위스로 넘어간다. 이어령은 민주주의 정신과 친절을 강조한다. 민주주의 정신은 윌리엄 텔의 일화를 곁들이는 가운데서 설명이 된다. "국민 하나하나의 마음속에 윌리엄 · 텔은 살아 있고 그것이 독재를 막는 기풍을 만들어 냈다"(바), 287면)는 것이다. 구체적으로 민주주의 정신은 "초근(草根)민주주의… 초근목피(草根木皮)로 생명을 이어가는 배고픈 민주주의가 아니라 풀과도 같은 대중의 힘에 의해서 이끌려 가는 민주주의"로 기술이 이뤄진다. 이와 같은 민주주의 정신은 (그리스의 시민 정신이 그러했듯이) 이어령에게는 그야말로 의미심장하게 다가올 수밖에 없는 것이었다. 친절과 관련한 설명은 스위스인에게서 비굴의 그림자를 볼 수 없었다는 식의 구절로 시작한다. 그런 다음 "우리의 시골 사람들이 무엇인가 피해망상에 걸려 비굴에 가

---

113 첨언해두자면, 〈바람이 불어오는 곳〉의 초판본에는 프랑스와 관련된 장에서 [모리악과의 대화]가 수록되어 있다. [모리악과의 대화]는 제목 그대로 이어령이 모리악을 인터뷰한 내용이다. 그러나, 1969년 동화출판공사에서 나온 판본, 2003년 문학사상사에서 나온 판본 등에는 [모리악과의 대화]가 삭제되어 있다. 한편, 1969년 동화출판공사에서 나온 판본을 보면 [유럽-사 · 에 · 라]도 빠져있음이 확인된다. [유럽-사 · 에 · 라]는 내용이 대폭 늘어난 채 『인간이 외출한 도시 : 이것이 현대문명이다』(동화출판공사, 1969)로 옮겨졌다. 1969년에 동화출판공사는 '이어령전작집'을 전 6권으로 발간했다).

까운 몸짓으로 베푸는 그런 친절", "외국인을 대할 때 공연히 어색한 미소를 지으며 손을 부비는 그런 친절"이 아니라 "어른들이 아이를 돌보듯이 주인이 손님을 맞이하듯이 의젓하고 떳떳한, 어찌 보면 오만하기까지 한 친절"(바, 288면)이라고 기술이 이뤄진다. 이번에도 양국 간의 대비를 통해서 이루어졌음이 확인되며, 친절 자체와 함께 그 배면의 주체성을 강조하고 있음이 확인된다.

그런데, 이어령이 스위스에서 민주주의 정신과 친절을 발견했다는 사실도 중요하지만, "이어령의 여행 중에서 가장 감정적인 한탄과 경탄이 많이 나오는 곳"[114]이 바로 스위스였다는 사실이 또한 중요하다. 스위스는 한국과 비슷한 조건이되, 한국과 달리 경제적으로도 정치적으로도 훨씬 나은 면모를 보여주기 때문이다.

> 우리가 앞으로 본받아야 할 나라는 불란서도, 영국도, 미국도, 그리고 독일도 아닌 것 같다./ 그러한 나라들은 너무 크지 않으면 역사나 자원이 벌써 우리와는 비교가 되지 않는다. 그러나 스위스는 우리에게 부지런하다면, 머리만 잘 쓴다면, 싸우지 않고 서로 도와 간다면, 잘 살 수 있는 길이 있음을 증명해 준다. 스위스의 유일한 자원은 스위스인의 「근면」이며 「실천적 예지」라는 말이 거짓이 아니다. (바, 304면)

> 정치도 그렇고 경제도 그렇다. 그들을 파멸시킬 수도 있는 그 환경을 가지고 최고의 복지를 누리고 있다. 하늘이 무너지면 종달새를 잡는 사람들! 스

---

114 김민정, 앞의 글, 41면.

위스를 본 사람이면 한국 땅에 태어난 것을 그리 한탄만 하려고 들지 않을 것이다. (⟨바⟩, 309면)

위의 두 인용문 사이에는 스위스가 얼마나 대단한지에 대한 설명이 상당한 분량으로 쓰여져 있지만, 위의 두 인용문만으로도 이어령이 스위스로부터 받은 가장 핵심적인 영감을 파악하는 데는 모자람이 없을 것이다. 국토의 크기도, 역사도, 자원도 마뜩잖은 형편인 것이 비슷하고, 내세울 만한 게 근면과 실천적 예지라는 것도 비슷하다. 그러니, 척박한 환경을 한탄만 할 필요는 없다. 본받아야 한다. 그러면, 최고의 복지를 누릴 수 있는 가능성이 주어진다. 이처럼 이어령에게 최고의 롤모델은 그리스도 이탈리아도 프랑스도 아닌 바로 스위스였다.

이상, ⟨바람이 불어오는 곳⟩을 순서에 맞춰 쭉 살펴보았다. ⟨바람이 불어오는 곳⟩은 이어령이 서양의 각 나라를 돌아다니면서, 시민 정신과 이를 가능케 하는 광장(그리스), 창조적 모방과 신구 조화(이탈리아), 개인주의와 문화주의, 종교적 전통, 애국심(프랑스), 민주주의 정신과 친절(스위스) 등을 포착해내는 동시에, 이러한 요소들이 모자라거나 부재했던 여태까지의 한국 상황을 지적하면서 이러한 요소들을 받아들여야 한다는 의견을, 어떤 때는 암묵적으로 어떤 때는 표면적으로 내비친 기행문이라고 정리할 수 있다. 결과만 놓고 본다면, 이어령이 제시한 상기의 요소들은 독특한 것이라기보다는 일반적인 것인지라, 이미 서양으로부터 본받아야 한다고 두루 인정되고 있는 몇몇 가치들을 한 번 더 환기하는 선에서 머무른 게 아니냐는 식으로 지적받을 여지도 충분하다. 상기의 요소들의 이면에 감춰진 문제점을 끄집어낸다거나, 상기의 요소들과 더불어서 그 밖의 요소들까지 찾아낸다거나 하는 작업에 이르렀어야 했는데, 애당초 이와 같은 작업을 수행해야 한다는 의식 자체가 없었던 게 아닌가 하는 비판에서도 자유롭지 못하다.[115]

그러나, 한국의 근대화를 위한 참고점을 마련해보고자 한 기행 자체가 마냥 평가절하되어서는 안 될 것이다. 더하여, 너(서양)를 봄으로써 나(한국)를 보려는 이어령의 시도가 이렇게 첫발을 뗀 이래로 단발에 그치지 않고 계속해서 뻗어나갔다는 사실도 마냥 무시되어서는 안 될 것이다. 때문에, 이어령의 말마따나 이어령의 "여권은 아직도 유효기간을 넘기지 않고 있다."[116]

6. 결론

이미 적지 않은 지면을 소비한 만큼 여태까지의 내용을 짧게 간추리도록 하자. 이어령은 1960년대 초반쯤부터 신문지상에 에세이, 칼럼 등을 본격적으로 게재하기 시작했다. 이 중에서 본 연구는 이어령이 1963~1964년 동안 《경향신문》에 연재한 세 편의 에세이(〈오늘을 사는 세대〉, 〈흙 속에 저 바람 속에〉, 〈바람이 불어오는 곳〉)를 대상으로 삼아 이를

---

115 물론, 이러한 비판을 무작정 펼치기에 앞서, 애초에 이어령이 지닌 바의 목표가 다음과 같았음은 염두에 둘 필요가 있을 것이다. "나는 구한말의 수교사(修交士)처럼 서양을 보아서는 안 된다고 속으로 다짐했다. 서양문명의 약점을 끄집어내어 그것을 통렬히 비판한다는 것은 우리의 불행을 감싸주는 자위책이기는 하다. 그러나 그것보다는 그들을 통해 우리 자신을 반성하고 정리하고 분발케 하는 자극이 더 급한 일이라고 나는 생각했다."(빠) 367~368면)
116 이어령, 「세계의 바람을 타고」, 앞의 책(2003), 5면.

면밀하게 검토해보고자 했다. 구체적으로 본 연구는 에세이가 크게 유행했던 1960년대의 전반적인 분위기와 이어령의 에세이가 지닌 대략적인 특징을 살펴본 다음, 세 편의 에세이를 본격적으로 하나씩 검토하는 순서를 밟아나갔다.

〈오늘을 사는 세대〉는 서양의 전후세대와 한국의 전후세대를 다룬 글이다. 이때는 비록 분량은 적으나 한국의 전후세대와 관련된 부분이 좀 더 눈길을 끈다. 이를 통해 이어령이 자기 정위를 다시금 확인하려 했음을 알 수 있기 때문이다. 〈흙 속에 저 바람 속에〉는 한국을 묘파하려는 시도가 담긴 글이다. 내면화된 오리엔탈리즘, 자의적인 방법론 등으로 비판을 많이 받았으나, 독자들로부터 유례없는 호응을 얻었다는 점, 양극단 사이의 점이지대에서 가능성을 찾는 만년의 사유가 내장되어 있다는 점 등에서 가치를 확보한다. 경제 수준과 문화 수준을 비례 관계로 보는 태도가 감지된다는 점과 이후에도 꾸준히 펼쳐지는 한국(문화)론의 원천이라는 점도 중요하다. 〈바람이 불어오는 곳〉은 이어령이 서양을 여행하면서 얻은 인상을 기록한 글이다. 객관적으로 서양을 이해해보고자 한다는 의도 아래 쓰여졌으나, 막상 그러한 의도가 제대로 이뤄졌느냐에 대해서는 의문을 남긴다. 하지만, 서양의 각 나라에서 개개의 특징을 포착해내어 이를 한국의 성장 동력으로 삼고자 한 의도만큼은 충분한 의의가 있다고 판단된다.

본 연구는 세 편의 에세이를 파고드는 방식으로 이루어졌다. 이어령의 독특성이 더욱 잘 드러나기 위해서는, 세 편의 에세이를 당대 문화계의 전반적인 논조와의 비교 속에서 분석하는 작업이라든지, 세 편의 에세이를 (이어령의 것이든 다른 논자의 것이든) 이후 발표된 비슷한 부류의 에세이와 견주어서 분석하는 작업이라든지 등의 시도가 계속되어야 할 것이다. 관련한 후속 연구를 기약하며 본 연구를 마무리 짓고자 한다.

일본이라는 아포리아와 마주하기
: 『축소지향의 일본인』, 그리고, 그 앞뒤에 놓인 것들

1. 머리말 ― 『축소지향의 일본인』의 탄생 배경

일본인의 콧대를 꺾은 '축소지향'의 키워드는 어떻게 잡아내셨습니까?

우연이지.[1]

1972년 10월, 박정희 정부는 유신체제를 선포한다. 유신체제 아래서는 모든 언론이 사전검열을 받아야만 했다. 그 당시 경향신문의 논설위원으로서 〈여적〉을 고정 집필 중이었던 이어령은 이렇게 사전검열을 감내하느니 차라리 붓을 꺾는 것이 낫다고 판단했다. 나아가, 숨을 탁탁 조여오는 한국에서 벗어나고자 바랐던바, 이어령은 편집국장 김경래를 찾아가 특파원 신분으로 프랑스에 보내 달라고 부탁했다.[2] 몇 달 뒤인 1973년 2월, 이어령은 자신의 소원대로 특파원 신분을 얻는 데 성공하여 프랑스로 향하게 된다. 현장 기자 경력이 전무한 특파원이란 전례가 없는 경우였다.

이어령은 곧바로 프랑스로 간 게 아니었다. 아직 프랑스 직항 노선

---

1   김민희, 『이어령, 80년 생각』, 위즈덤하우스, 2021, 126~127면에서 발췌. 이하, 본문에서 서술될 『축소지향의 일본인』의 탄생 배경과 관련해서도 별도의 인용표기가 없는 부분은 같은 책의 126~137면을 참고한 것임.

2   「[경향사람들] (1) 28세 때 논설위원 입사 이어령」, 《경향신문》, 2016.1.1, 5면 참고.

이 개설되기 이전이었던 까닭에 일본을 경유할 수밖에 없었던 이어령은 원래의 계획은 아니었으나 2~3일 정도 일본에서 머물기로 했다. 그때, 지인을 만나는 어느 자리 도중에 이어령은 "생면부지의 일본인들 사이에서 어색한 분위기를 모면하기 위한 농담식 대화"의 일환으로 일본문화에 관한 이야기를 펼쳐내게 된다. 이어령은 자신의 전매특허인 유려한 입담으로 좌중을 휘어잡았거니와, 때마침 그 자리에는 학생사(學生社) 사장도 참석해있었는데, 이어령의 말솜씨에 매료되었던 때문인지, 학생사 사장은 이어령에게 방금 한 이야기를 책으로 써달라고 요청하기조차 했다. 그리고, 경유지인 일본을 떠나 목적지인 프랑스에 도착한 이어령은, 그곳에서 롤랑 바르트의 '일본론'과 조르주 풀레의 「플로베르론」을 접하게 되고, 이를 바탕삼아 "의식비평(意識批評)의 한 방법으로 일본문화의 텍스트를 읽어보려"[3]는 아이디어를 떠올리기에 이른다. 곧, 이어령은 일본문화에 관한 이야기를 체계적으로 풀어낼 단초를 얻는 것인바, 구체적으로 "「축소지향」이라는 개념"이 머릿속에 떠올랐던 것이며, "그것으로 일본문화를 조명해 보면 한국과 분명히 다른 일본의 나상(裸像)을 볼 수 있을 것이라는 막연한 자신감이 들었던 것이다."[4] 이후, 이어령은 학생사 사장과 출판 계약을 맺고, 근 8년간의 노력 끝에 『축소지향의 일본인』을 세상에 내어놓게 된다.[5] 우연이 없지 않았으되,

---

3   이어령, 「이 책이 나오기까지」, 『축소지향의 일본인』, 중판:갑인출판사, 1983, 페이지 표기 없음.

4   위와 같음.

5   다만, 학생사 사장과 출판 계약을 맺게 되기까지의 과정은 이어령의 인터뷰와 『축소지향의 일본인』의 서문에서 서로 다르게 제시된다. 먼저, 이어령의 인터뷰에 담긴 내용을 정리하면 다음과 같다. 이어령은 프랑스에서 돌아오던 중 다시 일본에 들렀을 때, 학생사 사장의 주선으로 일본문화론 특강을 한다. 이후, 이 강연은 회보에 실려 주한일본대사 스노베 료조의 눈에 띄게 된다. 스노베 료조는

우연만으로 이뤄지지 않은, 이상의 과정을 거쳐서 『축소지향의 일본인』
은 세상에 나올 수 있었던 것이다.

다들 알다시피 『축소지향의 일본인』은 일본에서도 한국에서도 상당
한 센세이션을 불러일으켰다(또한, 이를 확인할 수 있도록 『축소지향의 일본
인』에는 어느 판본이든 그 당시 일본(혹은, 일본과 한국) 매스컴의 반응이 부록
으로 실려 있다).[6] 『축소지향의 일본인』을 향한 두 나라의 폭발적인 반응
은 단순히 내용적인 측면에서의 신선함만으로 빚어진 게 아니었다. 여

관저로 이화여대 총장 김옥길과 이어령을 함께 초청하여 그 자리에서 이어령에게 책 출간을 제의
한다. 일본 외무성의 국제문화교류기금으로 지원할 테니 꼭 책으로 써달라는 것이었다. 그렇게 해
서 이어령은 동경대 비교문화원연구원으로 1981년부터 1년 반 동안 일본에 머물면서 본격적으
로 『축소지향의 일본인』을 쓰게 된다(이상의 내용은 김민희, 앞의 책, 128~131면 참고). 다음으로
『축소지향의 일본인』의 서문에 담긴 내용을 정리하면 다음과 같다. 《문학사상》 관계로 이어령과 자
주 마주하던 삼성출판사 사장 김봉규는 이어령으로부터 일본문화를 조명해보고자 한다는 이야기
를 듣는다. 김봉규는 이어령에게 그 이야기를 아예 일본에서 책으로 출간하는 것이 어떠냐는 제의
를 한다. 그러나, 분주한 나날로 인해 이는 잊힌 일이 되고 만다. 후일, 이어령은 김봉규의 소개로 우
연히 알게 된 학생사 쓰루오카 사장으로부터 책을 내자는 권고를 비로소 받는다. 그렇게 이어령은
출판 계약을 맺고 근 8년 동안 틈만 나면 자료를 수집하는 등 책 발간 준비를 한다. 그러나, 한 권의
책으로 완성할 엄두를 내지 못하고 있었는데, 그러던 차에 《아세아공론》에다가 한 부분을 발표할
기회를 얻게 된다. 또, 그것이 계기가 되어 일본의 국제문화교류기금으로부터 지원을 받아 1년간
동경대에서 연구 생활을 하게 된다. 그렇게 일본에서 1년 동안 밤낮없이 읽고 집필에 매진한 끝
에 『축소지향의 일본인』은 탄생할 수 있었다(이어령, 「이 책이 나오기까지」, 앞의 책 참고). 여기에
하나만 더 덧붙여둔다면, 어느 신문기사에서는 이어령이 『축소지향의 일본인』의 탄생 경과를 다음
과 같이 밝혔음이 확인된다. "8년 전 「프랑스」에 가는 길에 일본을 거쳐 가면서 일본인이 쓴 일본론
을 읽으니 주로 빵과 밥을 비교하는 일본론이더군요. 나는 빵과 밥을 비교해서는 안 된다. 밥과 밥을
비교해보아야 한일(韓日)의 특성이 드러난다고 했더니 옆에서 듣고 있던 「학생사(學生社)」의 전
부터 잘 아는 「쓰루오카」 사장이 「책 한 권 냅시다」고 말하더군요. 그때부터 준비한 것을 3년 전 일
본에 와서 「고이시카와」 로터리클럽에서 강연했었고 거기에서 호평을 받아 「아시아공론」에 3회에
걸쳐 발표한 적이 있습니다. 이번에 일본에 와서 그것을 정리한 것입니다."(「(동아인터뷰) "한국은
일(日)을 가장 예리하게 본다"」, 《동아일보》, 1982.3.12, 9면)

6   실질적인 판매량도 상당했는데, 일본에서는 발행 6개월 만에 20판을 넘었다는 기사가 확인되거니
와, 한국에서는 1982년 비소설부 베스트셀러 6위를, 1983년 비소설부 베스트셀러 7위를 기록했
다고 한다. 이임자, 『한국 출판과 베스트셀러, 1883~1996』, 경인문화사, 1998, 367~368면.

기에는 한국과 일본, 곧, 식민지와 식민국이라는 미묘한 역학 관계가 크게 작용했다. 특히, 한국의 입장에서 바라볼 때,『축소지향의 일본인』을 향한 일본의 높은 관심도는, 비록 학계 쪽보다는 언론계 쪽에서 눈길을 더 준 모양새이긴 했으나, (한때 식민지인이었던) 한국인의 손에 의해 쓰여진 일본(문화)론이 (한때 식민국의 국민이었던) 일본인들에게 제대로 먹혀들었다는 식의 쾌거로 두루 이해되었던바, 이에 따라,『축소지향의 일본인』은 한국인으로 하여금 국가적(혹은, 민족적) 자긍심을 넘칠 만큼 고취한 역작으로 인정받기에 전혀 모자람이 없었던 것이다.[7] 그리고, 지금까지도『축소지향의 일본인』은 이러한 위상을 어느 정도 유지한 채, 이어령의 화려한 저술 활동 가운데서도 손에 꼽힐 만큼의 혁혁한 성과로, 보다 상세히 말한다면, 1950년대의『저항의 문학』, 1960년대의『흙 속에 저 바람 속에』등에 비견될 만큼의 대표적인 업적으로 간주되어오고 있다.

그런데, 정작『축소지향의 일본인』을 꼼꼼히 탐구한 사례는 흔치 않다. 신문 및 잡지 등에서 기사, 단평, 촌평은 여럿 찾아볼 수 있으나, 학술논문이나 학위논문 형태의 탐사는 별로 눈에 띄지 않는 것이다.[8] 더군

---

7   "이 한 권의 책은 우리 민족이 일본인을 상대로 토한 기염이며 동시에 우리의 자기의식을 위한 절실한 교훈이다"라는『축소지향의 일본인』에 대한 조선일보의 광고 속 문구(1982년 11월 9일자 3면 하단부, 다른 날짜에도 여러 차례 실려 있음)는 이와 같은 사실을 방증해준다.

8   학술논문이나 학위논문 형태의 탐사는 정대균,「『『縮み』志向の日本人』への方法論的疑問」,『일본학보』12, 한국일본학회, 1984; 가라타니 고진,「사케이(借景)에 관한 고찰」《비평공간》, 1996.2), 김윤식 외,『상상력의 거미줄』, 생각의나무, 2001; 김민정,「이어령 수필문학의 근대성과 탈근대성」, 충북대학교 석사학위논문, 2005, 제3장 제1절; 황호덕,「일본, 그럼에도 여전히, 세계의 입구 ─『축소지향의 일본인』으로 읽는 한 후기식민지인의 초상」,『일본비평』3, 서울대학교 일본연구소, 2010; 전성욱,「이어령의 일본문화론과 전후세대의 식민주의적 무의식」,『우리문학연구』65, 우리문학회, 2020 정도가 찾아질 따름이다.

다나, (기사, 단평, 촌평이 대부분 칭찬 일색인 데에 반해) 연구에 값하는 소수의 결과물은 한결같이 비판적인 시선을 견지하며 '공'보다는 '과'를 지적하는 데에 치중된 모습을 보여주는바,[9] 이와 관련해서는 대체로 설득력을 갖춘 논의들이 펼쳐졌다고 인정할 수 있긴 하되, 한편으로, 해석의 도달점을 미리 정해놓은 후 이런저런 내용을 꿰맞추는 방식으로 접근하지는 않았는가, 또, 충분히 눈여겨볼 만한 여러 요소들을 몰각해버리지는 않았는가 등에 대한 재점검도 필요하다고 여겨진다.

물론, 그렇다고 해서, 이 글이 『축소지향의 일본인』을 무턱대고 고평가하려는 의도에서 쓰여지는 것이라고 오해해서는 곤란하다. 이 글은 『축소지향의 일본인』을 보다 폭넓게 이해하기 위한 시도이다. 이 글은 선학들의 성과에 기대는 가운데서 『축소지향의 일본인』에 대한 분석을 수행하고자 하거니와, 이와 함께 『축소지향의 일본인』을 앞뒤로 한 이어령의 내면풍경까지를 추적해보고자 한다. 주지하다시피, 『축소지향의 일본인』은 아카데믹한 글쓰기를 지향하긴 했으되, 저널리즘적인 글쓰기에 더 근접한 양상을 띠는바, 그 자체에만 집중하여 해석하는 방식보다는 이런저런 맥락을 폭넓게 아우르면서 최대한 너비를 넓혀 해석하는 방식이 더욱더 효과적이라고 판단했기 때문이다.

『축소지향의 일본인』에게로 곧바로 다가서기보다는 조금 에돌아가기로 하고서, 우선, 이어령이 『축소지향의 일본인』을 발표하기 전에는 일본과 관련하여 어떤 태도를 지니고 있었는지를 확인해보도록 하자.

---

9 이때, 김민정의 경우는 예외이다. 김민정은 『축소지향의 일본인』이 탈근대적 인식으로의 전환을 보여주는 출발점에 해당한다고 판단했다. 위의 논문, 47면 참고.

이는 『축소지향의 일본인』이 탄생한 배경을 가늠하기 위함이자, 더불어, 『축소지향의 일본인』 이후의 궤적, 방향을 살피는 데도 도움받기 위함이다.

2. 『축소지향의 일본인』 이전의 대일본관(對日本觀)

1960년 7월호 《새벽》에는 유진오와 이어령의 대담 「일본을 말한다」가 수록되어 있다. 4 · 19혁명 이후 "가장 대중적이고 일상적이며 물질적인 것부터, 정신주의적이며 소위 고급문화에 속하는 것까지 전 영역에 걸쳐"[10] 일본문화가 폭발적으로 수용되는 분위기 아래 마련된 이 대담은, 일단, 전전(戰前)세대인 유진오와 전후(戰後)세대인 이어령 간의 세대(generation)에 따른 대일본관 차이를 포착할 수 있다는 점에서 주목되거니와, 더불어, 이어령에게만 시선을 한정해볼 때도 이른 시기부터 이어령이 일본에 관한 상당한 관심이 있었음을 확인할 수 있다는 점에서 주목된다.

유진오는 일본에 대한 열등의식이 자신에게 남아있다는 사실을 인정하는 가운데서, "일본이 건설한 근대문화 그것은 본받아야 하지만 그러나 그것을 너무 믿어서는 안 될 것"이라며, 또, "우리가 우리 자신을 근대화하려면 서양으로 가서 배우지 않으면 안 된다고 단정하고 싶"다고

---

10 권보드래 · 천정환, 『1960년을 묻다』, 천년의상상, 2012, 515면.

말한다.[11] 문호 개방에 대해서도 유진오는 일부 지식층 간의 교류 정도를 찬성할 뿐이다. 반면, 이어령은 "우리 영·제네래이션은 올드·제네래이션처럼 그렇게 일본에 대하여 열등의식을 가지고 있는 것 같지 않"(128면)다면서, 이에 대한 두 가지 이유로 "영·제내래이션은 직접 그들에게 지배된 일이 없기 때문"(128면)이라는 것과 "그쪽의 젊은 사람이나 우리 젊은 사람은 다 같이 배우는 과정에 있기 때문에 별로 실력 차이 같은 것을 느낄 수 없"(128~129면)다는 것을 든다.[12] 더하여, 이어령은 "6·25 동란을 통해서 우리는 더 깊은 인간의 문제와 직접 대결할 수 있었"(129면)으므로 "일본문화를 개방한다 해도 이(利)는 될지언정 해(害)는 되지 않을 것"(129면)이라며 자신감을 내비치기도 하고, 일본이 서양에 더 가까운 모양새인 것은 맞지만 "우리도 후진이고 일본도 후진인 것은 확실"(131면)하다며 한일 간의 격차가 그리 크지 않다는 인식을 내비치기도 한다. 문호 개방 역시 이어령은 "그들과 자유로 겨누어 거꾸로 새로운 한국의 힘을 인식시켜주고"(133면) 싶다는 발언에서 알 수 있듯이 긍정적인 입장을 드러낸다. 이처럼 유진오와 이어령은 다른

---

11 유진오·이어령, 「일본을 말한다」, 《새벽》, 1960.7, 128면. 이하, 이 장에서 해당 글을 인용할 시에는 본문에다가 면수로만 출처를 표기함.

12 이때, 이어령은 자신이 속한 세대(곧, 전후세대)와 자신의 뒷세대(곧, 4·19세대)를 묶어서 '영·제네래이션'이라고 호칭한 것이다. 대부분의 전후세대는 식민지 시기에 유년시절, 학창시절을 보냈으며, 이어령 또한 마찬가지였다. 연령상으로 보았을 때, 식민지를 경험하지 못했다고 부를 만한 세대는 이어령이 속한 전후세대가 아니라 김치수(1940년생), 김현(1942년생) 등이 속한 4·19세대이다. 다만, 유진오와 이어령의 대담이 이뤄진 시점이 1960년 7월임을 감안할 때, 이때의 이어령은 아직 자신이 속한 세대와 자신의 뒷세대를 구분 지으려는 태도가 아니라 자신이 속한 세대가 자신의 뒷세대를 포용해야 한다는 태도를 지녔던 상태였으므로, 두 세대를 한 데 묶어서 '영·제네래이션'으로 통칭한 것이 아닌가 파악된다. 이어령의 세대의식과 관련해서는 안서현, 「1960년대 이어령 문학에 나타난 세대의식 연구」, 『한국현대문학연구』 56, 한국현대문학회, 2018 및 이 책의 제1부 제5장 제2절 등을 참조할 것.

위치에서 일본과 관련하여 상반되는 견해를 각각 펼친 것이다.[13]

이어령에게로 초점을 좀 더 맞춰본다면, 이 대담에서는 『축소지향의 일본인』의 남상(濫觴)이라고 불러도 될 법한 언술들도 종종 찾아진다. 우선, 표현의 측면에서, 비유와 함께 구사되곤 하는 이항대립구조를 통한 비교·대조의 언술이 확인된다.[14] 한 예로, 일본인의 민족성을 '벚꽃'에, 한국인의 민족성을 '무궁화'에 각각 빗대어 양자 간의 차이를 지적하는 아래의 대목을 들 수 있다.

> 단적으로 말해서 일본인의 그 기질이 그들의 국화(國花)인 「벚꽃」으로 상징될 수 없을까요. 대개 왜 민족성을 그 나라의 국화와 연관시켜 말하는 경우가 많이 있지 않아요.[15] 분석적이라기보다 직관적인 관찰로 말입니다. …… 그런데 「무궁화」와 「벚꽃」은 아주 대차적인 꽃이지요. 활짝 폈다가 금시에 깨끗하게 낙화(落花)하는 벚꽃은 퍽 「앗싸리」한 맛을 주는데 과연 그네들의 기질이 벚꽃에서 느끼는 인상과 같은 것이겠는지요. (123면)

또한, 내용의 측면에서, 이어령이 『국화와 칼』(1946)을 거론하며 루스 베네딕트는 일본의 가족제도로부터 일본인이 지닌 특징을 끄집어냈

---

13 당연하게도 유진오와 이어령이 대담 전체에 걸쳐 반대의 의견들만 개진한 것은 아니다. 서로가 비슷한 의견들을 드러낸 대목도 많이 발견된다.

14 '표현의 측면에서'라고 적어두긴 했으나, 기실, 이어령의 문화비평(혹은, 문화비평)은 이러한 언술로 상당 부분이 구축되어 있다고 보아도 과언이 아니다. 더불어, 이어령은 꼭 문화비평(혹은, 문화비평)에서만이 아니라 한창 문학비평을 생산하던 데뷔 시점 때부터 이미 이러한 언술을 상당히 즐겨 활용했다.

15 참고로 벚꽃은 일본인들이 좋아하는 꽃이어서 대표성을 띠기는 하되 일본의 국화는 아니다.

는데, 일본의 가족제도와 우리의 가족제도는 사실 비슷하다고 언급하는 구절이 발견된다.[16] 이는 (차후 자세히 살필 예정이지만) 『축소지향의 일본인』의 저술 동기, 그러니까, 일본을 제대로 알려면 서양과의 비교·대조가 아니라 차라리 우리와의 비교·대조가 요청된다는 식의 사고와 맞닿아 있는 것으로, 해당 대목을 제시하면 다음과 같다.

> 이 「국화와 칼」이라는 말을 달리 표현하자면 일본인들은 내향적(소극적)이며 동시에 외향적(적극적)인 이중적 성격을 가졌다고 말할 수 있겠지요. 동양과 서양을 혼유(混有)해 놓은 것 같은……. 「베네딕트」는 그 이중적 기질을 일본의 가족제도를 통해서 분석해 놓았던(sic;더)군요. 어릴 때는 개방적이고 성장해서는 억압적이라는 면에서 말이지요. 「국화와 칼」—이것이 과연 일본의 문화형(型)이라면 우리 것은 어떨까요. 베네딕트가 말하는 일본의 가족제도와 우리의 그것은 별로 차이가 없는데……. (125면)

결국, 이 대담에서 이어령은 일본에 대한 열등의식이 없다고 밝히면서(오히려, 일본에 대한 대결의식을 드러내면서) 우리가 꿀리지 않는다는 인식을 보여준 동시에,[17] 일본에 대한 올바른 이해는 우리와의 견줌을

---

16 부연하건대, 이어령은 이 시기에 벌써 『국화와 칼』을 접했던 것이거니와, 이는 이어령의 학문적 기민함을 보여주는 사례로 삼아지기에 충분하다. 다들 알다시피 『국화와 칼』은 1974년에 이르러서야 김윤식, 오인석의 번역으로 국내에 출판되었다. 『국화와 칼』의 번역과 관련해서는 김윤식, 『내가 읽고 만난 일본』, 그린비, 2012, 486~550면을 참조할 것.

17 관련하여, 이어령이 "일본 사람들은 우리들을 과소평가하고 있어요. 그러나 4·19 이후로 그들의 인식이 달라졌을 터이니 이 기회에 알려 주어야지요."(130면)라고 말했던 것을 추가로 가져와 볼 수 있다. 여기서는 이어령이 4·19혁명의 영향력, 파급력을 상당히 높이 사고 있음도 간취되는바, 충분히 눈여겨볼 만한 사항이라고 판단된다.

통해 가능하다는 인식을 보여준 것이다. 그리고, 여기에는 근대화 과정에서 우리가 일본보다 한 발 뒤떨어졌음을 부인하기는 어려우나, 부지런한 자세로 일본보다 분발한다면, 또, 열린 자세로 일본과 교류한다면, 서양이라는 종착지에 일본보다 더 빨리 도달할 수 있다는 사고[18]가, 한 걸음 더 나아가, 서양의 관심이 일본으로만 쏠리는 바람에, 일본이 곧 동양으로 간주되고 있는 현 실태를 비판적으로 바라보며, 이에 대한 조속한 시정을 바라는 사고[19]까지가 배면에 밑받침되어 있다.

그런데, 막상 이어령이 1960년대에 생산한 문화비평(혹은, 문화비평)을 살펴보면, 대담에서 스스로가 펼쳐낸 위의 발언들과는 사뭇 맥락이 어긋나서 고개를 갸우뚱거리게 만드는 서술들이 가끔 찾아진다. 가령, 『흙 속에 저 바람 속에』(1963)에서의 〈군자의 싸움〉이란 챕터를 보

---

18 이와 같은 이어령의 '근대'에 대한 사고는 김윤식의 '근대'에 대한 사고와 견주어볼 만하다. 이 자리에서 상세히 적어두기는 어려우나 간단히 언급만 해둔다면 다음과 같다. 김윤식에게 평생에 걸쳐 늘 문제로 삼아졌던 것은 대체 '근대'란 무엇인가라는 물음이었다. 그러니까, 김윤식은 '근대'의 성격, 정체를 알고자 한 것이며, 이를 위해 쉼 없이 한국(근대)문학사를 쓰고, 한국(근대)작가론을 쓴 것이다. 그러나, (적어도 초기의, 관점에 따라서는 만년에 다다르기 전까지조차도) 이어령은 '근대' 자체에 대해서는 깊이 있게 고민을 하지 않았던 것으로 파악된다. 이어령에게 '근대'는 선진과 후진을 가르는 기준 잣대로 여겨졌던바, 후진에 속하는 우리가 하루바삐 선진과 동등해지는 것이 이어령의 목표이자 바람이었던 것이다. 이에, 김윤식은 '근대성'과 씨름했고, 이어령은 '근대화'와 씨름했다고 거칠게 정리해볼 수 있다.

19 해당 구절들을 제시하면 다음과 같다. "동양에 대한 서구인의 『이그조티즘』을 일본문화가 지금 독차지하고 있거든요. 미국에는 소위 「일본 · 붐」이라 해서 「이께바나」, 「정원」, 「어다도(御茶道)」가 인기라더군요."(126면), "일 예를 들면 제 친구 하나가 미국에서 비교문학을 전공하는데 미인(美人) 교수가 일본의 「하이꾸」(俳句)를 서양의 「올드 · 밸러드」나 「쏘네트」 형식과 비교하는 것은 인정하는데, 시조와의 비교는 허용해 주지 않는다는 거예요. 이것은 시조를 하나의 민속적인 것으로 보고 있기 때문이죠. 일본의 「하이꾸」와 같은 것에 문학적 가치를 인정해주는데 시조는, 그 사람들이 잘 알지 못하면서도 인정해주지 않았다는 것은 일종의 선입견입니다. 이러한 선입견은 우리의 국력이나 문화적인 뒷받침이 없는 데서 오는 것이지요. 좋은 점이 있어도 인정해주려는 경향이 희박한 것 같애요."(127~128면) 참고로 『축소지향의 일본인』에서는 축소지향을 보여주는 대표적인 사례로 꽃꽂이, 정원, 다도, 하이쿠(俳句)가 모두 다뤄졌다.

면, "서구나 일본에는 모두가 결투의 풍속이 있었지만 우리에게는 그것이 없었다."라는 구절에 곧이어서, "그러나 결투정신이 없었기 때문에 모든 것을 공명정대하게 내놓고 싸우는 양성적인 대결정신이 희박하다."라는 구절이 나오고, 또, 조금 더 뒤로 가서 "그러나 우리에게 있었던 것은 이러한 결투 대신에 모략과 암살과 둔주(遁走)의 풍습이다."라는 구절이 나오고 있음을 확인할 수 있다.[20] 전달하고자 한 메시지가 무엇이었는지와는 무관하게 이와 같은 구절들은 상당한 문제점을 내포하고 있는데, 구체적으로 서양과 일본을 묶어서 한 항으로 한국을 이와 대비되는 다른 항으로 구성한 후, 서양과 일본의 결투는 '공명정대한 대결정신'으로 연결 짓고 한국의 싸움은 '모략, 암살, 둔주의 풍습'으로 연결 짓는 매커니즘이란, 부적절하고 작위적인 이항대립 구조의 설정이라는 비판에서 벗어날 수 없거니와, 일종의 자기 비하에 기반을 둔 열등의식의 표출로까지 비칠 소지가 다분하다. 이 외에도 『유형지의 아침』(1965)에서의 〈세계지도를 펴놓고〉란 챕터를 보면, '추악한 일본인'이라는 소항목이 발견되는데, 여기에는 그 제목에서 이미 감지되듯이 일본에 대한 비판적 이해가 이뤄졌다기보다는 감정적 판단이 내세워졌다고 간주해도 별다른 이견이 제기되지 않을 정도의 내용이 담겨 있다. 해당 대목을 조금 길게 제시해보면 아래와 같다.

남녀 가릴 것 없이 온몸에 문신을 그리고 다닌다든지 혹은 걸핏하면 「아이구찌」(비수)로 사람을 찌르는 그들의 잔학 취미는 이미 세상에 널리 알려

---

20   이어령, 『흙 속에 저 바람 속에』, 현암사, 1963, 65~66면.

져 있다./ 2차대전 때의 「가미가제」 특공대 같은 것도 결국 따지고 보면 잔학한 「셋부꾸」의 유산이었음을 알 수 있다./ 그래서 어느 문명비평가는 일본을 평하여 「국화와 칼」이라고 불렀다. 국화처럼 조용하고 단정한 그 기질 뒤에는 칼처럼 살벌하고 피비린내 나는 폭력이 숨어 있다는 것이다./ 그러고 보면 「국화 뒤에 가려진 칼」처럼 무서운 것이 없을 것 같다. 미소 앞에서는 아무도 경계하지 않기 때문이다./ 「트랜지스터 · 세일즈맨」의 인상을 헤쳐보면 그 어느 구석엔가 반드시 피도 눈물도 없는 비인도적인 무사의 칼자루가 숨겨져 있다는 것을 우리는 명심해 두어야 한다./ 일본 동경에서 「스포츠 · 카」로 한국인을 치어놓고, 그 중상자를 실어 시골 뽕나무밭에 버려 죽게 한 사건 역시 일인(日人)의 잔학성을 단적으로 암시한 것이다./ 그 범인이 아무리 전과 5범이라 하더라도 그리고 그와 동승한 여인이 둘이나 있었다는데도 불구하고 그와 같은 천인공노할 일을 저질렀던가?/ 오늘날 그들은 「스포츠 · 카」나 몰고 다니면서 현대문명을 구가(謳歌)하고 있지만 아직도 그 혈맥 속엔 야만한 「사무라이」의 살기가 흐르고 있는 것이다. 다시 한번 일인의 잔학성에 몸서리가 쳐진다.[21]

동경에서 벌어진 일본인에 의한 한국인 사망 사건을 마치 근거인 양 소개하고는 있으나, 특별히 설명을 덧붙이지 않아도, 위 인용문이 균형 잡힌 시선과 거리가 멀다는 데에는 대부분 동의를 표할 것이다. 『국화와 칼』을 거론하며 일본인의 이중적 성격, 기질을 끄집어내는 것은 앞서와 동일하되, 이번에는 '칼' 쪽에만 초점을 맞추어 일본인의 잔학성을 강조

---

21 이어령, 『유형지의 아침』, 예문관, 1965, 130~131면.

하는 모양새이다. 어느 모로 보아도 일본인에 대한 폄하가 아닐 수 없다. 이는 한국을 낮은 위치에다가 서양과 일본을 높은 위치에다가 놓았던 〈군자의 싸움〉과는 정반대의 자세라고 할 수 있다. 하지만, 자신을 저평가하면서 상대방을 고평가하는 행위와 매한가지로, 상대방을 무턱대고 하찮게 취급하는 행위 역시 결코 바람직하다고 볼 수 없다. 한층 넓은 시야에서 접근한다면, 차라리 이쪽이 더 큰 열등의식의 표출이 아닌가 생각할 수도 있을 법하다.

이렇듯 1960년대에 이어령은 어떤 데선 일본에 대해 자신감을 드러내 보였고, 또, 어떤 데선 일본에 대한 열등의식을 드러내 보였다. 그런 까닭에, 일반적인 통념은 (이 방면의 관련 논의들에서 발견되는 '후기식민지 주체', '식민주의적 무의식' 등의 용어만 보아도 이미 알 수 있듯이) 후자가 더 컸다는 대로 수렴되나, 적어도 여태까지 가져온 문맥만 가지고서는 어느 쪽이 더 우위였을 것이라고 판단을 쉽사리 내리기가 어려운바, 일단 1960년대 무렵의 이어령을 두고서는 일본에 대한 양가성(ambivalence)을 지녔던 것이라고 간주할 수 있다.[22] 그렇다면, 이로부

---

22 기실, 일본을 향한 양가성(혹은, 일반적인 통념에 따른다면, 열등의식)은 전후세대의 공통적인 문제라고 할 것이다. 그러나, 이를 뚜렷하게 감지해내기란 쉽지 않은 일인데, 이유인즉, 전후세대는 대부분 일본과 관련한 직접적인 언급을 꺼리는 경향이 강하기 때문이다(당장 이어령만 하더라도 사정은 다르지 않다. 방금 몇몇 구절을 사례로 가져오긴 했으나 『축소지향의 일본인』을 기준으로 그 이전까지는 이어령이 발표한 수많은 글들 가운데서 일본이 대상으로 삼아진 경우는 드문 편이었다). 해방을 맞이한 후 국민국가를 형성해나가는 과정에서, 일본이란 '배제해야 할 대상'이었다. 그렇지만, 누구를 막론하고 실제 삶의 영역에서, 일본이란 '잔존할 수밖에 없는 대상'이기도 했다. 특히 전후세대가 이러한 아이로니를 뚜렷이 체감했을 터인데, 전후세대는 식민지 시기에 유년기를 보냈을 뿐더러, 이에 따라 일본(어)에게서 지식의 기반, 원천이 주어졌기 때문이다. 관련하여, 김윤식의 다음과 같은 언급은 아주 인상적이다. "나는 경남 진해군 진영이라는 한 가난한 농민의 장남으로 태어났고, 지금도 선명히 기억하는 것은 일본 순사의 칼의 위협과 식량 공출에 전전긍긍하던 부모님들 및 동리 사람들의 초조한 얼굴입니다. 국민학교에 입학한 것은 1943년으로, 진주만 공격 2년 후이

터 20여 년이 지난 1980년대 무렵의 이어령을 두고서는 어떤 판단이 가능할 것인가. 개인적인 배경도 시대적인 환경도 바뀐 만큼 일본에 관한 관점, 감정 등에 있어서 유의미한 변화가 생기지 않았을까. 또한, 이와 같은 일본에 관한 관점, 감정 등과 연동하여 일본에 대한 인상도 유의미한 변화가 생기지 않았을까.[23] 지금부터 『축소지향의 일본인』과 그

며 카이로 선언이 발표된 해에 해당됩니다. 십 리가 넘는 읍내 국민학교에서 "아까이도리 고도리", "온시노 다바꼬", "지지요 아나다와 쯔요갓다", "요가렌노 우다" 등을 무슨 뜻인지도 모르면서 불렀습니다. 혼자 먼 산을 넘는 통학길을 매일매일 걸으면서 하늘과 소나무와 산새 틈에 뜻도 모르는 노래를 흥얼거리며 외로움을 달랬던 것입니다. 내가 아는 리듬이란 그것밖에 없었기 때문입니다. 마을에서는 이 무렵 가끔 지원병 입대 장정의 환송회가 눈물 속에 있었고, 아버지의 징용 문제가 거론되는 불안 속에 우리는 이따금 관솔 따기로 수업 대신 산을 헤매었습니다. 동리에서도 할당된 양을 채우기 위해 관솔 기름을 직접 짰던 것입니다. 그리고, 놋그릇 공출이 잇따르고……이러한 일들은 내 유년 시절의 뜻 모르는 서정성으로 남아있는 것입니다. 내가 어른이 되어 1년 동안 도일(渡日)했을 때 '정국신사(靖國神社)'에 가끔 가서 느낀 것은 의외에도 이 나의 유년 시절의 뜻 모르는 서정성의 아픔이었습니다."(김윤식, 『한일문학의 관련양상』, 일지사, 1974, 1~2면) 결과적으로 전후세대 대다수가 의도적으로 의식적으로 일본에 관한 언급을 피했던 소이는, 또, 전후세대 대다수가 일본에 관한 양가성(혹은, 일반적인 통념에 따른다면, 열등의식)을 지녔던 소이는 여기서 찾아지는 셈이다. 덧붙여, 전후세대의 자의식에 관한 보다 자세한 내용은 한수영, 『전후문학을 다시 읽는다』, 소명출판, 2015, 제2장 및 제3장을 특히 참조할 것.

23 1965년 한일 국교 정상화 이후부터 일본에 대한 탐사는 서서히 이뤄지기 시작했다. 그러나, 제5공화국 때까지는 여러모로 제약이 많았기에, 사실상 1980년대로 접어들면서부터 일본에 대한 탐사가 본격화되었다. 가령, 학계에서도 1980년대부터 현지 조사를 바탕으로 한 일본 연구가 시작되었거니와, 민간에서도 1980년대에 일본이 경제적인 초호황기를 맞이하자 실용적인 목적으로 일본을 분석해보려는 시도가 증가했다. 1980년대 초반 일본의 교과서 왜곡 파동도 여러 분야에서 일본에 관한 관심이 증대되는 데에 불을 지폈다. 한편으로, 1980년대는 한국 역시 고도성장을 함에 따라 대중소비사회로의 이행이 이뤄져 일본의 대중문화가 물밀듯이 들어와 전 연령층을 막론하고 유행한 시기였다는 사실, 그리고, 1980년대는 한글세대가 사회의 중추 세력으로 부상한 시기였다는 사실 등도 일본에 대한 탐사가 증대된 주요 원인으로 꼽힐 수 있다. 이어령이 1970년에 떠올린 발상을 1980년대에 들어서 현실화하게 된 것도 이러한 맥락과 전혀 무관하지 않을 것이다. 이상의 내용은 「주관적인 '감상문'만 70여 종 전문서가 없다」, 《조선일보》, 1990.8.16, 9면; 김성민, 『일본을 금(禁)하다』, 글항아리, 2017, 137~147면; 박동성, 「한일 간 인류학 교류와 한국 인류학의 일본 연구」, 이종구 · 이소자키 노리요 외, 『한일관계사1965~2015 Ⅲ사회 · 문화』, 역사공간, 2015, 468면 등을 참고.

전후로 이어령이 지녔던 바의 의식을 상세히 살펴보기로 하자.[24]

3. 『축소지향의 일본인』과 이어령의 내면풍경

당시 「문학사상(文學思想)」 잡지 관계로 자주 대하였던 삼성출판사 김봉
규(金奉圭) 사장이 그 말을 듣고 그 책을 일본에서 한번 출간해 보자고 제
의를 해왔다. 배 안에 있는 아이를 놓고 혼담을 나누는 격이었지만 무엇인
가 가슴 속에서 뜨거운 것이 끓어오르는 것을 느꼈다. 분노와도 같은 것, 한
(恨)과도 같은 것, 그리고 무슨 도전과도 같은 긴장…… 그것은 아주 복합
적인 감정이었다./ 나는 국민학교에 들어가던 그날부터 제 나라의 모국어를
말하지도 쓰지도 못하는 언어의 수인(囚人)으로 자라나야 했다. 해방이 되
고 난 뒤에 비로소 「가나다」를 배운 세대였다. 내가 문필생활을 하게 되면
서부터 줄곧 이 모욕받은 역사의 빚을 어느 형태로든 청산해야 된다는 생각
이 따라다녔다. 그래서 나는 그때 김 사장에게 이렇게 말했다./ 「좋습니다.

---

24   오해를 피하고자 몇 마디 첨언해둔다면, 본 논문은 1960년대의 이어령을 두고서 일본에 관해 양
     가성을 지녔던 것으로 파악했으되, 그렇다고 해서 '후기식민지 주체'로 명명하거나, '식민주의적 무
     의식'의 소유자라고 해석하는 주류를 전연 거부하는 입장은 아니다. 이어령이 유진오와의 대담에
     서 일본에 대한 자신감을 내비친 것은, 어찌 보면 유진오와의 차이를 강조하기 위함일 수도 있고,
     또, 어찌 보면 속내와 반대되는 과장적인 제스처일 수도 있다. 그런 측면에서라면, 이어령은 일본에
     대한 양가성을 지녔다기보다 열등의식을 지녔다고 여길 수 있는 것이다. 하지만, 이어령을 두고서
     1960년대에도 1970년대에도 1980년대에도 그 이후로도 언제이고 일본에 대한 열등의식으로부
     터 벗어나지 못했다는 식의 관점에 대해서는 좀 더 섬세한 접근이 필요하다는 입장이다. 이어령이
     '후기식민지 주체', '식민주의적 무의식'의 소유자에 해당한다손 치더라도, 어느 시점에서건 이어령
     이 이와 같은 예속됨, 종속됨의 상태에서 끝내 헤어나지 못했다고 간주하는 것은, 일종의 선이해에
     기인한 잘못일 수 있기 때문이다.

단 한 번만이라도 좋습니다. 내가 쓴 책을 일본 사람들이 전차간에서 읽고 있는 모습을 볼 수 있다면 내 평생의 소원 하나가 풀리는 것입니다.」/ 물론 유치한 복수심만은 아니었다. 무엇인가 그들에게 「나」를, 「한국인」을 증명해 보이지 않으면 안 된다는 강박관념 같은 것이 있었기 때문이다.[25]

이어령은 『축소지향의 일본인』의 출간 제의를 받았을 당시 분노, 한, 긴장 등의 복합적인 감정을 느꼈다고 밝혔거니와, 또, 이어령은 이런 복합적인 감정이 움트게 된 데에는 "모욕받은 역사의 빚을 어느 형태로든 청산해야 된다는 생각"이, 이의 수단으로써 "「나」를, 「한국인」을 증명해 보이지 않으면 안 된다는 강박관념"이 놓여 있었다고 밝혔다. 여기서 이어령은 심리적 부채의 청산 작업을 이제야 할 수 있게 되었다는 식으로 자존감을 내보이기는 했다. 그러나, 일본 사람에게 "「나」를, 「한국인」을 증명해 보이"겠다는 의식 자체는 전후세대로서 품을 수밖에 없는 성질의 것이라고 인정이 가능하더라도, 일본 사람에게 "「나」를, 「한국인」을 증명해 보이"고자 할 때의 그 방법이 다름 아닌 일본에 대한 (일본 사람보다도 더욱) 깊고 넓은 이해라는 사실은 많은 고민을 요구하는 문제라고 여겨진다. 어찌하여 이어령에게는 '나, 한국인 증명 = 일본 이해'라는 등식이 성립했던 것인가. 여태까지도 그만치나 일본을 크게 의식하고 있었던 걸로 보아야 할지(양가성(혹은, 열등의식)의 존속), 아니면, 식민지배에서 벗어난 지도 시간이 많이 지난 만큼 이제는 피식민지인의 입장에서가 아니라 제3자의 입장에서 객관적으로 일본을 바라볼 수 있다는 인식(양가성

25 이어령, 「이 책이 나오기까지」, 앞의 책(1983), 페이지 표기 없음.

(혹은, 열등의식)의 극복)을 가졌던 걸로 보아야 할지 판단이 쉽지 않다.

다만, 분명한 사실은 이어령 스스로는 틀림없이 후자에 해당한다고 여겼으리라는 것이다. 『축소지향의 일본인』 발간 직후 여러 지면에서 발견되는 이어령의 한일 관련 언술들이 이를 증거하며, 『축소지향의 일본인』이 저술되기까지의 여러 배경에 대해 이어령이 밝혀둔 언술들이 이를 증거한다.[26] 그런 관계로, 이어령이 제3자의 입장에서 객관적으로 일본을 바라볼 수 있다는 인식을 『축소지향의 일본인』에다가 어떤 식으로 구현하고자 했는지를 살펴보는 쪽으로, 다시 말해, 이어령이 양가성 (혹은, 열등의식)을 어찌 극복해나가고자 했는지를 살펴보는 쪽으로 방향을 설정하는 것이, (선행연구들이 주로 전자에 집중했다는 사실까지를 고려할 때) 현재 시점에서는 보다 생산적인 논의를 위한 접근법이 될 듯하다.[27] 몇 가지 화제를 중심으로 절을 구성하여 관련 검토를 본격적으로

26　예시를 하나만 가져온다면, 『축소지향의 일본인』이 출판된 이후 어느 인터뷰에서의 다음과 같은 발언을 들 수 있다. "『당장 경제나 문화가 앞서게 된다는 것은 어렵겠지만 우리가 일본인들에게 뒤지지 않는다는 것을 보여준 것에 나의 일본 생활 1년의 보람이 있다고 할까요. 특히 재일한국인들에게 나의 책이나 수많은 강연을 통해서 큰 가능성을 보여 준 점이 있다고 봅니다. 당장 한국인에게 법적 지위나 차별 문제를 해결해 주기는 어렵지만 내 책이 무언가 그들에게 가능성을 보여주는 흐뭇한 격려가 됐다는 얘기를 많이 들었습니다." 「〈동아인터뷰〉 "한국은 일(日)을 가장 예리하게 본다"」, 《동아일보》, 1982.3.12, 9면.

27　물론, 앞서 전자냐 후자냐의 판단이 쉽지 않다고 언급했던 것처럼, 비록 이어령 스스로가 후자에 해당한다고 생각했을지언정, 과연 이어령이 전자와 전연 무관했느냐고 따져 묻는다면, 마냥 그렇다고 답하기가 어려울 것이다. 이어령 스스로가 자신의 마음속 심층에 놓여 있는 무의식이 어떠했는지를 제대로 알기란 불가능하거니와, 더불어, 늘 생산자가 기획한 대로 형상화되지 못하는 게, 또, 수용자에게 받아들여지지 않는 게 바로 텍스트의 성질이기도 한 까닭이다. 그래서, 선행연구들은 이어령이 전자에서 자유롭지 못하다고 주로 판단했거니와, 관련하여, 『축소지향의 일본인』이 "결과적으로 일본특수론의 풍부화에 기여하게 된다는 아이러니"(황호덕, 앞의 글, 169면)를 보여주었다는 평가나, 『축소지향의 일본인』이 "일어로 쓰여져 일본서 먼저 출판됐다는 것은" "식민지 지배에 대한 정신적 보복임에도 불구하고", "아직 일본이 '외국'일 수 없다는 한계를 드러내 준다."(「정신적 보복 속 지울 수 없는 상흔 〈축소지향의 일본인〉」, 《한겨레신문》, 1992.3.20, 22면)라는 평가 등을 제시할 수 있다.

수행해보도록 하자.

1) 일본어 쓰기에 대하여

먼저, 앞선 인용문 속의 "제 나라의 모국어를 말하지도 쓰지도 못하는 언어의 수인(囚人)으로 자라나야 했다. 해방이 되고 난 뒤에 비로소 「가나다」를 배운 세대였다."라는 대목이 새삼 눈에 띈다. 다른 지면에서도 같은 내용을 누차 이야기할 만큼, 식민지 시기에 유년기를 보낸 탓으로 주어진 모국어의 결핍 상태는 이어령에게 꼭 극복이 이뤄져야 하는 심각한 문제였다.[28] 1950년대 말엽에 이어령이 김동리와 논쟁을 벌이게 된 계기도 이와 연결된다. 이어령이 제3회 동인문학상을 수상한 오상원의 「모반」을 겨냥하여 어색한 한국어 문장(곧, 일본어 번역투의 문장) 쓰기를 지적하자, 그때 심사위원이었던 김동리가 오히려 이어령의 산문들 속 어색한 한국어 문장(곧, 국적 불명의 문장) 쓰기를 운운하며 이어령이야말로 오상원보다 더 우리말을 모른다고 반박한 것이 대략적인 경과인데,[29] 이는 소위 '실존(주의) 논쟁'이라고 불리는 둘 간의 언술 교환 사태에서 가려지기 쉬운 대목이었다.[30] 더하여, 1960년대 중엽에 이어

---

28 이어령의 언어관에 대해서는, 이어령 · 김용희, 「이어령 선생의 해방전후 이야기를 듣다」, 《서정시학》 15(3), 2005, 14~26면을 참조할 것.

29 기실, 오상원의 「모반」은 제3회 동인문학상 심사과정에서도 어색한 한국어 문장 쓰기와 관련하여 심사위원들 간 의견이 분분했던바, 김동리, 백철은 긍정의 입장을, 박남수, 황순원은 부정의 입장을, 안수길은 일부 긍정-일부 부정의 입장을 표명했다.

30 이어령과 김동리 간의 대립을 두고서 '비문 논쟁'이라고 명명한 논의도 발견된다(박숙자, 「1950년대 '문학전집'의 문화사 : 문교부의 '우량도서' 제도와 한글세대의 등장을 중심으로」, 『서강인문논총』 35, 서강대학교 인문학연구소, 2012, 109면). 다만, 이렇게 이름을 붙인다면, 이어령과 김동리

령이 "제2세대(전쟁 직후의 20대들)들은 일어(日語)도 서툴렀고 제 나라
말도 서툴렀고, 또 한자에 대해서도 아는 것이 없었다. 어중간한 허공에
매달린 역사의 기아 같은 존재였다. 그들은 소속되어 있지 않았다. 뿌
리가 없었다."[31]라며, 자신을 모국어도 일본어도(그리고, 한자도) 시원찮
은 제2세대(전후세대를 일컬음)라고 규정했다는 사실도 간과할 수 없다.
이 발언은 단순한 자조로만 한정되지 않는바, 이유인즉, 제2세대가 "국
민학교 때부터 제 나라말을 제대로 배웠던"[32] 제3세대(4·19세대를 일컬
음)를 이끄는 견인차 구실을 했다는 것으로 이후의 흐름이 이어지기 때
문이다.[33] 이처럼 이어령은 여러 지면에서 모국어, 한국어에 대한 상실-
극복 의식을 계속 드러내 보였던 것으로 파악된다.[34]

사이에서 벌어진 여러 논점들 가운데서 오상원의 「모반」을 둘러싼 논점 외 다른 논점들이 흐릿해질
수 있다는 우려가 든다.

31   이어령, 「제3세대」, 《중앙일보》, 1966.1.5, 5면.

32   위와 같음.

33   이 책의 제1부 제5장 제2절 참고. 제3세대의 입장은 이어령의 주장과 상반된다. 제3세대는 제2세
대를 거부하고 부정함으로써 자신들의 문단 내 위치를 확보하고자 했다. 이 과정에서 제3세대가 제
2세대를 향해 공격을 가한 요소 중의 하나가 바로 제2세대는 한국어 문장 쓰기가 미숙하다는 사실
이었다. 관련하여, 김현의 "한국어말살정책에 의해 일본어를 국어로 알고 성장한 세대는 급작스러
운 해방 때문에 문장어(文章語)를 잃어버린다. 그래서 한글로 개개인의 사고와 감정을 표현해야
한다는 어려움에 부딪친다. 사물에 대해 반응하고, 그것을 이해하고 비판하는 작업은 일본어로 행
해지는데, 그것을 작품화할 때는 일본 아닌 한글로 행해야 한다는 어려움, 그것은 사고와 표현의
괴리현상을 낳는다."(김현, 「테러리즘의 문학 —50년대 문학 소고」, 《문학과 지성》, 1971여름, 338
면)라는 문구는 이 부류의 논의들에서 아주 많이 인용되거니와, 염무웅의 "그런데 50년대 말경의
이어령 씨는 저항문학의 기수였어요. 「왜 저항하는가」, 「작가의 책임」 등 싸르트르의 앙가주망 이론에
근거해서 작가의 사회적 책임을 강조하고 저항적인 뉘앙스를 풍기는 글들을 썼었죠. 이어령 씨의 첫
평론집 제목이 『저항의 문학』 아니어요? 거기에 매력을 느꼈고요. 하지만 지금 읽어볼 때는 아주 역
겨워요. 외래어와 외국어도 너무 많고, 또 이어령 세대만 해도 일본어의 영향을 많이 받았기 때문에
일본문체 냄새가 많이 나지요. 그러나 당시 읽을 때는 아주 매력적인 문장이었죠"(염무웅·김윤태,
「1960년대와 한국문학」, 《작가연구》 3, 1997, 215면)라는 발언도 추가로 부기해둘 수 있다.

34   전후세대의 (이중) 언어 문제와 관련해서는, 비록 이어령의 사례는 포함되어 있지 않으나, 각주 22
번에서 소개한 한수영의 책이 아주 자세하게 논의를 펼치고 있으니, 이를 참조할 것.

그런데, 정작 이어령은 『축소지향의 일본인』을 일본어로 집필했다. 모국어, 한국어에 대한 상실-극복 의식을 되풀이 밝혔던 이어령이 구태여 "재일한국인인 번역가 이은택(李銀澤)"의 도움을 받으면서까지 "천 매가 넘는 원고를" "서툰 일본어로" 쓴 이유란 무엇인가.[35] (각주 27번의 인용문처럼) 여전히 일본이 '외국'일 수 없다는 인식의 한계 때문인가. 또 는, 일본에서 일본 출판사를 통한 출간이라는 외적 조건의 제약 때문인 가. 이와 같은 인식의 한계, 외적 조건의 제약 등과 전적으로 무관하지 는 않을 것이지만, 다른 측면에서 설득력 있는 이유를 찾아볼 수도 있을 것이다. 이어령은 일본에서 『「縮み」志向の日本人』(學生社, 1982)을 발 간한 후, 곧바로 한국에서 (주석 및 토씨를 추가한) 일본어판 『축소지향의 일본인』(고려원, 1982)을 발간한다. 그리고, 여기의 서문을 통해 이어령 은 한국어판이 아니라 일본어판을 먼저 내게 된 경위를 소개하면서, 일 본어로부터 일본문화를 이해하고자 했다는 내용을, 그래서, 한국어로 번역하기가 쉽지 않다는 내용을 아래처럼 밝혀두었다.

그러나 우리말 출판에 앞서 일어판을 먼저 펴내게 된 가장 큰 이유는 무엇 보다도 이 책의 내용과 표현의 특수성 때문에 우리나라 말로 옮기기가 거의

---

35 이어령, 「이 책이 나오기까지」, 앞의 책(1983), 페이지 표기 없음. 『「縮み」志向の日本人』(學生社, 1982)의 후기(あとがき)를 보면, 이은택의 역할이 좀 더 상세히 기록되어 있다. "특히 자료 수집을 비롯해 한국어로 쓴 부분을 일본어로 번역하고, 더욱이 서투른 저의 일본어의 받아쓰기 부분을 일 일이 수정해주신 재일한국인이자 한국문학의 번역가인 이은택 씨의 협력으로, 본서는 착상 8년 만 에 겨우 빛을 보게 되었습니다."(とくに資料収集をはじめ、韓国語で書いた部分を日本語に翻訳し、さらに拙い私の日本語の書きおろし部分をいちいち修正して下さった在日韓国人で韓国文学の翻訳家である李銀沢氏の協力によって、本書は着想八年めにしてやっと日の眼を見ることになったのです。) 李御寧, 『「縮み」志向の日本人』, 學生社, 1982a, 309面.

불가능한 대목이 많아서 우선 원어 그대로 소개하는 것이 내 뜻을 독자에게 온전히 전하는 길이라는 것을 확인한 데 있다./ 우리 말에서는 찾아보기 힘든 일본 특유의 언어들에서 일본적 특성을 찾아내려 한 것이 나의 방법론의 하나였기 때문에 실은 책의 제명(題名)부터가 우리말로는 번역되기 힘든 것이다./ 앞으로 한국어판이 나온다 하더라도, 그 원본과의 대조가 불가피하게 될 것이므로 미리 이 책을 서둘러 내는 데 동의하지 않을 수 없었던 것이다./ 우리의 후학들이 일어를 배울 때, 그냥 말만 배우게 해서는 안 될 것이라는 생각도 든다. 한국인의 시점에서 일본문화를 조명하면서 그 문화의 올바른 비판과 함께 언어를 익혀 가는 것이 정도(正道)이다.[36]

이뿐만 아니라, 이어령은 한국어판 『축소지향의 일본인』을 내면서도 "한국과 일본의 차이점만을 적어 간 것이라 한국어로 번역될 수 없는 부분이 반이 넘을 정도다. 제목부터가 실은 번역 불가능한 책이다. 「축소」라고 번역되어 있지만, 일본의 원말로는 「지지미」이다. 그 어감은 「죄다」「줄이다」「오그러뜨리다」 등의 개념을 담고 있어 꼭 꼬집어 우리말로 옮길 수 없는 말이다."[37]와 같은 내용을 서문에 적어두었다. 그러니까 이어령은 『축소지향의 일본인』을 국내에 출판하면서 그것이 일본어판이든 한국어판이든 간에 어디서든 꼭 서문에다가 언어와 문화 간의 절대적인 상관성을 토로했던 것이자, 이로 인한 완전한 번역의 불가능성을 토로했던 것이다. 또한, 그런 까닭에서인지, 이어령은 한국어판

---

36 이어령, 「이 책을 읽는 분에게」, 『축소지향의 일본인』, 고려원, 1982b, 페이지 표기 없음.
37 이어령, 「이 책이 나오기까지」, 앞의 책(1983), 페이지 표기 없음.

『축소지향의 일본인』을 내는 과정에서 직접 번역을 수행하지 않고 다른 이에게 번역을 맡기는 모습을 보여주기도 했다. 비록 표지나 판권지에 역자 이름은 없으나 "진현숙, 문애영 두 분이 한국말로 옮기는데 수고를 해주셨고 거기에 다시 손질을 해서 앞에 내놓는다."[38]라는 구절이 확인되는 것이다. 이는 『ジャンケン文明論』(新潮社, 2005)를 『가위바위보 문명론』(마로니에북스, 2015)으로, 『ふろしき文化のポスト・モダン：日本・韓国の文物から未来を読む』(中央公論社, 1989)를 『보자기 인문학』(마로니에북스, 2015)으로, 각각 옮기는 과정에서도 마찬가지로 발견되는 사항이다. 이 저서들에는 번역자 허숙이란 이름이 아예 표지에 명시되어 있다.[39] 이렇듯 이어령은 일본문화와 관련된 저술은 일본어로만 집필했으며, 다시, 이를 한국어로 번역할 때는 본인의 손이 아니라 타인

---

38 위와 같음.
39 이 저서들의 소개글에서도 다음과 같은 내용을 확인할 수 있다. "'번역자는 배신자'라는 유명한 격언이 있다. 내가 일본말로 쓴 『가위바위보 문명론』을 내 자신이 번역한다면 내가 나를 배신하는 경우가 된다. …(중략)… 『축소지향의 일본인』의 한국어판도 실은 내 자신이 번역한 게 아니다. 남의 나라말로 쓴 글을 모국어로 환원한다는 것은 도저히 맨정신으로 할 일이 못 된다. 언어 체계 전체를 바꾸지 않는 한 불가능하다. …(중략)… 변명인지 아닌지 실례를 들어보면 알게 될 것이다. 일본에서 가위바위보의 학술 명은 '권拳'이라 한다. 일본에서도 가위바위보를 본격적인 학술논문으로 쓴 글이 딱 하나 있는데 그 제목이 '권의 문화사拳の文化史'이다. 우리가 주먹 '권' 자를 쓸 경우 백의 하나라도 그게 가위바위보의 주먹을 뜻하는 '권'인 줄 누가 알겠는가. …(중략)… 그렇기 때문에 도저히 일본 특유의 문화가 되어버린 '권의 문화'를 한국말로 옮긴다는 것은 그리스를 한국어로 본역하는 것보다 더 힘든 작업이다. 일일이 주석을 달아주지 않으면 이해할 수가 없고 그나마 일본의 원전은 헨타이가나假體假名, 이를테면 우리 식으로 말해 일본 가나假名를 초서체로 흘려 쓴 글이라 일본 사람 조차도 읽기 힘들다."(이어령, 「한국어판에 부치는 글」, 『가위바위보 문명론』, 마로니에북스, 2015a, 5~6면), "연재도, 출판도, 증보판도 모두가 일본어로 직접 쓴 것이기 때문에 한국말로 편집해 출간하기 위해서는 새로운 원고로 개정 집필해야만 했다. 실제로 번역을 의뢰해 출판하려고 시도해보았지만 여의치 않아 포기한 적도 있다. 그러나 좋은 역자를 만나 『가위바위보 문명론』을 내고 보니 이것 역시 원본을 함께 실어 번역본으로 낼 경우 위험부담이 없어질 수 있다는 믿음이 생긴 것이다."(이어령, 「한국어판에 부치는 글」, 『보자기 인문학』, 마로니에북스, 2015b, 7~8면)

의 손을 빌리는 일관성을 보여주었다.

요컨대, 이어령은 어떤 나라의 문화를 살피고자 할 때는, 그 나라의 언어가 아니고서야 불가능한, 타국의 언어로는 도저히 접근할 수 없는 영역이 존재한다는 견해를 지니고 있었던 셈이다. 그리고, 이와 같은 견해는 이어령이 이미 『흙 속에 저 바람 속에』에서부터 본격적으로 즐겨 활용한(한편으로, 신랄한 비판도 많이 받은) 방법, 곧, 특정 어원을 추적함으로써 특정 문화에 관한 해석을 도출해내는 방법과도 이어지는 것이거니와, 『축소지향의 일본인』에서 해당 실례를 간단히만 제시해본다면, 가령, '*の*'의 연속 사용을 통해서 하이쿠 속에 담긴 축소지향 의식을 밝혀나가는 대목이라든지, 또는, 한국어판에서도 '쯔메루', '노우멩', '나루호도', '이찌고이찌에' 등과 같이 원어를 음역 표기로 처리할 수밖에 없었던 경우가 빈번하다든지 하는 것들을 가져올 수 있다. 결과적으로, 이어령이 『축소지향의 일본인』을 일본어로 작성한 까닭이란, 인식의 한계나 외적 조건의 제약보다는, 일본어를 통하지 않으면 일본문화를 제대로 해부하는 작업이 불가능하다고 여겼다는 데서 주어진 것이다.

2) '축소'라는 착상(또는, 방법론)에 대하여

이 책을 쓰려고 기획한 것은 내가 1973년 불란서에 머물고 있을 때의 일이었다. 그러니까 의식비평(意識批評)의 한 방법으로 일본문화의 텍스트를 읽어보려고 한 것은 일본보다도 불란서에서 얻은 착상이다. 롤랑 바르트의 『일본론』과, 조르쥬 플레의 『플로베르론』 등을 읽으면서 내 머리에 문득 떠오른 것이 「축소지향」이라는 개념이었다. 그것으로 일본문화를 조명해 보

면 한국과 분명히 다른 일본의 나상(裸像)을 볼 수 있을 것이라는 막연한 자신감이 들었던 것이다.[40]

(서론에서도 잠깐 언급했지만) 위의 인용문에서 이어령은 롤랑 바르트와 조르주 풀레의 텍스트를 읽으면서 '축소지향'이라는 개념을 떠올렸다고, 그리고, 이 개념을 원용하여 의식비평의 한 방법으로 일본문화를 해석해보고자 했다고 밝혔다. 이는 『축소지향의 일본인』의 착상(또는, 방법론)이 어디에서 기인했는지를 알려준다. 여기에다가, 일본판 『「縮み」志向の日本人』의 아래와 같은 후기(あとがき)를 함께 참고한다면, 『축소지향의 일본인』의 착상(또는, 방법론)에 대한 윤곽을 좀 더 뚜렷이 잡을 수 있다.

제가 일본인이 가지는 「축소지향력」으로 그 문화를 분석하고 싶다고 생각한 것은, 벌써 8년 전의 일입니다. 그것은 1973년 봄, 제가 한국의 한 신문사 특별취재를 위해 유럽으로 향하는 도중 며칠 동경에 머물 때였습니다./ 그때, 지인들과 회식 자리에서 당시 일대 붐을 일으키고 있던 일본론 등이 화제에 올랐습니다. 그 자리 분위기도 있고, 나는 「토양 분석으로는 꽃의 아름다움을 설명할 수 없다」와 마찬가지로, 지금까지의 와츠지 테츠로적 풍토론이나 베네딕트 등의 일본론은 더 이상 설득력을 가지지 않는다는, 호언으로 받아들여질 수도 있는 말을 해버렸습니다. 그리고 「수원은 몰라도 현재 강물은 우리 눈앞을 흐르고 있다」는 푸앵카레의 말을 인용하면서, 왜 그렇

40 이어령, 「이 책이 나오기까지」, 앞의 책(1983), 페이지 표기 없음.

게 되었는가 하는 원인을 파고드는 문화의 인과비평(causal criticism)보다는, 그것이 우리 앞에 어떻게 나타나고 있는가 하는 현상 자체에 대해 깊이 생각하는 시각이 필요하다는 의견을 덧붙였습니다./ 시인이 그 상상력의 작용으로 한 편의 시를 짓는 것과 마찬가지로, 어느 민족이 주체가 되어 쓴 시의 텍스트가, 다름 아닌 그 문화입니다. 시를 읽듯이 문화도 읽어야 합니다. 그래서「만들어진 문화」를 분석할 게 아니라 문화를 만들어가는 상상력의 뿌리를, 그 출발점을 찾아 작업을 해야 합니다. 그리고 그 상상력에서 가장 중요한 특성은 조르주 풀레 등이 지적하고 있는 확산과 수축의 운동이라고……./ 그 방법의 하나로 본서에 담긴 그 골자만을 추려서,「확산의 문화」와 대극에 있는「축소의 문화」론을 이야기한 것입니다.[41]

위의 인용문에서 이어령은 와츠지 테츠로의 풍토론, 베네딕트의 일

---

41 李御寧, 上揭書(1982a), 307~308面. "私が日本人のもつ「縮みの志向力」でその文化を分析してみたいと思ったのは、いまからもう八年も前のことです。それは一九七三年の春、私が韓国のある新聞社の特別取材のためヨーロッパに向かうその途中、何日か東京に滞在したときでした。/ その折、友人らと会食した席で、当時、一大ブームを巻き起こしていた日本論などが話題にのぼりました。その場の雰囲気もあって、私は「土壌の分析では花の美しさを説明できない」のと同様に、これまでの和辻哲郎的風土論やベネディクトらの日本論はもはや説得力をもたない、という豪言とも受け取られかねないことをいってしまいました。そしてさらに「水源はわからなくとも、現に川の水はわれわれの眼の前を流れている」というポアンカレの言葉を引きながら、なぜそうなったのかという原因を掘り下げる文化の因果批評(causal criticism)よりは、それがわれわれの前にいかにあらわれているかという、現象そのものに対して深く考える視角が欲しい との意見をつけ加えたのです。/ 詩人がその想像力の働きで一篇の詩をつくるそれと同様に ある民族が主体になって書いた詩のテクストが、他ならぬその文化である。詩を読むように文化も読まなければならない。だから「つくられた文化」を分析するのでなく、文化をつくっていく想像力の根を、その出発点を探り、たださなければならない。そしてその想像力でもっとも重要な特性が、ジョルジュ・ブーレなどが指摘している拡散と収縮の運動であると……。/ その方法のひとつとして 本書に盛られたその骨子だけをかいつまんで、「拡がりの文化」と対極にある「縮みの文化」論を話したわけなのです"

본론에 대한 대결의식, 비판의식을 드러냈거니와, 인과비평이 아니라 상상력으로 문화를 해석해야 한다는 입장을, 다시, 이러한 상상력 가운데서도 조르주 풀레 등이 지적한 확산-수축의 운동을 도입해야 한다는 입장을 드러냈다. 이렇게 확산-수축의 운동으로 일본문화를 바라보면, 일본문화는 수축의 운동 쪽에 가깝다는 사실을, 곧, 일본문화는 축소의 문화에 속한다는 사실을 알 수 있다는 것이고, 그 결과물이 바로 『축소지향의 일본인』이라는 것이다.

두 인용문을 따를 때, 『축소지향의 일본인』의 기저에는 조르주 풀레가 가장 크게 자리 잡고 있다. 조르주 풀레로부터 의식비평도, 확산-수축의 운동도, 그리고, '축소지향'이라는 개념까지도 뻗어져 나온 셈인 까닭이다. 그런데, 막상 조르주 풀레를 살펴보면, 두 인용문에서 이어령이 말한 맥락과는 다소 어긋나는 점들이 발견된다. 제네바 학파로 분류되는 조르주 풀레는 비평을 (작가의) 의식과 (독자의) 의식을 일치시키는 행위라고 생각했다.[42] 다시 말해, "비평을 주체와 주체의 만남"[43]이라고 생각했다. 구체적으로, 조르주 풀레는 "카테고리(시간, 공간) 또는 형태들(圓環)을 문제"로 삼았다. 조르주 풀레는 "그것들을 통하여, 그것들을 참조하여," "《정신이 자기 육체 및 남들의 육체와 타협함으로써, 객체

---

42 죠르쥬 뿔레, 조한경 역, 『비평과 의식』, 탐구당, 1990, 5면. 그런 관계로, 조르주 풀레의 비평은 ('의식비평'과 더불어서) '동화비평'이라고도 불린다. 조르주 풀레는 다음과 같이 말한 바 있다. "내 뇌리에 있는 생각을 대뜸 말함이 낫겠다. 즉 새로운 비평이란 (소위 《신비평(nouvelle critique)》을 말함이 아니다) 무엇보다도 참여(participation)의 아니 차라리 동화(identification)의 비평이라는 점이다. 두 의식의 합치 없는 진정한 비평이란 있을 수 없다." 죠르즈 풀레 편, 김붕구 역, 『현대비평의 이론』, 홍성사, 1979, 7면.

43 김현, 『행복의 시학/제강의 꿈』, 문학과지성사, 1991, 221~222면.

와 결합하여 주체를 발명해내는 행위》를 재발견하려고 한다"는 주장을 펼쳤다. 이것이 바로 조르주 풀레가 말한 "《의식의 비평》", "《다른 의식에 말을 거는 한 의식》의 비평"이다.[44] 그리고, 조르주 풀레는 이러한 비평관에 의거하여(즉, 자기의 의식과 타자의 의식을 합치시키려는 의지를 지니고서) 여러 선구자들(가령, 티보데, 리비에르, 프루스트, 플로베르 등)을 분석하고자 했다. 이어령이 읽었다는 "『플로베르론』"도 이의 일환으로 쓰여진 것이다. 조르주 풀레가 플로베르를 분석한 대목을 아주 간단히 요약, 정리하면 다음과 같다. ① 플로베르에게서는 주체와 대상, 주체와 행위 간의 간격이 완전히 좁혀져 둘이 하나와 같이 느껴지는 황홀한 합일적 도취가 발견된다는 설명이 나온다. 이것이 곧 사고의 상승 운동이다. ② 황홀한 합일적 도취가 이뤄지는 순간 곧바로 분열이 발생한다는, 다시 말해, 동화와는 정확히 반대되는 움직임이 일어난다는 설명이 나온다. 이것이 곧 사고의 하강 운동이다. ③ 이러한 ①과 ②는 떼려야 뗄 수 없는 한 몸으로 인식된다. 비유컨대, 파도의 진로를 따라가 보고자, 시선이 천천히 넓은 바다로 갔다가, 조금씩 조금씩 발끝으로 되돌아오게 되는 현상과 같은 것이다. ④ 이러한 사고의 상승-하강 운동은 플로베르식의 문장에서도 잘 드러난다. 플로베르식의 문장은 도미문(掉尾文, periodic sentence)이다. 이는 중심 요지(main point)를 마지막에 놓도록 의도적으로 구조화된 문장을 뜻한다. 또한, 플로베르식의 문장은 모든 것이 현재의 것으로 나타나는 서로 분리할 수 없는 통합의 문장이자, 전제절(protasis)에서 결과절(apodosis)에 이르기까지의 다양한 요소들이 상

---

44   죠르즈 풀레 편, 앞의 책, 235면.

승과 하강의 합성으로써 구성된 문장이다. 그러니까, 플로베르식의 문장은 분해할 수 없는 상승-하강 운동이 펼쳐지는 가운데서 끝에 다다라서야 비로소 핵심이 파악되는 문장인 것이다. 이렇듯 플로베르에게서 내용과 형식은 조응되는 양상을 띤다.[45]

결과적으로, 이어령은 조르주 풀레의 의식비평을, 주체의 상상력을 객체(대상, 현상)에 투영하는 방식 정도로 파악했던바, 이는 (주체의) 의식과 (객체의) 의식 간의 일치라는 원래 의미와는 다소 결이 다름을 알 수 있다.[46] 더불어, 이어령은 조르주 풀레의 상승-하강의 운동을, 이쪽 끝에는 확산(상승)의 운동이 있고 저쪽 끝에는 축소(하강)의 운동이 있다는 식으로, 그래서, 객체(대상, 현상)에게서 이쪽 아니면 저쪽으로의 지향성을 발견해낼 수 있다는 식으로 파악했으나,[47] 이는 애당초 상승-하강의 운동이 결코 분리 불가능하다는 원래 의미로부터 제법 멀어진 모

---

45 이 문단은 조르주 뿔레, 김기봉 외 역, 『인간의 시간』, 서강대학교 출판부, 1998, 317~339면 참고: Georges Poulet, Elliott Coleman(trans.), *Studies in HUMAN TIME*, Baltimore: Johns Hopkins Press, 1956, pp.248~262 참고.

46 물론, 조르주 풀레를 위시한 제네바 학파에게 상상력은 가치를 부여하는 행위로 여겨졌다는 사실을, 또, 의식의 일치는 상상력의 창조적 움직임으로 가능하다고 여겨졌다는 사실을, 이어령이 문면에 밝혀놓지는 않았더라도, 염두에 두고 있었을 수는 있다.

47 이어령이 『축소지향의 일본인』에서 조르주 풀레를 직접 거론한 대목을 보면 이 점이 분명히 포착된다. "조르쥬 풀레라는 비평가는 「확대」와 「축소」의 두 의식의 지향성으로 『보봐리 부인』을 분석하고 있다. 마담 보봐리는 확산에의 꿈을 항상 가슴에 품고 있다. 그 확산의 의식이 가장 잘 드러나 있는 것이 이 소설의 결정적 터닝 포인트인 보비에사르 저택에서 자작(子爵)과 왈츠를 추는 그 유명한 장면이다. 그녀를 중심으로 하여 모든 것이 빙빙 돌며 선회운동을 하는 그 춤의 이미지는 상류사회와 더 넓은 파리의 사교계에 나가고 싶은 마담 보봐리의 꿈 그 자체인 것이다. 물이 괴어 있는 늪에 돌을 던졌을 때처럼 왈츠춤의 선회는 자신이 샤를르 보봐리와 살고 있는 권태로운 좁은 동네를 뒤로하고 한 번도 가 보지 못한 넓은 세계, 파리로 끊임없이 퍼져가는 파문이라 할 수 있다."(이어령, 앞의 책(1983), 163~164면) 한편, 전성욱은 "이어령이 설명하고 있는 풀레의 그 축소와 확산의 논의는 소박한 이원론을 벗어나지 않는다."(전성욱, 앞의 글, 394면)라는 의견을 내비친 적이 있다.

양새라고 할 수 있다.[48]

    단순히 이어령이 조르주 풀레를 잘못 읽었다는 사실을 지적하려는 게 아니다. 특정 이론을 변용시켜 이를 자신의 무기로 삼는 태도를 이어령은 이미 과거에서부터 여러 번 보여주었다. 자신의 주장에 적합하게끔 특정 이론의 어느 부분만 뽑아서 활용한다거나, 아니면, 특정 이론의 원래 의미를 바꿔서 활용한다거나 하는 사례들이 얼마든지 찾아지는 것이다. 그런 만큼, 이어령이 특정 이론을 왜곡했다는 사실에 방점을 찍어서는 효과적인 접근이 되지 못한다. 이어령이 특정 이론을 적용하는 데 있어서 원래 의미에 그다지 얽매이지 않았다는 사실에 방점을 찍

---

48   덧붙이자면, 이어령은 『축소지향의 일본인 그 이후』(기린원, 1994)에서도 다음과 같이 『축소지향의 일본인』의 착상(또는, 방법론)에 대해 언급한 바 있다. "'축소'란 어디까지나 확대의 대립 개념으로서, 비로소 그 의미가 주어진다. 즉 '수축'과 '확산'의 대립은 자연과 문화를 불문하고, 모든 변형 생성 법칙을 서술하는 가장 유효한 운동 개념인 것이다. 괴테는 '식물의 변태'에서 그 양극 개념을 취하여 자연을 관찰했으며, 고전주의와 낭만주의를 논할 때 많은 예술사가(藝術史家)들이 흔히 '수축'과 '확산'을 원용(援用)하는 것을 볼 수 있다. 지금은 바슐라르를 비롯하여 조르쥬 풀레 같은 비평가들이 역동적(力動的) 상상력을 탐지하는 키워드의 하나로 사용하고 있기도 하다./ 나는 그것을 비교 문화론에 응용한 것이므로, 축소지향의 일본인들에게만 나타나 있는 의식 현상(意識現像)이라고 말하는 것은 아니다. 일본의 문화는 과연 어느 지향으로 나아갔을 때 더욱 그 특색을 나타내는가, 그리고 다른 나라의 문화와 비교하여 일본의 문화는 수축과 확산이 어느 운동에 의해 더욱 그 차별성이 나타내는가에 대한 관찰의 표명이다/ 언뜻 보면 단순하게 생각되지만 축소지향과 확대지향의 대립은 질서와 혼돈, 폐쇄와 해방, 구상과 추상, 형식과 실질, 긴장과 이완, 구속과 자유, 집중과 분산 등 수많은 대립 체계의 상징적인 의미를 갖고 있으므로, 문화의 폭넓은 분야를 조명할 수 있는 잣대가 될 수 있다."(이어령, 『축소지향의 일본인 그 이후』, 기린원, 1994, 122면) 여기서도 마찬가지로 이어령에게 확산과 축소는 대극 관계로 파악되고 있다. 또한, 이어령은 괴테의 경우를 사례로 들었는데, 정작 괴테는 "다양한 식물세계를 하나의 보편적인 원리로, 즉 하나의 유형으로 환원시키려고" 했으며, 이 하나의 유형을 "원식물Urpflanzen이라고 불렀"던바(강두식, 「괴테의 자연 탐구」, 『독일학연구』 3, 동아대학교 독일학연구소, 1994, 109~110면), 알맞은 사례로 여기기에는 애매한 측면이 많다. 물론, 괴테가 식물이 생명을 지닌 존재가 되려면 '씨앗－줄기－잎－열매' 순으로의 '변태'를 거쳐야 한다고 주장했다는 점에서, 열매 쪽을 확산으로 씨앗 쪽을 축소로 각각 설정해 볼 여지가 주어질 듯도 하나, 이런 설정이란 각각의 형태는 '단 하나의 기관ein einziges Oragan'이 변화해서 그 모습을 달리하는 것(임재동, 「괴테의 시 「식물의 변태」에서 서정적 주체」, 『헤세연구』 7, 한국헤세학회, 2002, 82면)이라는 본래 의도와는 아무래도 거리가 있음이 부정되기 어렵다.

어야 효과적인 접근이 될 수 있다. 이어령은 그릇된 활용의 위험성과 창의적 활용의 가능성 사이에서 늘 유동하고 있었고, (기준점을 대중들의 쉬운 이해와 높은 호응에 놓는다면) 후자 쪽의 결과를 대부분 도출해냈다. 이번 경우도 그러하다. 비록 원래 의미와는 거리가 멀어졌지만, 이어령은 조르주 풀레를 구미에 맞게 이용하여 '축소'라는 개념을 끄집어낸 다음, 이로써 일본문화를 효과적으로 들여다본 것이다.[49] 그렇기에, '축소'의 열쇠 하나로 일본문화의 모든 문을 열어젖히는 솜씨야말로 (비록 긍부정, 호불호가 분분하되) 다른 누구도 흉내 내기 어려운 이어령만의 독특성이라고 할 수 있다. 논리적 정합성, 타당성을 따져 묻는 것이 아니라 솜씨를 살피는 쪽으로 눈길을 돌리는 것이 더 생산적인, 효율적인 작업이 될 수 있는 이유가 바로 여기에 있다. 이어령이 "사실이든 아니든 논리적 구조가 맞으면 합리성이 있는 것이다. 추리력으로 볼 수 있는 것이다. 그것이 과학과는 다른 인문학(liberal arts)이다."[50]라는 식으로 생각했음을 참작한다면 솜씨를 살피는 방향으로 집중해야 하는 까닭이 한층 더 분명해진다. 그렇다면, 이어령이 내보인 솜씨란 도대체 어떠했는가. 이제 실제의 서술 양상을 살펴보는 단계로 넘어가, 전체를 세부 맥락에 따라 제1장, 제2장~제5장, 제6장~종장(終章)으로 삼분하여, 그 각각을 주의 깊게 살피는 방식으로 논의를 이어가도록 하자.

---

49 이 과정에서 '확대'라는 개념은 대부분 서양과 연결된다(가끔은 한국과 연결되기도 한다). 그래서, 『축소지향의 일본인』에서는 '일본=축소, 서양=확대'라는 도식이 은연중에 작동하는 것이다.

50 필자가 2020년 10월 22일에 이어령 선생님을 뵈었을 때 듣게 된 내용이다. 이때, 이 내용이 『축소지향의 일본인』과 관련한 맥락에서 나온 것은 아니고, 다양한 이야기가 진행되는 도중에 나온 것임은 고려되어야 할 것이다. 또한, 표현을 약간 정제하여 적어두긴 했지만, 애초에 입말인 관계로 다소 과장이나 비약이 있을 가능성은 고려되어야 할 것이다.

3) 실제의 서술 양상에 대하여

레비-스트로스는 해당 문화에서 "태어나지도, 자라지도, 교육받지도, 훈련되지도 않은 사람은 제아무리 그 언어에 능통하고 그것에 접근할 수 있는 다른 외부적 수단이 있어도" 그 "문화의 가장 내밀한 정수에 닿기는 늘 불가능"하다고 말한 바 있다.[51] 또한, 누군가는 "이미 한 문화의 구성원"이므로 "의식적으로든 무의식적으로든 그 문화에서 벗어날 수 없"다고, "따라서 그 문화를 통해 다른 문화를 평가한다는 것은 애당초 객관성이 완전히 결여되어 있는 것"이라고 말한 바 있다.[52] 그러나, 레비-스트로스는 다른 문화에 대한 불가지성(不可知性)을 주장하고자 한 것이 아니다. "인류학은 안으로부터의 문화는 결코 알 수 없지만, 몇 가지 도식으로 축소하여 밖에서 본 전체적인 관점을 제안할 수는 있"다는 것, "자기 문화에 너무 가까이 있는 자들에게는 밖에서 본 전체적인 관점이 필요할 수 있"다는 것[53]이 레비-스트로스가 도달한 결론이다.[54]

그런데, 레비-스트로스와 이어령은 사정이 좀 달랐다. 이어령은 (비록 그것이 비자발적, 피동적 조건으로 주어졌을지언정) 일본의 통치권 내에

---

51   클로드 레비-스트로스, 류재화 역, 『달의 이면』, 문학과지성사, 2014, 16~17면.
52   위의 책, 17면.
53   위의 책, 20면.
54   이러한 레비-스트로스의 관점은, 롤랑 바르트의 일본(문화)론인 『기호의 제국』(1970)에 관한 아래의 평가와도 유사하다. "『기호의 제국』에서 바르트는 겉으로는 객관적인 시각에 입각한 것처럼 보이는 일본의 문화사, 더 나아가 역사와 문화 분석의 문제 전체를 비판의 최전선에 가져다 놓는다. 일본의 문화사에 관한 유일한 진실Truth을 알고 있는 사람의 시각에서 글을 쓴다는 것이 과연 가능할까? 결론부터 말하자면, 그러한 편견 없고 전지적인 시각은 존재하지 않는다."(피터 페리클레스 트리포나스, 최정우 역, 『바르트와 기호의 제국』, 이제이북스, 2003, 50면)

서 태어나고 자라고 교육받고 훈련받았다. 그러니, (비록 스스로가 서툴다고 밝히긴 했으나) 일본어를 구사하는 데도 별다른 무리가 없었다. 하지만, 이어령은 일본인이 아니었다. 이어령은 자기 문화와 일본문화 간의 괴리 현상을, 혹은, 자기 문화가 일본문화에 의해 억압되는 현상을, 식민지 시기였던 유년 시절 동안(어쩌면, 해방 이후의 청년 시절에도) 온몸으로 체감할 수밖에 없는 처지에 놓여 있었다. 그러니까 이어령은 한때 '안'도 아니고 '밖'도 아닌 위치를 경험했던 것이다. 그런데, 이어령은 불안한 지반 위에서의 이러한 경험이 오히려 일본문화를 조명하는 작업을 수행하는 데에는 큰 도움이 되리라고 판단했다. "안으로부터의 문화"를 엿볼 수 있는 기반이 어느 정도 갖추어져 있을뿐더러, 밖에서 본 전체적인 관점을 제시할 수 있는 기반도 어느 정도 갖추어져 있다고 여긴 것이다.[55] "임계적인(liminal) 존재"로서 "경계선의 안/밖"뿐만 아니라 "친숙한 외부와 낯선 외부, 실재적 외부와 잠재적 외부 사이를 왔다 갔다" 할 수 있다고 여긴 것이다.[56] 그리고, 이와 같은 이어령의 인식에서 『축소지향의 일본인』은 출발한다. 제1장인 "일본문화론의 출발점"은 입론 단계에 해당하는 대목으로, 여기서 이어령은 어린아이로 돌아가 일본(문화)

---

55 이 점은 『축소지향의 일본인』의 부록("매스컴의 반응")에 수록된 어느 글에서도 지적된 적이 있다. "일본식으로 말하면 소화(昭和) 초엽 세대에 속하는 이 씨는, 일본 지배하의 「국민학교」에서 황당무계한 식민지 교육을 받고, 「해방」과 조국 복귀, 다시 서구 체험을 겪은 뒤에 다시금 일본을 발견했던 것이다. 그러한 이 씨의 일본 접근의 자세에는, 복합적인 그리고 다원적인 복안(複眼)이 작용하고 있는 것은 어느 의미에서 당위의 일이라 하겠다." 이어령, 앞의 책(1983), 354~355면.

56 사카이 나오키, 후지이 다케시 역, 『번역과 주체』, 이산, 2005, 39면 참고. 사카이 나오키의 논의는 번역자의 위치를 고민하는 과정에서 펼쳐진 것이므로, 이어령의 경우와는 다소 맥락의 차이가 있다. 하지만, 국경의 경계에 서서 이쪽과 저쪽을 오가는 역할에 방점을 놓는다면, 사카이 나오키의 논의를 이어령의 경우에도 충분히 적용할 수 있다고 판단된다.

에 대해 말하고자 한다는 사실을 강조하는 데서부터 출발하여, '축소'라는 핵심어로 일본(문화)을 해부해야 한다는 당위성을 확보하는 데까지 다다르는데, 이 과정을 간단하게나마 따라가 보면 다음과 같다.[57]

나는 지금 희끗희끗한 새치가 돋기 시작한 대학교수로서 혹은 시력 0.2의 근시안경을 낀 문예평론가로서 일본을 논하려는 것이 아니다. 그보다는 우선 국민학교의 어린시절로 돌아가 일본의 모습을 보고 생각하려고 한다. … (중략)… 단순한 알레고리로 하는 소리가 아니다. 실제로 나의 일본어와 그 지식의 대부분은 식민지 통치를 받던 국민학교 교실에서 배운 것들이다. 그런데 문제는 왜 내가 군이 그 어린시절로 돌아가 일본에 대해 말하려고 하는가 하는 데 있다./ 이 당돌하고도 무모한 모험을 하게 된 이유는 그 유명한 안델센의 동화 『발가벗은 임금님』이 그런 용기를 주었기 때문이다. 어른들은 군중이 만들어 낸 환상의 옷을 통해서만 임금님을 바라본다. 남들이 모두 떠들어대니까 임금님이 발가벗은 것을 뻔히 알고 있으면서도 오히려 잘못은 자기 자신에게 있다고 생각하고 잠자코 있다. 그러므로 임금님의 알몸을 발견한 것은 아이들의 눈이었고 동시에 큰소리로 그것을 말한 것도 아이들의 입이었다.[58]

『축소지향의 일본인』의 막을 올리는 구절이다. 이 중에서도 어른들은 환상의 옷을 통해서 대상을 바라보지만, 아이들은 알몸 그대로 대상

---

57 이하, 제1장과 관련한 본문 내용은 이어령, 앞의 책(1983), 11~38면을 바탕으로 서술한 것임.
58 위의 책, 11면.

을 바라본다는 것이 핵심이다. 이제까지의 일본(문화)론은 그 모두가 환상의 옷이 입혀진 상태였다. 이때의 환상의 옷이란 서양과의 대비를 통해서 일본을 바라보는 관점을 의미한다. 보다 직설적으로 표현하면 '서양에 없는 것=일본의 고유한 것'이라는 사고를 의미한다. 가령, '아마에(甘え)'와 같은 말을 일본 특유의 어휘로 간주한 도이 다케로(土居丈朗)의 사례를 들 수 있다. 도이 다케로는 아마에에 대응하는 말이 서양에서는 찾아지지 않으니 아마에를 일본 특유의 어휘로 볼 수 있다는 식으로 주장을 펼쳤다. 그런데, 서양이 아니라 한국과 견주어보면, 도이 다케로의 견해가 얼마나 빈약한지를 금방 알 수 있다. 한국에서는 아마에에 대응되는(혹은, 아마에보다 더 세분화된) '어리광'이니 '응석'이니 하는 단어들이 찾아지기 때문이다. 그러니, 일본을 제대로 알고자 한다면 서양과 견주어서 특이성을 찾아내는 이와 같은 왜곡된 시선에서 벗어나야 한다. 어린아이의 입장에서 알몸 그대로 대상을 바라보고 말하겠다는 결심이란 바로 이것을 뜻한다.

그런 다음, 롤랑 바르트의 『기호의 제국』에 대한 비판이 펼쳐지고, 연달아, 루이스 프로이스, 루스 베네딕트 등의 저서들에 대한 비판이 펼쳐진다. 이유인즉, 이들의 저서는 한결같이 일본(문화)론에 해당하거니와, 내용 전개 방식에 있어서 도이 다케로와 별반 다르지 않은 메커니즘을 보여주는 까닭이다. 이들의 저서에서 일본 고유의 성질이라고 이름이 붙여진 목록 중 다수는 동북아시아에서, 즉, 중국과 한국에서 손쉽게 찾아볼 수 있는 것들이다. 그러므로, 진정 일본만이 지닌 독특함을 발견하고자 한다면, 서양과 맞대어보는 게 아니라 중국, 한국과 맞대어보는 게 바람직하다는 판단이 뒤따라 제시되고, 다시 범위를 더욱 좁혀서, 한국과 맞대어보는 게 바람직하다는 판단이 뒤따라 제시된다. 나아가, 자신의 유년 시절을 끄집어내면서 민족의식조차 변변찮던 그때의 경험이야말로 선입견 없는, 편견 없는 원경험(原經驗)이라고 주의를 환기하는 한편, 일본문화에서는 끝내 동화될 수 없는 어떤 낯선 요소들이 느껴졌다는 것을, 다시 말해, 분명히 내 것이 아니라는 데서 주어졌던 이질감을 언급한다. 이러한 이질감이야말로 일본(문화)만이 지닌 독특함을 풀어낼 수 있는 열쇠라는 것이다.

그렇게 어린아이로 돌아간 후, 이질감의 정체를 밝히는 작업을 시작한다. 우선, 잇슨보시(一寸法師), 모모타로(桃太郎), 긴타로(金太郎), 우시와카마루(牛若丸)를 고비토(小人)와 연결키시며 본격적으로 '축소'라는 개념을 꺼내는 작업에 착수한다. 이어서, 양국의 옛날이야기를 통해 한국인은 큰 것을 지향하는 반면, 일본인은 작은 것을 지향한다는 식의 상반 관계를 도출해내고, 또, 마메(豆), 히나(雛), 사이쿠(細工)와 같은 단어 용례로써 일본인에게는 작고 섬세하게 줄이려는 의지가 내재해있음을 도출해낸다. 그리고, 이러한 일본인의 축소지향성은 단순히 섬나라라서 그렇게 되었다는 풍토론(風土論)으로 설명이 안 되는바, 의식적인 측면으로, 곧, 수축적인 상상력으로 풀어야 한다는 주장을 펼쳐낸다.

수축적인 상상력이 거론되었으니만큼, 이제 범위는 문학 일반의 영역으로까지 뻗어나간다. 먼저, 하이쿠라든가, 만요슈(萬葉集)라든가, 장편소설(掌篇小說)이라든가 하는 사례가 제시된다. 다음으로, (거대주의를 보여주는) 프랑수아 라블레의 소설과 (극소주의를 보여주는) 에지마야 기세키(江島屋其磧)의 소설 간 대비가 제시된다. 끝으로, 나쓰메 소세키(夏目漱石)의 "오랑캐꽃만 한 작은 사람으로 태어나고 싶어라"라는 하이쿠가 제시된다. 이러한 실례가 계속해서 쌓이는 동안 일본인의 축소 지향성은 슬그머니 일본(문화)만이 지닌 독특함을 대표하는 요소로 자리를 잡게 된다. 이상의 경로를 거치면서 『축소지향의 일본인』의 대전제는 성립되는 것이다.

그런데, 곰곰이 따져보면, 제1장은 상당히 묘한 구성이 아닐 수 없다. 사실, 축소지향성과 일본(문화) 간의 연결 짓기는 객관의 영역이라기보다는 주관의 영역에 속한다.[59] 흔히들 일본(문화)은 작은 것을 추구한다는 식으로 말하곤 하지만, 이는 단편적인 인상에 기반한 선입견, 편견일 따름이다. 그런데, 객관적이라고 인식되게끔 만들어야만, 축소지향성을 통한 일본(문화)의 여러 사례 분석이라는 제2장에서 제6장까지의 후속 작업도 의미를 지닐 수 있다. 이곳저곳에서 예시를 끌어모아 제시하는 파편적인 행위가 아니라, 일본(문화)을 관통하는 구조를 드러내 보이는 체계적인 행위가 될 수 있는 것이다.[60] 그러므로, 축소지향성이라는 스테레오 타입(stereo type)을 일본(문화) 해석의 핵심 수단으로 격상시키는 작업은 어떻게든 꼭 필요한데, 이럴 때, 문제는 적절한 이론적 배경을 확보하는 것이 도무지 난망하다는 데에 있다. 어떻게 해야 축소

---

59 관련하여, 황호덕은 잇슨보시가 20년 전의 『홈 속의 저 바람 속에』에서는 "확대지향 혹은 확장주의의 전형적 사례"로 제시되었음을 지적하면서, 1960년대 이어령과 1980년대 이어령 사이의 위상, 환경 차이가 "이야기에 대한 해석 자체의 풍화와 변화를 낳"았다고 분석한 바 있다(황호덕, 앞의 글, 182~183면).

60 이에 대해서는 "나는 그 책에서 문화적 보기(例)를 하나하나 나열하려 한 것이 아니라 일본 문화의 한 '체계'를 쓰려고 한 것입니다."(요시무라 데이지 · 이어령, 「'축소' 문화의 가능성」, 이어령, 『한국과 일본과의 거리』, 삼성출판사, 1986a, 275면), "내가 그 책을 쓴 것은, 한두 가지 예를 보고 '과연 그렇구나' 하고 긍정하거나 이것은 틀렸구나 하고 지적하려 한 것이 아니라, 문화 구조를 이런 방식으로 잘라 본다면 어떠한 일본 문화의 나뭇결이 나타날 것인가 하는 얘기를 하고 싶었던 것입니다."(같은 책, 275~276면)라고 한 이어령의 발언을 부기해둘 수 있다.

지향성과 일본(문화) 간의 연결 짓기가 객관적이라고 여겨지도록 만들 수 있을 텐가. 이 지점에서 이어령이 가진 수사(修辭)의 힘은 여실히 발휘된다.

앞서 살펴보았듯이, 이어령은 오히려 자신의 어린 시절을 전면에 드러내는 방법을 취해버린다. 어린아이가 일본에 대한 이질감을 느꼈다는 것, 그 이질감이 곧 축소지향성이라는 것이다. 사실, 어린아이의 실감이야말로 선입견, 편견으로부터 가장 자유롭지 못하다. 이에 대해서는 미성숙의 상태이니 유년기의 (무)의식이니 하는 부연을 구태여 덧붙일 필요조차 없어 보인다. 그러나, 이어령은 어린아이의 실감이 선입견, 편견과 무관한 원경험이라고 주장한다. 상당히 아이러니컬한 이 주장은 신기하게도 막상 글을 읽어나가는 도중에는 별다른 거부감없이 받아들여진다. 환상의 옷을 보는 어른의 시선과 알몸 그대로를 보는 아이의 시선이라는 대비가 사전에 이루어졌기 때문이다.[61] 또, 식민지 시기에 유년기를 보낸 탓으로 민족의식조차 형성되지 않은 채 한일 양국의 문화를 자유로이 넘나들 수 있었다는 사실이 여기에 덧대어졌기 때문이다. 이런 식으로 이어령은 주관 너머의 객관인 마냥 축소지향성과 일본(문화)

---

61   그런데, '벌거벗은 임금님 이야기'도 각주 59번에서 황호덕이 지적한 사례와 같은 양상을 보인다. 이곳에서는 알몸 그대로 대상으로 바라보는 어린아이의 시선을 긍정적으로 보고 있음이 목도되지만, 저곳에서는 허구의 정신을 없애버리는 어린아이의 시선을 비판적으로 보고 있음이 목도되는 것이다. "원래 언어 텍스트는 보이지 않는 상상의 실로 짠 것으로 실제 직물이 아니다. 문화라는 것도 알고 보면 그런 허구의 실로 짜인 화려한 옷감이다 / 리얼리스트들은 철없는 아이처럼 언어 텍스트가 실제가 아니라 허구임을 밝힘으로써 임금의 추악한 나체를 드러내고 말았다."(김형석 외, 『우리는 무엇으로 행복해지나』, 프런티어, 2016, 66면) 각주 59번에서 황호덕이 지적한 사례와 '벌거벗은 임금님 이야기'뿐만 아니라 같은 대상 다른 해석은 여러 곳에서 종종 찾아진다. 이러한 같은 대상 다른 해석에 대해서는 (약간 결이 다르긴 하나) 근대화에서 탈근대화로의 이행 아래 행해진 기존 소재들에 대한 다시 쓰기의 과정이라고 본 견해가 제출된 바 있다(김민정, 앞의 글, 60~61면 참고).

을 이어버리는 것이다. 그런 다음, 어린아이의 경우마저도 벗어나 일반의 경우로까지 슬그머니, 자연스레 비약을 감행한다. 일본 문학 전반을 훑어보아도 축소지향성을 띤다는 게 금방 목도되지 않느냐는 것이다. 그렇게 제1장을 거치면서 축소지향성은 일본(문화)을 꿰뚫는 마스터키로서의 위상을 확보한다.

제2장에서 제5장까지 일종의 예증 작업이 펼쳐진다(이미 여러 군데서 다루어졌으므로, 제2장에서 제5장까지를 두고서 몇몇 부분을 가져와 자세히 소개하는 방식을 굳이 취할 필요는 없으리라고 판단된다). 이어령은 "문화의 흔적(기호)을 읽기 위해서는, 생활과 밀접하고 구체적인 작은 일에서 전체의 구조를 찾아내는 작업을 해야"[62] 한다는 자세를 쭉 견지했다. 이미 제1장에서 축소지향성을 언명했으니만큼, 이후의 실제 서술 양상은 연역의 방식이라기보다는 귀납의 방식에 더 가까운 듯 여겨지나, 전체적으로 보아 "생활과 밀접하고 구체적인 작은 일"로부터 축소지향성을 도출해내는 작업을 여러 방면에 걸쳐 충실하게 수행한 것으로 파악된다. 구체적으로, 제2장에서는 일본의 대표 문화 상징물에 기반하여 축소지향의 여섯 가지 모형(이레코(入れ子)형, 쥘부채(扇子)형, 아네사마(姉様) 인형형, 도시락형, 노멘(能面)형, 문장(紋章)형)을 설정한 다음, 제3장에서는 자연물을 대상으로 삼아, 제4장에서는 인간과 사회를 대상으로 삼아, 제5장에서는 산업을 대상으로 삼아, 각각에 잠재된 축소지향성을 확인하는 절차를 밟아나간 것이다.[63]

---

62 이어령, 『신한국인』, 문학사상사, 1986b, 150면.
63 이어령은 전집에 해당하는 『(이어령 라이브러리)축소지향의 일본인』(문학사상사, 2003)을 내는 과정에서 각 장의 제목과 구성을 조금 바꾸었다. 이전 판본들과 문학사상사 판본을 비교하면 다음

제2장에서 제5장까지가 사실상의 본론이니만큼, 『축소지향의 일본인』에게 가해진 공격들은 주로 여기의 내용을 겨냥한 것이다. 일단, 축소지향성이라는 현상을 낳은 근본적 원인을 충분히 드러내지 못했다는 식의 비판이 주류를 차지한다. 한편, '평균적인'이라는 랑그(langue)를 상정했다는 것, 역사적인 관점을 몰각했다는 것, 자의적인 측면이 강하다는 것 등의 비판도 주류를 차지한다. 모아보면, 여러 현상에서 특정한 형(型, patten)을 추출하는 데만 매몰되어, 여러 현상이 나오게 된 사적(史的) 경위를 무시한 채, 여러 현상을 강제로 균질화한 다음, 여러 현상을 임의로 분류해버렸다는 비판으로 종합이 가능하다. 그런데, 이러한 비판은 사실상 일본론 전반에 해당한다고도 볼 수 있다. 관련하여, 일본론에 속하는 텍스트들이 지닌 방법적 기초의 애매성을 지적하며,

(1) 에피소드주의 : 자료의 많은 부분이 단편적인 에피소드, 여기저기에 흩어져 있는 개인적인 체험, 자질구레한 실화 등으로 그것들을 짜 맞춘다. (2) 언어주의 : 일본어 특유의 표현을 내세워 논한다. 격언을 인용하는 방법이 잘 쓰인다. (3) 이질적인 샘플의 비교 : 예컨대 일본의 대회사의 관리직 후보의 행동 양식과 서양 전반의 전 노동자와 비교하여 일본을 '종적 사회'로 하는 것 등. (4) 배타적 실감주의 : 일본에 관한 것은 일본인밖에 모른다고 믿고 있는 사람이 많다. (5) 서양일원론 : 서양에 대한 일원적인 파악 방법.

과 같다. 2장 : 『축소지향』의 여섯 가지 형 → 축소지향의 여섯 가지 모형, 3장 : 자연에 나타난 축소문화 → 자연물에 나타난 축소 문화, 4장 : 제목 변화 없음, 5장 : 현대에 나타난 축소문화 → 산업에 나타난 축소 문화, 6장 및 종장 : 제목 변화 없음, 다만, 종장이 6장의 마지막 하위 챕터로 편입됨.

'서양', '구미'의 범위가 명확하게 정의되어 있지 않다.[64]

와 같이 문제점을 다섯 가지로 정리한 미나미 히로시의 경우를 참고할 수 있다. 범위를 좀 더 넓힌다면, 이러한 비판은 사실상 비교문화론(혹은, 민족지학(ethnography))이 가지는 근본적인 한계라고도 볼 수 있다. 관련하여, 문화마다 고유한 형이 존재한다고 본 루스 베네딕트의 작업에 대해 일찍부터,

> 그 논지를 간단히 설명하자면 엄정성과 객관성을 자랑할 수 있는 민족지는 애당초 이 세상에 존재할 수가 없다는 것이다. 민족지에는 여러 겹으로 짜여진 우화(allegory)의 그물이 쳐져 있으며, 거기엔 저자의 속죄나 회한, 교훈적인 것으로 흐르는 편향 같은 것이 요술의 비밀장치처럼 장착되어 있다. 하나의 텍스트로서의 민족지는 각각의 방식으로 과학주의라든지 객관주의를 전면에 내세우면서 그 뒤에서는 이미 시대의 은유(metaphor)에서 벗어날 수 없는 운명을 짊어지고 있는 것이다….[65]

와 같이 평가한 제임스 클리포드의 경우를 참고할 수 있다. 결과적으로, 기제출된 일본론에, 비교문화론(혹은, 민족지학)에 대결의식을 가지고, 이를 한번 넘어서 보고자 출발한 이어령의 작업 역시도, 여러 일본론이 드러낸 기존의 문제점에서, 여러 비교문화론(혹은, 민족지학)이 드러낸

---

64   미나미 히로시, 이관기 역, 『일본인론』(하), 2판: 소화, 2003, 218면.
65   야마오리 데쓰오, 「『일본인의 행동패턴』을 읽고」, 루스 베네딕트, 서정완 역, 『일본인의 행동패턴』, 소화, 2000, 262~263면.

기존의 근본적인 한계에서, 그다지 멀리 벗어나지는 못한 모양새로 수렴된다고 할 것이다.[66] 그러나, 이러한 난점들에도 불구하고, 이어령의 작업에서 어떤 유효성을 찾을 수 있다면, 흔하디흔한 일본론, 비교문화론(혹은, 민족지학)과의 변별성을 찾을 수 있다면, 이를 가능케 하는 요인이란 무엇인가.

이어령은 강한 소신이 있었다. 이어령은 애초부터 자신에게 날아드는 비판과 정반대의 견해를 가졌다. 이어령은 일본(문화)을 폭넓게 조명하기 위해서는 이질적인 분야 간의 접합 가능성을 발견하는 시선이 요구된다고 생각했다. 구체적으로 이어령은 '축소한다'라는 동사의 힘을 통할 때, 하이쿠와 세키테이(石庭), 꽃꽂이와 트랜지스터, 고대의 전통문화와 현대의 물질문화, 가시적인 물질문화와 불가시적인 정신문화 등과 같이, 전혀 결이 다른 것들을 함께 묶어낼 시야가 확보되는바, 이로부터 중립적으로, 탈이데올로기적으로 일본(문화)의 요체를 서술할 가능성이 주어진다고 판단했다. 그러한즉, 사적 경위 무시라든지, 강제 균질화라든지, 임의 분류라든지 하는 문제들은 오히려 이어령의 작업에서 필연적으로 수반될 수밖에 없는 것이었다.[67] 자연히 이어령의 작업은 (비록 다양한 문헌을 제시하고는 있지만) 객관성, 논리성의 영역에서 같은 부류에 속하는 여타의 작업보다 뛰어나다고 보기가 어렵다. 차라리

---

66 이어령의 작업은 미나미 히로시가 말한 일본론의 다섯 가지 문제점 중에서 (4)를 제외한 나머지 것들로부터 자유로울 수 없어 보이거니와, 또, 제임스 클리포드가 말한 과학주의, 객관주의를 가장한 시대의 은유라는 규정틀로부터 자유로울 수 없어 보인다.

67 이어령, 앞의 책(1994), 122~123면 참고. 물론, 전성욱이나 황호덕이 지적한 것처럼, 이어령의 이러한 관점이 후기식민지 주체의 탈역사적, 탈정치적 욕망과 연결될 수 있다는 데에는 일정 부분 동의하는 바이다.

떨어진다고 보아도 틀리지 않는다.[68] 그런데도 주지하다시피 이어령의 작업은 큰 반향을 불러일으켰다. 이는 단지 소수의 결과물만이 누릴 수 있는 경우였다. 일본론의 시원(始原)에 해당하는 루스 베네딕트의 작업이 적지 않은 오인을 드러냈음에도 여전히 스테디셀러로 남아있는 이유란, 저자의 직감적인 파악에 의해서 일본인의 국민성이 보기 좋게 부각되고 있기 때문이다. 또, 곳곳에서 보이는 저자의 예리한 관찰이 일본인의 성격에서 파생되는 여러 사회 현상을 푸는 단서가 되고 있기 때문이다.[69] 마찬가지로, 이어령의 작업도 일본적인 현상을 축소지향성으로 명징하게 드러내 보였다는 점에서만큼은 모두의 동의를 얻고 있다. 이어령의 작업에서 객관성, 논리성을 담보하지 못한 흠을 지적하는 편에 서 있는 입장이더라도 이를 전연 부정하지는 않는 것이다. 직관이 기초가 되어 누구나 수긍할 수 있는 명제를 도출해내고, 다시, 수사가 명제의 설득력을 배가시킨다(물론, 이 말은 논증 자체가 일절 부재한다는 의미가 아니다). 칸스터티브(constative, 사실 확인적)의 언설이 아니라 퍼포머티브(performative, 행위 수행적)의 언설로 간주한다면,[70] 이 정도로 효과적인 사례를 찾아보기도 쉽지 않다. 일본론이, 비교문화론(혹은, 민족지학)이 (제임스 클리포드의 말처럼) 여러 겹으로 짜여진 우화일지언정, 우화를 문학에까지 다다르게 만들어버린다면, 도리어 빛을 발할 수 있다는 전

---

68   이때, 객관성, 논리성이 떨어진다는 것은, 체계적인 입증의 부족함을 뜻하기도 하거니와, 이와 더불어, 목적과 과정의 혼동이 빚어졌음을 뜻한다.
69   角田安正,「解説」, ルース ベネディクト, 角田安正 訳,『菊と刀』, 光文社, 2008, 504面.
70   이러한 구분에 대해서는 이 책의 제1부 제4장 제1절 참고.

례를 이어령의 작업은 보여준 셈이다.[71] 더하여, 이어령의 작업은 "서구와는 완전히 다른 의미체계를 지닌 것으로 가정되는 타자의 공간"[72]으로서의 일본이라는 이미지를 해체하려 했다는 점에서 (그 성공 여부를 떠나) 일단의 가치를 인정받을 수 있다. 루스 베네딕트도, 롤랑 바르트도, 레비-스트로스도, 그리고, 일본 내의 인사들도 제각기 작업이 과학적이었든 사회학적이었든, 혹은, 재현을 추구했든 허구화를 인정했든 간에, 비(非)서구로서의 일본성(japaneseness)이라는 범주에서 벗어나지 못했다.[73] 하지만, 이어령의 작업은 여태까지의 결과물들이 재현의 반복을 통해 일본이라는 이미지를 고착화했다는 문제의식 아래, (제1장에서 언급했듯이) 한국이라는 비교항을 새로이 도입하여, 이를 한번 깨트려 보고자 한 시도로서 충분히 주목이 가능한 것이다.[74] 한발 더 나아가, 이어령의 작업은 비단 일본(문화)에 대한 이해만이 아니라 한국(문화)에 대한 이해를 수반한다는 점에서 적지 않은 의의를 지닐 수 있다. 관련해서는, 이어령 스스로가 "일본에서 머물면서 책을 쓰고 있는 동안 나는 일본을 그냥 일본으로 생각하지 않고 우리의 모습을 비쳐 보는 거울로 삼

---

71 이 문구는 다음의 구절에서 착안되었다. "문체 이외의 수단으로 파악될 수 있는 진실이란 것이 과연 있는 것일까. 문명론, 문화론은 문학이 되었을 때 비로소 가능하다는 전례를 제공하고 있다는 사실로 이어령의 존재는 묵직하면서 찬란하다." 이병주, 「일본에서의 이어령」, 이어령, 앞의 책(1994), 320면.

72 공현정, 「비재현적 글쓰기와 정동: 〈기호의 제국〉과 〈딕테〉 비교연구」, 서울대학교 석사학위논문, 2017, 13면.

73 관련하여, "서구가 일본이라는 신화를 만들었다면, 일본은 서구와 비춰봄으로써 다시 일본을 그게 맞게 재조정한다."(피터 페리클레스 트리포나스, 앞의 책, 27면)라는 문구를 덧붙여둘 수 있다.

74 다만, 일본과 한국을 견주어서 1차 검증을 수행한 후, 다시, 서양과 견주어서 2차 검증을 수행하는 식의 전개가 종종 발견되는바, 최종 심급으로서의 서양이라는 인식이 여전히 깨어지지 않은 채 남아있지 않은가 하는 아쉬움을 주기도 한다.

아 왔다. 고대문화를 볼 때에는 우리 문화의 원형을 복원해 보았고, 그들의 과학기술이나 경제력의 현대문명을 대할 때에는 우리의 가능성을 점치는 실험용 생쥐로 느꼈다."[75]라고 밝힌 것을 참고할 수 있거니와, 과연, 한국은 일본을 제대로 조명하기 위한 비교항이긴 했으되, 일본과의 차이로써 그 자체 독자적인 특성이 밝혀지는 대상으로도 읽히게끔 기술이 이루어진 것을 확인할 수 있다.

마침내 제6장에 도착한 다음,[76] 이어령은 역시나 축소지향성이라는 무기를 활용하여, 일본인 특유의 '안'과 '밖' 관념을 도출해낸다. '안'은 "축소 공간으로 자기 자신이 직접 경험할 수 있는 구상적 세계, 피부로 느껴지는 작은 세계"이고, '밖'은 "확대 세계로 추상적인 넓은 공간"인데, "일본인은 무엇을 대하든 그것을 곧 안과 밖으로 나누어서 생각하고 행동하는 버릇이 있다"는 것이다.[77] 우찌(内)는 자기의 집을 뜻하는 말이고, 소토(外)는 자기 집 외 공간을 뜻하는 말이다. 우찌가 확장되면 자기가 다니는 회사, 단체를 뜻하는 말이 되고, 소토는 자연히 남이 다니는 회사, 단체를 뜻하는 말이 된다. 우찌의 최대 영역은 일본 민족, 국가이며, 이럴 때, 소토는 다른 민족, 다른 국가를 지칭하게 된다. 그런데, 일본인은 우찌에 있는 사람과는 '와(和)'를 추구해야 한다고 생각하면서도,

---

75 이어령, 「후기」, 앞의 책(1986a), 340면.

76 이에 앞서 제5장의 말미 두 문단을 통해 앞으로의 진행 방향이 어찌 될지를 미리 알 수 있다. "오늘의 산업사회에서의 축소지향은 에너지를 절약하고, 물자를 절약하고, 스페이스를 절약하게 되는 유익한 문화가 된다. 추력 한 대분의 부품이 오늘날에는 축소되고 축소되어 자전거 한 대면 족하다는 마이크로 일렉트로닉스 시대에서는, 잇슨보오시가 작은 거인으로 각광을 받게 된다. 그러나……/ 그러나 말이다. 일본은 지금 대체 그 축소지향의 문화를 어떻게 전개시키고 있는가? 축소지향의 문화에는 양지만이 있는 것은 아니다." 이어령, 앞의 책(1983), 295면.

77 위의 책, 301면.

소토에 있는 사람을 향해서는 냉담한 태도를 내비친다. 더하여, 이러한 우찌와 소토에 대한 인식이 두텁다 보니, 일본인은 우찌 안에서는 강점을 보이나 소토로 나아가서는 약점을 보인다. 곧, 일본인은 축소에 강한 모습을 보여주는 반면, 확대에 약한 모습을 보여주는 것이다. 아니나 다를까. 일본의 역사를 되돌아보아도 축소를 지향할 때는 언제고 번영했으나, 이러한 번영을 토대로 확대를 지향할 때면 늘 실패로 귀결되고 만 사례들이 여럿 확인된다. 그렇다면, 트랜지스터, 전자계산기, 비디오 등과 같은 축소지향의 산물로 산업사회의 첨단에 선 지금의 일본은, 다시, 축소지향의 산물로 확대지향을 도모하여 세계 무대에 진출했으나 심한 무역 마찰로 인해 국제적인 고립 상태에 처할 위기에 놓인 지금의 일본은, 대체 어떤 움직임을 취해야 하는가. 일본이 선택해야 할 길은 축소지향인가, 확대지향인가. 이와 같은 물음을 던지고서 종장이 펼쳐지는 바, 이어령은 다음과 같은 제언을 펼치는 것으로 길었던 대장정을 마무리한다.

온 세계 사람들에게 공감을 주는 것은 사무라이의 칼이 아니라 료안지와 같은 아름다운 세끼데이(石庭)이다. 그런 정원을 만들고 맑고 고요한 다실 문화를 낳은 일본인, 설사 역사를 피로 씻은 사무라이 사회의 살륙이 있었다 해도 그것을 속죄하기에 충분한 아름다운 꽃의 문화를 만들어 낸 일본인……그러한 일본인들은, 일본의 역사 속에서 한 번도 그 주인이 되지 못했다. 칼을 가진 자와 주판을 가진 자만이 역사를 지배했던 것이 일본의 비극이었다. 이제부터 「군사대국」「경제대국」이 아니라 「문화대국」의 새 차원으로 역사를 이끌어가야만 확대지향도 제 빛을 차지할 수가 있을 것이다.

일본인의 축소지향력은 정원을 만들고 다도(茶道)와 화도(華道)를 만들었다. 그리고 다음에는 트랜지스터를, 전자 탁상계산기를 만들었다./ 앞으로는 그 고도(琴)와 같은 생명의 울림을 만들어가야 할 것이다. 더 커지고 싶으면, 참다운 대국이 되고 싶으면, 더 작아지지 않으면 안 된다./「도깨비(鬼)가 되지 말고 난장이(一寸法師)가 되라. 배를 태워 고도를 만들라. 그 소리가 7대양(七海)에 울리도록……」[78]

루스 베네딕트의 작업이 다분히 목적성을 띤다고 볼 수 있는 근거가 마지막 장에서의 본심 노출로부터 주어지는 것이라면,[79] 여기에 비춰보아 이어령의 작업도 다분히 목적성을 띤다고 할 수 있다. 이어령은 일본과 한국이 아직 대등하지는 않다고 생각했다. 객관적으로도 1980년대 초엽의 시점에서 한국도 많은 발전을 이루었다지만, 그때가 초호황기였던 일본에 비한다면 턱없이 격차가 크다는 사실은 자명하게 다가온다. 그리고, 이어령은 이와 같은 격차가 존재하는 한 양국이 가까워지기란 어렵다고 보았다. 격차가 좁혀져야 더 밝고 신뢰할 수 있는 관계가 형성될 수 있다고 보았다. 그런 측면에서 이어령은 일본 국민 개개인이 의식을 각성해주길 원했다. 자국의 이익에만 급급하지 말고, 이웃과 돕고 협력하는 자세를 갖추길 기대한 것이다.[80] 이어령의 제언에는 이러한 사정

---

78   위의 책, 338~339면.
79   루스 베네딕트는 『국화와 칼』의 마지막 장("제13장 패전 후의 일본인")에서 문화상대주의적 태도를 보여주되, 미국의 입장에서 일본이 나아가야 할 적절한 방향을 넌지시 제시하고 있다. 애당초 루스 베네딕트는 전시정보국 소속으로 일본 탐사를 수행했다.
80   이마즈 히로시 · 이어령, 「일본은 과연 '대국'인가」, 이어령, 앞의 책(1986a), 216~217면 참고.

이 밑받침되어 있다. 이어령은 일본을 향해서 축소를 지향하라고 말한다. 많이들 오해하고 있지만, 이곳저곳에서 이어령이 밝힌 바를 따른다면, 이는 일본이 확대를 지향하지 않도록 유도하거나 호소하는 발화가 결코 아니며, 또한, 경제적 차원, 정치적 차원을 겨냥한 발화가 결코 아니다. 당장 위의 인용문에도 적시되어 있듯이, 이어령이 일본이 축소를 지향해야 하는 이유를 「문화대국」의 새 차원"으로 나아가기 위함으로 들고 있다. 더하여, 이어령은 그렇게 해야만 "확대지향도 제 빛을 차지할 수가 있을 것"이라고 밝히고 있다. 그러니까, 이어령은 일본 국민 개개인의 의식 각성을 토대로 일본이 '축소시키면 반대로 커지는 문화적 작은 거인의 모습'[81]을 지향하기를 바랐던 것이다.[82] 바로 여기가 『축소지향의 일본인』을 통해서 일본 사람에게 "「나」를, 「한국인」을 증명해 보"인 끝에 비로소 다다른 이어령의 도착점이었다.

---

81 요시무라 데이지 · 이어령, 앞의 글, 위의 책, 280면 참고.
82 보충하건대, 이어령의 이러한 주장은 일본문화에는 오리지널리티가 부족하다는 인식으로부터 촉발된 것이다. 가령, 카세트, 트랜지스터 등 최근에 일본이 내세우는 산업 산물만 보아도 서구에서 발명된 것을 축소의 방법으로 개량한 것임이 확인되는바, 이제 일본이 앞장서서 뛰어나가려면 서구를 복사할 것이 아니라 스스로 방향을 설정할 수 있어야 한다는 것이다. 다만, 이어령의 이러한 주장은, 비록 이어령이 문화를 경제, 정치보다 높은 상위의 개념으로 인식하고 있었더라도 경제적인, 정치적인 문제들을 회피한다는 인상을 주기도 하고, 문화 대국의 새 차원이란 개념 또한 추상적으로만 언급되고 마무리가 이뤄진 탓에 일본이 추구해야 할 이상을 대체 어떻게 생각하고 있었는지가 불분명하다는 인상을 주기도 한다는 약점을 가진다.

4. 맺음말 ─『축소지향의 일본인』그 이후

『축소지향의 일본인』을 발간한 이후에도 이어령은 신문 지면에다가 여러 차례 일본(문화)에 대한 자신의 생각을 밝힌 바 있다. 이때에도 한국은 비교의 잣대로 계속 활용되었던바, 가령, "일본인의 문화는 「좁히고 죄는 문화」"이고 한국인의 문화는 「틈을 주고 푸는 문화」"인데, "어느 쪽이 좋은지는 말할 수 없고 다만 그것을 잘 이용하는 국민만이 발전할 수 있다."[83]라는 사례를 들 수 있다. 이렇게 한국과 견주는 방식으로 일본(문화)에 대해 의견을 개진하던 이어령은, 무게중심을 한국으로 차츰 옮겨서, 축소지향성을 일본(문화)과 연결 지었던 것처럼, '신바람'을 한국(문화)과 잇고자 하는 작업을 본격적으로 착수해나간다.

> 우리는 「신바람」을 아는 민족이에요. 동물에겐 그런 게 있을 수 없지요. 그렇게 가난하고 어려웠어도 인정 많고 여유 있는 생활을 영위해 왔습니다. 일본인들은 멍석을 펴 놔야 뭔가 하는 민족인 데 비해 우린 펴 놓으면 안 하는 민족입니다. 우리는 멍석을 깔지 않아도 신바람만 나면 모든 것을 자율적으로 해나갈 수 있습니다.[84]

> 〈신바람〉을 낼 수 있는 민족의 공감대만 형성되면 우리는 지금까지 잠재했던 민족의 창조력을 발휘할 수 있다고 봅니다. 절대로 정감록 같은 이야기

---

83 「푸는문화와 죄는문화」,《동아일보》, 1982.6.11, 6면.
84 김용운 · 이어령, 「일본을 알기 위한 대화」, 이어령, 『사색의 메아리』, 갑인출판사, 1985, 194~195면.

가 아닙니다. 우린 언제나 〈위험에 강한 민족〉이었기 때문입니다.[85]

  그리고, 이러한 신바람을 통한 한국(문화) 들여다 보기는『푸는 문화
신바람의 문화』(갑인출판사, 1984)로, 또,『신한국인』(문학사상사, 1986),
『그래도 바람개비는 돈다』(동화서적, 1992) 등의 결과물로 이어진다.[86]
이로 보면,『축소지향의 일본인』은 한국(문화) 탐사에 있어 도약의 계기
를 마련해주었다는 데서도 큰 의미를 지닌다. 1960년대의『흙 속에 저
바람 속에』가 보여준 바의 한국에 대한 부정적인 인상에서 1980년대
이후의 여러 한국(문화) 관련 저서들이 보여준 바의 한국에 대한 긍정적
인 인상으로, 그 인식의 전환을 추동한 핵심 요인은 근 20년 시차에 따
른 한국의 경제적 · 문화적 · 사회적 · 정치적 현실 변화 및 이어령의 생
물학적 연령 변화였을지언정,[87] 한국(문화) 탐사를 구체적으로 전개해나
가는 과정에서, 여태껏 (의식적으로, 무의식적으로) 도외시해왔던 일본이
라는 비교항이 도입된 계기는, 그리하여, 더욱 풍성한 한국(문화) 탐사
가 가능케 된 계기는 다름 아닌『축소지향의 일본인』으로부터 주어졌
기 때문이다. 1960년대의 이어령은 일본을 언급하기를 꺼렸다. 하지만,
1980년대의 이어령은 일본과 한국을 견주기를 즐겨 활용하기 시작한

---

85 위의 책, 195면.
86 덧붙여두자면, 신바람은 '한', '풀이'와 한 쌍을 이룬다. 즉, 가슴에 뭉친 한을 풀어야 신바람이 생긴
    다는 것이다. 한 문화가 풀이 문화로, 풀이 문화가 신바람 문화로 이어지는 흐름인 것이다. 훗날 이
    어령은 이 세 가지를 두고서 "한국문화에 대한 내 생각의 궤적을 탐구하는 데 있어서" "가장 귀중한
    문화 코드로서 작용하게 될 것"이라고 말하게 된다. 이어령, 「풀이 문화의 지향성」, 『(이어령 라이브
    러리)푸는 문화 신바람의 문화』, 문학사상사, 2002, 4~5면 참고.
87 이동하, 「영광의 길, 고독의 길」, 김윤식 외, 『한국 현대 비평가 연구』, 강, 1996, 294면 참고.

다. 이 변곡점에 『축소지향의 일본인』이 놓여 있다. 이렇듯 『축소지향의 일본인』은 일본(문화) 이해에도 기여했지만, 한국(문화) 탐사에도 이바지했다. 이어령은 일본이라는 아포리아를 마주한 이후 비로소 다음 단계로 나아간 것이다.

디지로그, 생명자본주의, 새로 쓰는 한국문화론의 행방에 대하여

1. 들어가며

이어령만큼 많은 수식어가 이름 앞에 붙을 수 있는 인물이 또 있을까. 문학평론가이기도 했고, 문화기획자이기도 했다. 문예지 편집자이기도 했고 심지어 문화부 장관이기도 했다. 그 밖에도 수많은 직함을 덧붙일 수 있다. 다만, 근래의 몇몇 지면을 살핀다면, 생의 종점에서 이어령은 그 자신 본령을 '이야기꾼'으로 규정 짓고자 했음이 확인된다. 무언가 가볍다거나 느슨한 듯싶다가도 이만큼이나 딱 들어맞는 표현도 달리 없는 듯 여겨진다. 일찍이 가브리엘 가르시아 마르케스가 자서전에다가 '이야기하기 위해 살다(vivir para contarla)'라는 제목을 달아둔 적이 있되, 이는 이어령에게도 참으로 어울리는 문구가 아닐 수 없다. 가브리엘 가르시아 마르케스 못지않게, 혹은 그 이상으로 이어령 역시 평생토록 '이야기하는 삶'을 살았던 까닭이다.

그래서, 지금 우리 앞에는 이어령이 펼쳐낸 수많은 이야기가 놓여 있다. "아마 내 나이만큼 썼을 겁니다. 그러니까 90여 권을 썼죠."[1]라는 문구는 어림셈에 가깝다. 이어령의 저서 중에는 다양한 변이형 판본들

---

1 〈이어령 장예전(長藝展)〉(영인문학관, 2022.4.15~5.14)에서의 전시실 벽면 문구.

이 존재한다. 가령, 기존 원고를 교체 · 수정 · 보완하여 출판한 경우라든지, 이쪽 저서의 내용 일부와 저쪽 저서의 내용 일부를 새로 묶어서 출판한 경우라든지 등을 그 예시로 들 수 있다.[2] 따라서, 기준을 어떻게 설정하느냐에 따라 총 권수는 90여 권보다도 훨씬 늘어날 수 있는 것이다. 무려 90여 권을 능가하는, 또한 저서에 포함되지 않은 각종 강연이나 인터뷰 등을 추가한다면 그 총량은 더 증가하는, 이와 같은 방대한 양의 이야기를 청년 시절부터 말년 시절까지 멈춤 없이 계속해온 이어령을 마주하고서, 그래도 원줄기라고 부를 만한 주제를 하나만 뽑아내 본다면, 그것은 다름 아닌 '한국인 이야기'가 될 수밖에 없다. 과감하게 말한다면, 이어령이 생전에 한 거의 모든 이야기는 한국인 이야기라고 불러도 틀리지 않는다. 어떤 식으로 내용이 전개되었든 간에 그 끝은 한국인에 관한 무엇으로 대개 귀착되기 때문이다.

일찍이 이동하는 『흙 속에 저 바람 속에』(1963)와 『신한국인』(1986), 『그래도 바람개비는 돈다』(1992) 등은 모두 "한국인 혹은 한국 문화의 정체성을 주제로 해서" 쓰여진 책이지만, "전자가 아무래도 부정 쪽에 더 크게 기울고 있었던 반면, 후자에서는 긍정의 목소리가 더 크게 느껴지는 것을 깨닫지 않을 수가 없"[3]다고 언급한 바 있다. 이어령의 한국인 이야기가 세월이 지남에 따라 부정에서 긍정으로 변화했다는 주장이며, 이는 "1960년대 한국의 현실과 1980~90년대 한국의 현실 사이에 가로놓여 있는 정치 · 경제 · 사회 · 문화적 차이" 및 "이어령 자신

---

2   이 과정에서 기존 제목을 붙인 때도 있고 새로운 제목을 붙인 때도 있다. 엄밀한 서지 정리가 어려운 이유이다.
3   이동하, 「영광의 길, 고독의 길」, 김윤식 외, 『한국 현대 비평가 연구』, 강, 1996, 294면 참고.

이 그 세월만큼의 나이를 먹어오면서 자신의 고향과 자신의 이웃에 대하여 보다 더 관대한 마음을 가지게 되었다는 사실"에서 연유했으리라고 뒷받침된다.[4] 전자와 후자를 모두 읽어본 경험이 있는 독자라면, 이러한 주장이 타당하다는 것을 금방 인정할 수 있다. 그리고, 이어령의 한국인 이야기는 『신한국인』과 『그래도 바람개비는 돈다』를 지나서도, 그러니까 1990년대 중반 이후는 물론이고 2000년대로 접어든 다음부터도 긍정적인 어조를 꾸준히 유지하면서 개진되는 모양새를 보여준다.

이 글은 이처럼 긍정으로 옮겨간 이어령의 한국인 이야기 중에서도 2000년대 중반과 2010년대 초반에 각각 발간된 『디지로그』(2006)와 『생명이 자본이다』(2014)를 대상으로 삼아 이들의 성격과 특질을 살펴보는 데에 목적을 두고자 한다. 그 이유란 두 편에서 내세워진 '디지로그'와 '생명자본주의'라는 단어가, 한국문화의 전망을 제시하는 개념이기도 했거니와, 동일한 사유에 기반을 둔 서로 연결되는 개념이기도 했을뿐더러, 삶의 마지막까지 이어령이 붙잡았던 개념이기도 했기 때문이다.[5] 우선, 2000년대 초반의 시점에서 이어령이 발표했던 글을 두 편 정도 살펴보면서 디지로그, 생명자본주의가 표출되기까지의 전반적인 맥

---

4   위의 글, 294면.
5   『신한국인』이나 『그래도 바람개비는 돈다』를 비롯하여, 1990년대 중반에서 2000년대 초반까지 발표된 『한국인의 손, 한국인의 마음』(1994), 『말 속의 말』(1995), 『붉은 악마의 문화 코드로 읽는 21세기』(2002) 등도, 이어령의 한국인 이야기에서 간과되어선 안 될 중요한 저작들이다. 당연하게도 이 저작들과 『디지로그』, 『생명이 자본이다』 간에는 연결되는 지점이 여럿 존재한다. 그러면서도 한편으로는 변별되는 지점이 또한 존재하는데, 가장 큰 차이란 이 저작들이 '한국문화에 대한 다시 읽기'의 성격을 강하게 띤다면, 『디지로그』, 『생명이 자본이다』는 '한국문화에 대한 새로 쓰기'의 성격을 강하게 띤다는 것이다.

락을 파악하기로 한다.[6] 이어서, 디지로그, 생명자본주의에 대한 탐사를
본격적으로 진행해나가기로 한다.

2. 형용모순적 사유의 배경

이어령은 2002년부터 자신의 전집에 해당하는 '이어령 라이브러
리'의 발간 작업을 시작한다. 그 가운데서의 한 권인 『흙 속에 저 바람
속에』를 보면, 부록으로 「흙 속에 그 후 40년 Q&A」를 붙여놓았음이 확
인된다. 제목처럼 문답 형식으로 되어 있는 이 글은, 새 시대가 열리는
시점에서 한국문화를 바라보는 이어령의 관점이 바뀌었음을, 다름 아닌
이어령 스스로가 제시하고 있다는 데서 일단 주목을 요할 뿐만 아니라,
『디지로그』와 『생명이 자본이다』에서 발현될 아이디어의 일부를 여러

---

6   이때, 살펴보고자 하는 두 편은 적시된 내용 및 발표된 시점을 감안할 때 가장 적절하다고 판단하여
     선택한 대상일 뿐이다. 살펴보고자 하는 두 편 외에도 '디지로그'와 '생명자본주의'의 연원을 알려주
     는 글(혹은, 구절)들은 무수히 많다. 가깝게는 1998년 10월 9일에 열렸던 강연을 토대로 한 「새 천
     년 한국 문화를 위한 서장」(한국문화연구원 편, 『새 천년의 한국문화 다른 것이 아름답다』, 이화여
     자대학교출판부, 1999) 및 주제는 교육이되 그 과정에서 자신의 사유를 심도 있게 전개한 「에듀테
     인먼트와 원융회통의 전통」(『여가학연구』 1(1), 한국여가문화학회, 2003) 등을 들 수 있다. 「새 천
     년 한국 문화를 위한 서장」, 「에튜테인먼트와 원융회통의 전통」 등은 살펴보고자 하는 두 편과 여
     러 대목에서 내용이 겹친다. 또한, 멀게는 1950년대나 1960년대로까지 거슬러 올라갈 수 있다.
     가령, 『흙 속에 저 바람 속에』는 비판적으로 한국문화를 조명한 연재 에세이에 해당하지만, 여기서
     의 소재 중에서 '돌담'이나 '한복'을 설명한 경우를 보면, 『디지로그』와 『생명이 자본이다』의 발상법
     과 상관성을 가진다는 점을 알 수 있다(이 책의 제2부에 수록된 「전후세대 지식인의 눈에 비친 '현
     대(세대)-한국(인)-서양' : 이어령의 《경향신문》 연재 에세이 〈오늘을 사는 세대〉, 〈흙 속에 저 바람
     속에〉, 〈바람이 불어오는 곳〉을 대상으로」 중의 "4. 한국의 순수한 자화상 그리기, 혹은, 한국의 문화
     개선을 위한 반성적 성찰 - 〈흙 속에 저 바람 속에〉의 경우"를 참고).

부분을 통해 미리 엿볼 수 있다는 데서 또한 중요성을 지닌다.[7]

분명히 지금 나는 미군용 카키색 지프차를 개조한 자동차를 타고는 더 이상 한국과 한국 문화를 바라볼 수 없다는 것을 오래전부터 깨달았습니다. 내 생애의 그 총체적인 문명 체험에서 마지막 도달한 것은 나물 바구니도 초가 삼간도 그리고 지프차도 아닌 바로 정자亭子였던 것입니다./ 농경사회에서 산업사회로 향하는 그때 나에게 필요했던 것이 지프의 시점이었다면 산업 사회에서 지식정보사회로 향하는 이 시대에 무엇보다도 필요한 것은 정자 공간이라고 한마디로 압축할 수 있습니다.[8]

보고 보이는 쌍방향의 시점 교환을 가능하게 한 정자공간이야말로 원근법 을 낳은 서구의 일방통행적인 단일 시점과 다른 점이라고 할 수 있습니다. …(중략)… 인터넷이니 인터랙티브니 인터페이스니 요즘 유행하고 있는 INTER가 바로 정자 시점입니다. …(중략)… 원래 정자형 문화권의 시점에 서는 윤리도 쌍방향으로 되어 있어요. 오늘날 충효사상은 아랫사람이 윗사 람에 대한 윤리만을 강조하는 것으로 알고 있지만, 원래는 양방향의 상대적 윤리로 되어 있었지요. 즉 신하는 군주에게 충을 해야 되고 아들은 부모에 게 효를 해야 하는 동시에 군은 신하에게 인仁해야 하고 부모는 자식에게

---

7   이후, 이어령은 『문학사상』 2011년 9월호를 시작으로 총 7회에 걸쳐 「《흙 속에 저 바람 속에》 그 후 50년, 다시 오늘의 한국을 말한다」를 연재한다. 「《흙 속에 저 바람 속에》 그 후 50년, 다시 오늘 의 한국을 말한다」는 「흙 속에 그 후 40년 Q&A」를 수정 · 보완한 것이나, 내용상으로 큰 차이는 발 견되지 않는다.
8   이어령, 「흙 속에 그 후 40년 Q&A」, 『(이어령 라이브러리)흙 속에 저 바람 속에』, 문학사상사, 2002, 286면. 이하, 이 책의 내용을 인용할 때는 괄호에다가 면수만 표기함.

자慈해야 합니다. 그러니까 충효가 아니라 인충仁忠, 자효慈孝라고 해야 맞는 것입니다. 스승과 제자, 주인과 손님, 부부 등 그 모든 인간관계는 절대 윤리가 아니라 상대적 관계로 구성되어 있었다는 것은 실학자 이원구李元龜의《심성록》에 자세히 언급되어 있습니다./ 이것을 회복하는 것은 복고가 아니라 디지털시대 지식정보사회에서 살아남기 위한 전략인 것입니다. 왜 냐하면 미래의 사회나 기술은 모두가 개체가 아니라 상대적인 관계에 의해 네트워크되어 있기 때문입니다. (291면)

이어령은 농경사회에서 산업사회로 향할 때 필요했던 '지프의 시점'을 폐기하고, 대신에 산업사회에서 지식정보사회로 향할 때 필요한 '정자의 시점'을 채택한다.[9] '정자의 시점'은 한국문화가 가진 특징인 '쌍방향성'과 연결되고, 다시, 이는 "인터넷이니 인터렉티브니 인터페이스니 요즘 유행하고 있는 INTER"와 다르지 않은바, 따라서, 종내에는 "디지털시대 지식정보사회에 살아남기 위한 전략"과 맺어진다. "미래의 사회나 기술은 모두가" (마치 한국문화가 가진 특징과 같이) "상대적 관계에 의해 네트워크되어 있기 때문"이다. (논리성, 타당성을 차치하고서) 다른 맥락들을 자연스럽게 연쇄시켜 자신이 목적한 지점에 다다르게 하는 이와 같은 수법은 이어령의 트레이드 마크가 아닐 수 없거니와, 문맥을 그대로 좇을 때, '쌍방향성'(혹은 '상대적 관계')이 앞으로 이어령의 사유에서 핵심으로 삼아지리라는 것을 추측할 수 있다. 한국문화가 본래 가지고

---

9   '정자의 시점'은 (이 역시 이어령이 밝혔듯이) 1990년대 말부터 각종 강연이나 세미나에서 이어령이 이미 개진한 것이다.

있던 요소이자 얼마 안 있어 펼쳐질 새 시대와도 잘 맞아떨어지는 요소
가 바로 쌍방향성(혹은 상대적 관계)으로 설명되고 있는 까닭이다. 더하
여, 상기 대목에서는 레퍼런스로 『심성록』이 언급되고 있다는 점도 특
징적인데, 비슷한 시기에 다른 지면에서도 이어령은,

"뭐냐 하면, 철학자 박종홍 선생이 돌아가시기 전 쓰신 글에 "주역을 풀어
쓴 이원구(18세기 실학자)의 '심성록'을 조금만 더 일찍 알았더라면" 하는
구절이 있었어요. 궁금했지요. 그게 뭘까. 근데 1978년인가, 그 책이 신기
하게도 내 손에 쏙 들어온 거에요. …(중략)… 어느날 허름한 차림의 한 시
골 어른이 보자기에 책 몇 권을 싸 오셨는데 그게 바로 '심성록'이여. 비싸기
도 하고 내 한자 실력도 별 볼 일 없고 해서 그냥 돌려보내려다가 혹시나 싶
어 카피를 했지요. 그날 밤 가만히 펼쳐보니 이게 뭐 그렇게 어려운 한자가
아니야. 술술 읽어내려가다가 무릎을 탁 쳤어요. 서양과 동양의 기본적 차
이가 선명히 드러나는데, 이걸 기호학적으로 풀면 기가 막히겠더라고."/ 이
어 '심성록'이 제시하는 동양적 세계관의 정수에 대한 설명이 길게 이어졌
다. 그는 1980년대 이후 자신이 발휘해 온 상상력, 예컨대 텅 빈 스타디움
에 굴렁쇠를 굴리는 식의 창의력은 심성록을 통해 촉발된 점이 적지 않다고
고백했다. 그렇게 재정립된 '동양의 눈'으로 세기말의 뉴욕을 보니 정보사
회의 장점과 가능성이 한꺼번에 보이더라는 것이다.[10]

---

10   이어령 · 이나리, 「레토릭으로 현실을 산 지적 돈 후안 이어령」, 이나리, 『열정과 결핍』, 웅진닷컴,
     2003, 201면.

와 같이『심성록』에서 영향받은 바가 컸음을 밝히고 있다. 여기서는『심성록』이 서양과 동양의 기본적 차이를 선명하게 인지토록 해주었을뿐더러, 1980년대 이후 자신이 발휘해온 상상력의 일부를 촉발토록 해주었다고 한다. 심지어는『심성록』을 통해 "재정립된 '동양의 눈'으로 세기말의 뉴욕을 보니 정보사회의 장점과 가능성이 한꺼번에 보"였다고도 한다. 모아서 정리해본다면, 이어령은 1970년대 후반에『심성록』을 처음 접하게 되었으되,『심성록』으로부터 받은 영향은 1980년대 이후부터 본격적으로 드러나기 시작했고, 또 2000년을 전후로 한 세기말, 혹은 새 시대의 시점에서『심성록』에 담겨 있던 쌍방향성(혹은 상대적 관계)은 다시금 중요하게 환기되었다고 할 수 있다.[11]

그렇다면,『심성록』은 어떤 책인가. 구체적으로 파고들 만한 능력이 없는 까닭에, 해제 류의 언설을 참고할 수밖에 없는바, 총론에 해당하는 대목을 하나 가져와 보면 그것은 다음과 같다.

일수(逸叟)(이원구의 호; 인용자)는 이러니 저러니 따지기 전에 인륜이 아니면 산업을 다스릴 수 없고 산업이 아니면 인륜을 밝힐 수 없다는 것으로부터 시작한다. 인륜은 마치 남편과 같고 산업은 마치 아내와 같다. 그러기에 인륜만을 내세우고 산업을 다스리지 못하는 것은 홀아비(鰥)요, 산업만을 중하게 여기고 인륜에 따르지 않는 것은 홀어미(寡)다. 만일 이것을 안다면 그 누구가 홀아비로서 살고자 할 것이며, 그 누구가 홀어미 노릇을 하

---

11   이어령이『심성록』으로부터 영향을 받았다는 언급은, 김민정, 「이어령 문학과 문화비평 연구의 성과와 과제」,『국제언어문학』30, 국제언어문학회, 2014, 361면에서도 간략하게 이뤄진 바 있다.

고자 할 것이랴. 인륜은 하늘과 해를 본받고, 산업은 땅과 달을 본뜬 것이니, 천기는 하강하고 지기는 상승한 연후에라야 사시(四時)가 운행하고 만물이 생장하는 법이다. …(중략)… 인륜과 산업은 서로 밑받침이 되어 낮고 높고 가깝고 멀고 간에 달(達)하지 않는 곳이 없다. 결국 윤업(倫業)은 하나다. 이것이 둘이 되어 서로 싸운다면 딱할 노릇이다.[12]

이처럼 이원구는 '인륜'과 '산업' 간의 불가리설(不可離說)을 주장했다. 이원구가 살았던 시대는 18세기 말 ~ 19세기 초인데, 이 당시는 사상계가 성리학과 실학이라는 양편으로 나뉘어 한쪽은 인륜만을 강조하고 다른 한쪽은 산업만을 강조하는 대립의 모습을 보이고 있었다. 이원구는 이러한 분열 상태를 극복하고자 『심성록』을 통해 인륜과 산업이 하나로 이어진다는 주장을 펼친 것이다.[13] 겉핥기에 그쳤지만, 인륜과 산업이라는 서로 대척적인 두 개념을 연결 지으려 한 『심성록』은, 자연히 그 설명 과정에서 쌍방향성(혹은 상대적 관계)을 강조하는 전개를 보일 수밖에 없음이거니와,[14] (되풀이하는바) 이런 사고가 이어령에게 깊은

---

12 박종홍, 「인륜과 산업과의 불가리(不可離)의 관계를 역설(力說)한 이원구의 사상」, 『심성록』, 국학자료원, 2001, 3-4면. 원문의 주석은 생략함.
13 이선경, 『이원구 역학 18세기 조선, 철학으로 답하다』, 문사철, 2019, 61~62면 참고.
14 보충 설명을 덧붙여두자면 다음과 같다. 이원구의 사상에서 가장 상위 개념은 '구도(九道)'와 '육사(六事)'이다. 그리고 구도의 동위개념(혹은, 하위개념)으로 인륜이 제시되고, 육사의 동위개념(혹은, 하위개념)으로 산업이 제시된다. 다시, 인륜은 '인정(仁情)', '인(仁)' 등으로 변주되고, 산업은 '인술(仁術)', '의(義)' 등으로 변주된다. 요컨대, '구도-인륜-인정-인'이라는 한 쌍과 '육사-산업-인술-의'라는 한 쌍이 병립하는 짜임새를 보이는 것이다. 이때, 전자와 후자는 각각 양의 성질과 음의 성질을 띠므로 서로 대조적이지만, 음양 조화의 원리에 따라 서로 통해야 한다. 달리 표현한다면, 전자는 대체로 마음 쪽을 뜻하고 후자는 대체로 실현 쪽을 뜻하는바, 마음이 실현되어야 비로소 완성된 형태에 이를 수 있다는 것이다. 위의 책, 61-71면 및 213-221면 참고.

인상을 남겼던 것이고, 좀 더 과감하게 나아가본다면, 이런 사고는 이어
령에게 내용의 측면은 물론이고 조어의 측면에서도 적지 않게 영향을
미쳐 '디지털+아날로그'의 디지로그와 '생명+자본주의'의 생명자본주의
를 낳게끔 한 하나의 원인으로 암묵리에 작용하지 않았을까 추측해볼
수 있다(특히, 이원구가 말하는 인류와 산업은 비록 지금의 뜻과는 같지 않을
지언정, 표면적으로 보아 생명과 자본주의로 각각 대응될 법한 여지도 있는 듯
보인다).[15]

　　다시 흐름을 「흙 속에 그 후 40년 Q&A」로 돌려오면, 「흙 속에 그
후 40년 Q&A」에서는 쌍방향성(혹은 상대적 관계)과 유사한, 그 연장
선이라 할 만한 내용의 대목들이 더 산견되어 있다. 가령, "특히 한국
의 문화는 어느 나라의 문화보다도 양단 불락兩端不落의 중간항 문
화, either-or가 아니라 보드 올(both all)의 매개적 문화(intermediate
culture)의 특성이 강합니다.", "한반도의 그 양의성이 동북아시아의 특
성뿐만 아니라 인터넷이나 디지털 지식정보문화의 특성과도 어울리게
된다는 것입니다."(345면)와 같은 구절이 그러하다.[16] 앞선 쌍방향성(혹

15　부언컨대, 이어령의 『심석록』에 대한 이해는 상당했던 것으로 판단된다. 바로 위의 각주를 통해 이
　　원구의 사상에서 가장 상위 개념으로 구도륙사(九道六事)가 자리하고 있음을 언급했거니와, 이어
　　령은 구도륙사와 관련한 내용을 다음과 같이 제시한 적이 있다. "동양에서는 서양의 '럭키세븐'만큼
　　이나 이 9를 대단히 길한 숫자로 봅니다. 꽉 찬 숫자이기 때문에 수에서는 최고의 의미를 갖는다고
　　생각했던 거죠. 조선 후기의 학자 이원구李元龜가 인간의 심성心性 문제를 인식론적으로 다룬 『심
　　성론心性論』에서 기본적 개념을 구도九道, 육사六事로 설명한 것도 그 때문입니다. 우리의 의식
　　속에서 9개의 도와 6개의 사물의 분할로 주역의 세계를 응용한 것입니다. 그래서 일상 세계가 운행
　　되는 것도 이 두 가지 수가 자아내는 것이라고 설명했습니다. 그래서 조선 시대에는 인간의 일을 다
　　루는 국가기구가 육조로 되어 있었던 거죠." 이어령, 『생각의 축제』, 사무사책방, 2022, 169~170
　　면. 이때, "심성론"은 심석록의 오기인 듯싶다.
16　그 밖에도 동일한 맥락의 서술을 하나 더 제시한다면 다음과 같다. "롤랑 바르트가 언젠가 고백했던
　　것처럼 서양 문화의 특성은 이항대립 체계로 되어 있어 모든 것을 나누고 한쪽을 배제하는 것이 그

은, 상대적 관계)이 여기서는 '양단 불락의 중간항 문화', '보드 올의 매개적 문화'로 치환된 셈일 뿐이며, 그러므로 같은 내용을 반복했다고 보아도 무방하다.

그리고, 지금껏 서술해왔듯이 쌍방향성(혹은 상대적 관계), 양단 불락의 중간항 문화, 보드 올의 매개적 문화는 인터넷, 디지털(시대), 지식정보(사회 또는 문화)와 매번 연결되는 모습을 띠었던바, 이것이 차후『디지로그』의 핵심축을 이루는 개념으로 삼아지게 된다는 사실은 어렵지 않게 파악이 가능할 것이다. 아날로그냐 디지털이냐의 선택지에서 둘 중 하나(either-or)를 취할 게 아니라 둘 모두(both all)를 취해야 한다는 게 다름 아닌『디지로그』의 전제인 까닭이다.[17] 이는『생명이 자본이

특징입니다./ 이더 오어(either-or)의 이자 선택에서 중간항을 허락하지 않은 배제의 논리 속에서 살아왔다고 해도 과언이 아닙니다. 하지만 인터넷으로 네트워크(network) 사회, 디지털 혁명의 인터랙션(interaction)의 패러다임 변화 속에서 살아가는 정보사회에서는 경계 파괴와 크로스오버가 일어납니다. 인간은 내뱉는 숨과 들이마시는 호흡으로 살고 있는 것처럼 문명의 숨결도 일원론이냐 이원론이냐 하는 것으로는 따질 수 없는 하나이자 둘인 양의적 관계를 지니게 됩니다."(347면)

17 이어령은 2000년대로 접어들기 전의 시점에서도 「21세기를 내다보는 문화양식과 국민적 자세 — 한국문화의 새로운 패러다임 구축」(1998)이란 글을 통해 이와 유사한 맥락의 이야기를 펼친 적이 있다(원 출처는 "한국정신문화연구원《21세기의 문명사적 도전과 한국의 선택 —국가경영의 비전과 과제를 중심으로—》, 1997.10"으로 되어 있다. 이어령, 「21세기를 내다보는 문화양식과 국민적 자세」, 『겨레얼』 4, 겨레얼찾아가꾸기모임, 1998, 21면). 이 글은 제목처럼 2000년대를 맞이하는 시점에서 문화양식 전반을 되짚어보고 또 한국의 문화적 가능성을 확인해보려는 의도에서 작성되었다. 사뮤엘 헌팅턴이 쓴『문명의 충돌(The Clash of Civilization)』의 관점을 빌려 21세기의 세계 구도를 거론하면서 시작되는 이 글은, 문명과 문화의 차이, 보편주의와 상대주의 등과 같은 큰 스케일의 내용을 담고 있다. 직접적으로 관련되는 대목만 추려내어 보면 다음과 같다. 이어령은 서양문화는 이항대립으로 기호체계가 이루어져 있으나, 한국문화는 "천지인 삼재사상을" 기반으로 해서 "사이(매개)와 어울림(융합)이" "기호체계를 이루고 있"다는 주장을 펼쳐낸다(같은 글, 10면). 또한, 현재는 식민지와 분단을 거치면서 한국문화의 본래적 특성이 억압, 봉쇄되었으되, 21세기에는 이를 회복, 재생하는 일이 무엇보다 긴요하다는 주장을 연달아 펼쳐낸다(같은 글, 12~13면 참고). "20세기의 정치 이데올로기나 산업사회의 특성은 이것이냐, 저것이냐의 양자택일의 싸움이었지만 21세기는 이것도 저것도 함께 융합시키는 양자병립의 시대"인 까닭이다(같은 글, 15면). 이렇게 한

다』의 경우에도 별반 다르지 않다고 할 수 있다. 비록 리먼 쇼크가 전 세계에 금융 쓰나미를 일으킨 2008년 이후 제창되었다고 소개되는 생명자본주의이지만, 이런 생각 자체는 옛날부터 오랫동안 품어왔던 것이라고 하며, 역시나 생명과 자본주의 중에서의 택일이 아니라 둘 다를 챙기자는 게, 그러니까 생명이 생산-소비의 밑바탕을 이루는 자본주의를 만들자는 게 바로 『생명이 자본이다』를 이루는 근원인 까닭이다.

이렇게 「흙 속에 그 후 40년 Q&A」에 담긴 내용 가운데서 『디지로그』, 『생명이 자본이다』와 연관된 가장 중요한 사항을 살펴보았으되, 그 밖의 한 가지만 더 추가해서 덧붙여두기로 하면, 그것은 '먹다'와 관련된 것이다. 일찍이 『흙 속에 저 바람 속에』에서 '먹다'는 빈곤, 굶주림과 결부되는 말로 간주되었다. 그러나 「흙 속에 그 후 40년 Q&A」에서는 아래처럼 설명된다.

그런데 가만히 보면 그 감각은 저마다 그것을 느끼는 대상물과 거리의 차이가 있다는 사실을 알게 됩니다. …(중략)… 시각 공간보다 청각 공간이 훨씬 더 가까운 거리에 있습니다. 그런데 청각보다도 더 가까이 있어야 지각

국문화가 '사이', '어울림'의 특성을 지니고 있음을(그러나, 현재는 아쉽게도 '사이', '어울림'의 특성을 상실해버렸음을) 역설한 이어령은, 이로부터 좀 더 나아가, "21세기 정보사회의 큰 과제 가운데의 하나는 사이버스페이스와 물리적 공간이 양극화하는 것을 어떻게 조화하고 균형 있게 조정하는가 하는 것"(같은 글, 16면)이라는 문제를 제기하는 데까지 다다른다. 그런 다음, 이어령은 사이버스페이스와 물리적 공간 사이를 "정보 테크니션들이나 또는 카르테시언과 같은 기술 결정론자의 문화권"에서 매개하기는 힘들고, "정보통신이라는 한자말에 담겨 있듯이 정(情)과 신(信)의 한국문화가 그 매개자의 역할을 할 수 있는 것"이지만, 아쉽게도 (앞서 지적했듯이) 한국문화는 지금 고유한 특성을 잃어버렸기에 오히려 실상은 타국에 비겨 뒤처진 모습으로 나타난다는 정도로 일단락을 짓는다(같은 글, 16~17면 참고).

할 수 있는 것이 냄새입니다. …(중략)… 그런데 손으로 만지는 촉각은 어때요. 청각은 물론이고 후각보다도 더 가까이 있어야만 촉각을 감지하게 됩니다. 대상과의 거리가 제로 상태이지요. …(중략)… 그런데 어때요. 촉각보다도 더 가까운 것이 미각입니다. 이미 미각의 세계에서는 대상과 나는 하나가 되어 있습니다. 미각으로 맛보는 사과는 보고, 냄새 맡고 만지고 하는 그 사과가 아니라 내 몸 안으로 내 위장 속으로 들어가버려 내 피와 살이 되어버리는 사과이지요. (305~306면)

이렇듯 '먹다'는 "대상과의 거리를 없애고 대상과 자신이 하나로 결합되어 버리는 몰입적 행위", 곧, "접신의 경지"를 일컫는 "인볼브먼트(involvement)"를 뜻하는 말로, 또는, "신라의 원효대사 때부터 우리 문화유전자 속에 배어버린 원융회통圓融會通의 철학"을 담아낸 말로 그 함의가 확 바뀌었음을 확인할 수 있다(306면). 그리고, 이런 식으로 '먹다'를 긍정적으로 재고찰, 재인식했으니만큼 당연히 『디지로그』, 『생명이 자본이다』에서도 '먹다'는 주요하게 의미화되는 모양새로 나타난다. 관련하여, 이어령 스스로가 "문화평론가로서 저는 한국인의 삶에서 먹는 행위가 얼마나 중요한 부분을 차지하는지 언어학적 흔적을 통해 탐구한 바 있습니다. 『디지로그』(생각의나무)나 『생명이 자본이다』(마로니에북스) 등의 책이 그것입니다. 한국인은 '먹는 게 남는 것'이라는 의식이 다분하다는 것이 제 생각입니다."[18]라고 발언한 적이 있음을 부기해 둘 수 있다.

---

18   이어령, 『먹다 듣다 걷다』, 두란노, 2022, 7~8면.

한편,『디지로그』와『생명이 자본이다』를 예고하는 내용이 담긴 또
다른 텍스트로는『한국의 신자본주의 정신』(2005)을 가져와 볼 수 있
다. 박우희와 이어령의 공저로 되어 있는『한국의 신자본주의 정신』은
기존에 출판된 박우희의『한국의 자본주의 정신』(2001)을 수정, 보완
한 것으로 파악된다(일찍이 박우희와 이어령은『한국의 기업정신』(1989)
을 함께 작업했다고도 한다).[19] 각각의 챕터를 누가 집필했는지는 밝혀
져 있지 않되, 적어도 "제IV부 한국 자본주의의 정신"과 "제V부 한국의
신(新)자본주의"만큼은 어느 면모로 보아서도 이어령의 솜씨임(혹은, 이
어령의 솜씨가 아니더라도 이어령의 절대적인 입김 아래 작성된 것임)을 금방
눈치챌 수가 있다. 따라서, 제IV부와 제V부를 대상으로 눈에 띄는 대목
을 정리해보면, 그것은 다음과 같다.

우선, 제IV부에서의 "2. 한국 자본주의 정신의 문화적 뿌리"는 한국
의 기본 정신 문화를 '원융회통(圓融會通)'으로 풀어나가려는 시도이다.
'원', '융', '회', '통'으로 세목을 각각 나누어 기술했으되, '원'은 "이원적
인 대립이 아니라 어떻게 이것을 융합시키냐 하는 원형의 이론"으로,[20]
'융'은 "택일론이 아닌 병합론이며, 병합론은 두 개를 서로 융합시키고
자 하는 것"(155면 참고)으로, '회'는 "이질적인 것끼리 만나면 서로 강

---

19 박우희는『생명이 자본이다』속 "감사의 글"에서 다음과 같이 언급된다. "생명자본주의는 속칭 리
    먼 쇼크가 전 세계에 '금융 쓰나미'를 일으킨 2008년 9월 이후 저자가 제창한 것으로 2011년 생
    명자본주의 포럼을 결성. 박우희 서울대 명예교수, 농수산부 차관과 농업진흥청장을 역임했던 민승
    규 박사 일본의 하마다 요 교수 등 십여 명으로 구성된 생명자본주의 포럼을 개최했습니다." 이어령,
    『생명이 자본이다』, 마로니에북스, 2014, 374면.
20 박우희 · 이어령,『한국의 신자본주의 정신』, 박영사, 2005, 150~151면. 이하, 이 책의 내용을 인
    용할 때는 괄호에다가 면수만 표기함.

력한 경쟁력이 생기게 된다는 것"(163면)으로, '통'은 "이질적인 것이 서로 하나로 통하는 것"(168면)으로 해석되는바, 결국은 어느 것이든 동일한 한 지점을 가리키고 있음이 확인된다. 그리고, 제IV부에서의 "3. 한국 자본주의 정신의 기술적 뿌리"도 비슷한 양상이므로 주목을 요한다. 여기서는 "한국 자본주의 정신의 다섯 가지 기술적 원형"(171면)이란 제하로 '지게 원형', '문풍지·한복 원형', '병풍 원형', '보자기 원형', '다듬이 방망이 원형'을 제시하고 있다. 『축소지향의 일본인』(1982)의 제2장("「축소지향」의 여섯 가지 형")을 연상시키는 듯한 서술 방식이며, 다섯 가지 기술적 원형이라고 했으되, 그 각각에는 '자연과 기술의 조화', '융통성', '신축성', '인간과 도구의 일체성', '기술의 목적성'이 나란히 병기되어 있으므로, 이것만 보아도 바로 앞의 '원융회통'과 같은 맥락에서 한국의 기본 정신 문화를 설명하고자 했음을 알 수 있다. 또한, 다섯 가지 기술적 원형을 제시한 다음에는 "한국 자본주의 정신의 원형을 한국의 대표적인 모습인 달걀꾸러미의 상징성에 적용"(179면)해본다면서 "예술과 산업의 재결합", "물질적 기능주의로부터 형(形)의 정신성으로의 변화", "기술적 합리주의가 낳는 단순화와 협소화에서의 해방"(180면)이라는 세 가지를 제시하고 있거니와, 이 역시 같은 맥락에서 이루어진 보충으로 볼 수 있다. 이처럼 앞선 「흙 속에 그 후 40년 Q&A」에서 한국 문화에 내재한 속성을 쌍방향성(혹은 상대적 관계)으로 규정한 것과 그다지 다르지 않게, 여기서도 둘 중 하나가 아니라 둘 다를 강조하는 사유로 흐름이 계속해서 모이는바, 그 표현이 어떠했든 간에, 이어령은 한국 문화가 이항대립을 넘어서는 통합적인 힘을 지닌다는 식의 관점을 되풀이 드러냈던 것으로 볼 수 있다.

다음으로, "제V부 한국의 신(新)자본주의"를 보면, "1. 지식(디지털) 자본주의", "2. 문화 자본주의", "3. 정신 자본주의"로 장이 나뉘어 있는데, 이 가운데서는 "3. 정신 자본주의"가 특히 인상적으로 다가온다. 이유인즉, 비록 정제된 형태의 서술은 아니지만, ① 자본주의가 사이버 자본주의로 바뀌고, 사이버 자본주의는 끝내 붕괴할 수밖에 없으며, 이런 까닭에 인간은 마음의 만족을 추구하는 정신 자본주의로 나아가게 될 것(204~205면 참고)이라는 도식과, ② 게놈 시대를 맞아 인간의 윤리의식이 더 귀하게 되었고, 이와 같은 밀레다임(milledigm)의 상황에서는 공존보다 더 적극적인 개념인 상생이 강조될 것(206~207면 참고)이라는 도식은, 여러모로 『생명이 자본이다』의 원형적 사고를 담지했다고 볼 여지가 충분하기 때문이다.[21]

이상, 두 편의 글을 살펴보았다. 이로써 『디지로그』와 『생명이 자본이다』로 나아가기 위한 기본적인 준비는 얼추 끝마친 듯하다. 『디지로그』와 『생명이 자본이다』는 구체적으로 어떤 성격과 특질을 띠는가. 다음 장으로 넘어가 이에 대한 본격적인 검토를 수행해보도록 하자.

---

21 이와 관련해서는 정재서가 잘 요약, 정리해놓은 대목이 있어 참고할 만하다. "양인은 이 책의 후반부에서 한국의 신자본주의를 지식자본주의, 문화자본주의, 정신자본주의의 세 가지 부분으로 나누고 특히 정신자본주의에 역점을 둔다. …(중략)… 지식산업시대, 정보화시대의 자본주의로서 양인은 과거의 바람직한 지식인인 선비와 상인의 정신을 결합한 사·상자본주의를 제시했던 것이다. 사·상자본주의는 표제만 보면 경영에 유교 이념을 접목한 일본의 경우와 흡사한 것 같지만 실제 내용에 있어서는 원효(元曉)의 회통사상(會通思想) 등 유교문화의 근저를 관류하는 한국 토착의 정신을 중시한다는 점에서 차이가 있다. 최근 이어령은 기존의 사·상자본주의에 자연자본주의, 창조적 자본주의 등을 융합하여 범세계적인 패러다임의 차원에서 서구 자본주의를 극복할 대안으로 생명자본주의를 제창하는 데에 이르고 있다." 정재서, 「생명자본주의에 대한 동양학적 접근 ―도가사상(道家思想)을 중심으로―」, 『다문화와 평화』 5(1), 성결대학교 다문화평화연구소, 2011, 9~10면.

3. 새 시대를 위한 서언 · 선언의 기획이자 새 시대에 알맞은 한국인의 문화적 적합성 찾아내기의 시도

1) 『디지로그』의 경우

2006년 새해, 이어령은 《중앙일보》에 1월 1일부터 2월 4일까지 총 30회에 걸쳐 〈디지로그 시대가 온다〉를 연재한다. 이는 1990년대에 "산업화는 뒤졌지만 정보화는 앞서가자"라는 슬로건을 내걸었던 이어령이, 이제 정보시대[22]에 접어들었다고 판단되는 시점이 되자, 다시금 한발 앞서서 다음 시대를 대비할 새로운 방향성을 제시하고자 의도했던 데서 기인한다. 디지로그가 지금에는 익숙하나 당시에는 생소했으므로, 연재 시에 이어령은 "디지로그라는 말은 디지털과 아날로그를 하나로 합친 말입니다. 지금까지 디지털과 아날로그를 함께 합친 시계를 부분적으로 '디지아나'라고 부르거나 디지털 다이얼로그의 뜻으로 디지로그란 말을 이따금 사용해 온 일은 있습니다. 하지만 단편적인 기술용어에서 벗어나 정보문화의 신개념 키워드로 제시한 것은 이번이 처음입니다."로 시작되는 부연을 붙여놓기도 했다. 실제, 그 무렵에 디지로그가 어떻게 쓰였는지 용례를 한번 찾아보면, "또 디지털맨에게는 "네트워크

---

22 이어령은 『디지로그』에서 '정보화시대'와 '정보시대'를 구분했다. "'정보화시대'와 '정보시대'는 다르다. 후자는 직접 정보환경 속에서 살고 있는 현실을 가리키지만 정보화라고 할 때는 앞으로 누리게 될 유토피아적 환경을 의미하게 된다. 역설적으로 말해서 '정보화시대', '정보화사회'라는 말은 정보시대와 정보사회를 영원히 이상화, 유예화(猶豫化)하는 것으로, 정보화를 가로막고 있는 저해 요인이 된다고 할 수 있다." 이어령, 『디지로그』, 생각의나무, 2006, 171면. 이하, 이 책의 내용을 인용할 때는 괄호에다가 면수만 표기함.

상의 다양한 가치를 아날로그세대와 공유, '아날로그'가 디지털은 못되더라도 '디지로그'는 되도록 도우며 디지털문명을 앞당겨야 한다"는 조언을 덧붙이면서."[23]라는 식이어서, 완전한 디지털(세대)에 이르지 못한 아날로그(세대)를 지칭하는 정도의 의미였음이 확인된다. 이런 상황에서 이어령은 생경함을 무릅쓰고 파격적으로 디지로그를 전면에 내세웠던 것이고, 또, 디지로그를 자기 방식으로 전유하면서 뜻한 바의 주장을 펼쳐낸 것이다.

책 소개에 적혀있듯이 『디지로그』는 30회 연재분 가운데서 앞의 6회와 최종회의 결론 부분만을 뽑아서 엮은 것이다. 그래서, 부제로 '선언'이 달려 있다. 여기에 수록되지 않은 나머지 연재분을 골자로 해서 향후 '디지로그 전략'을 낼 예정이라고 밝혔으나, 어떤 사정에서인지 이는 무산되고 만다.[24] 그런데, '선언'임을 참작하면서 접근할지라도 막상 『디지로그』는 디지털과 아날로그를 둘러싼 최첨단의 무언가가 제시될 것이라는 독자의 예상을 얼마간 비껴간다. 애당초 『디지로그』의 목적지는 다른 데 있었던 듯 여겨지기도 한다. 『디지로그』를 조금 따라 읽어보

---

23 「사고-접근법 달라도 "우리는 하나" 쉰-신세대 끌고 밀고」, 《동아일보》, 1999.10.5, 44면.

24 오른쪽 사진에서 확인이 가능하듯이 '디지로그 전략'은 『쉘법칙』이라는 제목으로 발간될 예정이었다(이 사진은 이어령, 『생각』, 생각의나무, 2009, 뒤표지에서 가져온 것이다). 여기서 SHELL은 'S: 소프트웨어, H:하드웨어, E:환경, L:인간'을 뜻하며, 머리글자를 짜 맞춰서 만든 항공 분야의 모델을 지칭하는 단어이다. 또한, SHELL은 《중앙일보》 연재분 〈디지로그 시대가 온다〉의 8, 9회에 걸쳐 표제로 제시되었다(8회는 "소 잃은 외양간 SHELL 로 고친다"이고, 9회는 "SHELL은 정보시대 약방문"이다).

쉘법칙 디지로그 실천 (근간)
누구도 생각하지 못한 디지로그 생존 전략

사회와 문화를 분석하는 개념틀로만 적용하는 '디지로그'를 넘어 생활과 사회경제의 여러 문제들을 해결하는 '디지로그'의 실제적 실천 전략을 제시한다. 한국인만의 블루오션으로, '디지로그'의 경제적 응용 전략과 사회적 통합 기능, 문화적 창조력, 정치 선진화 전략 등 '디지로그'의 힘을 이용한 21세기 한국 사회와 삶의 발전 전략을 개진한다.

기로 하면, 다음과 같다.

우선, 첫 장은 '먹는다'에 관한 이야기가 펼쳐진다. 한국인은 뭐든지 '먹는다'는 것이다. 음식도, 시간도, 말도, 나이도……. 왜 '먹는다'를 운운했는가 하면, 아직 디지털로 만들어낼 수 없는 감각이 바로 '먹는다'에 의해 주어지는 미각인 까닭이다. 즉, '먹는다'는 아날로그를 뜻하는 행위로 호출된 것이다. 또한, '먹는다'는 대상과 하나가 되는 행위이기도 하고, 다른 무엇보다 강력한 소통력을 지닌 미디어이기도 하다고 설명된다. 그리고, 이렇게 '먹는다'와 관련하여 의미를 부여한 다음에는, '먹는다'를 디지털과 어우러지게 해야 한다는 식으로 내용을 전개해나간다. 하지만, 정작 이 과정에서 그 방법을 어떻게 취해야 하는지와 관련한 서술이 빠져 있으며, 또, 그 결과가 어떻게 나타나는지와 관련한 서술이 빠져 있다는 게 문제이다. 대신에, '먹는다'에서 비롯된 바의 "한국의 어금니 문화"를 새삼 강조하며, 이를 "발굴하여 오늘의 디지털 네트워크의 특성과 결합시키면 남들이 아직 만들어내지 못한 새로운 디지로그의 가치를 만들어낼 수 있을 것이다."(34면)라는 식으로 막연한 동시에 확신에 찬 기대감을 표출하고 있을 따름이다.

이어지는 2장도 대동소이하다. 2장은 시루떡을 소재로 이야기를 펼쳐내는데, 예상치 못한 시루떡은 "웬 떡이냐!"라는 식으로 의외성과 축제성을 함의한다면서, 이와 같은 한국인의 시루떡 정신을 디지털 정보에 불어넣자는 주장 및 시루떡에 고물을 얹어 맛과 모양을 내듯이 디지털에도 같은 방법을 적용해야 한다는 주장을 도출해내는 데로 종착한다. 비유를 걷어낸 자리에서 생각해보면, 의외성과 축제성을 디지털 정보에 담아낸다는 게 어떤 형태인지 뚜렷하지 않다. 시루떡에 고물을 얹어 맛과 모양을 내는 것은 블로그에서 사진, 영상, 음악, 이모티콘 등을 활용하는 것과 연결되긴 하나, 이 정도로는 소략하다는 느낌을 떨치기가 어렵다.[25] 구태여 더 요약, 정리할 필요 없이 3장을 비롯한 이후의 장들도 역시나 1장, 2장과 비슷한 양상을 대체로 보여준다.[26]

이처럼 『디지로그』는 〈① (큰 틀에서 주로 '먹다'와 관련된) 한국의 어떤 대상이나 사례로 운을 띄운다. ② 이는 디지털에 결여된 어떤 요소를 채워줄 아날로그로 간주된다. ③ 그러니, 이를 디지털과 관계 맺도록 한다면 새로운 가능성이 열린다.〉의 패턴을 되풀이 보여준다. 따라서, 『디지로그』는 디지털과 아날로그의 결합을 모색하는 글을 표방했으되, 첫째, 디지털보다는 아날로그를 강조하는 데에 초점이 놓여 있었고, 둘째, 정보시대에 한국인이 얼마나 문화적으로 적합한지를 보여주는 데에 목적이 놓여 있었던 글로 파악될 수 있다.

---

25 이것도 한국의 블로그에서 발견되는 특징으로 설명된다. 외국의 블로그가 텍스트 위주로 메시지를 노출한다면, 한국의 블로그는 텍스트에다가 사진, 영상, 음악, 이모티콘 등을 추가하여 메시지를 전달한다는 것이다.

26 『디지로그』에 수록되지 않은 《중앙일보》 연재분 〈디지로그 시대가 온다〉를 보아도 양상은 전반적으로 비슷하게 나타난다. 가령, "인터넷의 선조가 한국이라고 하면 아무리 국수주의라고 해도 웃을 것이다. 그러나 농담이 아니다. 어느 칼럼니스트의 말대로 "한국의 유통구조는 유럽처럼 수요자가 상인을 찾아가는 것이 아니라 상인이 수요자를 찾아가는" 형이다. "등짐 봇짐 장수가 소금이며 새우젓이며 메밀묵이며 박물들을 지고 이고 메고 이 마을 저 마을 가가호호"를 찾아다닌다. 주문도 받고 배달도 해준다. …(중략)… 광케이블의 빛의 속도를 타고 정보를 운반하는 인터넷이 설마하니 여우에게 홀려가며 외딴 산길을 찾아다니는 소금장수가 되리라는 것을 누가 알았겠는가."(14회)라든지, "평가를 어떻게 하든 한국의 '사이(間)'란 말을 세게 하면 '싸이'가 되어 그 순간 엄청난 인터넷의 폭발력이 생기는 것만은 분명한 사실이다. 일촌 맺기의 핵심 아이디어로 인터넷 인구의 절반을 휩쓴 싸이월드의 위력은 바로 한국의 '사이 문화'에서 나온 것이라고 할 수 있다. …(중략)… '사이' 문화가 낳은 '싸이'는 차가운 인터넷, 핏발 선 인터넷, 그리고 모두들 가면을 쓰고 광란의 춤추는 인터넷 카니발의 분위기를 바꿔놓았다. 가면이 아니라 인간의 얼굴 그대로다. 따뜻하고 정감이 스며 있는 아름다운 인터넷, 카니발 광장은 정다운 친구를 맞이한 미니 룸이 된 것이다."(18회) 등을 대표적인 사례로 들 수 있다.

이때, 첫째는 이어령이 당시의 전반적인 분위기에 대해 경종을 울리고자 했던 까닭으로 연유되었다. 누구나 할 것 없이 아날로그를 경시하고 디지털을 중시하던 상황에서, 이른바 '디지털 만능주의'가 만연했던 분위기 속에서,[27] 오히려 이어령은 아날로그에다가 시선을 준 셈인데, 이는 '디지털 < 아날로그'라는 식의 양극 갈등 구도를 내보인 것이 아니라, 디지털과 아날로그 간의 화해를 도모하는, 그래서 디지털과 아날로그 간의 바람직한 결합을 모색하는 '역(逆)박쥐의 역할'을 수행하고자 한 것이다.[28] 디지털과 아날로그는 딱 잘라 나눠지 않는다. 디지털과 아날로그는 정도에 따라 그때그때 구분되는 개념일 따름이다. 또한, 온라인으로 대표되는 디지털만으로는 아무것도 되지 않는다. 몸과 마음을 직접 움직이면서 느끼고 생각하고 소통하는 아날로그가 있어야 한다.[29] 이처럼 디지털과 아날로그는 더불어 가야 한다. 이것이 진정한 디지로그이다. 이어령의 생각은 여기에 있었다.

그리고, 둘째는 『디지로그』가 애당초 디지털과 아날로그에 대한 이론서가 아니었음을, 『디지로그』는 한국문화론, 그것도 긍정적인 한국문

---

27 2000년대로 접어들면서 다수 영역에서 디지털 컨버전스 현상이 본격적으로 나타났다. 이는 기본적으로 기술 발달에 힘입은 결과이면서, 또한, 밀레니엄 시대라는 고무된 분위기로부터 영향받은 결과이기도 했다. 일각에서는 생활 속에서 디지털을 실용화한다는 정도를 뛰어넘어 아예 삶 자체를 디지털화한다는 목표가 설정되기도 했다. 이와 같은 디지털로의 이행은 마땅히 받아들여야 할 당면 과업이자 유토피아에 한층 가까이 다가서게 해주는 혁명으로 여겨졌다. 또한, 디지털을 둘러싼 당시의 논의 중 상당수는 이러한 맥락 아래서 어떻게 하면 디지털을 각종 분야에 잘 접목할 수 있을지를 탐색하는 방식으로 이루어졌다. 물론, 디지털에 대한 우려도 없지 않았으나, 디지털에 대한 믿음은 굳건했던바, 디지털에 대한 수정, 보완을 거친다면 문제가 충분히 해결될 수 있다는 식으로 그다음 단계는 이어지기 마련이었다.

28 이어령, 『거시기 머시기』, 김영사, 2022, 27~28면 참고.

29 이어령, 「'디지로그'에는 따뜻함이 있습니다」,《너울》183, 한국문화관광정책연구원, 2006, 13~15면 참고; 이어령 편, 『경기디지로그창조학교』, 경기문화재단, 2010, 13면 참고.

화론이었음을 새삼 알려준다. 비단 본문이 아니더라도 "한국인이 이끄는 첨단정보사회, 그 미래를 읽는 키워드"라는 표지 문구와 "잠자는 곰을 아날로그로 바꾸고 사나운 호랑이를 디지털로 대치하면 한국인은 디지로그 인(人)이 되는 것이다."라는 안내글 문구는, 『디지로그』가 품은 바의 가치정향성을 일찌감치 드러내고 있었거니와, 이는 『디지로그』의 막바지에서 더욱 뚜렷하게 강조되어 나타나는데, 한국인의 희망찬 앞날에 대한 확신 말고는 다르게 읽힐 여지가 없는 말미의 해당 구절을 확인해두기로 하면, 그것은 아래와 같다.

아날로그인가, 디지털인가. 아니면 디지털과 아날로그를 융합한 디지로그의 길인가./ 가령 아버지가 날이 더우니 바람이 들어오게 창문을 열라고 해서 창문을 열었더니 어머니가 와서 모기 들어온다고 닫으라 했다고 하자. 아이는 이럴 경우 창문을 닫아야 하는가, 열어야 하는가. 그 어느 쪽을 선택하든 해결은 되지 않는다. 아버지와 어머니의 분쟁만 커질 뿐이다. 이럴 경우 분쟁을 해결할 수 있는 방법은 이것이냐 저것이냐의 양자택일적인 선형적 사고(either-or)에서, 모순되는 두 개의 '이것과 저것(both-and)'을 모두 포용하는 순환적 사고로 가는 것이다. 선택이 아니라 창조로, 방충망을 해 닫으면 된다. 그러면 모기는 들어오지 못하고, 바람은 들어온다./ 모순을 잘라내기는 쉬워도 그것을 융합하고 조화시키는 작업은 참으로 힘이 든다. 새해가 되면 떡국과 함께 나이(시간)도 마음도 새로 먹는다는 한국인이야말로 그런 일을 할 수 있는 잠재력을 지닌 사람들이 아니겠는가. 한국인이야말로 디지털의 공허한 가상 현실을 갈비처럼 뜯어먹을 수 있는 어금니 문화를 지닌 사람들이 아니겠는가. 그래서 사이버스페이스의 디지털 공동체와 식문화의 아날로그 공동체를 이어주는 디지로그 파워가 희망의 키워드로 등장하고 있는 것이다. (153면)

그렇다면, 이와 같은 양상을 보여주는 『디지로그』를 어떻게 평가해야 할 것인가. 앞 장에서 살폈듯이 처음부터 이어령에게는 한국문화가 쌍방향성(혹은 상대적 관계)을 중시해온 양단 불락의 중간항 문화, 보드올의 매개적 문화라는 인식이 전제되어 있었다. 또, 이것이 인터넷, 디지털(시대), 지식정보(문화, 사회)에 적합하다는 인식이 전제되어 있었다. 그러니, 『디지로그』가 이러한 형태로 발현된 것은 어찌 보면 당연한 일이다. 도리어 특유의 필치로 기발하게 용례를 들어가며 누군가에게는 자칫 거부감을 유발할 수도 있는 자기 생각을 효과적으로 잘 풀어낸 셈이다. 서양문화에 의지한(혹은, 의지할 수밖에 없던) 상태에서 한국문화를 근대화하기 위해 청년·중년·장년을 모두 바쳤던 전후세대 지식인이, 노년에 이르러 이제는 한국이 서양을 충분히 따라잡은 수준이 되었으니만큼, 선도적인 주체적인 입장에 서서 한국문화를 새로이 이해해보고자 했던 의식의 소산, 그것이 바로 『디지로그』였다고 호의적으로 규정 지어볼 수 있다.

물론, 엄격한 잣대를 들이대면서 『디지로그』가 문화본질론, 문화유전자론의 시대착오를 보여준다고 비판을 가해볼 법도 하다.[30] 다만, 이

---

30 조형래, 「'디지로그'의 개념적 검토와 비판」, 『대중서사연구』 22(1), 대중서사학회, 2016, 347~353면. 조형래는 『디지로그』가 일전의 『축소지향의 일본인』이 보여주었던 한계를 다시 답습하고 있다고 파악했다. 일찍이 가라타니 고진과 황호덕이 『축소지향의 일본인』을 '비역사적 문화본질론', '유사기호학적 형태를 띤 문화유형론'으로 각각 비판했거니와, 전체적인 맥락에서 이들의 지

런 식의 비판은 타당성이 분명 있되 생산적인 논의를 낳기가 힘들다고 여겨진다. 기실, 이어령의 모든 한국문화론에 해당하는 문제이기도 한데, 이어령이 시대에 맞추어 설정한 '한국문화의 특징은 이것이다.'라는 밑바탕 자체를 거부해버리면, 그 위에 세워진 모든 것은 자연히 어불성설에 불과해지는바, 전면 부정 외에는 다른 선택사항이 존재할 수 없기 때문이다. 한편으로, 큰 틀은 수용한다손 치더라도 여전히 근거가 부재한다거나 깊이가 부족하다는 투의 지적이 『디지로그』에게는 가해질 수 있다. 하지만, 『디지로그』가 원래 신문 연재 형식으로 작성되었다는 사실을 참작한다면, 이 또한 어느 정도 용인될 수 있는 문제가 아닌가 싶다. 하나의 토픽에 이백 자 원고지 열 장 내외 정도가 주어진 상황에서는 "관념적인 서술이나 학술적인 토론을 쓸 수" 있을 리가 만무하며, 그보다는 "에피소딕episodic한 것"을 "하나씩 끄집어내서, 거기에 의미 부여를 해서 해석적 안목을 집어넣었"음에도 불구하고,[31] 디지로그라는 주제에서 이탈하지 않고, 거기에 더해, 디지로그라는 단어를 두루 쓰이게 만든 퍼포머티브(performative)한 성과까지 거두었다는 데에 주목할 때, 차라리 『디지로그』는 (저 옛날의 『흙 속에 저 바람 속에』가 그러했듯이) 저널리즘 언설의 대표적인 성공 사례로 불리기에 일절 모자람이 없다.

　다만, 『디지로그』에 대한 이러한 옹호 가운데서도, 디지로그에 대한 정의가 헐겁다는 점만큼은 모른 척 그냥 넘어가기가 힘들다. 이어령 자신이 디지로그를 엄밀하게 정의하려는 의도 자체가 없었다고 할지라

적은 『디지로그』에도 여전히 유효하다는 것이다.

31　이어령·권영민, 「《흙 속에 저 바람 속에》 그 후 50년, 다시 오늘의 한국을 말한다」, 《문학사상》, 2011.9, 33면 참고.

도,[32] 최소한의 범주조차 설정하지 않고,

> 아날로그와 디지털의 기술과 그 문화적 차이가 무엇인지 정의부터 하려 들지 말자. 디지로그의 뉴파워가 무엇인지 성급하게 물으려 하지도 말자. 인생은 무엇인가라고 정의하고 사는 사람은 없다. 문학은 무엇인가 정의를 해놓고 시를 쓰고 소설을 쓰는 사람은 없다. 아날로그도 디지털도 디지로그도 말로 정의하기보다는 음식처럼 직접 씹어먹으라고 권하고 싶다. (154면)

라면서 오히려 테두리를 확 열어버리는 마무리는, 많은 이들로 하여금 대체 디지로그란 무엇인가 하는 의문을 증폭시킨다. 위의 인용문은 인생과 문학을 디지로그와 동일선상에 놓고서 '정의'하기보다는 '체험'하기가 중요하다고 피력하나, 이는 별로 적절치가 않아 보인다. 인생과 문학이 무엇이냐고 물으면 뚜렷하게 대답할 수 있는 사람은 많지 않을 것이다. 그래도 다들 관습적 규정력에 따라 인생과 문학이 무엇인지를 대강 그려볼 수는 있을 것이다. 그런데, 디지로그는 사정이 다르다. 완전한 신어는 아니지만 생소한 조어이기에 (더군다나 이어령이 이전과는 다르게 자기 방식으로 활용했기에) 그 뜻의 대체적인 경계를 정해주지 않는 이상에야 아리송하고 어렴풋할 수밖에 없다.

『디지로그』에서는 소니의 바이오, 교보문고와 다음의 업무 제휴, 태

---

32 "모든 용어에는 좁은 의미와 넓은 의미, 낮은 의미와 높은 의미가 있게 마련인데 아날로그와 디지털은 전자공학의 기술 용어에서 시작하여 일상적인 비유적 표현 그리고 문학이나 철학적 개념어로 조금씩 달리 쓰이고 있습니다. 이러한 개념적 차이를 모두 아울러 포괄적으로 다룬 글이니 마케팅 용어로 사용해도 나쁠 것은 없겠지요."(161~162면)

블릿, 사이버 선거 벽보, 애플의 아이팟 등을 디지로그 사례, 현상으로 소개한다. 이 중에서 바이오는 "VA자는 아날로그의 파상곡선으로 그려져 있고 끝의 아이오(IO)는 디지털의 1과 0으로 디자인되어 있습니다. 그 로고는 아날로그와 디지털이 융합된 파워를 지향하겠다는 소니의 신조를 나타낸 것이라고 합니다."라는 설명이, 사이버 선거 벽보는 "투표할 사람으로선 디지털 정보로 사람을 정하고 투표는 아날로그식으로 하게 되는 것이지요."라는 설명이, 아이팟은 "넓은 개념으로 보면 디지로그 징후군의 하나라고 할 수 있어요. 종래의 워크맨 같은 아날로그적인 환경과 인터넷상의 냅스터나 소리바다와 같은 음악 사이트의 디지털 환경을 뛰어넘어 일거에 저작권 문제까지도 말끔히 해소했으니까요."라는 설명이 각각 붙어 있다(164면). 이 밖에도 『디지로그』 이후에 행해진 강연, 인터뷰를 통해 디지로그 사례, 현상을 좀 더 찾아보면,

요즘 인터넷에서는 타깃을 세분화해서 광고되는 제품이나 서비스에 관심이 있는 사람들에 한정해 이들과 커뮤니케이션을 시도할 수도 있다. 영화를 예로 들면, 영화를 좋아하는 사람들을 대상으로 미리 시사회를 해서 이 사람들로 하여금 자신들의 블로그에 해당 영화의 감상평 등을 올리게 하는 것이다. 영화 디워의 경우, 영화 전문 비평가에게는 혹평을 들었지만 인터넷에 매니아들이 생기면서 크게 홍보가 되기도 했다./ 가장 원시적인 입소문 마케팅에 최첨단 기술을 묶어 줄 때 광고의 효과는 커진다. 이는 곧 디지털과 아날로그의 결합, 디지로그라고 할 수 있다. 오늘의 결론은 몸으로 돌아오라는 것이다. 피가 뚝뚝 흐르는, 어금니로 씹는 사람들에게 전달하는 광

고는 디지털 기술만 가지고 되지 않는다.[33]

길은 지극히 아날로그적입니다. 그러나 오늘날 아날로그의 길 말고 디지털
에서의 또 하나의 길이 있습니다. 바로 인터넷입니다. 사람들은 인터넷을
통해 이곳저곳을 다닐 수 있고 소통해 갑니다. 제가 말하는 '디지로그'란 아
날로그상의 서울과 디지털에서의 '서울'이 있다는 뜻입니다. 실제 서울 시
청과는 달리 인터넷에서의 서울시청은 훨씬 편리하게 만들 수 있습니다. 또
한 이 두 가지 의미가 어우러진 '디지로그(Digital + Analog)' 개념으로 도
시를 설계해보는 것도 좋을 것입니다. 도시를 가장 추악하게 만드는 것 가
운데의 하나가 간판과 로드 사인같은 것들입니다. 누구나 인터넷을 통해서
자기가 갈 곳을 검색하고 보다 발전된 내비게이션 시스템을 통해 간판을 보
지 않고서도 길을 찾아다닐 수 있다면 저렇게 큰 간판들로 거리를 메우지
않아도 될 것입니다.[34]

등을 목도할 수 있다. 닌텐도의 위(Wii)를 "몸으로 센서 바를 이용해서
직접 움직이면 화면상으로 실현이 가능합니다. 바로 디지로그입니다."[35]
라는 설명과 함께 디지로그 사례, 현상으로 거론한 적도 있다.
　이어령이 소개한 디지로그 사례, 현상을 쭉 살펴보았으되, 이로써 확
인되는 사실이란 디지로그라고 이름 붙이는 범위가 대단히 넓고 크다는

33　이어령, 「디지털과 아날로그의 결합, 광고의 새 시대 열 것」, 《광고정보》, 2007.12, 57면.
34　이어령 · 채미옥 · 조남건, 「경쟁력 있는 도시문화, 디지로그시티로 구현 : 이어령 중앙일보 상임고
　　문, 전 문화부 장관(인터뷰)」, 『국토』 306, 2007, 71~72면.
35　이어령, 「'디지털 시대의 한국과 한국인' 무엇을 준비해야 하는가」, 《IT TODAY》, 2008.1, 16면.

것이다. 둘 중 하나가 아니라 둘 다를 챙긴다고 할 때, 일반적으로 떠올
릴 수 있는 형태는 크게 두 가지이다. 하나는 융합의 형태이고, 다른 하
나는 공존의 형태이다. 가령, 디지털적 속성과 아날로그적 속성을 한 대
상 안에 함께 담아낼 수도 있고, 아니면, 디지털적 속성을 가진 대상과
아날로그적 속성을 가진 대상을 서로 긴밀하게 잇는 수도 있다. 이러한
두 가지 형태는 둘 다를 챙긴다는 공통점이 있으나, 그 성질은 제법 다
르다. 그렇지만, 이어령은 이를 구분, 구별할 의사가 딱히 없었던 듯하
다. 이어령이 소개한 디지로그 사례, 현상을 되살피면 어떤 것은 전자에
가깝고 어떤 것은 후자에 가깝다. 이럴 때, 발생할 수 있는 문제란, 자칫
디지로그가 여기에도 적용될 수 있고 저기에도 적용될 수 있는 '전가의
보도' 마냥 사용될 소지가 다분하다는 것이다.[36] 특히나, 『디지로그』가
발간된 이후로 급격하게 전개된 IT기술의 발전과 확산은 이와 같은 문
제를 더 크게 초래했다고도 볼 수 있다. AR시스템, VR시스템까지 갈 것
도 없이 스마트폰이나 태블릿만 하더라도 아무런 무리 없이 디지로그에
포함될 수 있는바,[37] 그렇다면 현재에는 주위의 대부분이 디지로그라고
해도 과언이 아닌 셈이다.[38]

그래서인지는 몰라도 이어령은 『디지로그』 발간 이후에도 여러 채

---

36 또한, 이어령이 그때그때에 맞추어 디지털은 기계, 숫자, 불연속 등으로 아날로그는 사람, 문자, 연속
   등으로 그 속성을 다양하게 변주시킨다는 점도 디지로그를 광대하게 만드는 요인이 된다.
37 실제로 이어령은 신문 기사와 저서 등을 통해 디지로그의 사례, 현상을 꾸준히 언급했는데, 아이폰
   과 아이패드가 등장한 시점에서는 이것을 디지로그의 사례, 현상이라고 언급했으며, AR시스템을
   기반으로 한 〈포켓몬GO〉가 등장한 시점에서는 이것을 디지로그의 사례, 현상이라고 언급했다.
38 물론, 디지로그가 널리 쓰이는 단어로 자리 잡을 수 있었던 데에는, 디지로그가 이렇게도 쓰일 수 있
   고 저렇게도 쓰일 수 있는 덕분이 가장 컸다고 할 것이다. 현재 디지로그는 광고, 게임, 기술, 디자인,
   콘텐츠, 패션 등 분야를 가리지 않고 활용되고 있다.

널을 통해 계속해서 디지로그를 언급했으되(더하여, 그때그때의 최신 유행을 디지로그 사례, 현상으로 꾸준히 추가했으되), 점차적으로 강조점을 '디지털 + 아날로그'로써 주어지는 결과(물)보다는 그 가운데 위치한 '+', 그러니까, 둘을 어떻게 결합해야 하는지로 옮겨가는 모습을 보여준다. 이곳저곳에서 이어령은 어질 인(仁)을 사람(人)에다 두 이(二)가 붙은 것으로 간주한 다음, 다시, 두 이(二)를 두 사람이 아니라 둘 사이를 뜻하는 것으로 해석하며 '사이'의 중요성을 이끌어냈거니와, 이는 '인터페이스(interface)'에 대한 강조로 이어져서 앞으로는 (구글이나 스티브 잡스가 보여준 것처럼) 얼마나 편리하게 상호 간의 접속 장치를 구축하느냐가 관건이라는 주장에까지 다다르는 것이다.

그리고, 이런 식으로 디지로그에 대한 강조점을 옮겨가는 도중에, 이어령은 (다음 단계의 사유에 해당하는) 생명자본주의를 여기저기에서 거론하기 시작한다. 이때, 디지로그는 여전히 중요성을 지니고서 생명자본주의와 나란히 제시된다. 관련 대목이 무수히 많지만, 그중에서 두 개만 가져와 보면 아래와 같다.

신체자원인 세포와 IT의 비트(Bit)로 만들어진 세계, 이 두 가지를 서로 어떻게 매칭해서 인터페이스 혁명을 하느냐가 디지로그의 핵심 문제다. 이제는 익명의 바다에서 펼쳐졌던 '가면무도회'인 IT 지식정보화 시대는 끝나가고, 디지로그를 중심으로 한 생명자본시대의 시대가 도래하고 있다.[39]

---

39 이어령 · 오동희, 「디지로그 기반의 생명자본주의 시대가 온다」, 《머니투데이》, 2011.6.16. 〈https://news.mt.co.kr/mtview.php?no=2011061321440467250&type=1〉(2022.7.20.)

"그렇지. 우리말에 버려두라는 말이 있지? 버리는 것과 두는 것의 중간이야. 그런데 버려두면 김치가 묵은지 되고, 누룽지가 슝늉되잖아. 버리지 말고 버려두면, 부풀고 발효가 되고, 생명의 흐름대로 순리에 맞게 생명자본으로 가게 된다네. 그게 살아 있는 것들의 힘이야. 버리는 건 쓸모없다고 부정하는 거잖아. 버려두는 건, 그 흐름대로 그냥 두는 거야. 코로나까지도 버려두면 백신이 되는 거야. 재생이 되는 거라고. 그게 생명이 자본이 되는 원리야. 디지털과 아날로그가 공존하는 힘이지."/ 이것과 저것의 대립이 아니라 이것이면서 동시에 저것인 상태. 함께 있되 거리를 두고, 경쟁하면서 협력하는 그 '경계의 힘', 그 사이에서 나온 맘춤의 리듬이 디지로그이고, 바이러스의 발효가 생명자본이라고 했다.[40]

디지로그가 어떨 때는 생명자본주의의 기반처럼 취급되기도 하고, 어떨 때는 생명자본주의와 동의어로 취급되기도 하는 등 층위의 측면에서 다소간 혼란을 보이긴 하나, 디지로그와 생명자본주의가 긴밀하게 이어지고 있다는 사실만은 분명하게 다가온다. 디지로그와 생명자본주의가 어떻게 관계 맺음을 하는지에 대한 별도의 설명이 제공되었다면 전체적인 맥락을 파악하기가 한결 수월했을 것이나, 위의 두 인용문처럼 어느 순간부터 디지로그와 생명자본주의는 서로 밀접하다고 전제될 뿐이며, 그 밖의 언술은 좀체 찾아보기가 어렵다. 다만, 이어령 특유의 유비적 사고가 계속해서 확장된 결과가 아닐까 추측은 가능하다. 한 축에서는 '아날로그-세포-생명' 등으로 연쇄가 이뤄지고, 다른 한 축에서

---

40   김지수, 『이어령의 마지막 수업』, 열림원, 2021, 273~274면.

는 '디지털-비트-자본주의' 등으로 연쇄가 이뤄진다. 각기 항목이 얼마간의 유사성을 바탕으로 구조적인 대응을 형성하면서 새로운 정보를 파생시키는 방식으로 양 축은 뻗어나간 것인데,[41] 이때, 당연하게도 양 축은 서로 조화를 이뤄야 한다. 이로 보면, 디지로그의 변형 혹은 확장이 생명자본주의이기도 한 것이고, 디지로그의 다른 표현이 생명자본주의이기도 한 것이다.

이렇게 이어령은 생명자본주의를 표방하는 단계로 옮겨갔거니와, 그렇다면, 생명자본주의란 어떤 함의를 담고 있는가. 다음 절로 넘어가 생명자본주의에 대한 자세한 검토를 수행하기로 한다.

2) 『생명이 자본이다』의 경우

『생명이 자본이다』가 출간된 것은 2014년이지만, 이어령은 2010년을 전후한 시점부터 여러 자리를 통해 생명자본주의에 관한 내용을 언급해왔다.[42] 또한, 2014년 이후로도 생의 종점에 이르는 동안까지 계속해서 생명자본주의에 관한 내용을 언급했다. 그러니까 이어령은 2010년을 기준으로 10여 년이 넘는 기간 동안 생명자본주의를 붙들고 있었던 셈이다. 이어령이 2007년 세례를 받고 기독교에 귀의한 이력

---

41   김세림 · 김형석, 「유추적 사고와 문학 감상」, 『한국언어문화』 74, 한국언어문화학회, 2021, 11면 참고.

42   2010년경 생명자본주의를 본격적으로 거론하기 전에는 2008년쯤 (빌 게이츠가 말한) '창조(적) 자본주의'를 강조하는 모습을 보여주기도 했다(이어령, 앞의 글(2008.1), 15면; 이어령 · 이배용, 「혼돈의 시대 인문학에 길을 묻다」, 《매일경제》, 2008.7.18. 〈https://www.mk.co.kr/news/special-edition/view/2008/07/448582/〉(2022.7.20.)

이 있기에, 생명자본주의가 종교적 색채를 띠지 않을까 짐작해볼 수 있고,[43] 또, 이어령 자신도 생명자본주의를 기독교와 연관 지어 설명한 적이 없지는 않으나,[44] 실제적으로는 '생명과 사랑에 대한 강조' 정도의 대전제가 겹치는 수준으로 보아도 무방하므로, 이 자리에서 기독교와 생명자본주의를 굳이 함께 다루지 않아도 별다른 문제는 없을 듯싶다.[45] 그보다 생명자본주의는 포스트 자본주의의 일환으로 기존 자본주의의 한계를 체감한 지식인들이 일찍이 내어놓은 여러 대책을 수용하고 보완하는 성질을 강하게 띤다. 관련하여, 이어령은 『생명이 자본이다』에서 "구체적 내용으로는 로버트 퍼트넘의 사회자본, 폴 호큰의 자연자본주의, 피에르 부루듀의 문화자본, 헤이즐 헨더슨의 사랑의 경제학 등을 동반 이론을 삼고 특히 지금까지 묻혀있던 존 러스킨의 무네라 풀베리스

---

43 가령, 『생명이 자본이다』가 발간되기에 몇 달 앞서 호영송은 이어령의 생명자본주의는 종교적인 발상을 가미할 확률이 높다고 서술한 적이 있다(호영송, 『창조의 아이콘, 이어령 평전』, 문학세계사, 2013, 218~243면 참고).

44 이어령은 한 대담에서 기독교와 생명자본주의를 다음과 같이 연결시킨 적이 있다. "그런 것으로 보면 지금까지의 자본주의는 지성을 중심으로 한 물질이 분할하는 것, 분할하고 분할하다 지금은 원폭과 핵까지 분할했고 결국 지금까지의 자본주의는 '으깨는 기술'이에요. 인간의 기술은 같이 있는 것을 떼어놓고 분할하는 거예요. 그런데 가장 먼저 분할하신 분이 하나님이시거든요. 첫째 날, 둘째 날, 하늘과 땅, 빛과 어둠을 갈라놓으셨거든요. 그런데 영성이 있으니까 갈라지는 것인데 영성이 없는 사람이 갈라놓는 것이 문제인 것입니다. 하나님은 다시 통합하시잖아요. 왜냐면 만드신 피조물 밖에 초월해 계시니까 통제가 되잖아요. 우리는 분류된 그 안에 있으니 그것이 무슨 통합을 이루겠어요. 그래서 제가 말하는 생명자본주의라고 하는 것은 하나님이 창조하신 자연의 큰 힘, 즉 지적知的 설계設計(intellectual design)입니다."(이어령 외, 「성서에 근거한 생명자본주의」, 《창조문예》 15(2), 2011.2, 17면.)

45 필자는 이 글을 작성할 당시만 해도 기독교와 생명자본주의를 굳이 함께 다루지 않아도 별다른 문제가 없다고 생각했다. 그러나, 이후 필자는 이어령이 쓴 기독교 관련 여러 언설들을 탐사하면서 이와 같은 판단을 수정했다. 생명자본주의에 대한 더한층 심도 있는 이해를 위해서는 기독교를 아울러 살펴보아야 한다는 쪽으로 입장을 바꾼 것이다. 관련 내용은 이 책의 제2부에 수록된 「지성과 영성 그 문지방 사이에서 : 이어령의 기독교적 메시지 좇아 읽기」를 통해 확인할 수 있다.

등 고정가치를 핵심적 키워드의 하나로 삼았습니다."[46]라고 레퍼런스를 솔직히 밝히고 있다. 이때, 거론된 인물만 무려 다섯인데다가 이들 각자가 주장한 개념도 어느 것이든 오롯이 이해하기가 만만치 않다. 그렇기에, 레퍼런스를 통해 생명자본주의에 접근해보려는 자세보다는 이어령의 목소리를 쫓아가면서 생명자본주의를 파악해보려는 태도가 좀 더 효과적이라고 판단된다.[47] 몸체라고 할 수 있는 『생명이 자본이다』를 따라 읽으면서, 여기에 다른 강연, 대담, 인터뷰 등을 덧붙이는 방식으로, 이어령이 생각한 바의 생명자본주의가 무엇이었는지를 탐사해보기로 하자.

이어령이 레퍼런스로 언급한 이들의 저서와 비교할 때, 『생명이 자본이다』는 그 성격이 사뭇 다르다. 자본주의의 한계를 꼬집고, 또, 이러한 한계를 극복하기 위한 키워드로 생명을 내세우고, 또, 이러한 생명을 기반으로 경제, 사회, 정치 등의 여러 분야에서 구체적인 실천 전략을 가져다주는, 그런 유형을 떠올려서는 곤란하다. 이로부터 아주 동떨어진 자리에, 차라리 대척점에 가까운 자리에 『생명이 자본이다』는 위치한다. 앞선 『디지로그』가 그러했듯이 『생명이 자본이다』도 독자의 예상

---

46 이어령, 앞의 글(2014), 374면. 원문의 영어 병기는 생략. 이하, 이 책의 내용을 인용할 때는 괄호에 다가 면수만 표기함.

47 이어령이 『생명이 자본이다』에서 레퍼런스와 관련한 내용을 직접 설명해주는 경우도 있다. "富부란 무엇인가. 인간에게 부를 주는 경제학이란 무엇인가. 그에 대한 그의 답변이 바로 『무네라 풀베리스』이다. 영국에서 산업주의가 막 꽃피었을 때 모든 사람들이 경제 산업의 발전에 도취해 있는 것을 보고 러스킨은 "도대체 부라는 개념이 무엇인가, 경제학이란 또 무엇인가" 하고 물었다. 그러면서 "There is no wealth, but life" "생명 없는 부란 없다"라고 단호히 대답한다./ 내가 지금 무수히 생명, 생명이라고 동어 반복을 하고 있지만 영어의 라이프Life에 적합한 번역어가 없다. 한국말로는 Life와 Living을 구별할 수 있는 말이 없기 때문이다. 리빙은 생의 수단인 의식주에 속하는 개념이고 라이프는 진선미처럼 삶 그 자체의 목적에 해당하는 말이라고 정의할 수 있다. 우리말로는 양자를 모두 합친 "살다"에서 나온 "살음" "삶"이다."(286~287면)

을 얼마간 비껴가는 것이다.

『생명이 자본이다』는 "프롤로그"에서 밝혔듯이 생명자본주의에 대한 "어떤 정의나 구체적인 형상을 보여"(7면)주지 않는다. 해녀가 아껴 둔 전복, 그러다가 나이가 들어버려 딸 수 없게 된 전복, 곧 "내일 쓰지, 모레 쓰지, 벼르다가 더 이상 내 힘으로는 딸 수 없게 된 생명(전복) 이야 기입니다."(7면)라는 비유로써 이어령은 생명자본주의를 상세히 알려주 지 못한 데 대한 아쉬움을 표출하거니와, 그러면서도 또다시 비유로써 "이 책을 펼치기 전에 해녀와 같은 숨 막힘 그리고 숨고르기를 해야 합 니다. 실망하더라도 거기 찾던 전복이 없다고 해도 두 번, 세 번 생명의 바다로 뛰어들 기회는 있습니다."(9면)라며 생명자본주의에 대해 지속 적인 관심이 주어져야 함을 역설한다. 한편, (책의 맨 뒤에 있는) "감사의 글"에서는 "프롤로그"와 연결되는 동시에 상충되는 구절이 발견되는데, "이 책은 '생명자본주의'의 본격적인 연구물의 출간에 앞서 누구나 쉽 게 읽을 수 있도록 기획 출판된 것입니다. 말하자면 '생명자본주의에 대 한 생각의 시작'을 알리고자 한 것입니다."(374면)가 바로 그것이다. 이 렇듯 "프롤로그"에서는 생명자본주의를 지금껏 기회를 엿보다가 채 완 성하지 못했으나 무척 중요한 기획이라고 소개한 것이고, "감사의 글"에 서는 『생명이 자본이다』를 앞으로 본격화될 기획의 첫 단계라고 소개한 것이다. 다소 앞뒤가 어긋나지만, 이를 일단 차지하고서 "프롤로그"와 "감사의 글"을 종합해본다면, 『생명이 자본이다』는 서언에 해당하는 저 서로 그 성격이 규정될 수 있다. 어렵사리 땐 첫걸음인 것이고, 그래서 계속 나아가야 할 발걸음인 것이다.

주지하다시피 『생명이 자본이다』는 거대한 포부를 담고 있다. 그런데도 많은 부분에서 '나'의 경험, 체험을 바탕으로 한 이야기를 펼쳐낸다. 여기에 과학, 역사, 문화 등과 관련한 다양한 일화를 곁들인다. 이따금 시를 내놓기도 한다. 이로써 방대한 지적 이로(理路)를 전혀 관념적이지 않게 드러내지만, 그런 탓에 종착점으로 가는 길은 반듯한 직선의 형태가 아닌 구불구불한 곡선의 형태이다. 기승전결을 갖춘 글이라기보다는 아포리즘(aphorism) 모음집 같다는 느낌을 준다. 첫 장은 이어령이 신혼 초에 벌어진 사건을 떠올리는 것으로 시작된다. 단칸셋방에서 살던 시절, 유난히 추웠던 어느 겨울날 "아침에 눈을 떠보니 방안은 얼음장이었고 어항까지 얼어있었다."(18면) 금붕어들도 살얼음에 갇힌 채 미동이 없었다. 어떻게든 금붕어들을 살리고자 뜨거운 물을 조심스럽게 부었더니, 어항이 녹기 시작했고 금붕어들도 "꿈틀거리더니 헤엄을 치기 시작"(19면)했다. 이 사건은 이어령으로 하여금 생명의 소중함을 각인시킨 것으로 '금붕어 유레카'라고 명명된다. 『생명이 자본이다』를 "관통하는 생명 사상의 모티프이자 실마리"[48]를 이어령은 이런 식으로 끄집어낸 것이다. 그리고, 첫 장이 마무리될 때쯤 이어령은 아래와 같은 구절을 제시함으로써 『생명이 자본이다』가 도달할 결론을 이르게 보여준다.

그리고 나는 지금 그 끝나지 않은 금붕어 유레카를 선언해야 한다. 늦었지만 생명이란 말을 리셋하고 흔하고 천해진 사랑이라는 말을 다시 포맷하지 않으면 안 될 것이다. 지난 것과 앞으로 올 시대를 연결하는 하이퍼 텍스트가 필요한 까닭이다. 그래서 지금의 내 나이처럼 병들고 노쇠하여 더이상

---

48 김종회, 「문명 인식의 새로운 전환점 ―《생명이 자본이다》」, 《문학사상》, 2014.6, 109면.

혼자서는 걸을 수 없게 된 자본주의 문명을 다시 복원하려면 새 OS가 필요하다. 이윽고 리먼 금융파동 이후 금붕어 유레카는 생명자본주의라는 키워드를 탄생시켰다./ 성급한 독자를 위해 단순하고 속된 결론부터 이야기하자면 '돈을 위한 돈에 의한 돈의 자본주의', '물질을 위한 물질에 의한 물질의 자본주의'를 '생명을 위한 생명에 의한 생명의 자본주의', '사랑을 위한 사랑에 의한 사랑의 자본주의'로 탈구축하자는 것이다. 자유와 평등의 두 마리 말이 끄는 마차에 탄 우리들은 더 이상 말싸움에, 그래 말馬이나 말言 그 어느 쪽 말을 의미하는 것이라도 좋다. 말싸움도 하지 않고 말춤도 추지 않을 것이다./ 평등의 사회주의 체제도 자유의 자본주의 체제도 지금 바꾸지 않으면 빛과 환희, 꽃피는 축제로 이름 지었던 금붕어들은 다시 깨어나지 못한 채 영영 죽고 만다. 그리고 내 신부의 방에서 태어날 어린 생명들을 위해서 다시는 연탄불을 꺼뜨리지 않겠노라고 약속했던 맹세도 물거품이 되고 만다. (61~62면)

앞서 기술했던 내용과 겹치는 대목이 드문드문 확인된다. 기존 자본주의의 한계를 지적하면서 그 대안으로 생명자본주의를 제시하는 것, 돈과 물질을 추구하는 데서 벗어나 생명과 사랑을 추구하는 데로 옮겨가야 한다는 게 생명자본주의의 요체라는 것, 이렇게 이어령은 첫 장을 통해 명제를 구축하고, 또, 명제의 당위성을 확보하는 것이다.

자연히 나머지 장에서는 돈과 물질을 추구하는 게 아닌 생명과 사랑을 추구하는 게 어떤 것인지를 보여주는 작업이 이루어진다.[49] 논증

---

49   당연히 이때에도 주된 테마는 금붕어이다. 거의 모든 장에서 금붕어는 등장하거니와, 심지어 마지

의 방식이 아니라 예화의 방식이고, 또, 정립적이지 않고 은유적이어서, 다분히 추상적으로 다가오는 측면이 적지 않으나, '추위'를 소재로 삼아 ① 타자와의 교감이 지닌 중요성, ② 쉼 없는 자본주의와 대비되는 잠시 멈춤의 생명력을 이야기한 대목이라든지, '먹다'를 소재로 삼아 ① 주체와 대상의 하나 됨, ② 거대한 생명시스템의 원리를 이야기한 대목이라든지 등은 상당히 인상적으로 다가온다. 이 밖에도 범접하기 힘든 박람강기(博覽强記)를 바탕으로 한 다채로운 이야기는 여러모로 읽는 이의 공감을 불러일으키기에 모자람이 없다. 물론, 여기서 그 각각을 일일이 소개할 수는 없는바, 전체적인 경개가 어떠한지에 대해 살펴두었으니만큼, 이제 『생명이 자본이다』에게서 두 가지 논점을 추려낸 다음, 이에 관한 이야기를 집중적으로 해보기로 하자.

하나는 (앞선 『디지로그』와 동일하게) 『생명이 자본이다』도 한국인이 문화적으로 얼마나 적합한지를 밝히려는 의도를 담고 있다는 것이다. 『생명이 자본이다』에서 해당 구절을 몇 개 찾아 제시해보면 다음과 같다.

장독, 물독 하는 독의 용기 문화 그리고 그것에 사방위, 사계절의 우주와 융합한 물 문화는 세계 어디를 가도 찾기 어려운 것들이다. / 장을 담그는 장독대는 21세기 첨단 바이오 산업의 바탕과 방향을 가리키는 화살표다. …(중략)… 무엇보다 자연을 향해 벽 하나 없이 사방으로 열려 있는 장독대, 물독

___

막 장에서는 이상의 『날개』를 여태껏 논자들이 좀체 주목하지 않았던 미츠코시 백화점 옥상의 금붕어 어항에 주목하는 방식으로 풀면서 다음과 같이 생명력, 생명감을 도출해내고 있다. "물 속을 우아하게 유영하는 금붕어의 지느러미가 날개가 되고 어항은 하늘이 되어 비상하는 환상으로 변한다. 생명력, 생명감— 살아 있다는 그 느낌을 되찾는 것이다. 박제가 되어 생명을 잃은 자가 변신하여 맹금류인 매이거나 독수리가 된다."(363면)

대에 우리 조상님들은 우주의 오묘한 변화의 의미(음양오행설), 자연의 소중한 환경의 뜻을 담아 새로운 생명의 시대를 살아갈 21세기의 생명자본으로 물려주신 것이다. (127면)

한국에서 일본에 많은 문화를 주었는데, 심지어 금까지도 한국에서 넘어갔을 것이라는 가정이 가능하다. 스키타이 황금 문화가 꽃피운 곳이 신라가 아닌가. 불교가 한국에 들어와서 결국 대불까지 만들어졌고 한국은 금의 나라로 알려지게 되었다./ 그러나 이렇게 금 문화가 발달한 신라는 금 만능 사상에 빠지지 않았다. 그들은 금을 무턱대고 좋아하지 않았다. 금의 양가가치를 안 것이리라. 그리고 금은 인간을 파괴한다는 것을 알았기 때문일 것이다. 그래서 가난했지만 귀중한 생명가치에 보다 더 무게를 둔 문화를 만들어냈던 것 같다. (220면)

우리는 금붕어도, 개량된 나팔꽃도 키우지 않았다. …(중략)… 인체의 변형을 가해 인공적인 미를 추구하는 모습도 한국에서는 찾아볼 수 없다. 생명에 무언가 인위적인 타격을 가하는 것, 이것을 바로 문화 물질이라고 하는데, 전 세계적으로 이러한 문화적인 인위성이 위력을 떨칠 때에도 한국에서 만은 그것을 금기시한 것이다. …(중략)… 황우석 소동에서 알 수 있듯이 한동안 우리는 바이오 기술에 있어 세계를 선도하는 위치에 있었다. 따라서 우리가 생명기술에 대해 어떻게 평가하고, 앞으로 어떠한 길을 열어나갈지를 결정하는 것은 매우 중요한 문제다. 다가오는 생명기술의 시대에 바이오 테크놀로지가 자본주의와 결합하면 어떤 일이 벌어질 것인가. 이는 우리 민족뿐만 아니라 인류 전체에 있어 매우 절실한 문제인 것이다. …(중략)… 과학기술을 통해 산업주의를 주도해온 서양 사람들이 인류 전체에 크나큰 영향을 미쳤듯이, 생명기술의 중심에 들어선 한국인들이 앞으로 어떤 정책을 써나가게 될 것인가는 전세계에 영향을 미치는 일이다. IT, BT, NT를 주도해 가야 할 한국인들은 국내만이 아닌 한 인류의 문명 문화에 참여하면서, 새로운 자본주의를 만들어 내느냐 못하느냐에 따라 한국뿐만 아니라 전 인류의 미래가 달라지게 될 것임은 분명하다. (259~261면)

이처럼 이어령은 기존 자본주의에 대한 대안으로 생명자본주의를 내세우는 동시에, 한국(인, 문화)만큼 생명자본주의를 실현하기에 적합한 경우가 달리 없다는 내용을 곳곳에서 전개했다. 이어령은 새 시대를 위한 패러다임 교체의 임무를 수행하는 데에는 한국(인, 문화)이 가장 알맞으니 다른 누구보다도 앞장설 수 있다(혹은, 앞장서야 한다)는 의식을 지녔던 것이다.[50] 생명자본주의를 선도할 수 있다는 자신감은, 기존 자본주의의 한계를 노정한 리먼 쇼크 이후 "문명의 축이 서에서 동으로 급격히 옮겨오는 징후를 체감"한 데서, 또, 이와 같은 "아시아 시대의 도래 속에서 한국의 위상과 역할"이 일본, 중국과 맞대응될 만큼 강화되었다는 데서 주어졌다.[51] (이어령의 여느 한국문화론이 그러하듯이) 시대와 조응하는 방

---

50 후일의 인터뷰에서도 이어령은 "그런 면에서 한국은 생명자본주의 시대에 전 세계 어느 나라보다 잠재력과 가능성이 풍부하다. 우리만큼 문화적으로 생명자본이 많은 나라가 없기 때문이다."라면서, 나물 먹는 문화, 막춤 추는 문화, 의성어와 의태어가 가장 많은 한국어 등을 해당 사례로 들었다(이어령, 「"생명자본주의가 경영의 미래 넘치, 참치 아닌 '날치'형이 돼야」, 《동아비즈니스리뷰》, 2019.3.1, 24면 참고).

51 이어령 · 한기홍, 「"생명자본주의가 전통 경제 대체할 새 패러다임"」, 《월간중앙》, 2013.2, 25~26면 참고.

식으로 나름의 밑바탕을 두고『생명이 자본이다』는 쓰여진 셈이다.

다른 하나는 생명자본주의에 대한 지금 정도의 설정만으로는 논란 거리가 많을 수 있다는 것이다.『생명이 자본이다』의 "에필로그"를 보면, 생명자본주의의 원천은 토포필리아(장소에 대한 사랑), 네오필리아(창조에 대한 사랑), 바이오필리아(생명에 대한 사랑)로 세분되며, 다시, 이 가운데서는 바이오필리아가 핵심으로 여겨진다. 하지만, 넙치, 참치, 날치로 각각 대응되는 비유로써 내용을 전개한 까닭에, 정작 이 세 가지 개념이 무엇인지는 제대로 기술되지 못한 모양새이다. 다른 지면에서 이어령은 이 세 가지 개념을 예를 들어가면서 설명했으나, 여기서도 "인간은 이와 같은 3가지 생명력의 원천 즉 토포필리아, 바이오필리아, 네오필리아라는 자본을 가지고 생산하고 저장하고 재활용하고 학습하면서 오랜 기간 생명자본주의를 실천해왔다."라는 구절이나 "앞으로의 생명경제에서 바이오필리아와 네오필리아, 토포필리아가 산업에 실제로 운영됐을 때는 HOWXYZ로 표현되는 결합의 인터페이스와 모순에서 오는 새로운 창조의 힘이 필요할 것이다."라는 구절 등은 여전히 부연이 필요한 듯싶은데도,[52] 무언가의 덧붙임이 없이 곧바로 다음 내용으로 넘어가 버리는

---

52 이어령, 「인(仁)은 곧 인터랙션… 생명경제 시대를 열자」,《동아비즈니스리뷰》, 2012.7.15, 74~76면 참고. HOWXYZ는 이종 간의 결합을 설명하기 위해 이어령이 만든 공식이다. "우선 H형은 세로 작대기 두 개를 하나의 가로 작대기로 연결시킨 것이다. 두 가지 가치가 서로 변하지 않은 상태에서 연결만 되는 것이다. 이것이 가장 흔한 결합의 형태다. 그 다음 O형으로 계절의 순환 같은 사이클이 돼버린 결합을 의미한다. W형은 V자를 두 개 가져다 붙인 것으로 듀얼시스템의 특성을 설명하는 데 적합하다. 예를 들어 하이브리드 자동차는 내연기관과 전기모터를 결합한 것으로 '하이브리드(잡종)'이라기보다는 듀얼시스템이라고 보는 것이 맞다. X형은 크로스오버를 의미한다. a와 b가 어느 한 부분에서만 합쳐지는 경우다. Y형은 두 가지가 결합해 완전한 하나로 퓨전되는 결합이다. 마지막으로 Z는 양극 사이를 오고 가는 형태의 결합을 표현한 것이다."(같은 글, 76면)

바람에, 결과적으로 막연하다는 인상을 주는 선에 그치고 만다.

기실, 생명자본주의에 대한 의심은 규정의 문제보다도 실례의 문제에서 더욱 증폭된다. 이어령이 『생명이 자본이다』에서 제시하는 실례는 크게 보아 두 가지 부류로 나뉜다. ① "생生에서 경제적 효과가 창출되는 '생명경제'"(315면)를 지향하는 것이다. 이를 설명하기 위해 이어령은 남이섬의 메타세쿼이아 가로수 길을 가져온다. 메타세쿼이아는 목재로서 사용 가치가 전혀 없으나, 메타세쿼이아가 행렬을 이룬 풍경을 보고자 관광객들이 몰려든다는 것이다. 또한, 이어령은 야마다 준의 등산 장비 대여 사업을 가져온다. 산을 광업이나 임업으로 파괴하는 게 아니라 생명자원으로 바라보고 사람들이 안전하게 등산할 수 있도록 여건을 마련해주었더니 성공을 거두었다는 것이다. ② 바이오미미크리(biomimicry)를 도입하는 것이다.[53] 이어령은 "모기의 침을 모델로 하여" 만든 "아픔 없이 주사를 놓을 수 있는 주사바늘", "거미줄에서 새로운 섬유기술을 발견하여" 만든 "방탄조끼나 안과 등 외과수술용 실", "도마뱀류의 발바닥 모양을 분석 적용하여" 만든 "강력 접착 테이프", "흰개미 집을 본 따서" 만든 "냉방장치가 필요 없는 빌딩", "연잎의 자연 원리"를 이용하여 만든 "방수벽돌", "부엉이 날개깃을 본 따서" 만든 "소음이 없는 풍차" 등을 모범으로 들거니와(338면 참고), 특히나 바퀴벌레에게 눈길을 주어서 "폐기물을 배출하는 미숙한 산업기술을 배설물을 배출하

---

53 이어령 스스로가 말했듯이 바이오미미크리에 관한 내용은 재닌 M. 베니어스의 『생체모방』으로부터 비롯된 것이다(이어령, 「이어령의 내 인생의 책(5) 생체모방 – 내 '생명자본주의'의 교과서」, 《경향신문》, 2014.2.6. 〈https://www.khan.co.kr/culture/book/article/201402062330385〉(2022.7.20.)).

지 않는 바퀴벌레의 생체기술을 모방한 바이오미미크리로 바꾸면 생명의 순환과 생식을 이용하여 자연에 재투자가 가능한 생명자본주의 시스템을 창조할 수 있다."(340면)라고 주장한다.[54]

이럴 때, ①은 생명도 자본주의도 둘 다를 챙기려는 의도에서 비롯된 문제로서,[55] 결국에는 생명을 자본주의에 예속시키는 게 아닌가 우려된다는 점에서 기존의 자본주의와 그 본질이 별반 다르지 않다는 고민을 자아낼 수 있다. 다시 말해, 기존 자본주의의 입장을 그대로 답습한다고 볼 여지가 충분하다는 것이다. 가령, 시간이 흘러 메타세쿼이아가 점차 관광객을 불러 모으지 못한다면, 그래서 별다른 경제적 효과를 낳지 못한다면, 그때는 메타세쿼이아를 어떻게 처리해야 하는가. 또한, 관광 명소나 놀이공원 등에서 관광객을 유인하고자 계절에 맞춰 특정 식물을 옮겨심는 행태는 어떻게 해석해야 하는가. ②도 다분히 기술 발전을 전제로 한 결정론으로 여겨지기에 의문을 품게 된다. 당장 몇몇 개는 가까운 시일 내에 상용화되기가 요원하지 않은가. 더 근본적으로 보아 자연을 이용 대상으로 바라보는 인간 중심적 시각이 강하게 배어있는 게 아닌가. 그렇다면, 생명의 범주를 협소하게 바라보고 있는 게 아닌가.

필요 이상의 비판을 가하는 것일 수 있다. 이어령이 바랐던 대로 생명자본주의에 대한 본격적인 연구물이 세상에 나왔더라면, 상기 서술한

---

54 이 밖에도 벌, 타조 등을 가져와 바이오미미크리를 설명하기도 했다(이어령, 「디지털에 넋나간 유령들, 심장 뛰는 육체로 돌아가라」, 《월간중앙》, 2010.1, 36면 참고).

55 이어령이 주창한 생명자본주의를 대할 때는, 생명과 자본주의 간의 관계가 서로 간의 결합을 지향하는 '+'임에 유념해야 한다. 생명자본주의는 기존 자본주의의 한계를 지적하면서 등장했으되, 그 요체는 자본주의를 부정하자는 것이 아니라 자본주의를 고치자는 것이며, 이때, 핵심 수단이 바로 생명이라는 것이다.

생명자본주의에 대한 의심은 무소용한 것이었을 수도 있다. 다만, 현재 주어진 결과물만 놓고 볼 때는 생명자본주의와 실제 현실 간의 괴리가 아직 느껴지는 게 사실이다. 그런 관계로, 이어령이 보여주는 다음과 같은 생명자본주의에 대한 강조는, 생명자본주의와 관련한 세부 요목들이 좀 더 채워지지 않는 이상에야, 생명자본주의를 일종의 구호처럼, 혹은, 막연한 낙관론처럼 인식시킬 소지가 크다. 생명자본주의와 관련한 후속작의 부재가 아쉬운 이유란 바로 이 때문이다.

> "산업화 시대의 기계가 평등화를 가져왔듯 정보화 시대의 AI가 우리에게 평등과 행복을 약속할 수 있느냐의 여부가 중요해요. 그게 디지로그와 생명자본주의로 가야 하는 이유지. 생명자본주의 사회란 생명가치가 보편적 문화로 반영되고, 물질적인 가치가 아닌 공감과 기쁨이 상품이 되는 그런 사회에요. 산업자본, 금융자본을 지나 생명자본으로 자본주의의 속성이 바뀌면 남을 기쁘게 하는 직업, 남을 도와주는 일, 자기 취미를 살린 즐거운 일을 하면서 돈을 버는 사람들이 많아질 거예요. 수탈과 착취의 경제가 증여의 경제로 바뀌는 거지." / 듣고만 있어도 푸근해지는 얘기다. 우리가 그토록 꿈꾸는 더 나은 미래가 펼쳐진다니. "너무 이상적인 전망 아닌가요?" 묻자 그는 톤을 내렸다. / "그런 사회를 만들어야지. 생명자본주의는 만드는 것이지 저절로 오는 것이 아니야. 인류의 중지(衆智)가 어느 때보다 필요한 시점이에요."[56]

---

56   김민희, 『이어령, 80년 생각』, 위즈덤하우스, 2021, 303~304면.

4. 나가며

　여태껏 이어령의 후기 사유에 해당하는 『디지로그』(2006)와 『생명이 자본이다』(2014)를 대상으로 그 성격과 특질이 어떠한지를 검토해 보았다. 간략히 요약, 정리해보면 다음과 같다. 우선, 직접적인 상관성을 지닌다고 판단되는 두 편의 글을 살펴보면서 『디지로그』와 『생명이 자본이다』가 표출되기까지의 전반적인 맥락을 살펴보았다. 이를 통해 쌍방향성, 상대적 관계, 둘 다라는 개념이 앞으로 이어령의 언설에서 원형질로 삼아지게 될 것임을 확인할 수 있었다. 또한, 부정에서 긍정으로 의미가 재구축된 '먹다'의 행위가 가지는 중요성과 이어령이 생각하는 자본주의의 전망이란 무엇이었는지에 대해서도 확인할 수 있었다. 그런 다음, 『디지로그』와 『생명이 자본이다』를 구체적으로 분석하는 작업으로 나아갔다. 『디지로그』는 제목처럼 디지털과 아날로그 간의 결합을 표방한 글이다. 하지만, 『디지로그』는 디지털이 무작정 강조되는 분위기에 반대하면서 아날로그가 가진 중요성을 역설하려는 의도 및 정보시대에서 한국 문화가 얼마나 적합한가를 증명해보려는 의도를 담아낸 글로 읽힌다. 『생명이 자본이다』는 기존의 자본주의에 대한 대안을 마련해보려는 거대한 계획을 품은 글이다. 또한, 『디지로그』와 동일한 의도를 품고 있던바, 마찬가지로 생명자본주의를 실현하는 데 있어 한국인이 문화적으로 얼마나 적합한지에 관한 서술이 곳곳에서 포착되는 글이다. 생명과 자본주의를 연결 지으려는 시도는 일종의 패러다임을 바꾸는 행위로써 충분히 주목할 만하나, 큰 틀 아래서 채워져야 할 세부 요목들이 아직은 많다고 판단된다.

이어령 스스로가 밝혔듯이 『디지로그』와 『생명이 자본이다』는 서언·선언의 기획에 해당한다. 이어령은 각종 대담, 인터뷰 등을 통해 관련 생각을 수정, 보완해나갔으되, 아쉽게도 『디지로그』와 『생명이 자본이다』의 공식적인 속편을 발간하지는 못했다. 다만, 생의 끝자락에서 출간된 『너 어디에서 왔니』(2020)와 사후에 출간된 『너 누구니』(2022), 『너 어떻게 살래』(2022), 그리고, 앞으로도 계속 이어질 예정인 그 후속 작들을 훑어보면, 『디지로그』와 『생명이 자본이다』에서 못다 펼쳤던 내용이 어느 정도 보충되고 있음을 알 수 있고, 또 보충될 것임을 예상할 수 있다. 이렇듯 이어령의 한국인 이야기는 아직 끝나지 않고 계속 이어지고 있다.

지성과 영성 그 문지방 사이에서[1]
: 이어령의 기독교적 메시지 좇아 읽기

1. 프롤로그

보아라. 파란 정맥만 남은 아버지의 두 손에는/ 도끼가 없다./ 지금 분노의
눈을 뜨고 대문을 지키고 섰지만/ 너희들을 지킬 도끼가 없다.// 어둠속에
서 너희들을 끌어안는 팔뚝에 힘이 없다고/ 겁먹지 말라./ 사냥감을 놓치고
몰래 돌아와 훌쩍거리는/ 아버지를 비웃지 말라./ 다시 한 번 도끼를 잡는
날을 볼 것이다.// 25만 년 전 아프리카에서/ 처음 호모사피엔스가 출현했
을 때/ 그들의 손에 들려 있었던 최초의 돌도끼./ 멧돼지를 잡던 그 도끼날
로 이제 너희들을 묶는/ 이념의 칡넝쿨을 찍어 새 길을 열 것이다.// 컸다고
아버지의 손을 놓지 말거라/ 옛날 나들이길에서처럼 마디 굵은 내 손을 잡
아라./ 그래야 집으로 돌아와/ 어머니가 차린 저녁상 앞에 앉을 수 있다.//
등불을 켜놓고 보자/ 너희 얼굴 너희 어머니 그 옆 빈자리에/ 아버지가 앉
는다./ 수염 기르고 돌아온 너희 아버지/ 도끼 한 자루.

— 「도끼 한 자루」[2]

---

1   이 제목은 이어령의 "나는 아직도 지성과 영성의 문지방 위에 서 있습니다."라는 문구에서 본떠온
     것이다.
2   이어령, 『어느 무신론자의 기도』, 문학세계사, 2008, 36~37면.

여태껏 가정을 지켜온 아버지였건만 이제 "아버지의 두 손에는 도끼가 없"고 "파란 정맥만 남"아 있을 따름이다. 그러나, 이러한 상황 속에서도 아버지는 좌절하지 않으며 "다시 한 번 도끼를 잡는 날을 볼 것"이라 다짐한다. 그리하여, 언젠가 아버지는 "도끼 한 자루"를 두 손에 들고서 "수염 기르고 돌아"와 "너희 얼굴 너희 어머니 그 옆 빈자리"에 앉을 것으로 귀결된다. 요컨대, 이 시는 부권 상실로부터 부권 회복에까지 이르는 과정을 담아내고 있다.

혹자는 이 시를 놓고서 "천부(天父)의 부재"로 인한 사회의 "온갖 소외현상과 아노미 현상, 그리고 정신적 궁경"을 드러낸 사례로, 다시 말해, "사회를 지탱해 주던 형이상학"의 "붕괴의 메시지"이자 "인류 전체를 향한 경고의 신호"를 보여준 사례로 해석한 바 있다.[3] 이는 다분히 기독교적 관점에서 접근한 결과이다. 하지만, 이어령 스스로는 이 시를 두고서 "믿음이 있기 전 국회의원이나 장군인 아버지를 둬야 집안이 지켜지는 줄 알았을 때 쓴 것"이라며, "세속적인 의미에서 아버지가 아버지 구실을 하지 못할 때의 처절한 슬픔을 끝내기 위해 다시 힘을 되찾고자 하는 것이지, 사랑이나 믿음을 되찾자는 게 아닌 거"라는 견해를 밝혔다. 그러면서도 "신앙이 생긴 뒤 돌아보니, 그 지키는 수단이 도끼가 되어선 안 됨을 느꼈"다면서 "도끼 대신 우리 아버지가 손에 무얼 들었으면 좋겠는가, 이것이 우리가 생각해야 할 바"라는 입장을 덧붙였다.[4] 이는 한

---

3   조신권, 「지성에서 영성으로 전이한 역설의 명수 능소(凌宵) 이어령의 시 연구 — 「심장 소리」, 「어미 곰~」, 「도끼 한 자루」, 「길가에~돌」과 역설과 화해의 형이상학」, 《조선문학》 297, 2016.1, 30면 참고.
4   이어령·이재철, 『지성과 영성의 만남』, 홍성사, 2012, 55~56면 참고.

대담에서 나온 자기 고백의 진술로 세례를 받기 이전 쓴 시를 세례를 받은 이후 다시금 반추한 결과이다.

이러한 자기 고백의 진술은 다른 지면에서 제시된 개인사적 이야기와 포개어볼 수 있다. 유명을 달리한 딸(이민아)에게 슬픈 심경을 토로하는 아버지의 모습이 더없이 인상적으로 느껴지는 회고담이다. 가져와 보면 아래와 같다.

> 네가 서재 문을 두드리는 소리를 듣지 못했다. 나에게 다가오는 발소리를 듣지 못했다. 나는 글을 쓰는 시간이었고 너는 잠자리에 들 시간이었다. 내게 들려온 것은 "아빠, 굿나잇!" 하는 너의 목소리뿐이었지. 이 세상 어떤 새가 그렇게 예쁘게 지저귈 수 있을까. 그런데도 나는 목소리만 들었지, 너의 모습은 보지 않았다. 뒤돌아보지 않은 채 그냥 손만 흔들었다. "굿나잇, 민아." 하고 네 인사에 건성으로 대답하면서. …(중략)… 어린 시절, 아빠의 사랑을 받고 싶었다는 너의 인터뷰 기사를 읽고서 까마득히 잊고 있었던 기억들이 되살아났다. 글의 호흡이 끊길까봐 널 돌아다볼 틈이 없었노라고 변명할 수도 있다. 그때 아빠는 가난했고 너무 바빴다고 용서를 구할 수도 있다.[5]

이어령은 딸에게 "바비인형이나 테디베어를 사주는 것"이 "사랑인 줄 알았"다. 딸이 "바라는 것이 피아노이거나, 좋은 승용차를 타고 사립학교에 다니는 것일 줄로만 여겼다. 하찮은 굿나잇 키스보다는 그런 것

---

5 이어령, 『딸에게 보내는 굿나잇 키스』, 개정판; 열림원, 2021, 21면.

들을" "주는 것이 아빠의 능력이요 행복이라고 믿었다."[6] 그런 까닭에, '글쓰기'라는 도끼를 손에 든 이어령은 다른 무엇보다도 글 쓰는 일을 우선시했다. 방대한 저서 목록이 알려주듯이 글 쓰는 일을 멈추지 않았다. 아버지에게 부과된 의무를 다하려면 글 쓰는 일에 매진할 수밖에 없노라고 생각했다.[7] 하지만, 현재에 이르러 이어령은 글 쓰는 일에 몰두하느라 딸의 부름에도 뒤돌아보지 않았던 과거의 그 순간을 후회한다. 기적처럼 삼십 초의 시간이 자신에게 주어진다면 당시로 돌아가 꼭 다음과 같이 하리라고 결심한다.

> 나는 그때처럼 글을 쓸 것이고 너는 엄마가 사준 레이스 달린 하얀 잠옷을 입거라. 그리고 아주 힘차게 서재문을 열고 "아빠 굿나잇!" 하고 외치는 거다. 약속한다. 이번에는 머뭇거리며 서 있지 않아도 된다. 나는 글 쓰던 펜을 내려놓고, 읽다 만 책장을 덮고, 두 팔을 활짝 편다. 너는 달려와 내 가슴에 안긴다. 내 키만큼 천장에 다다를 만큼 널 높이 치켜올리고 졸음이 온 너의 눈, 상기된 너의 뺨 위에 굿나잇 키스를 하는 거다. / 굿나잇 민아야, 잘 자라 민아야.[8]

이어령은 세속적인 요건을 충족시켜준다고 해서 아버지 노릇을 잘

---

6   위의 책, 22면.
7   이어령의 서술을 덧붙여두면 다음과 같다. "나는 언젠가 이런 시(「도끼 한 자루」; 인용자)를 쓴 적이 있었지. 진작 이 시를 너에게 보였더라면 아빠의 무표정 속에서도 아빠의 사랑이 어떤 것인지 조금은 알 수도 있었을 텐데……" 위의 책, 82면.
8   위의 책, 23면.

하는 게 아님을 깨달은 것이다. 손에서 '글쓰기'라는 도끼를 내려두고 그 손으로 딸을 안아 '굿나잇 키스'를 해주는 게 더욱 소중하다는 지각을 하게 된 것이다. 인식론적 전환을 이뤄낸 것이다.

그리고, ("세례를 받기 이전 쓴 시를 세례를 받은 이후 다시금 반추한 결과"라고 앞서 기술한 대목을 통해 이미 드러난 것처럼) 이와 같은 인식론적 전환에는 "인생의 B.C.가 변하여 A.D.가 된"[9] 사건, 곧 '기독교로의 입교'가 중차대한 비중을 차지한다.[10] 더하여, 기독교로의 입교는 단지 아버지로서의 소임을 재성찰하는 데만 국한되지 않았으며, 사유의 궤도, 범위와 삶의 노선, 방향을 결정하는 데까지 영향을 끼쳤다. 이어령의 어느 면모로 보나 연속이면서도 단절을 초래한 사건이 곧 기독교로의 입교였다. 이어령의 일평생에 있어서 중요한 결절점(結節點) 중 하나에 속하는 사례가 바로 기독교로의 입교였다. 그렇기에, 이어령을 보다 오롯이 이해하기 위해서는 이어령과 기독교 간의 관계에 대해 눈길을 줄 필요가 있다. 한국의 대표적인 지성이라고 불리던 이가 영성을 추구하는 크리스천으로 발걸음을 옮겼다는 사실에 여기저기서 수많은 비판이 가해졌지만,[11] 이어령은 이에 동요하지 않은 채 스스럼없이 그 자신 생각을 펼쳐

---

9   김성영, 「신앙시와 일반시의 경계를 허문 '신앙시'[1] ― 이어령 박사의 『어느 무신론자의 기도』에 주목함」, 《창조문예》 12(9), 2008.9, 208면.

10   관련하여, 이어령은 다음과 같이 밝혀둔 바 있다. "내가 만일 우리 딸에게 이상적으로 훌륭한 아버지였다면 딸이 투병을 한다 해도 크게 흔들리지 않았을 것이다. 늘 뒤통수만 보게 했던 딸에게 단 1초라도 더 많이 아버지의 사랑을 보여 줘야겠다고 생각하는 것, 이것이 기독교적 참회이다." 이어령, 『우물을 파는 사람』, 두란노, 2012, 153면.

11   이는 이어령의 발언만 보아도 손쉽게 확인이 가능하다. "그래서인지 사람들은 나를 만나기만 하면 꼭 그에 대해 질문을 합니다. "어쩌다가 예수를 믿게 되었느냐"는 것입니다. 질문은 한 가지이지만 묻는 사람들의 말투는 제각각 다릅니다./ 예수님을 이웃집 강아지 이름 부르듯이 하는 안티 크리스천들은 경멸조로 묻고, 카뮈의 경우처럼 신 없는 순교자를 자처하는 예술가들은 배신자를 대하듯

나갔고, 당연한 결과로 상당한 분량의 기독교와 관련한 언설을 남겨놓았다.

그렇다면, 이어령은 기독교를 어떻게 바라보았는가. 이와 관련해서는 아직 참고할 만한 선행연구가 아쉬운 상황인바, 주로 기독교 계열 매체를 통해 전반적인 정리 형태의 글이나 주례사 비평 형태의 글 정도가 간간이 발표되었을 뿐으로 확인된다. 따라서, 본 논문은 본격적인 연구의 시발점에 해당함을 염두에 두고서, 지금껏 이어령이 발간한 기독교 관련 저서를 비롯하여 그 외에도 이어령이 각종 매체에 실은 기독교 관련 평론이나 대담, 인터뷰 등까지를 가능한 한 폭넓게 살피는 방식을 취하되,[12] 과감한 비판, 해석을 개진하기보다는 온건한 자세, 태도를 견지하며, 이어령이 기독교와 관계 맺음을 함으로써 비로소 가질 수 있게 된 견해이거나 또는 더욱더 웅숭깊게 된 견해, 곧, 이어령의 기독교적 메시지가 담고 있는 특징을 짚어내는 방향으로, 앞으로의 논의를 이끌어가보고자 한다. 이와 같은 접근 방식은 자칫 패러프레이즈(paraphrase)에 그칠 위험성을 안는 것이지만, 우선은 여기저기에 산재하여 있는 이어령의 기독교적 메시지를 한데로 끌어모아 전체적인 상 그리기를 수행하

질책하는 투로 말합니다. 다른 종교를 믿고 있는 사람들은 아쉬운 표정으로 금시 혀라도 찰 듯이 혹은 한숨을 쉴 것처럼 낮은 목소리로 질문을 합니다./ 심지어 어떤 친구는 "예수쟁이 됐다면서—"라고 내뱉듯이 비웃습니다. 오랜 세월 글을 써 왔지만 누구도 내 면전에다 대고 '글쟁이'라고 욕하는 사람은 없었지요. 그런데 말입니다. 세례를 받자마자 어느새 나를 '쟁이'라고 부르는 사람들이 이따금 생겨나게 된 것입니다." 이어령, 『지성에서 영성으로』, 개정판; 열림원, 2010, 서언 중에서(페이지 표기 없음).

12 이어령의 기독교 관련 시에 대해서는 다루지 않고자 한다. 관련 연구로는 김성영, 앞의 글; 정끝별, 「이어령의 시쓰기와 말년의 양식」, 『이화어문논집』 57, 이화어문학회, 2022, 124~130면; 조신권, 앞의 글 등이 있으니 이를 참조할 것.

는 기초 작업이 무엇보다 긴요하다는 판단에서 취해진 것으로, 그 결과가 앞으로의 후속 연구에 있어 참고점으로 삼아질 수 있지 않을까 기대한다.

2. 기독교적 메시지가 지닌 의미와 특징에 대하여

영원한 문화인, 통섭(統攝)의 지식인으로 불리는 이어령(73 · 사진) 전 문화부 장관이 세례를 받기로 했다. 개신교에 귀의하겠다는 뜻을 밝혔다는 의미다./ 지금까지 종교를 문화의 일부로 인식해 온 그였다. 종교를 논했지만 신앙인은 아니었고, 성서를 읽었지만 열정의 시선은 아니었다. …(중략)… 그런 이 전 장관이 기독교를 선택하기까지는 딸 민아(47) 씨에게 지난 15년간 닥친 시련이 결정적 작용을 했다. …(중략)… 민아 씨는 자신과 아들의 길고 길었던 투병기와 완치되기까지의 과정을 3일 서울 용산구 서빙고동 온누리교회 새벽기도에서 공개했다./ 울먹이며 흐느끼며 30여 분 동안 그가 사연을 털어놓자 교회당은 눈물바다가 됐다./ 이 전 장관이 세례를 받기로 결심한 것도 그즈음이다. 그는 "아직 교리문답도, 세례도 받지 않았다"면서도 "내가 가장 사랑하는 딸에게 못 해준 것을 해준 분이 있다면 대단한 것 아니냐"며 심경의 변화를 나타냈다.[13]

---

13 윤영찬, 「이어령, '이성'을 넘어 '영성'으로」, 《동아일보》, 2007.4.12. 〈https://www.donga.com/news/article/all/20070412/8429198/1〉(2023.1.8.)

위의 기사에서도 확인되는 것처럼 2007년을 기점으로 이어령이 기독교로 입교한 데에는 딸의 역할이 아주 컸다. 언론에서는 이어령이 실명 위기에 처한 딸을 구원해준다면 하나님을 믿겠다는 기도를 드렸고 실제로 딸이 시력을 회복하게 되니까 마침내 세례를 받고자 결심했다고 보도했다. 이어령 역시 몇몇 자리에서는 이와 별반 다르지 않은 뉘앙스로 발언한 적이 있다. 하지만, 이어령이 세례를 받기로 마음먹기까지에 이르는 경과를, 전적으로 기적의 간구와 실현으로만 이뤄졌다고 여긴다면, 이는 간단치 않은 사태를 단순화시켜버리는 공소한 관점이 될 것이다. 세간인의 '어째서'라는 의문에 답변을 제공해야 했듯, 혹은, 스스로가 '어찌하여'라는 합당한 이유를 마련해두어야 했듯, 이어령은 『지성에서 영성으로』(2010)라는 저서를 통해 세례를 받기까지의 일상을 소개했는데, 이를 보면 ① 자신은 어릴 적부터 성경을 읽었다는 것, ② 대여섯 살 때부터, 또, 교토에 홀로 유학을 떠나왔을 때부터 하나님의 흔적을 이미 체감했다는 것, ③ 딸이 "어제 본 것을 내일 볼 수 있고 오늘 본 내 얼굴을 내일 또 볼 수만 있게 해주신다면 저의 남은 생을 주님께 바치겠나이다."[14]라고 기도를 드리긴 했으되, 세례를 받는 데에 딸의 실명 위기 극복은 결정적인 이유가 아니었다는 것, ④ 그보다는 4월의 어느 날 새벽기도회를 나가는 딸의 행복한 얼굴을 보면서 내가 세례를 받는다면 "인간이 가질 수 있는 최고의 행복"[15]을 딸에게 선사해줄 수 있으리라고 판단되어 끝내 세례를 받는다고 외치고 말았다는 것 등의 내용이

---

14 이어령, 앞의 책(2010), 122면.
15 위의 책, 130면.

자세히 기록되어 있는바, 이렇게 전반적인 사정은 파악될 수 있다.[16]

그리하여, 기독교에 투신한 이어령은 '지성'과 '영성'이란 두 키워드를 전면에다가 함께 내세운다. 책 제목으로 삼아지기도 한 슬로건들 "지성에서 영성으로", "의문은 지성을 낳고 믿음은 영성을 낳는다"[17]가 대표적인 예시이다. 그런데, 이때 유의할 점은 '~에서 ~으로'라는 식의 조사로 말미암아, 또, '의문에는 지성이 믿음에는 영성'이 각각 대응되는 자구로 말미암아, 이어령이 지성의 영역을 떠나 영성의 영역으로 건너갔다고(혹은, 건너가길 바랐다고) 오해해서는 안 된다는 것이다. 세례를 받기 직전인 2006년의 시점에서 이어령이 한창 강조하던 개념어는 '디지로그(digilog)'였다. 주지하다시피 디지로그는 디지털과 아날로그의 합성어이다. 당시만 해도 "서구의 미래학자들은 '디지털'을 향후 사회를 지배할 절대적 패러다임으로 선언하는 동시에, 상대적으로 '아날로그'

---

16 한편, 이어령이 세례를 받기까지의 경과를 따라가다 보면, 종교의 진정한 가치란 우리의 감정을 관리하는 능력에 있다고 주장한 다음의 견해를 떠올리게 된다. "While Freud and Durkheim were right about the important functions of religion, its true value lies in its therapeutic power, particularly its power to manage our emotions. How we feel is as important to our survival as how we think. Our species comes equipped with adaptive emotions, such as fear, rage, lust and so on: religion was (and is) the cultural system that dials these feelings and behaviours up or down. We see this clearly if we look at mainstream religion, rather than the deleterious forms of extremism. Mainstream religion reduces anxiety, stress and depression. It provides existential meaning and hope. It focuses aggression and fear against enemies. It domesticates lust, and it strengthens filial connections. Through story, it trains feelings of empathy and compassion for others. And it provides consolation for suffering." Stephen T Asma, Religion is about emotion regulation, and it's very good at it, *aeon*, 2018.9.25. ⟨https://aeon.co/ideas/religion-is-about-emotion-regulation-and-its-very-good-at-it⟩(2023.1.8.)

17 참고로 『의문은 지성을 낳고 믿음은 영성을 낳는다』(열림원, 2017)는 『빵만으로는 살 수 없다』(열림원, 2011)의 개정판이다.

에 대해서는 올드 미디어이자 폐기되어야 할 과거라며 평가절하"했고, "반면 대중에게 기술로서의 디지털이란 초기에는 낯설고 어려운 환경이자 기성세대를 소외시키는 공격적인 매체로 인식"되었다. 이러한 대립의 분위기 속에서 이어령은 디지로그를 제시하며 "디지털과 아날로그의 대립을 융합의 패러다임으로 해결해야 한다고 선언"한 것이다.[18] 이의 근저에는 2000년대 초반쯤부터 이어령이 '이항대립'이 아닌 '쌍방향성'을, 'either-or'가 아닌 'both all'을 본격적으로 지향해나갔다는 배경[19]이 자리 잡고 있다.[20] 비단 디지로그뿐만 아니라 2000년대 이후 이어령 내건 여러 기치는 모두 동일한 사고를 기반으로 삼고 있다. 따라서, 지성과 영성 역시 동일선상에서 파악하는 게 자연스럽다. (특히, 딸과 관련한) 개인사적 이야기가 도화선이 되었다지만, 원론적인 차원에서 접근할 때, 지성만을 좇아온 삶에 한계(이어령의 표현을 그대로 가져온다면 절망)를 느끼고 영성까지를 더하고자 한 시도가, 그래서, '지성+영성'을 토대로 삶을 한 단계 제고해보고자 한 시도가, 결과적으로 기독교에 몸을 맡김으로써 이어령이 추구하려던 바라고 이해할 수 있는 것이다. 이는 이어령이 세례를 받았다고 해서 그간 마음속에 품어왔던 실존적 사상을 놓아버리지는 않았으며 다만 무신론적 실존주의에서 유신론적 실

---

18 한혜원, 「이어령의 미래학적 선언 연구」, 『이화어문논집』 57, 이화어문학회, 2022, 154면 참고.
19 관련한 내용은, 이 책의 제2부에 수록된 「디지로그, 생명자본주의, 새로 쓰는 한국문화론의 행방에 대하여」 중의 "2. 형용모순적 사유의 배경"을 참조할 것.
20 대개 이항을 융합하거나 삼항을 도입한 형태를 띠며, 어느 때는 이 둘이 착종된 형태를 띠기도 한다. 가령, 방금 본문에서 살핀 디지로그가 이항을 융합한 형태를 보여주는 사례라면, 한·중·일을 가위바위보에 비유하며 동아시아 3개국의 상생론을 펼친 '가위바위보 문명론'은 삼항을 도입한 형태를 보여주는 사례이다.

존주의로 넘어갔을 따름이라고 이야기했다는 사실[21] 및 카뮈가 넘지 못한 삶이란 부조리(absurd)를 하나님을 믿음으로써 뛰어넘어보고자 이야기했다는 사실[22]을 통해 뒷받침된다.[23]

하지만, 희수(喜壽)를 얼마 남기지 않은 나이에서 뒤늦게 기독교에 입교했기에 아직은 채워나가야 할 부분이 많다고 고백한, 그러니까, 완전한 '지성+영성'의 상태에는 다다르지 못하고 문지방 사이에서 이쪽저쪽 한 발씩 걸치고 있다고 고백한 이어령이기도 하다.[24] 그런 이유에서인지 이어령이 내어놓은 기독교적 메시지는 대체로 지성이 풀이하는 영성에 가까운 듯한 느낌을 준다. 이 말인즉, 이어령이 내어놓은 기독교적 메시지는 그간 지녀온 바의 사고틀이 기독교를 해석하는 데에 적용, 활용되거나, 혹은, 그간 지녀온 바의 사고틀을 발전, 확장하는 데에 기독교가 영감이 되거나 하는 방식을 대체로 보여준다는 것이다. 그렇다면, 이의 구체적인 양상, 형태는 어떠했는가. 다시, 절을 나누어 하나씩 살펴보도록 하자.

---

21 조성식, 「신(神)에게 무릎 꿇은 '한국 대표지성' 이어령」, 『나 아닌 사람을 진정 사랑한 적이 있던가』, 나남, 2013, 127면.

22 위의 책, 140면.

23 그 밖에도 이어령의 몇몇 발언을 근거로 더 추가할 수 있다. "내 작은 머리에서 나온 언어와 판단이 더 큰 영성에 의지한다면 지성이나 두뇌 순발력이 더 좋아지지 않겠는가? 지성을 넘어서는 거니까. 지성을 버리는 게 아니라 넘어서는 거니까. 영성을 얻기 위해 지성을 버려야 한다는 사람도 있지만 난 그렇게 생각하지 않는다. 지성은 깨달음으로 가는 사다리다." 이어령(2012), 앞의 책, 93쪽; "지성과 이성이 사라지고 영성만 남으면 도에 넘치는 열광적이고 근본주의적인 종교가 탄생합니다. 기독교는 이성과 지성을 부정하는 것이 아니라 이성과 지성을 넘어서는 것입니다. 이성과 지성이 없어져야 영성이 맑아진다는 태도도 성립될 수 없습니다." 이태형, 「세례받은 이어령 전 문화부장관 인터뷰 "마음속에 묻혀있던 영성 이제야 나와"」, 《국민일보》, 2007.7.25. 〈https://news.kmib.co.kr/article/viewDetail.asp?newsClusterNo=01100201.20070725100000079〉(2023.1.9.)

24 이곳저곳에서 이어령은 동류의 발언을 펼쳤으되, 그중에서 출처를 하나만 적어두면 다음과 같다. 이어령, 김태완 편, 『메멘토 모리』, 열림원, 2022, 93면.

1) 세계적인, 그러면서도 한국적인

이럴 때, 가장 먼저 거론되어야 할 특징은, 이어령이 일생을 통해 끊임없이 고민해온 '한국적인'이라는 과제에 기독교도 마찬가지로 포섭이 된다는 것이다. 이어령에게 기독교는 일단 '한국적인'에 앞서 '세계적인'이라는 충분조건이 성립해야만 했다. 곧, '세계적인' 종교로서의 면모를 갖추어야 할 필요성이 있었다. 특정한 민족이나 지역에 국한되는 종교, 다시 말해, 한낱 유대인의 종교, 서양의 종교에 머무른다면 한국(인)으로서 기독교를 믿을 이유가 없기 때문이다.

성서에는 아흔아홉 마리의 양 이야기가 나옵니다. 그런데 실제로 양을 쳐보지 않는 사람들은 예수님의 이 말이 무슨 말씀인지 마음에 와 닿지 않을 겁니다. 그래서 성경에는 가끔 한 알의 곡식과 같은 씨 뿌리는 이야기가 나오는데 이것은 유목민이 아닌 농경민을 위한 비유인 것입니다. 그리고 돌아온 탕자 이야기는 자식을 잃어본 사람이라면 누구나 이해할 수 있는 이야기로 상업을 하는 사람들이라고 할지라도 실감할 수 있는 이야기입니다. 예수님은 이렇게 메시지를 전할 때 특정한 그룹이 아니라 세계 전체의 인류를 통째로 싸서 말씀하셨던 것이지요./ 기독교는 이처럼 여러 문화를 고루고루 가지면서 특정 지역이 아니라 전 인류를 감쌀 수 있는 메시지를 담고 있습니다. 메타 컬처, 즉 로마문화, 희랍문화, 유교문화까지 모두 포용하고 그것을 풀이하는 메타컬처의 특성을 지니고 있는 것이지요.[25]

---

25   이어령, 앞의 책(2010), 200~201면.

위의 인용문을 정리해보면, 성서는 유목민, 농경민, 상인 등 각 계층에 맞는 버전(version)의 이야기를 고루 담고 있다는 것, 이로 보아 예수는 "세계 전체의 인류를" 대상으로 말했음을 알 수 있다는 것, 따라서, 기독교는 "로마문화, 희랍문화, 유교문화까지 모두 포용하고 그것을 풀이하는 메타컬처의 특성"을 지닐 수 있다는 것 정도가 된다. 다소간 층위가 맞지 않음에도 로마문화와 희랍문화 옆에다가 유교문화를 병립시킴으로써, 서구권만이 아니라 한국을 비롯한 동아시아권에서도 기독교가 충분히 받아들여질 수 있다는 전제를 성립시키고자 한 마지막 대목이 특히 눈길을 끈다. 그리고, 이처럼 기독교가 어느 문화도 감쌀 수 있다는 판단을 내세워서, 기독교가 한국(인)에게도 충분히 수용될 수 있다는 타당성을 확보한 다음이라면,[26] 자연히 그 수순은 기독교와 '한국적인'을 따져보는 단계로, 다시 말해, 기독교가 한국(인)에게 얼마나 적합한지를 검토하는 작업으로 이어지게 된다.

예수는 두 주먹을 쥐지도 않았고 두 손을 모두 펴지도 않았습니다. 주먹과 보자기…… 그러기에 그는 생의 가위바위보에서 이길 수가 있었습니다. … (중략)… 예수의 마지막 구제도 그러할 것입니다. 주먹과 보자기를 내미는

---

[26] 여기에 더하여, 어찌하여 기독교가 세계적인 종교일 수 있는지, 또, 어찌하여 다른 종교가 아니라 기독교를 선택한 것인지에 관한 다음과 같은 대목도 주목해볼 수 있다. "예수님을 하나님의 아들이라고 부르지 않는 사람이라도 기독교를 모른다고 부정하는 사람들이라고 해도 어떻게 착한 사마리아인의 이야기에 귀를 막겠습니까. 내가 그 많은 종교 가운데 기독교를 택한 것은 다른 종교를 싫어해서가 아닙니다. 오히려 불교와 유교는 어렸을 때부터 내 몸 안에 배어 있는 혈액형과도 같은 것이었지요. 다만 착한 사마리아인의 이야기처럼 내 가족 내 민족 내 국가를 뛰어넘는 이웃의 사랑, 내 몸처럼 이웃을 사랑하는 마음이 나에게는 결핍되어 있었기에 비로소 예수를 나의 주로 영접할 수 있게 된 것입니다." 위의 책, 194면.

가위바위보. 그렇게 해서 운명의 놀이에서 이길 수가 있습니다./ 한쪽은 받아들이는 손이고, 한쪽은 악을 징벌하는, 유다를 향해서 너 할 바를 하라고 하며 유다를 징벌하는 손입니다. 정의의 손과 사랑의 손, 이 두 개의 손이 있는 것이죠. 이것을 결합한 것이 그 위에 후광이 퍼져 나가는 예수님의 얼굴이십니다./ 그런데 한 손은 주먹을 쥐고 한 손은 벌리는 이 모순되는 것을 합치고 있는 문화가 한국문화입니다. 왜 그럴까요? 서양 사람은 엘리베이터라고 하지요. 위로 올라간다는 뜻만 담고 있을 뿐 내려간다는 뜻은 없습니다. …(중략)… 그러나 한국말로는 엘리베이터를 '승강기昇降機'라고 했지요. 올라가고 내려간다는 뜻이죠. …(중략)… 십자가를 보세요. 하나는 수평이고 하나는 수직이 아닙니까. 정반대의 두 선의 방향이 한데 어우러진 것이 십자가의 크로스가 아닙니까. 죄에 대한 징벌과 사랑에 의한 구원이 모순하는 행위가 하나가 된 것이 예수님의 십자기이지요.[27]

2000년대 초반쯤부터 이어령이 '이항대립'이 아닌 '쌍방향성'을, 'either-or'가 아닌 'both all'을 뚜렷이 개진했다고, 그리하여, 이어령에게 있어서의 지성과 영성의 관계도 '지성+영성'으로 이해함이 옳다고 전술한 바 있지만, 이와 같은 형용모순적 사유는 이어령이 기독교와 한국(인) 사이의 강한 친연성을 입증하는 과정 중에서도 그대로 응용되는 모양새를 보여준다. 위의 인용문과 같이 ① 우선 "두 주먹을 쥐지도" "두 손을 모두 펴지도" 않는 예수의 손을 "정의의 손과 사랑의 손"으로 각각 규정한 뒤 "이것을 결합한 것이 그 위에 후광이 퍼져 나가는 예수

---

27   위의 책, 204~205쪽.

님의 얼굴"이라 기술하고, ② 곧바로 "한 손은 주먹을 쥐고 한 손을 벌리는 이 모순되는 것을 합치고 있는 문화가 한국문화"라고 규정 내려 기독교와 한국문화 간의 동질성을 순식간에 확보해버리는 동시에, ③ 머물지 않고 연달아서 승강기가 지닌 뜻풀이, 십자가의 형태를 통한 의미 유추 등을 사례로 제시하며 그 자신 주장에 정당성을 부여하는, 이렇게 재빠른 전개를 취함으로써 불과 서너 문단만으로 거리가 먼 이쪽과 저쪽을 손쉽게 연결 지어버리는 솜씨를 확인할 수 있는 것이다.[28] 또한, 이어령은 같은 맥락에서 동양의 삼태극(三太極) 사상을 성경의 중심 교리인 삼위일체(三位一體)와 맞대응시킴으로써 기독교와 한국(인) 사이의 강한 친연성을 입증하려고도 했다. 이때의 근거란 "삼태극의 사상 체계는 '하나에서 셋이 나오고, 셋이 하나로 돌아간다'는 것인데, 한반도에 들어온 기독교 복음이 짧은 시간에 확산된 것이나 삼위일체 하나님에 대한 이해가 비교적 쉬운 것은 우리 민족이 이러한 사상 체계에 익숙한 때문"으로 설명된다. 더하여, 내친 김에 이어령은 "어디까지나 '하나는 하나이고, 셋은 셋인' 서양인의 개체주의적 사고 체계로는 삼위일체 이해가 여간 어려운 것이 아닐 것"이라며, 기독교는 서양(인)보다도 한국(인)에게 더욱 알맞은 측면도 존재한다는 과감한 발언까지를 펼쳐내었다.[29]

---

28 가위바위보를 활용한 비유라든지 승강기가 지닌 뜻풀이 등은 기독교를 이야기하는 자리만이 아니라 동아시아 3국을 이야기하는 자리나 정보사회를 이야기하는 자리를 비롯한 여러 자리에서 이어령이 다수 활용하는 사례이다.

29 이어령 · 임만호, 「이어령 선생과 본지 임만호 편집인과의 대담 ― 기독교 문학, 외연을 넓혀야」, 《창조문예》 22(2), 2018.2, 22면 참고. 그 밖에도 헬레니즘과 헤브라이즘의 관계 설정을 통해 기독교와 한국(인) 사이의 강한 친연성을 입증하려 한 사례도 있다. 이어령 · 김성영 · 조효근, 「지성에서 영성으로, 현대문학이 찾지 못한 헤브라이즘의 연원」, 《들소리문학》 2(2), 2010.9, 28~29면; 이어령 · 이재철, 앞의 책, 326~328면 등을 참조할 것.

한편, 이어령은 동아시아권에서도 유독 한국(인)만이 기독교를 많이 믿게 된 이유에 대해서도 궁리했던바, 한·일 문화 비교를 통한 다음과 같은 자설(自說)을 내어놓는다. 기독교의 신을 어떻게 부를지를 두고, 한국의 경우에는 하늘과 유일자를 뜻하는 '하나'와 사랑하고 존경하는 대상에 붙이는 '님'이 결합한 '하나님'이라는 번역어를 택함으로써 민중에게 거부감 없이 받아들여질 수 있었던 반면, 일본의 경우에는 다이우소(거대한 거짓말)와 발음이 비슷한 데우스(deus)라는 번역어를 택함으로써 민중에게 거부감을 샀다는 반농담조의 어원적 설명을 펼친 데 이어서,[30]

특히 내가 생각해도 압권이었던 것은 왜 우리보다 먼저 기독교가 들어온 일본에서 기독교 신자가 겨우 일 퍼센트밖에 되지 않느냐 하는 문제였다. 한국과 일본의 문화적 차이를 비교하는 데 이처럼 좋은 예가 없단다. 나는 두 교수에게 이렇게 말했지. 일본의 문화는 복수의 문화다. 일본의 전통극에서 가장 유명한 것이 추신구라(忠臣蔵)라는 건데, 주군의 복수를 위해 47명의 무사들이 봉기하고 끝내는 모두 배를 갈라 죽는다는 이야기이다. 사무라이의 무용담은 어떻게 복수를 했느냐로 결정된다. 그리고 만일 아버지나 주군의 복수에 성공하지 못하면 그 사회에서 살아갈 수가 없다. 그래서 일본 사무라이 이야기의 주류는 복수담에 관한 것이란다./ 그런데 기독교에서 가장 으뜸이 되는 가르침은 원수를 사랑하라는 것이 아니냐. 그러니 복수 문화를 가진 사무라이의 나라에서 어떻게 원수를 사랑하고, 어떻게 오른뺨을 때리면 왼뺨을 내밀라는 이야기를 실천할 수 있겠니./ 그런데 한국에는 복

---

30   이어령, 앞의 책(2021), 206면.

수담이 별로 없다. 변사또도 그냥 봉고파직했을 뿐이다. 일본이라면 두말할 것 없이 이도령이 무슨 수를 써서라도 연적이자 탐관오리인 변학도를 죽였을 것이다. 어디 그것뿐이니. 「처용가」를 보면 처용이 아내를 역신에게 빼앗기고도 덩실덩실 춤을 추었잖니.[31]

라며, 일본의 추신구라(忠臣蔵)와 한국의 춘향전, 처용가를 비교함으로써 기독교 수용에 결정적인 차이가 생긴 원인을 지적하는 데까지로 나아간다. 복수담이 주류이냐 주류가 아니냐가 한·일 양국에서 기독교를 얼마나 잘 받아들이느냐에 영향을 끼쳤다는 판단인데, 다른 지면을 참고하면, 이러한 판단의 밑바탕에는 일본의 원(怨) 의식과 한국의 한(恨) 의식이 구별된다는 생각이 자리 잡고 있음을 알 수 있다. '원한'이라고도 함께 쓰이기에 일견 비슷한 의미를 지닌다고 간주되는 원(怨)과 한(恨)이지만, 자세히 들여다볼 때는 각각의 양상이 '원(怨) → 분노 → 청산'과 '한(恨) → 서러움 → 풀이'로 다르게 펼쳐지는바, 전자는 '복수'로 귀결되는 데 반해 후자는 '해원'으로 귀결되므로, 어떤 대상과도 상생할 수 있는 쪽은 바로 후자라는 설명이 목도되는 까닭이다.[32] 그리고, 이렇게 생략된 문맥을 파악한 다음이라면, 춘향전, 처용가를 거론한 데에 뒤이어서, 어찌하여 그 흐름이 "해원상생(解怨相生). 원한을 풀고 서로 살아가자는 것이 한국 토착 종교의 정신이니, 기독교를 받아들이는 데 힘

---

31   위의 책, 207~208면.
32   이어령, 「춘향전과 충신장(忠臣蔵)을 통해서 본 한일문화의 비교 ―원(怨)과 한(恨)의 문화기호론적 해독―」, 『한림일본학』 1, 한림대학교 일본학연구소, 1996, 83~100면 참고.

들 일이 없다."[33] 및 "그래. 원수의 원(怨)은 일본 사람처럼 갚는 거, 보복하는 것이지만 한(恨)은 반대로 푸는 것이다. 맺힌 것을 풀어버리는 것. 예수님은 죄를 푸시는 분이지, 눈은 눈으로 이는 이로 갚는 복수를 말한 적은 한 번도 없으셨어."[34]와 같이, 해원상생과 한풀이를 강조하면서 동아시아권에서도 한국(인)에게 기독교가 더욱 알맞다는 결론을 내리는 방향으로 이끌려져 갔는지를 무리 없이 파악할 수 있다.[35]

　이상을 통해 여타의 주제와 마찬가지로 기독교 역시도 이어령에게는 평생의 화두였던 '한국적인'이라는 범주로 귀착됨을 확인할 수 있었다. 여기에 덧붙여, 2000년대 초반쯤부터 이어령이 펼친 바의 형용모순적 사유를 바탕으로 기독교는 한국(인)과의 친연성을 가지는 것으로 판단이 내려지고 있음을 또한 확인할 수 있었다. 기실, 이는 이어령이 기독교를 믿기로 결심한 이상에야 어쩔 수 없는 결과이기도 했다. 그 자신 여태껏 펼쳐온 특유의 한국(문화)론의 연장선상에다가 기독교를 어떻게든 위치시킬 수 있어야 무엇보다 스스로가 납득할 수 있지 않을까 여겨지기 때문이다. 이어령의 의식 속에서 기독교는 이런 식으로 터를 잡고 있었지만, 단순히 기독교는 한국(문화)론의 자장에만 머물지 않았

33　이어령, 앞의 책(2021), 210면.
34　위의 책, 210~211면.
35　물론, 한국(인)과 기독교는 궁합이 마냥 좋다고만은 기술되지는 않았다. 가장 대표적으로는 유교의 가족주의가 기독교의 사랑과 잘 맞지 않는다는 것으로 관련 예시를 하나 가져와 보면 다음과 같다. "이런 식으로 보면 기독교의 예수님은 실패한 사람입니다. 어머니 속을 얼마나 썩였겠어요 동생 속은 말할 것도 없고 그런데 놀라운 것은, 기독교에서는 우리가 일반적으로 생각하는 가족의 사랑과 전혀 다른 얘기를 한다는 것입니다. 유교에 젖어 있는 한국인, 조상을 섬기고 효를 다하고 가족 공동체에 익숙한 사람에게는, 그래서 교회에서 말하는 사랑과 예수님이 이해되지 않고 갈등하는 거예요." 이어령·이재철, 앞의 책, 28~29면.

으며, 한국(문화)론의 방향을 새로이 설정하는 데에 도움을 주기도 했다. 그것은 무엇이었는가. 이제 다음 절로 넘어가 이를 살펴보기로 하자.

2) 생명자본주의의 씨앗

주지하다시피 생명자본주의는 이어령이 2010년대를 전후한 시점에서 본격적으로 주장한 이래 삶의 마지막 순간까지 붙잡아온 개념이다. 이어령은 이곳저곳에서 작금의 자본주의를 넘어서고자 생명자본주의를 내세우게 되었다고 거듭 언급했다. 또한, 이어령은 이런저런 사례를 곁들여가며 한국(인)에게 생명자본주의가 얼마나 적합한지에 대해 누차 강설했다. 이로 보아 생명자본주의는 이어령의 한국(문화)론을 통틀어서 그 막바지 지점의 핵심적인 열쇳말에 해당하는 셈이다.[36] 당연하게도 생명자본주의는 특정한 한 요인에 의해 촉발되었을 것이기보다는 복합적인 여러 요인에 의해 형성되었을 것이다.[37] 다만, 시기상으로 생

---

[36] 부언컨대, 이어령이 2000년대로 접어들면서 강조한 표어는 '디지로그 → 생명자본주의 → 눈물 한 방울'로 이어지는바, 이 세 가지는 모두 연계되어 있다고 여겨진다.

[37] 이 자리에서 자세히 적어둘 수는 없으나, 이어령은 『생명이 자본이다』(2014)에서 "구체적 내용으로는 로버트 퍼트넘의 사회자본, 폴 호큰의 자연자본주의, 피에르 부루듀의 문화자본, 헤이즐 헨더슨의 사랑의 경제학 등을 동반 이론으로 삼고 특히 지금까지 묻혀있던 존 러스킨의 무네라 풀베리스 등 고정가치를 핵심적 키워드의 하나로 삼았습니다."라고 생명자본주의의 탄생에 영향을 끼친 참고문헌을 알려준 적이 있기도 했고(이어령, 『생명이 자본이다』, 마로니에북스, 2014a, 374면), 다른 지면에서는 시몬 베유의 『중력과 은총』으로부터 비롯된 영감에서 생명자본주의가 출발했다고 밝히기도 했다(이어령, 「이어령의 내 인생의 책(4) 중력과 은총 ─ 시몬 베유는 나의 멘토」, 《경향신문》, 2014.2.5. 〈https://www.khan.co.kr/culture/book/article/201402052159575〉(2023.2.6.)). 이 밖에도 이어령의 일생 동반자였던 강인숙은 생명자본주의의 연원을 이어령의 아버지로부터 찾고 있다. "아버님에게 곡식은 누군가가 정성 들여 기르고 있는 거룩한 식물이고, 누군가가 먹고 삶을 이어갈 소중한 생명의 양식이어서 함부로 밟아서는 안 되는 것이다. 그건 식물의 생명에 대한 사랑과 인간에 대한 사랑을 한데 엮은 유서 깊은 사상이어서, 정치적 이데올로기보다 연원이 깊다. 대지가

명자본주의의 주창 시점이 기독교로의 입교 시점과 그리 떨어져 있지 않다는 사실은 주목할 만한데, 이는 생명자본주의가 배태되는 데에서 기독교가 일정 부분 이바지하지 않았을까 추측해볼 근거가 되기 때문이다. 관련하여, 이미 제출된 견해가 어떠한지부터를 먼저 확인해두자면, 필자는 생명자본주의와 기독교 간의 관계에 대해 아래와 같이 서술한 적이 있었다.

> 이어령이 2007년 세례를 받고 기독교에 귀의한 이력이 있기에, 생명자본주의가 종교적 색채를 띠지 않을까 짐작해볼 수 있고, 또, 이어령 자신도 생명자본주의를 기독교와 연관 지어 설명한 적이 없지는 않으나, 실제적으로는 '생명과 사랑에 대한 강조' 정도의 대전제가 겹치는 수준으로 보아도 무방하므로, 이 자리에서 기독교와 생명자본주의를 굳이 함께 다루지 않아도 별다른 문제는 없을 듯싶다. 그보다 생명자본주의는 포스트 자본주의의 일환으로서 기존 자본주의의 한계를 체감한 지식인들이 일찍이 내어놓은 여러 대책을 수용하고 보완하는 성질을 강하게 띤다.[38]

이어령이 "생명자본주의를 기독교와 연관 지어 설명한 적이 없지는

주는 것을 경건하게 받아들이는 농경민적 사고와, 생명을 기르는 자의 노고를 함께 기억하는 인간다운 풍모가 거기에 함유되어 있기 때문이다. 요즘은 이어령 씨의 생명 자본주의가 거기에서 나온 것이 아닐까 하는 생각을 한다." 강인숙, 『글로 지은 집』, 열림원, 2023, 89~90면.

38 구체적으로 필자는 이 책의 제2부에 수록된 「디지로그, 생명자본주의, 새로 쓰는 한국문화론의 행방에 대하여」 중의 "3. 새 시대를 위한 서언·선언의 기획이자 새 시대에 알맞은 한국인의 문화적 적합성 찾아내기의 시도" 속의 "2) 『생명이 자본이다』의 경우"에서 위와 같은 발언을 펼쳤거니와, 이때 각주를 달아 이후 생각이 바뀌게 되었음을 미리 언급해둔 바 있다.

않으나, 실제적으로는 '생명과 사랑에 대한 강조' 정도의 대전제가 겹치는 수준"일 뿐이므로, 굳이 이 둘을 연결해서 이해할 필요까지는 없다는 의견이었다. 이어령은 생명자본주의가 이전의 디지로그와도 연결된다고 여겼으며, 이후의 AI시대, 정보화시대에서도 핵심 가치로 인정되어야 한다고 지적했다. 이렇듯 생명자본주의는 운용의 폭이 아주 넓었던 개념이었다. 그런데도 이어령이 생명자본주의를 표방한 문헌들에서는 기독교가 제대로 거론된 적이 없었다. 생명자본주의에 관한 유일한 저서인 『생명이 자본이다』에서, 또, 생명자본주의와 관련한 각종 잡지 수록 글에서 기독교는 거의 찾아지지 않는 것이다.[39] 이러한 사정을 참작한다면, 생명자본주의와 기독교를 구태여 잇지 않아도 무방하다는 필자의 앞선 판단이 어찌하여 나오게 되었는지를 헤아려줄 수 있을 법도 하다.

하지만, 이어령이 발간한 기독교 관련 저서, 혹은, 이어령이 기독교 계열 매체에 게재한 평론이나 대담, 인터뷰 등을 살핀다면 상황은 다르게 나타난다. 여기서는 생명자본주의가 기독교로부터 힘입은 바 컸다는 진술이 분명히 목도된다.[40] 따라서, 기제출된 관점은 정정이 요구된

---

39   관련한 이어령의 발언을 덧붙여두면 다음과 같다. "최근에 제가 쓴 『생명이 자본이다』 이야기를 잠시 해보려고 합니다. 이 책에는 '생명', '자본', '사랑' 같은 말들이 자주 나와요. 생명과 사랑, 교회에 가면 많이 듣는, 크리스천에게 가장 가까운 테마들입니다. 그런데 이 책을 아무리 읽어봐도 기독교에 대해서는 한 줄도 찾아볼 수 없습니다. 물론 예수님 얘기 더러 나오고 성경 얘기도 조금 나오지만, 불교 같은 다른 얘기들이 더 많습니다. 기독교적 메시지는 숨은 그림 찾기처럼 책 곳곳에 스며 있지요."(이어령, 『당신, 크리스천 맞아?』, 열림원, 2023, 135면.)

40   가령, "내가 '생명자본주의'를 이야기하는 것은 기독교에서 이야기하는 것과 같은 맥락이다. 그것은 경제학 용어와 과학 용어 내지는 세속의 용어로 번역해서 '생명자본주의'를 말하는 것이다. 내가 예수님을 이야기하면 CEO들은 잘 듣지 않지만 '생명자본주의'를 이야기하면 모두 듣는다. '산업자본주의와 물질주의를 어떻게 생명주의로 바꿀 수 있을까' 하는 고민이 지성에서 영성으로 넘어온 내가 하고 있는 가장 큰 고민이며 나의 사명이라고 생각한다."와 같은 문구를 들 수 있다. 이어령, 앞의 책(2012), 177면.

다. 생명자본주의와 기독교는 좀 더 밀접한 관계 양상으로 간주될 필요가 있다. 더욱이, 『생명이 자본이다』 및 생명자본주의와 관련한 각종 잡지 수록 글을 두루 읽어보아도, 아직 생명자본주의는 채워져야 할 대목이 많은 듯 여겨지는 게 현재의 솔직한 형편인바, 기독교와 관련한 여러 지면에다가 이어령이 펼쳐둔 생명자본주의에 대한 내용들은, 생명자본주의에 대한 한층 심도 있는 이해를 도모할 수 있는 기반으로 삼아질 수 있다.[41] 그렇다면, 기독교와 관련한 여러 지면에다가 이어령이 펼쳐둔 생명자본주의에 대한 내용들은 구체적으로 어떠했는가. 두 단락 정도만 가져와 분석해보면 아래와 같다.

제가 세례 받기 전이나 뒤나 똑같은 글을 써서는 안 되기에 '뭔가 달라져야 겠다' 하고 궁리 끝에 생각해 낸 것이 '생명자본주의'라는 말이에요. 지금 일본과 국내에서 여남은 명이 이것을 주제로 책을 쓰고 있어요. '경영, 매니지먼트management'는 양떼를 몰고 간다는 뜻이에요. '경제, 이코노미economy'는 집을 뜻하는 그리스어 '오이코스oikos'와 관리를 뜻하는 그리스어 '노모스nomos'에서 유래했어요, 우리말로는 '살림살이'라는 참 기가 막힌 말이 있어요. 옛날 사람들은 "요즘 경영하는 게 어때?"라고 하지 않

---

41 그런데, 어찌하여 이어령은 생명자본주의를 내세우는 여러 자리에서는 기독교를 챙기지 않고 제외했던 것인가, 그와 반대로, 어찌하여 이어령은 기독교와 관련한 여러 지면에서는 생명자본주의를 빠트리지 않고 포함했던 것인가. 이는 다분히 이어령의 전략적인 태도로부터 기인한 결과인 듯하다. 비록 생명자본주의가 기독교에게 빚진 바가 많다고 하더라도, 대중들에게 생명자본주의를 소개하는 자리라고 하면, 일부러도 기독교를 언급하지 않는 편이, 전반적인 수용력이나 파급력에 있어서 보다 효과적이라고 이어령은 판단하지 않았을까 추론되는 것이다. 다만, 이어령의 이와 같은 의도와는 별개로, 생명자본주의에 대해 섬세히 다가서기 위해서라면 기독교가 간과되어서는 안 될 것이다.

고, "요즘 살림이 어때?"라고 물어요. 경영은 살리는 거예요. 지금까지는 경영이 시장을 독점하고 남을 죽이는 것만 한 거예요. 살림살이는 살림을 해서 살려 주는 거예요. 그래서 경영과 경제는 생명자본주의에서 살림살이가 되어야 합니다./ 이렇게 임금 문제라든지 시장 문제에서 살아 있는 것을 기반으로 한 자본주의, '하늘의 별, 땅의 모래'처럼 끝없이 증식하고 번성하는 자본주의, 생산이 아닌 생식하는 자본주의, 그러한 생명자본주의가 지금 막 일어나고 있어요. 녹색 성장Green Growth과 같은 새로운 생태경제학이 그것입니다. 자본주의를 비판만 할 게 아니라 새로운 자본 개념을 가지고 새로운 자본주의, 순환 경제, 생식 경제, 생명자본주의를 구현하면, 모든 기업인이 당당하게 '나는 크리스천이면서 돈을 번다'라고 말할 수 있게 됩니다. 이것이 우리가 해야 할 일이에요.[42]

생명자본주의는 세례를 받기 전과 후가 달라져야겠다는 궁리 끝에 나온 것임을 첫머리에서 밝히고, 뒤이어서 '살림살이'라는 우리말을 표현 그대로 "살림을 해서 살려 주는" 것으로 풀이한 다음, 이를 토대로 "살아 있는 것을 기반으로 한 자본주의", "끝없이 증식하고 번성하는 자본주의, 생산이 아닌 생식하는 자본주의"를, 곧, 생명자본주의를 이제부터 추구해야 한다는 데로 나아간다. 어원 풀이 및 인접한/상이한 대상의 결속을 통해 논리를 구축해나가는 이어령의 고유 화법이 여실히 발휘된 모양새이다. 그러면서도 자본주의에 대한 전면적인 부정이 아니냐는 식의 혹여나 생길지 모를 오해를 피하고자, "자본주의를 비판만 할 게 아

---

42   이어령·이재철, 앞의 책, 162면.

니라 새로운 자본 개념을 가지고 새로운 자본주의, 순환 경제, 생식 경제"를 하자는 것이 생명자본주의라는 부연을 덧붙인다. 이를 통해 생명자본주의 또한 디지로그나 '지성+영성'과 마찬가지로 생명과 자본주의를 모두 챙기려는 의식으로부터 비롯된 소산임을 알 수 있다. 그리고, 이렇게 정의된 생명자본주의는 크리스천이 지녀야 할 자세, 태도와 거리낌이 없이 어우러진다고 규정되는바, 생명자본주의는 크리스천이 지향해나갈 목표로 설정되는 종착점으로 다다른다.

종교에 귀의한 것이 문학활동이 연장선이라고 봐도 됩니까.

연장선이기 때문에 지금 제가 생명자본주의를 말하고 있는 겁니다. 리먼 브러더스 사건 이후 자본주의가 붕괴되고 자유시장경제 원리가 무너졌다는 얘기가 나오지 않습니까. 대안이 있느냐? 없어요. 그렇다고 사회주의를 하겠어요? 기독교는 세 가지 필리아를 빼놓으면 아무것도 없어요. 토포필리아(topophilia), 바이오필리아(biophilia), 네오필리아(neophilia), 즉 장소에 대한 사랑, 생명체에 대한 사랑, 새로운 것에 대한 사랑이죠. 생명자본주의는 이 3가지 축을 바탕으로 한 새로운 경제체제입니다. 녹색 성장(green growth)이라든지, 하켄이 얘기하는 자연자본주의(natural capitalism), 하스가 말하는 협력적 자본주의(cooperative capitalism), 창조적 자본주의(creative capitalism), 이런 것들을 다 한마디로 추리면 생명자본주의(vita capitalism)입니다. 유물론적 자본으로부터 유신론적 자본으로 가는 겁니다. 민족공동체가 아니라 생명공동체죠.[43]

---

43 조성식, 앞의 책, 130~131면.

여기서도 생명자본주의는 기독교로의 입교에서 촉발한 것으로 기술된다. 일단 "기독교는 세 가지 필리아를 빼놓으면 아무것도 없"다면서 토포필리아, 바이오필리아, 네오필리아를 거론한 후, 다시, 이 세 가지 필리아를 축으로 생명자본주의가 작동한다고 밝힌 부분이 인상적으로 다가온다. 이어령이 『생명이 자본이다』의 에필로그를 비롯한 여러 지면에서 강조한 개념어가 바로 이 세 가지 필리아인 까닭이다.[44] 더하여, 생명자본주의를 "유물론적 자본으로부터 유신론적 자본으로 가는" 것이라고 설명한 부분도 주목할 수 있다. 이어령은 어느 인터뷰에서 기독교를 믿기로 결심한 이유로 유물론에 대한 거부감이 크게 작용했다고 밝힌 적이 있기 때문이다.[45] 끝으로 생명자본주의를 "민족공동체가 아니라 생명공동체"와 결부 짓는 부분도 눈길을 끈다. 비록 해당 발언을 한 시점에서 이어령이 민족공동체를 넘어서는, 그리하여 생명공동체에 이르는 단계에 온전히 다다랐느냐를 묻는다면, 판단컨대 '그렇지는 못하다'라는 대답을 할 수밖에 없다. 엄정히 말해, 이어령은 한국(인)이라는 민족공동체가 여타의 민족공동체보다 생명공동체로 나아감에 있어 유리하다는 생각을 개진하는 선에 머무는 모양새였다. 이때, 한국(인)이라는 민족공동체가 재빠를 수 있는 이유란, 오래도록 가꾸고 지켜온 문화적인 요소, 인자 덕분으로 설명된다. 다만, 생명자본주의가 완결의 상태가 아니라 진행

---

44 기독교의 맥락 아래서 토포필리아, 바이오필리아, 네오필리아를 설명한 대목은, 이어령·이재철, 앞의 책, 135~138쪽을 참조할 것. 덧붙이자면, 이 대목에서는 생명자본주의가 직접적으로 언급되지 않는다. 하지만, 관련 맥락을 염두에 두면서 읽는다면, 어째서 이어령이 토포필리아, 바이오필리아, 네오필리아를 축으로 하여 생명자본주의가 세워졌다고 말했는지를 충분히 알 수 있다.

45 정구학, 『인생철학자와 함께한 산책길』, 헤이북스, 2022, 232면 및 253면 참고.

의 상태였다는 점을 감안할 때, 그 지향점을 민족공동체가 아니라 생명공동체에 두었다는 인식 자체는 소중하다고 평가할 수 있다. 이는 특수성에서 머물지 않고 보편성으로 나아가려는 의지를 보여준 것인 까닭이고, 더 나아간다면, 기후변화와 같은 파국에 대처하기 위해, 인류세(人類世, anthropocene)의 최대한 빠른 종식을 위해, 인간만이 아니라 비인간까지도 끌어안으려는 최근의 (정치) 생태(주의, 학) 담론과 연결 지어 적극적으로 의미를 도출해볼 여지마저 준 것인 까닭이다.

　이상을 통해 생명자본주의가 발아하는 과정에서 기독교가 적지 않은 영향을 끼쳤음을 확인할 수 있었다. 이제 다음 절로 넘어가 다소간 방향을 틀어 접근을 시도해보기로 한다. 여태까지는 주로 인식적인 차원에서 기독교와 이어령 간의 교호 관계를 파악하는 데에 초점을 맞추었다면, 지금부터는 좀 더 실제적인 차원에서 이어령이 성경, 소설과 같은 기독교 관련 텍스트로부터 포착해낸 전언은 무엇이었는지, 또, 이를 바탕으로 교회로 대표되는 기독교 공동체에 전달하고자 한 제언은 무엇이었는지 등을 살펴보도록 하자.

3) 문학적 순례의 길

신학이나 교리는 잘 몰라도 문학으로 읽는 성경, 생활로 읽는 성경이라면 내가 거들 수 있는 작은 몫이 있을지 모른다는 생각이 들었습니다. …(중략)… 신학神學에서 'ㄴ' 받침 하나만 빼면 시학詩學이 되지 않습니까 시를 읽듯이 소설을 읽듯이 성경을 읽으면 어렵던 말들이 나에게 더 가까이 다가올 것입니다. 그래서 믿는 사람이나 믿지 않는 사람이나 다 같이 읽을 수 있는 성경, 우리가 쓰러졌다 일어서는 법과 미움을 넘어서는 사랑의 수사법과 등 돌린 사람을 포용하는 너그러운 몸짓이 무엇인지 말할 수 있게 될 것입니다.[46]

문학평론가로서 다섯 소설을 분석함으로써, 목사님이 전하거나 크리스천들이 기도로 얻는 영성 체험 같은 것을 누구나가 다 읽는 소설, 종교와도 관계없는 소설 속에서도 찾을 수 있는 길이 있음을 보여주려는 것입니다. 소설을 통해서 영성을 찾는 내 자신의 한 순례Pilgrim가 여기서 시작되는 것이지요.[47]

『빵만으로는 살 수 없다』, 『소설로 떠나는 영성 순례』라는 두 편의 텍스트에서 서문의 일부를 가져온 것이다. 이어령은 "성경을 읽으면 어렵던 말들"을 "시를 읽듯이 소설을 읽듯이" 풀어내어 쉽게 전달해 보이고자 했다. 또한, 이어령은 "소설을 분석함으로써, 목사님이 전하거나 크리스천들이 기도로 얻는 영성 체험 같은 것을" 전달해 보이고자 했다. 성경이든 소설이든 그 속에 숨겨진 의미를 찾아내어 이를 사람들에게 효과적으로 제공해주려고 한 것이다.[48] 성경, 소설에서 이어령이 추려낸

---

46 이어령, 『빵만으로는 살 수 없다』, 열림원, 2011, 11면.
47 이어령, 『소설로 떠나는 영성 순례』, 포이에마, 2014b, 11면.
48 성경은 이어령의 기질에 잘 맞는 텍스트로 볼 수 있다. 기실, 일반 독자들이 성경을 읽는 데 있어 겪게 되는 어려움 중 하나는 성경이 "지나치게 에피소드 위주"(오누키 다카시, 최연희 역, 『성경 읽는 법』, 따비, 2014, 43면)로 구성되어 있다는 점이다. 이에 따라 일반 독자들은 이미지를 연속적으로 형성하기가 쉽지 않기 때문이다. 하지만, 에피소드적인 것에 가치, 의의를 부여하는 방식의 글쓰기가 트레이드마크(trademark)였던 이어령에게는 이 점이 일반 문제로 삼아질 이유가 없었을 확률이 높다. 더불어, 완독하기보다는 책을 훌훌 넘기면서 정보를 찾는 방식의 독서법을 이어령이 선호했다는 사실(스리체어스 편집부, 『바이오그래피 매거진(Biography Magazine) ISSUE. 1: 이어령』, 스리체어스, 2014, 119면)로부터도 이어령에게 성경이 상당히 매력적으로 여겨졌을 이유를 찾을 수 있다.

갖가지 전언을 일일이 다 살피기는 어려우므로, 그중에서 제1의 핵심이라고 여겨지는 것만 대표적으로 살피고자 한다면, 성경 속의 상징적인 한 구절이자 책 제목으로 삼아지기도 한 구절인 "빵만으로는 살 수 없다."를 둘러싼 해석의 대목에 무엇보다 눈길을 줄 수 있다. 이유인즉, 이어령은 『빵만으로는 살 수 없다』의 제1장부터 제3장까지를 통해서, 또, 『소설로 떠나는 영성 순례』의 첫 장을 통해서, 왜 사람들이 빵만으로는 살 수 없는지를 십분 강조했던 까닭이고, 이처럼 많은 분량을 할애하기도 했거니와, 이로부터 도출된 전언이 여타의 전언을 모두 포괄하는 밑바탕의 성질을 지닌 까닭이다.

관련하여, 먼저 『빵만으로는 살 수 없다』를 살피기로 하자. 도입부에서 이어령은 ① 마태복음 4장 4절에서의 헬라어 'ἄρτος', 곧, 영어로는 'Bread'를 뜻하는 단어가 한국어 성경에서는 '떡'으로 대체되어, 그 해당 구절 전체가 "떡만으로는 살 수 없다."라고 번역이 이루어져 있다는 것, ② 그런데, 우리의 경우에는 떡이 애초부터 주식이 아니므로 당연히 그렇지 않느냐는 의아함을 불러일으키는 동시에, 상보적 관계인 '포도주'와도 떡은 전혀 어울리지 않는 불협화음을 불러일으킨다는 것, ③ 그렇다고 '밥'이라고 옮기기에는 빵과 이미지가 너무나도 달라져서 곤란하다는 것, ④ 한편으로 토박이 민중들은 '빵떡'이라는 나름 알맞은 듯싶은 표현을 쓴 적이 있다곤 하지만, 꼭 들어맞는 번역어를 찾기란 이렇듯 난망하는 것 등의 내용을 순서대로 쭉 기술한다. 그런 다음, 이어령은 사정이 어떠하든 빵 자체는 비유이므로, 결국 예수가 사람들에게 전달하고자 한 함의를 깨닫는 것이 중요하다는 견해를 드러내고, 다시, 빵만으로는 살 수 없다면 다른 무엇이 요구된다는 뜻인바, 이는 다름 아닌

'하나님의 말씀'이라는 의견을 밝힌다. 이로써 세속적인 충족을 주는 빵과 영적인 충족을 주는 하나님의 말씀이라는 두 개의 항이 마련되는 셈이다.

여기에 더해, 이어령은 '~만으로는'이라는 조사를 잘 해석해야 한다면서, 이를 영어로 치환하여 생각한다면 'not only A but B'가 되기에, 빵(A)과 하나님의 말씀(B)은 배타적 관계가 아니라, 빵(A)이 긍정적 의미로 하나님의 말씀(B)에 포함되는 보완적 관계를 이루게 된다고 주장한다. 결과적으로 전체집합과 부분집합의 관계, 곧, 하나님의 말씀(B) 안에 빵(A)이 들어가 있는 형태의 벤 다이어그램을 떠올려볼 수 있는데, 단순히 빵만 좇고 하나님의 말씀을 도외시한다면 삶이 공허할 수밖에 없지만, 또, 하나님의 말씀을 좇는다고 해서 빵을 도외시할 수 있느냐면 현실적인 생존 문제가 제기될 수밖에 없는바, 이어령은 하나님의 말씀 속에서 빵까지도 함께 추구해야 한다는 식의 둘 모두를 같이 챙겨야 한다는 주장에 다다르는 것이다.

이어서, 『소설로 떠나는 영성 순례』의 제1장을 살필 때도 위와 다르지 않은 문맥이 확인된다. 이 자리에서 이어령은 도스토옙스키의 『죄와 벌』을 분석하는데, 이 장대한 서사 가운데서 특히 주목하는 대목이란 〈대심문관〉 에피소드이다. 주지하다시피 〈대심문관〉 에피소드는 "신앙과 불신앙의 문제, 이성과 신비, 신앙과 자유의 문제"[49]를 다루고 있다. 15세기 스페인 세비야를 배경으로 펼쳐지는 〈대심문관〉 에피소드를 훑어보

---

49 최인선, 「도스토옙스키의 종교를 통한 인성교육: 『카라마조프가의 형제들』의 「대심문관」과 「러시아 수도사」를 중심으로」, 『문학과종교』 24(1), 한국문학과종교학회, 2019, 5면.

면 다음과 같다.[50] 막강한 권력을 가지고 있는 대심문관은 종교재판을 통해 이단을 걸러내어 화형에 처하는 행위를 일삼는다. 그러던 어느 날 예수가 지상에 강림한다. 예수는 복음서에 묘사된 기적을 실현한다. 대심문관은 예수를 체포하여 투옥한다. 대심문관은 한밤중에 은밀히 예수를 찾아간다. 대심문관은 예수를 향해 신은 사람들에게 감당하지 못할 자유를 주었다고, 그 대신에 기적, 신비, 권위를 주어야 했다고 따져 묻는다. 다시 말해, 기적을 통해 현세적 이익을 제공해야 했고, 신비를 통해 내세의 존재를 확신시켜야 했고, 권위를 통해 체벌의 힘을 체감하게 해야 했다는 것, 그래야 사람들은 갈팡질팡하지 않고 교회에 순종한다는 것, 바로 이것이 대심문관이 지닌 생각의 요체였다. 역설적으로 대심문관은 복음서에 기록된 바의 예수가 물리친 마귀의 세 가지 유혹, 곧, ① 돌을 빵이 되게 하라는 것, ② 성전 꼭대기에서 뛰어내리라는 것, ③ 마귀에게 절을 하면 모든 영광을 주겠다는 것을 오히려 받아들이고 있다. 그런데, 묵묵히 이야기를 다 들은 예수는 대심문관에게 입맞춤한다. 이러한 입맞춤은 "인간의 고통에 대한 연민으로서의 키스(Pro)"이기도 "신이 인간에게 준 자유의 의미가 그것이 아님(Contra)을 일깨워주는 키스"이기도 하다.[51] 혹은, 대심문관의 말-논리를 또 다른 말-논리로 맞서는 게 아닌 더한층 높은 차원으로 지향하는 행위이기도 하다.[52] 이어

---

50 이하 〈대심문관〉 에피소드에 관한 요약은, 김연경, 「이반 카라마조프의 시험과 오류」, 『외국문학연구』 69, 외국문학연구소, 2018, 88~91면; 이어령, 앞의 책(2014b), 제1장; 최인선, 앞의 글, 5~9면 등을 바탕으로 작성함.

51 최인선, 앞의 글, 9면.

52 김연경, 앞의 글, 90면.

령 역시도

대심문관이 예수님에게 왜 왔느냐고 욕하며 비판하는 것은 꼭 어린아이가 아버지에게 투정하는 것 같습니다. 아버지의 사랑을 잘 알면서도 어리광피우고, 떼쓰고, 대들고, 욕하고 하는 어린아이 같아요. 투정하는 아이에게 어쩌겠습니까. 끌어안아주는 것이지요. 예수님이 아흔 살 먹은 대심문관을 끌어안고 입을 맞추면서, '네가 잘 아는구나. 누구보다 잘 아는구나. 겉으로만 나를 따르는 자보다도 네가 나를 잘 알고 있구나' 하시는 거예요.[53]

와 같이 비슷한 해석을 도출하고 있다. 그리고, 상술한 바의 경개에 따라 〈대심문관〉 에피소드를 쭉 풀어내는 과정에서 이어령은 "마귀가 말한 대로 떡을 주고, 높은 데서 떨어져서 기적을 보여주고, 만국의 권위를 가지고 하나님의 이름으로 세상을 다스렸다면 이 지상은 지금보다 나아졌을 텐데"라고 생각하는 사람들은 "경제 제일주의, 물질 제일주의"에 빠져 있는 경우라며,[54] 이를 넘어서는 '사랑의 길'이 요구됨을 아래처럼 설파한다.

빵 줄 사람은 많아요. 정치가들이 선거 때마다 빵 주겠다고 하지 않습니까? 그 사람들이 빵을 준다고 하지, 하나님 말씀 준다고 합니까? 그렇게 해서 표 얻잖아요. 우리가 원하는 것이 그것뿐이면, 그것으로 끝나는 것입니다. 빵보

---

53 이어령, 앞의 책(2014b), 61면.
54 위의 책, 59면.

다 귀한 것이 있습니다. 한 번밖에 살지 않는 인생, 빵 이상의 것을 추구하는 자만이 하나님을 만날 수 있고, 고통을 견딜 수 있고, 그 많은 거짓의 세계에서 조금씩 조금씩 상승해가는 것입니다. …(중략)… 빵이, 돈이 도대체 뭐란 말입니까? 누구나 빵 앞에서는 무릎 꿇기 때문에 빵을 준다는 사람이 승리합니다. 사람들은 빵을 준다는 이에게 달려가지, 예수님처럼 가시 면류관 쓰는 길은 아무도 가지 않습니다. 그 사랑의 길은 아무도 가지 않습니다.[55]

기실, 빵을 추구하느냐 사랑의 길을 추구하느냐는, 앞에서의 세속적인 충족을 주는 빵과 영적인 충족을 주는 하나님의 말씀이라는 두 개의 항과 마찬가지의 관계를 맺는다. 사랑의 길은 하나님의 말씀을 비유적으로 일컫는 표현에 다름 아니기 때문이다. 따라서, 상기 인용문의 배면에 깔린 주장이란, 빵을 무시하고 사랑의 길을 걸어가야 한다는 것이 아니다. 사랑의 길을 걸어가면서 빵 또한 같이 챙겨야 한다는 것이다.

이렇게 두 편의 텍스트를 통해 이어령은 하나님의 말씀/사랑의 길을 따르되 빵 역시도 더불어서 취하라는 전언을 펼쳐내었다.[56] 그리고, 여기에 그치지 않고 이어령은 막상 현실을 둘러보면 이러한 전언과는 다르게 (당장 상기 인용문에 적시된 것처럼) 사람들이 빵만 갈구하고 하나님의 말씀/사랑의 길은 외면한다는 사실도 지적해내었다. 또한, 이의 극

---

55 위의 책, 62~63면.
56 덧붙이건대, 이와 같은 전언은 교리의 측면에서 다분히 상식적인 사고이기도 하나, 이어령의 내적 체계에서 생각해보면, (비록 빵보다는 하나님의 말씀/사랑의 길에 더욱 비중이 두어지되) '디지털+아날로그'(디지로그), '지성+영성', '생명+자본주의'(생명자본주의) 등과 그 메커니즘이 다르지 않은 사고라고 이해할 수 있다.

복을 위해서 이어령은 개개인이 각자의 신앙을 반성해야 한다고 목소리를 높였으며, 더 나아가, 개개인을 넘어서 교회로 대표되는 기독교 공동체마저도 "지금은 종교도 사이비가 되어서 '거기 가면 점심 준다'고 하니 교회마저도 빵만으로 사는 교회가 됐어요."[57]라는 발언에서 간취되듯이 부정적인 행태를 보이고 있으므로 개혁이 요구된다고 목소리를 높였다. 개개인의 자성도 물론 긴요하되, 교회로 대표되는 기독교 공동체는 개개인이 하나님에게 효과적으로 접속하기 위한 인터페이스 제공 역할을 수행해야 하는바, 개선의 필요성이 더욱 크게 주어진다는 게 이어령이 지닌 생각이었다. 이럴 때, 교회로 대표되는 기독교 공동체와 관련한 개선안은 두 편의 텍스트에서 구체적으로 제시되지 않았으나, 내친김에 다른 텍스트를 통해 간단하게나마 살펴보고 끝맺음을 짓는다면, 『먹다, 듣다, 걷다』(2022)의 서문 중에서 아래와 같이 세 가지 대목을 발췌해 올 수 있다.

예수님은 공생애의 절정에서 제자들을 위해 최후의 만찬을 베푸시고, 자기 몸이 인생이 먹어야 할 빵이라고 비유하셨습니다. 먹는다는 것은 하나가 되는 것이지요. 즉 빵을 먹어 육체 안으로 들이는 것처럼, 예수님을 먹어 그분의 가르침을 우리 몸 안에 들여야 합니다. 상징을 이해하지 못한 로마 당국은 기독교가 인육을 먹는다고 오해했지만 말입니다. 예수님은 인생이 죽는 빵 대신 죽지 않는 영원한 빵을 먹어야 한다고 하신 것입니다. 한국 교회는

---

57   정구학, 앞의 책, 248면.

예수님이라는 빵을 먹고, 그 빵을 먹이는 곳이 되어야 합니다.[58]

동식물이 아닌데도 영적 위치에 오른 사물로는 종이 유일할 것입니다. 그래서 기독교를 비롯한 많은 종교가 종소리를 통해 영적 각성을 도모해 왔습니다. 한국인 역시 종이 진동하고 울리는 것이 하늘의 소리, 하나님의 소리와 가깝다고 여겼습니다. 스스로 울림으로써 사람에게 들리는 종소리에는 영적 관심사를 투영하기 쉽습니다. 듣는 것은 영적입니다. 예수님도 "귀 있는 자는 들으라"고 하셨으니까요. 한국 교회는 듣는 것을 회복해야 합니다.[59]

사람들이 자기 의견을 내세우기 위해 행진하지 않습니까. 예수님은 공생애 내내 걸어 다니셨습니다. 우리에게 보여주신 마지막 모습도 행진이었습니다. 십자가를 지고 골고다에 오르셨고, 부활하신 후에도 제자들에게 진리를 부탁하기 위해 엠마오 도상에서 걸으셨습니다. 공생애는 물론 지상에서의 마지막 교훈을 걸으며 남기신 것이지요. 한국 교회가 이처럼 움직이며 걸어야 한다는 것입니다.[60]

무릇 교회로 대표되는 기독교 공동체란, 사람들에게 세속적인 충족이 아니라 영적인 충족을 제공해야 하고, 또, 사람들의 목소리에 귀를 기울여야 하고, 또, 사람들 속으로 들어가 함께 걸어야 한다고 이어령은 주장한 것이다. 이는 일반적인 범주를 넘지 않는 선에서의 온건한 제언

---

58 이어령, 『먹다 듣다 걷다』, 두란노, 2022, 8면.
59 위의 책, 9~10면.
60 위의 책, 10~11면.

이라고 할 수 있지만, 그렇기에 현시점에서 교회로 대표되는 기독교 공동체의 변화를 모색하는 사람이라면 누구든지 수긍할 만한 제언이라고 할 수 있다.

3. 에필로그

삶의 끝자락에서 포착되는 이어령의 내면풍경을 간략히 살펴보면서 이에 관한 단상을 적어두는 방식으로 본 논문을 매듭짓고자 한다. '이어령의 마지막 노트 2019-2022'라는 문구가 표지에 새겨진 『눈물 한 방울』(2022)을 뒤적이면, 이어령이 하나님을 찾는 대목을 종종 마주할 수 있다.

> 카메라맨이 말했다./ 사진을 찍기 전에 렌즈를 닦아라./ 시인이 말했다./ 글을 짓기 전에 마음을 씻어라./ 하나님이 말씀하셨다./ 비가 멈추어야 무지개가 뜬다./ 렌즈를 닦는 일도 마음을 씻는 일도 멈춘다./ 죽음은 무지개인가 보다.[61]

이어령은 죽음의 문제 앞에서 하나님을 호명한다. 카메라맨이 말하는 "사진을 찍기 전에 렌즈를 닦아라"와 시인이 말하는 "글을 짓기 전에 마음을 씻어라"는, 어떤 일을 하기 전에 미리 준비하라는 것이다. 이와

---

61   이어령, 『눈물 한 방울』, 김영사, 2022, 39면.

반대로 하나님이 말하는 "비가 멈추어야 무지개가 뜬다"는, 어떤 일이 지나야 다음 일이 생긴다는 것이다. 그래서, "죽음은 무지개인가 보다"는, 곧, 비가 그치듯 삶이 끝나야 비로소 무지개와 같은 죽음을 마주하게 된다는 뜻으로, 이어령이 죽음에 대해 준비한다기보다 죽음을 받아들이는 자세를 취하고 있음을 짐작하게 한다.

한편, 이어령은 세상에 길이 남을 한마디 말을 쓰게 해달라고 하나님께 기도드리기도 한다. 아직 읽지 못한 책이 많다는 사실이, 또, 아직 하지 못한 이야기가 있다는 사실이 아쉬워서 하나님을 찾기도 한다. 이처럼 이어령은 읽고자 했고, 쓰고자 했고, 그리고, 잊히지 않고 기억되고자 했다. 이로부터 이어령의 자의식이 어디에 놓여 있었는지를 알 수 있다.

> 어떤 지우개로도 지울 수 없는 한마디 말을 위하여 저에게/ 세상에서 가장 뭉클한 지우개를 주소서. 그리고 세상에서 가장 향기로운 연필 한 자루를 깎을 수 있는 칼 하나도 함께 주소서. 심장을 찌를 수 있는 칼 한 자루도 주소서.[62]

> 하나님 제가 죽음 앞에서 머뭇거리고 있는 까닭은/ 저에게는 아직 읽지 않은 책들이 남아 있기 때문입니다/ 정직하게 말하자면 옛날 읽은 책이라고 해도 꼭 한 번 다시 읽어야 할 책들이 날 기다리고 있기 때문입니다.[63]

---

62 위의 책, 43면.
63 위의 책, 169면.

오, 하나님 절대로 연명하고 싶어서가 아닙니다./ 이 아이들 놓고 떠나면 이 녀석들은 모두 고아가 됩니다./ 그중에는 《프루스트와 오징어》라는 책도 있었습니다./ 요즘 유행인 〈오징어 게임〉이 연상되어 웃었지만,/ 나는 이 책의 내용들과 프루스트가 아니라,/ 지드의 《사전꾼》과 연결하여 글을 쓰고 싶었지요./ '가짜 돈'이란 바로 '사생아'였던 거지요./ 가짜 돈처럼 태어난 사생아의 일생, 재미있지 않는지?/ 그러니 조금만 시간을 남겨주세요./ '사생아' 이야기를 하고 싶어요.[64]

이어령이 세상에 내어놓은 수많은 이야기가 얼마나 오래도록 잊히지 않고 기억될지는 모를 일이다. 호불호가 많이 갈리는 형편인 까닭이다. 학계에서는 더더욱 그러하다. 다만, 그럴지언정 이어령이 세상에 내어놓은 수많은 이야기가, 남들이 쉽게 흉내 내기 어려운 독특함을 가진다는 사실만큼은, 어느 입장에서건 전연 부정하기 어렵다. 이어령은 언제고 남들과 구별되고자 했다. 스스로가 밝혔던 것처럼 'Best One'이 아니라 'Only One'이고자 했다. 만약 이어령이 세상에 내어놓은 수많은 이야기가 긴 생명력을 지니게 된다면, 그 결정적인 이유란 다름 아닌 이로부터 주어지는 것일 터이다.

시작을 딸에 관한 이야기로 열었듯이 마지막도 딸에 관한 이야기로 맺도록 하자. 죽음을 목전에 둔 상태에서 출판사 편집자에게 전화로 불러주었다는 『헌팅턴비치에 가면 네가 있을까』(2022)의 서문이다. 짧은 세 개의 문장에 불과하지만, 딸과 죽음과 하나님에 대한 이어령의 인식

---

64   위의 책, 194~195면.

이 어떠했는가를 모자람 없이 느낄 수 있다.

> 네가 간 길을 지금 내가 간다./ 그곳은 아마도 너도 나도 모르는 영혼의 길
> 일 것이다./ 그것은 하나님의 것이지 우리 것이 아니다.[65]

---

65 이어령, 『헌팅턴 비치에 가면 네가 있을까』, 열림원, 2022, 5면.

부록

■ 일러두기

※ 제1부의 2장 2절("초기 소설에 담긴 내면풍경과 문학비평으로의 전환")에서 다루었던 이어
령의 초기 습작 중 「환상곡 −배반과 범죄−」을 제외한 다섯 편을 이 자리에서 소개한다. 지금
소개하는 다섯 편은 여태껏 발간된 이어령의 저서들에서 찾아보기 어려운 글이니만큼 자료로
서의 가치를 지닐 수 있으리라고 판단된다.

※ 다섯 편에 대한 표기는 (비록 분명히 오기로 보이는 경우일지라도) 원문 그대로를 원칙으로
했으되, 가독성을 위해 띄어쓰기만 현대식으로 고쳤다.

마을

서울大學校 文理科大學 李御寧

임자없이 익어가는
黃土백이 보리밭에
꿩은다시와 식은알을 품고
숫한 새무덤에 굽은고사리
비석대신 沈默을 허리에 감다

머―ㄴ 데서 회오리가 불면
은허진 돌담에서
푸드득……새로꽂은 기폭은 날고
쫓겨간 병정들이 읽다버린 便紙쪽이사
흰 비둘기 흉을내어
하늘로 날아오른다

구름도 이마을엔 砲煙처럼 뜨고
산모퉁이 산길마다
낯설은 또하나 傳說이 늘다

■ 출처 :《대학신문》, 1952.10.6, 4면.

肖像畵

佳作 · 서울大學校 文理大 國文科 李御寧

그는 골목길가에 있는 한 판자집으로 들어갔다. 점낮이 훨신 기울어 시장도 하였고 S극단에 있는 그의 동무로부터 받은 편지의 내용이 궁금하였기 때문이었다. 우동집 안은 폐가(廢家)처럼 조용하였다. 구공탄 화로에 올려 논 시꺼먼 주전자에서 물이 끓는 소리와 하얀 수증기를 푹푹 내뿜는 나지막한 소리뿐이었다.

그는 바깥 창을 등지고 한구석 조그마케 자리를 잡고 편지의 겉봉을 뜯었다.

『大型 선傳板用 포스타 二枚 街頭삐라 五〇枚… 題目『黃혼의 沙막』(되도록이면 숩은 장면) 화料는 先拂해주겠으니 적어도 來주——××貴下』

그의 어두웠던 얼굴에는 매지구름 사이로 흘러나오는 햇쌀과 같이 차차 맑은 빛이 돋았다. 대중극단의 삐라를 그린다는 것에 불쾌하다는 이보다 오히려 대견하고 소중한 생각이 앞섰기 때문이었다. 그저 이런 그림 거리나마 생기게 되면 이맛살에 잡힌 주름을 펴볼 수가 있는 것이다. 잠자코 앉아서 종이니 물감이니 하는 자료(資料) 생각과 화료(화料)가 얼마쯤 나올 수 있는가를 속셈으로 계산해 보았다.

『에—또 한 장에 삼십 환 오십 장이면 삼오는 십오 에또 그러면』

들고 있는 곱뿌에서 모락모락 올라오는 촉촉한 김을 연신 입으로 불어가며 다음에는 그 돈 쓸 곳을 생각해보았다. 그는 또 어두워지는 마음에 시선을 돌리어 맞은 편 판자를 바라보았다.

시꺼먼 끄름이 앉은 거미줄이 어수선하게 서린 낡은 화폭 하나가 걸려 있을 뿐이었다. 그것은 한 소녀의 초상화인 듯하였다. 벌집처럼 삭은 화폭에 숭숭 구멍이 뚫렸지만 강한 『하이라이트』에 떠오른 단발머리의 금빛 윤곽이 아직도 아련하고 그 한구석에 M · R라고 쓴 화가의 사인인 듯싶은 붉은 글씨가 또렷하였다.

그러나 누이며 코며 자세한 부분은 영 형적조차 희미하였다.

『M · R』—그는 아무 정신도 없이 의자를 차고 일어섰다. 앗찔한 현기가 번개처럼 스친다. 손에서 떨어진 곱뿌가 그의 와들대는 발밑에서 금속성 투명한 소리를 내고 바서졌다. 『M · R』 분명코 그것은 학생 시절에 쓰던 그의 싸인인 것이다.

누런 앞이가 뻘으러저 나온 주인 노파가 부엌문 살 틈에서 얼굴을 내밀고 와닥 비명을 지르고 뛰어 나온다.

『오메—와 이라는 기요. 아이구 무시라—이 그릇 깨진 것 점 보소』

그는 아무 대꾸도 아무 표정도 없이 멍하니 낡은 화폭만 묵묵히 드려다 보고 있었다. 눈앞에 짙은 안개가 자욱히 껴 오른다.

十九세의 소년화가는 불나비와 같다. 그는 『콧훠』와 같이 그림에 미쳐 죽기를 원한다. 온 세상이 아름다운 그림인 것이다. 그러나 아버지가 무섭다. 그는 가끔 발기발기 찢긴 자기 그림을 보고 몸부림처 운다.

이웃에 사는 소녀는 그림을 사랑한다. 사람들의 눈이 무서워서 그윽한 뒷산 숲속이 그들의 『아트리에』다. 이 소녀는 그의 『모델』이 되었다. 또 애인이 되었다. 충실한 모델이다. 충실한 애인이다. 소녀는 버러지를 무서워한다. 그러나 모델이 되었을 때는 벌이 귀밑에서 웅웅거려도 눈하나 끔적하지 않고 앉아 있다. 소녀의 투명한 그 모습이——. 사람은 그림의 입체적 감각이라고 생각한다.

빠레트와 칸파스와 소녀의 큰 눈과—눈 사람에게 맑은 생명을 불어넣어준 것은 바로 그 눈이다. 더욱 그 사랑하는 소녀의 눈은 동화책의 호수다….

십칠 세의 소녀. 그 소녀상을 그린다. 천재적 명작이 될지도 모른다. 『다뷘찌』의 『모나리자』의 입술보다 더 야릇한 미가 소녀의 눈에 숨여 있는 것이다. 초상화가 다 되기도 전에 모델 그리고 애인이었던 소녀는 먼 시골로 이사가게 된다. 그래서 그 그림을 달라고 조른다. 죽기 생전 그의 머리맡에 장식해 논다고 한다. —죽기 생전— 으레히 명작은 미완성이다. 그대로 주기로 한다.

『정말이야 죽을 때도 난 이 그림을 보고 죽을 태야』

『정말—? 그까짓 걸』

소녀의 눈 속을 드려다 본다. 아무 색(色)도 없다. 아무 움직임도 없다. 껌은 밤의 눈. 거기에는 검은 태양이 산다. 소녀는 초상화를 안고 간다. 몇 번이고 뒤를 돌아다 보며 소리 없는 우슴을 웃는다. 그럴 때마다 더 큰 아름다운 초상화가 그의 가슴속에서 빛난다. 오월 연두빛 새싹과 같은 싱싱한 사랑이다. 소년도 소녀도 예술도 사랑도 흐뭇한 랑만이 있다.

소녀는 얼마 후에 자기 고향이라는 그 시골로 가버렸다. 그 시골은 이름도 없는 곳이다. 그 훗날 소녀에게선 아무런 소식도 없다. 이러다가 오랜날이 지나고 난리가 버러저서 그는 소녀의 생각마자 잊었다. 피난민에 섞여서 부산에 와서 혼자 살아간다는 것은 외롭다. 소녀는 그래도 잊은 채이다. 그의 집안 식구는 모다 포탄에 맞어 죽었다. 그래서 혼자 벌어 혼자 살어야 한다. 그의 손에는 일곱 개의 대웅성좌(大雄星座)의 사마귀가 있다. 점쟁이는 칠성님의 도움으로 그 혼자 기적으로 살게 되었다고 한다. 색욕 미욕 식욕 이 중에서 식욕이 모든 것을 지배하게 된다. 식욕은 그의 지상명령자가 된다. 움직이는 것은 위(胃) 하나로 된다. 사랑도 예술도 이것은 다 값빗산 장식품이다. 아름다운 장식품이기만 하다. 살기 위해서 간판 그림을 그린다는 것은 얼마나 고귀한 것인지 몰른다. 이렇게 소녀를 아주 잊은 채 그대로 산다. 잊은 것이 아니다. 버렸을런지도 모른다. 우습광스런 랑만을 버릴 때와 함께——.

그는 오래 오래 잊었던 생각이 그 초상화에서 회오리바람처럼 숨여 나오는 것을 억지하려고 자꾸만 딴청을 피워 보았다. 그러지만 열병에 걸린 사람과 같이 몽롱한 들뜬 의식이 가라안지를 안는 것이다.

그는 찾어낸 그 초상화에 그려진 소녀의 눈이 또 한 번 보고 싶었다. 그래서 먼지가 뽀얗에 앉인 화폭에 소녀의 눈이 그려져 있을 그 자리를 손가락으로 닦아 보았다. 그러나 그 눈은 썩은 생선고기같이 색이 발해져 있었다.

『할머니—이 그림 어서 나섯수——』

그는 깨어진 곱뿌를 쓰러담고 있는 노파에게 착 가라앉은 목소리로 힘없이 물었다.

『피난 온 이웃집 애기 어미가 주고 간기요』

구찮은 걸 다 묻는다고 얼굴 하나 들지 않고 퉁명스럽게 말하였다.

그는 더 물어볼 용기가 없었다. 차마 그 애기 어머니라는 사람의 소식과 얼굴의 모습을 물을 수 없는 것이다. 아픈 상처를 자기 자신 그렇게 모지게 근드릴 수 없었다. 영원히 잊고 죽겠다던 그 그림을 우동 한 그릇 얻어먹은 염치를 이기지 못하여 그 소녀가 내주었다는 것을 뚜렷이 믿고 싶지가 않기 때문이었다.

『이 그림 나한테 팔으실라우 할머니…』

언제나 하기 어려운 말을 할 때 하던 버릇으로 횟껏횟껏하게 색 발한 미군 작업복 호주머니에 두 손을 깊숙히 집어넣고 비비 마주꼬았다.

『그걸 뭘 할 난기요 우동 한 그릇 값만 내놓고 가아 갈라면 가아 가소』

그는 노파의 말에 귀밑이 불덩이처럼 달아오르는 것을 느꼈다. 그는 뒤돌아서서 아무 말 없이 판자벽 위의 초상화를 떼었다. 껌게 끄실른 벽 위에 거울같이 하얀 화폭 자욱이 났다.

돈을 치르고 나서 화폭을 그의 옆꾸리에 끼었다.

『오메 와 드러운 걸 딱찌도 않고…』

노파는 비짜리를 들고 화폭에 앉은 먼지를 터를려고 하였다. 그렇지만 그는 구찮게 구는 노파를 와락 밀치고 창밖으로 튀어나왔다. 거슬른 돈도 받지 않고 나와버린 것이다.

바깥은 침울하게 흐리었다. 곧 비가 뿌릴 것 같다. 그러나 그는 조금도 주저하지 않고 걷기를 시작했다. 영원히 잊어버린 초상화 생각을 하면서 뚜벅뚜벅 분빈 길을 잡어들어 부산한 사람들의 물결 속으로 휩쓸려 걸어갔다.

■ 출처 : 《대학신문》, 1953.6.15, 6~8면.

文學은 나의 慾求
當選作 못쓴 것이 遺憾

小說入賞者 李君談

小說 가作 『초상畫』의 入選者 李어寧君은 當年 二十歲로 서울 大學校 文理科大學 國文科 二年 在學中이다. 君은 其間 本紙에 많은 투고가 있었으며 文學的 素質과 努力을 아끼지 않는 將來가 촉망되는젊은 文學徒이다. 君은 일찌기 扶여高等學校를 卒業하였고 中學 二年 때부터 作品을 쓰기 始作하여 現在까지 近 十篇의 短篇을 써 왔다.

뿐만 아니라 英語 佛語 等 外國語에도 恪別한 努力을 기우리고 있다. 君은 入選所感을 다음과 같이 말하고 있다. 文學을 하고 作品을 쓴다는 것이 나에게는 生理的인 慾求였다. 내가 作品을 쓰기 始作한 것은 中學校 二年 때부터였다. 그러나 只今까지 短篇을 近 十篇 쓰는 동안에도 한 번도 發表한 일은 없었다. 이번에 내가 大學新聞에 투고하게 된 것도 實은 學友들의 勸告에 依한 것이었다. 내 作品『초상畫』가 가作으로 入選한 데 對하여 이왕이면 當選作品을 썻어야 할 것이었다고 後悔도 된다.

■ 출처 : 《대학신문》, 1953.6.15, 7면.

幻

李蘆洲

哲이는 또 구역질이 났다. 뱃속이 메식메식하기 시작하면 영낙 없이 멀건 물이 연겊어 넘어온다. 그것은 소가 흘리는 군침처럼 끈적끈적하고 뜨물같이 뿌연 물이다. 머리속에선 찬 바람이 돈다. 아찔아찔하면서도 휑한 기분이었다. 이제는 며칠을 굶었는지 헤아릴 수도 없게 의식이 몽롱하다. 그대로 눈만 감고 잠잡고 있으면 무거운 조름이 오고 다음엔 온몸으로 싸늘한 냉기가 돌고 또 그다음에는 꺼먼 주검이 올 것이다. 죽는다는 것이 그렇게 간단하다고 생각할 때 기가 차고 어처구니가 없었다.

굴속 같은 방 안에는 물건다운 물건이란 하나도 없다. 꺽으러진 텅 빈「테이손」각이 온 방 안을 차지하고 있는 유일한 가구였다. 며칠을 두고 손 한 번 대지 않은 자취 도구가 멋대로 덩굴고 있는 것이 행결 더 썰렁하기만 하였다. 도시 시선을 어느 곳에 두어야 할지 거북하도록 헤심심한 방 안이다. 벽에 발른 누렇게 퇴색한 신문지 쪽의 기사(記事)도 벌써 수백 번 되푸리해서 읽은 것이라 신기한 것이 될 수 없다. S洞의 강도 사건 사십 넘은 중년 부인의 간통 사건 만병통치라는 폐특신의 광고, ×고지의 전투……벽과 마조 눕기만 하면 눈에 익는 허망한 보고문들이었다.

哲이는 내리 며칠을 두고 멀건 물만 들여 마시고 잠으로 시장끼를 참어보았다. 나중에는 물마자 떠먹을 기운이 없어서 송장처럼 시꺼먼 담요 한가락을 뒤덮고 번듯이 두러뉘 있기만 하였다. 몸을 조금만 움직

646 이어령, 우리 시대 비평의 이정표

이기만 하여도 전신(全身)이 비틀리도록 무서운 쥐가 일어난다. 안개 낀 날과 같이 모든 시야가 희미하고 답답하도록 몽롱하였다. 일어서기만 하면 머리가 받힐 나즈막한 천장에 시꺼먼 거미줄들이 무수히 서려 있는 것을 보는 것이 기껏이었다. 그 거미줄엔 버러지 하나 엉켜 있지 않다.

「거미놈들도 저래서야 뭣을 먹고 살겠누……」

궁성맞게 망을 쳐 놓고 남의 생명을 옭아보려는 거미들이 흉칙하고도 불상하였다.

「저놈들의 조상들도 「에덴」의 선악과를 따 먹었단 말인가……」

산다는 것이 곧 죄(罪)가 되어버리는 거미들의 세계에도 원죄(原罪)라는 것이 반듯이 있어야지만 된다고 생각이 들었기 때문이다.

「그렇다면 역시 거기도 암거미가 먼저 죄를 지었을 것이다」

哲이는 이런 쓸데없는 생각을 하다가 그만 짜증이 일어나서 담요 자락을 푹 뒤집어쓰고 하나에서 백까지 천천히 세기 시작하였다. 한곳에 정신을 집중시키고 잠들어 버릴려는 수작이었다.

그렇지만 앗질앗질한 현기 속에 물결이 어른거리는 그림자의 영상이 자꾸만 밀려오고 밀려가고 끝이 없이 되풀리한다.

「멘델송」의 「이타리안」「심포니」─제이 악장째의 평화로운 음악, 자욱한 담배 연기에 쌓인 석고상의 얼굴이 거만하다.

움덕움덕하는 시꺼먼 점, 점과 타원형 등색의 나열, 소학교 공작 시간의 책상 위에 찢어져 흩어져 있는 원색 색지(色紙)들이요, 다방이란 곳은 별세의 용궁이라나 파란 달처럼 와사등의 불빛이 호(弧)를 그린다. 「연필 한 자루만 쓰시죠 상이군인입니다」 개짖는 소리만도 못하다. 남한테 동정을 몸소 구한다는 것은 슬픈 모순이요 결국 내 팔이 하나 달아났다는 것이 남에겐 자기 좆기 단추 하나가 떨어졌다는 사실보다도 대수롭지 않소. 슉슉! 소리내고 타는 와사등 불 밑에 멍하니 벽에 기대어 「레지」가 서 있다. 눈이 온 들판 눈사람이 부신 빛으로 녹는다. 연색(鉛色) 추의 어지러운 반복 속에 빨간 고추 모양으로 열없이 타는 심지, 「원 이렇게 한 자루도 팔리지 않고서야…… 한 푼만 단 한 푼이래도……」 얼굴들, 얼굴, 비눌로 덮힌 파충류(爬蟲類)의 얄미운 표정만이다.

활 모양 그리는 푸른 불 밑에 또 「레지」가 「레지」가 심심하다. 졸리운 얼굴 밑으로 나려 뜬 눈 언저리에 거문 구름이 돈다.

「아! 레지의 얼굴─灰色 壁紙─ 순희다 순희……」 잃어버린 바다의 소리가 절정이다. 빨간빛 쉐─타 하늘거리는 풀 멕인 빳빳한 스카─트, 하눌처럼 퍼지다가 흑점 촛점으로 모여드는 숨 가쁜 정신. 순희순희순희─「여게 김 하사 차지찬 의수를 만져보고는 다시 생각지 않으려던 바로 그 소녀였네, 학생 시절에 사귀었다는 전설 같은 그 여학생이 말야……그냥 미친 것같이 뛰어 나와서 걷던 거리가 퍽이나 썰렁하고 허전한데 아주 허전하기만 하데 그려」

금음달─와새풀이 우수수 소리낸다. 우유빛 모래 사장과 꿈틀거리는 냇물의 무 곡선이 성벽 두터운 투명한 성벽. 숨이 콱콱 맥히는 어지러움, 어둠과 커다란 침묵이 축축한 식은 땀 속에 훔씬 배어들어오. 산 넘어서 펑펑 터지고 흐르는 푸른 붉은 신호탄들이 긴 꼬리로 어두운 시선을 부시게 짜른다. 두더지─고속도로 회전하는 돕이(齒車)가 몽실몽실한 바로 허리 위에서 한 장 종이의 틈을 두고 소리를 지른다. 시퍼렇게 부푸러오르는 썩은 시체 뻘건 몇 점의 고기 덩어리, 유혈마자 끝히면 누런 황토흙 어둠이 비처럼 쏟아지면 흠뻑 젖기만 하는 황토흙, 군화가 천 근이 넘는다. 같은 학병이라는 김 하사가 더욱 미웁다. 하필 이놈과 정찰을 나오게 되었단 말인고……더 이상 전진은 불능입니다. 「벌써 우리가 세 번째의 정찰병이야, 뻔한 거지…… 무의미한 모험 우리의 아슬아슬한 곡예는 보아주는 관중도 없이…… 명령. 명령이라고 의무, 회생, 국민학교 수신 공부의 되푸리란 말인가? 이 세상에 자기를 명령할 사람은 아무도 없어 자기에게 명령을 나릴 수 있는 것은 자기다. 자기뿐이다.…… 哲이는 朴 하사는 한 번도 거역이란 걸 모르는 양(羊)이다. 성자란 말도 좋고」

김 하사의 마음은 뻔하다. 이제 더 따라오지를 않는다. 두더지처럼 머리만 풀숲에 박아놓은 비겁자─그러나 도리어 이쪽이 모욕을 받은 것 같습니다. 金 하사가 딸아오지 않으면 혼자래도……짐을 잔뜩 실은 말이 입에서 흰 거품을 품는다 그러나 무서운매, 어덕길에서 앞발을 번적 올리고 허공을 긁는다. 눈이 흰자욱 천지다. 축축한 모래흙이 훗끈훗끈 달아오르는 뺨 밑에 차다. 벌써 모래사장까지 온 것이로구나 옆엔 아무도 없다. 무서운 고독 김 하사가 딸아오지 않았다. 앞에도 뒤에도 옆에도 그저 어둠, 사람의 얼굴을 한 번만 더, 끈적끈적한 자력이 와서 다시 얽는다. 지레가 터지면 석유빛 불덩어리, 그대로 눈을 감고 둥글어 보자, 김 하사가 김 하사가 보이지 않는다 한 번만……꽃과 새와 구름과 하늘과 집과 온 대지가……… 아무래도 김 하사가 보이지 않는다. 누에처럼 조금 머리를 들어본다. 다시 반신만을 이르키고 아! 그러나 수평선 넘어까지 축혀 보는 기중기의 무거운 머리가. 앗서서는 안 된다. 그래도 한 번만 김 하사가 없다. 왜새풀 넘어로도 공허, 어둠이 선회한다. 「어이―김 하사」 와락 문허지는 성벽 다음의 음향은 그 메아리가 아니었다 「딱―콩」 선뜻한 촉감 장적 토막처럼 그대로 쓰러진다. 의식이 별처럼 높은 아주 먼 곳에서 아름거린다. 「아―ㅅ 哲이」 김 하사의 비명 소리가 하늘 끝에서 들린다. 피……물처럼 흐르는 피. 여지껏 그의 심장 속에서 뛰고 끓던 생명의 액체요

「나는 영원히 어떠한 부여된 테두리 밖으로 탈주할 수가 없을 것이다. 三石이도 達好도 永植이도 같은 교육대 안의 같은 학교의 동창생들이었지만 그들은 여러 방법으로 전부 탈주하고 말았다. 나 혼자만 이곳에 남았다. 까시망에 손과 옷을 찢기기만 하고 나 혼자 담을 뛰어 넘지 못했다 감작히 울리는 점호 라팔 소리가 나의 몸과 마음을 붙잡았다.」
일기장의 토막 기록―얼룩진 잉크의 너저분한 흔적들이 가슴 속으로 와서 찍힌다.

하늘을 녹이는 빨간 장막 뒤에는 무서운 시꺼문 가시덤불이다. 쥐불 놓는 밤에는 그림자 그림자가 다닌다. 불은 살은김성 논뚝의 잔디불이 마을 뒷산으로 옮아가는 빨갛고 노랗고 자색 대가리의 불귀신. 어린애들이 그 앞에서 뛰논다.―불났다 불났다. 짚신짝으로 불 머리를 때리고 아우성, 울며 다라난 것은 복희다. 읍내가 계집들이 탓을 때 소방서의 종소리가 나고 끔찍한 소리르 「싸이렌」이 야단스러웠다.―물가지고 와 철아 철아 빨리 물 떠와 빨리― 고무신짝에다 눈물만치 물을 떠 가지고 오면 확확 화기가 얼굴로 껴진다. 아이들이 다름질 쳐 도망간다. 등동

떠서 굴러가는 조금한 대가리들. 나도 나도……나도 도망쳐야 한다. 바지가 흘러나린다. 뒷산으로 그옆고 붙고아마는 불 삼돌아 복아 난 몰라난—남들은 다 달아나는데 영 도망칠 수가 없다 불귀신이 다리를 붙잡아서 도망칠 수가 없다. 어떻게 하나. 마을에 불이 붙으면 영희내, 담뱃집 구장댁, 마차집이 탄다. 불 앞에 혼자 남았다. 겁으로 파랗게 질려 온몸이 굳는다. 어쩌자구 불만 질러 놓고 도망을 치는 고—이놈 이 망할 자식 동내에서 불 놓는 놈이 어디 있어 이 고양 놈아—별안간 빨갛게 타는 불을 등지고 시꺼문 그림자가 나타났다. 솜틀집 김 서방, 이놈아 이놈아 우람하게 휘갈기는 맷속에 서도 울을 수가 없다 뒤에서는 빨갛게 타는 불 투성이다. 와자지껄 떠들며 사람들이 불 속에서 야단이다 뭐 철이 놈이 물을 쏴질렀다 그림자들이 자꾸만 외어싼다. 숨이 콱 맥힌다. 혼자서 큰일이다 소방서 사람이 올까 봐 겁이 더한층이다.

부모가 돌아가서 고아(孤兒)가 되어 그렇다고……바보 같은 소리 부모야 있던 없던 친구나 자식이 있건 없건 우리는 전부가 다 고아다 고아……그 누구를 가지고도 자기를 설명할 수도 또 의지할 수도 없는 완전한 고아들로 태어난 것이다. 공동체(共同體)란 것은 한낱의 形體 없는 추상명사일 뿐야, 공동체란 것이 있다면 그것은 자기를 둘러싸고 있는 그림자일 뿐이다. 말하자면 눈부신 태양의 주위를 외어싸고 있는 희미한 햇문리 같은…… 그래서 이 우주에는 이러한 고아들을 위하여 하나의 법측 바꾸어 말자면 한 「모랄」을 마련해 놓았다. 그 「모랄」이란 단순하다. 자기를 지키라는 것이다. 누구에게도 침략받지 않을 자기의 위치를 마련해 노라는 것이지……이것은 사자(獅子)에게서 개미들에 이르기까지, 거대한 보리수에서 단세포 식물의 해파리에 이르기까지 다 똑같이 고루고루 부여된 신비로운 규측이야. 「예수」도 자기가 고아라는 것을 누구보다 잘 알은 사람이었다. 단지 그러한 「모랄」을 범한 것 뿐이다……자네가 부상 당한 것도 그런 「모랄」을 지킬 줄 몰랐던 탓이야……」

자기가 부상 당하기 직전 같이 정찰병으로 나갔던 金 下士를 우연히 길에서 맞나게 되자 「밀크―홀」로 끌려 둘어오게 된 것이다. 그는 의무 대대로 옮기게 되어 매우 경기가 좋다고 미소를 뛰운다.

「좌우간 강해야 된다. 유능한 사람이 되어야 해, 자기가 살기 위한 방법을 발견하게 되었을 때 주저해서는 안되, 자네는 어째서 같은 상의 군인인데도 남들은 굶지 안는다고 불평을 하지만 사실 그들의 이면에는 哲이가 하지 못한 강한 삶의 의지(意志)에서 나온 무수한 행위가 있었던 거야…다 까닭이 있어 부여된 틀 속에서만 움직인다면 끝으론 생명 없는 화석이 되고 말 거야 항상 어떠한 공식을 깨치고 별개의 비공식을 뻗혀볼 때 비로서 자기 존재와 자기 능력을 만질 수 있도록 구체적으로 느낄 수가 있다고 봐……」

哲이는 자꾸만 밀려오는 환각에 악몽이나 꾼 것처럼 흔근히 식은땀을 흘렸다. 천장 위의 거미줄에 무엇이 엉켰는지 시꺼먼 왕거미가 나와서 여섯 개의 기다란 다리를 제각기 움지기고 있다. 살아야 한다 물컥물컥 속에서부터 차차 치밀어 올라오 절귀였다. 자기는 무능했다. 거미줄에 얽히어 먹힌 버러지처럼 어리석었다.

이면엔 이제 옭아서 먹을 수 있는 유능한 거미가 되어야 한다 거미,

거미, 거미, 거미가 되어야 한다. 언제까지나 이렇게 굶어서 잡바저 있을 수는 없다. 그는 비틀거리며 일어났다. 몇 번 주저 앉이려는 몸을 이르키고 벽에 걸린 시뻘건 녹진 단도를 힘껏 움켜잡고 말았다.

후미진 골목길이었다. 晢이는 모소리진 벽돌담 한구석에 자꾸만 와들대는 몸을 기대고 사냥개처럼 귀를 귀우리고 섰다. 그러나 여전 창 떠러진 그의 군화 밑에서 졸졸거리고 흐르는 하수도의 물소리뿐이었다. 그리고 눈앞으로 첩첩히 겹지어 닥아오는 것은 낌깜한 어둠이다.

그렇게 쉴 사이 없이 우릉거리던 찻소리가 이제는 이따금 바람 소리처럼 지나간다.

한참은 그대로 서 있었다. 조각하늘에는 쏟아질 것 같은 별투성이다.

晢이는 갑작히 몸을 이르키고 작업복 호주머니에 손을 집어 넣었다. 단도의 칼자루를 힘껏 움켜잡았다. 사람의 발자욱 소리가 들려왔기 때문이었다.

「어떻게 그런 짓을—」

晢이는 그 자리에 철푸던 주저 앉고 싶었다. 「안 된다. 안 된다. 이렇게 약해서는 안 된다 거미, 거미가 되어야 한다. 더 이상 굶주릴 수는 없다. 굶주린다는 것은 사치스런 오뇌가 아니다. 너무나 절박하게 느낄 수 있는 뼈와 육(肉)의 괴로움이다. 흉칙한 여섯 개의 거미의 다리와 또 자기 의수(義手)의 강철로 만든 앙상한 다섯 개의 손가락이 번갈라 떠올른다.

「바드득」 그는 이를 갈아 부쳤다. 자박자박—사람의 발자욱 소리가 이제 바로 옆 골목에서 울려 나왔다. 부르르 몸이 사시나무 덜듯기 한다. 숨이 콱콱 맥히고 술에 취한 것같이 가슴이 가뿌게 된다. 그는 그만 눈을 지긋이 감고 차거운 벽돌담에 쓰러지듯이 몸을 기대었다. 그냥 초조하기만 하다.

「딸그락 딸그락……」 귀로 가슴으로 머리로 먹먹하도록 크게 숨여 드는 소리다.「으─ㄱ」 그는 더 이상 정신을 차릴 수가 없어 그만 귀를 틀어 막으려고 했다. 그러나 오른편 귀는 막을 도리가 없었다. 왼손은 자기의 말을 듣지 안는다. 절대적인 자기의 명령을 순응치 안는다. 쇳조각─의수…의수…… 별안간 물컹물컹 솟아오르는 분노의 불길이 그의 몸을 살라버렸다.

─오─오─오─ 나는 며칠을 굶었다 정말 난 이렇게 더 살 수가 없오─ 신발 소리가 이제 한낱 조금한 음향으로 울려 올 뿐이다. 哲이는 다시 칼을 웅켜 잡았다. 그리고 숨을 지긋이 죽이고 발자욱 소리가 나는 어두운 골목을 노려 보았다.

어둠 속에선 희미한 사람의 모습이 어렴풋이 나타나기 시작했다. 십오 메─터……십 메─터…… 오 메─터……옷차림으로 여자인 것을 알았다.

그는 또 긴장이 플렸다. 또 어찌할 수도 없어 눈을 감아버렸다.

파리를 옭아매고 있는 거미의 흉칙한 다리가 옴찔옴찔 떠올랐다.

「하숙에 가시죠……」

그의 옆으로 지나치던 여인은 哲이의 소매를 끌었다. 너무나 뜻밖의 일에 정신이 앗뜩했다. 그러나 영 고함칠 용기가 나서질 않았다.

「하숙으로 갑시다」

철이는 칼자루를 심컷 웅켜 잡았다. 싸늘한 쇠의 촉감이 온몸으로 숨여 들어온다 ─한 번만 더 하숙으로 가자고만 하면─그러나 여인은 아무 대답도 없는 그를 보고 열적게 뒤돌아서서 가려고 하였다. 만약 돈

이 없다고 하여도 입고 있는 옷과 ……비로—도 치마……코—트…하이 히—ㄹ……이

「여보 얼마요 얼마—」

그는 이윽고 고함을 치다싶이 말을 하였다. 여인은 슬며시 웃었다.

「글세 따라만 오세요 그까짓 오백 환만 있으면 다 될 걸 가지고……」

여인은 정답게 옆에 닥아와서는 귓속말처럼 간지롭게 말한다. 그는 또 이를 부두둑 갈았다.

「뭐—ㅅ 오백 환… 응… 오백 환이라고… 하—ㅅ하하하… 오백 환이 있으면 나를 줘 나에게 좀 달란 말야……」

그의 한쪽 손에선 단도가 바르르 떨고 있었다. 피가 꺼꾸로 돌고 눈앞의 여인이 수천 수만 개로 보였다.

「아—ㄱ」

여인의 귀를 찌르는 비명 소리 에 다시 정신이 뻔득 났다. 哲이는 비틀거리며 두어 거름 물러선 여인의 가슴을 향해 돌진했다. 「뻔뜻—」가는 칼날이 어둠을 뚤혹 직선으로 흐른다. 「털석—」짚동이처럼 여인이, 또 다음에 哲이가 쓰러진다. 哲이는 여인의 몸을 미친 사람처럼 허저었다.

그는 정신없이 뛰었다. 몇 번을 전주(電柱)에 부닥기고 허구렁에 빠지면서 미친 듯이 달리었다. 바람 소리가 휘돌리고 우박이 나려 퍼붓는 것같이 요란한 소리가 들려왔다. 수많은 아우성 소리가 뒤에서 쫓는 거도 같다. 비오듯 흐르는 땀이 눈으로 입으로 마구 흘러 둘어온다. —살인—살인—살인—강도—살인—

교대로 번뜩거리는 무서운 소리가 자꾸 그를 채쭉쳐 달리게 한다.

눈앞에 ×洞 언덕길이 휘엽스레 나타난다. 앙상한 「하꼬방」들이 성냥갑처럼 줄비하여 서 있다. 그의 집이 가까워진 것을 보자 맥이 천가래 만가락으로 확 풀리고 만다. 입에선 독한 술 냄새가 풍기고 머리는 연기 속에 혼탁하다.

그는 그의 방문에까지 와선 구두로 문을 걷어 차고 둥글다싶이 그 안으로 뛰어 들어갔다. 사냥꾼의 총탄에 쓰러진 산김승처럼 웅얼대며 방 한 칸을 헤맨다. 이러다가 그만 정신을 잃고 쓸어저 버렸다.

철이가 다시 눈을 떴을 때는 창문틈 사이로 누굿한 햇빛이 어두운 방 안으로 흘러 들어오고 있는 아침이었다.

온몸이 해면처럼 지쳐서 흐느적흐느적한 데다가 또 맹열한 구토가 일어났다. 정신을 가다듬고 겨우 몸을 이르켰을 때를 문뜩 여짓것 품속에 앉겨 있던 꾸겨진 낯선 옷을 발견하였다. 또 그 옷 옆에는 귀가 찢기고 창이 다 떨어진 옥색 여자의 고문신 한 짝이 업허저 있다.

그만 뱀처럼 선뜻한 촉감을 느끼고 그 물건을 팽기치고 말았다.

다시 검붉은 핏방울이 묻어있는 구제 물품 남자용 우와기를 뚫어지라고 쳐다보았다. 그것은 여자들이 입는 것도 또 여자들이 신는 신도 아닌 것이다. 어느 외국인이 입다가 버렸을 색이 다 날라가버린 록색 우와기와……만월표 고무신 한 짝이다……」

골목—여인—단도 그리고 얼굴에 티던 피 · 피 · 피—

머리털이 쫏뼷한 환각이 역력히 눈에 떠올랐다.

「우—후」 헝그러진 머리카락을 한 손으로 들켜 쥐고 신음하면서 팔아야 한 푼 쌀값도 못될 이 슬픈 「전리품」 속에 얼굴을 묻어버렸다. 거기에선 향수 냄새도 풍기지 않았다. 그리고 화장품 내도. 그저 자기의 체온의 탓으로 뜨스해진 그 낡은 옷이 바로 여인의 체온인 것처럼 느껴졌다.

이때 그의 눈앞에는 한 여인의 커다란 커다란 환영(幻影)이 떠오르고 있는 것이었다.

그것은 한 번도 본 일이 없는 여인의 초라한 얼굴이었다. 어쩌면 시장에서 보았을 미군 물건을 빼았기고 아우성치든 어느 장사치 여편내의 얼굴 같기도 하고 그렇지 않으면 파一란 와사등 밑에서 멍하니 서 있던 「레지」, 순희의 얼굴인 것도 같은 또 군밤 장사의 딸라 장사의 양부인의 그러나 도시 누구의 얼굴이라고도 할 수 없는 생활에 시달린 한 여인의 파리한 환상이었다.

「한 약한 인간을 죽인 살인범이 왔소 그것은 나요 어서 체포하시요 그리고 C洞 골목길로 뛰어가면 가슴에 단도를 맞고 쓰러진 한 여인의 시체가 있을 것이요 증거품으론 여기 피 묻은 「우와기」와 만월표 낡은 고무신이 있소……」

정복 경관 앞에 서서 자기는 고함을 치고 있었다. 그 알지 못할 여인의 환상이 딱하다는 듯이 물끄럼히 자기를 나려다 보고 있다.

그것은 너무나 뚜렷한 환각들이었다.　(國文學科 二年)

■ 출처 :《문리대학보》, 1954.1, 166~175면.

「마호가니」의 季節

李御寧

灼熱하는 하나의 太陽은 모든 大地를 하늘을 그렇게 활활 태우고 만 싶은 것이다.

그것은 무슨 欲望도 目的도 아닌 天性의 祈願이었다.

그리하여 땅은 뻘건 焦土가 되었고 하늘은 붉게 타는 노을로 泥醉하였다.

모두가 갈증 나는 黃土색 뿐인데 보라! 지금은 이 헤심한 空簡에 메마른 흙비가 나리고 있다. 左右四方 아무것을 보아도 왼통 붉은 視野의 無限한 展開다.

『마호가니』의 季節 ― 아 幾千年 悠久한 歲月이 이 季節 속에서 開花한다.

挿花 A

〈墳墓와 換態〉

1. 訃 告

1832號 ― 세당 最新型― 나는 『交通安全』이라는 警告板이 서 있는 街頭 한 복판에서 轢死하였다. 어느 쪽의 과실이었던 내가 죽은 것만은 확실했다.

그것은 흙냄새조차 없는 『아스팔트』 위에다. 『깨소링』과 찐득찐득한 『타알』의 惡臭 속에 내가 쓸어지고 그리하여 凝固 해가는 血球의 얼룩 위에 숫한 煙煤들이 눈처럼 퍼부었다.

『세당』 속 보드라운 『비로오드』의 『쿳숀』에 몸을 파묻은 어느 貴族 집 厥女가 사뭇 자랑스러웠다.

그 厥女의 금 『부롯지』 같은 華사한 우슴이 나의 미욱한 屍體를 장 사한다.

나는 그 웃음 밑에서 英雄과 같은 悲壯한 最後를 裝飾하였다.

1832號 — 포만한 肉體를 휘대한 채 鑛金한 鑛塊가 나의 전 神經 과 血管을 强打한 刹那 나는 내 모든 記憶을 喪失하고 말았다.

그러니까 肉體와 더불어 精神마자 差押해간 억울한 掠奪을 향해 서 白痴처럼 침묵으로 웃어 보였을 뿐이다.

流血이 끝난 내 全身은 標本室의 人體와도 같이 蒼白한 化石이 되었고 哀惜하게 경련하던 四肢가 하늘을 등진 체 말이 없다.

十月 十七日, 都市는 日曜日이었다. 季節은 함부로 이 먼지 속에 몇 개의 落葉을 뿌리고 갔다.

그냥 하늘은 멋없이 푸르고 무슨 祝祭의 前夜처럼 많기도 한 인간 과 건축들의 混濁한 行例이 繼續한다.

香油와 或은 목걸이는 내 죽음과 아무런 관계가 없다. 녹슨 교통순 경들의 『호루라기』 소리와 몹시 한가한 無職者들의 관객을 제외하면 그것은 노을과 같이 펏다. 흔적도 없이 사라지는 그림자에 不過하다.

낡은 鐘塔이 포푸라와 함께 있는 어느 시골 面所에서는 파리한 書 記 하나가 먼지 투성이의 戶籍簿를 들추고 있었다.

잠시후 초라한 내 性名이 펼쳐지고 그 위에 피자죽 같은 붉은 줄 하나가 쳐졌다. 페인트가 얼룩진 木製 의자에 늙은 面長이 때묻은 書類들 사이에서 꾸벅꾸벅 졸고 있는 어느 날 午後다.

또한 『도스토옙스키이』의 몇 券의 小說冊과 日記帳 그리고 오고 간 數 매의 편지 쪽이 한줄기 애잔한 煙氣를 피우며 살아지고 있었다. —길가— 들국화까지가 피어 있는 비교적 한적한 어느 郊外에 서 있다.

이제 이것으로 나는 완전히 減刑되고만 셈이다. 인간과 대지와 산과 구름과 그리고 무수한 靜物들과 忽忽히 告別하였다. 앞으로 어느 風景에도 나의 모습은 없을 것이다는 그리고 이름도 남기고 간 빨래 같은 生活도⋯⋯⋯⋯⋯⋯

이렇게 모든 記憶이 剝奪된 후 한아름의 忘却을 지닌 체 나는 나의 『墳墓』로 돌아갔다. 그곳엔 소녀의 눈물같은 墓碑名도 望頭石도 서 있지 않았다. 그냥 黃土 위에 落葉이 쌓이고 이따금 한숨 같은 바람들이 지나갔다.

그러나 공교롭게도 그 周圍에 散在해 있는 靑苔 묻은 몇 개의 自然石이 있어서 내 墳墓는 그렇게 외롭지는 않았다. 이 墳墓 속에는 無限한 밤만이 繼續되고 있었다. 그리고 海底에 가라앉는 沈黑과 樹液을 빨아 올리는 數個의 나무뿌리로 하여 잔잔한 波紋을 그리는 한오락 香薰이 흐르기도 했다.

완전히 혼자가 되어버린 나의 肉體가 이곳에 누워 있는 것이다.

地熱과 또한 純粹한 濕氣 속에서 서서히 肉體가 分解되어 가는 것은 그저 甘味롭기까지 하였다. 흠뻑 腦髓에 가라 앉는 엷은 졸음의 끊임없는 連속이었다. 아무런 記憶도 없는 나는 어린애처럼 흐느껴 우는 법도 없이 자꾸만 외워싸는 어둠만을 凝視하고 있었다.

墳墓 속에는 季節이 없다. 물론 날이 얼마를 지났는지 도시 알 길이 없다. 밖에선 눈이 나리고 或은 꽃들이 피고 했을 것이다.

2. 記憶

그것은 먹탕 같은 流液이었다. 파아란 燐火와 허물벗은 꼬리를 서리고 있는 한 마리의 뱀이었다. 이미 髑髏가 되어버린 나의 四肢가 그 透明한 毒氣와 고운 비늘로 덮인 느릇느릇한 알몸둥아리에 그만 醉해버리고 말았다.

훨훨 타고 있는 燐火가 칠흑 같은 어둠을 말갛게 닦고 있었다. 그러나 아무런 記憶이 없는 나는 그저 어둠이 균열하는 황홀한 뱀의 선률을 凝視하였다.

—換態하라—

紅絲 같은 뱀의 혀가 못견디도록 매혹적이다. 별안간 환한 대낮처럼 눈부신 記憶의 破片들이 墳墓의 어둠 속에 爆發하여 쏟아졌다.

(以下次號完)

■ 출처 :《예술집단》2, 1955.12, 40~42면.

東洋의하늘(上) —現代文學의 危機와 그 出口—

李御寧

一

　우리는 지금 歐羅巴의 黃昏을 바라보고 있다 그것은 「휴우마니즘」
의 敗北이며 老衰한 人間 文明의 沒落이다 「神은 죽었다」라는 말과
同時에 「人間」은 終焉한 것이다

　人間의 唯一한 矜持였던 「知性」이라는 天職의 才能도 動物園의
玩賞用 孔雀같이 無氣力하다는 것을 自認하였다

　날지 못하는 날개와 노래 부르지 못하는 목통을 가진 孔雀은 그들
의 庭園에서 逐放되었다

　또한 한때는 그들에게 燦爛한 光榮을 約束하는 것 같던 「機械文
明」도 이제 그들의 忠實한 奴僕이 되기를 拒否하고 지나친 賃金을 請
求하였다 所爲로 人間의 生命과 血液은 差押 當하고 그 代身 鋼鐵
과 「콜 타아-ㄹ」의 償還을 받은 抑鬱한 흥정은 人間의 敗北를 雪上加
霜하였다

　「宇宙人」이라는 華麗했던 「르넷쌍스」의 旗빨은 散散히 찢기고 人
間에게 불을 훔쳐다 준 「푸로메디우스」는 幽閉 當한 岩壁에서 自決하
였다

　나지막히 갈아앉은 西洋의 하늘은 이러한 黑雲과 黃昏과 低氣壓
으로 密閉하였고 窒息할 것같이 답답한 이 氣壓圈 속에서 헤어나오지

못하는 西歐의 現代人들은 마침내 모두가 精神病 患者가 되어버린 것이다

「쉘·속」의 癡呆 破壞하고 否定하는 「集團 파라노이아」의 狂症 不安과 恐怖에 戰慄하는 「싸이카스세니아」의 患者―이 무서운 痼疾 化한 世紀의 病勢는 醫學의 權威와 診斷의 效力을 嘲笑한다

이 現代의 危機的 風土 속에서 群雄割據의 春秋戰國時代와 같이 錯雜한 版圖를 그리며 登場하는 西歐의 現代文學은 毒茸처럼 치솟고 있다 自意識의 荊冠을 쓰고 空虛의 十字架에 매어 달린 채 어둠을 앞둔 黃昏만을 노래하는 「뉴우라스세니아」의 詩人들―그들은 「엘리엘리 라마사박다니」의 마지막 呪言도 잊어버린 것 같다

우리는 지금 이러한 歐羅巴의 黃昏을 바라보고 있다 그러나 그것은 남의 일만은 아니었다 우리 東洋의 하늘로 向하여 금시금시 擴大해오는 黃昏이며 黑雲일 것이다 Lhomme total의 이름 아래 함께 겪어야 할 危機이며 直面한 受難이다 大西洋의 風浪은 大西洋에서만 끝나지 않는다 「아메리카」의 新大陸에도 이미 그 野生的인 꿈이나 野望이 存在하지 않는 것이 바로 그것이다 「드라이사」, 「쟉·런돈」, 「샤우드·앤더슨」 이와 같은 美國의 애띈 天才들의 눈은 벌써 開花하기도 前에 病들어버린 不遇한 樹木의 運命을 看過하지 않았다 어느 領土이건 人間이 存在하는 곳이기만 하면 이 「不安」의 旋風은 분다

그러나 우리는 이 現代文學의 危機의 溪谷 속에서 그대로 呻吟할 수는 없는 것이다 그렇다고 閉塞되어버린 西洋의 하늘에서 이 現代의 危機를 克服할 수 있는 出口를 發見하다는 것은 하나의 徒勞에 不過하다 우리는 다시 한번 「東洋의 하늘」을 向해 疲勞한 視線을 돌려야

한다 現代의 危機는 西洋的인 思考 形式과 生活 樣相에 起因된 것
이기 때문에 이제 그와는 다른 東洋的인 要素에서 그 出口를 發見할
可能性을 지녀야 할 것이다

二
　小奴縛鷄向市賣, 鷄被縛急相喧爭.
　家中厭鷄食蟲蟻, 不知鷄賣還遭烹.
　蟲鷄於人何厚薄, 吾叱奴人解其縛.
　鷄蟲得失無了時, 注目寒江倚山閣.
　(杜甫·縛鷄行)

나는 그와 같은 可能性을 이 짧은 杜甫의 한 편 詩句 속에서 發見
하고자 한다 무엇보다도 重要한 것은 이 詩의 마지막 句節「鷄蟲得失
無了時, 注目寒江倚山閣」인 것이다 닭을 살려두자니 버레가 죽을 것
이요 버레를 살리자니 닭이 죽을 것이다 即 二律背反하는「로고스」와
「파토스」의 問題 義와 情의 問題 이 中에서 二者擇一하지 않으면 아
니되는 緊迫한「시츄에이숀」에서 煩悶해보나 이것은 永遠히 解決지
을 수 없는 質問이다 그러나 이때 杜甫는 이 풀리지 않는 懊惱의 深淵
에서 暫時 視線을 돌려서 山閣에 몸을 依持하여 寒江을 悠悠히 굽어
보는 것이다 이 諦念과 靜觀의 態度 絶하되 굽히지 않는 精神的인 餘
裕와 그 沈潛 이것은 確實히 東洋의 精神이며 그「심볼」이다
　흔히 이러한 東洋的인 諦念을 일러 現實逃避요 非進取的이요 消
極的이라고는 하나 勿論 그와 같은 弱點이 없는 것은 아니다 그렇지

만 이와 같은 「諦念」은 그렇게 皮相的으로 規定지을 安價한 것은 아
니다 첫째 이 「諦念」은 人間의 能力에 對한 그 限界性의 徹底한 認
識이며 그러한 認識 後에 새로운 生의 可能性을 期待하는 超脫이다
如斯한 諦念 속에서 「寒江」을 靜觀하는 磊落과 餘裕는 어떠한 宿命
的인 危機와 苦痛 속에서도 自己主體를 喪失함이 없이 또 하나의 世
界를 찾아 그 危機를 超克하려는 마음의 準備이기도 하다

■ 출처 : 《한국일보》, 1956.1.19, 4면.

東洋의 하늘(下) —現代文學의 危機와 그 出口—

李御寧

「猛虎立我前, 蒼崖吼時裂. 菊垂今秋花, 石戴古車轍」(北征)이라는 杜甫의 또 다른 詩句가 이것을 立證해 준다. 猛虎가 咆哮하는 險峻한 溪谷 속에서도 문뜩 애잔하게 피어나는 秋菊의 꽃송이를 바라볼 수 있는 그 餘裕와 泰然함 그것 또한 주어진 環界 속에서「生의 意味」를 發見하려는 努力임에 틀림없다

그것은 九淵의 詩「山重水複疑無路 柳暗花明又一村」이라는 詩句와 같이 산이 가리고 물이 겹치어 길이 있을까 疑心한 險惡한 地理 속에서 柳暗花明의 그윽한 또 하나의 마을을 찾아 喜悅과 平穩 속에 疲勞한 精神을 慰撫하는 境地다

이렇게 東洋的인「諦念意識」은「諦念」그 自體에서만 그치는 樂觀主義가 아니고 어떠한 苦惱와 危機 속에서도 恒常 발은 디디고 숨을 들이킬 수 있는「餘白」의 提示다 鷄蟲得失이 無了할 때 寒江을 發見한 것이 逃避가 아니라 바로 이 餘白의 提示인 것은 贅言할 必要도 없다 한마디로 말해서 西洋的인 것과 比하여 東洋的인 特性은 바로 이 餘白性에 있다고 할 수 있다

東洋音階인 do.re.mi.sol.la로 構成된 그 音樂이 그렇고 色調의 濃淡, 線의 直柔로 이룩된 美術이 또한 그렇다

그러나 西洋藝術은 恒常 어떠한 空間을 完全히 占有한 立體的

666 이어령, 우리 시대 비평의 이정표

인 것이어서 一分의 空隙과 餘白이 存在하지 않는다 對立된 二個의 世界에서「執拗」와「分析」과「追求」의 意志만을 가지고 외곬으로 파고드는 鬪爭은 恒常 切迫境이다

ENTWEDER-ODER 속에서만 呼吸하고 땀을 흘리는 世界다「가쉬윈」의 音樂이 그렇고「싸르트르」의「惡魔의 神」「카푸카」의「城」이 그렇다 神과 人間을 喪失한 西歐의 現代文學이 窒息할 것 같은 進退維谷의 危機 속에서 右往左往하는 것은 그들이 東洋的인「餘白」即 精神의 餘裕와 視點의 傳位를 가지지 못한 理由에 있다 그들이 萬若이 東洋的인 要素를 조금치라도 理解하고 있었더라도 오늘날과 같은 그렇게 酷毒한 발디딜 곳 없고 숨 하나 돌이킬 수 없는 奈落 속에 떨어지지는 않았을 것이다

3

勿論 이「餘白의 存在」라는 것은 자칫하면 덧없는 꿈속에 蟄居하기 쉽고 矛盾과 無力을 그대로 隱匿하는 停滯에 빠지기 쉽다 그러나 이「餘白의 存在性」의 正當한 活用과 그 作用化는 언제나 創造를 向한 休息과 寄港地가 된다 生의 意味가 송두리째 消滅되고 現代文學의 前途와 그 根底까지가 搖動하는 이 危機를 超克하며 그 出口를 發見하려면 무엇보다도 이「餘白의 存在」에서 餘白을 希求하는「東洋精神」을 우리 文學의 主體로 삼아야 할 것이다

沒批判과 盲目的인 西洋 追從의 弊習은 現代文學의 危機를 策動할지언정 正途의 光明을 招來하지 못할 것이다

모든 意味가 崩壞되고 生命이 閉塞되어버린 現代의 文明 속에서

하나의 「餘白의 存在」를 發見하고 그 餘白을 지킬 줄 아는 精神的인 餘裕는 보다 銳利하고 明確하게 지난날의 過誤를 批判할 것이며 새로운 「휴매니즘」을 建立하는 土臺와 出口가 될 것이다 「東洋의 하늘」에서 새로운 「휴매니즘」이 이루어지고 따라서 現代文學의 暗黑의 出口가 트이게 된다는 것을 내 自身의 獨斷이거나 白色人種에 對한 黃人種의 劣等感을 報償하는 合理化의 詭辯이 아니라는 것은 이미 「토인비」의 史觀이 「東洋의 하늘」에 最終의 希望을 두었다는 事實이 例證하리라 믿는다 (서울大學校 文理大學生)

■ 출처 : 《한국일보》, 1956.1.20, 4면.

참고문헌

1. 기본자료

이어령, 『저항의 문학』, 경지사, 1959.
_____, 『지성의 오솔길』, 동양출판사, 1960.
_____, 『오늘을 사는 세대』, 신태양출판사, 1963
_____, 『흙 속에 저 바람 속에 ―이것이 한국이다』, 현암사, 1963.
_____, 『저항의 문학』, 예문관, 1965.
_____, 『유형지의 아침』, 예문관, 1965.
_____, 『통금시대의 문학』, 삼중당, 1966.
_____, 『저항의 문학』, 동화출판공사, 1969.
_____, 『축소지향의 일본인』, 고려원, 1982.
_____, 『사색의 메아리』, 갑인출판사, 1985.
_____, 『서양의 유혹』, 기린원, 1986.
_____, 『신한국인』, 문학사상사, 1986.
_____, 『저항의 문학』, 기린원, 1986.
_____, 『지성채집』, 나남, 1986.
_____, 『한국과 일본과의 거리』, 삼성출판사, 1986.
_____, 『흙 속에 저 바람 속에』, 문학사상사, 1986.
_____, 『나를 찾는 술래잡기』, 문학사상사, 1994.
_____, 『축소지향의 일본인 그 이후』, 기린원, 1994.
_____, 『(이어령 라이브러리)푸는 문화 신바람의 문화』, 문학사상사, 2002.
_____, 『(이어령 라이브러리)흙 속에 저 바람 속에』, 문학사상사, 2002.
_____, 『(이어령 라이브러리)거부하는 몸짓으로 이 젊음을』, 문학사상사, 2003.
_____, 『(이어령 라이브러리)바람이 불어오는 곳』, 문학사상사, 2003.
_____, 『(이어령 라이브러리)장미밭의 전쟁』, 문학사상사, 2003.

_____, 『(이어령 라이브러리)저항의 문학』, 문학사상사, 2003.

_____, 『(이어령 라이브러리)차 한 잔의 사상』, 문학사상사, 2003.

_____, 『(이어령 라이브러리)축소지향의 일본인』, 문학사상사, 2003.

_____, 『(이어령 라이브러리)환각의 다리』, 문학사상사, 2003.

_____, 『(이어령 라이브러리)나, 너 그리고 나눔』, 문학사상사, 2006.

_____, 『디지로그』, 생각의나무, 2006.

_____, 『어느 무신론자의 기도』, 문학세계사, 2008.

_____, 『생각』, 생각의나무, 2009.

_____, 『지성에서 영성으로』, 개정판; 열림원, 2010.

_____, 『빵만으로는 살 수 없다』, 열림원, 2011.

_____, 『우물을 파는 사람』, 두란노, 2012.

_____, 『생명이 자본이다』, 마로니에북스, 2014.

_____, 『소설로 떠나는 영성 순례』, 포이에마, 2014.

_____, 『가위바위보 문명론』, 마로니에북스, 2015.

_____, 『보자기 인문학』, 마로니에북스, 2015.

_____, 『의문은 지성을 낳고 믿음은 영성을 낳는다』, 열림원, 2017.

_____, 『너 어디에서 왔니』, 파람북, 2020.

_____, 『딸에게 보내는 굿나잇 키스』, 개정판; 열림원, 2021.

_____, 『거시기 머시기』, 김영사, 2022.

_____, 『눈물 한 방울』, 김영사, 2022.

_____, 『먹다 듣다 걷다』, 두란노, 2022.

_____, 『생각의 축제』, 사무사책방, 2022.

_____, 『헌팅턴 비치에 가면 네가 있을까』, 열림원, 2022.

_____, 『당신, 크리스천 맞아?』, 열림원, 2023.

이어령 · 강창래, 『유쾌한 창조』, 알마, 2010.

이어령 · 이재철, 『지성과 영성의 만남』, 홍성사, 2012.

이어령 편, 『경기디지로그창조학교』, 경기문화재단, 2010.

이어령, 김태완 편, 『메멘토 모리』, 열림원, 2022.

李御寧, 『「縮み」志向の日本人』, 學生社, 1982.

박우희 · 이어령, 『한국의 신자본주의 정신』, 박영사, 2005.

이어령, 「상징체계론 =「카타르시스」이론을 중심으로=」, 서울대학교 석사학위논문, 1960.

_____, 「이상 —날개 잃은 증인—」, 강명진 편, 『세계문화의 창조자』, 동서출판사, 1961.

_____, 「전후시에 대한 노오트 2장」, 신구문화사 편, 『한국전후문제시집』, 신구문화사, 1961.

_____, 「현대예술은 왜 고독한가」, 『현대인강좌3 학문과 예술』, 박우사, 1962.

_____, 「날개를 잃은 증인 —이상론」, 한국문인협회 편, 『한국단편문학대계』3, 삼성출판사, 1969.

_____, 「춘향전과 충신장(忠臣蔵)을 통해서 본 한일문화의 비교 —원(怨)과 한(恨)의 문화 기호론적 해독—」, 『한림일본학』1, 한림대학교 일본학연구소, 1996.

_____, 「21세기를 내다보는 문화양식과 국민적 자세」, 『겨레얼』4, 겨레얼찾아가꾸기모임, 1998.

_____, 「에듀테인먼트와 원융회통의 전통」, 『여가학연구』1(1), 한국여가문화학회, 2003.

_____, 「'맨발의 시학' 그리고 '짝짝이 신'의 사소한 은유들」, 염무웅 외, 『시는 나의 닻이다』, 창비, 2018.

이어령 · 김성영 · 조효근, 「지성에서 영성으로, 현대문학이 찾지 못한 헤브라이즘의 연원」, 《들소리문학》2(2), 2010.9.

이어령 · 김용희, 「이어령 선생의 해방전후 이야기를 듣다」, 《서정시학》15(3), 2005.

이어령 · 방민호, 「"살아있는 것은 물결을 거슬러 올라가야 한다" — 이어령 선생님과의 만남」, 《대산문화》, 2017가을.

이어령 · 오효진, 「오효진의 인간탐험 「마지막 수업」, 예고한 「말의 천재」, 이어령의 마지막 인터뷰」, 《월간조선》256, 2001.7.

이어령 · 이나리, 「레토릭으로 현실을 산 지적 돈 후안 이어령」, 이나리, 『열정과 결핍』, 웅진닷컴, 2003.

이어령 · 이상갑, 「1950년대와 전후문학」, 《작가연구》4, 1997.

이어령 · 임만호, 「이어령 선생과 본지 임만호 편집인과의 대담 — 기독교 문학, 외연을 넓혀야」, 《창조문예》22(2), 2018.2.

이어령 · 채미옥 · 조남건, 「경쟁력 있는 도시문화, 디지로그시티로 구현 : 이어령 중앙일보 상임고문, 전 문화부 장관(인터뷰)」, 『국토』306, 2007.

《고대문화》, 《광고정보》, 《너울》, 《동아비즈니스리뷰》, 《문리대학보》, 《문예》, 《문예중앙》, 《문학》, 《문학과 지성》, 《문학사상》, 《문학예술》, 《문학평론》, 《문화세계》, 《백민》, 《사상계》, 《새벽),《세대》,《신사조》,《신세계》,《신군상》,《신동아》,《신문예》,《신태양》,《심상》,《영문》,《예술집단》,《월간중앙》,《인문평론》,《자유공론》,《자유문학》,《조광》,《주간조선》,《지성》,《창작과비평》,《창조문예》,《청맥》,《한국문학》,《한국인》,《현대문학》,《현대시》,《AJOUINSIGHT_秋》,《IT TODAY》.

《경향신문》,《고대신보》,《대학신문》,《동아일보》,《부산일보》,《서울신문》,《세계일보》,《연합신문》,《조선일보》,《중앙일보》,《평화신문》,《한국일보》,《한겨레신문》.

2. 국내논저

강경화,「1950년대의 비평 인식과 실현화 연구」, 성균관대학교 박사학위논문, 1998.

_____ ,「김현 비평의 주체 정립에 대한 고찰 ─이어령의 비평과 관련하여」,『현대문학이론연구』25, 현대문학이론학회, 2005.

강두식,「괴테의 자연탐구」,『독일학연구』3, 동아대학교 독일학연구소, 1994.

강소연,「1960년대 비평문학 연구」, 이화여자대학교 박사학위논문, 2003.

강웅식,「전체주의적 반공주의와 순수 · 참여 논쟁 ─이어령과 김수영의 〈불온시〉 논쟁을 중심으로」,『상허학보』15, 상허학회, 2005.

강준만,「이어령의 '영광'과 '고독'에 대해」,『인물과 사상』22, 2002.

강현모,「나쓰메 소세키(夏目漱石)와 이어령이 추구한 패러독스의 세계 ─『나는 고양이로소이다』『풀베개』『가위바위보 문명론』을 중심으로─」,『일본문화학보』55, 한국일본문화학회, 2012.

고명철,「문학과 정치권력의 역학관계 ─이어령/김수영의 〈불온성〉 논쟁」,《문학과창작》6(1), 2000.1.

고지혜,「4 · 19세대 소설의 자기형성과 분화」, 고려대학교 박사학위논문, 2017.

공현정,「비재현적 글쓰기와 정동: 〈기호의 제국〉과 〈딕테〉 비교연구」, 서울대학교 석사학위논문, 2017.

권보드래,「『광장』의 전쟁과 포로 ─ 한국전쟁의 포로 서사와 '중립'의 좌표」,『한국현대문학연구』53, 한국현대문학회, 2017.

권성우,「1960년대 비평에 나타난 '현대성' 연구」,『한국학보』25(3), 일지사, 1999.

_____ ,「비평의 새로운 역할 ─새로운 글쓰기를 위하여─」,『한민족문화연구』6, 한민족문화학회, 2000.

권임정, 「'와(和)'의 고찰 – 이어령의 『축소지향의 일본인』을 중심으로」, 충남대학교 석사학
　　위논문, 2004.

김건우, 「한국 전후세대 텍스트에 대한 서론적 고찰 —해석 공동체, 지식, 권력의 문제를 중
　　심으로」, 『외국문학』 49, 1996겨울.

김미영, 「1960~70년대에 간행된 한국 지식인들의 기행산문」, 『외국문학연구』 50, 외국문
　　학연구소, 2013.

＿＿＿, 「이어령 에세이에서의 '유럽'이란 심상지리」, 『인문논총』 57, 인문과학연구소, 2013

김민정, 「이어령 수필문학의 근대성과 탈근대성」, 충북대학교 석사학위논문, 2005.

＿＿＿, 「이어령 문학과 문화비평 연구의 성과와 과제」, 『국제언어문학』 30, 국제언어문학회,
　　2014.

김복순, 「'세계성'의 전유와 현대문학 상상의 인식장치」, 『어문연구』 43(1), 한국어문교육연
　　구회, 2015.

김성영, 「신앙시와 일반시의 경계를 허문 ´신앙시´[1] — 이어령 박사의 『어느 무신론자의 기
　　도』에 주목함」, 《창조문예》 12(9), 2008.9.

김세림 · 김형석, 「유추적 사고와 문학 감상」, 『한국언어문화』 74, 한국언어문화학회, 2021.

김연경, 「이반 카라마조프의 시험과 오류」, 『외국문학연구』 69, 외국문학연구소, 2018.

김용직, 「페가서스의 날개, 또는 제패의 비평—이어령론」, 《오늘의 문예비평》 27, 1997.12.

김우필, 「한국 대중문화의 기원과 성격 연구: 사회문화적 담론의 변천을 중심으로」, 경희대
　　학교 박사학위논문, 2014.

김유중, 「김수영 시의 모더니티(9) —'불온시' 논쟁의 일면: 김수영을 위한 변명」, 『정신문화
　　연구』 28(3), 한국학중앙연구원, 2005.

김자은, 「1950년대 이상 문학의 수용과 정전화 연구」, 연세대학교 석사학위논문, 2011.

김주현, 「세대론적 감각과 이상 문학 연구 – 1980년대까지의 이상 연구 현황과 성과」, 『이
　　상리뷰』 2, 이상문학회, 2003.

김현주, 「이철범 문학 비평 연구」, 홍익대학교 박사학위논문, 2010.

김효재, 「1960년대 종합지 《새벽》의 정신적 지향(1)」, 『한국현대문학연구』 제46집, 한국현
　　대문학회, 2015.

나종석, 「1950년대 실존주의 수용사 연구 —'교양'으로서의 실존주의를 중심으로」, 『헤겔연
　　구』 27, 한국헤겔학회, 2010.

노명우, 「문화와 경제의 불협화음: 문화산업에 대한 재해석」, 『게임산업저널』 12, 2005겨울.

류동일, 「불온시 논쟁에 나타난 문학의 존재론 —이어령의 '창조력'과 김수영의 '불온성' 개
　　념의 함의를 중심으로」, 『어문학』 124, 한국어문학회, 2014.

류성훈, 「김수영 시의 자유 지향성 연구」, 명지대학교 박사학위논문, 2016.

류철균, 「이어령 문학사상의 형성과 전개 ―초기 소설 창작과 창작론을 중심으로」, 《작가세계》 50, 2001.

마희정, 「1950년대 '김동리 대 이어령의 문학 논쟁' 고찰」, 『개신어문연구』 15, 개신어문학회, 1998.

문양희, 「해방 이후 우리나라 대학교육의 발달에 대한 연구」, 『군자교육』 9, 세종대학교 교육학과, 1978.

박숙자, 「1950년대 '문학전집'의 문화사 : 문교부의 '우량도서' 제도와 한글세대의 등장을 중심으로」, 『서강인문논총』 35, 서강대학교 인문학연구소, 2012.

박훈하, 「서구적 교양주의의 탄생과 몰락―이어령론」, 《오늘의 문예비평》 27, 1997.12.

반재영, 「후진국민의 정신분석 ―1960년대 냉전 행동과학(behavioral science)의 수용과 민족개조론의 변전」, 『상허학보』 59, 상허학회, 2020.

방민호, 「김수영과 '불온시' 논쟁의 맥락」, 《서정시학》 24(1), 2014.

_____, 「전후의 이어령 비평과 하이데거적 실존주의」, 『이화어문논집』 44, 이화어문학회, 2018.

배개화, 「1950년대 전후 세대 비평의 자의식 형성 과정」, 『관악어문연구』 22, 서울대학교 국어국문학과, 1997.

서은주, 「1950년대 대학과 교양 독자」, 『현대문학의 연구』 40, 한국문학연구학회, 2010.

성미영, 「아도르노 철학에서 언어, 형세Konstellation, 에세이」, 《동서철학연구》 60, 한국동서철학회, 2011.

소영현, 「교양론과 출판문화―교양의 제도화와 출판문화로 본 교양붐」, 『현대문학의 연구』 42, 한국문학연구학회, 2010.

손혜민, 「잡지 『문학예술』 연구」, 연세대학교 석사학위논문, 2008.

송은영, 「김병익의 초기 대중문화론과 4.19 세대의 문화민주주의」, 『대중서사연구』 20(3), 대중서사학회, 2014.

신두원, 「전후 비평에서의 전통논의에 대한 시론」, 『민족문학사연구』 9, 민족문학사연구소, 1996.

심동수, 「1950년대 비평 연구」, 한신대학교 석사학위논문, 2003.

안미영, 「해방공간 앙드레 지드 소설의 번역과 이중시선」, 『민족문학사연구』 53, 민족문학사연구소, 2013.

안서현, 「호모 쿨투라의 초상 ―〈저항의 문학〉」, 《문학사상》, 2014.6.

_____, 「1960년대 이어령 문학에 나타난 세대의식 연구」, 『한국현대문학연구』 56, 한국현

대문학회, 2018.

안수민, 「1960년대 에세이즘 연구」, 연세대학고 석사학위논문, 2015.

염무웅·김윤태, 「1960년대와 한국문학」, 《작가연구》 3, 1997.

오문석, 「김수영의 시론 연구」, 연세대학교 박사학위논문, 2002.

오혜진, 「카뮈, 마르크스, 이어령」, 『한국학논집』 51, 계명대학교 한국학연구원, 2013.

우무상, 「상징주의와 나르시시슴(Ⅰ)」, 『불어불문학』 16, 불어불문학회, 1990.

윤새민, 「초창기 한국 냉전문화와 유행의 신체 1954~1964」, 동국대학교 박사학위논문, 2021.

이도연, 「이어령 초기 문학 비평 연구」, 『순천향 인문과학논총』 30, 인문학연구소, 2011.

이미나, 「김수영 산문에 나타난 '불온'의 논리 고찰」, 『인문사회21』 9(6), 인문사회21, 2018.

이명원, 「최일수 문학비평 연구」, 성균관대학교 박사학위논문, 2005.

이봉범, 「1950년대 등단제도 연구 ―신춘문예와 추천제를 중심으로―」, 『한국문학연구』 36, 동국대학교 한국문학연구소, 2009.

_____, 「불온과 외설 ―1960년대 문학예술의 존재방식」, 『반교어문연구』 제36집, 2014.

이수향, 「이어령 문학 비평 연구」, 서울대학교 석사학위논문, 2010.

이시은, 「1950년대 '전문 독자'로서의 비평가 집단의 형성」, 『현대문학의 연구』 40, 한국문학연구학회, 2010.

이완범, 「1965년 세대지 필화사건과 황용주(1918-2001) ―사회주의 전력자까지 색출해 낸 반공주의 매카시즘(McCarthyism)」, 『21세기정치학회보』 25(1), 21세기정치학회, 2015.

이은정, 「예언자의 언어와 두 갈래의 시간 ― 언어와 시간에 대한 하이데거와 레비나스의 사유」, 『인문과학』 95, 연세대학교 인문학연구원, 2012.

이종호, 「죽은 자를 기억하기 ―이상(李箱) 회고담에 나타난 재현 방식을 중심으로」, 『한국문학연구』 38, 한국문학연구소, 2010.

_____, 「1960년대 일본번역문학의 수용과 전집의 발간 ―신구문화사 『일본전후문제작품집』을 중심으로」, 『대중서사연구』 21(2), 대중서사학회, 2015.

_____, 「1960년대 〈세계전후문학전집〉의 발간과 전위적 독서주체의 기획」, 『한국학연구』 41, 인하대학교 한국학연구소, 2016.

이진영, 「전후 한국문학의 실존주의 고찰」, 『한국문예비평연구』 47, 한국현대문예비평학회, 2015.

임승빈, 「1950년대 신세대론 연구」, 『새국어교육』 82, 한국국어교육학회, 2009.

임유경, 「1960년대 '불온'의 문화 정치와 문학의 불화」, 연세대학교 박사학위논문, 2014.

임재동, 「괴테의 시 「식물의 변태」에서 서정적 주체」, 『헤세연구』 7, 한국헤세학회, 2002.

전기철, 「한국 전후 문예비평의 전개양상에 대한 고찰 ─불안의식의 내재화와 응전력을 중심으로」, 서울대학교 박사학위논문, 1992.

전병준, 「김수영 시론의 형성 과정 ─"불온시" 논쟁을 중심으로」, 『한민족문화연구』 50, 한민족문화학회, 2015.

전성욱, 「이어령의 일본문화론과 전후세대의 식민주의적 무의식」, 『우리문학연구』 65, 우리문학회, 2020.

전승주, 「1950년대 한국 문학비평 연구」, 서울대학교 박사학위논문, 2002.

전완길, 「지식인의 편견 의식─「흙 속에 저 바람 속에」를 평언(評言)한다」, 《정경연구》 48, 한국정경연구소, 1969.1.

정끝별, 「이어령의 시쓰기와 말년의 양식」, 『이화어문논집』 57, 이화어문학회, 2022.

정대균, 「『「縮み」志向の日本人』への方法論的疑問」, 『일본학보』 12, 한국일본학회, 1984.

정명환, 「사르트르의 문학 참여론에 대한 비판적 고찰」, 《외국문학》, 1998봄.

정영진, 「1950년대 시 문학의 '지성' 담론 연구」, 건국대학교 박사학위논문, 2012.

정재서, 「생명자본주의에 대한 동양학적 접근 ─도가사상(道家思想)을 중심으로─」, 『다문화와 평화』 5(1), 성결대학교 다문화평화연구소, 2011.

조신권, 「지성에서 영성으로 전이한 역설의 명수 능소(凌宵) 이어령의 시 연구 ─「심장 소리」, 「어미 곰~」, 「도끼 한 자루」, 「길가에~돌」과 역설과 화해의 형이상학」, 《조선문학》 297, 2016.1.

조영복, 「수사, 동경 그리고 에세이」, 《오늘의 문예비평》 27, 1997.12.

_____, 「이어령의 이상 읽기 : 세대론적 감각과 서구본질주의」, 『이상리뷰』 2, 이상문학회, 2003.

조해옥, 「임종국의 『이상전집』과 「이상 연구」에 대한 비판적 고찰」, 『이상리뷰』 2, 이상문학회, 2003.

_____, 「조연현의 비평논리에 대한 일고찰」, 『우리어문연구』 23, 우리어문학회, 2004.

_____, 「전후 세대의 이상론 고찰」, 『비평문학』 40, 한국비평문학회, 2011.

조형래, 「'디지로그'의 개념적 검토와 비판 ─아날로그와 디지털의 개념적 관련성을 중심으로」, 『대중서사연구』 22(1), 대중서사학회, 2016.

차선일, 「탈식민기 세계여행기 개관─단행본 세계여행기와 시기별 변화 양상을 중심으로」, 『한국문학논총』 79, 한국문학회, 2018.

채상우, 「1960년대의 순수/참여문학논쟁 연구 ─김수영-이어령 간의 불온시논쟁을 중심으로—」, 동국대학교 석사학위논문, 2000.

최인선, 「도스토옙스키의 종교를 통한 인성교육: 『카라마조프가의 형제들』의 「대심문관」과 「러시아 수도사」를 중심으로」, 『문학과종교』 24(1), 문학과종교학회, 2019.

한승억, 「이어령의 제국주의 시각과 서양 문헌에 나타난 한국 문화 비교」, 『우리어문연구』 25, 우리어문학회, 2005.

한형구, 「편집자-비평가로서 조연현의 생애와 문예지 《현대문학》」, 『한국현대문학연구』 9, 한국현대문학회, 2001.

_____, 「초기 유종호 비평의 어문민족주의적 정향성에 관하여 — 한글전용의 어문 사상과 토착어주의의 문예 미학 수립 양상을 중심으로」, 『한국현대문학연구』 27, 한국현대문학회, 2009.

한혜원, 「이어령의 미래학적 선언 연구」, 『이화어문논집』 57, 이화어문학회, 2022.

홍성식, 「이어령의 문학비평과 그 한계」, 『새국어교육』 56, 한국국어교육학회, 1998.

홍의, 「'자유'에의 뜨거움과 차가움 〈60년대 후반 김수영 · 이어령의 참여 · 순수 문학 논쟁 고찰〉」, 『고황논집』 27, 경희대학교 대학원, 2000.

황호덕, 「일본, 그럼에도 여전히, 세계의 입구 — 『축소지향의 일본인』으로 읽는 한 후기식민 지인의 초상」, 『일본비평』 3, 서울대학교 일본연구소, 2010.

강경화, 『한국 문학 비평의 인식과 담론의 실현화 연구』, 태학사, 1999.

_____, 『한국문학비평의 실존』, 푸른사상, 2005.

강신주, 『철학 VS 철학』, 개정판; 오월의봄, 2016.

강인숙, 『어느 인문학자의 6.25』, 에피파니, 2017.

_____, 『글로 지은 집』, 열림원, 2023.

경향신문사, 『여적』, 2판; 경향신문사, 2012.

고대문학회 편, 『이상전집』, 태성사, 1956.

고은, 『1950년대』, 청하, 1989.

_____, 『이상평전』, 향연, 2003.

권보드래 · 천정환, 『1960년을 묻다』, 천년의상상, 2012.

김건우, 『사상계와 1950년대 문학』, 소명출판, 2003.

김기림, 『이상선집』, 백양당, 1949.

김명인, 『조연현, 비극적 세계관과 파시즘 사이』, 소명출판, 2004.

김민희, 『이어령, 80년 생각』, 위즈덤하우스, 2021.

김병걸, 『격동기의 문학』, 일월서각, 2000.

김병익 외, 『현대한국문학의 이론』, 민음사, 1972.

김상태, 『한국 현대문학의 문체론적 성찰』, 푸른사상, 2012.

김성민, 『일본을 금(禁)하다』, 글항아리, 2017.

김세령, 『1950년대 한국 문학비평의 재조명』, 혜안, 2009.

김수영, 『김수영전집』 I, 민음사, 1981.

_____, 『김수영전집』 2, 2판; 민음사, 2011.

김영민, 『한국현대문학비평사』, 소명출판, 2000.

김욱동, 『은유와 환유』, 민음사, 1999.

김윤식, 『한일문학의 관련양상』, 일지사, 1974.

_____, 『한국문학의 근대성 비판』, 문예출판사, 1993.

_____, 『한국근대문학사상연구2 ─문협정통파의 사상구조─』, 아세아문화사, 1994.

_____, 『해방 공간 문단의 내면 풍경』, 민음사, 1996.

_____, 『사반과의 대화』, 민음사, 1997.

_____, 『이상문학텍스트연구』, 서울대학교출판부, 1998.

_____, 『내가 읽고 만난 일본』, 그린비, 2012.

_____, 『문학사의 라이벌 의식』, 그린비, 2013.

김윤식 외, 『한국 현대 비평가 연구』, 강, 1996.

_____, 『상상력의 거미줄─이어령 문학의 길찾기』, 생각의 나무, 2001.

김재순 · 안병훈, 『어느 노 정객과의 시간 여행 : 우암(友巖) 김재순이 말하는 한국 근현대
     사』, 기파랑, 2016.

김주현, 『이상소설연구』, 소명출판, 1999.

김지수, 『이어령의 마지막 수업』, 열림원, 2021.

김치수 · 김현 편, 『사르트르의 문학적 세계』, 문학과지성사, 1989.

김현, 『행복의 시학/제강의 꿈』, 문학과지성사, 1991.

김형석 외, 『우리는 무엇으로 행복해지나』, 프런티어, 2016.

남원진, 『남북한의 비평 연구』, 역락, 2004.

리영희 · 임헌영, 『대화』, 한길사, 2005.

박기현, 『한국의 잡지출판』, 늘푸른소나무, 2003.

방민호, 『납함 아래의 침묵』, 소명출판, 2001.

_____, 『한국 전후문학과 세대』, 향연, 2003.

변광배, 『사르트르의 『문학이란 무엇인가』 읽기』, 세창미디어, 2016.

서광운, 『한국신문소설사』, 해돋이, 1993.

서영채, 『미메시스의 힘』, 문학동네, 2012.

서울대학교 60년사 편찬위원회 편, 『서울대학교 60년사』, 서울대학교, 2006.

서정주 외, 『64가지 만남의 방식』, 김영사, 1993.

송희복, 『비평사와 동시대의 쟁점』, 월인, 1999.

_____, 『메타비평론』, 월인, 2004.

스리체어스 편집부, 『바이오그래피 매거진(Biography Magazine) ISSUE. 1: 이어령』, 스리체어스, 2014.

신구문화사 편, 『한국전후문제작품집』, 신구문화사, 1960.

염무웅, 『문학과 시대현실』, 창비, 2010.

우촌이종익추모문집간행위원회, 『출판과 교육에 바친 열정』, 우촌기념사업회출판부, 1992.

이근미, 『우리시대의 스테디셀러』, 이다북스, 2018.

이동연, 『문화부족의 사회』, 책세상, 2005.

이동하, 『한국문학과 비판적 지성』, 새문사, 1996.

_____, 『한국문학 속의 도시와 이데올로기』, 태학사, 1999.

이선경, 『이원구 역학 18세기 조선, 철학으로 답하다』, 문사철, 2019.

이세기 외, 『영원한 기억 속의 작은 이야기』, 삼성출판사, 1993.

이수남, 『대구문단이야기』, 고문당, 2008.

이원구, 『심성록』, 국학자료원, 2001.

이임자, 『한국 출판과 베스트셀러, 1883~1996』, 경인문화사, 1998.

이종구·이소자키 노리요 외, 『한일관계사1965~2015 Ⅲ사회·문화』, 역사공간, 2015.

이철범, 『압록강의 눈보라』, 태양문화사, 1979.

임종국 편, 『이상전집』, 문성사, 1966.

장정훈, 『미국문학의 근원과 프레임』, 동인, 2019.

정과리 편, 『유종호 깊이 읽기』, 민음사, 2006.

정구학, 『인생철학자와 함께한 산책길』, 헤이북스, 2022.

정규웅, 『글동네에서 생긴 일』, 문학세계사, 1999.

정윤현, 『임종국 평전』, 시대의 창, 2013.

정효구, 『20세기 한국시와 비평정신』, 새미, 1997.

조성식, 『나 아닌 사람을 진정 사랑한 적이 있던가』, 나남, 2013.

조연현, 『문학과 사상』, 세계문학사, 1949.

_____, 『문학과 그 주변』, 인간사, 1958.

조영복, 『문인기자 김기림과 1930년대 '활자-도서관'의 꿈』, 살림, 2007.

창비 50년사 편찬위원회,『한결같되 날로 새롭게:창비 50년사』, 창비, 2016.

최하림,『자유인의 초상』, 문학세계사, 1981.

_____,『김수영 평전』, 실천문학사, 2018.

추식,『인간제대』, 일신사, 1958.

한국사르트르연구회 편,『카페 사르트르』, 기파랑, 2014.

한국문화연구원 편,『새 천년의 한국문화 다른 것이 아름답다』, 이화여자대학교출판부, 1999.

한기,『구텐베르크 수사들』, 역락, 2005.

한기형 · 이혜령 편,『염상섭문장전집』Ⅲ, 소명출판, 2014.

한수영,『전후문학을 다시 읽는다』, 소명출판, 2015.

_____,『한국현대 비평의 이념과 성격』, 국학자료원, 2015.

한운사,『끝없는 전진 : 백상(百想) 장기영 일대기』, 한국일보사, 1992.

_____,『구름의 역사』, 민음사, 2006.

한형구,『한국근대문예비평사절요』, 루덴스, 2015.

_____,『비평 에스프리의 영웅들, 혹은 그 퇴행』, 역락, 2019.

호영송,『창조의 아이콘, 이어령 평전』, 문학세계사, 2013.

홍기돈,『김동리연구』, 소명출판, 2010.

3. 국외논저

게오르그 루카치, 반성완 · 심희섭 역,『영혼과 형식』, 심설당, 1998.

디페시 차크라바르티, 김택현 · 안준범 역,『유럽을 지방화하기』, 그린비, 2014.

레이 초우, 장수현 · 김우영 역,『디아스포라의 지식인』, 이산, 2005.

루스 베네딕트, 서정완 역,『일본인의 행동패턴』, 소화, 2000.

린 헌트, 조한욱 역,『프랑스 혁명의 가족 로망스』, 새물결, 1999.

삐에르 부르디외, 최종철 역,『구별짓기』(상), 새물결, 2006.

사라 베이크웰, 조영 역,『살구 칵테일을 마시는 철학자들』, 이론과실천, 2017.

새뮤얼 P. 헌팅턴 · 로렌스 E. 해리슨 공편, 이종인 역,『문화가 중요하다』, 김영사, 2001.

샹탈 무페, 이보경 역,『정치적인 것의 귀환』, 후마니타스, 2007.

아도르노 · 호르크하이머, 김유동 역,『계몽의 변증법』, 문학과지성사, 2001.

알라이다 아스만, 변학수 · 채연숙 역,『기억의 공간』, 개정판; 그린비, 2012.

야콥 폰 윅스퀼, 정지은 역,『동물들의 세계와 인간의 세계』, 도서출판b, 2012.

울리케 유라이트 · 미하엘 빌트 편, 한독젠더문화연구회 역, 『'세대'란 무엇인가?』, 한울, 2014.

임마뉴엘 칸트, 백종현 역,『실용적 관점에서의 인간학』, 아카넷, 2014.

자크 랑시에르, 유재홍 역,『문학의 정치』, 인간사랑, 2011.

장 폴 사르트르, 김붕구 역,『문학이란 무엇인가』, 개정판; 문예출판사, 1994.

_____ , 원윤수 역,『(세계문학전집 · 29)구토, 말 외』, 13판; 삼성출판사, 1977.

장 프랑수아 리오타르, 진태원 역,『쟁론』, 경성대학교 출판부, 2015.

제라르 델포 · 안느 로슈, 심민화 역,『비평의 역사와 역사적 비평』, 문학과지성사, 1993.

조지 노바크, 김영숙 역,『실존과 혁명』, 한울, 1983.

조르주 뿔레, 김기봉 외 역,『인간의 시간』, 서강대학교 출판부, 1998.

존 랭쇼 오스틴, 김영진 역,『말과 행위』, 서광사, 1992.

죠르쥬 뿔레, 조한경 역,『비평과 의식』, 탐구당, 1990.

죠르즈 풀레 편, 김붕구 역,『현대비평의 이론』, 홍성사, 1979.

질 들뢰즈, 김상환 역,『차이와 반복』, 민음사, 2004.

질 들뢰즈 · 펠릭스 가타리, 김재인 역,『천 개의 고원』, 새물결, 2003.

클로드 레비-스트로스, 류재화 역,『달의 이면』, 문학과지성사, 2014.

테리 이글튼, 윤희기 역,『비평과 이데올로기』, 인간사랑, 2012.

폴 드 만, 이창남 역,『독서의 알레고리』, 문학과지성사, 2017.

폴 발레리, 김동의 역,『레오나르도 다 빈치 방법 입문』, 이모션북스, 2016.

피터 페리클레스 트리포나스, 최정우 역,『바르트와 기호의 제국』, 이제이북스, 2003.

해럴드 라스웰 · 에이브러햄 캐플런, 김하룡 역,『권력과 사회』(상), 사상계사출판부, 1963.

해럴드 블룸, 양석원 역,『영향에 대한 불안』, 문학과지성사, 2012.

가라타니 고진, 송태욱 역,『탐구』1, 새물결, 1998.

_____ , 권기돈 역,『탐구』2, 새물결, 1998.

강상중, 고정애 역,『재일 강상중』, 삶과 꿈, 2004.

나카무라 유지로, 양일모 · 고동호 역,『공통감각론』, 민음사, 2003.

미나미 히로시, 이관기 역,『일본인론』(하), 2판; 소화, 2003.

사사키 아쓰이, 송태욱 역,『현대일본사상』, 을유문화사, 2010.

사사키 아타루, 안천 역,『야전과 영원』, 자음과모음, 2015.

사이토 미나코, 나일등 역,『문단 아이돌론』, 한겨레출판, 2017.

사카이 나오키, 후지이 다케시 역, 『번역과 주체』, 이산, 2005.

아즈마 히로키, 조영일 역, 『존재론적, 우편적』, 도서출판b, 2015.

오누키 다카시, 최연희 역, 『성경 읽는 법』, 따비, 2014.

지바 마사야, 김상운 역, 『너무 움직이지 마라』, 바다출판사, 2017.

Georges Poulet, Elliott Coleman(trans.), *Studies in HUMAN TIME*, Baltimore: Johns Hopkins Press, 1956.

Karl A. Menninger, *THE HUMAN MIND*, NEW YORK: ALFRED A KONOPF, 1949.

Suresh Raval, *Metacriticism*, Athens: The University of Georgia Press, 1981.

Max L. Autrey, Edgar Allan Poe's Satiric View of Evolution, *Extrapolation* 18(2), 1977.

Taylor Jonathan, His "Last Jest": On Edgar allan Poe, "Hop-Frog" and Laughter, *Poe Studies* 48, 2015.

佐佰彰一 等, 『新しい文學』, 東京:會社思想研究會出版部, 1961.

ルースベネディクト, 角田安正 訳, 『菊と刀』, 光文社, 2008.

アンドレジイド, 神西淸 他譯, 『田園交響樂(外)』, 京都:人文書院, 昭和28(1953).

4. 기타

이대형(인터뷰 및 정리), 「원로단우를 만나러 갑니다-김재순 단우편」, 흥사단 홈페이지, 2015.5.4. 〈http://yka.or.kr/html/info/column.asp?no=12418〉(2019.3.24.)

이태형, 「세례받은 이어령 전 문화부장관 인터뷰 "마음속에 묻혀있던 영성 이제야 나와"」, 《매일경제》, 2007.7.25. 〈https://news.kmib.co.kr/article/viewDetail.asp?newsClusterNo=01100201.20070725100000079〉(2023.1.9.)

이어령·오동희, 「디지로그 기반의 생명자본주의 시대가 온다」, 《머니투데이》, 2011.6.16. 〈https://news.mt.co.kr/mtview.php?no=2011061321440467250&type=1〉(2022.7.20.)

이어령·이배용, 「혼돈의 시대 인문학에 길을 묻다」, 《매일경제》, 2008.7.18. 〈https://www.mk.co.kr/news/special-edition/view/2008/07/448582/〉(2022.7.20.)

Stephen T Asma, Religion is about emotion regulation, and it's very good at it, *aeon*, 2018.9.25. 〈https://aeon.co/ideas/religion-is-about-emotion-regulation-and-its-very-good-at-it〉(2023.1.8.)

〈이어령의 100년 서재〉, 2015.8.29.《KBS 1TV 방영》
〈TV 책을 말하다〉, 2003.1.9.《KBS 1TV 방영》